國家社科基金
GUOJIA SHEKE JIJIN HOUQI ZIZHU XIANGMU
後期資助項目

楊維禎全集校箋 （六）

Notes and Commentary on the Complete Works of Yang Weizhen

【明】楊維禎 著

孫小力 校箋

上海古籍出版社

卷六十五　東維子文集卷十一

贈杜彦清序〔一〕

　　余曩游海上〔二〕,之小金山〔三〕,泊舟赤松溪上〔四〕。午夜,月明如水。聞水東歌聲,纍纍乎如貫珠。已而又聞紫鸞聲〔五〕,穿起林杪,如雲端仙人挾笙鶴而去〔六〕。異而問其人,則曰真定杜清氏之轉喉引商聲①之歌〔七〕,間以湘竹之龍鳴也。余明發開舟,不及識其人。

　　今年秋,再游海上〔八〕。道過赤松,而清來相見,爲余作慢辭古調及秦樓三弄〔九〕。遂出楮,求一言以別。昔賈充在洛②,會夏統氏之客舟,充以會稽土地間曲叩之,統爲歌大禹氏朝會之歌,及伍胥小海之唱,其音節慷慨激烈,天風雲雨爲之響應。又掀髯作一悲嘯,沙塵烟起,止之而後已也〔十〕。吾後日舟還溪上,約吾竹西老人〔十一〕,當重叩爾土地間曲,如仲御氏之不忘其鄉者,豈無龍山朝會、萬國授化之遺音乎〔十二〕?竹西當爲余協調于欂杪之檀〔十三〕,而發余鐵龍之不平者。夢寐以之。

【校】

① 聲:四部叢刊本作“殺”。
② 洛:原本作“落”,據文淵閣四庫全書本改。

【箋注】

〔一〕文當撰於元至正二十一年(一三六一)八月,其時鐵崖歸隱松江未滿兩年。繫年依據:鐵崖有湘竹龍詞贈杜清一文(載佚文編),謂杜彦清於至正二十一年八月十六日,“介宋周實”攜“湘竹龍”來訪。顯然當時爲初次見面。本文曰晚年重返松江之後,與杜彦清相見於某年秋日,亦屬“初識”。由此可見,本文與湘竹龍詞爲一時之作。杜彦清:杜清。生平已見本文。

〔二〕海上:上海之別稱。

〔三〕小金山:位於華亭張溪附近海上,參見東維子文集卷十九不礙雲山樓記。

〔四〕赤松溪：華亭張溪別名，位於今上海市金山區張堰鎮。光緒金山縣志卷十二名迹志上："赤松溪，在張涇堰，又名張溪。相傳留侯從赤松子，嘗游於此。"按清江詩集卷一不礙雲山樓賦："赤松溪楊竹西氏築樓一所，在居第之南，而海中大小兩金山飛舞而前。"題下注曰："華亭張溪楊謙之居。"

〔五〕紫鸞：指簫。鐵崖春日有懷玉山主人："紫鸞簫管和瑤瑟。"

〔六〕"雲端仙人"句：隱指王子喬故事。王子喬，即周靈王太子晉，好吹笙，作鳳鳴，游伊、洛之間。道人浮丘公接以上嵩高山，成仙而去。參見列仙傳卷上王子喬。

〔七〕真定：今河北正定。按元史地理志，真定路真定縣隸屬於中書省。

〔八〕今年秋再游海上：指至正二十一年七、八月間，鐵崖東游鶴沙。參見鐵崖撰鄒復雷春消息圖并題卷（載大觀録卷十八）、上海縣鶴砂義塾記（載鐵崖先生集卷三）。

〔九〕秦樓三弄：當爲笛曲，類似琴曲梅花三弄。

〔十〕"昔賈充在洛"十句：晉書夏統傳："夏統字仲御，會稽永興人也。……後其母病篤，乃詣洛市藥。會三月上巳，洛中王公已下并至浮橋，士女駢填……統并不之顧。太尉賈充怪而問之……統曰：'先公惟寓稽山，朝會萬國，授化鄙邦。崩殂而葬，恩澤雲布，聖化猶存。百姓感詠，遂作慕歌……伍子胥諫吳王，言不納用，見戮投海。國人痛其忠烈，爲作小海唱。今欲歌之。'衆人僉曰：'善。'統於是以足叩船，引聲喉囀，清激慷慨，大風應至，含水漱天，雲雨響集，叱咤歡呼，雷電晝冥，集氣長嘯，沙塵烟起。王公已下皆恐，止之乃已。"

〔十一〕竹西老人：指楊謙。楊謙亦居赤松溪。參見東維子文集卷十九不礙雲山樓記。

〔十二〕龍山朝會、萬國授化之遺音：指前注引録夏統所述夏禹之影響。龍山，即會稽山。左傳哀公七年："禹合諸侯於塗山，執玉帛者萬國。"

〔十三〕欚杪之檀：指樂器琵琶，"欚杪"或作"邐迤"。參見鐵崖先生詩集辛集鼙婆引。

周月湖今樂府序〔一〕

士大夫以今樂府鳴者，奇巧莫如關漢卿〔二〕、庾吉甫〔三〕、楊淡齋〔四〕、盧疏齋〔五〕，豪爽則有如馮海粟〔六〕、滕玉霄〔七〕，醞藉則有如貫酸齋〔八〕、馬昂父〔九〕。其體裁各異而宮商相宣,皆可被於弦竹者也。海内①繼起者不可枚舉,往往泥文采者失音節,諧音節者虧文采,兼之者實難也。夫詞曲本古詩之流,既以樂府名編,則宜有風雅餘韻在焉。苟專逐時變,競俗趨,不自知其流於街談市諺之陋,而不見夫錦臟繡腑之爲懿也,則亦何取於今之樂府、可被於弦竹者哉!

四明周月湖文安,美成也②公之八葉孫也〔十〕。以詞家剩馥播於今日之樂章,宜其於文采音節兼濟而無遺恨也。間嘗令學子吳毅輯而成帙〔十一〕,薰香摘艷,不厭其多。好事者又將繡諸梓以廣其傳也,不可無一言以引之,故爲書其編首者如此。至正七年十一月朔序。

【校】

① 海内:原本無,據鐵崖文集本增補。

② 美成也:“也”字衍,當刪。鐵崖文集本無此三字。

【箋注】

〔一〕文撰於元至正七年(一三四七)十一月一日,當時鐵崖寓居蘇州,授學爲生。周月湖今樂府:浙江通志卷二百五十二經籍志著錄曰四明周月湖今樂府,且有注曰:“吳毅輯,至正七年徐一夔序。”按:今傳徐一夔別集始豐稿,未載其所撰周月湖今樂府序。今樂府,今人稱元曲。周月湖:周文安,號月湖,四明(今浙江寧波)人。北宋詞人周邦彦八世孫,擅長元曲創作。按:王奕撰玉斗山人集卷二有四絶呈周月湖,其二曰:“不畫修眉不易粧,篋中猶是主衣裳。起觀疆宇皆周土,只有西山尚屬商。”似以遺民自居。設若王奕友人周月湖即周文安,則周文安如同王奕,皆當爲宋末元初人士。

〔二〕關漢卿:號已齋叟,大都(今北京市)人。曾爲太醫院尹。爲元代曲家巨擘。參見全元散曲。

〔三〕庾吉甫:即庾天錫。天錫亦作天福,字吉甫,大都人。曾任中書省掾,除員外郎、中山府判。貫雲石序陽春白雪,品評當代樂府,以吉甫與關漢卿并論。參見全元散曲。

〔四〕楊淡齋:名朝英。按元曲家考略丁稿:“楊澹齋選元諸賢曲及己作爲陽春白雪、太平樂府二集,并題‘青城澹齋楊朝英’……其事迹不詳。惟張之翰西巖集卷一有題楊英甫郎中澹齋詩,英甫似澹齋字。”

〔五〕盧疏齋：即盧摯。盧摯字處道，一字莘老，號疏齋，又號嵩翁，涿郡（今河
　　北涿州）人。大德初，授集賢學士。官至翰林學士承旨。晚年客寓宣城。
　　貫雲石陽春白雪序評其曲"媚嫵如仙女尋春，自然笑傲"。有疏齋集。生
　　平見新元史文苑傳、全元散曲。

〔六〕馮海粟：即馮子振。馮子振字海粟，自號怪怪道人，又號瀛州客，攸州（今
　　湖南攸縣）人。仕至承事郎、集賢待制。博聞强記而才氣橫溢。貫雲石陽
　　春白雪序稱其詞"豪辣灝爛，不斷古今"。參見全元散曲。

〔七〕滕玉霄：即滕斌。滕斌或作滕賓，字玉霄，黄岡（今屬湖北）人。或云睢陽
　　（今屬河南商丘）人。至大年間任翰林學士，出爲江西儒學提舉。後棄家
　　入天台爲道士。爲人風流篤厚，其談笑筆墨，爲人傳誦。有玉霄集。參見
　　元詩選三集卷四滕斌玉霄集、詞綜卷三十。

〔八〕貫酸齋：即貫雲石，維吾爾族。原名小雲石海涯，因父名貫只哥，遂以貫爲
　　氏，復以酸齋爲號。仁宗時任翰林侍讀學士。稱疾辭，浪迹江南，賣藥爲
　　生。泰定元年卒，年三十九。工詩善書，尤以散曲聞名，人稱酸齋樂府。
　　參見元史本傳、書史會要卷七。

〔九〕馬昂父：即薛昂夫。薛昂夫名超吾，回鶻（今維吾爾族）人。漢姓馬，故亦
　　稱馬昂夫，號九皋。官至三衢路達魯花赤。善篆書，有詩名。參見元曲家
　　考略、全元散曲。

〔十〕美成：北宋詞人周邦彦字。

〔十一〕吴毅：字近仁，富春吴復之子。父子二人皆師從鐵崖。小傳載大雅集
　　卷七，參見東維子文集卷二十五吴君見心墓銘。

李庸宫詞序〔一〕

大曆詩人後〔二〕，評者取張籍〔三〕、王建〔四〕。而建之宫詞，非籍可能
也。宫掖之事，豈外人所能道哉！建雖有春坊才，非其老瑶宗氏出入
禁闥，知史氏之所不知，則亦不能顯美于是。本朝宫詞，自石田公而
次亡慮數十家〔五〕，詞之風格不下建者多，而求其善言史氏之所不知，
則寡矣。

東陽李庸仲常，爲宫詞四十首，流布縉紳間，不特風格似建，間有
言史①氏之所弗知，如金合草芽、胡僧扇鼓、漢記琵琶、興隆巢笙〔六〕、内

苑籍田〔七〕、室蠶繰事是已。蓋仲常以能詩客於館閣諸老者且十有七年矣,其吏於徽政及長信〔八〕,得聞見宮掖者亦熟矣。然則代之善爲宮詞者,豈直慎怨興象之似建爲得哉! 觀是詞者,尚以是求之。至正戊子八月甲午序。

【校】

① 言史:原本作"史言",據文淵閣四庫全書本改。

【箋注】

〔一〕文撰於元至正八年戊子(一三四八)八月三十日甲午,當時鐵崖寓居蘇州,授學爲生。李庸:參見東維子文集卷五送李仲常赴江陰知事序注。

〔二〕大曆詩人:指唐代宗大曆年間著名詩人錢起、盧綸、李端、司空曙、韓翃、吉中孚、苗發、崔峒、耿湋、夏侯審等,人稱大曆十才子。參見姚合極玄集。

〔三〕張籍:字文昌,和州烏江人。中進士,爲太常寺太祝,官至國子司業。爲詩長於樂府,多警句。舊唐書有傳。

〔四〕王建:唐才子傳王建:"建字仲初,潁川人。大曆十年丁澤榜第二人及第……初游韓吏部門墻,爲忘年之友。與張籍契厚,唱答尤多。工爲樂府歌行,格幽思遠。二公之體,同變時流。建性耽酒,放浪無拘。宮詞特妙前古。"

〔五〕石田公:指馬祖常。參見東維子文集卷九陶氏菊逸序注。

〔六〕興隆巢笙:此詩蓋吟詠興隆笙。元史禮樂志五宴樂之器:"興隆笙,制以楠木,形如夾屏,上銳而面平……中統間,回回國所進。以竹爲簧,有聲而無律。玉宸樂院判官鄭秀乃考音律,分定清濁,增改如今制。其在殿上者,盾頭兩旁立刻木孔雀二,飾以真孔雀羽,中設機。每奏,工三人,一人鼓風囊,一人按律,一人運動其機,則孔雀飛舞應節。殿庭笙十,延祐間增製,不用孔雀。"又,南村輟耕録卷五興隆笙:"興隆笙在大明殿下。其制:植衆管於柔韋,以象大匏土鼓。二韋囊,按其管,則簧鳴。笙首爲二孔雀,笙鳴機動,則應而舞。凡燕會之日,此笙一鳴,衆樂皆作。笙止,樂亦止。"

〔七〕籍田:元史百官志三:"籍田署,秩從六品,掌耕種籍田,以奉宗廟祭祀。至元七年始立,隸大司農。"

〔八〕徽政:指徽政院,或稱詹事院,或改儲政院,其事物多歸太后掌管。詳見元史百官志五。長信:即長信寺。元史百官志六:"長信寺,秩正三品。領大幹耳朵怯憐口諸事。卿四員,正三品;少卿二員,從四品;寺丞二員,從五品;經歷、知事各一員,令史六人,譯史、知印各二人,通事一人,奏差四人。”

沈氏今樂府序〔一〕

或問:“騷可以被弦乎?”曰:“騷,詩之流。詩可以弦,則騷其不可乎?”或有①曰:“騷無古今,而樂府有古今,何也?”曰:“騷之下爲樂府,則亦騷之今矣。然樂府出於漢,可以言古;六朝而下皆今矣,又況今之今乎。”

吁,樂府曰“今”,則樂府之去漢也遠矣。士之操瓠于是者,文墨之游耳。其以聲文綴於君臣夫婦、仙釋氏之典故,以警人視聽,使癡兒女知有古今美惡成敗之勸②懲,則出於關、庾氏傳奇之變〔二〕。或者以爲治世之音,則辱國甚矣。吁,關雎、麟趾之化〔三〕,漸漬於聲樂者,固若是其班乎!故曰:今樂府者,文墨之士之游也。然而媟雅邪正,豪俊鄙野,則亦隨其人品而得之。楊、盧、滕、李、馮、貫、馬、白〔四〕,皆一代詞伯,而不能不游於是。雖依比聲調,而其格力雄渾正大,有足傳者。邇年以來,小葉俳輩類以今樂府自鳴,往往流於街談市諺之陋,有漁樵欸乃之不如者〔五〕。吾不知又十年二十年後,其變爲何如也。

吳興沈子厚氏,通文史,善爲古詩歌③,間亦游於樂府。記余數年前客太湖上賦鐵龍引一章〔六〕,子厚連和余四章,皆傚鐵龍體,飄飄然有淩④雲氣,心已異之。今年,余以海漕事住吳興者閱月,子厚時時持酒肴與今樂府至,至必命吳娃⑤度腔引酒爲吾壽。論其格力,有楊、盧、滕、李、馮、貫、馬、白諸詞伯之風,而其句字無小葉俳輩街談市諺之陋。關、庾氏而有傳,子厚氏其無傳,吾不信也已。書成帙,求一言以引重,因爲論次樂府之有古今,爲沈氏今樂府序。至正十三年夏四月十日會稽楊維禎⑥序。

【校】

① 有:鐵崖文集本作“又”。

② 勸：原本作"觀"，據文淵閣四庫全書本改。

③ 詩歌：文淵閣四庫全書本作"歌詩"。

④ 淩：四部叢刊本作"變"。

⑤ 娃：原本作"姓"，據四部叢刊本改。

⑥ 至正十三年夏四月十日：原本作"至正十二年夏四月十四日"，據鐵崖文集本改。按：鐵崖文集卷五吳元臣字説、東維子文集卷十四南樓記，皆至正十三年三、四月間鐵崖作於吳興，故疑"十二年"之"二"，爲"三"之訛寫。又，"會稽楊維禎"五字，原本無，據鐵崖文集本增補。

【箋注】

〔一〕文撰於元至正十三年(一三五三)四月十日，當時鐵崖在杭州任税務官，因"海漕"公務，暫居湖州。沈氏：吳興人，字子厚，至正年間與鐵崖交往頗多。按：正德吳興備志卷十二人物徵有沈子厚生平簡介，附見於鄭韶傳。實出自本文。

〔二〕關、庾氏：分別指關漢卿、庾天錫。參見本卷周月湖今樂府序。

〔三〕關雎、麟趾：皆詩經篇名，後者爲麟之趾之簡稱。詩序卷上："麟之趾，關雎之應也。關雎之化行，則天下無犯非禮，雖衰世之公子皆信厚，如麟趾之時也。"

〔四〕楊、盧、滕、李、馮、貫、馬、白：蓋指楊朝英、盧摯、滕斌、李時中、馮子振、貫雲石、馬昂夫、白樸。按：上述八人之中，楊朝英、盧摯、滕斌、馮子振、貫雲石、馬昂夫六人，已見於本卷周月湖今樂府序。此外，白樸生平可參見全元散曲所附小傳。録鬼簿上前輩才人篇著録有李時中，注曰："大都人，中書省掾，除工部主事。"賈仲明吊詞云："元貞書會李時中、馬致遠、花李郎、紅字公，四高賢合捻黄粱夢。"

〔五〕欸乃：船夫勞動號子。古音駢字卷下欸乃注："朱子辨證云：欸乃，棹船相應聲。"

〔六〕客太湖上賦鐵龍引一章：謂至正五、六年間，鐵崖授學吳興，以鐵笛道人著稱，曾賦有銕龍引記之。按：此所謂"鐵龍引"，當屬散曲。鐵龍引今已不傳，然陳善學序刊楊鐵崖先生文集卷八附録鐵笛清江引二十四首，題材風格與之應當類似。

沈生樂府序①〔一〕

張右史嘗評賀方回樂府〔二〕，謂其肆口而成，不待②思慮雕琢。又推其極至：華如游金、張之堂，冶如攬嬙、施之袪③，幽潔④如屈、宋，悲壯如蘇、李。具是四工，夫豈可以肆口而成哉？蓋肆口而成者，情也；具四工者，才也。情至而才不至，則華而不能盛也，冶而不能燉也，幽而不能絜也，悲而不能壯也⑤。此賀才子妙絕一世，而文章鉅公不能擅其場者，才⑥情之兩至也。

我朝樂府，辭益簡，調益嚴，而句益⑦流媚不陋。自疎齋、酸齋以後〔三〕，小山局於方〔四〕，黑劉⑧縱於圓〔五〕。局於方，拘才之過也⑨；縱於圓，恣情之過也。二者胥失之。

松江沈氏岢⑩，嘗從余朔南士大夫⑪間。聰於音律⑫，能⑬吹余大小鐵龍，作龍吟曲十二章。遂游筆樂府，積以成帙，求余一言重篇端。披其帙，見其情發於聲⑭、成於才者，亦似矣。生益造其詣，以小山之拘者自通，黑劉之恣者自摶，生之樂府不追⑮美於賀才子者，吾不信已。生讀書强記，有志於學唐人詩⑯、晉人帖、南唐人畫，樂府特其餘耳。有求生之才者，當⑰勿以是掩之。

至正庚子春三月既望，鐵篴道人楊維禎書于雲間之寄寄巢。時奉硯者，小蓉也⑱。

【校】

① 本文有墨迹本，載故宮博物院藏品大系書法編八，據以校勘。故宮博物院藏品大系本題作元楊維禎行書沈生樂府序册頁；著録曰：“紙本，縱二八·三釐米，横七六·八釐米。”

② 待：墨迹本作“俟”。

③ 冶：原本作“治”；袪：原本作“秪”，據墨迹本改。

④ 潔：墨迹本作“絜”。

⑤ “才不至”至“不能壯也”凡二十八字，原本無，據墨迹本補。

⑥ 才：原本無，據墨迹本補。

⑦ 原本“益”字下有一“蓋”字，據墨迹本删。

⑧ 劉: 墨迹本作"流",下同。

⑨ 也: 墨迹本無。

⑩ 松江沈氏尚: 墨迹本作"雲間沈生國瑞"。

⑪ 大夫: 原本無,據墨迹本補。

⑫ 聰於音律: 原本作"聽於音往",據墨迹本改。

⑬ 能: 墨迹本作"善"。

⑭ 聲: 原本無,據墨迹本補。

⑮ 追: 原本無,據墨迹本補。

⑯ 於學唐人詩: 原本無,據墨迹本補。

⑰ 當: 原本無,據墨迹本補。

⑱ "至正庚子春三月既望"四句: 原本無,據墨迹本補。

【箋注】

〔一〕文撰書於元至正二十年(一三六〇)三月十六日,當時鐵崖自杭州徙隱松江未滿半年。沈生: 沈尚,名或作瑞,或作國瑞,松江人。鐵崖弟子,長於詩文書畫,博通衆藝。善作散曲。曾從黃公望學,得其畫法。參見東維子文集卷二十八跋君山吹笛圖、嘉慶松江府志卷六十一藝術傳。

〔二〕張右史: 指北宋詩人張耒,蘇門四學士之一。賀方回: 名鑄,字方回。二人生平見宋史文苑傳。張右史文集卷五十一賀方回樂府序:"文章之於人,有滿心而發,肆口而成,不待思慮而工,不待雕琢而麗者,皆天理之自然,而情性之道也……余友賀方回,博學業文,而樂府之詞高絶一世……是所謂滿心而發,肆口而成,雖欲已焉而不得者。若其粉澤之工,則其才之所至,亦不自知也。夫其盛麗如游金、張之堂,而妖冶如攬嬙、施之袪,幽潔如屈、宋,悲壯如蘇、李,覽者自知之。"金、張,指西漢權貴金日磾、張安世。嬙、施,指古代美女毛嬙、西施。屈、宋,指戰國時人屈原、宋玉。蘇、李,指西漢蘇武、李陵。

〔三〕疎齋: 指盧摯。酸齋: 指貫雲石。參見本卷周月湖今樂府序。

〔四〕小山: 指張可久。張可久字小山,慶元(今浙江寧波)人。以路史轉首領官,又曾爲桐廬典史。至正初,年七十餘,尚爲崑山幕僚。至正八年猶在世。隋樹森全元散曲輯得其散曲小令八百五十五首,套數九套,其數量爲元人之冠。參見全元散曲。

〔五〕黑劉: 指劉廷信。元曲家考略丁稿劉廷信:"劉廷信事迹,略見録鬼簿續編,云: 先名廷玉,行五,身長而黑,人盡稱黑劉五舍……青樓集般般醜小傳則云：……俗呼曰黑劉五。落魄不羈，工於笑談。天性聰慧，至於詞章，信口成句。而街市俚近之談，變用新奇，能道人所不道者。”

瀟湘集序〔一〕

余在吳下時，與永嘉李孝光論古人意〔二〕。余曰：“梅一於酸，鹽一於鹹，飲食鹽梅而味常得於酸鹹之外〔三〕。此古詩人意也。後之得此意者，惟古樂府而已耳。”孝光以余言爲韙，遂相與唱和古樂府辭，好事者傳於海内，館閣諸老以爲李、楊樂府出而後，始補元詩之缺，泰定文風爲之一變〔四〕。吁，四十年矣！兵興來，詞人又一變。往往務工於語言，而古意寖失①。語彌工，意彌陋，詩之去古彌遠。吾不意得瀟湘集於四十年後，尚有古詩人意也。

瀟湘，爲洮陽唐升氏，字伯脊。自湖湘流離，越江漢，歷閩嶠，抵金陵，過錢唐，上會稽，周流幾萬里。無居與食，然不肯少貶事王侯，覓知己，顧容與於吟咏，求海内知言以質其所能，此升之見余草玄閣也。其詩多傷賢人君子不得志，而不肖者合於世也。其樂府、古風謡，平易不迫，非有所託不著，至憤頑嫉惡，慷慨激烈者，聞之足以戒，而言之無罪矣。三百篇以六義見諷刺，瀟湘詩人不合於古風人者寡矣。於是賞會之餘，爲之評點，使覽者知我朝之詩如瀟湘者，亦可刻金石，流管弦，豈非吾儕遺老之至望哉！至正丙午三月望日序。

【校】

① 失：原本作“矣”，據文淵閣四庫全書本改。

【箋注】

〔一〕文撰於元至正二十六年丙午（一三六六）三月十五日，當時鐵崖寓居松江。瀟湘集作者唐升，洮陽（今廣西全州）人。生平見本文。

〔二〕按：文中作者自稱曾與李孝光會於吳下，至撰此序之時，相隔四十年。由至正二十六年丙午上推四十年，爲天曆元年，即鐵崖中進士之次年。鐵崖於泰定四年中進士，返鄉時道經吳地，適與永嘉李孝光相逢，遂唱和古樂

府。又，天曆繼泰定之後，故文中曰"泰定文風爲之一變"。李孝光：參見
鐵崖先生古樂府卷六芝秀軒詞。

〔三〕"梅一於酸"三句：出自蘇軾引述司空圖語。苕溪漁隱叢話後集卷九："苕
溪漁隱曰：'東坡云，司空圖論詩曰：梅止于酸，鹽止于鹹。飲食不可無鹽
梅，而其美常在酸鹹之外。此語與前語不同，蓋東坡潤色之，其語遂簡而
當也。'"

〔四〕泰定：元泰定帝年號，公元一三二四至一三二八年。

苗氏備急活人方序[一]

醫莫切於對證，證莫切於對藥。藥投其對，牛溲馬渤[二]，癲狗之
寶，能擅功於一時；不然，黃金水銀，鍾乳琅玕，沆之沙[三]，婆律之
腦[四]，嶺①蛇之黃中[五]，無益其貴也。餘姚醫學録苗君仲通，論著備
急活人方，會粹諸家所載、祖父所傳、江湖所聞，及親所經驗者，筆成
一編。

世有奇疾，醫經所不備，醫流所不識，獨得於神悟理會而著爲奇
中之方，此其難也。夫人不幸抱奇疾，至於醫經不備，醫流不識，遂謂
無藥可治，使病者待期以盡，不亦可悼也哉！妄庸者亂投藥餌以探
疾，重不幸速其斃，是醫殺之也。是書一出，備醫經之未備，識醫流之
未識，使天下不幸抱奇疾有對疾之證、對證之藥，不重不幸爲妄庸醫
之所殺，是不大可慶歟！昔甄權不著方書[六]，其言曰："醫者，意也。
不可以著書。"權蓋以意得者自秘，非淑後之仁也。君推其獨得，喜②
與天下後世共，其用心廣狹何如哉！鋟諸梓，而過徵余序，於是乎序。

【校】

① 嶺：原本無，據鐵崖文集本增補。
② 喜：鐵崖文集本作"嘉"。

【箋注】

〔一〕苗氏備急活人方：作者苗仲通，仲通當爲其字，籍貫不詳。光緒餘姚縣志
　　卷二十六方伎，有苗仲通傳，實出自本文。萬曆新修餘姚縣志卷二十二，

著録有元人苗仲通所撰備急救人方八卷,當即此苗氏備急活人方,蓋明萬曆年間此書尚未失傳。乃餘姚醫學録苗仲通所匯秘方驗方之合集。

〔二〕牛溲馬渤：韓愈進學解："玉札丹砂,赤箭青芝,牛溲馬勃,敗鼓之皮,俱收并蓄,待用無遺者,醫師之良也。"

〔三〕沅之沙：即辰州(今沅陵)所産丹砂。

〔四〕婆律之腦：即龍腦香,又名冰片。相傳産於西海婆律國,故名。

〔五〕黄中：心臟。

〔六〕甄權：隋、唐間名醫。按：所謂"不著方書"者,并非甄權,而是許胤宗。蓋因二人本事同載新唐書方伎傳,導致鐵崖誤説。新唐書方伎傳："甄權,許州扶溝人。以母病,與弟立言究習方書,遂爲高醫。仕隋爲秘書省正字,稱疾免……後以醫顯者,清漳宋俠,義興許胤宗,洛陽張文仲、李虔縱,京兆韋慈藏……關中多骨蒸疾,轉相染,得者皆死,胤宗療視必愈。或勸其著書貽後世者,答曰：'醫特意耳,思慮精則得之。脉之候幽而難明,吾意所解,口莫能宣也。'"

杏林序〔一〕

江陽許守中氏〔二〕,業醫已十數世。至守中,名愈大,施愈廣。人以疾邀者,無分貴富賤貧輒往,往輒效,而例不求施。鄙宋清之施藥受券爲市醫〔三〕,而切慕董杏林之爲人〔四〕。淞謝侯伯照嘗俾工畫者圖杏林以爲贈〔五〕,而又求言於予。

予惟杏自托吾聖人爲壇、緇帷之林〔六〕,而六經之教始及天下,澤覃於萬世無止。噫,杏之盛也,蔑加此已。神仙者流如董奉氏,亦託杏爲施,成林於廬山五老之間。其施雖隘,杏之惠猶未絶也,其不愈於羯鼓催花,驕兒婦人以造化〔七〕;立坊碎錦,侈客於午橋之游衍者乎〔八〕？若托之卯金之帝,有曰實大如梨,文頰如橘,食其味者①,可以辟穀而上仙〔九〕,則吾未之信。而奉之杏也,即嵩山之杏耳〔十〕,將無信乎！嵩之杏以萬②計,其民遇飢年,皆賴杏爲命。而奉之以杏一器,易穀一器,以贍飢者,藉杏以爲施,仁亦至矣,又何必神辟穀之杏乎！吁,此奉狡獪術也。守中氏以其施爲心,而不藉狡獪以爲神。杏之植多植寡,吾曾不計,而況計粟之易多易寡乎！此其爲仁,近吾聖人之仁,而非狡獪之仁也。使守中有計較心,又何愈於宋清乎!

　　守中聞余言而謝曰:"擴予仁者,先生之教也。"

【校】

① 者:原本作"者者",據四部叢刊本、文淵閣四庫全書本刪一"者"字。

② 萬:原本作"葛",據文淵閣四庫全書本改。

【箋注】

〔一〕文撰於元至正二十年(一三六○)至二十六年之間。繫年依據:文中稱謝伯照爲"淞謝侯"。謝伯照乃松江人,張士誠屬官。故本文必撰於鐵崖退隱松江之後,松江依附朱元璋政權以前。

〔二〕許守中:守中當爲其字,江陽(蓋指江北)人。世代行醫。按:許守中有製藥之所,名爲太和丹室。參見邵亨貞 題許守中太和丹室(載蟻術詩選卷四)。

〔三〕宋清:參見鐵崖先生詩集甲集玄霸臺爲吕希顏賦注。

〔四〕董杏林:即董奉。參見鐵崖先生古樂府卷六醫師行贈袁煉師注。

〔五〕謝侯伯照:謝伯昭,乃伯理之兄。元末張士誠聘爲松江府官,明初被迫遷徙臨濠,張昱有寄謝伯昭伯理二昆仲詩曰:"話別南堂二十年,江湖魚雁兩茫然。車書此日同天下,濠泗而今是日邊。"(載可閒老人集卷四。)按:鐵崖與謝氏兄弟皆有交往。

〔六〕"予惟"二句:莊子 漁父:"孔子游乎緇帷之林,休坐乎杏壇之上。弟子讀書,孔子弦歌鼓琴。"

〔七〕"羯鼓催花"二句:參見鐵崖先生古樂府卷二崔小燕嫁辭注。

〔八〕"立坊碎錦"二句:指唐代宰相裴度。裴度封晉國公,故又稱之爲裴晉公。唐馮贄雲仙雜記卷六碎錦坊:"(裴)晉公午橋莊有文杏百株,其處立碎錦坊。"

〔九〕"若托之"五句:指所謂"漢帝杏"。酉陽雜俎前集卷十八廣動植之三木篇:"漢帝杏,濟南郡之東南有分流山,山上多杏,大如梨,色黄如橘。土人謂之漢帝杏,亦曰金杏。"

〔十〕嵩山之杏:嵩山記:"嵩山有牛山,其山多杏,至三月,爛然黄茂。自中國喪亂,百姓饑饉,皆資此爲命,人人充飽而杏不盡。"(宋陳景沂 全芳備祖後集卷五果部引録。)

贈醫士莫仲仁序[一]

淞之張涇[二]，有醫術過人，名於士大夫者，曰莫仲仁氏。予來淞[三]，未①識其人。仲仁首謁，余扣其術，莫能對，顧相視一笑耳。從者曰："仲仁氏病聾。"余怪聾若是，何以聰於五聲之醫乎[四]？易其人，且疑其術異，而隣有以其病召之，即療若神者，始驚其術。且又介馮生淵持弓謁文[五]，生爲件②狀曰："邑人某病蠱，衆醫莫療③，仲仁氏以峻劑吐蟲若干升，生立愈。又某病寒，逾九日，讝口發狂，陰且縮，法死，仲仁氏徐以常藥理之而平。又某病噤痢，不食餘七日，氣始絕，仲仁氏投以湯飲，即内食飲而起。又大官某氏病瘵，醫衆爭進藥，期勝，仲仁氏望之而走，曰：'雖扁鵲不可醫已。'出門而斃。"諗爾則仲仁氏聾於耳，未嘗聾於心與目也。

桑君教扁鵲者以飲上池[六]，而使之視其五臟，若神鏡見膽耳。故鵲兄弟三人皆善醫，長兄神於視色，仲兄神於視豪毛[七]。醫固不貴於聰聽，而貴於明視也諗矣。余聞古至人者，有明而不視，聰而不聞，蓋養明于不視而無不視，蓋養聰于不聞而無不聞。若仲仁之聾，其養聰者非歟？不然，聾者視明，瞽者聽聰，絕利一原，用師十倍。仲仁氏聾於耳，宜其聰於心與目者，非妄庸師之可及也。

今之妄庸師④，有推而爲國師，衣繡驅良，從者後先，以出入於王公貴人之門，遇疾則雜投藥石，以希倖中。中輒繳美譚於文章家，以登載其能；不中，不以咎之也。若是者曷可勝算！而仲仁氏覆以病聾見遺於野，是戢勁翮⑤於鶂之退，藏逸迹於駿之伏者也。其求余言，與夫衣繡驅良、飾繆陋以繳美譚者異，故予樂界之以言。至正庚寅春王三月有二日拜手書。

【校】

① 未：原本作"末"，據文淵閣四庫全書本改。

② 件：四部叢刊本誤作"仲"。

③ 療：原本作"潦"，據文淵閣四庫全書本改。

④ 師：原本作"師師"，據文淵閣四庫全書本删。

⑤ 翩：原本作"融"，據文淵閣四庫全書本改。

【箋注】

〔一〕文撰於元至正十年庚寅(一三五〇)三月二日，當時鐵崖受聘於松江呂氏，授學爲生。莫仲仁：生平見本文，正德松江府志卷三十藝術人物志、光緒金山縣志卷二十六藝術傳載莫仲仁小傳，實摘自本文。

〔二〕張涇：崇禎松江府志卷三鎮市："張涇堰鎮，一名張溪。在七保，去(華亭)縣南五十里。宋人堰海十八所之一也……楊竹西有不礙雲山樓，面海對山，浩然清越。自府之金山孔道也。"

〔三〕予來淞：指至正九年春始居松江，當時應松江呂氏之邀，爲其子弟授業。

〔四〕五聲之醫：指醫生聞五音以察病。唐王冰注黄帝内經素問卷五脉要精微論："是故聲合五音，色合五行，脉合陰陽。"注："聲表宫商角徵羽，故合五音。"

〔五〕馮生淵：即鐵崖弟子馮澄。馮澄字淵如。參見東維子文集卷十七東阿所記。

〔六〕桑君：即長桑君。史記扁鵲列傳："長桑君亦知扁鵲非常人也。出入十餘年，乃呼扁鵲私坐……乃出其懷中藥予扁鵲：'飲是以上池之水，三十日當知物矣。'乃悉取其禁方書盡與扁鵲。忽然不見，殆非人也。扁鵲以其言飲藥三十日，視見垣一方人。以此視病，盡見五藏癥結，特以診脈爲名耳。"

〔七〕"故鵲兄弟"三句：宋張杲醫説卷二扁鵲兄弟三人："鶡冠子云：扁鵲兄弟三人并醫。魏文侯問：'孰最?'扁鵲曰：'長兄神視，故名不出家；仲兄神毫毛，故名不出閭；臣針人血脈，投人毒藥，故名聞諸侯。'"

無聲詩意序〔一〕

雲間陶叔彬氏，有畫帙題曰無聲詩意，皆録代之名畫①也，請予文序其端。東坡以詩爲有聲畫，畫爲無聲詩〔二〕。蓋詩者，心聲；畫者，心畫，二者同體也。納山川草木之秀，描寫於有聲者，非畫乎？覽山川草木之秀，叙述於無聲者，非詩乎？故能詩者必知畫，而能畫者多知詩〔三〕，由其道無二致也。叔彬名畫以"詩意"，不惟知畫，其②知詩矣。

　　詩之弊,至宋末而極。我朝詩人往往造盛唐之選,不極乎晉、魏、漢、楚,不止也。畫亦然。吁,此豈人性之有異哉?世運否泰之異耳。第未知叔彬所蓄之畫,繇宋而唐者幾何?繇唐而晉、魏者又幾何?求之勤而藏之夥,他日使余見之,其畫顧長康[四]、陸探微[五]、張僧繇也[六],尚有以卜余論之不誣人哉!是爲序。

【校】

① 畫:原本作"之",據文淵閣四庫全書本改。

② 其:文淵閣四庫全書本本作"且"。

【箋注】

〔一〕文撰於元至正九、十年間。其時鐵崖寓居松江,授學爲生。繫年依據:其一,文中稱元代爲"我朝"。其二,文中未言戰亂,當爲鐵崖初次寓居松江期間。無聲詩意:松江陶叔彬臨摹歷代名畫,彙集而成。陶叔彬,松江人。

〔二〕"東坡"二句:宋阮閲詩話總龜卷八評論門四:"東坡嘗與人書,言味王摩詰之詩,詩中有畫;觀摩詰之畫,畫中有詩。"

〔三〕"故能詩者"二句:鄧椿畫繼卷九雜説論遠:"其爲人也多文,雖有不曉畫者寡矣;其爲人也無文,雖有曉畫者寡矣。"

〔四〕顧長康:即東晉顧愷之,字長康,小字虎頭,晉陵無錫人。多才藝,尤工丹青。其生平參見歷代名畫記卷五。

〔五〕陸探微:吳人。南朝劉宋時著名畫師,宋明帝時常在侍從,丹青之妙,最推工者。其生平參見歷代名畫記卷六。

〔六〕張僧繇:吳中人。南朝蕭梁天監中爲武陵王國侍郎,直秘閣,知畫事。歷右軍將軍,吳興太守。武帝崇飾佛寺,多命僧繇畫之。其生平參見歷代名畫記卷七。

圖繪寶鑑序[一]

　　雲間義門夏氏①孫名②文彦,字士良,集歷代圖繪寶鑑凡若干卷,由史皇[二]、封膜而下[三],訖于有元,凡若干人。其詳博補郭若虚之所遺〔四〕,其用心亦勤③矣。其子大有持其編〔五〕,謁④予草玄閣曰:"鄧椿有言〔六〕:'其爲人也多文,雖有不曉畫者寡矣;其爲人也無文,雖有曉畫者寡矣。'先生海内智⑤文人,與歐陽文忠、東坡、山谷、後山、宛丘、淮海、月岩、漫仕、龍眠⑥諸公等聲價〔七〕,敢乞一言標其端。"

予曰,書盛於晉,畫盛於唐、宋,書與畫一耳。士大夫工畫者必工書,其畫法即書法所在,然則畫豈可以妄庸⑦人得之乎?宣和中,建五嶽觀〔八〕,大集天下畫史,如進士科,下題掄選,應詔者至⑧如百人,然多不稱上旨。則知畫之積習,雖有譜格⑨,而神妙之品出於天質者,殆不可以譜格而得也。故畫品優劣,關于人品之高下,無論侯王貴戚、軒冕才賢、山林道釋、世胄女婦,苟有天質超凡入聖,即可冠當代而名後世矣。其不然者,或事模擬,雖入譜格,而自家所得於心傳神領者,則蔑矣。故論畫之高下者,有傳形,有傳神。傳神者,氣韻生動是也〔九〕。如畫猫者,張壁而絕鼠;大士者,渡海而滅風;翊聖真武者,叩⑩之而響應。寫人真者,即能奪其精神若此者,豈非氣韻生動、機奪造化者乎?吾顧未知寶鑑中事模擬而得名者,士良亦能辨之否乎?雖然,梁武作歷代書評〔十〕,米元章作續平⑪〔十一〕,非神識高者不能。吾欲作歷代畫評,以繼蕭、米,士良父子當有以贊予之品藻也。而吾所屬⑫大有圖畫紀詠,則當亟成,以繼寶鑑云。是爲序。

【校】

① 本文又載楊鐵崖先生文集全録卷四,據以校勘。夏氏:楊鐵崖先生文集全録本作"夏氏有"。

② 名:楊鐵崖先生文集全録本無。

③ 其用心亦勤:原本作"其用亦勤持",據楊鐵崖先生文集全録本改。

④ 謁:原本作"謂",據楊鐵崖先生文集全録本改。

⑤ 智:原本作"智",楊鐵崖先生文集全録本作"名",文淵閣四庫全書本作"知",據四部叢刊本改。

⑥ 眠:原本誤作"珉",據楊鐵崖先生文集全録本、文淵閣四庫全書本改。

⑦ 妄庸:楊鐵崖先生文集全録本作"文"。

⑧ 至:楊鐵崖先生文集全録本無。

⑨ 雖有譜格:楊鐵崖先生文集全録本作"雖有譜格得也"。

⑩ 叩:楊鐵崖先生文集全録本作"即"。

⑪ 平：楊鐵崖先生文集全録本作“評”。

⑫ 屬：楊鐵崖先生文集全録本作“囑”。

【箋注】

〔一〕文當撰於元至正二十五年（一三六五）七月，或稍後。當時鐵崖寓居松江。
繫年依據：按宸翰樓叢書本圖繪寶鑒卷首夏文彥自序：“自卜居泗上，人
事稀闊，間以宣和畫譜附之他書，益以南渡、遼、金、國朝人品，刊其叢脞，
補其闕略，匯而成編，分爲五卷，名曰圖繪寶鑒……至正乙巳秋七月甲子，
吳興夏文彥士良書於寶墨齋。”然則鐵崖爲之撰序，當在至正二十五年乙
巳七月圖繪寶鑒成書之時，或稍後不久。按：宸翰樓叢書本載鐵崖所撰圖
繪寶鑒序，謂應陶宗儀所請而撰，與本文差別頗大，故另外收録於佚文編，
可參看。夏文彥，字士良，號蘭渚生。其先世爲吳興人，後徙雲間，至文彥
已四世。文彥精於繪事，尤嗜購藏名家書畫。家有文竹軒，鐵崖嘗爲撰
記。明初，被迫遷徙鳳陽（今屬安徽），耕田讀書，樂天灑脱。構建東澗草
堂，時有文人往來。參見東維子文集卷十五文竹軒記，明鄭真撰滎陽外史
集卷九東澗草堂記，及南村輟耕録卷十八叙畫。

〔二〕史皇：歷代名畫記卷四軒轅時：“史皇，黄帝之臣也。始善圖畫，創制垂
法。體象天地，功侔造化。首冠群工，不亦宜哉。”

〔三〕封膜：歷代名畫記卷四周：“封膜，周時人。善畫。見穆天子傳。郭璞云：
姓封，名膜。”

〔四〕郭若虛：宋人，撰有圖畫見聞志。四庫全書總目圖畫見聞志六卷：“宋郭
若虛撰……若虛以張彥遠歷代名畫記絶筆唐末，因續爲裒輯，自五代至熙
寧七年而止。分叙論、記藝、故事拾遺、近事四門。”

〔五〕夏大有（？──一三八八）：字原威，自號採芝生，文彥之子。楊維禎、孫
作曾爲作傳。明初偕父謫遷臨濠。官至馬平主簿。卒於明洪武二十年丁
卯臘月十三日（公元一三八八年一月二十二日），陶宗儀悼詩曰：“詩書承
善慶，簪組沐恩榮。賦命分修短，詳刑服重輕。平生師友義，終古别離情。
盡掬寒淞水，難湔淚眼清。”參見南村詩集卷二哭馬平主簿夏原威、明鄭真
滎陽外史集卷五十採芝生贊。

〔六〕鄧椿：四庫全書總目畫繼十卷：“宋鄧椿撰。椿，雙流人。祖洵武，政和中
知樞密院，其時最重畫學，椿以家世聞見綴成此書。其曰畫繼者，唐張彥
遠作歷代名畫記，起軒轅，止唐會昌元年。宋郭若虛作圖畫見聞志，起會
昌元年，止宋熙寧七年。椿作此書，起熙寧七年，止乾道三年，用續二家之

書,故曰繼也。”“其爲人也多文”四句,見畫繼卷九雜説論遠。

〔七〕歐陽文忠、東坡、山谷、後山、宛丘、淮海、月巖、漫仕、龍眠: 分別指歐陽修、
蘇軾、黄庭堅、陳師道、張耒、秦觀、李薦、米芾、李公麟,皆北宋文人。按:
歐陽修諡文忠,蘇軾號東坡居士,黄庭堅自號山谷道人,陳師道號後山居
士,張耒有宛丘集,秦觀號淮海居士,李薦有月巖集,米芾自稱襄陽漫仕,
李公麟自號龍眠居士。宋史皆有傳。

〔八〕五嶽觀: 宋徽宗宣和年間建。意欲興畫學教育衆工,如進士科下題取士
等等,詳見畫繼卷一聖藝徽宗皇帝。

〔九〕氣韻生動: 南齊謝赫古畫品録:“雖畫有六法,罕能盡該,而自古及今,各
善一節。六法者何? 一,氣韻生動是也。”

〔十〕梁武: 即梁武帝蕭衍。歷代書評: 指梁武帝評書,載書苑菁華卷五。

〔十一〕米元章作續平: 米芾有書史、畫史各一卷。

送寫神葉清友序〔一〕

　　古今稱傳神者,晉之顧長康氏〔二〕。長康寫照,非徒得人之形似,
而并以其情性精爽者得之,此古今之稱妙也。其寫裴叔則,頰上益以
三毛,而裴之神明見;寫謝幼輿,置之岩石之裏,而謝之情性知。傳神
而不得其精爽情性,徒求規規之形似,其去土木之偶,奚遠哉!

　　天台葉清友昏,其父可觀,觀京師,嘗寫天顏,被命爲提舉梵像
監。清友紹其家傳,嘗爲予寫鹿冠吹笛之象于五湖之間,談者謂非徒
得予形骨,而又得予神明,不在長康氏之下也。予嘗論傳神如長康
氏,可謂絶古今之妙矣。抑律之在古殷之畫①工〔三〕,則長康氏又有所
不能也。高宗夢賢於野,俾畫工以象求之,得諸傅説惟肖,説以夢交
於畫工也。吾不知畫工何以而得肖於君之象也,畫工之神,蓋有陰敓
造化之妙者矣。聖天子方寤寐求賢,版築之下亦有其人,或俾圖像,
予試以畫工之神於商者神於今也,長康氏之稱妙者,又何足爲清友
道哉!

【校】

① 畫: 原本誤作“書”,據文淵閣四庫全書本改。

【箋注】

〔一〕文撰於元至正六年（一三四六）前後。繫年依據：其一，文中以“覲京師”、“寫天顔”等語，稱述葉昏之父爲元代皇帝畫肖像，顯然當時尚在元代。其二，據文中葉昏“爲予寫鹿冠吹笛之象于五湖之間”等語推之，本文蓋屬回贈之作，其時鐵崖必居太湖周邊，當爲元至正五年至八年之間，即鐵崖浪游湖州、姑蘇等地，授學爲生之時。葉清友：名昏，字清友，台州（今屬浙江）人。梵像監提舉可觀子。父子二人皆以擅長肖像畫聞名。按：佩文齋書畫譜卷五十四畫家傳有葉可觀傳、葉清友傳，實皆源自本文。民國續修台州府志卷一百二十五方伎傳載葉昏小傳，亦出自本文。

〔二〕顧長康：即東晉顧愷之。世説新語巧藝：“顧長康畫裴叔則，頰上益三毛。人問其故，顧曰：‘裴楷儁朗有識具，正此是其識具。’看畫者尋之，定覺益三毛如有神明，殊勝未安時。”又：“顧長康畫謝幼輿在巖石裏，人問其所以，顧曰：‘謝云一丘一壑，自謂過之。此子宜置丘壑中。’”

〔三〕古殷之畫工：指殷商時，爲武丁繪傅説像之畫工。史記殷本紀：“武丁夜夢得聖人，名曰説。以夢所見視群臣百吏，皆非也。於是迺使百工營求之野，得説於傅險中。是時説爲胥靡，築於傅險。見於武丁，武丁曰：‘是也。’得而與之語，果聖人。舉以爲相，殷國大治。故遂以傅險姓之，號曰傅説。”

送周仙客談禄命序〔一〕

予嘗於談禄命者爲之言，曰德勝命者昌，命勝德者亡。推禄以命，孰愈推禄以德？因舉古德二事：

五代王延政守建〔二〕，遣一部將報事軍前，後期當斬，歸語其妻連氏，連氏急遣逃之，且資之金。部將潛投江南李主〔三〕，隸查文徽麾下〔四〕。徽攻延政，部將領師。城業陷，下令曰：“有能全連氏一門者賞。”連氏急告曰：“將軍不活建民，妾請先死，誓不獨生。”部將爲之戢兵，全城不殺。至今連氏爲建大族，世食禄位，官至卿相。

宋王方贄〔五〕，上遣均兩浙田税。錢氏時毒歛〔六〕，歛至三斗，贄陞減二斗。使還，上責陞減田額，贄對曰：“歛賦一斗，此天下之通法。

兩浙既爲王民,豈宜復循僞國弊政?"上喜,可其奏。至今浙田著爲令,贊之遺澤也。官驟升右司諫,至京東轉運鹽使。生五丈夫子①:皋、準、罩、鞏、罕。準子珪〔七〕,官至宰相。

　　夫以一將婦一稅使,存心仁厚,其福身福家以覃其子孫之慶者如此。今食祿貴人,任人家國事,不肯出一言立一政以利天下,惟務全身保妻子,以爲福身能事,而身或有不全,妻子或中走其門者無虛日。仙客談祿,必先警其凶吝,更宜推古德事以啟之,如連、王②氏之福身福家以覃其慶於子孫者,仙客之術,將有古君子之教也。故疏以告之。

【校】

① 生五丈夫子:此句有誤。詳見注釋。
② 王:原本作"二",據文淵閣四庫全書本改。

【箋注】

〔一〕文撰期不詳。周仙客:其名字籍貫皆不詳。
〔二〕王延政:五代時閩王王審知之子,曾於建州自立爲王,國號爲殷。生平詳見新五代史閩世家。
〔三〕江南李主:此指南唐李璟。
〔四〕查文徽:追隨南唐李璟,任樞密副使,後爲建州節度使。其生平參見新五代史南唐世家。
〔五〕王方贊:名永。按:王方贊乃王珪曾祖父,生平附見宋史王珪傳。又,王方贊減稅事,詳見夢溪筆談卷九人事。
〔六〕錢氏:此指五代時吳越王錢鏐及其後嗣。
〔七〕按:此所謂王方贊"生五丈夫子"云云,有誤。據宋史王珪傳,其"曾祖永,事太宗爲右補闕,吳越納土,受命往均賦"。然則王珪爲王永(即王方贊)曾孫,皋、準、罩、鞏、罕,皆應爲王方贊孫輩。其中王珪季父罕,宋史有傳。

送楊懋昭占數序〔一〕

自星命之學代神著,而易之數荒矣。天地之大,不逃乎數,而況於萬物乎！天地有定數，則寒暑①乘除有定算。書曰：“先其算命〔二〕。”（逸書。）今之數家有算術，而可以推步人之吉凶悔吝，亦神蓍之余靈已乎。

西蜀楊懋昭，算數以決人事，人推爲神算。非其算過於蓍蔡者乎！吾觀世之術數亦衆矣，必據人之生年月日時，否必傳聲傳字畫，而後數可依也。懋昭不然，占人意於冥交默接之中，而數生焉，數生而卦象出焉，卦象出而易之繇灼見於休咎之應。吁，亦神矣。故曰：算過於蓍蔡而知大易，前民之用者未忘②也。雖然，卦爻，數也，有理焉。理制於數，而理之順亦足以役數。嚴遵以易占人〔三〕，而必依數言理。與人子言，依於孝；與人臣言，依於忠，蓋約數以理也。邴吉以陰德延齡〔四〕，貢禹以守節愈疾〔五〕，非理之順者足以役數乎！懋昭言人以數，盍亦參之以理？庶先天後天之道備，而易之教行矣。

懋昭韙余言，書其説以去。

【校】

① 暑：原本無，據文淵閣四庫全書本補。
② 忘：文淵閣四庫全書本作“亡”。

【箋注】

〔一〕文撰期不詳。楊懋昭：生平僅見本文。
〔二〕漢書律曆志上：“書曰：先其算命。”顏師古注：“逸書也。言王者統業，先立算數以命百事也。”
〔三〕嚴遵：字君平，漢人。卜筮於成都，人稱“近古之逸民”。生平見高士傳卷中嚴遵，參見漢書卷七十二王貢兩龔鮑傳卷首語。
〔四〕邴吉：西漢人。後漢書袁張韓周列傳：“（論曰：）邴吉有陰德，夏侯勝識其當封及子孫。”注：“武帝末，戾太子巫蠱事起，邴吉爲廷尉監。時宣帝年二歲，坐太子事繫。望氣者言長安獄中有天子氣，於是上遣使者分條中都官詔獄，繫者亡輕重一切皆殺之。内者令郭穰至郡邸獄，吉閉門扞拒曰：‘它人無辜猶不可，況親曾孫乎？’穰不得入，還以聞。上曰：‘天使之也。’因大赦天下。曾孫賴吉得立。宣帝立，吉爲丞相，未及封而病。上憂吉不起，夏侯勝曰：‘此未死也。臣聞有陰德者必饗其樂以及子孫。’後吉病愈，封博陽侯。”

〔五〕貢禹：字少翁。西漢元帝時官至御史大夫，以忠直廉潔著稱。漢書有傳。三國志魏書高堂隆傳："昔邴吉以陰德，疾除而延壽；貢禹以守節，疾篤而濟愈。"

送何心傳序〔一〕

世之非相地者曰："古之葬者，授地於百司，無相地之術也。昔之聖人，仰觀俯察，求利於吾人，至於農獵之賤，無不推其利害以詔於人。使相地之術果信，其何教不在農獵後也？"余嘗辨之，曰卜其兆，或以爲藏者安不，不可無也；卜其脉絡形勝，以爲生者貧賤富貴壽夭賢昏之辨，則未必有也。詩云："既景乃岡，相其陰陽〔二〕。"則岡之陰陽，亦有係於相宇之便不便者。書①云："卜澗水東，瀍水西，惟雒食〔三〕。"則之東西，亦係於遷邑之利不利也已。然擇丈尺之窆，以覬福於百年之腐骨，使人之愚子孫藏其祖考，十年五年不即土者，則狐首〔四〕、指蒙之書之過也〔五〕。

天台何心傳，宋大學博士瓜隱先生之孫也〔六〕。家有六宜樓，以延海内之名師傅。講習之餘，有傳其師玉平山人相地之術〔七〕，將挾是以游京師，求余一言以自徹。余謂："京師有公劉之相宇〔八〕、姬旦之遷邑〔九〕，子之術亦有應於詩、書者不乎？不然，以狐首、指蒙之書占一抔之土，以虛喝既利以售其術於人之愚子孫，吾固未②之予也。玉平之師之曰'悟流峙之法以闡③河洛之閟藏，探動静之機以識乾坤之妙用'，此陰陽者流之上術也。心傳有傳於此，則吾之所未予者，其知免矣夫！"至正八年九月十日序。

【校】

① 書：原本誤作"詩"，據下文改。參見注釋。
② 未：原本作"來"，據文淵閣四庫全書本改。
③ 闡：原本作"闖"，據文淵閣四庫全書本改。

【箋注】

〔一〕文撰於元至正八年（一三四八）九月十日，當時鐵崖寓居蘇州，授學爲生。

何心傳：生平見本文，民國續修台州府志卷一百二十五方伎傳有何心泉
傳，實出自本文。

〔二〕“既景乃岡”二句：出自詩經大雅公劉。

〔三〕“卜澗水東”三句：出自書洛誥。

〔四〕狐首：傳爲郭璞撰。直齋書録解題卷十二卜筮類著録，曰：“狐首經一卷，
不著名氏，稱郭景純序，亦依託也。胡汝嘉始序而傳之。其文亦雅馴，言
頗有理。陰陽備用中全載。”

〔五〕指蒙：又稱管氏地理指蒙，相傳爲三國魏人管輅所著。蓋屬僞託。全書
十卷一百則，闡説相地之術，頗爲全面。

〔六〕瓜隱先生：名字不詳。

〔七〕玉平山人：姓名生平不詳。

〔八〕京師有公劉之相宇：此句照應前文引述詩語。公劉，周文王之先人，周部
落首領。

〔九〕姬旦之遷邑：此句照應前文引述書語。姬旦，即周公旦。

贈相士孫德昭序〔一〕

戰國以來，聖人之道不行。士之急功利者，變而爲游説，爲滑稽，
爲刑名。然以三寸舌簧鼓天下之向背者，則異甚於從衡捭闔①之術
也。漢有天下，風俗稍一，被從衡捭闔者，知其伎之窮，則又轉時爲談
天相人之術，敗君誤世者往往有焉，而明昭往史亦不少也。唐以後，
習相人術者，益紛紛焉挾是以爲食，則其售於人者急，而罔於人者宜
無所不至，揣摩臆度，言與其術自兵而有弗計也。嘻，以相求相者，將
有利於己之富貴慶祥；以相相人，尤將有利於人之富貴慶祥耳。故相
人者言慶言祥，則求相者喜；言妖言禍，則求相者怒。相人者將以爲
利也，又安得言妖言禍，以犯人之怒而絶己之利哉！毋怪其揣摩臆度
之説，與其術自兵而有所弗計也。

雲間孫德②昭氏，於金陵山中得異人相術，其授受不苟。其談相
於人也，善則云善，惡則云惡。善不善也，由乎人；利不利也，由乎天，
而吾所首之術不明由人由天者有所改也。所謂士之仰不愧、俯不怍
者歟〔二〕！相術而有人若是，蓋亦近乎道，以君子之論有所不惜也。因

其乞言，遂書以爲序。至正九年夏五月十四日。

【校】

① "捭闔"之"捭"，原本誤作"押"，據文淵閣四庫全書本改。下同。
② 德：原本作"得"，據本文題目改。

【箋注】

〔一〕文撰於元至正九年（一三四九）五月十四日，當時鐵崖受聘於松江吕良佐，
　　教授其子弟，攜家移居松江僅兩三月。孫德昭：德昭當爲其字，松江人。
　　元末相士。曾於金陵山中得秘術，外號孫電眼。按：鐵崖先生詩集甲集贈
　　相士孫電眼有句曰："楊子十年官不調，昇州相士論升沉。"鐵崖丁艱去官，
　　至此爲十年，詩文當爲一時之作。結合本文又可知：孫德昭實爲雲間（今
　　上海松江）人，然曾"於金陵山中得異人相術"，故或稱"昇州相士"。
〔二〕仰不愧、俯不怍：孟子盡心上："仰不愧於天，俯不怍於人。"

送陳生彦高序〔一〕

　　藝必貴乎精①，精而後化，化而後神。師曠氏之鼓琴也，奏清徵而
玄鶴集〔二〕，奏清角而風雲猝變者〔三〕，非其精而化、化而神之效若是歟！
君子論古樂之人而動物者，必曰琴，而箏笆篍篌有所不預焉。於乎，
大雅之音無聞也，則知今之樂有精而化、化而神，如師②曠氏之琴也，
獨不動物乎！
　　松陵陳生彦高博學多才藝，尤邃於音律。余嘗於三泖水雲之區
聽其鼓十三弦之操〔四〕，作商聲調，林籟③激發；轉徵④音，而魚龍悲嘯。
緣情而鼓，欲樂則樂，欲悲則悲。故喜者或墮淚，戚者或起舞，所謂藝
之動物者非歟！抑⑤余聞晉謝仁祖喜箏〔五〕，歌秋風一詞而受遇於桓
温，亟引歸府。生嘗東游甌越，達官貴人有以温之引仁祖者引生矣。
今且給事漕府，將有禄位於民上矣。吁，非其藝之動物而遇於人者，
至是乎！吁，一藝之精尚耳，而況藝之尚⑥於生者乎？因其請言，故爲
藝説以奇⑦生之遇，而歎儒人遇有不如生⑧者，非藝之罪也，藝之精而

至於神者，未至於生也。<u>至正</u>庚寅三月十五日序。

【校】

① 精：原本作積，<u>四部叢刊</u>本、<u>文淵閣</u>四庫全書本作"積"，據下文改。下同。

②"師"字以下原本脱葉，據<u>四部叢刊</u>本補。

③ 籟：<u>四部叢刊</u>本作"灝"，據<u>文淵閣</u>四庫全書本改。

④ 徵：<u>四部叢刊</u>本作"徽"，據<u>文淵閣</u>四庫全書本改。

⑤ 抑：<u>四部叢刊</u>本無，據<u>文淵閣</u>四庫全書本補。

⑥ 尚：<u>文淵閣</u>四庫全書本作"上"。

⑦ 奇：<u>四部叢刊</u>本作"其"，據<u>文淵閣</u>四庫全書本改。

⑧ 如生：<u>文淵閣</u>四庫全書本作"生如"。

【箋注】

〔一〕文撰於<u>元</u>至正十年庚寅（一三五〇）三月十五日，當時<u>鐵崖</u>受聘於<u>松江</u>呂氏，移居松江已一年。<u>陳彦高</u>：生平見本文。

〔二〕清徵：<u>韓非子</u>十過："公曰：'清徵可得而聞乎？'<u>師曠</u>曰：'不可。古之聽清徵者，皆有德義之君也。今吾君德薄，不足以聽。'<u>平公</u>曰：'寡人之所好者音也，願試聽之。'<u>師曠</u>不得已，援琴而鼓。一奏之，有玄鶴二八道南方來，集於郎門之塊；再奏之，而列；三奏之，延頸而鳴，舒翼而舞。"

〔三〕清角：<u>韓非子</u>十過："平公曰：'清角可得而聞乎？'……<u>師曠</u>不得已而鼓之。一奏，而有玄雲從西北方起；再奏之，大風至，大雨隨之，裂帷幕，破俎豆，隳廊瓦。坐者散走。<u>平公</u>恐懼，伏于廊室之間。<u>晉國</u>大旱，赤地三年。"

〔四〕十三弦：筝之異名。參見<u>元</u>熊朋來瑟譜卷六瑟譜後録。

〔五〕<u>謝仁祖</u>：名尚，字仁祖，陳郡人。<u>謝鯤</u>之子。<u>晉書</u>有傳。藝文類聚卷四十四樂部四筝："俗説曰：<u>謝仁祖</u>爲<u>豫州主簿</u>，在<u>桓温</u>閣下。<u>桓</u>聞其善彈筝，便呼之。既至，取筝令彈。<u>謝</u>即理弦撫筝，因歌秋風，意氣殊逸。<u>桓大</u>以此知之。"

朱明優戲序①〔一〕

百戲有魚龍〔二〕、角觝〔三〕、高絙〔四〕、鳳皇〔五〕、<u>都盧</u>尋橦②〔六〕、戲車[七]、走丸、吞刀吐火[八]、扛鼎、象人[九]、怪獸舍利[十]、潑寒[十一]、蘇莫③等伎[十二]，而皆不如俳優侏儒之戲，或有關於諷諫，而非徒爲一時耳目之玩也。窟礧家起於偃師獻穆王之伎[十三]，漢户牖侯祖之，以解平城之圍，運機關舞堶間，闖④支以爲生人[十四]。後翻爲伶⑤者戲具，其引歌舞，亦不過借吻角呶唧聲，未有引以人音，至於嬉笑怒罵，備五方之音，演爲諧諢嘸哑而成劇者也。

玉峰朱明氏，世習窟礧家，其大父應俳首駕前。明手益機警，而辨舌歌喉又悉與手應，一談一笑，真若出於偶人肝肺間，觀者驚之若神。松帥韓侯宴余偃武堂[十五]，明供群木偶爲尉遲平寇[十六]、子卿還朝[十七]，於降臣昏⑥辟之際，不無諷諫所係，而誠非苟爲一時耳目玩者也。韓侯既賚以金，諸客各贈之詩，而侯又爲之乞吾言以重厥伎，於是乎書以遺之。時至正二十六年三月二十有三日。

【校】

① 原本脱葉，本文不存。故以四部叢刊本作底本。
② 牖：文淵閣四庫全書本作“潼”。疑當作“橦”。參見注釋。
③ 莫：四部叢刊本作“木”，據文淵閣四庫全書本改。
④ 闖：四部叢刊本作“關”，據文淵閣四庫全書本改。
⑤ 伶：四部叢刊本作“信”，據文淵閣四庫全書本改。
⑥ 昏：四部叢刊本作“民”，據文淵閣四庫全書本改。

【箋注】

〔一〕本文撰於元至正二十六年（一三六六）三月二十三日，時鐵崖寓居松江。其時距離松江守臣投降朱元璋，實已不足十月。朱明：崑山藝人，生平見本文。

〔二〕魚龍：宋陳暘撰樂書卷一百八十六雜樂：“漢天子正旦臨軒，設九賓樂。舍利獸從西方來，戲於殿庭，激水成比目魚……張衡所謂海鱗變而成龍也。樂畢，作魚龍蔓延，黄門鼓吹三通。亦百戲之一也。”

〔三〕角觝：宋陳暘撰樂書卷一百八十六雜樂：“角觝戲，本六國時所造，秦因而廣之。漢興雖罷，至武帝復采用之……角者，角其伎也。兩兩相當，角及伎藝射御也。蓋雜伎之總稱云。”

〔四〕高絙：明徐一夔等明集禮卷五十三俗樂：“梁有高絙伎，蓋今之戲繩也。”

〔五〕鳳凰：鄴中記：“（石虎）殿前作樂，高絙、龍魚、鳳凰、安息、五案之屬，莫不畢備。有額上緣橦，至上鳥飛，左回右轉。又以橦著口齒上，亦如之。設馬車，立木橦其車上，長二丈。橦頭安橫木，兩伎兒各坐木一頭，或鳥飛，或倒掛。”

〔六〕尋橦：類似今之爬竿。漢書地理志下：“有夫甘都盧國。”師古曰：“都盧國人勁捷善緣高，故張衡西京賦云‘烏獲扛鼎，都盧尋橦’。”

〔七〕戲車：蓋今飛車之技。史記衛綰傳：“綰以戲車爲郎。”應劭曰：“能左右超乘也。”

〔八〕吞刀吐火：明集禮卷五十三俗樂：“吞刀吐火，植瓜種樹之類術，皆從西域來。”

〔九〕象人：類似今之舞獅者。漢書禮樂志：“常從倡三十人，常從象人四人。”孟康曰：“象人，若今戲蝦魚師子者也。”韋昭曰：“著假面者也。”

〔十〕舍利：元郝經續後漢書卷八十七禮樂代樂：“舍利，從西方來，戲於殿前。激水化成比目魚，跳躍漱水，作霧翳日。畢，又化龍，長八九丈，出水游戲，炫耀日光。”

〔十一〕潑寒：資治通鑑卷二百八唐紀二十四中宗神龍元年：“上御洛城南樓，觀潑寒胡戲。”胡三省注：“潑寒胡戲，即乞寒胡戲，本出於胡中西域康國，十一月鼓舞乞寒，以水交潑爲樂。武后末年，始以季冬爲之。”

〔十二〕蘇莫：“蘇莫遮”之簡稱。或謂即公孫大娘之渾脱舞。新唐書宋務光傳：“時又有清源尉呂元泰，亦上書言時政曰：……比見坊邑相率爲渾脱隊，駿馬胡服，名曰‘蘇莫遮’。旗鼓相當，軍陣勢也；騰逐喧譟，戰爭象也；錦繡夸競，害女工也；督斂貧弱，傷政體也；胡服相歡，非雅樂也；渾脱爲號，非美名也。”

〔十三〕窟礧：今之木偶戲。列子集釋卷五湯問：“（周穆王）反還，未及中國，道有獻工人名偃師。穆王薦之，問曰：‘若有何能？’偃師曰：‘臣唯命所試。然臣已有所造，願王先觀之。’……穆王驚視之，趣步俯仰，信人也。巧夫鎮其頤，則歌合律；捧其手，則舞應節。千變萬化，惟意所適。”

〔十四〕“漢戶牖侯祖之”四句：述西漢陳平以木偶解圍故事。戶牖侯，指陳平。閼支，即閼氏，冒頓妻。宋曾慥編類説卷十六樂府雜録傀儡子：“起漢祖平城之圍。其城一面即冒頓妻閼氏，兵強於三面。陳平訪知閼氏妒，乃造木偶人，運機關舞埤間。閼氏望見，謂是生人，慮下城冒頓必納，遂退軍。史家但云秘計，鄙其策下耳。後翻爲戲。”

〔十五〕松帥韓侯：韓復春。參見東維子文集卷九風月福人序。

〔十六〕尉遲平寇：唐尉遲敬德故事。尉遲敬德驍勇異常，佐太宗平定天下。

　　參見舊唐書本傳。

〔十七〕子卿還朝：西漢蘇武故事。蘇武字子卿。

優戲録序〔一〕

　　侏儒奇偉之戲，出於古亡①國之君〔二〕。春秋②之世，陵轢大諸侯，後代離析③文義，至侮聖人之言爲大劇〔三〕，蓋在誅絶之法〔四〕。而太史公爲滑稽者作傳，取其譚言微中〔五〕，則感世道者實④深矣。

　　錢唐王曄，集歷代之優辭有關於世道者，自楚國優孟而下〔六〕，至金人玳瑁頭〔七〕，凡若干條。太史公之旨，其有概于中者乎！予聞仲尼論諫之義有五〔八〕，始曰譎諫，終曰諷諫。且曰：“吾從者，諷乎！”蓋以⑤諷之效，從容一言之中，而龍逄、比干不獲稱良臣者之所不及也〔九〕。及⑥觀優之寓於諷者，如漆城〔十〕、瓦衣〔十一〕、雨⑦税之類〔十二〕，皆一言之微，有回天倒日之力，而勿煩乎牽裾伏蒲之勃也〔十三〕。則優戲之伎雖在誅絶，而優諫之功豈可少乎！他如安金藏之刳腸〔十四〕，申漸高之飲酖〔十五〕，敬新磨之免戮疲令⑧〔十六〕，楊花飛之易亂主於治〔十七〕。君子之論，且有謂“臺官不如伶官〔十八〕”。至其錫教，及於彌侯解愁〔十九〕；其⑨死也，足以愧北面二君者，則憂世君子不能不三喟於此矣。故吾於曄之編爲叙之如此，使覽者不徒爲軒渠一噱之助，則知曄之感太史氏之感也歟。至正六年秋七月序。

【校】

① 亡：原本作“忘”，據鐵崖文集本改。

② 秋：原本爲墨丁，據鐵崖文集本補。

③ 離：鐵崖文集本作“雜”。析：原本作“拆”，據鐵崖文集本改。

④ 實：原本無，據鐵崖文集本增補。

⑤ 以：四部叢刊本作“一”。

⑥ 及：原本無，據鐵崖文集本增補。

⑦ 雨：原本作“兩”，據鐵崖文集本改。

⑧ 免：原本作“勉”；令：原本作“今”，據鐵崖文集本改。

⑨ 其：原本作“具”，據鐵崖文集本改。

【箋注】

〔一〕優戲録乃錢唐王曄編纂,本文爲其序言,撰於元至正六年(一三四六)七月,當時鐵崖從長興東湖書院返回杭州不久。王曄:録鬼簿納入"方今才人相知者"一類,曰:"曄字日華,杭州人。體豐肥而善滑稽。能詞章樂府,臨風對月之際,所製工巧。有與朱士凱題雙漸小卿問答,人多稱賞。"并著録其所作雜劇三種。今存破陰陽八卦桃花女一種。又,或曰王曄號南齋。參見元曲家考略甲稿王日華。

〔二〕古亡國之君:指夏桀。劉向古列女傳卷七孽嬖傳夏桀末喜:"末喜者,夏桀之妃也。美於色,薄於德,亂孽無道。女子行,丈夫心,佩劍帶冠、桀既棄禮義,淫於婦人,求美女,積之於後宫。收倡優侏儒狎徒能爲奇偉戲者,聚之於旁,造爛漫之樂,日夜與末喜及宫女飲酒,無有休時。"

〔三〕侮聖人之言:論語季氏:"孔子曰:'君子有三畏:畏天命,畏大人,畏聖人之言。小人不知天命而不畏也,狎大人,侮聖人之言。'"

〔四〕誅絶:晉書刁協傳:"春秋之意,以功補過……功輕過重者,不免誅絶。"

〔五〕"太史公"二句:史記滑稽列傳:"孔子曰:'六藝於治一也,禮以節人,樂以發和,書以道事,詩以達意,易以神化,春秋以義。'太史公曰:天道恢恢,豈不大哉! 談言微中,亦可以解紛。"

〔六〕優孟:春秋時楚國樂人。身長八尺,多辯,常以談笑諷諫。詳見史記滑稽列傳。

〔七〕玳瑁頭:或作瑇瑁頭,金國優人。金史后妃傳章宗元妃李氏:"自欽懷皇后没世,中宫虚位久,章宗意屬李氏……大臣固執不從,臺諫以爲言,帝不得已,進封爲元妃。而勢位熏赫,與皇后侔矣。一日,章宗宴宫中,優人瑇瑁頭者戲于前。或問:'上國有何符瑞?'優曰:'汝不聞鳳皇見乎?'其人曰:'知之,而未聞其詳。'優曰:'其飛有四,所應亦異。若嚮上飛則風雨順時,嚮下飛則五穀豐登;嚮外飛則四國來朝,嚮裏飛則加官進禄。'上笑而罷。"

〔八〕仲尼論諫之義有五:孔子論忠臣諫君有五義,詳見説苑正諫、孔子家語辯政。

〔九〕龍逢、比干:上古忠臣。龍逢爲夏桀所殺,比干被商紂王殺害。參見鐵崖文集卷五吳元臣字説。

〔十〕漆城:秦倡優旃故事。史記滑稽列傳:"優旃者,秦倡侏儒也。善爲笑言……二世立,又欲漆其城。優旃曰:'善。主上雖無言,臣固將請之。漆城雖於百姓愁費,然佳哉! 漆城蕩蕩,寇來不能上。即欲就之,易爲漆耳。

顧難爲蔭室。'於是二世笑之,以其故止。"

〔十一〕瓦衣:唐人谷那律諷諫故事。舊唐書儒學傳:"(谷那律)嘗從太宗出
　　　獵,在途遇雨。因問:'油衣若爲得不漏?'那律曰:'能以瓦爲之,必不
　　　漏矣。'意欲太宗不爲畋獵。太宗悦。"

〔十二〕雨税:南唐申漸高諷諫故事。宋馬令南唐書卷二十五談諧傳:"申漸
　　　高,不知何許人也,在吳爲樂工。吳多内難,伶人不得志。漸高常吹三
　　　孔笛,賣藥于廣陵市。昇元初,案籍編括,漸高以善音律爲部長。時關
　　　司歛率尤繁,商人苦之。屬近甸亢旱,一日,宴于北苑。烈祖謂侍臣曰:
　　　'畿甸雨,都城不雨,何也? 得非獄市之間違天意歟?'漸高乘談諧進曰:
　　　'雨懼抽税,不敢入京。'烈祖大笑,即下令除一切額外税。信宿之間,膏
　　　澤告足。當時以謂優旃'漆城'、優孟'葬馬'無以過也。"

〔十三〕牽裾:魏文帝曹丕欲遷冀州十萬户至河南,不聽群臣之諫。辛毗復諫,
　　　曹丕欲避入内室,辛毗牽其衣裾而勸,終減至五萬户。詳見三國志魏書
　　　辛毗傳。伏蒲:漢元帝欲廢太子,駙馬都尉史丹直入元帝卧室,伏於榻
　　　前蒲席,頓首泣諫。詳見漢書史丹傳。

〔十四〕安金藏:參見陳善學序刊楊鐵崖先生文集卷四將進酒注。

〔十五〕申漸高:宋馬令撰南唐書卷二十五談諧傳:"烈祖受禪,吳朝老將唯周
　　　本爲元勳,烈祖患其難制……引鴆賜本。本疑之,旁取一卮,均酒之半,
　　　跪進曰:'臣與陛下千載一遇,陛下不飲此酒,殆非君臣同德也。'……
　　　(申)漸高舞袖升殿,并飲之,内金盞于懷,趨出。烈祖察使親信詣漸高
　　　第,賜藥解之,不及。是夕漸高腦潰而卒。"

〔十六〕敬新磨:五代後唐優伶。新五代史伶官傳:"莊宗好畋獵,獵於中牟,踐
　　　民田。中牟縣令當馬切諫,爲民請。莊宗怒,叱縣令去,將殺之。伶人
　　　敬新磨知其不可,乃率諸伶走追縣令,擒至馬前責之曰:'汝爲縣令,獨
　　　不知吾天子好獵邪? 奈何縱民稼穡以供税賦,何不饑汝縣民而空此地,
　　　以備吾天子之馳騁? 汝罪當死。'因前請亟行刑,諸伶共倡和之。莊宗
　　　大笑,縣令乃得免去。"

〔十七〕楊花飛:十國春秋卷三十二南唐列傳:"楊花飛者,保大初居樂部。元
　　　宗初嗣位,春秋鼎盛,留心内寵,宴私擊鞠,略無虛日。常乘醉命花飛奏
　　　水調詞進酒,花飛惟歌'南朝天子愛風流'一句。如是者數四,元宗悟。"

〔十八〕臺官不如伶官:北宋民諺。宋蔡絛鐵圍山叢談卷三:"熙寧初,王丞相
　　　介甫既當軸處中,而神廟方赫然一切委聽。號令驟出,但於人情適有所
　　　離合,於是故臣名士往往力陳其不可,且多被黜降,後來者乃浸結其舌

矣。當是時,以君相之威權而不能有所帖服者,獨一教坊使丁仙現爾。
丁仙現,時俗但呼之曰丁使。丁使遇介甫法制適一行,必因設燕於戲場
中,迺便作爲嘲諢,肆其誚難,輒有爲人笑傳。介甫不堪,然無如之何
也。……故一時諺語有‘臺官不如伶官’。”

〔十九〕彌侯:指獼猴。畢仲詢幕府燕閒録孫供奉:“昭宗播遷,隨駕伎藝只有
一弄猴者,其猴頗馴,能隨班起居,昭宗賜以緋袍,號孫供奉。羅隱下第
詩云‘如何買得胡孫弄,一笑君王便著緋’是也。朱梁僭號,取此猴,亦
令於殿下隨班。猴望陛見全忠,徑趨其所,跳躍奮擊。遂令殺之。唐臣
愧此猴多矣。”(載宋朱勝非撰紺珠集卷十二。)

卷六十六　東維子文集卷十二

新建都水庸田使司記[一]

　　天地位而水爲之脉絡，脉絡①運而天地之功成。古者水病民，神禹氏治之[二]，功與天地等②。代之職水者，雖小大不侔，其得一日廢耶？此周之匠人稻人[三]、漢之水衡水司空之官所由著[四]，而今之都水使者③之司所由立也。大德初[五]，司置平江[六]，曰行都水監。泰定年[七]，改庸田，遷松江。以廢置④不常，人視爲疣，舍故棟宇弗葺，寄署於他所⑤。至正元年[八]，重置司平江，秩隆三品，轄江東、浙東、西道官，與風紀重臣交調御，兼行工部事，掾屬亦皆視司臬吏遴選，郡縣守令咸受節制。司之權崇勢重，視昔有加。八年，都水使者左答納失里⑥公來[九]，謂今聖天子切切焉以東南租税之出重在三吳，而三吳水國也，故署都水司平江，而官吏寄署他所，事⑦體弗稱。先是，請於朝，得給官錢四萬緡，仍得撥地郡⑧治西財賦府故基若干畝。於是鳩工庀材，經始於是年十月八日，不三月告完。中堂弘敞，掖室静⑨密，幕司曹舍，鱗次翼張。旁爲繚垣，前爲崇閎，氣勢突兀，規模備具。吳父老咸扶黎⑩仰瞻，嘖嘖稱贊，以爲不自意垂白復見是司之新也。既而群工竣事，長貳率僚屬位正新宇⑪，相與舉酒落成。幕元僚沙君來請於維禎，願有以記。

　　維禎考中吳水患，自宋⑫李兵部[十]、韓殿省[十一]、郟亶父子經營規畫[十二]，亦詳矣。其溧陽五堰、江陰十四瀆，宜興、太湖⑬等瀆，松江曰塘曰浦者，凡一百三十有二，志籍尚可稽也。然未若我朝，知力足以興除其利害，而德足以消其震蕩漂忽⑭之變也。大德間，三江陻塞，平章徹里⑮氏濬治功成[十三]，民到於今稱之。邇者洪河暴決[十四]，折而西北流。天子一念動坤載，遣使沈璧而河復故道。吁，官都水者，上以聖天子之心爲心，下以徹里氏之功爲功，三吳之民尚有昏墊⑯而無訴者乎！抑相水之職，本諸順天之理，世未有順於理而利不興，亦未有逆諸理而害能除者。孟子曰："禹之行水也，行其所無事也[十五]。"行其所無事者，順理也；鯀之反是[十六]，則以方命[十七]。命者何？即理也。以水爲職者，職與理應，雖湯湯可乂。不則天下之治水者皆鯀也，可不慎⑰哉！

左公字廷憲，居憲府，使雲南，巖巖有風采。奮髯之頃，奸膽盡落。到⑱官，視民飢溺猶己。是年十二月，除浙東閫帥。大使尚公有用[十八]，字繼賢，是年九月九日卒⑲於官。副使散竹歹⑳[十九]，字質卿；康公若泰[二十]，字魯瞻，是年五月除國子監司業[二十一]。僉事觀音奴公[二十二]，字國賓，是年十二月除福建憲。僉事王公仲溫[二十三]，字輔卿。經歷沙的㉑[二十四]。照磨李棍[二十五]，字公錫。分事董役㉒者：掾史錢璵，奏差蔡琳、濠塞、李報㉓也。繫之辭曰：

邈哉法象，類玄與黃，坎德流長。雷雨在上，江河在下，吐內陰陽。維坎之德，惠廸惟㉔吉，從逆惟殃。帝憫下土，具區茫茫[二十六]，忽焉震蕩。周官稻人，漢司水衡，利修於農（叶）。爰設司存，保彼東方，臬臣之良。爲天子使，材貞且幹，不吳㉕不揚。相彼天時，以順地理，恩肥海邦。水居其壑，土反㉖其宅，昆蟲蟄㉗藏。耕食鑿飲，男樂其作，女修其紅（叶）。年穀屢登，順成八方，其蜡悉通㉘（叶）[二十七]。職臣報功，曰我水庸，長發農祥（作郎反。）[二十八]。

【校】

① 明張國維撰吳中水利全書卷二十四載此文，據以校勘。脉絡：原本無，據鐵崖文集本、楊鐵崖先生文集全録本、吳中水利全書本增補。

② 功與天地等：吳中水利全書本作"功侔天地"。

③ 使者：吳中水利全書本作"使監"。

④ 廢：原本作"置"，楊鐵崖先生文集全録本作"官之置罷"，據吳中水利全書本增補。

⑤ "舍故棟宇"二句：原本作"舍故棟，其署寄署于它所"，據鐵崖文集本改。

⑥ 左答納失里：吳中水利全書本作"遵達納實哩"，文淵閣四庫全書本闕。按：以下非漢族官員姓名，文淵閣四庫全書本皆闕。

⑦ 事：楊鐵崖先生文集全録本作"視"。

⑧ 郡：原本作作"群"，據鐵崖文集本、楊鐵崖先生文集全録本改。

⑨ 掖：原本作"挾"，據文淵閣四庫全書本改。静：鐵崖文集本、楊鐵崖先生文集全録本作"靚"。

⑩ 扶黎：文淵閣四庫全書本作"杖藜"。

⑪ 宇：原本作"守"，據鐵崖文集本、楊鐵崖先生文集全録本改。

⑫ 宋：楊鐵崖先生文集全録本作"宋孝宗時"。按：以下所述諸治水者，似非孝宗時人。

⑬ 溧：原本作"漂"；宜興：原本作"宜具"；太湖：原本作"大吳"，據楊鐵崖先生文集全録本改。

⑭ 忽：鐵崖文集本作"息"。

⑮ 徹里：吳中水利全書本作"徹爾"，下同。

⑯ 墊：原本作"墊"，據鐵崖文集本、楊鐵崖先生文集全録本改。

⑰ 慎：鐵崖文集本、楊鐵崖先生文集全録本作"懼"。

⑱ 到：吳中水利全書本作"居"。

⑲ 日卒：原本作"十"，據鐵崖文集本改。

⑳ 散竹歹：原本作"散竹"，吳中水利全書本作"算卓"，據楊鐵崖先生文集全録本改補。

㉑ 經歷沙的：原本無，據楊鐵崖先生文集全録本增補。

㉒ 役：原本無，據鐵崖文集本、楊鐵崖先生文集全録本增補。

㉓ 濠塞：原本無，據楊鐵崖先生文集全録本增補。李報：鐵崖文集本、楊鐵崖先生文集全録本作"李振"。

㉔ 惟：楊鐵崖先生文集全録本作"爲"。下同。

㉕ 吳：楊鐵崖先生文集全録本作"夸"。

㉖ 反：原本作"友"，據鐵崖文集本、楊鐵崖先生文集全録本改。

㉗ 蟄：原本作"墊"，據鐵崖文集本、楊鐵崖先生文集全録本改。

㉘ 通：鐵崖文集本作"饗"。

【箋注】

〔一〕文撰於元至正九年（一三四九）年初春。當時鐵崖寓居蘇州，授學爲生。繫年依據：據文中"八年，都水使者左答納失里公來"、"經始於是年十月八日，不三月告完"、"是年十二月，除浙東闖帥"等語推之，工程結束於至正八年十二月，而本文撰於左答納失里十二月受任浙東闖帥之後。

〔二〕神禹氏：即大禹。

〔三〕匠人：周禮冬官考工記匠人："匠人爲溝洫……凡溝必因水執，防必因地執。"稻人：周禮地官稻人："稻人掌稼下地以瀦畜水，以防止水。"

〔四〕水衡水司空：漢書百官公卿表："水衡都尉，武帝元鼎二年初置，掌上林苑,有五丞。屬官有……又衡官、水司空、都水、農倉,又甘泉上林、都水七官長丞皆屬焉。"應劭注曰:"古山林之官曰衡,掌諸池苑,故稱水衡。"

〔五〕大德:元成宗年號,公元一二九七年至一三〇七年。

〔六〕平江:路名。路治位於今江蘇蘇州。

〔七〕泰定:泰定帝年號,公元一三二四年至一三二八年。

〔八〕至正元年:公元一三四一年。

〔九〕左答納失里(?——一三五六):字廷憲,高昌(位於今新疆吐魯番地區)人。或謂于闐人,于闐乃古國名。維吾爾族。元沙津愛護持(漢名總統)南的沙之子,會福院提舉閭閭之弟。曾"居憲府,使雲南"。至正八年,任平江都水庸田使。九年正月,任浙東元帥。十年,爲溫州路總管。後歷任江浙左丞、南臺侍御史、江浙平章等。至正十六年,張士誠攻陷杭州,戰死。參見山居新語、萬曆溫州府志卷九治行志、楊鐵崖先生文集全録卷二都水庸田使左侯遺愛碑、元史順帝本紀。

〔十〕李兵部:指李復圭。復圭字審言,徐州豐縣(今屬江蘇)人。宋仁宗時任慶州知州,歷任湖北、兩浙、淮南、河東、陝西、成都六轉運使。生平見宋元學案補遺卷十龍圖李先生復圭。

〔十一〕韓殿省:指韓正彥。正彥字師德,相州安陽人。宰相韓琦從子。生平見吳中人物志卷三宋。又,吳郡圖經續記卷下治水:"嘉祐之間,吳人荐饑。朝廷選擇守將經制其事……是時李兵部復圭爲轉運使,韓殿省正彥宰崑山,於是大修至和塘,使之堅厚。民得因依立塍堨,以免水患。而韓君又開松江之白鶴滙,如盤龍之法,皆爲民利。"

〔十二〕郟亶父子:指郟亶、其子郟僑。吳郡志卷二十六人物:"郟亶,字正夫,崑山太倉農家子。自幼知讀書,識度不碌碌。嘉祐二年進士,崑山自國朝來登科者自亶始。嘗條吳中水利,爲書上之。熙寧間以亶爲司農寺丞,奉使浙西,措置水利。民不以爲便,遂罷。終比部郎中。子僑、子高,亦有才,鄉里推重。"又,宋史藝文志著録郟亶吳門水利四卷。又,四庫全書總目浙西水利議答十卷(永樂大典本):"一名水利文集,元任仁發撰……末附宋郟亶及其子喬水利議約。"

〔十三〕徹里(一二六〇——一三〇六):或作徹爾,伊札吉臺氏。其曾祖從元太宗征戰,分封徐、邳二州。至元十八年,徹里入覲,擢利用監。大德元年,授江南諸道行御史大夫。七年,改任江浙行省平章政事。九年,召入爲中書平章。次年卒,年四十七。贈徐國公,謚忠肅。參見元姚燧平章政事徐國公神道碑(牧庵集卷十四)。

〔十四〕洪河：黄河。

〔十五〕“禹之行水也”二句：出自孟子離婁。

〔十六〕鯀：大禹之父。相傳因治水無功而殛死。

〔十七〕方命：違逆天命。書堯典：“帝曰：‘咨！四岳，湯湯洪水方割，蕩蕩懷山襄陵，浩浩滔天。下民其咨，有能俾乂？’僉曰：‘於！鯀哉。’帝曰：‘吁！咈哉，方命圮族。’”蔡沈集傳：“方命者，逆命而不行也。”

〔十八〕尚有用（？——一三四八）：字繼賢，籍貫不詳。至正初年任平江都水庸田使，至正八年九月九日歿於任上。按元史百官志八，都水庸田司設庸田使二員，尚有用與左答納失里當爲平級官員。

〔十九〕散竹歹：字質卿。至正八年前後任平江都水庸田副使。按元史百官志八，都水庸田司設副使二員，故散竹歹與康若泰曾爲同級官員。

〔二十〕康若泰：字魯瞻，益都（今山東青州）人。與鐵崖同爲泰定四年進士，授浚縣尹。至正七年秋，授國子司業，旋即轉任都水庸田使司副使。未滿三月，轉官湖南憲使。未赴任，次年五月又授予國子司業一職。參見鐵崖楊先生詩集卷上登承天閣同魯瞻副使年兄同眺、東維子文集卷二十九送康司業詩、鐵崖先生詩集甲集送康副使詩，以及桂棲鵬元代進士研究、沈仁國元泰定丁卯進士考（文載元史及民族史研究集刊第十五輯）。按：或謂康若泰中進士後授澄州判官，以廉能著稱。萬姓統譜卷五十二：“康若泰……以進士第授澄州判官，下車視事，門無私謁，務盡公勤。天曆二年歲大饑，民食缺。泰惻然，于是召富家人宴集募之，遂得粟二千石，以給貧民。時民間重復橫歛，泰禁止之，民賴以安。”

〔二十一〕“是年五月”句：康若泰曾兩度被任命爲國子監司業。東維子文集卷二十九送康司業詩序曰：“至正七年秋，天子以成均司業之乏，山東康公若泰以憲僉事轉是職。未幾，臺評奪職，副庸田司使，不三月轉湖南憲使。未行，而中書以國學公論，又立挽於司業。”故此所謂“（至正八年）五月除國子監司業”，當指第二次轉官成均司業。

〔二十二〕觀音奴：字國賓，籍貫不詳。至正八年前任平江都水庸田司僉事，至正八年十二月轉官福建憲司。

〔二十三〕王仲温：字輔卿。亦爲平江都水庸田司僉事。按元史百官志八，都水庸田司設僉事三員。

〔二十四〕沙的：至正八年前後任平江都水庸田司經歷。據元史百官志八，都水庸田司設經歷、知事、照磨各一員。

〔二十五〕李嘏：字公錫，燕城（今北京）人。至正八年前後任平江都水庸田司照磨，約於至正十年轉任江南浙西道肅政廉訪司書吏。按：此時蓋鐵崖與李榠初識，二人交往較久，持續至杭州任職期間。參見東維子文集卷五送浙江西憲書吏李公錫序。

〔二十六〕具區：太湖古稱。

〔二十七〕蜡：清孫希旦禮記集解卷二十五郊特牲："八蜡以記四方。四方年不順成，八蜡不通，以謹民財也。順成之方，其蜡乃通，以移民也。"

〔二十八〕長發農祥：詩商頌長發："濬哲維商，長發其祥。洪水芒芒，禹敷下土方。"

常湖等處茶園都提舉司記〔一〕

禹貢九州方物，而茶不在列。蓋古之茶在藥品，而未爲食品也。至唐，茶飲始盛，不惟華人嗜之，回鶻氏亦驅馬相市，言利者不得不與鹽筴同科，故始税於趙贊〔二〕，增於王播〔三〕，榷於王涯〔四〕，茶遂爲財賦之原，而後之爲國者不能去矣。宋置榷務，立交引法〔五〕、貼射法〔六〕。又或弛禁以均賦茶户，然有法無人，則官與民交①病矣。我朝立轉運司於江西〔七〕，而江浙置提舉司三，官與民無交病之弊，則司以法存，法以人舉耳。常湖之司，并平江而爲一〔八〕，蓋又御膳之所在，體隆事大，與他司②異，故號都司，用四品印章，增設監長一員，幕司陞提控按牘〔九〕。

曩時署③所痺陋，至正七年，副提舉嘉禾張公霆發來〔十〕，始拓其地④，增創聽⑤事後樓若干楹。都提舉東平趙公深又買民地〔十一〕，開門道，建儀門二。至正九年，達魯花赤普理翰笏禮公又重修東樓〔十二〕，即宋清風樓也〔十三〕。樓仍⑥其額之舊，棟宇翬飛，瞻仰改觀，司之署始雄而麗，與事達魯花赤體稱。三大役之贊成者，提控按牘吕君天祐也〔十四〕。普公嘗宴予清風樓上，遂以記始末請。

夫奉辟玉食，臣子事上之敬；推恩庶食，臣子及下之仁。事上敢不慎厥職？及下必承流于上。方今聖天子視民如傷，伸窮煦苦⑦，未嘗忘於一飲一食之頃，其肯屬⑧民以自養乎？居是職者，有一豪之屬於下，則累⑨大德於上，其得爲奉法良吏乎？予聞良長貳之爲政，察於下蒙,協於僚議,得肅於胥徒之役。凡屬之吏,效職而弗欺⑩。江之商,山之丁⑪,皆願出於⑫涂而服勤於其土。宿垢剗刮,大課流通,蓋事上之敬盡,而及下之仁亦至矣。宜并書爲來勸。

　　普公字景淵,那海憲監之嗣也。趙公字伯淵,屢⑬歷臺憲。張公字彦榮,亦由宣徽推擇而至云。

【校】

① 交:原本作“反”,據下文及楊鐵崖先生文集全録本改。

② 司:原本作“日”,據楊鐵崖先生文集全録本、鐵崖漫稿本改。

③ 曩:原本作“曩昔”,據楊鐵崖先生文集全録本、鐵崖漫稿本删。署:原本作“暑”,據楊鐵崖先生文集全録本、四部叢刊本改。

④ 地:楊鐵崖先生文集全録本、鐵崖漫稿本作“址”。

⑤ 聽:四部叢刊本、楊鐵崖先生文集全録本、鐵崖漫稿本皆作“廳”。

⑥ 仍:原本作“乃”,據楊鐵崖先生文集全録本、鐵崖漫稿本改。

⑦ 伸窮煦苦:原本作“神窮煦若”,據楊鐵崖先生文集全録本、鐵崖漫稿本改。

⑧ 厲:原本作“屬”,據楊鐵崖先生文集全録本、鐵崖漫稿本改。

⑨ 累:原本作“畧”,據楊鐵崖先生文集全録本、鐵崖漫稿本改。

⑩ 弗欺:原本作“復期”,據楊鐵崖先生文集全録本、鐵崖漫稿本改。

⑪ 江之商,山之丁:楊鐵崖先生文集全録本、鐵崖漫稿本作“江之南,山之下”。

⑫ 於:原本無,據楊鐵崖先生文集全録本補。

⑬ 屢:原本作“婁”,據四部叢刊本改。

【箋注】

〔一〕文當撰於元至正十年(一三五○)九、十月間,其時鐵崖重游湖州。繫年依據:其一,文中曰常湖等處茶園都提舉司東樓於至正九年重修,完工後提舉普公設宴湖州清風樓,以記請。其二,至正九、十年間,鐵崖受聘於松江吕良佐,寓居松江教授其子弟。唯有至正十年九、十月間重游湖州,并撰文多篇。參見東維子文集卷十二長興州重修學宫碑等。按:常湖等處茶園都提舉司衙署位於湖州(今屬浙江)。

〔二〕趙贊:唐德宗時任度支侍郎。舊唐書食貨志下:“(建中)四年,度支侍郎趙贊議常平事,竹木茶漆盡税之。茶之有税,肇於此矣。”

〔三〕王播:曾任鹽鐵轉運使。舊唐書有傳。

〔四〕王涯:唐元和年間累官至中書侍郎,同中書門下平章事。因榷茶遭人詬

病。兩唐書皆有傳。舊唐書鄭注傳："訓、注天資狂妄,偷合苟容,至於經
畧謀猷,無可稱者。初,浴堂召對,上訪以富人之術,乃以榷茶爲對。其
法,欲以江湖百姓茶園、官自造作,量給直分,命使者主之。帝惑其言,乃
命王涯兼榷茶使。"

〔五〕交引：政府機構核發的專賣憑證。宋史食貨志下："茶之爲利甚博,商賈
轉致於西北,利嘗至數倍。雍熙後用兵,切於餽餉,多令商人入芻糧塞下,
酌地之遠近而爲其直,取市價而厚增之,授以要券,謂之交引,至京師給以
緡錢,又移文江、淮、荆湖,給以茶及顆、末鹽。"

〔六〕貼射：宋史食貨志下："天聖元年,命三司使李諮等較茶、鹽、礬稅歲入登
耗,更定其法……(貼射)法以十三塲茶買賣本息并計其數,罷官給本錢,
使商人與園戶自相交易,一切定爲中估,而官收其息……然必輦茶入官,
隨商人所指予之,給券爲驗,以防私售,故有貼射之名。"

〔七〕"我朝"句：江西榷茶都轉運司設於江州(今江西九江)。又,轉運司原名
監榷課稅所,元世祖忽必烈執政初期改名。參見元史食貨志、世祖本紀。

〔八〕"常湖"二句：元史百官志三："常湖等處茶園都提舉司,秩正四品。掌常、
湖二路茶園戶二萬三千有奇,採摘茶芽,以供內府。至元十三年置司,統
提領所凡十有三處。十六年,陞都提舉司。又別置平江等處榷茶提舉司,
掌歲貢御茶。二十四年,罷平江提舉司,并掌其職。"

〔九〕"故號"四句：據元史百官志三,常湖等處茶園都提舉司爲正四品,設達魯
花赤一員,提舉一員,俱從五品;提控按牘一員。

〔十〕張霆發：字彥榮,嘉禾(今浙江嘉興)人。至正七年至十年間,任常湖等處
茶園都提舉司副提舉。據元史百官志三,常湖等處茶園都提舉司設副提
舉一員,從七品。又按光緒嘉興府志卷十七冢墓徐宜人墓,曰乾隆四年三
月發掘古墓,有元宜人徐氏壙志。據此壙志,徐氏名妙慧(一三〇八——
一三四六),乃"提舉司提舉張霆發之妻"。生於至大元年,没於至正六年。
卒年三十九。至正十年瘞骨於嘉興縣復禮鄉。徐氏有一子,名應奎。

〔十一〕趙深：字伯淵,東平(位於今山東泰安、聊城一帶)人。屢任御史臺官。
至正七、八年間,任常湖等處茶園都提舉司都提舉。

〔十二〕普理翰笇禮：字景淵,那海憲監之子。至正九年前後,任常湖等處茶園
都提舉司達魯花赤。

〔十三〕按：本文所謂"宋清風樓",有誤,清風樓始建於唐,并非宋代。成化湖
州府志卷十三公廨："清風樓在會景樓東,貞元十三年王浦重建。謂此
樓與銷暑、會景相接,盛夏之時清風自至,故名。"又,同治湖州府志卷二

十五興地略古迹：“消暑樓、清風樓、會景樓，并在府治譙門東，唐貞元十五年刺史李詞建。三樓鼎峙於子城之上，爲一郡偉觀。”

〔十四〕吕天祐：至遲於至正七年，始任常湖等處茶園都提舉司提控按牘。故至正七年至九年間，茶園都提舉司衙署修建工程皆其掌管。

杭州路重建北門迎恩館記[一]

杭爲宋行在所，宋既内附[二]，以其地置行中書省，行宣政院、財賦都府、蕭政府，轉運、儒學、軍督①、金帛、雜造諸司，鱗比棋布。歲時朝廷遣使者頒詔旨，宣錫命，金幣斧鉞、裘貂上尊，與夫名山大川古宫刹祠廟御香寶器，不絶於道。使至之日，省憲而下百司庶府之官，無不奔走，戒金革儀仗，聲妓部曲，導前擁後，以爲郊迎之禮。蓋②偪以迎官寺，則失諸慢；曠以迎一舍一驛之外，則過於勞。故酌其地於郊關之外，以爲迎送之次，此北門之館所由立也。

館創於至元元年[三]，承恩之額，書於右丞圖魯公[四]。至正十二年秋七月，紅巾寇杭[五]，毁館。寇退，越三月，而監郡觀閭氏倡捐己俸[六]，命仁和縣屬吏首起其廢[七]，爲屋凡若干楹，堂室廳軒泊③垣墉門宁、更衣之亭、治餼之厨，凡坐卧飲食④器用之什，無不完整。且更書其顏爲迎恩，尊皇華之出也。興工於是年十一月某日，明年正月某日⑤告成，公遣仁和丞某來請記。

余謂周官之法：兇札⑥無力政[八]。（力政，土⑦功也。）杭城不幸罹朱鬕⑧氏[九]，兵燹之餘而力政是舉，非所謂時屈而舉贏者乎[十]！抑論之：力政有緩急，緩不得舉，急不得廢。迎恩之館，爲皇華使者之賓送，奉王制而尊天使⑨，臣子之敬也；朝覲貢賦，送往而迎來，又臣子之忠也。執忠與敬，臣道在兹，而可以一日廢乎！宜不得與時屈舉贏者律之也。其費緡錢若干，不書，書⑩其廢興始末以爲記。然公之爲政，知所先後，其興弊於城郭殘破之餘者，蓋不止是。出風教者，先聖大成之宫；砥⑪礪死節者，忠臣血食之廟。及倉庫關梁之要害，固已陸續⑫而舉，予又當附春秋義筆削焉，以爲民力重云。至正十三年正月日楊維禎⑬記。

【校】

① 軍督：原本作“軍醫”，據鐵崖漫稿本改。按元人沈德章撰艮山碑記：“江浙，杭爲鉅鎮，中書行省涖軍分鎮者四翼，都府軍督爲上閫。”（文載艮山雜志。）

② 蓋：原本作“益”，據楊鐵崖先生文集全録本、鐵崖漫稿本改。

③ 洎：原本作“泊”，據四部叢刊本、楊鐵崖先生文集全録本、文淵閣四庫全書本改。

④ 食：原本無，據楊鐵崖先生文集全録本、鐵崖漫稿本、文淵閣四庫全書本補。

⑤ 明年正月某日：原本脱，據楊鐵崖先生文集全録本、鐵崖漫稿本增補。

⑥ 札：原本誤作“禮”，據周禮改。

⑦ 土：原本作“士”，據楊鐵崖先生文集全録本、鐵崖漫稿本改。

⑧ 鬓：楊鐵崖先生文集全録本、鐵崖漫稿本作“鬒”。

⑨ 尊天使：楊鐵崖先生文集全録本、鐵崖漫稿本作“崇天子”。

⑩ 書：原本承前而脱，據楊鐵崖先生文集全録本補。

⑪ 砥：原本作“砳”，據楊鐵崖先生文集全録本、鐵崖漫稿本、文淵閣四庫全書本改。

⑫ 續：原本作“績”，據楊鐵崖先生文集全録本、鐵崖漫稿本、四部叢刊本改。

⑬ 楊維禎：原本無，據鐵崖漫稿本增補。

【箋注】

〔一〕文撰於元至正十三年（一三五三）正月，當時鐵崖任杭州税課提舉司副提舉。

〔二〕内附：指投降於蒙元。

〔三〕至元元年：當指後至元元年，即元順帝至元元年（一三三五）。按：忽必烈之至元元年，杭州尚爲南宋領地。

〔四〕圖魯：後至元初年任江浙行省右丞。

〔五〕紅巾寇杭：指至正十二年秋七月，徐壽輝之紅巾軍一度攻陷杭州。參見歷代通鑑輯覽卷九十八元。

〔六〕觀閭：即觀閭元賓，時任杭州路達魯花赤。鐵崖與之交好。參見東維子文集卷四送監郡觀閭公秩滿序。

〔七〕仁和縣：元代隸屬於杭州路。

〔八〕周官：周禮别名。周禮注疏卷十四均人：“兇札則無力政，無財賦。”注：“無力政，恤其勞也；無財賦，恤其乏困也。”釋曰：“兇謂年穀不孰，札謂天下疫病。"

〔九〕朱鬃氏：指元末紅巾軍。

〔十〕時屈而舉贏：意爲困難時行奢侈事。史記韓世家："（昭侯）二十五年，旱。作高門。屈宜臼曰：'……往年秦拔宜陽，今年旱，昭侯不以此時卹民之急，而顧益奢，此謂時絀舉贏。'"

浙西憲府經歷司題名記[一]

浙西肅政司經歷也憐帖木公語予於帥正堂[二]，曰："凡官寺署所，必有題①名，非徒志歲月，著爵里，編其名位於此，將有辨名實於彼者，可不畏哉！吾幕府舊有石，登載殆已徧。今復立②石承其後，請子③記以文。"予讀柳子中④丞壁記，曰"由號觀實，使後之居於斯者有以敬於事[三]"。公之言，蓋知所敬者已。

予嘗論朝廷選官，莫難於法則之司，而尤莫難於賓佐之寮也。賓佐者得人，其持⑤義也大，立節也貞，執法也確，議事也詳允。一司之法則，其有以私而撓者乎？故憲幕府得一良經歷，一道之政無不理，三尺之法無不信。職於茲者，可不敬哉！然則題名之設⑥也，豈爲金石美觀而已哉！後之覽者，當有知公之敬者敬其事，如柳子之所言者也。

公字文卿，河西人。起身臺譯史，性忠朗峻⑦直，有文武才略。以從大夫某公平寇有功，升是選云。至正癸巳九月丙寅記。

【校】

① 題：原本作"顯"，據楊鐵崖先生文集全録本、鐵崖漫稿本改。

② 復立：原本脱，據楊鐵崖先生文集全録本、鐵崖漫稿本補。

③ 子：原本誤作"予"，據楊鐵崖先生文集全録本、鐵崖漫稿本改正。

④ 中：原本作"忠"，據楊鐵崖先生文集全録本、鐵崖漫稿本、文淵閣四庫全書本改。

⑤ 持：原本誤作"時"，據楊鐵崖先生文集全録本、鐵崖漫稿本改正。

⑥ 設：原本作"誤"，據楊鐵崖先生文集全録本改。

⑦ 峻：原本誤作"浚"，據楊鐵崖先生文集全録本、四部叢刊本、文淵閣四庫全書本改。

【箋注】

〔一〕文撰於元至正十三年癸巳（一三五三）九月二日（丙寅），當時鐵崖任杭州稅課提舉司副提舉。浙西憲府：指江南浙西道肅政廉訪司，其公署在杭州。

〔二〕也憐帖木：字文卿，河西（西夏）人。能文善武。曾任浙西肅政司譯史，至遲於至正十三年，以平寇功升任浙西肅政司經歷。按：或據本文著録也憐帖木爲"唐兀氏"。參見暨南史學第二輯湯開建撰增訂元代西夏人物表，二〇〇三年十二月版。

〔三〕柳子：指柳宗元。中丞壁記：即諸使兼御史中丞壁記，文中曰："由其號而觀其實，後之居於斯者，有以敬于事。"（載柳宗元集卷二十六。）

海漕府經歷司記[一]

　　至正八年十二月甲子[二]，重建海漕府成。初，府理所就吳人漕萬户朱、張氏之故居也[三]。歷六十餘年，弊不可支矣。今始撤而新焉，且擩①其北而大之。經歷司署所在擩內，而常熟、江陰千户所前三年而創者[四]，在府東偏，遂轉爲經歷司，仍治署所於城之東北隅。常熟②、江陰土木功竟，府長貳將其幕賓寮，各正位卜序，相與舉酒落其成。而經歷孫公來謁予[五]，曰："始憂府署役大，弗即成。今幸官不知損，民不知勞，迄有成功，以及於幕署也。中偏表裏，同一華焕。願子有以記之。"

　　予謂春秋一門一闕之作必書，謹王制，重民力也。今海漕之署制得爲，而③民力有遺焉，幕署之痺陋，并得轉其便而爲之，可不書乎。

　　議者有疑："漕幕署無風紀所關、刑名所寄，軍旅賦徭繕修之屬，今④出納者，一歲兩漕耳。簿書期會，一利刀筆掌之有餘也，何足稽清選之才、六品之秩哉！"曰：非也。魚龍之國，去天千⑤里遠，武夫帆檣，與文肌被髮之族鄰，險易之相伏也，利害之相乘也。一幾弗察，一微弗防，漕政之成敗⑥，國家之治忽係焉。句稽情僞之辨不辨，期會征役之當不當，未⑦論也，居幕司而贊畫諸者，其可無其人乎！此吏部選其幕賓僚,不減於選⑧其府長貳也。幕之長曰⑨經歷,次曰知事、照磨,又夾輔幕元寮者也。三人者,各職其所當爲,以相其府長貳之所不逮,其得以一日自是⑩優閑之署,而不知有大累賢勞者乎！且異時公卿牧守之選,由兹而起。則知居是司者,其人皆沛然有以周天下之用也尚矣。并書爲記,使繼孫公而來者,不徒思其署舍之勞而已也。

　　孫公名震,字仲遠,金陵人。起清⑪臺書史,歷憲廷⑫師闈,至行垣屬掾,多獻可替否。今輔漕政,廉縝⑬勤敏。府署之成,贊謀之力尤多。知事鄧繪,字元素,金臺人。照磨衛權,字衡甫,洛陽人。同寅叶恭,并有雅譽云。

【校】

① 掾：楊鐵崖先生文集全録本作“拓”。下同。

② 常熟：楊鐵崖先生文集全録本作“還於”。

③ 而：原本無,據楊鐵崖先生文集全録本增補。

④ 今：原本作“金”,據楊鐵崖先生文集全録本改。

⑤ 千：楊鐵崖先生文集全録本作“萬”。

⑥ 成敗：楊鐵崖先生文集全録本作“敗否”。

⑦ 未：楊鐵崖先生文集全録本作“不”。

⑧ 於選：原本作“選於”,據楊鐵崖先生文集全録本改。

⑨ 曰：原本作“於”,據楊鐵崖先生文集全録本改。

⑩ 是：楊鐵崖先生文集全録本作“視”。

⑪ 清：原本作“青”,據楊鐵崖先生文集全録本改。

⑫ 廷：原本作“延”,據楊鐵崖先生文集全録本改。

⑬ 縝：文淵閣四庫全書本作“慎”。

【箋注】

〔一〕文撰於元至正八年(一三四八)十二月,當時鐵崖寓居蘇州,授學爲生。海漕府：即海道都漕運萬户府,位於蘇州。參見東維子文集卷二十三重建海道都漕運萬户府碑。

〔二〕至正八年十二月甲子：爲至正八年十二月二日。

〔三〕朱、張：指朱清、張瑄。朱、張二人爲宋末海盗,元初被招降之後,經營海運,暴富。參見南村輟耕録卷五朱張。

〔四〕<u>常熟</u>、<u>江陰</u>：皆州名。<u>常熟</u>州隸屬於<u>平江路</u>。參見<u>元史</u>地理志。

〔五〕經歷<u>孫公</u>：指<u>孫震</u>。<u>孫震</u>與<u>鐵崖</u>頗有往來。<u>鐵崖</u>曾爲賦詩。參見<u>鐵崖</u>先
　　生古樂府卷六萱壽堂詞注。

海鹽州重修學宮記〔一〕

　　<u>至正</u>六年夏六月，<u>松陽</u>　<u>葉侯</u>繇縣守令重選爲<u>海鹽州</u>〔二〕。下車之三
日，率僚吏及校官弟子員，詣學行釋奠禮。顧瞻學宮循就圮壞，戚焉，
曰："司千里之政化者，長吏也；爲政化之所出者，學校也，今圮壞廼
爾，何以視^①長吏政本哉！"於是與校官^②吏議其所當葺理者，捐俸金爲
之先，發學廩見儲，復征其宿逋，計得<u>中統</u>鈔若干緡〔三〕。遂鳩工庀材，
計日竣事。侯躬冒祁^③暑視其役，不少憚。大^④成殿素淺偪，一遇祭
奠，則樂無所置，更創樂軒。燕居閣肖聖象其上，勢壓且不支，故役最
艱，費最大，名修而實則作也。東西廡爲從祀先賢之舍，象設采色，剝
蝕者復章。四齋室宿弟子員，涼燠失宜者，今且明敞深潔。以至庖湢
庫庾井匽，無不完飭。經始於是年之七月，四閱月而訖工。明年春，
州之士<u>李桂</u>、<u>朱克剛</u>等，以其事來請于^⑤<u>維禎</u>，願以述歲月，并著
侯績。

　　余聞<u>海鹽</u>^⑥斥鹵之邦，牢盆民去文肌卉服之夷不遠〔四〕，不易以禮
義^⑦化也久矣。侯不鄙薄其民，不律以柱後惠^⑧文〔五〕，而以禮義治^⑨
之，其用心仁矣。皇元之興將百年，子孫長治、外夷嚮化者，大抵學校
維持之力耳。予悼近之長民者，方以操切爲術，急功赴利爲能，視學
官爲儒者迂務，正^⑩化之所自出，茫乎弗講。故嘗論守令不識政體，壹
以操切^⑪爲術、功利爲能者，雖立學官，與<u>秦</u>吏燔書籍滅^⑫學校者同科
耳。嗚呼，若而人者，不亦^⑬負學校明制守令重選哉！侯不鄙海邦，首
務立綱陳紀爲治法，而不敢一日廢庠序之教，可謂識治道循吏也已^⑭，
可以副學校明制守令重選矣^⑮，豈^⑯非海邦之民之大幸哉！抑^⑰侯之爲
政，以崇學爲先，而承上以直，臨下以簡，化通民和，而爭訟日息，刑罰
日省。傳曰〔六〕："教者，民之寒暑也，不可不時；事者，民之風雨也，不
可不節。"若侯之政，又可謂節事而時其教者也，是宜書。

　　侯名彥中,字大中。嘗以才敏有風操,爲江南行御史⑱臺架閣管
勾,所至皆有休績可紀。助成者,同僚達魯花赤也先不花〔七〕,同知劉
塔失、徐晟,判官牛世安、栗興祖,教授黄棟也。程工給使者,州吏⑲沈
嗣昌〔八〕、徐士毅,學史徐志仁,學直郭子傑也〔九〕。

【校】

① 視:原本無,據楊鐵崖先生文集全録本增補。

② 官:原本作“宫”,據楊鐵崖先生文集全録本改。

③ 祁:原本作“祥”,據楊鐵崖先生文集全録本改。

④ 大:原本作“夫”,據楊鐵崖先生文集全録本、文淵閣四庫全書本改。

⑤ 于:原本作“子”,據楊鐵崖先生文集全録本、文淵閣四庫全書本改。

⑥ 海鹽:原本作“海”,據楊鐵崖先生文集全録本補。

⑦ 義:四部叢刊本作“善”。

⑧ 柱後惠:楊鐵崖先生文集全録本作“峻法繁”。

⑨ 治:原本無,據楊鐵崖先生文集全録本增補。

⑩ 正:楊鐵崖先生文集全録本、文淵閣四庫全書本作“政”。

⑪ 切:原本作“功”,據楊鐵崖先生文集全録本、文淵閣四庫全書本改。

⑫ 吏:原本作“史”;滅:原本作“威”,據楊鐵崖先生文集全録本改。

⑬ 亦:原本無,據楊鐵崖先生文集全録本增補。

⑭ 也已:原本無,據楊鐵崖先生文集全録本增補。

⑮ 矣:原本無,據楊鐵崖先生文集全録本增補。

⑯ 豈:原本作“以”,據文淵閣四庫全書本改。

⑰ 抑:原本作“仰”,據楊鐵崖先生文集全録本、文淵閣四庫全書本改。

⑱ 史:原本作“之”,據楊鐵崖先生文集全録本改。

⑲ 吏:原本作“史”,據楊鐵崖先生文集全録本、文淵閣四庫全書本改。

【箋注】

〔一〕文撰於元至正七年(一三四七)春,當時鐵崖自杭州移居蘇州不久,授學爲
　　　生。繫年依據:據文中“至正六年夏六月,松陽葉侯縣守令重選爲海鹽
　　　州”、“明年春,州之士李桂、朱克剛等以其事來請”等語推之。

〔二〕葉侯:即葉彥中。葉彥中字大中,松陽(今屬浙江麗水市)人。“嘗以才敏
　　　有風操”任江南行御史臺架閣管勾。元至正六年至八年,任海鹽知州。所
　　　至皆得美譽。參見元姚桐壽樂郊私語“州學在浄業寺南”一節。

〔三〕中統鈔：忽必烈中統元年（一二六〇）始發行之紙幣。

〔四〕牢盆民：指鹽工，即煮鹽謀生之百姓。參見史記平準書。

〔五〕柱後惠文：指法律。參見鐵崖賦稿卷上柱後惠文冠賦。

〔六〕傳曰：下引文見禮記樂記：“天地之道，寒暑不時則疾，風雨不節則饑。教者，民之寒暑也，教不時則傷世；事者，民之風雨也，事不節則無功。”

〔七〕也先不花：漢姓張，生性怯懦。元至正三年秋就任海鹽州達魯花赤。至正二十三年前後任參知政事，曾奉命調停孛羅、察罕之爭。按弘治嘉興府志卷九（嘉興縣）宦迹，元代縣尹一欄中有“張也先不花”。又，天啟海鹽縣圖經卷九官師篇：“也先不花，至正初任（達魯花赤），後宦至參知政事。不花初至州，聞潮聲，大懼，升屋而呼。”同書卷十六雜識篇載此逸事甚詳，附注曰：“按元史張楨傳載，孛羅、察罕二將搆兵，朝廷遣也先不花同樞副脫脫木兒、治書侍御奴奴往諭。值盜阻，迂回退怯，枉道繞數千里而行，坐使兩軍日夜仇殺，民被荼害。始知畏怯潮聲伎倆畢見監州時矣。”按：元史張楨傳所謂也先不花奉命調停孛羅、察罕之爭，蓋即在其任參政之時。參見姚桐壽樂郊私語。

〔八〕沈嗣昌（？——一三六八）：字壽康，以字行，更號原懋，崇德人。元季任海鹽州掾吏。早年喪母，竭誠侍父，以孝著稱於鄉里。卒於明洪武元年。正德元年祀於學宮，里人稱之曰孝隱先生。生平見嘉禾徵獻録卷四十六孝友傳。

〔九〕學直：即直學。直學職責在於掌管學校錢糧。

長興州重修學宮記〔一〕

余客游吳興，涉長城①界〔二〕，見新田辟，弦誦聲相聞。入其境，夜漁不取鱘〔三〕，篁葦間無嘯聚。入郭，挈壺氏之職謹〔四〕，孔聖之廟斥而新焉。問爲政，則州長火②魯忽達侯之化〔五〕，閲六年而成矣。未幾，州庶老介吾學徒劉巽來謁③學記〔六〕，曰：“長興，吳夫概王之城池也〔七〕。昔爲縣，今陞州。學本邑人宋少傅劉公涉所建〔八〕，金虜燹餘，自縣東徙④今太平橋東。縣令趙汝諡建戟門、杏壇、蔾桂⑤堂，張公明增建藏書閣〔九〕，而學之規始具。我朝至治間〔十〕，州長撒都魯丁重修禮殿〔十一〕，而堂閣門宇⑥廢而不立者有矣。至正五年，州長魯忽達侯至〔十二〕，朔望必眡學，宣布教條，凡繫風紀者，與淳師老德講行之。州之士以文學備采擇場屋者，往往興焉。然學之營繕事重民力，未果。十年夏六月，侯始勸諸好義，捐俸金爲之倡。知州韓公諱惟德因⑦而和之〔十三〕。贊事者，校官三衢鄭友直⑧〔十四〕。董役者，州史俞文淵〔十五〕。儒之趨事者，劉坦⑨、吳鼎、趙良珪也〔十六〕。殿增而隆，拓左右⑩翼屋、二中堂從廡及兩厦四⑪齋、靈星、大成之門，庖湢庫庾，咸煥⑫然一新。堂陰復創亭，曰光霽。閱三月告成。廢興始末當有紀，未得能名⑬文者，而幸遇吾子焉，願有以書之。”

余歎三代之衰，庠序之教皆苟道也久矣。漢爲近古，其教無聞。蜀得文翁立學，始變鄒、魯之俗〔十七〕。東都興北州之學者，僅稱常山宓恭耳〔十八〕，況其下乎。烏乎⑭，三代而下，學校之興廢，固基乎循吏之得失也。我朝州縣所在有學，雖尸⑮教有官，作養之效則寄守令⑯，守令今非人，而欲學校之教行，亡矣。學校之教亡⑰，而望風俗之變，難矣。朝廷以教化責守⑱令，今侯以教爲治，寬假歲年，其效始著。烏乎，吾是以知循吏之效之急於得⑲人也。吾是以知⑳庠序之化，又必久於其道而後成也。文、宓而下，不又有繼乎！朝家設學之意〔十九〕，不爲勿負乎！民之望於大夫士者，不在是乎！是可書已。

侯字得之，世家北庭〔二十〕。平章保保㉑公之適子也。嘗游成均，兩膺鄉薦，所至風采政事皆有可稱道者云。

賜進士出身、承事郎、前台州路天台縣尹兼勸農事會稽楊維楨撰，賜進士出身、將仕郎、前處州路録事永嘉高明書〔二十一〕，賜進士及第、承務郎、内臺監察御史大名張士堅篆㉒〔二十二〕。

【校】

① 長城：楊鐵崖先生文集全録本作“長興”。

② 火：原本無，據嘉慶長興縣志卷二十六碑碣所載此文補。

③ 州庶老：嘉慶長興縣志本作“學者宿”。謁：楊鐵崖先生文集全録本作“請”。

④ 徙：原本作“從”，據楊鐵崖先生文集全録本、嘉慶長興縣志改。

⑤ 戟門：四部叢刊本作“義門”。桂：嘉慶長興縣志作“檜”。

⑥ 宇：原本作“于”，據文淵閣四庫全書本改。

⑦ 諱：原本無，據楊鐵崖先生文集全録本增補。惟德：嘉慶長興縣志作“維

德”。因：嘉慶長興縣志作“是”。

⑧ “贊事者,校官三衢鄭友直”二句：原本無,據嘉慶長興縣志補。

⑨ 劉坦：楊鐵崖先生文集全録本作“劉垣”,嘉慶長興縣志作“劉坦之”。

⑩ 拓左右：原本殘缺,楊鐵崖先生文集全録本作“析左右”,據嘉慶長興縣志補。

⑪ 四：嘉慶長興縣志作“六”。

⑫ 湢庫庾咸焕：原本殘缺,嘉慶長興縣志作“湢廩庫咸涣”,據楊鐵崖先生文集全録本補。

⑬ 能名：楊鐵崖先生文集全録本作“名能”。

⑭ 烏乎：原本無,據楊鐵崖先生文集全録本、嘉慶長興縣志補。

⑮ 尸：楊鐵崖先生文集全録本作“司”。

⑯ 作養之效則寄守令：原本作“作教之效則”,據楊鐵崖先生文集全録本、嘉慶長興縣志改補。

⑰ 亡：原本作“居”,據嘉慶長興縣志改。

⑱ 守：原本闕,據楊鐵崖先生文集全録本、嘉慶長興縣志補。

⑲ 得：嘉慶長興縣志作“德”。

⑳ 是以知：原本作“以”,據楊鐵崖先生文集全録本、嘉慶長興縣志補。

㉑ 保保：原本下一字闕,據傅增湘校勘記補。按：嘉慶長興縣志作“保八”,誤。參見注釋。

㉒ “賜進士出身”全末,原本無,鐵崖漫稿本作“丁卯第二甲進士會稽楊維禎記并書,乙酉狀元大名張士堅篆額,校官三衢鄭文直立石”,據嘉慶長興縣志補。

【箋注】

〔一〕文撰於元至正十年(一三五〇)九、十月間,即鐵崖重游湖州之時。繫年依據：其一,嘉慶長興縣志卷二十六碑碣載此文,題下注曰：“碑存。”按清錢大昕潛研堂金石文跋尾卷二十長興州重修學宮記有注,謂此碑立於“至正十一年二月”。至正十一年,鐵崖在杭州任四務提舉,而本文作者自署官職爲“前台州路天台縣尹”,故知撰於至正十年九月長興學宮修復完成之後,至正十年歲末鐵崖出任杭州四務提舉之前。其二,文中曰“余客游吴興”、“吾學徒劉巽來謁學記”,知其時鐵崖寓居吴興,必爲至正十年九、十月間重游湖州之際。

〔二〕長城：即湖州長興。元史地理志：“長興州,唐爲綏州,又更名雉州,又爲長城縣。朱梁改曰長興,宋因之。元元貞元年升爲州。"

〔三〕夜漁不取鮒:孔子弟子宓子賤仁政之成效。參見鐵崖先生古樂府卷八覽古之四注。

〔四〕挈壺氏:報時官,此蓋指打更者。參見周禮夏官司馬。

〔五〕火魯忽達:下文稱"魯忽達",長興州達魯花赤。正德松江府志卷三十一人物九游寓:"火魯忽達,漢名魯得之,西域康里人,平章冀國公保八子也。性重厚,安貧好學。弱冠爲館甥於小蒸曹氏。挈家入燕,中乙亥大都鄉試,以父蔭授晉寧治中,改監長興州。秩滿,仍居小蒸。歷漕運萬户、浙東元帥,入爲利用監大卿以卒。子企賢,由直省舍人仕至吏部尚書。"按:據本文,火魯忽達任長興州達魯花赤,自至正五年至十年,首尾六年。得之乃其字,并非漢名。其父保保,并非保八。

〔六〕劉巽:元至正五、六年間,從學於鐵崖,其時鐵崖受聘於長興東湖書院。參見東維子文集卷八送韓奕游吴興序。

〔七〕夫概:春秋時吴王。吴王闔廬之弟。

〔八〕"學本"句:長興縣志卷四學校載明蕭洵重修縣學記,曰:"長興邑東有學,始於宋寶元二年,縣令林概、邑人劉涉所建也。"

〔九〕趙汝謐:南宋理宗紹定年間任長興縣令。張公明:南宋理宗嘉熙年間任長興縣令。嘉慶長興縣志卷四學校:"建炎中,金人入寇,焚毁。紹興十年,縣令黄偉始遷于太平橋……紹定五年,縣令趙汝謐重修東西齋,創杏壇、蘗檜堂、御書閣。嘉熙二年,縣令張公明建藏書閣。"

〔十〕至治:元英宗年號,公元一三二一至一三二三年。

〔十一〕撒都魯丁:嘉慶長興縣志卷四學校:"(元)至治三年,達魯花赤撒都魯丁重建大成殿。"

〔十二〕魯忽達侯:或稱魯侯。清人錢大昕對此有説明,嘉慶長興縣志於此文後附潛研堂金石文跋尾,曰:"記爲監州火魯忽達修廟學而作。記中稱爲魯侯者,元時蒙古、色目人居官稱名而不稱姓,當不欲斥其名,或舉上一字、或舉中一字稱之,無一定之式也。"

〔十三〕韓惟德:一作維德。惟德當是其字,其名不詳。其時任長興州知州。

〔十四〕鄭友直:三衢人。三衢即今浙江衢縣,因境内有三衢山,故有此别名。至正十年前後,任長興州學校官。按:校官,蓋指教授。據元史選舉志,"上、中州,設教授一員"。

〔十五〕俞文淵:元至正十年前後任長興州掾吏。

〔十六〕劉坦、吴鼎、趙良珪:蓋元至正十年前後爲長興州學教師。按:劉坦,或作劉垣,或作劉坦之。

〔十七〕"蜀得文翁立學"二句:謂西漢文翁在蜀地興學,遂使巴蜀教化能趨同
　　　　於孔、孟故里。漢書循吏傳:"文翁,廬江舒人也。少好學,通春秋,以郡
　　　　縣吏察舉。景帝末,爲蜀郡守,仁愛好教化。見蜀地辟陋有蠻夷風,文
　　　　翁欲誘進之……又修起學官於成都市中,招下縣子弟以爲學官弟
　　　　子……蜀地學於京師者比齊魯焉。至武帝時,乃令天下郡國皆立學校
　　　　官,自文翁爲之始云。文翁終於蜀,吏民爲立祠堂,歲時祭祀不絶,至今
　　　　巴蜀好文雅,文翁之化也。"又,鐵崖漫稿本有小字注於題下:"文翁傳
　　　　'修起學官於成都市中'注:'學之官舍也。'"

〔十八〕宓恭:即東漢常山太守伏恭。按:宓氏爲伏羲氏之後,"宓"與"伏"通。
　　　　後漢書儒林列傳:"伏恭,字叔齊,琅邪東武人……太常試經第一,拜博
　　　　士。遷常山太守。敦修學校,教授不輟。由是北州多爲伏氏學。"

〔十九〕朝家:指朝廷。

〔二十〕北庭:元代多指高昌回鶻王國(今新疆吐魯番一帶)故地。

〔二十一〕高明:字則誠。琵琶記作者。參見東维子文集卷五送沙可學序。

〔二十二〕張士堅:大名(今屬河北)人。至正五年(乙酉)左榜進士第一,歷任
　　　　　中書户部員外郎、内臺監察御史等職。參見全元文第五十六册張士
　　　　　堅傳。又,潛研堂金石文跋尾(嘉慶長興縣志本附):"高明、張士堅
　　　　　皆至正乙酉進士,堅狀元及第,明列二甲,兩人書篆并有法。"

長洲縣重修學宫記〔一〕

有元一天下,自京師達郡縣,咸建學宫,急教以爲王化基也。今
天子文致太平,尤以教養人材爲大務,士往往以行藝興,而學宫益重
矣①。長洲由吴縣析②也,始以驛舍爲孔子廟。大德六年〔二〕,縣從③移
驛材搆治所,而學幾廢矣。至元再元之三年〔三〕,縣長元童以禮勸郡人
陸得原新之〔四〕。閲未二十年,而殿堂齋廡僅支風雨,藩墉④破蕩,往來
成蹊,而况殿墀未墁,泮池未鑿,從祀未有像龕,校官未有次舍,講室
未有丈席,弟子員未有几憑。師生交病,非所以嚴學校之規也。至正
八年某月某日,教諭王⑤季倫始至〔五〕,顧瞻嘆曰:"此非創始之罪,教
官⑥因陋之罪也。"且廉其歲租,皆乾没於奸宄之徒,非一日積矣。迺

白于⑦監縣奄都剌〔六〕,使力陳於郡守蕭公〔七〕,黜其奸之尤者,而租入稍還其舊。由是制其出入,取廩稍之贏⑧,起廢補缺,而長洲之學始與⑨他邑校同稱完美。而克以財力相其成者,則陸氏婿徐君某爲首,而郡人黄公某次之。至正九年某月日起作,明年四月某日告成。而季倫年勞亦書滿矣,扁舟道淞上,尋余三泖澤中,請書其事。

予聞孟子論教,必先於足食〔八〕。食不足,教無所於施。長洲地下而水悍,歲賦五十萬石⑩,民避其役,不啻如猛虎,而暇治禮義哉!司教於其縣者,恝乎其難矣,而況學之人又從而盜焉。學政之⑪不舉,固也。予曩在姑胥,熟知季倫氏有文有學,又有治事才。天不廢斯文於長洲,而季倫氏以史館修寫勞來爲其縣師,予親見其施設有方,田之據於浮屠者復之,欺於佃者履其畝而正⑫之,然後汰其不學無行濫於籍者三十餘人,而禮其知名之士以率上下焉。宜其養裕而教有成功也。奄剌侯崇師重道,蓋不下元童氏。而蕭公於士實有擇敬,而季倫獲其敬且信爲獨至,一時巨⑬家豪右又樂勸相之,於是亦可以知季倫氏之爲師儒者矣。邑之士來游來歌者,尚率聖人之教,以副師儒⑭之望,并無忽其前功,又將葺於後者無窮也。

季倫字季倫,番陽人。故宋職方郎仁允之子孫云〔九〕。至正十年五月十六日楊維禎⑮記。

【校】

① 宫:原本作“官”;矣:原本作“以”,據楊鐵崖先生文集全録本改。

② 析:原本作“拆”,據四部叢刊本、文淵閣四庫全書本改。

③ 縣從:楊鐵崖先生文集全録本作“縣造徙”。

④ 塘:原本作“庸”,據楊鐵崖先生文集全録本、文淵閣四庫全書本改。

⑤ 王:乾隆長洲縣志卷八職官表作“黄”。疑“黄”是。按:吴人“王”、“黄”讀音相同,且其同時人唐桂芳亦稱之爲“黄季倫”。參見白雲集卷七黄季倫詩跋。

⑥ 教官:原本作“校宫”,據楊鐵崖先生文集全録本改。

⑦ 于:原本作“子”,據楊鐵崖先生文集全録本、文淵閣四庫全書本改。

⑧ 贏:原本作“羸”,據楊鐵崖先生文集全録本、文淵閣四庫全書本改。

⑨ 與:原本作“於”,據楊鐵崖先生文集全録本、文淵閣四庫全書本改。

⑩ 石:原本作“碩”,文淵閣四庫全書本作“頑”,據楊鐵崖先生文集全録本改。

⑪ 之：原本無，據楊鐵崖先生文集全録本增補。

⑫ 正：原本作“政”，據楊鐵崖先生文集全録本改。

⑬ 巨：原本作“臣”，據楊鐵崖先生文集全録本改。

⑭ 原本“儒”下有“如”字，據楊鐵崖先生文集全録本、文淵閣四庫全書本删。

⑮ 楊維禎：原本無，據楊鐵崖先生文集全録本增補。

【箋注】

〔一〕文撰於元至正十年（一三五〇）五月十六日，當時鐵崖寓居松江，在吕氏塾授學。長洲縣：元代隸屬於平江路，與吴縣同爲“倚郭”縣。位於今江蘇蘇州市。

〔二〕大德六年：公元一三〇二年。

〔三〕至元再元之三年：指元順帝至元三年（一三三七）。

〔四〕元童：高昌（位於今新疆吐魯番地區）人。元順帝至元元年始任長洲縣達魯花赤，均田税，興學校，頗得民譽。參見鄭元祐僑吴集卷十一長洲縣達魯花赤元童君遺愛碑。陸得原：“得”或作“德”，字靜遠。曾任徽州路教授。乾隆長洲縣志卷五學宫：“至元三年，達魯花赤元童俾教諭顧元龍、耆儒邊景元，禮勸郡人前徽州路教授陸德原，見學宫卑隘簡陋，輸資營建。”參見元陳旅安雅堂集卷九長洲縣宣聖廟學記。

〔五〕王季倫：當作黄季倫，（“王”字誤，參見校勘記。）字季倫，番陽（今江西鄱陽）人。曾漫游江浙，北上京師，入史館。至正初年參與遼、金、宋三史編修，專職書寫。至正八年中書授以長洲縣學教諭一職，後任紫陽精舍教官。工古樂府，并曾參與西湖竹枝詞之唱和。參見西湖竹枝集詩人小傳黄季倫、明唐桂芳白雲集卷七黄季倫詩跋。按：本文曰“予曩在姑胥，熟知季倫氏有文有學”，可見鐵崖與季倫結識，始於至正八年季倫就任長洲縣學教諭。其時鐵崖游寓姑蘇，授學謀生。

〔六〕奄都剌：下文稱之爲“奄剌”，蓋於至正八年前後任長洲縣達魯花赤。按：乾隆長洲縣志卷八職官表作奄都剌可林，無具體任職年月。

〔七〕蕭公：蓋於至正八年前後任長洲縣令。

〔八〕足食：孟子梁惠王上：“是故明君制民之産，必使仰足以事父母，俯足以畜妻子，樂歲終身飽，兇年免於死亡。然後驅而之善，故民之從之也輕。”

〔九〕仁允：黄仁允，季倫祖先，曾任宋職方郎。參見前注。

紹興新城記[一]

　　至正十二年秋九月,越人築新城[二],明年春三月告成。郡高年余①文昌等謁余錢唐次舍[三],以記請。且道其事始末,曰:"城本宋南渡②蘄王韓世忠之所築[四]。闢而廣之,周垣凡四十五里。入我朝七八十年,馴至圮廢。淮夷梗化[五],挺禍於大江之南,狼籍州郡,如無人之境,守封疆者,始思城郭之所恃。而我紹興距錢③唐僅百里近,錢唐既陷[六],越人皇皇焉挈幼扶老,走山浮海以遁,不知長林大藪,賊之烏合鳥鈔者尤甚,則又犇播來歸,戶以數計者萬又五千。時則浙東肅政府分鎮於越[七],而僉事篤滿帖穆公勞倈吾民者[八],寔有以爲之倚也。既而集父老喻之曰:'城池,大役也,豈易勞吾民! 然勞於始而利厥終。錢唐大方面,賊直抵行垣者,以城池之廢也。姑④蘇界常、湖,賊越門而去者[九],以城池之新固也。汝民所自聞,幸相與懲苟且,思經久之圖。'民始難之,公又爲條告其貲力,先輟俸金,率郡縣吏及郡之民饒於財者,不足則以田爲之賦,糧二十石上出若干緡錢,築若干丈尺,四十石上數倍之,三石五石助貲辦⑤各有差。無田者,傭工而就食。民乃悦來,如子聽父事。量功命⑥日,不期月落其成。城爲趾厚凡四尋,爲身盡⑦尋有四尺,面凡七尺,外錭⑧鍵石,而又壘壁⑨四尺爲埤堄。戍有木譙,衛有校聯[十],藺石渠答之具[十一],無不整備。城爲趾門凡五,水門者六。四門又各爲甕城,唯北⑩爲重門,以代甕城。門皆梁石爲洞,上各置望樓。又倚北之蕺山[十二],爲發號⑪之亭。城既新,門亦稍更舊名:東五瑞,今曰雲瑞⑫,水曰朝宗;東南稽山,今曰會稽,水曰東明⑬;西常喜,今曰常禧,水曰澄清;西北西郭,今曰承恩,水曰拱辰;北曰昌安,今曰泰安,水曰永定;南水曰植利,今曰興利。役大事重,非名文家無以書。吾子郡人也[十三],幸有以屬比其事於⑭石,不唯識廢興歲月,且俾越之人萬子孫知有金湯不拔之固,與⑮民社相永永也。"

　　余惟春秋,城内與外者凡二十有九,聖人一一書之,謹王制、重民⑯力也。而城虎牢之書,責鄭有險⑰而不守,覆棄爲寇資[十四]。則知城築興於要害者,固亦春秋之所許也。而況於越襟大海,肘長江,神⑱禹氏之巡丘[十五],句踐氏之伯基[十六],有國者之雄藩也,其得與荒城野郭夷而际之乎！吁，一方之役小，四海之繫大；一時之勞暫，萬世之利永也。

雖然，城之掌固者不易，城之守固者尤不易。守非直三巡三釐之戒也[十七]，忠義爲之維，道德爲之維。道德爲之塞[19]，衆心爲之憑，守固之上也。職於是者，尚思有以勵己德，結人心，攄卧薪之忠憤，以無忘昔人執仇之義，以雪吾大國之耻，其可也。不然，守政不修，舟人皆敵國也[十八]。雖有金湯，吾爲此懼。是爲記。

公系出國族，通文史。嘗爲南臺監察，折獄辨訟，扶樹名理，嚴嚴有丰[20]采云。是年夏五月[21]，李黼榜賜進士出身郡人楊維禎撰。

【校】

① 余：楊鐵崖先生文集全録本、鐵崖漫稿本作“俞”。

② 渡：原本作“度”，據四部叢刊本、文淵閣四庫全書本改。

③ 錢：原本作“築”，據楊鐵崖先生文集全録本、鐵崖漫稿本改。

④ 姑：原本作“始”，據楊鐵崖先生文集全録本、鐵崖漫稿本改。

⑤ 辨：楊鐵崖先生文集全録本、鐵崖漫稿本作“亦”。

⑥ 命：楊鐵崖先生文集全録本、鐵崖漫稿本作“論”。

⑦ 盡：楊鐵崖先生文集全録本、鐵崖漫稿本作“凡”。

⑧ 錮：原本作“銅”，據楊鐵崖先生文集全録本、鐵崖漫稿本改。

⑨ 壁：原本作“辟”，據楊鐵崖先生文集全録本、鐵崖漫稿本改。

⑩ 北：原本作“趾”，據楊鐵崖先生文集全録本、鐵崖漫稿本改。

⑪ 發號：原本作“伐虎”，據楊鐵崖先生文集全録本、鐵崖漫稿本改。

⑫ 今曰雲瑞：原本脱，據楊鐵崖先生文集全録本、鐵崖漫稿本補。

⑬ 東明：原本作“東門”，據楊鐵崖先生文集全録本、鐵崖漫稿本改。

⑭ 於：原本作“于”，據楊鐵崖先生文集全録本、四部叢刊本改。

⑮ 與：原本作“興”，據楊鐵崖先生文集全録本、四部叢刊本、文淵閣四庫全書本改。

⑯ 民：原本無，據楊鐵崖先生文集全録本、鐵崖漫稿本、文淵閣四庫全書本補。

⑰ 險：原本脱，據楊鐵崖先生文集全録本、鐵崖漫稿本補。

⑱ 神：原本作“申”，據楊鐵崖先生文集全録本、鐵崖漫稿本改。

⑲ 塞：四部叢刊本作“基”。

⑳ 丰：楊鐵崖先生文集全録本作“風”。

㉑ "是年夏五月"句：原本無，據楊鐵崖先生文集全録本、鐵崖漫稿本增補。

【箋注】

〔一〕文撰於元至正十三年（一三五三）五月，當時鐵崖任杭州稅課提舉司副提舉。

〔二〕越：指紹興。

〔三〕余文昌：或作俞文昌（參見校勘記），元至正年間紹興耆宿。

〔四〕韓世忠：字良臣，延安人。南宋名將。孝宗時追封蘄王，謚忠武。宋史有傳。

〔五〕淮夷梗化：指元至正十一、十二年間，江淮一帶紅巾起義。

〔六〕"錢唐"句：至正十二年七月，徐壽輝紅巾軍一度攻佔杭州。

〔七〕按元史地理志，浙東海右道肅政廉訪司設於婺州路，轄區爲婺州路、紹興路、溫州路、台州路、處州路。此曰"時則浙東肅政府分鎮於越"，蓋臨時於紹興設分部。

〔八〕篤滿帖穆：或稱之爲篤滿帖睦爾，蒙古人。曾任江南行御史臺監察御史，至正十三年前後任浙東廉訪僉事。通文史。參見萬曆紹興府志卷二城池志。

〔九〕"姑蘇界常、湖"二句：意爲至正十二年，徐壽輝軍連破漢陽、武昌、江州、袁州、湖州、江陰等地，卻未能入蘇州。

〔十〕木譙：指譙樓。校聯：營壘相連。參見漢書趙充國傳。

〔十一〕藺石：城上檑石。渠苔：鐵蒺藜。參見漢書晁錯傳。

〔十二〕蕺山：參見陳善學序刊楊鐵崖先生文集卷六虞丘孝子詞注。

〔十三〕吾子郡人：意爲鐵崖家鄉諸暨州隸屬於紹興路。

〔十四〕"而城虎牢之書"三句：謂孔子追書修虎牢城之事，寓責鄭意。左傳襄公十年："諸侯之師城虎牢而戍之。晉師城梧及制，士魴、魏絳戍之。書曰'戍鄭虎牢'，非鄭地也，言將歸焉。"注："欲以偪鄭也。不書城，魯不與也。梧、制，皆鄭舊地。二年，晉城虎牢而居之。今鄭復叛，故修其城而置戍。鄭服，則欲以還鄭。故夫子追書，繫之於鄭，以見晉志。"

〔十五〕神禹：即大禹。相傳大禹巡狩至紹興會稽山而崩，詳見宋施宿等撰會稽志卷六大禹陵。

〔十六〕句踐：即勾踐。伯基：稱霸之基礎。勾踐於紹興卧薪嚐膽而復興稱霸，故下文謂"攄卧薪之忠憤"。參見史記越王勾踐世家。

〔十七〕三巡三鼕：指日夜巡視各三次。周禮夏官掌固："晝三巡之，夜亦如之。"鼕：查夜時擊鼓。

〔十八〕舟人皆敵國：史記吳起列傳："武侯浮西河而下，中流，顧而謂吳起曰：
　　'美哉乎，山河之固，此魏國之寶也！'起對曰：'在德不在險……若君不
　　修德，舟中之人盡爲敵國也。'"

重修西湖書院記〔一〕

　　屬人臣之風化者，曰忠曰清。其推風化於綱常之地者，又寔繫乎
六經之道。聖賢以之而立教，時王以之而致治。嘻，斯亦尚矣！

　　杭之西湖書院，故宋鄂王之第也〔二〕。宋季，更國子監。入我朝，
建書院，祠三賢。三賢者：處士林公逋、郡守白公居易、蘇公軾也〔三〕。
岳以精忠死國，其大節無異議者。處士以潔身獨善，合乎道之清。
蘇、白皆志①忠鯁，有遺愛，實裨於風化而無忝於六經之道，以祠之不
可廢者。

　　至正十有六年春，浙省丞相金紫達公〔四〕、浙西監憲丑公〔五〕，各捐
俸金新之。比明年大閱，募兵益衆，聚廬益隘，軍棲於寺觀，演於庠
序，院之新者隨毀。平章光禄張公諗其故〔六〕，長院者白之。明日令
下，驅部伍徙營翼。院之缺者補之，弊者易之，弱不支者壯。三賢
諸像彰施粉繪，六經版籍重加修補。白堊黑黝，焕焉曄焉，視舊觀爲
有加。於乎，庠序風化之所出，況是院也，孤臣之精忠，三賢之清節，
關於風化者不細，故光禄公惕焉神會，而於戎馬之隙，振斯文於既往，
起清風於後來，使岳、林、蘇、白四君子之澤，與六經之道同於不朽，其
功於名教，豈曰淺哉！

　　工既畢②，山長應子尚承公命〔七〕，徵余文於雲淞之上〔八〕，勒石以
紀歲月，且使後之人知光禄公之休武而修文者類此。故予不辭，爲之
書。至正二十年四月八日記。

【校】

① 志：原本作"惡"，據文淵閣四庫全書本改。
② 畢：原本作"考"，據文淵閣四庫全書本改。

【箋注】

〔一〕文撰於元至正二十年(一三六〇)四月八日。其時鐵崖退居松江半年有
餘,在松江府學主持教席。

〔二〕宋鄂王:指岳飛。南宋嘉定四年追封岳飛爲鄂王。參見宋史岳飛傳。

〔三〕"三賢"二句:成化杭州府志卷六山川城外錢塘縣:"西湖書院在三賢祠
右。元江南浙西等處肅政廉訪使即宋太學舊基建三賢祠,因建西湖書院。
元亡,書院廢。"又,玩齋集卷七重修西湖書院記:"(至元)三十一年,容齋
徐公琰始即舊殿改建書院,且遷鎖闌橋三賢堂附祀焉。三賢者:唐刺史
白居易、宋處士林逋、知杭州蘇軾也。置山長一員主之。遂易今名。"

〔四〕達公:指江浙行省丞相達識帖睦邇,元史有傳。

〔五〕丑公:指江南浙西道肅政廉訪使丑的公。按:此次西湖書院重修,由丑的
公主持。參見貢師泰撰重修西湖書院記

〔六〕張公:指江浙行省平章張士信(張士誠弟)。參見東維子文集卷五鄉闈紀
錄序。又,陳基西湖書院書目序曰:"至正十七年九月間,尊經閣壞圮,書
庫亦傾。今江浙行中書平章政事兼同知行樞密院事吳陵張公曾力而新
之。"(文載夷白齋稿卷二十一。)

〔七〕應子尚:至正二十年前後任杭州西湖書院山長。按:此謂應子尚奉張士
信之命前來徵文,可見至正二十年前後,鐵崖與張士誠屬官關係頗爲融
洽,且與張士信仍有往來。

〔八〕雲淞:即松江。松江又名雲間,故有此稱。

華亭胥浦義冢記〔一〕

葬不得埋,曰棄;不得其尸,曰捐。衣以周身,棺以周衣,槨以周
棺,土以周槨,禮也。自夷鬼①陀林之教行〔二〕,始有畔中國②之禮而忍
棄其親者。人心之陷溺也久矣,吁,可憫哉!

淞之民,類不以禮葬其親者〔三〕。人謂無丘陵之地,則有付之水
火,亦勢使之然也。仲尼觀延陵季子葬其子〔四〕,其坎深不至於泉。淞
之葬也,獨無坏土可竁乎?此華亭夏君尚忠義冢之所以作也。得不
食之地於胥涇之東〔五〕,周垣一里所,爲之封域,名"義冢",使藏無地者

歸焉。什伍曹其子孫氏各樹識表,而有異日展享之托。又規地一隅爲精舍,俾浮屠者主之,以掌其籍焉。其有貧不克葬者,又出資力以助之。於乎,君之用心亦仁矣！文王更葬朽骨[六],而天下恩之。宋世良、賀蘭祥輩收瘞暴骸,而境旱得雨[七]。夏君之仁,其不有感於天人乎！吾聞君之先人③清潤處士[八],嘗憫人積喪不入④土者,捐金粟至千斛縞弗計。義冢之舉,其又不爲善繼先志者乎！余固樂書其事,而况君重有請也,於是乎書。

君,郡之義門敦武公孫,字士文,承直郎、鎮江路府判官。棄而歸隱,益讀書,習禮文事。又創立夏黃書院,以祔享其外祖橘隱公[九]。其好古崇禮類此。

【校】

① 夷鬼: 文淵閣四庫全書本作"佛氏",當是清人篡改。

② 中國: 文淵閣四庫全書本作"先王"。

③ 人: 原本作"入",據正德松江府志本、四部叢刊本改。

④ 入: 原本作"足",據正德松江府志本、文淵閣四庫全書本改。

【箋注】

〔一〕文當撰於元至正二十年(一三六〇)之後。繫年依據:其一,此文乃應夏尚忠之請而作,其時鐵崖當居松江。其二,文中曰夏尚忠"創立夏黃書院,以祔享其外祖橘隱公",知其時橘隱公業已辭世。而至正九、十年間鐵崖授學吕氏私塾之時,橘隱公吕潤齋健在。可見本文必撰於鐵崖重返松江之後。參見鐵崖先生詩集甲集五月五日潤齋吕老仙開宴於樂餘閒堂。又按正德松江府志卷十七冢墓曰:"義冢在華亭胥浦東,縣人夏尚忠捨地建。"并附錄有本文。胥浦:又稱胥涇。夏尚忠:字士文,號壺盧道人,松江人。景淵子。至正十九年己亥秋,張士信授予承直郎、鎮江路府判官之職,辭,歸隱松江。修建園林綠陰亭,頗負盛名。與鐵崖、貝瓊等游處。參見鐵崖先生集卷二綠陰亭記,東維子文集卷十六書聲齋記,清江詩集卷一懷舊賦,卷七題夏士文園亭、二月五日燕夏士文漪瀾堂,清江文集卷二壺盧説,強齋集卷七題夏士文夢槐軒等。按:本文曰夏尚忠官職爲"承直郎、鎮江路府判官",綠陰亭記則曰"東藩大臣開府公以承制授侯承直郎、毗陵郡判官"。按元史地理志,有鎮江路而無毗陵郡,鎮江路下轄丹徒、丹陽、金壇三縣。蓋因毗陵爲古地名，郡治曾設於丹徒，故緑陰亭記所謂毗陵郡，實指鎮江路。

〔二〕夷鬼陀林之教：指佛教。

〔三〕類不以禮葬其親：實指東吳一帶流行火葬，鐵崖多次指責。東維子文集卷十七思亭記：“吳俗，葬其親以火。”又，東維子文集卷十七朱氏德厚庵記：“往往人終其親，不委於水火，則寄諸浮圖氏之室，雖衣冠仕族或有不免。”

〔四〕延陵季子：即季札。禮記檀弓下：“延陵季子適齊，於其反也，其長子死，葬於嬴、博之間。孔子曰：‘延陵季子，吳之習於禮者也。’往而觀其葬焉。其坎深不至於泉，其斂以時服。既葬而封，廣輪揜坎，其高可隱也……孔子曰：‘延陵季子之於禮也，其合矣乎！’”

〔五〕胥涇：即胥浦。江南通志卷六十一河渠志：“胥浦塘，相傳伍子胥所鑿。自長泖接界涇而東，盡納惠高、彭巷、處士瀝瀆諸水。”

〔六〕文王：又稱西伯，即周文王。宋胡宏皇王大紀卷十三王紀：“初，鑿沼得朽骨，命葬之。左右曰：‘此無主矣。’西伯曰：‘天子主天下，諸侯主一國。寡人固骨之主矣。’遂葬之。天下聞之曰：‘西伯仁及朽骨，況生者乎。’”

〔七〕宋世良：南北朝北齊人。北齊書循吏傳：“宋世良，字元友……還見汲郡城旁多骸骨，移書州郡，令悉收瘞。其夜，甘雨滂沱。”賀蘭祥：南北朝北周人。周書賀蘭祥傳：“時盛夏亢陽。祥乃親巡境内，觀政得失。見有發掘古冢，暴露骸骨者，乃謂守令曰：‘此豈仁者之爲政耶？’於是命所在收葬之。即日澍雨。是歲，大有年。州境先多古墓，其俗好行發掘，至是遂息。”

〔八〕清潤處士：指夏景淵。夏景淵，華亭人。吕潤齋婿，夏尚忠父。家有清潤堂，故號清潤處士。參見東維子文集卷十七夏氏清潤堂記注。

〔九〕橘隱公：即吕潤齋，華亭人。吕良佐之兄。參見東維子文集卷十七夏氏清潤堂記、鐵崖先生詩集甲集五月五日潤齋吕老仙開宴於樂餘閒堂注。

睦州李侯祠堂記〔一〕

侯諱士龍，字士龍，姓李氏，世客汴之①亳州〔二〕。祖某，繇世將轉郡守。侯生而有膂力，身不滿七尺，精厲緊悍。其髆腕彊②硬，上可用甲指搯③行蟲。自幼憙角觝戲，長投石拔距，絶等倫。後誦孫武子書〔三〕，志萬人敵。浙帥某聞其人，聘致帳前。試其弧矢伎，走馬遠垛二百步,馬上反臂,連五發,連五中,衆大諜,以爲特奇④。試犀劍,光指牛領,限尺寸位數,一擊領斷,不差分釐。又工老君拐法〔四〕,雙股連環,百斤鉅刀,上下舞如木爿⑤,鋒氣薄人,毛髮竪立。

　　歡寇金鈴氏恃驍武⑥無敵〔五〕,侯生禽之。復縱以利械,又禽之。以功自千夫長陞徽州判官,同知睦州,兼民兵摠制。在職撫農閲兵,民仰之如父,倚之如堅城。時浙帥升樞閫於睦〔六〕,養士至數十萬,裊將凡十有八部,獨稱侯爲巨擘。西⑦兵過城,樞命侯出關迎送,西兵毫革無動。金倉氏入寇⑧桐埠〔七〕,樞集諸將議,侯建上中下策,樞不用上,用其下。衆潰,將皆擁主遁,侯獨乘奔雷馬,挾步卒數十人,乘丙夜突戰。敵不備,被傷甚衆。又乘鋭取其敵將首,縣馬項底,出萬人中,萬人皆辟易,莫與抗。退奔⑨錦沙泉,取所佩藥,示⑩從者云:“吾報主盡矣,勿令敵斫吾頭⑪。”遂飲藥,倚馬而逝。時至正丁酉十月四日也,年二十有五。閲若干日,示夢睦老人曰:“吾死,已作神矣。尚能扞菑剗惡以利吾睦人。”明年春,睦人爲立祠錦沙墓所,請余文爲志。昔魯御縣賁父⑫死職〔八〕,魯君誄而表之。侯死職甚⑬烈,未上聞,司文事者盍有志! 故吾爲志諸祠,且係之誄曰:

　　於李侯生,力士兮。於李侯死,厲鬼兮。辟吾惡兮,離吾祉兮。(離,去聲。)誄吾以文,立忠軌兮。

【校】

① 鐵崖先生集本“汴之”下多“濠州”兩字,作“世客汴之濠州、亳州”。

② “彊”下原有“破”字,據鐵崖先生集本、文淵閣四庫全書本删。

③ 上:鐵崖先生集本無。掐:原本作“陷”,據鐵崖先生集本、四部叢刊本改。

④ 特奇:鐵崖先生集本作“奇特”。

⑤ 爿:鐵崖先生集本作“片”。

⑥ 武:鐵崖先生集本作“勇”。

⑦ 西:原本作“曲”,據鐵崖先生集本改。

⑧ 寇:原本作“冠”,據四部叢刊本改。

⑨ 退:原本作“渴”,據鐵崖先生集本改。錦:四部叢刊本作“金”。

⑩ 示:原本作“視”,據鐵崖先生集本改。

⑪ 頭:四部叢刊本作“顱”。

⑫ 父:原本作“先”,據鐵崖先生集本、四部叢刊本改。

⑬ 甚：原本作"其職"，據鐵崖先生集本改。

【箋注】

〔一〕文撰於元至正十八年（一三五八）春，當時鐵崖任建德理官。睦州：爲唐地名，元改稱建德路。今爲浙江建德市，隸屬於杭州。參見元史地理志。李侯：李士龍。嘉靖江陰縣志卷十七鄉賢元："李士龍（一三三三——一三五七），本汴（今河南開封）人。父爲江陰軍史，因家焉。少尚氣，有膂力。比壯，精於武藝，以先鋒從中書丞相脱脱南征，累功徽州判官。既同知睦州，兼義兵都元帥，居移剌院判麾下。撫農閲兵，民賴以安……倚馬瞠目而逝，時至正丁酉十月四日也。張宣作哀李將軍詩并序。"按：李士龍幼與張宣同師里中程井西先生。至正十七年前後，張宣在睦州師從鐵崖。鐵崖表彰李士龍，與張宣或亦有關。參見弘治江陰縣志卷七張宣撰哀李將軍詩序。又據本文，李士龍生於元順帝元統元年，死於至正十七年，年二十五。

〔二〕亳州：元代隸屬河南江北等處行中書省歸德府。今屬安徽省。

〔三〕孫武子書：即孫子兵法。

〔四〕老君：即太上老君。

〔五〕歙：歙州，今屬安徽。金鈴氏：疑即後文所謂金倉氏。時或稱之爲"鶴"，蓋爲長槍軍首領之一。參見後注及東維子文集卷二送高都事序。

〔六〕浙帥升樞閫於睦：指至正十七年，江浙行樞密院判官移剌九九於睦州僉樞府事，統領一方軍事。參見鐵崖撰送二國士序（載佚文編）。

〔七〕金倉氏：張宣哀李將軍詩序稱之爲長槍氏。明史繆大亨傳："初，（張）明鑑聚衆淮西，以青布爲號，稱'青軍'，又以善長槍，稱'長槍軍'。由含山轉掠揚州，元鎮南王孛羅普化招降之，以爲濠、泗義兵元帥。逾年，食盡，謀擁王作亂。王走，死淮安，明鑑遂據城，屠居民以食。"

〔八〕縣賁父：禮記檀弓上："魯莊公及宋人戰于乘丘，縣賁父御，卜國爲右。馬驚，敗績。公隊，佐車授綏，公曰：'末之卜也。'縣賁父曰：'他日不敗績，而今敗績，是無勇也。'遂死之。圉人浴馬，有流矢在白肉。公曰：'非其罪也。'遂誄之。士之有誄，自此始也。"

二陸祠堂記〔一〕

唐人詩稱陸敬輿爲華亭人〔二〕。君子論三代以下王佐人物，仲舒^{〔三〕}、孔明後^{〔四〕}，即及敬輿，是敬輿足以重地靈於是邑矣。□守是邑①者，未之建白。余謁淞學，合釋奠禮以祀者，乃有二雋焉。問之庶老，則曰陸士衡、士龍也。二陸自昭侯遜來^{〔五〕}，世爲華亭人，今縣西二十五里有華亭谷，谷之傍有山曰崑，陸氏之先葬焉。機、雲之生，時人以“玉出崑岡”比之^{〔六〕}，因名山。山之北，又有機、雲兩山，亦以兄弟得名。邑士曹君繼善^{〔七〕}，於山之陰創屋若干楹，祠二陸像其中，名二陸祠堂。且曰：“崑之陰，其故宅也②，其懷鄉詩有‘婉孌崑山陰’是也^{〔八〕}。知其魂魄之必返於此，故屋於是而祠之，願有以記。”

余案史稱機長七尺，其③聲如鍾^{〔九〕}，少有異才，文章冠世。雲六歲能屬文，與機齊名，中州之人號曰“二雋”。末節仕成都王^{〔十〕}，皆遇害。嗚呼，文章至東京之季④敝矣^{〔十一〕}，建安諸子傑然角立，而士衡兄弟乃得以名文蓋世，中州之人見之，如景星慶雲，誠可謂一時之雋矣。獨惜其急於功名，至末途猖蹶，豈非文章擅名者，得夫閒氣之所鍾，而去就弗是者，皆未知夫⑤聖賢之學歟！至今士之入吳者，咸仰三⑥高之遺風^{〔十二〕}，而未嘗不悼華亭夜鵾，不勝清唳⑦之悲也^{〔十三〕}。堂以祠之，蓋邑人不忘其鄉故而祭之以社⑧之義，以爲人物之準，君子之論缺如也。然崑山⑨秀傑之氣，代未嘗絶。華亭秀傑之士，亦代未嘗無。即余之論，以其未得夫閒氣之鍾者，益自勉；以其未得夫聖賢之學者，益自儆，豈非曹氏建堂之意乎！名世者作，果符吾言，吾於土⑩人失敬輿之祀之嘆，殆亦免矣夫！

【校】

① 守是邑：原本脱文，闕四字，據楊鐵崖先生文集全録本補。

② 也：原本無，據楊鐵崖先生文集全録本增補。

③“是也知其魂魄之必返於此故屋於是而祠之願有以記余案史稱機長七尺其”凡三十一字，原本無，據楊鐵崖先生文集全録本補。

④ 季：原本作“秀”，據楊鐵崖先生文集全録本改。

⑤ 夫：原本無，據楊鐵崖先生文集全録本增補。

⑥ 三：原本作“二”，據楊鐵崖先生文集全録本改。

⑦ 唳：原本作“淚”，據文淵閣四庫全書本改。

⑧ 社：楊鐵崖先生文集全録本作“祠”。

⑨ 山：原本無，據楊鐵崖先生文集全録本增補。

⑩ 土：原本作“士”，據楊鐵崖先生文集全録本改。

【箋注】

〔一〕文當撰於元至正九、十年間，其時鐵崖受聘於吕良佐，攜家寓居松江，爲其子弟授學。繫年依據：文中曰“謁淞學”，始知“合釋奠禮以祀者”有二陸。由此可見，其時爲鐵崖初次寓居松江期間。二陸：指陸機、陸雲，機字士衡，雲字士龍，晉書皆有傳。

〔二〕陸敬輿：名贄。舊唐書陸贄傳：“陸贄，字敬輿，蘇州嘉興人。”又按太平寰宇記卷九十五秀州：“華亭縣東一百二十里，舊十鄉，今一十七鄉，本嘉興縣地。唐天寶十載置，因華亭谷以爲名。”

〔三〕仲舒：西漢大儒董仲舒。

〔四〕孔明：諸葛亮。

〔五〕昭侯遜：指陸遜。陸遜字伯言，追諡昭侯。傳見三國志吳志。

〔六〕“機、雲之生”二句：輿地廣記卷二十三兩浙路下：“華亭縣本崑山縣地，唐天寶中置，屬蘇州，後屬秀州。有華亭谷水，有崑山，吳陸氏之先葬此。後機、雲兄弟有辭學，時人以玉出崑岡，因名之。”

〔七〕曹繼善：名慶孫。參見東維子文集卷六春秋百問序、卷十九安雅堂記。

〔八〕“婉孌崑山陰”句：出自陸機詩贈從兄車騎。

〔九〕“余案”二句：晉書陸機傳：“機身長七尺，其聲如鍾。少有異才，文章冠世。”

〔十〕成都王：指司馬穎，晉書有傳。

〔十一〕東京：指東漢。

〔十二〕三高：祠堂名，專祭范蠡、張翰、陸龜蒙。參見鐵崖先生詩集己集題用上人山水圖注。

〔十三〕“華亭夜鶴”二句：參見鐵崖先生詩集丙集贈陸術士子輝注。

魚浦新橋記〔一〕

至正十三年秋八月，蕭山縣魚浦新橋成。浦耆老許士英來謁予錢唐，曰：“浦之西北距浙江，東南達①明、越，抵台、婺〔二〕，商旅提攜、樵蘇負荷者，胥此乎道焉。晨出莫返，奔渡挐舟，不無蹎蹶覆溺之患。縣主簿趙君某〔三〕，領帥檄來鎮於兹。兵事既飭，大協民望，爰集耆老而告曰：‘是浦爲民涉之病，盍易舟而梁乎！’浦民咸響應，無忤詞。橋不三月而底於成，長凡五百尺，洞十有五，洞檻十有六。陞其兩旁，棧板欄柵②亘其長。吁，昔無而今有創，實功之難也。橋出没於潮汐之險，又難也。先是紅寇陷杭〔四〕，君方莅政。浦之西南依山徼，群惡少乘隙虐民，民相挺解散。君盡按捕之，一境③賴以安。今橋成，又免民於險阻。即向者弭盗安民之心，復推其效於是橋也。願子志以文，且爲趙君頌④。”

余曰：出事於昔人之所難，而得於今日之所易，非浦之不可以橋於昔也，惠而知爲政者尟也。若趙君之不難於是橋，謂惠而知爲政者非歟！鄭子産，春秋惠人也，至捐一車，則人皆以爲笑⑤〔五〕。彼溱、洧之可涉〔六〕，民猶病之，況是浦之難，奚啻十倍！長吏以民者，可以不知爲政乎！西門豹鑿十二渠，渠各有橋，至漢，長吏以橋絶馳道，相比不便，欲合三梁⑥爲一橋，鄴父老確弗從，以爲西門君法式不可更，長吏終聽之〔七〕。惠政之及人者，至今照耀史册。程子曰：“一命之士，苟存心於利物，於人必有所濟〔八〕。”趙君之存心得之矣。浦民歌誦，當不減鄭鄴⑦人之頌；君之法式，當與鄴父老同一確守，豈非百世之利也哉！浦父老復以橋名請⑧，於是顔其橋爲惠政。吁，君之惠政不惟是也。君名誠，字君實，世家於渤云⑨。銘曰：

江水湯湯，界浦之疆。涉浦作渡，民病於杭。趙君爲政，惠而有方。誰謂浦廣，不可以梁。惟彼梁也，西門之光也。德之長也，民之不能忘也。

【校】

① 達：原本脱，據楊鐵崖先生文集全録本、鐵崖漫稿本補。
② 柵：原本闕，四部叢刊本作“翼”，文淵閣四庫全書本作“干”，據楊鐵崖先生文集全録本、鐵崖漫稿本補。
③ 境：原本作“竟”，據楊鐵崖先生文集全録本、鐵崖漫稿本改。
④ 頌：原本作“頌”，據楊鐵崖先生文集全録本、鐵崖漫稿本、文淵閣四庫全書本改。
⑤ 笑：楊鐵崖先生文集全録本、鐵崖漫稿本作“嘆”。
⑥ 梁：原本作“渠”，據四部叢刊本改。

⑦ 興：原本作“興”，據四部叢刊本、楊鐵崖先生文集全録本、文淵閣四庫全書本改。

⑧ 請：原本作“謂”，據楊鐵崖先生文集全録本、鐵崖漫稿本、文淵閣四庫全書本改。

⑨ 渤云：原本作“渤公”，楊鐵崖先生文集全録本作“渤云”，鐵崖漫稿本作“郭云”，據四部叢刊本改。

【箋注】

〔一〕文撰於元至正十三年（一三五三）八月新橋落成之際，當時鐵崖任杭州税課提舉司副提舉。魚浦：康熙蕭山縣志卷五山川志：“漁浦，在縣西南二十五里。十道志云舜漁處也。”

〔二〕明、越、台、婺：皆州名。分别爲今浙江寧波、紹興、台州、金華。

〔三〕趙君某：指趙誠。趙誠字君實，“世家於渤”，或曰宛平（位於今北京市）人。元至正十二年，由儒士擢爲蕭山縣主簿，官至江浙樞密院經歷。因留居蕭山，邑人祀之於名宦祠。參見康熙蕭山縣志卷十八人物志名宦。

〔四〕紅寇陷杭：指至正十二年七月，徐壽輝之紅巾軍一度攻陷杭州。

〔五〕“鄭子産”四句：孟子離婁下：“子産聽鄭國之政，以其乘輿濟人於溱、洧。孟子曰：‘惠而不知爲政。歲十一月，徒杠成；十二月，輿梁成，民未病涉也。君子平其政，行辟人可也，焉得人人而濟之？’”

〔六〕溱、洧：皆河名，位於今河南省。

〔七〕“西門豹鑿十二渠”九句：述西門豹引河水灌民田，及其後世影響。詳見史記滑稽列傳。

〔八〕“一命之士”三句：北宋程顥語。參見宋朱熹撰伊洛淵源録卷二明道先生行狀。

卷六十七　東維子文集卷十三

平江路常熟州知州王公善政記[一]

聖天子君臨天下垂二十載[二]，周知物情，以守令去民爲最近，而不可以弗之重也，乃下明詔，嚴守令之選，以作興治道。職是者，宜其謹忻鼓舞，滌濯奮揚，以副上德意。夫何廉恥日衰，奸僞日滋，不幸一日有變，民環視而起，不受條令，至殺長吏以應寇而莫之能禁。朝廷又大發①兵，而罪②有不勝窮者。遂至兵連不解，彌曠歲月，而民愈以病告。弱者填委溝壑，壯者從而污染，綿亘數千里地，田萊爲蕪，邑里爲墟，雖有高才明智之士，縮手鈐③舌，無救弊之術。迹其所從來，皆守令不振職之過也。吁，民憤④之積也久矣。存千百於一二，而特異於庸衆人，職銓曹者無以旌別，而司文墨者又無以表彰之，嘻，何以爲世道勸邪！

知常熟州豫章王公，其⑤在任五載，政平訟理，民大和悦。既而請老以歸，則民懷其德，爲其立石志去思⑥。

吾友王元裕既叙公所爲善政[三]，而又徵予文以屬比之。其言曰：公爲政顓務以德導民，以禮坊民，主⑦敬勸學，躬行率下，民爲之翕然嚮化。謂農桑爲衣食本，歲課民墾田種樹，浚渠築堤，必以時是用。築華蕩圩，開耿涇港、四叉河，爲堤五十餘里，以備旱潦。均里胥徭役及商征田賦，以大寬民力。廣常平義倉儲蓄，以救災卹患。自是人人相安於無事，而詞訟自簡，衣食給足，而恥入盜籍。又順民情之所欲，葺福阜泰山神祠[四]，爲民祈年報本。人以是知公所存之心，惓惓愛民而惟恐有弗及也。

盜有朱鬖由江東侵軼浙右[五]，列郡騷然，至逼常熟境上。公從容集州兵設調度以禦賊，而人心不搖，咸⑧相率從公，誓以死守弗去。寇聞風不敢近，民得按堵如故。嗚呼，上之視下，不啻猶子弟，則下之視上，不啻若父兄，此固人情報施之常，而實則天理之所在也，豈獨常熟之民性有異哉！彼專務以殘民，民亦思以殘報，所謂出乎爾者反乎爾,豈不信乎!旴,居守令而欲得民心者,視諸常熟,亦反求諸己而已矣。

始公由江浙行省掾屬調常州路經歷,轉湖州路烏程縣尹,有惠政,民刻石頌德。歲未滿,改陞江西省檢校官,又有能聲。秩滿,以守令選爲是州,而民德公尤甚,故已去而猶思之不置。所謂居其位振其職,歡忻鼓舞,滌濯奮揚以副上德意者非歟!

向使長淮之西、大江之南,以及荊⑨、漢、閩、廣之間,受命以蒞民者,得人人如公,則盜不必起;其起,必不蔓延若是之極也。予爲是記,於世道有感,書遺其民,使刻諸石,爲嗣公者勸。

公名某,字德冠⑩,豫章某里人。至正十四年夏五月朔日,承務郎、杭州宣課副提舉、權江浙等處儒學提舉楊維禎⑪記。

【校】

① 大發:鐵崖漫稿本作"發大"。

② 罪:原本作"皋",據鐵崖漫稿本、文淵閣四庫全書本改。

③ 鈐:原本作"鈴",鐵崖漫稿本作"鉗",據楊鐵崖先生文集全録本、文淵閣四庫全書本改。

④ 憤:原本作"墳",據楊鐵崖先生文集全録本、鐵崖漫稿本改。

⑤ 其:楊鐵崖先生文集全録本作"某"。

⑥ 爲其立石志去思:原本作"爲其立石志云",且全文到此結束,今據楊鐵崖先生文集全録本、鐵崖漫稿本改。以下文字皆據楊鐵崖先生文集全録本增補,校以鐵崖漫稿等本。

⑦ 主:楊鐵崖先生文集全録本無,據鐵崖漫稿本增補。

⑧ 咸:鐵崖漫稿本無。

⑨ 荊:鐵崖漫稿本作"江",據道光琴川三志補記續編本改。按:道光琴川三志補記續編載此文,注曰録自鐵崖漫稿,然與南京圖書館所藏鐵崖漫稿本稍有不同,故此亦用作校本。

⑩ 冠:道光琴川三志補記續編本作"剛"。

⑪ 楊維禎:楊鐵崖先生文集全録本作"楊某",據鐵崖漫稿本改。

【箋注】

〔一〕文撰於元至正十四年(一三五四)五月一日,當時鐵崖任杭州宣課副提舉,并代理江浙等處儒學提舉一職。王公：生平見本文。

〔二〕聖天子：指元順帝。按：元順帝於至順四年（一三三三）繼位，至至正十四年，爲二十二年。此所以謂"垂二十載"，蓋因元順帝登基之後，最初數年皇權實爲大臣伯顏篡奪。後至元六年（一三四〇）二月伯顏被黜，至至正十四年，元順帝真正"君臨天下"十五年。

〔三〕王元裕：其名或作裕，字好問，山陰（今浙江紹興）人。鐵崖好友。參見鐵崖先生集卷二送王好問會試春官叙。

〔四〕福阜：即福山。康熙常熟縣志卷二山："福山在縣北三十六里，高九十五丈，長三百五十步。俯臨大江，與狼山相望。舊名覆釜。唐天寶六載改名金鳳。梁乾元三年改今名。"泰山神：又稱東嶽大帝，道教著名山神。

〔五〕朱龔：指元末紅巾軍。

吏部侍郎貢公平糴記〔一〕

至正十二①年春三月，中書吏部侍郎貢公奉詔使江浙〔二〕。民陷賊者曲宥之，刑殘之家免以土賦。朝廷又慮餽餉不繼②，賑貸不給，發內帑錢三十餘萬錠③，俾公於稔地與④民和糴。公抵吳興，諗民有儲粟者，聽自陳，糴凡六萬有奇，於時直益其十之二，先付直，後納所直粟，且下令曰："朝廷以和爲糴⑤，官不得齊刑，史不得抱案〔三〕。差若等以三，吾⑥與若一，以和爲義。"官府始笑之，曰："民疲⑦久矣，悍卒扣門叫囂，猶不即奉命。今若此，事其可集耶？"公⑧曰："民爲爾紿者殊⑨多矣，吾今以⑩誠待之，彼亦以誠應我。"既而民果聽令⑪，相與議曰："往時物輸官而直不給，雖給，且垂橐而歸。今公先與直，豪髮不以干有司，吾何幸也！"復與平斗斛，使輸粟者自⑫概，司度⑬不得高下其手。縣吏與豪民有假是以漁獵者，公徵⑭得之，皆置諸法。父老以手加額曰："公之爲政，吾前未之聞也。"廼相與詣某⑮，求書其事於石⑯，以爲平糴後法。

余惟管仲有輕重之權〔四〕，李悝有地力之教〔五〕，而平糴之法出焉。大要哀多益⑰寡，稱物平施，使民適足而已。歷代祖之，漢曰均輸〔六〕，曰常平〔七〕；唐始置和糴使；宋有博糴、便⑱糴之科，皆爲美制，而任之不得其人，則亦無異於强取也。今公以內帑錢若干，不經⑲有司之散歛，親與民市,告以信令。民之聽之,若子聽父。不三日,飛艑軕舶填塞津隘㉑,米積於地,概不暇給。未越月,廩入於永寧、泰定〔八〕,民不知擾,而粟已盈數,蓋得和糴之本法,而足以宣上德意也,豈非朝廷任得其人之效歟! 不然,彫城瘵郭,富家豪室轉在草野,救死且不贍㉑,何所取則㉒而云和糴哉! 此其事爲可書也已。漢耿壽昌以平糴便益賜特㉓爵關内侯〔九〕。公入覲,吾見公之得賜爵也。雖然,賜爵一己利耳,吾聞公有篋中書,凡一綱二十目㉔,皆切於議大政、決大利害,而天下資以爲治者,條陳於上,寔吏部獻内㉕職也。嘻,此其利吾人者,可一二計哉! 又南父老之至望也。

　　公名師泰,字泰父,宣城人〔十〕。起身胄監,嘗爲名御史云。時江浙行省檢校李思義以省委來㉖相糴事〔十一〕,而郡監亦思哈公與有勞焉〔十二〕,故并書之。

【校】

① 二:原本作"三",據鐵崖文集本改。按:玩齋集卷首朱燧撰玩齋先生紀年録及揭汯所撰貢師泰神道碑銘,皆謂貢師泰奉詔出使江浙在至正十二年。

② 繼:原本作"維",據鐵崖文集本、楊鐵崖先生文集全録本改。

③ 錠:原本作"定",據鐵崖文集本、楊鐵崖先生文集全録本改。

④ 與:原本作"興",據四部叢刊本改。

⑤ 糴:鐵崖文集本作"義"。

⑥ 吾:鐵崖文集本作"之"。

⑦ 疲:四部叢刊本作"病"。

⑧ 公:原本作"令",據鐵崖文集本、楊鐵崖先生文集全録本改。

⑨ 給者殊:原本作"給儲",據鐵崖文集本改。

⑩ 吾今以:原本作"今",據鐵崖文集本、楊鐵崖先生文集全録本增補。

⑪ 令:鐵崖文集本作"命"。

⑫ 自:原本作"目",據鐵崖文集本、楊鐵崖先生文集全録本改。

⑬ 度:鐵崖文集本、楊鐵崖先生文集全録本作"庚"。

⑭ 微:楊鐵崖先生文集全録本作"廉"。

⑮ 某:原本作"其",據鐵崖文集本改。

⑯ 石:原本作"后",據鐵崖文集本、楊鐵崖先生文集全録本改。

⑰ 益:原本作"孟",據鐵崖文集本、楊鐵崖先生文集全録本改。

⑱ 便: 鐵崖文集本作"使"。

⑲ 經: 鐵崖文集本作"親"。

⑳ 隘: 原本作"溢",據鐵崖文集本改。

㉑ 贍: 原本作"瞻",據鐵崖文集本、楊鐵崖先生文集全録本改。

㉒ 則: 鐵崖文集本、楊鐵崖先生文集全録本作"財"。

㉓ 特: 原本作"持",據鐵崖文集本改。

㉔ 目: 原本作"日",據鐵崖文集本、楊鐵崖先生文集全録本改。

㉕ 内: 鐵崖文集本作"納"。

㉖ 來: 原本作"事",據鐵崖文集本、楊鐵崖先生文集全録本改。

【箋注】

〔一〕本文表彰吏部侍郎貢師泰平糴之法,撰於元至正十二年(一三五二)三、四月間,當時鐵崖在杭州任税務官。貢公: 即貢師泰,其字泰父,宣城(今屬安徽)人。官至户部尚書。元史有傳。參見鐵崖撰貢尚書玩齋詩集序(載本書佚文編)。

〔二〕按: 吏部侍郎貢師泰奉命赴浙西和糴,在至正十二年。元史著録貢師泰任職吏部侍郎及其出使浙西時間,皆有誤。元史貢師泰傳:"至正十四年,除吏部侍郎。時江淮兵起,京師食不足。師泰奉命和糴于浙右,得糧百萬石以給京師,遷兵部侍郎。"元史本傳曰貢師泰"奉命和糴于浙右",即本文所謂"平糴"事,然謂貢師泰於至正十四年始任吏部侍郎遣往江浙,顯然有誤。參見玩齋集卷首朱燧撰玩齋先生紀年録及揭汯所撰貢師泰神道碑銘。

〔三〕"官不得齊刑"二句: 意爲和糴屬於買賣交易,官吏不能當作懲罪辦案。按: 下文曰"豪髮不以干有司",即因貢師泰有此訓示。

〔四〕輕重之權: 漢書食貨志下:"管仲相桓公,通輕重之權……民有餘則輕之,故人君斂之以輕;民不足則重之,故人君散之以重。凡輕重斂散之以時,則準平。"

〔五〕李悝: 戰國初期魏人。李悝曾爲魏文侯作盡地力之教,推行於魏國,國以富强。詳見漢書食貨志上。

〔六〕均輸: 即均輸法,桑弘羊所創。詳見漢書食貨志下。

〔七〕常平: 即常平倉。漢書食貨志上:"(宣帝時大司農中丞耿壽昌)令邊郡皆築倉,以穀賤時增其賈而糴,以利農;穀貴時減賈而糶,名曰常平倉。民便之。上乃下詔,賜壽昌爵關内侯。"

〔八〕永寧、泰定：皆倉廩名。成化湖州府志卷十三公廨："永寧倉在白蘋洲上。唐李師悅建，名永盈。後改永寧。即省倉也。"又據浙江通志卷七十九倉厫，曰泰定倉在湖州府治東，又名永寧倉。

〔九〕耿壽昌：西漢宣帝時任大司農中丞，"以善爲算，能商功利，得幸於上"。參見前注及漢書食貨志。

〔十〕宣城：今屬安徽。

〔十一〕李思義：至正十二年前後任江浙行省檢校。生平不詳。

〔十二〕亦思哈公：至正十二年前後任杭州路達魯花赤。又，按至正金陵新志卷六題名中"監察御史"一欄著錄有："亦思哈，珠笏氏。從仕。至正元年上。"或即此人。

樊公廟食記①〔一〕

至正十有二年秋，寇自徽犯江浙〔二〕。政府參知政事樊公宿衛於省，省吏皆次弟引去，獨公被甲上馬，率宿衛兵不滿伯什，急出省攻賊。從者止②之，公曰："吾封疆之守，不守而去，是以私利廢臣道。"行至省坊口，遇它遁將，以兵孤③且散，控其馬首返。公怒，引佩刀斫其人，曰："城不守，何適？"遂躍馬逆寇於天水橋，巷戰以死〔三〕。

公在江浙政府凡二年，贊其首相，興利④去弊，不爲猜禍吏中格，力以進賢退不肖爲己任。職雖參，實與相相提衡⑤。故政府有便利東南人者，胥公之出。吁，仁矣哉⑥！伯夷稱仁，以將軍葬首陽〔四〕，天下傷之。（不得全尸，故云將葬。事見韓非子。）樊公稱仁，以將軍葬天水，東南人傷之。吁，又豈知其自決於義之⑦畏愛，有甚於生死者乎！義既決，雖碎首塗⑧地，无悔焉。死不安於自決，而出於有激，出於無獲已，皆死非義。而義利之相去，其間不能以寸。凡遭禍亂，有首鼠義利以奸法筴者，不死司寇，幸而死疑似，吁，何可以亡辨哉！故伯夷死，天下謂之義；樊公死，天下謂之忠。夫忠與義⑨，不可以聲音笑貌掩而得之，必決於中⑩，安於素有，而天下至尤之物不能易得也。

自昔死鳴甲（雍門狄）〔五〕，死徇劍（楚囊）〔六〕，死銜鬚（漢溫序）〔七〕，死嚼齒（張巡）〔八〕，死嘔血（陳⑪）〔九〕，死鄖州（黃從龍）〔十〕、潭州（李芾）〔十一〕，類皆若是。吁，若是始可與言封疆之臣、社稷之鎮矣。議者謂全節未必成功也。吁,節無增損,功有成敗。無增損者内,有成敗者外,春秋録死節,亦計其内,而外有不計焉。岐功與節,以律天下之忠,非春秋義已。公之死,其僕曰田丁者,亦徇主死。人比春秋邢蒯瞶之僕云⑫〔十二〕。去公之死兩期月,姚園寺僧雪率杭之人〔十三〕,爲公立祠於天水院,肖公之像,歲時祀之。樹石⑬於門,徵余文以書。於是論次其死烈如此。

公名執敬⑭,字時中⑮,獨航,其自號也。世爲鄆人。(其世出仕歷見別傳云。)

【校】

① 樊公廟食記:楊鐵崖先生文集全録本、鐵崖漫稿本題作江浙行省參知政事樊公廟食記。

② 止:原本作"心",據楊鐵崖先生文集全録本、鐵崖漫稿本改。

③ 孤:楊鐵崖先生文集全録本、鐵崖漫稿本作"亂"。

④ 利:原本無,據楊鐵崖先生文集全録本、鐵崖漫稿本、文淵閣四庫全書本補。

⑤ 實與相相提衡:原本作"實興提衡",據楊鐵崖先生文集全録本、鐵崖漫稿本改。

⑥ "故政府有便利東南人者胥公之出吁仁矣哉"凡十八字,原本無,據鐵崖漫稿本增補。

⑦ 自決於義之:原本作"自決於義而之自",文淵閣四庫全書本作"自決於義而人自",據楊鐵崖先生文集全録本、鐵崖漫稿本改。

⑧ 塗:原本作"淦",據四部叢刊本、楊鐵崖先生文集全録本、文淵閣四庫全書本改。

⑨ 夫忠與義:原本作"興義",據楊鐵崖先生文集全録本、鐵崖漫稿本改補。

⑩ 中:原本作"忠",據楊鐵崖先生文集全録本、鐵崖漫稿本改。

⑪ 陳:楊鐵崖先生文集全録本、鐵崖漫稿本作"陳陳"。

⑫ 邢蒯瞶之"邢",原本脱,據楊鐵崖先生文集全録本、鐵崖漫稿本增補。云:原本作"玄",據楊鐵崖先生文集全録本、文淵閣四庫全書本改。

⑬ 石:原本作"名",據楊鐵崖先生文集全録本、鐵崖漫稿本改。

⑭ 敬:原本作"政",據楊鐵崖先生文集全録本、鐵崖漫稿本、元史本傳改。

⑮ 中:原本作"申",據楊鐵崖先生文集全録本、鐵崖漫稿本、元史本傳改。

【箋注】

〔一〕文撰於元至正十二年(一三五二)九月,當時鐵崖在杭州任稅務官。繫年

依據：文中曰撰文之時“去公之死兩期月”，而樊執敬戰死於至正十二年
七月。樊公：樊執敬（？——一三五二），元史有傳。

〔二〕寇自徽犯江浙：南村輟耕録卷十四忠烈：“（至正十二年）秋七月十日，紅
巾自徽犯杭，時（樊執敬）公守宿衛於省。”按：其時攻陷杭州之紅巾軍，乃
徐壽輝部。

〔三〕“遂躍馬”二句：西湖游覽志餘卷六版蕩淒涼：“至正十二年壬辰秋，蘄黄
徐壽輝賊黨攻破昱嶺關，徑抵餘杭縣。七月初十日入杭城。僞將蔡、楊、
蘇，一屯明慶寺，一屯北關門妙行寺，稱彌勒佛出世以惑衆。浙省參政樊
執敬死於天水橋，寶哥與妻同沈於西湖。”

〔四〕“伯夷”二句：韓非子外儲説左下：“伯夷以將軍葬於首陽山之下，而天下
曰：‘夫以伯夷之賢與其稱仁，而以將軍葬，是手足不掩也。’”

〔五〕雍門狄：即雍門子狄。説苑立節：“越甲至齊，雍門子狄請死之。齊王曰：
‘鼓鐸之聲未聞，矢石未交，長兵未接，子何務死之？爲人臣之禮邪？’雍門
子狄對曰：‘臣聞之，昔者王田於囿，左轂鳴，車右請死之……今越甲至，其
鳴吾君也，豈左轂之下哉？車右可以死左轂，而臣獨不可以死越甲也？’遂
刎頸而死。是日越人引甲而退七十里。”

〔六〕楚囊：指楚將軍子囊。説苑立節：“楚人將與吳人戰，楚兵寡而吳兵衆，楚
將軍子囊曰：‘我擊此國必敗，辱君虧地，忠臣不忍爲也。’不復於君，黜兵
而退。至於國郊，使人復於君曰：‘臣請死。’君曰：‘子大夫之遁也，以爲
利也。而今誠利，子大夫毋死。’子囊曰：‘遁者無罪，則後世之爲君臣者，
皆入不利之名而效臣遁。若是，則楚國終爲天下弱矣。臣請死。’退而
伏劍。”

〔七〕温序：東漢人。後漢書獨行列傳：“温序，字次房，太原祁人也……爲隗囂
別將苟宇所拘劫……因以節撾殺數人。賊衆争欲殺之，宇止之曰：‘此義
士死節，可賜以劍。’序受劍，銜鬚於口，顧左右曰：‘既爲賊所迫殺，無令鬚
汙土。’遂伏劍而死。”

〔八〕死嚼齒：舊唐書忠義傳下：“及城陷，尹子奇謂（張）巡曰：‘聞君每戰眥裂，
嚼齒皆碎，何至此耶？’巡曰：‘吾欲氣吞逆賊，但力不遂耳。’子奇以大刀
剔巡口，視其齒，存者不過三數。”

〔九〕死嘔血：原本小字注“陳”，或作“陳陳”。未詳所指何人。

〔十〕黄從龍：宋史翼卷三十一忠義傳：“黄從龍，永豐人。嘉定進士，爲郢州推
官。元兵入襄峴，郢當要衝，守將潛遁。從龍抱印登城，大呼曰：‘張巡、許
遠之事，正在今日。’齧指血書‘死戰報國’字，與子熙力戰死。”

〔十一〕李芾: 宋史忠義傳:“李芾,字叔章……知潭州,兼湖南安撫使……芾坐
　　熊湘閣,召帳下沈忠,遺之金,曰:‘吾力竭,分當死。吾家人亦不可辱於
　　俘,汝盡殺之,而後殺我。’……芾亦引頸受刃。”

〔十二〕邢蒯瞶: 春秋時齊莊公臣。説苑立節:“齊崔杼弑莊公,邢蒯瞶使晉而
　　反,其僕曰:‘崔杼弑莊公,子將奚如?’邢蒯瞶曰:‘……吾聞食其禄者
　　死其事。吾既食亂君之禄矣,又安得治君而死之!’遂驅車入死。其僕
　　曰:‘人有亂君,人猶死之;我有治長,可毋死乎?’乃結轡自刎於車上。”

〔十三〕姚園寺: 西湖游覽志卷十八南山分脈城内勝迹佛刹:“姚園寺在高陽閭
　　巷。宋初爲姚氏花園。紹興初,僧慈昌購園結庵。乾道初,賜額姚園
　　寺。”僧雪: 蓋至正年間爲姚園寺住持。

聽雪舟記〔一〕

　　陵陽劉尚賢氏〔二〕,遭①逢今天子龍興,由儌直爲浙垣胡公相府大
賓僚〔三〕,自命其退公之室曰聽雪舟,介吾徒金信氏致其詞〔四〕。云:
“某於十年前慕先生之風於富春山中,願一接見無由〔五〕。今幸軍旅事
息,鉦鼓之聽,移於虛舟風雪矣。幸先生屑一言爲記。”余異之曰:“軒
以‘舟’名,舟以‘雪聽’,此江湖漂泊之竟②也。夜深,郭索聲瑟瑟,兩
冰竅瘁,不得熟寐,非烟水之窮旅,則草溪之寒漁耳。尚賢身服韃韇
者十餘年,值天子偃武尚文,將陟清階,侍鈞天所,以聽九奏之樂矣,
其於雪也,奚暇爲窮旅寒漁之聽哉!”

　　抑有説: 聽雪以聲,固不若聽雪以理者之爲聽之深也。今夫雪出
玄而尚白,似化;藏於密而散放③六合,似道;將集而霰先焉,似幾;陰
涸而合,晛而消,似時;匿瑕藏疾,似量;無論高下夷險,一稱物而施,
似平治。若是者,雪之具德廣矣。尚賢於其具德,反諸己而有之,則
聲不在雪,其取數於聽者,不既乎多矣乎! 不則雪舟之聽,窮旅寒
漁耳!

　　信以是説復命。越十日,尚賢馳書來謝曰:“某不敏,始識聽雪以
聲,不愈於聽雪以吾子之聽爲至也。請録諸軒爲記。”

【校】

① 遭: 四部叢刊本作“適”。

② 竟: 文淵閣四庫全書本作"境"。

③ 放: 文淵閣四庫全書本作"於"。

【箋注】

〔一〕文當撰於明洪武元年(一三六八)或稍後,其時鐵崖寓居松江。繫年依據:
　　其一,聽雪舟主人劉尚賢請文,自稱十年前於富春山聞鐵崖聲名,則本文
　　應撰於鐵崖避難富春山十年之後。參見後注。其二,劉尚賢爲朱元璋屬
　　官,紹介之人金信,亦爲朱明政權屬臣,其時出使松江。

〔二〕陵陽: 寧國府(今屬安徽)之古稱。參見方輿勝覽卷十五。劉尚賢: 尚賢
　　當爲其字,其名不詳,寧國府(今屬安徽)人。元末追隨朱元璋,"身服鞬櫜
　　者十餘年"。明初爲浙省左丞胡德濟幕僚。

〔三〕胡公: 指胡大海養子胡德濟。德濟字世美,明洪武初年任浙江行省左丞,
　　鎮守杭州。明史有傳。

〔四〕金信: 鐵崖弟子。參見東維子文集卷七金信詩集序。

〔五〕"某於十年前"二句: 元至正十七、十八年間,鐵崖任建德理官。十八年三
　　月,胡大海率軍攻陷建德,鐵崖躲避戰亂而隱寓富春山中。其時劉尚賢追
　　隨於胡大海父子,風聞鐵崖大名,卻不可能相見。

大樹軒記〔一〕

　　烏江馮侯仲榮氏,有先人之宅一區,在霸王廟東〔二〕。自其大父某
手植三槐,今皆合抱,爲百年舊物。侯益封培之,扁其軒爲大樹。侯
來華亭,治暇過余次舍,談及故家喬木,曰:"吾家節侯公軍次大樹〔三〕,
軍中號'大樹將軍'。吾固不知其樹爲何木,木居何地。今予家樹出
於吾祖手植,吾敬之,亦呼大樹。敢徵先生一言以爲志。"

　　侯少時以戎行侍主上,其説主以治殘理寃,以成湯、武之業〔四〕,與
節侯意不殊。其侍主晨夜草舍(上聲,止也。),或至飢疲,與節侯之豆①
粥麥飯亦不殊〔五〕。爲人謙退不伐,亦似之。節侯在關中得軍民譽,乃
召言者"咸陽王"之譖〔六〕,賴帝曠度,釋其所疑。侯亦以律外役檟胥,
招執橐者劾,賴主上簡知有素,枉隨雪而伸②益大。赤眉之平定安
集〔七〕,弘農群盜胥化爲良〔八〕。鄧禹之不能者,節侯能之〔九〕。上海之

變,脅以逮華亭名在死籍,人不敢任者,侯以百口任之〔十〕,轉死而生者殆萬齒,此又節侯之所不能爲也。取前胄之號,以字今日之軒,孰云不可?

侯今去州縣勞,陟中書幕府〔十一〕。位益高,施益大,譽益彰,又烏知不拔於不次,使秉鈞軸以贊聖主太平之治! 大樹之澤,其必有振爾祖;而"大樹"之號,其不有光於節侯乎! 侯謝曰:"某也願力先生之言,以赴先生之所期也。"書諸軒爲記。

【校】

① 豆:原本作强,據文淵閣四庫全書本改。

② 伸:傅增湘校勘記作"神"。

【箋注】

〔一〕文撰於明洪武二年(一三六九),其時鐵崖寓居松江。繫年依據:文中曰"侯今去州縣勞,陟中書幕府",可見時爲馮榮擢官中書幕府之時,當時鐵崖隱居松江。馮榮,參見東維子文集卷二又代馮縣尹送序、送馮侯之新昌州尹序。

〔二〕霸王廟:在烏江縣(今安徽 和縣東北)東南二里,人稱靈惠廟。參見方輿勝覽卷四十九和州。

〔三〕節侯公:指東漢 馮異。後漢書馮異傳:"馮異,字公孫,潁川父城人也……異爲人謙退不伐,行與諸將相逢,輒引車避道。進止皆有表識,軍中號爲整齊。每所止舍,諸將并坐論功,異常獨屏樹下,軍中號曰'大樹將軍'。……病發,薨于軍。諡曰節侯。"

〔四〕"其說"二句:馮異進言,望劉秀成湯、武之業。詳見後漢書馮異傳。湯、武:指商湯王、周武王。

〔五〕節侯之豆粥麥飯:指馮異等偕同漢光武帝 劉秀巡行各地,草創基業。飢寒交迫之時,馮異進以豆粥麥飯。詳見後漢書馮異傳。

〔六〕"節侯"二句:後漢書馮異傳:"後人有章,言異專制關中,斬長安令,威權至重,百姓歸心,號爲'咸陽王'。帝使以章示異,異惶懼,上書謝……詔報曰:'將軍之於國家,義爲君臣,恩猶父子。何嫌何疑,而有懼意?'"

〔七〕赤眉:王莽末年起事之農民軍,以赤色染眉,故名。琅琊人樊崇爲首。

〔八〕弘農:郡名。位於洛陽西南,包括今陝西東南部份地區。參見南朝梁 劉昭補注後漢書郡國志。

〔九〕鄧禹：其時任大司徒。後漢書馮異傳：“時赤眉、延岑暴亂三輔，郡縣大姓各擁兵衆，大司徒鄧禹不能定，乃遣異代禹討之……所至皆布威信，弘農群盜稱將軍者十餘輩，皆率衆降異。”

〔十〕按：上海之變，指至正二十七年三、四月間錢鶴皋起事。參見東維子文集卷一送祝正夫赴召如京序注。

〔十一〕按：“陝中書幕府”之命下達之前，朝廷曾令華亭知縣馮榮調任新昌州尹。參見東維子文集卷二送馮侯之新昌州尹序二首之一。

知止堂記〔一〕

世之高士，嘗比宦坑爲魚之逆鬐笱也。笱一入，雖有具龍之體，欲翔鱗迴鬣以掉尾江湖之間，烏乎難矣！故淪胥而没者，滔滔是也。恬而避者，自陶鷗夷〔二〕、張赤松〔三〕、疏大夫〔四〕、陶處士而下〔五〕，曾幾人哉！老子之經有警人者，曰“知止不殆〔六〕”。其言也，可與悟者道，而難與淪胥者告也。

雲間老人夏謙齋氏〔七〕，爲某監漕官。年未致事也，即勇退歸里，名其燕處齋之堂曰知止，是有味乎老氏之言哉！老人去世已五十年，兵燹來，堂燬去。其四葉孫頤貞猶能力護趙文敏所書①之顏〔八〕，登於北山新堂，不忘先②也。貞力學，有仕才。丁時艱而不仕，知進退出處者也。使其仕也，宦之坑人者，能坑其六尺之軀哉！今年秋，貞讌予於堂，以落其顏之新登者，且請記，於是乎書。

【校】

① 書：原本誤作“言”，徑改。
② 先：四部叢刊本作“本”。

【箋注】

〔一〕本文記述松江夏頤貞新建堂舍知止堂，當撰於鐵崖晚年退隱松江之後不久，即元至正二十年（一三六〇），或稍後。繫年依據：其一，文中所謂“兵燹來，堂燬去”，指至正十六年初松江苗軍之騷亂，參見僑吳集卷十停雲軒記。其二，文中曰"今年秋，貞譓予於堂，以落其顏之新登者"，知其時鐵崖已經退居松江，而夏頤貞新居建成不久。按：夏頤貞在吳元年(即至正二十七年)之後謫居大梁。夏頤貞：號小海，祖籍會稽(今浙江紹興)，其先人徙居松江，遂爲松江人。夏士安侄。有曾祖謙齋、大父愛閒、父士賢風範，多行義。原住松江府城，有齋名停雲。元至正十六年苗亂後徙家城北泗涇。建有西疇草堂，在鳳凰山。工詩，善畫人物，嗜好收藏。元末師從鐵崖。與邵亨貞、陶宗儀等交好。明洪武初年謫居大梁，後徙寧夏。參見楊鐵崖先生文集全録卷四信鷗亭記，鐵崖楊先生詩集卷上門生夏頤所藏江雁圖，鄭元祐僑吳集卷十停雲軒記，蟻術詩選卷六丁未元日和夏頤貞韻，蟻術詞選卷二滿江紅，南村詩集卷一折楊柳送夏西疇謫居大梁、卷三送夏西疇返寧夏，南宋院畫録卷七邵亨貞題夏頤貞所藏王眉叟真人馬遠溪山堂卷，皕宋樓藏書志卷六十七陰常侍集一卷識語，光緒青浦縣志卷十二古迹等。

〔二〕陶鴟夷：指春秋時人范蠡，范蠡晚年又稱陶朱公，變名易姓爲鴟夷子皮。參見史記 越王勾踐世家。

〔三〕張赤松：指西漢張良。參見陳善學序刊楊鐵崖先生文集卷一赤松詞注。

〔四〕疏大夫：指西漢疏廣。參見漢書疏廣傳。

〔五〕陶處士：指陶淵明。

〔六〕知止不殆：老子四十四章："知足不辱，知止不殆，可以長久。"

〔七〕夏謙齋：謙齋當爲其別號，頤貞曾祖父。嘗爲杭州司獄，多所平反，人稱長者。仕至監漕官。未及致仕之年，即還鄉。其去世當在公元一三一〇年前後。參見鄭元祐僑吳集卷十停雲軒記。

〔八〕趙文敏：趙孟頫。

知止堂記〔一〕

愚者不知止，沓者不知止，達者知之。知而不止，與不達等。陶朱汎五湖〔二〕，留侯從赤松〔三〕，知止也。使不知止，則革尸夷族，爲伍、韓二子而已耳〔四〕。此謝公伯禮名堂之義，非愚沓者之所能識也。

謝爲淞望族，至伯禮始以仕籍顯官鄉①郡，至奉訓大夫。年未五十，即掛冠歸隱〔五〕。謂其子若孫曰："若知夫馬與舟乎？舟之運也，滿風送航②，捷若流矢，千里可一息逮也。貪捷不止，則瞿塘灩澦在檣櫓犇突之間^{〔六〕}。馬之馳也，星流電掣，快意所乘^③，可朝燕而暮越也。貪逸不休，則太行井陘在銜勒之下^{〔七〕}。吾年未及致事^④，而志已倦矣。祖父之某丘某水，足以耕釣；師友賓客，足以觴豆讌樂；而一二家老，足以主辦王賦。苟不知止，漂蹶之患將在我矣。"遂以知止命退處之室。東藩大臣屢挽而不起，至以疾謝免。參政周公琦既爲書其堂^{⑤〔八〕}，而復求予記。

　　予爲之喟然嘆^⑥曰："伯禮之賢於人也遠矣。今^⑦之仕者，惟患進不鋭，升不高，孰肯先幾於赤松、五湖之侶，稱達人於時乎？於乎，上蔡之犬^{〔九〕}，華亭之鶴^{〔十〕}，貽^⑧悔其身及其子孫者幾何人？視謝氏之堂，其亦少警乎！"書其説爲記。

【校】

① 鄉：原本作"卿"，據鐵崖先生集本改。

② 送航：鐵崖先生集本作"逸帆"。

③ 乘：原本作"夾"，鐵崖先生集本作"適"，傅增湘校勘記作"來"，據文淵閣四庫全書本改。

④ 事：鐵崖先生集本作"仕"。

⑤ 堂：原本作"室"，據鐵崖先生集本改。

⑥ 爲之：鐵崖先生集本無。嘆：原本無，據鐵崖先生集本增補。

⑦ 今：原本作"金"，據鐵崖先生集本改。

⑧ 貽：鐵崖先生集本作"招"。

【箋注】

〔一〕本文乃爲松江謝伯禮所作堂記，或撰於元至正二十年（一三六〇）九月，即鐵崖應邀赴謝伯禮家中作客之際。繫年依據：其一，據玉山遺什卷下袁華撰西湖梅約跋文，至正二十年（庚子）正月，謝氏尚任松江"貳府"，本文曰謝氏"年未五十，即掛冠歸隱"，故知撰文必在至正二十年正月之後。其二，至正二十年重陽節，鐵崖應邀赴宴至謝伯禮家中，連飲數日，有詩佛頂菊等，詩中曰"干時懶上平蠻策"，本文又談"知止"，疑本文與其佛頂菊等詩撰於同時，蓋謝伯禮辭官，在至正二十年九月九日前不久。參見明佚名鈔本楊維禎詩集佛頂菊、東維子文集卷二十九至正庚子重陽後五日再飲謝履齋光漾亭履齋出老姬楚香者侍酒之餘與紫篔生賦詩、鐵崖楊先生詩集卷上庚子元旦柬履齋明府。謝伯禮(一三一一? ——一三七七?),一作伯理,號履齋,先世陳留人。後徙淞,爲望族。元至正十九年前後任松江別駕,不久辭官。其弟伯恒、伯鼎,皆嘗從學於鐵崖。伯禮與鐵崖交好,喜與論詩,晚年游處甚密。明初例徙臨濠。按:文中謂伯禮"年未五十,即掛冠歸隱",伯禮辭官還家,在至正二十年,則其生年當在元武宗至大四年(一三一一)或稍前。又按貝瓊所撰歸耕處記:"吴大姓謝伯禮氏,繇雲間徙臨淮之東園,築室若干楹,題曰歸耕處……乃越在二千里外,積十年之久,出入東園,不啻九峰三泖時,遂將老焉。"據此可知,明初謝伯禮被迫北遷,遂在臨濠安家,其謝世當在徙至臨濠十年以後,即不得早於洪武十年。參見東維子文集卷十五悦親堂記、春草軒記,鐵崖楊先生詩集卷上庚子元旦柬履齋明府,清江貝先生文集卷二十五歸耕處記等。

〔二〕陶朱汎五湖:指范蠡遁於太湖。參見上篇。

〔三〕留侯從赤松:指西漢張良"欲從赤松子游"而學道。參見上篇。

〔四〕伍、韓:指伍子胥、韓信。二人未能見好就收,故不得善終。詳見史記伍子胥傳、漢書韓信傳。

〔五〕按:謝伯禮與鐵崖同爲"奉訓大夫",又不約而同"掛冠歸隱"。然鐵崖退隱之時,謝氏仍任松江"貳府"。且鐵崖歸隱松江之前,謝伯禮曾專程赴杭請鐵崖撰寫悦親堂記。可見鐵崖返歸松江且頗得禮遇,同知顧逖垂青之外,謝伯禮亦曾眷顧。

〔六〕瞿塘:峽名,在蜀江中心。灩澦堆:周圍二十丈,位於瞿唐峽口。參見太平寰宇記卷一百四十八夔州。

〔七〕太行井陘:號稱天下極臉險處。太平寰宇記卷五十三河北道:"連山中斷曰陘。述征記曰:太行山首始於河内,北至幽州,凡百嶺,巖亘十二州之界。有八陘……第五井陘。"

〔八〕周公琦:即周伯琦,時任江浙行省參知政事。參見東維子文集卷三送團結官劉理問序。

〔九〕上蔡之犬:借指李斯。參見陳善學序刊楊鐵崖先生文集卷一厠中鼠注。

〔十〕華亭之鶴:參見鐵崖先生詩集丙集贈陸術士子輝注。

守約齋記〔一〕

淞汪氏,自其曾大父敦武公由棗陽從淮安王南度〔二〕,至其考君澤,三世皆以武符①襲將門世澤,至文裕始以文學換門蔭,教諭當塗、毗陵兩邑,升蘭溪州正,所在有教績。自名其書齋曰守約。

夫世俗之約,與聖門之約異。服破褐衣,飯脱粟飯,儉薄其身而一毫不以利於人,非守約也。陽②讓陰競,研極利害,守鼠兩枋③,雖大義弗勇於應,非守約也。簡倫理,削禮法,土木形骸,率性而徑發者,又非守約也④。孟子嘗曰"守約"矣:孟施舍之約⑤,不如曾子之約者,以舍徒力於氣,而曾子循諸理,而持其要者也〔三〕。守約若曾子可矣。孟子之心學,蓋出於此。其功用極於浩然之氣〔四〕,塞乎天地之間。吁,守至約而功至大⑥,此聖門能事也。雖然,曾子之約,必自博始〔五〕。不博以文,不約以禮,又烏知曾子之守者哉!文裕心學進於是,始知施之守者不足多。其於三葉將祖,不大有光乎!文裕以吾言勉之而已。

【校】

① 符:原本作"苻",據四部叢刊本、文淵閣四庫全書本改。
② 陽:原本作"洋",四部叢刊本作"佯",據文淵閣四庫全書本改。
③ 枋:四部叢刊本作"枌",文淵閣四庫全書本作"端"。
④ "簡倫理"以下五句,四部叢刊本無。
⑤ 約:四部叢刊本作"爲"。
⑥ 大:原本作"天",據四部叢刊本、文淵閣四庫全書本改。

【箋注】

〔一〕本文記述松江汪文裕書齋守約齋,撰期不詳。汪文裕,文裕當爲其字,其名不詳,松江人。歷任當塗、毗陵教諭,元季官至蘭溪州學正。按:王逢與汪文裕亦有交往。參見梧溪集卷二清碧軒宴坐簡汪文裕學正。

〔二〕淮安王:指伯顔(一二三六——一二九五)。伯顔官至中書右丞相、同知樞密院事。曾任征伐南宋最高軍事統帥,死後追封淮安王。伯顔生平詳見元史、新元史本傳。襄陽:縣名。據元史地理志,襄陽縣隸屬於襄陽路。今爲襄陽市,隸屬於湖北襄樊市。敦武公:松江汪文裕曾祖父,敦武當爲其別號或謚號。伯顔帳下武將。按:至元十年(一二七三),元兵破樊城,襄陽守臣吕文煥降。"敦武公由襄陽從淮安王南度",當在此時。

〔三〕"孟子嘗曰"六句:孟子公孫丑上:"孟施舍之守氣,又不如曾子之守約也。"注:"言孟施舍雖似曾子,然其所守乃一身之氣,又不如曾子之反身循理,所守尤得其要也。孟子之不動心,其原蓋出於此。"

〔四〕浩然之氣:孟子公孫丑上:"我善養吾浩然之氣……其爲氣也,至大至剛,以直養而無害,則塞於天地之間。"

〔五〕"曾子之約"二句:孟子盡心下:"言近而指遠者,善言也;守約而施博者,善道也。"

一笑軒記①〔一〕

廬陵張昱氏,居南垣都司,而命其寓軒爲一笑,求余言爲志。

聖門言"樂然後笑,人不厭其笑〔二〕",余烏知張子之樂何樂②而必爲張子推③笑爲何笑乎！張子無樂而笑,則其笑爲僞矣,誰敢當張子之笑乎！莊子以開口笑,一月中不過四五日〔三〕,此概常情而言。魏宗室萇,一生不笑〔四〕;宋包拯笑,幾比河清〔五〕,一笑之難有如此者。晉陸雲有笑疾〔六〕,梁王筠見人必笑〔七〕,一笑之易有如此者。張子一笑不以樂,必居一於此乎。不然,張子一笑,吾不得而推也。雖然,陳希夷一笑而天下自此定〔八〕,李義甫一笑而天下自此弊④〔九〕。笑哉,笑哉,可畏也哉！吾將質諸張子,毋輕一笑⑤。

【校】

① 記:鐵崖先生集本、鐵崖漫稿本作"志"。

② 烏:四部叢刊本作"焉"。何樂:四部叢刊本作"何知"。

③ 推:四部叢刊本作"惟",鐵崖先生集本作"歡"。

④ 李義甫:原本作"季義父",據鐵崖先生集本改。敝:四部叢刊本誤作"救"。

⑤ 毋輕一笑:四部叢刊本作"一笑毋輕"。

【箋注】

〔一〕文當撰於元至正十六年(一三五六)春夏之間,其時鐵崖在杭州任税務官。繫年依據:文中所謂張昱"居南垣都司",指張昱任江浙行省左右司員外郎期間,必在至正十六年二月楊完者陞任江浙行省左丞之後(參見南村輟耕録卷八志苗)。完者敗,張昱遂隱。故本文當作於至正十六年二月之後。又，至正十六年七月，鐵崖調任建德理官，此文當作於離杭之前。張昱，列朝詩集甲前集張員外昱：“昱，字光弼，廬陵人。早游湖海，爲虞集、張翥所知。楊左丞鎮江浙，用才略參謀軍府事，遷杭省左右司員外郎、行樞密院判官。天下用兵，藩府官多侵官怙勢，光弼詩酒自娱，超然物表。左丞死，棄官不出。張氏禮致，不屈，策其必敗，題蕉葉以寓志。居西湖壽安坊，今之花市也……太祖徵至京，深見溫接，閔其老，曰：‘可閑矣！’厚賜遣還。因自號‘可閑老人’，徜徉浙西湖山間，年八十三而終。”

〔二〕“樂然後笑”二句：論語集注卷七憲問：“夫子時然後言，人不厭其言；樂然後笑，人不厭其笑；義然後取，人不厭其取。”

〔三〕“莊子”二句：莊子盜跖：“人上壽百歲，中壽八十，下壽六十。除病瘦死喪憂患，其中開口而笑者，一月之中不過四五日而已矣。”

〔四〕魏宗室萇：指北魏元萇。魏書卷十四神元平文諸帝子孫列傳：“萇性剛毅，雖有吉慶事，未嘗開口而笑……高祖曰：‘聞公一生不笑，今方隔山，當爲朕笑。’竟不能得。”

〔五〕宋包拯笑：宋史包拯傳：“拯立朝剛毅，貴戚宦官爲之斂手，聞者皆憚之。人以包拯笑比黄河清。”

〔六〕陸雲有笑疾：詳見晉書陸雲本傳。

〔七〕王筠：南朝梁人。南史王筠傳：“沈約見筠，以爲似外祖袁粲，謂僕射張稷曰：‘王郎非唯額類袁公，風韻都欲相似。’稷曰：‘袁公見人輒矜嚴，王郎見人必娱笑。唯此一條，不能酷似。’”

〔八〕陳希夷：北宋陳摶，宋太宗賜號爲希夷先生。東都事略卷一百十八隱逸傳：“（摶）嘗乘白驢，欲入汴中。塗聞太祖登極，大笑墜驢，曰：‘天下於是定矣！’”

〔九〕李義甫：“甫”又作“府”。舊唐書李義府傳：“義府貌狀溫恭，與人語必嬉怡微笑，而褊忌陰賊。既處權要，欲人附己，微忤意者，輒加傾陷。故時人言義府笑中有刀。又以其柔而害物，亦謂之‘李貓’。”

三友堂記①〔一〕

河間公子李志學氏，弇年讀書九華之山〔二〕，嘗結草堂於山之陽。今仕虎林〔三〕，開元戎府客堂一所爲藏修之地〔四〕。一日將客渡錢湖〔五〕，入茅步〔六〕，登鷲嶺〔七〕，憩客晚亭。見有三人者，草衣木形，類秦②木客,各以辭相提唱。一客曰:"五鬣老仙<u>赤松裔</u>〔八〕,青牛歸來已千歲〔九〕。仙客③元是風雨師,不識人間<u>漢</u>秦帝。"一客曰:"<u>渭水龍孫孤竹種</u>〔十〕,海波影拂珊瑚動。一竿持寄磻④上公〔十一〕,釣得雙璜六鱉重〔十二〕。"一客曰:"玉龍聲嘶五更了,綠衣倒掛扶桑曉。梅仙相見大樹間〔十三〕,梨花夢落春雲小。"三人者見公子,各以辭就評。公子異之,曰:"<u>赤松氏</u>者,蓋傲兀世變而不知有秦封者也;<u>孤竹氏</u>者,殆將仕者⑤,仕⑥則<u>蒼姬氏</u>之治也〔十四〕;<u>梅仙</u>者,又夢覺人間世,而將脱履⑦於蠻烟蜑雨之國也。<u>赤松</u>似吾初節,<u>孤竹</u>似吾中⑧志,梅仙又似吾末境也。三客者行若異,其歸一也,吾將尚而友⑨之。"延致於客堂。遂命其堂曰<u>三友</u>而顔之⑩。其客<u>鐵心道人</u>志之〔十五〕。道人者,將進三益於公子〔十六〕,期公子爲歲寒交也。因録三友辭而爲之志。

【校】

① 記:<u>鐵崖先生集</u>本作"志"。

② 秦:原本無,據<u>鐵崖先生集</u>本增補。

③ 客:<u>鐵崖先生集</u>本作"官"。

④ 磻:原本作"蟠",據<u>鐵崖先生集</u>本改。

⑤ 殆將仕者:原本作"治將矣",據<u>鐵崖先生集</u>本改。

⑥ 仕:<u>四部叢刊</u>本作"任",<u>文淵閣四庫全書</u>本作"治"。

⑦ 將脱履:<u>鐵崖先生集</u>本作"脱將屣"。

⑧ 中:原本無,據<u>鐵崖先生集</u>本增補。

⑨ 友:原本作"有",據<u>鐵崖先生集</u>本改。

⑩ 顔之:<u>鐵崖先生集</u>本作"顧"。

【箋注】

〔一〕文撰於<u>元</u><u>至正</u>十九年(一三五九)六月<u>李志學</u>離<u>杭</u>,前往<u>蘇州</u><u>張士誠</u>太尉府之前,當時<u>鐵崖</u>寓居<u>杭州</u>。<u>李志學</u>,<u>至正</u>二十年前後任<u>張士誠</u>右丞<u>李伯昇</u>軍諮。參見<u>東維子文集</u>卷八送<u>李志學</u>還<u>吳</u>序。三友:指松、竹、梅。

〔二〕<u>九華山</u>:位於今<u>安徽</u><u>青陽縣</u>西南。

〔三〕<u>虎林</u>:<u>武林</u>之别稱。今<u>浙江</u><u>杭州</u>。

〔四〕<u>元戎府</u>:蓋爲<u>張士誠</u>弟<u>江浙行省</u>平章<u>張士信</u>。

〔五〕<u>錢湖</u>:<u>錢塘湖</u>之簡稱,即<u>杭州</u><u>西湖</u>。

〔六〕茅步：當是泊船碼頭。句曲外史集卷中答楊廉夫二首之一：“弄水摘花春可憐，風雨倦尋茅步船。我家南塢有靈石，龍井西頭無杜鵑。”

〔七〕鷲嶺：即靈鷲山，又名飛來峰。位於浙江杭州靈隱山東南。

〔八〕五鬣老仙：喻指松樹。赤松：即赤松子，相傳爲神農時雨師。詳見列仙傳。

〔九〕青牛歸來已千歲：指服食松子而得長生。參見清鈔鐵崖楊先生詩集卷上和倪雲林所畫注。

〔十〕渭水龍孫：指竹。史記貨殖列傳有“渭川千畝竹”語。孤竹種：亦指竹。元和姓纂卷十：“孤竹君，姜姓，殷湯封之遼西，至伯夷、叔齊，子孫以竹爲氏。”

〔十一〕磻上公：指姜太公呂尚。釣璜事參見麗則遺音卷三太公璜注。

〔十二〕六鰲：參見鐵崖先生古樂府卷十小游仙之七注。

〔十三〕梅仙：此用趙師雄羅浮夢典，參見鐵崖先生古樂府卷三羅浮美人注。

〔十四〕蒼姬氏：指周朝。相傳周以木德王，故號爲蒼姬。參見孟子注疏卷首題辭。

〔十五〕鐵心道人：鐵崖自號。

〔十六〕三益：即孔子所謂“益者三友”。論語季氏：“孔子曰：‘益者三友，損者三友。友直，友諒，友多聞，益矣。’”

雪坡記〔一〕

淮陽謝公既得余雪坡文〔二〕，曰：“先生爲余立言，殆吾座右箴①矣。然余視今之取富貴者，真幻耳！奚以異於雪之不可控搏者耶？先生言蘇雪之愪於幻〔三〕，亦有味哉！”請我終其説。余曰：投雪於爐以閉堅者，幻也。至人者，一體諸盈虛消息於雪也，目擊道存，而訖亦允所客必於其間。吁，雪之資於道者如是。幻云幻云，何哉何哉②！

余聞今淮海之傑五人焉〔四〕，公存中。公自幼喜讀書，一遍即了大義。年逾三十，不屑爲章句儒，而慨然有澄清天下之志。杭爲南大都會，加以師旅，因以飢饉，雖有大才智，不能善其後。公守將於斯，談笑而理之。三軍無驕容，百姓無菜色，蓋必有度越今之大才智者，人不得而識也。吁，觀其寓雪於坡者則得已。世之豪傑，身罹喪亂，私其托於礌京[五]，於金塢[六]，於狡兔穴[七]，自謂保固厥身，至若子孫無止。不知人境一易，如大幻物，適偕之以速斃。吁，可哀也哉！惟高識之士得於盈虛消息之外，於不可控搏者是托，若雪坡者是也已。

　　其友俞孚齋録吾文去[八]，曰：“知道於雪坡如先生者，是爲真知。蘇雪堂之幻，入於道矣。雪坡能味幻，其何遠於蘇也哉！”

【校】

① 箴：原本作“鍼”，據四部叢刊本、文淵閣四庫全書本改。

② 幻云幻云，何哉何哉：原本作“幻云幻云，何幾何哉”，傅增湘校勘記作“幻云何哉，幻云何哉”，據文淵閣四庫全書本改。

【箋注】

〔一〕文撰於元至正十九年（一三六一）九月以前，其時鐵崖暫寓杭州。繫年依據：文中曰謝雪坡“守將於”杭州，“其友俞孚齋録吾文去”，知鐵崖居杭州，而其時杭州知府乃謝雪坡。按：雪坡於至正十八年始任杭州太守，至正二十一年二月擢至姑蘇張士誠太尉府。在此期間，唯有至正十九年鐵崖暫居杭州，當年初冬即退隱松江。故本文所撰，當在至正十九年，且不遲於是年十月。謝雪坡，謝節。吳王張士誠載記卷三附傳：“謝節，字從義。初爲吳王參軍。既爲杭州府郡守……後陞行省參政。朱吳軍攻姑蘇，節與士信會食城樓上者也。吳城被攻，多崩陷，節與周仁立栅以補外城。後城破，俘至金陵。”按：謝節爲吳陵（今江蘇泰州，元屬揚州路。）人，號雪坡，又號西溪生。追隨張士誠，歷任湖州、杭州太守。任杭州知府三年之後，於至正二十一年二月擢爲張士誠太尉府咨議參軍，後擢爲行省參政。又，本文曰謝節“年逾三十，不屑爲章句儒，而慨然有澄清天下之志”，蓋追隨張士誠起事時已年過三十，其出生當在公元一三二〇年前後。參見夷白齋稿卷十二説舟贈謝從義、玉山遺什卷下謝節詩丙午七月十五日從震澤放船過永樂有懷玉山顧隱君漫賦長句以寄之。

〔二〕雪坡文：鐵崖此前爲謝節所撰。今未見，似已不傳。

〔三〕蘇雪：蘇軾所建雪堂。東坡志林卷四雪堂問潘邠老：“蘇子得廢園於東坡之肋，築而垣之，作堂焉。號其正曰‘雪堂’，堂以大雪中爲，因繪雪於四壁之間，無容隙也。起居偃仰，環顧睥睨，無非雪者。蘇子居之，真得其所居也……是堂之作也，吾非取雪之勢，而取雪之意；吾非逃世之事，而逃世之機。吾不知雪之爲可觀賞，吾不知世之爲可依違。”

〔四〕淮海之傑五人：蓋指王敬夫、葉德新、蔡彥文等，當時大多任職於張士誠太
　　尉府。參見東維子文集卷八送王公入吳序。
〔五〕礪京：指東漢公孫瓚經營之重鎮。參見陳善學序刊楊鐵崖先生文集卷二
　　大礪謠注。
〔六〕金塢：東漢董卓所築郿塢。參見陳善學序刊楊鐵崖先生文集卷二金谷步
　　障歌注。
〔七〕狡兔穴：即“狡兔三窟”，指馮諼爲孟嘗君經營之避害場所或方法。詳見
　　戰國策齊策四。
〔八〕俞孚齋：謝節友人。孚齋當爲其齋名或別號，名字生平不詳。

凝香閣記〔一〕

　　光禄大夫、平章政事張公分治江浙之三年，築城堡，修倉庾，廣亭
臺，闢田疇，休兵息民。於是詳延海内方聞之士，談仁義，講禮樂，收
東南遺書於賓賢之館，而名燕處之室曰凝香，徵記於客卿會稽楊維
禎〔二〕。維禎喜公之厭兵樂治也，遂爲之言曰：
　　善乎①韋應物之詩曰：“兵衛森畫戟，燕處凝清香〔三〕。”吾取其詩
有文武道。森戟之兵，不忘武也；凝香之燕，不厭文也。文武修而天
下之事無不理矣。今士有深山長谷而出者，咸曰“吾聞光禄公善尊賢
也，善養士也，善求善内諫也”。無不忻忻然相告，曰：“南垣有賢相臣
如此〔四〕，民其瘳矣乎！”光禄公下士如周公〔五〕，取友如仲山甫〔六〕。士
友之在其席者，有帷幄之籌也，有樽俎折衝之道也〔七〕，廣厦細旃之廟
謨也〔八〕。非是，無以入其室者。於是橫經論道之頃②，投壺雅歌之餘，
清香之凝於一閣者，不翅如道山風日，穆然其舒且和③也。君子觀凝
香之凝，如大易④之論鼎，可以凝乎命也〔九〕。凝之旨也遠矣哉！光禄
公上以佐天子之太平，下以安黎民之永定，吾於凝香乎占之。然則是
香也，五木百薀，不論其侈矣；瑞麟辟邪，不論其貴矣。鰲山數十仞，
爇沈沃甲聞數十里者〔十〕，適足以招弔民之闕也。吁，豈知吾凝之有其
道哉！豈知吾凝之有其道哉⑤！書諸室爲記。

【校】

① 乎：鐵崖先生集本作“哉”。

② 頃：原本作“項”，據鐵崖先生集本、文淵閣四庫全書本改。

③ 和：原本作“遲”，據文淵閣四庫全書本改。

④ 易：原本作“易”，據四部叢刊本改。

⑤ 鐵崖先生集本無此重疊句。

【箋注】

〔一〕本文蓋撰於元至正十九年（一三五九）七月或稍後，當時鐵崖寓居杭州。繫年依據：其一，文中曰張士信“分治江浙之三年”，即佔據杭州第三年。其二，文中稱張士信爲“平章政事”，而張士信任江浙行省平章政事，在至正十九年七月，而同年十月之初，鐵崖即退隱松江。參見續資治通鑑卷二百十五。張士信，元季伏莽志卷六盜臣傳張士信：“士信，士誠幼弟，即張九七也。張氏僭號時，國人以‘四平章’呼之。初從兄爲盜，亦未有官階偽號。及士誠受元太尉之命，士信乃授同知行樞密院事。尋以淮南行省平章政事。明帝擒士德後，復陞淮南行省平章政事……至正十九年，元授士信江浙行省平章政事，仍兼同知行樞密院事……士信素驕侈，不能撫循將士，軍中常帶婦人樂器自隨，日以樗蒲蹴鞠酣宴爲事，諸將往往效之……至正二十四年八月，士誠以士信代達識帖睦邇爲江浙行省左丞相……士信回蘇，用王敬夫、葉德新、蔡彦文三人謀國……及明師圍姑蘇，士信守閶門，與謝節會食，方食金桃飲酒，飛礮入，射腦死。”按：爲凝香閣取名者，實即鐵崖本人。東維子文集卷二十九朱庭規撰凝香閣詩序：“凝香閣者，光禄大夫、平章政事張公闢之以待四方賢士，即漢平津侯之東閣也。客卿鐵崖楊子名之曰凝香，本韋蘇州語。”

〔二〕客卿會稽楊維禎：楊維禎於至正十六年七月出任建德理官，離開杭州。至正十八年躲避戰亂，一度隱居富春山中。此後返歸錢塘。

〔三〕“兵衛森畫戟”二句：出自韋應物詩郡齋雨中與諸文士燕集。

〔四〕南垣：此指江浙行省政府。

〔五〕周公：指周公旦。周公下士事，參見東維子文集卷七贈櫛工王輔序注。

〔六〕仲山甫：周宣王之重臣。參見詩大雅烝民。

〔七〕“士友”三句：晏子春秋内篇襍上第五：“晉平公欲伐齊，使范昭往觀焉。景公觴之……范昭歸以報平公曰：‘齊未可伐也。臣欲試其君，而晏子識之；臣欲犯其禮，而太師知之。’仲尼聞：‘夫不出於尊俎之間而知千里之外，其晏子之謂也，可謂折衝矣，而太師其與焉。’”

〔八〕廣厦細旃：漢王吉上疏曰：“夫廣厦之下，細旃之上，明師居前，勸誦在後。

上論唐、虞之際，下及殷、周之盛。"參見漢書王吉傳。

〔九〕"如大易"二句：易鼎："象曰：木上有火，鼎。君子以正位凝命。"

〔十〕"鰲山數十仞"二句：指隋煬帝除夕爇香。淵鑑類函卷二十歲時部九歲除二："唐貞觀初，天下乂安。時屬除夜，太宗盛飾宮掖，明設燈燭，盛奏樂歌，乃延蕭后觀之。后曰：'隋主淫侈，每除夜殿前諸院設火山數十，爇沈香木根，每一山焚沈香數車。火光暗，則以甲煎沃之，燄起數丈，香聞數十里。'"

壽齋記〔一〕

論得壽之道者有三：李少君謂丹砂可化爲黃金，金成，以爲飲食之器，則益壽〔二〕，此方技家之論壽也；廣成子曰"必靜必清，毋勞女形，毋搖女精，乃可以長生〔三〕"，此道家氏之論壽也；孔子曰"仁者壽〔四〕"，子思子曰"有大德者，必得其壽①〔五〕"，此吾儒氏之論壽也。方技以術，道家以智，儒家以德，德爲上也。

淮陰湯公仁，字壽之。承旨趙公嘗爲書之於燕處之堂〔六〕，今年登八袠矣。爲其子者，中書省宣使某，與諸孫持酒以慶公之高年。宣使某又命座客劉仲威氏，不遠數百里求公壽說於予，將以光其身，而且垂慶於後人也。

予謂齒逾七十，子孫目繫②乎四世，湯氏之福於壽也不誣矣。顧未知其得壽之道，出於方技乎？道氏乎？儒氏乎？仲威曰："湯公素以詩③禮教子孫，不遠千里延明師，若劉正安之徒。且將捐田若干畝，立義塾，以淑及里中兒矣。湯公豈方技氏、道家氏之習乎！"

夫德莫大於文王，文王謂武王曰："我壽百，吾與爾三焉〔七〕。"是壽不出於天，而果出於德也信矣。公之德充，則公之壽可以及其身而延子孫矣。湯氏之祖若孫，尚以予言勉之。

【校】

① 壽：原本無，據文淵閣四庫全書本補。

② 繫：文淵閣四庫全書本作"擊"。

③ 詩：四部叢刊本作"書"。

【箋注】

〔一〕文乃鐵崖爲淮陰湯仁所作堂記,撰期不詳。湯仁,生平僅見本文。

〔二〕李少君:西漢武帝時人,術士。參見陳善學序刊楊鐵崖先生文集卷一生
腹書注。

〔三〕按:廣成子所謂"必静必清"等語,出莊子在宥篇。

〔四〕仁者壽:孔子語。出論語公冶長。

〔五〕子思:名伋,孔子孫。相傳爲中庸作者。中庸第十七章:"故大德必得其
位,必得其禄,必得其名,必得其壽。"

〔六〕承旨趙公:指趙孟頫。

〔七〕"文王"三句:禮記文王世子:"文王謂武王曰:'女何夢矣?'武王對曰:
'夢帝與我九齡。'……文王曰:'非也。古者謂年齡,齒亦齡也。我百,爾
九十。吾與爾三焉。'"

衍澤堂記〔一〕

太史公自叙司馬氏受姓所從〔二〕,上起顓頊,子孫官居,功烈文辭,
下及其身而上。嘻,世德子孫,固不嫌於自銘也明。

泰州孔希道氏,自著宣聖五十六孫〔三〕。泰州之派,實繇宋朝散公
端朝出守泰〔四〕,得賜田,建家廟於州之東北,地因名孔家堡。朝散七
葉孫瑛,仕中山府教授。希道,瑛子也。遭罹兵難,挾家廟碑渡江,與
温、衢之派參會不誣,蓋以世德自重如此。所次之舍,又以"衍澤"二
籀文顔之。來淞,首謁予草玄閣,求言以爲志。

予謂聖人殁千五百年,自"衍聖公"襲封而下〔五〕,文子秀孫得試胄
子監以表嫡氏者尠矣,況散而四方,墜在編户。稍知自拔,游庠序以
爲食,或者又以譜裔不自①,遭黜者不免。若希道氏,爲先聖仕裔,欽
欽乎恒懼世德之不嗣。入吴,執經於名師傅,且將試有司,與胄監之
士角,庶聖澤千五百年之衍于我者未艾也。嘻,聖人德厚其流,光其
澤,隆萬世而不斬。嗣其世者,又克光其載德,其載德,其澤不益衍
矣!此係希道之自期,而吾儕以期希道者。吾聞君子談世澤者,不在
累名疊爵,而在行應禮義。希道行修而名至,其衍澤也,何以尚兹!

【校】

① 自：或爲“白”之誤。

【箋注】

〔一〕文當撰於元至正二十年（一三六〇）之後不久，即鐵崖退隱松江之初。繫
　　年依據：其一，文中曰孔希道“來淞，首謁予草玄閣”，而鐵崖自署寓所爲
　　草玄閣，不早於至正二十年。其二，當時孔希道一心求學，“且將試有司，
　　與胄監之士角”。可見其時科考仍在舉行，東南局勢尚屬穩定。孔希道，
　　生平見本文。

〔二〕太史公：指司馬遷。按：司馬遷自述家世，詳見史記卷一百三十太史公
　　自序。

〔三〕宣聖：即孔子。西漢平帝元始元年（公元一年），追諡孔子曰褒成宣尼公，
　　後世始有此稱。

〔四〕孔端朝：孔子四十八代孫，泰州地區孔子後人之始祖。南宋館閣録卷七著
　　作佐郎：“孔端朝，字國正，聖裔。宣和四年幸學。釋褐，賜上舍出身。（建
　　炎）二年十二月除，三年六月爲都官員外郎。”又，群書考索後集卷二十七：
　　“學生孔端朝，先聖四十八代孫，賜上舍。”按宋濂撰孔氏譜系後題（載明
　　黃譽刊宋學士先生文集輯補），孔端朝與孔端友一同遷徙衢州（今屬浙
　　江）。則端朝出守泰州并定居於此，當在南遷之後。

〔五〕衍聖公：此指孔宗願及其後人之大宗。按：北宋至和二年，仁宗封孔子四
　　十六世孫孔宗願爲“衍聖公”，此後歷代孔氏大宗皆襲此封號。參見宋史
　　仁宗本紀。

正心齋記〔一〕

　　淞江萬户侯石伯玉氏，自顔其燕居之東室曰正心。伯玉嘗謙①予
其所，在客列者，皆士之卿大夫之賢，或雅頌投壺，或鼓琴賦詩，不知
伯玉之爲武夫長也。明日，且請余文，曰記正心。

　　余曰：士②抱豪傑才而知聖賢之學，亦寡矣，而况才已顯，宦已成，
恐恐焉懼心之不正，思求聖門切己之學者乎！予觀代之萬户侯，往往

以少年子弟襲先爵伎，以習武爲名，懵不喻於學，剛愎自用，侈盛自驕。又幸而生於太平之世，武無所於用，惟務臂鷹走馬，挾③弓矢爲畋游。已則烹羔擊鮮，招無良狎徒，酣歌舞爲事者，比比也。而豈有英年老志，切切乎正心之學，又求儒先生之言，著之座右以爲警省，如石侯者哉！故爲之言曰：

人之所以正者，身也。身之所以正者，心也。心之所以正者，其道何繇？敬而已矣。請以射喻。射者，必正己而後發。內志正，外體直，而後不失於其正鵠，此非敬何恃哉！文士之心正者占筆，武士之心正者占射。伯玉知射之不可以心不正也，則凡臨事而懼，有大於射者，其可不恃正心之法哉！噫，棘門之戲，不如細柳之肅〔二〕；飛將軍之縱，不如程將軍之拘④〔三〕。此敬與不敬、心正⑤不正之效也。伯玉尚以予言勉之。

【校】

① 謙：原本殘闕，據傅增湘校勘記、文淵閣四庫全書本補。
② 士：原本殘闕，據傅增湘校勘記、文淵閣四庫全書本補。
③ 挾：原本殘闕，據傅增湘校勘記、文淵閣四庫全書本補。
④ 拘：原本作“狗”，四部叢刊本作“狗”，據文淵閣四庫全書本改。
⑤ 心正：原本作“心心”，據文淵閣四庫全書本改。

【箋注】

〔一〕文當撰於元至正九、十年間，其時鐵崖受聘於松江呂良佐，教授其子弟。繫年依據：文中曰石伯玉在自家宴請鐵崖，可見鐵崖當時寓居松江。文中又曰“或雅頌投壺，或鼓琴賦詩”，又曰“太平之世，武無所於用”，知必在至正前期，即鐵崖首次寓居松江期間。石伯玉，名瓊。嘉慶松江府志卷六十二寓賢傳：“石國英，號月澗，本宿州人。爲宣慰招討使，有惠政。宦於浙，隨家華亭。孫瓊，爲松江萬户。”又，梧溪集卷五儉德堂懷寄之十一：“石伯玉名瓊，以松江萬户嘗分戍大信，亂中歸隱佘山。”按：上引嘉慶松江府志所述有誤，石伯玉當爲石國英曾孫。又，石伯玉或得賜蒙古名爲安泰不花。參見鐵崖文集卷五題石伯玉萬户乃祖雁蕩詩。
〔二〕“棘門”二句：參見陳善學序刊楊鐵崖先生文集卷二月氏王頭飲器歌注。
〔三〕飛將軍：指西漢李廣。程將軍：指程不識。宋王宗傳童溪易傳卷五：“李廣與程不識同時制軍,廣之軍廢刁斗,逐水草,自便而已;而不識則日夜持嚴,常若敵至。諸軍樂廣而苦程不識也。然不識未嘗遇敗也,而廣雖以勇名,竟以勇敗。此所謂失律也。"

歸來堂記[一]

予入吳,首謁三高祠[二],以其去國者非忘君,還鄉者非懷土,而放①迹江湖者,非方外敗教之士也。吳人至今高三人之高,而未知其繼其高者,范、張而後爲何人也。或曰上洋有章吉父氏[三],殆其人已乎!

吉父少年以奇才爲丞相府舍人,未幾②乘傳,遽爲宣使者,遂通籍貫。近宦游京師者三十年,出貳尹江浙府,適以内艱去。制閱,鎮撫海道,裁數月,即幡然歸。曰:"吾髮種種矣,太③夫人之年且望耄矣。城南有桑麻田若干頃,足以待禄養。士不知體④,人謂我何? 人謂我何?"於是作歸來堂於室西偏,遂雅志也。

余今年東游,過青龍江[四]。吉父之宅在江上,延致於堂中,具聲樂酒事爲余驩,因得奉觴爲太夫人壽。明日,吉父請文記歸來堂。吾嘗慨晉處士之歸來矣[五],不知者以爲恥五斗之折腰,知之者以爲典午氏將踏而不忍二姓之事人也[六]。今吉父生於盛時,遭逢聖君賢相之明,用於才也,而吉父且以才選登要路,年未及致事⑤而即退然以歸,則以母故,而愛日之誠有不能已者。處士之歸,其歸以義;吉父之歸,其歸以孝。孝、義,一道也。歸以義,非世道之幸;歸以孝,實風教之榮。"歸來"名堂,又豈詭⑥晉處士之迹以自高,而求振夫鴟夷子[七]、張季鷹之後者耶[八]! 雖然,吉父年未老,神爽峻而才識茂,進賢者未肯輒遺於吉父也。求忠臣於不孝門則已,如以孝門,則吉父其卒志⑦於歸來乎! 請以復吉父命,書諸堂爲記。

【校】

① 放:原本殘闕,四部叢刊本作"枝",據傅增湘校勘記、文淵閣四庫全書本補。
② 幾:文淵閣四庫全書本作"知"。

③ 太：原本作“大”，據文淵閣四庫全書本改。下同。

④ “足以待禄養士不知體”凡九字，原本漫漶，據傅增湘校勘記、文淵閣四庫全書本補。

⑤ 事：文淵閣四庫全書本作“仕”。

⑥ 詭：原本作“跪”，四部叢刊本作“蹈”，據文淵閣四庫全書本改。

⑦ 志：四部叢刊本作“老”。

【箋注】

〔一〕文當撰於元至正九、十年間，其時鐵崖受聘於松江吕氏，授學爲生。繫年依據：文中曰“余今年東游，過青龍江”，又曰“今吉父生於盛時”，知爲鐵崖初次寓居松江授學期間。正德松江府志卷十六第宅：“歸來堂，章元澤辭禄奉母之所。楊鐵崖有記。”章元澤（一二八五——一三六九），字吉父，或作吉甫。光緒青浦縣志卷十八人物二仕績傳：“章元澤字吉甫，青龍人，夢賢子也。大德六年，江浙行省平章、御史大夫徹里來閱濬吳淞江，見元澤，奇之，挈之入覲，使與其二子習學蒙古文字，時年十八。皇慶元年，授中書省宣使，以勤敏清勁爲執政所委任。至正二年，領和寧路税務。以親老乞南除，授江浙財賦都府總管。未幾，遂以彰德路同知致仕。既歸，築歸來堂，優游自頤。洪武元年卒，年八十四。”萬曆青浦縣志卷五人物傳下鄉賢則曰章元澤“初爲丞相府舍人，累官江浙財賦副總管。以母老棄官歸養……復以朝列大夫、彰德路總管府同知致仕”。又，王逢故江淮財賦府副總管致仕彰德路同知章公挽辭謂章元澤“晚號歸來翁。乙酉生，八十五卒。”并曰：“予娶文簡公從父團練使文彬十一世孫女，公爲文簡公十一世從孫。”又曰：“兒掖娶任月山宣慰孫女，公之甥女也。”可見王逢與章元澤、章元澤與任月山，皆有“葭莩之親”。（文載明景泰刊本梧溪集卷四。）按：“乙酉生”之“乙”，北京圖書館古籍珍本叢刊影鈔本、文淵閣四庫全書本誤作“己”。據王逢所述推斷，章元澤實生於元世祖至元二十二年乙酉（一二八五），卒於明洪武二年己酉（一三六九），享年八十有五。

〔二〕三高祠：參見鐵崖先生詩集己集題用上人山水圖注。

〔三〕上洋：指原上海鎮。明鄭若曾江南經略卷四下上海縣境考：“上海在府治東北，故稱華亭海。秦時爲海鹽北境……宋神宗時，海舶輻輳，即其地立市舶提舉司及榷貨塲，爲上海鎮。以地居海之上洋，亦稱上洋。元至元二十三年，分華亭東北五鄉建縣。”

〔四〕青龍江：參見鐵崖先生詩集丙集次韻跋任月山緑竹卷注。

〔五〕晉處士：指陶淵明。

〔六〕典午氏：指晉朝政權。晉帝姓司馬，故稱。

〔七〕鴟夷子：指范蠡。參見鐵崖先生古樂府卷三五湖游注。

〔八〕張季鷹：晉人張翰。參見鐵崖先生詩集甲集和呂希顏來詩二首注。

卷六十八　東維子文集卷十四

内觀齋記[一]

　　浮屠氏嘗有内觀之偈矣。其所謂内觀者，役心以觀心。有其説者遂謂以聰聽者聾，收以氣聽，則嘿而有雷霆；以明視者瞽，及以神視，則瞑而有嵩、華，皆畔吾心學者也，儒先生闕之。

　　儒先生所謂内觀，蓋聖人示人以自檢之幾也，故其教法施諸弟子者，往往發是幾，使①之返照，返照而後有以自悟其所學，謂之内觀之教。子使漆雕開仕[二]，問"子貢與回也孰愈[三]"，以"從我於海"屬子路[四]，皆發之以内觀，而使悟其所自得者何如也。至於顔子、曾子[五]，則得於内觀者大矣。曾子之言曰："吾日三省吾身。"孟子推之爲"守約"[六]，他日竟以魯得聖人之道者，此曾子内觀之大者也。顔子之言，謂瞻前忽後而獨有見其"所立卓爾"[七]，子貢推之爲聞一知十，曾子亦指之"若無""若虚"[八]，他日意以遇而得夫子之道者，此顔子内觀之大者也。

　　學子吕恂以内觀名齋，而請記於予，故予示之以聖人之教②，要③之以顔、曾之學，而戒之以浮屠氏之説云。

【校】

① 使：原本作"是"，據文淵閣四庫全書本改。
② 教：四部叢刊本作"道教"。
③ 要：四部叢刊本作"安"。

【箋注】

〔一〕文當撰於元至正九、十年間，當時鐵崖受聘於松江吕良佐，教授其子。繫年依據：内觀齋主人吕恂，即吕良佐次子，文中稱之爲"學子"，知爲其受學鐵崖期間。吕恂，字德厚，自號鐵硯生。吕良佐次子。元至正九年始從學於鐵崖。元季戰亂，父子兄弟率鄉民禦敵賑濟，全活甚衆。曾辟海鹽州判。參見東維子文集卷十九吕氏樓真賞記、卷二十二鐵硯齋志,以及梧溪集卷二題華亭吕氏伯仲德常德厚市義卷、殷奎吕德常權厝志。

〔二〕漆雕開:春秋時魯國人,孔子弟子。論語公冶長:"子使漆雕開仕。對曰:'吾斯之未能信。'子説。"注:"開自言未能如此,未可以治人,故夫子説其篤志。"

〔三〕子貢:孔子弟子端木賜字。回:即孔子弟子顔回。論語公冶長:"子謂子貢曰:'女與回也孰愈?'對曰:'賜也何敢望回? 回也聞一以知十,賜也聞一以知二。'子曰:'弗如也,吾與女弗如也。'"

〔四〕子路:孔子弟子仲由字。論語公冶長:"子曰:'道不行,乘桴浮於海。從我者其由與?'子路聞之喜。子曰:'由也好勇過我,無所取材。'"

〔五〕顔子、曾子:指顔回、曾參。

〔六〕"曾子"二句:論語學而:"曾子曰:'吾日三省吾身:爲人謀而不忠乎? 與朋友交而不信乎? 傳不習乎?'"孟子盡心下:"孟子曰:'言近而指遠者,善言也;守約而施博者,善道也。君子之言也,不下帶而道存焉。'"

〔七〕"顔子"二句:論語子罕:"顔淵喟然嘆曰:'仰之彌高,鑽之彌堅,瞻之在前,忽然在後。夫子循循然善誘人,博我以文,約我以禮。欲罷不能,既竭吾才,如有所立卓爾。'"

〔八〕若無若虛:論語泰伯:"曾子曰:'以能問於不能,以多問於寡。有若無,實若虛,犯而不校。昔者吾友嘗從事於斯矣。'"

中定齋記〔一〕

道至於中而定耳。一越乎中,譬之衡也,首尾軒輊,豈有定則乎? 道不適乎定則:爲仁,兼愛也〔二〕;爲義,爲我也〔三〕;爲直,證父也〔四〕;爲廉,離母也〔五〕;爲敬,召君也〔六〕;爲公,賣友也〔七〕;爲不疑①,焚妻食子也〔八〕,其害道可勝言哉!

堯以天下傳之舜,無佗言,中之執而已。舜之治天下也,用是中而已。然子莫亦執中也,子莫執而無權〔九〕,是中而不知適乎定則者也。故聖人立中之教,曰"君子而時中〔十〕",使人用中之有權度②也。雖然,權度未易精也。權度未精,中固未可定也。精③之何如,密於惟危惟微〔十一〕,而安於無思無爲,萬物之紛起紛伏於前者,不逃吾掌指,而與之釋然於兩忘之間。此吾權度之至也。若是,雖乾坤之開闔,古今之往來,亦不越吾一定之內耳,矧萬物乎!

　　姑胥申屠生衡,予既字曰權,而又名其治業之齋曰中定。衡遂始志齋,故爲志如此。

【校】

① 疑:四部叢刊本作"義",誤。

② 度:四部叢刊本作"變"。

③ 精:四部叢刊本作"中"。

【箋注】

〔一〕文撰於元至正七、八年間,當時鐵崖游寓姑蘇,授學爲生。繫年依據:其一,申屠衡是長洲(位於蘇州)人,本文稱之爲"申屠生",且又爲之取字,爲其書齋命名,蓋其時二人結識不久,當爲申屠衡從之求學期間。其二,申屠衡曾參與唱和西湖竹枝詞,而鐵崖編定西湖竹枝集,在至正八年。申屠衡,明王鏊姑蘇志卷五十四人物十三儒林:"申屠衡,字仲權,長洲人。少從楊維禎學,通春秋,爲古文有法。元季不仕,自號樹屋傭。洪武三年,徵至京,草諭蜀書稱旨,授翰林修撰。以病免,尋謫居濠上,卒。所著有叩角集。"按:申屠衡先世爲大梁(今河南開封)人。參見西湖竹枝集申屠衡傳。

〔二〕兼愛:指墨子有關學説。

〔三〕爲我:指楊朱之論。

〔四〕"爲直"二句:論語子路:"葉公語孔子曰:'吾黨有直躬者,其父攘羊,而子證之。'孔子曰:'吾黨之直者異於是。父爲子隱,子爲父隱,直在其中矣。'"

〔五〕"爲廉"二句:孟子滕文公下:"(於陵仲子)以兄之禄爲不義之禄而不食也,以兄之室爲不義之室而不居也,辟兄離母,處於於陵。"

〔六〕"爲敬"二句:左傳僖公二十八年:"是會也,晉侯召王,以諸侯見,且使王狩。仲尼曰:'以臣召君,不可以訓。'"

〔七〕"爲公"二句:漢書酈商傳:"其子寄,字況,與吕禄善。及高后崩,大臣欲誅諸吕,吕禄爲將軍,軍於北軍,太尉勃不得入北軍,於是廼使人劫商,令其子寄紿吕禄。吕禄信之,與出游,而太尉勃乃得入據北軍,遂以誅諸吕……天下稱酈況賣友。"

〔八〕“爲不疑”二句：史記 鄒陽傳：“要離之燒妻子。”應劭注：“吳王 闔閭欲殺
　　　王子 慶忌。要離詐以罪亡，令吳王燔其妻子。要離走見慶忌，以劍刺之。”
　　　戰國策卷三十三中山：“樂羊爲魏將，攻中山。其子時在中山，中山君烹
　　　之，作羹致於樂羊。樂羊食之。古今稱之：‘樂羊食子以自信，明害父以
　　　求法。’”

〔九〕子莫：孟子 盡心上：“子莫執中，執中爲近之，執中無權，猶執一也。”注：
　　　“子莫，魯之賢人也，知楊墨之失中也，故度於二者之間而執其中。”

〔十〕君子而時中：中庸：“仲尼曰：‘君子中庸，小人反中庸。君子之中庸也，君
　　　子而時中；小人之中庸也，小人而無忌憚也。’”

〔十一〕“精之何如”二句：書 大禹謨：“人心惟危，道心惟微，惟精惟一，允執
　　　　厥中。”

約禮齋記〔一〕

　　吳興 蔣生毅〔二〕，予既名其讀書之齋曰約禮，生遂有請曰：“願先生
賜一言，書諸室以警教也。”

　　志之曰：聖人之道，其高如天，其浩如海。泛而求之，穹焉莫知其
所即①，蕩焉莫知其所之，至於老死而不得者，以無繩尺爲之約也。禮
者，所以爲之繩尺之所也。此聖人以道教人，而必正以禮，所以約其
歸也。聖人之道，高且浩者，若無紀極，至約於禮，則有極矣。老、莊
氏善以闊闊之言言大道，而聖人之徒無取焉，形道太②高而絶禮太甚
也。聖門弟子稱顏子〔三〕，始焉求聖人之道，仰之則彌高，鑽之則彌堅。
瞻之在前，又忽焉在後已。如有所立卓爾者，竟以約禮得之〔四〕。學顏
子之學，以求聖人之道，是在③生也，生勉之。

【校】

① 即：原本作“郎”，據文淵閣 四庫全書本改。
② 太：原本作“大”，據四部叢刊本、文淵閣 四庫全書本改。
③ 是在：四部叢刊本作“在是”。

【箋注】

〔一〕文撰於元 至正五、六年間，當時鐵崖受聘於蔣氏 東湖書院，授徒爲業。

〔二〕蔣毅：長興安化鄉人。必勝子。元末爲張士誠義兵萬户。朱元璋軍克長
　　興，擒守將李福安等，毅乃降。明初以薦舉出仕，洪武二十六年任刑部右
　　侍郎，二十九年免。參見光緒湖州府志卷七十七人物傳、吳王張士誠載記
　　卷三、國朝列卿記卷五十八國初刑部左右侍郎年表。按：同治長興縣志
　　卷二十三人物傳蔣必勝傳附蔣毅生平，所述有異：“克誠子毅，才兼文武。
　　洪武初召拜六安衛參謀，從汪廣洋征戰有功，陞刑部左侍郎。”

〔三〕顏子：指顏淵，孔子弟子。

〔四〕“仰之則彌高”六句：語出顏淵。按：顏淵求聖人之道，而孔子約之以禮，
　　詳見論語子罕章。

學詩齋記〔一〕

　　吳興陳生魯，從余於雲間學經業，且曰：“某不敏，未敢學先生之
春秋，而詩者，實與春秋相表裏也。願先生①學詩而復及於春秋也。”
且名肄業所曰學詩齋，請記一言以自勗。

　　孔子曰：“詩可以興，可以觀，可以群，可以怨〔二〕。”之數者，豈泥於
章句文辭之末者所能得哉！孟子論説詩者，不以文害辭，不以辭害
意，而以意逆志，是爲得之〔三〕。此孟子之善學詩也。又曰詩亡然後春
秋作，蓋孔子録夷王、懿王之詩，迄於陳靈之事〔四〕，而三綱五常有不忍
言者矣。故詩亡春秋作②。夫學詩者，誠未得於詩，又烏能得於春秋
也哉！士學詩於千百世下，亦有理哉③！

　　雖然，食魚而味者，不知有食熊掌。食熊掌④而味者，不知有膾
炙⑤。人莫不飲食，而知味者鮮矣。故善學詩者，不知有春秋。善學
春秋者，不知有詩。非謂二學不相通也，學經貴乎爲學之專⑥也。生
於詩，知食矣，食而飽矣，而味不知，則謂之善學詩，不可也。孔子固
疾夫學詩而無知味之得者矣，其曰：誦詩三百，授之以⑦政，不達，雖多
亦奚以爲〔五〕？生以予言勉之，他日授之政也，雖蠻貊之邦行矣，奚往
而不達哉！

【校】

① 生：當爲衍字，應删。

② 故詩亡春秋作：原本漫漶，據文淵閣四庫全書本補。

③ "士學詩於千百世下"兩句，原本漫漶，據文淵閣四庫全書本補。

④ 食熊掌：原本無，據文淵閣四庫全書本補。

⑤ 有膾炙：原本漫漶，文淵閣四庫全書本作"有魚夫"。據傅增湘校勘記補。

⑥ 貴乎爲學之專：原本漫漶，傅增湘校勘記作"貴乎知味之説"，據文淵閣四庫全書本補。

⑦ "詩三百授之以"凡六字，原本漫漶，據文淵閣四庫全書本補。以：四部叢刊本作"於"。

【箋注】

〔一〕文當撰於元至正九、十年間，當時鐵崖受聘於松江吕良佐，授徒爲業。繫年依據：文中曰陳魯從鐵崖"於雲間學經業"。蓋因至正初年鐵崖在吳興、蘇州等地授經，頗具影響，故陳魯自吳興追隨至松江。當爲鐵崖初次寓居松江授學期間。陳魯，生平見本文。

〔二〕"詩可以興"四句：出自論語陽貨。

〔三〕"不以文害辭"四句：出自孟子萬章。

〔四〕"蓋孔子"二句：詩譜序："五霸之末，上無天子，下無方伯。善者誰賞？惡者誰罰？紀綱絶矣。故孔子録懿王、夷王時詩，訖於陳靈公淫亂之事，謂之變風變雅。"（載毛詩正義卷首。）

〔五〕"誦詩"四句：論語子路："誦詩三百，授之以政，不達；使於四方，不能專對，雖多亦奚以爲？"

鈍齋記〔一〕

　　雪城之内①有家塾爲經鉏〔二〕，而世以詩禮傳家者，爲倪用宣氏。即其居之西偏，顔之曰鈍齋者，則用宣燕處之室也。用宣之大父富陽公〔三〕，予之舉主。用宣視予猶叔也，遂以鈍齋請志於予，且曰："某不幸早孤，稍長，即承門蔭，役於筦庫之賤者三年。志不獲伸，而養廢於親，學廢於身。一旦勇自棄去，歸讀舊書，以待吾豆觴母氏。欲爲世之趨走縣簿，站站焉效鷹犬之役，以圖躁競之進者，吾不能已，故名齋曰'鈍'云。"

余疑用宣出紈綺家,春②秋鼎茂,宦軔之發,如舟縱下水,鴻迅順風,而遽以鈍自止,豈其情也哉!惟其豐於用而局於地,至於寵辱不驚,遲速不較,此非其學力之素,則天資之特也。余悼世之士,戔弁高足於連嶁列埒之間,尋岐③閩寶,病於隴斷,將一以捷於進也,不知足一蹟④則没陷穽,卒不免爲人僇,其捷何在哉?回眎鈍齋之鈍,優游於水之陽、山之北,上有垂白之親,下有舞裸之僮,外有賢師良黨之交際,樂其樂而不知世有崇高權貴、炎冷榮悴之一去一來者,其相越豈不霄壤哉!

　　用宣之師爲張安國氏〔四〕,友爲康伯齡氏〔五〕,以其獨到之資,加之以師友之學,用宣之光其先而載德乎其後者,不可量已,外物之一利一鈍,又烏足以計吾短長也哉!

【校】

① 内:原本漫漶,四部叢刊本作"西"。據文淵閣四庫全書本改。
② 春:原本作"皆",據文淵閣四庫全書本改。
③ 岐:四部叢刊本作"奇"。
④ 蹟:四部叢刊本作"躓"。

【箋注】

〔一〕本齋記當撰於元至正四、五年間,其時鐵崖授學於長興東湖書院。繫年依據:其一,倪用宣爲倪驦長子,而文中用宣自稱"早孤",故必在至正二年九月倪驦病逝之後,參見東維子文集卷二十六故處士倪君墓志銘。其二,文中言及用宣祖父倪淵,蓋其時倪淵在世,故當爲至正五年之前。參見後注。其三,至正四年冬至六年,鐵崖在湖州長興授學謀生。倪用宣,名璨,字孟輝,一字仲宣,鐵崖又字之曰用宣。吳興(今浙江湖州)人。祖淵、父驦,鐵崖皆曾與交。璨嘗役於管庫三年,棄職歸。養親於家,孜孜求學。參見鐵崖文集卷五倪用宣字説、東維子文集卷二十六故處士倪君墓志銘。

〔二〕雪:浙江湖州之別稱。經鋤:原爲倪璨祖父倪淵書舍,蓋於至正初年改作"家塾"。參見東維子文集卷二十四有元文静先生倪公墓碑銘。

〔三〕富陽公:指倪淵。倪淵(一二六八——一三四五)字仲深,湖州烏程人。初以薦署湖州儒學録,官至湖州路儒學教授,授承務郎富陽縣尹致仕。元至正五年卒,年七十七,學者私謚曰文静先生。著有易説、圖説序例等。

　　參見金華黄先生文集卷三十二承務郎富陽縣尹致仕倪公墓志銘、東維子
　　文集卷二十四有元文静先生倪公墓碑銘、萬曆湖州府志卷六辟召。
〔四〕張安國：吴興備志卷十二人物徵：“張安國，字世昌，烏程人。少有才名，
　　仕元爲衢州路推官。”按：或謂其名世昌。
〔五〕康伯齡：倪璨友人。生平不詳。

則齋記①〔一〕

　　吴興趙生〔二〕，名柯，字仲②則，又自號其讀書之室曰則齋。生以大
父府判公與予同仕於台〔三〕，而其外舅府推吴叔巽氏〔四〕，又予之舉主
也，遂以則齋求説於予。
　　予惟生之則，取義於伐柯之詩〔五〕。中庸嘗取是詩，以證道之未嘗
遠乎人也。夫求柯於木，其柯之則在此柯矣。人猶惑於彼此，睨而視
之，猶③以爲遠也〔六〕。治人之道，於己④取之，未嘗遠也。以爲遠者，何
異睨之爲惑者哉！聖如孔子而曰：“君子之道四，丘未能一焉〔七〕。”故
其治己也，以求乎人者，反於吾身而已。生能以孔子之自謂未能者，
不敢不勉，則其在是矣。傳曰：“能爲人則，不爲人下〔八〕。”君子之欲上
乎民者，無是則其可乎？故推是則於身也，則容止可觀，進退可度矣；
推是則於民也，則畏而愛⑤之，則而象之矣。故曰：“君子動而世爲天
下道，行而世爲天下法，言而世爲天下則〔九〕。”於乎，此則之極功而學
之能是⑥也，生以是則勉之哉。至正十年冬十月廿有五日記。

【校】

① 楊鐵崖先生文集全録本題作則齋説。
② 仲：楊鐵崖先生文集全録本作“中”。
③ 猶：原本無，據四部叢刊本補。
④ 己：原本漫漶，四部叢刊本作“此”。據楊鐵崖先生文集全録本、文淵閣四庫
　 全書本補。
⑤ 愛：四部叢刊本作“敬”。
⑥ 是：楊鐵崖先生文集全録本作“事”。

【箋注】

〔一〕本文撰於元至正十年（一三五〇）十月二十五日，當時鐵崖游寓湖州，暫住約兩月。

〔二〕趙柯：字仲則，書室名則齋。吳興（今浙江湖州）人。鐵崖鄉試舉主吳巽女婿，至正初年從學於鐵崖。

〔三〕府判公：指趙柯祖父趙由辰。天曆年間鐵崖任天台縣令時，與趙由辰爲同僚。趙由辰後任松江府判官，故有此稱。參見東維子文集卷二十郡安寺重建佛殿記。

〔四〕吳巽：字叔巽（“叔”或作“淑”），吳興人。山居新語卷一：“吳巽，字叔巽。嘗應天曆己巳舉，至都，對余言：‘某初兩舉皆不第。忽得一夢，有一人言：“黃常得時你便得。”遂改名爲黃常，亦不中，即復今名。至此舉，鄉試乃黃常爲本經詩魁，省試則黃常與吳巽榜上并列其名。’其吳、黃常解據亦并在篋中。夢之驗有如此者。”按：吳巽曾任泰定三年江浙鄉試考官，爲鐵崖舉主，其後二人仍有交往。與錢惟善亦有詩酒唱和。參見東維子文集卷二十六元故陳處士墓志銘、錢惟善陪吳叔巽諸君吳山小飲詩。

〔五〕“取義”句：詩經伐柯：“伐柯伐柯，其則不遠。”

〔六〕“中庸”七句：中庸：“道不遠人。人之爲道而遠人，不可以爲道。詩云：‘伐柯伐柯，其則不遠。’執柯以伐柯，睨而視之，猶以爲遠。故君子以人治人，改而止。”

〔七〕“君子之道四”二句：出自中庸第十三章。

〔八〕“能爲人則”二句：左傳昭公元年：“（趙文子曰）且吾聞之，能信不爲人下，吾未能也。詩曰：‘不僭不賊，鮮不爲則。’信也。能爲人則者，不爲人下矣。”

〔九〕“君子動”三句：出自中庸第二十九章。

月山記〔一〕

　　月有山乎？佛氏謂月中之景，大地山河，謂之月有山可也。山有月乎？趙知微登天柱峰，得月於陰晦①之秋〔二〕，謂之山有月可也。夫月者，水之精；山者，石之積也。水與石不相入，而未嘗不相入也，此彥明氏得月之山〔三〕，以爲物之奇會也。彥明昔爲開化縣〔四〕，得此於金錢溪上^{〔五〕}。孤峰突^②起,如一弁:今之顛有白章若月之弦者。彦明喜之,若獲拱璧,曰:"溪名金錢,而溪之神不以錢浼我,而以此月之山,吾烏得不拜神休以爲奇也。"遂名之曰"月山",且繪爲圖,出以示予,請月山記。

余笑曰:"此月山之假耳,圖益假,余何記? 吾將與子梯九節杖,挾飛仙,以游於廣寒之宮,以俯攬乎海内外之名山。又將東上岱峰萬仞之頂,看黄玉輪出九地底,此全山之象,全月之真,恍乎惚乎,得諸泰初之鄰,庸衆人之烏覩者也。子能從之乎?"彦明曰:"吾不能,吾已得之月山之月云。"至正十年十一月三日記。

【校】

① 晦:四部叢刊本作"梅"。
② 突:四部叢刊本作"特"。

【箋注】

〔一〕文撰於元至正十年(一三五〇)十一月三日,當時鐵崖游寓湖州。
〔二〕趙知微:九華山道士。唐咸通年間,中秋苦雨,趙知微領客登天柱峰玩月,月色如畫。詳見太平廣記卷八十五異人傳。按:天柱峰,在衡山岳廟西北,又稱雙柱峰。相傳全國名山三百六十八柱,此爲第六柱。參見湖廣通志卷十一山川志。
〔三〕彦明氏:張德昭。德昭字彦明,邢臺(今屬河北)人。至正七年六月由内黄縣尹調任華亭縣尹,在任三年,治績頗著。鐵崖與張彦明父子皆有交往,并曾爲彦明撰遺愛碑。參見楊鐵崖先生文集全録卷二華亭縣尹侯遺愛頌碑、正德松江府志卷二十二守令題名。
〔四〕彦明昔爲開化縣:張德昭曾任開化縣縣令。按元史地理志,開化縣隸屬於浙東衢州路。
〔五〕金錢溪:位於開化縣境内。按:張雨亦曾與張彦明交往,且爲此月山石賦詩。句曲外史集卷中月山石詩:"拾得金錢溪上石,小峰如弁立雲根。"

小瀛洲記^{〔一〕}

神仙之説:八方有鉅海,鉅海之中有仙洲十,瀛洲其一也。漢武

帝嘗延東方朔曲室〔二〕,問十洲所在,及方物之名。謂瀛洲在東大海
中,地方四千里,上生神芝玉石,山高千丈。出泉如酒,名玉醴泉,飲
之令人長生。洲上皆仙家。其山川風俗似吳中〔三〕。然其所也,可聞
不可到也。故秦王開館選天下學士〔四〕,其中地位高而人物勝,天下比
之登瀛洲云〔五〕。

　　吳興褚壽之之居〔六〕,有水木花石之勝,名其堂曰小瀛洲。壽之宴
於堂上,以記請,非徒以山川風俗似瀛洲也,以其前之人有居瀛洲十
八士之列也。壽之之先,出瀛洲學士亮〔七〕。亮子遂良〔八〕,居杭。其後
有徙①湖之南潯朱塢莊者,遂爲湖州人,壽之蓋瀛洲學士若干世之孫
也。壽之伯仲凡四人〔九〕,子姪凡十餘人。自五世祖淮安縣丞由科第
起身〔十〕,代以詩禮傳家。壽之先府君棄仕侍親〔十一〕,壽之伯仲皆有仕
才而不仕,其學而仕而都清高之地,以繼登瀛之榮號者,不在諸子乎?
余又喜諸子皆聰爽,善學問。諸父益輕金重名師之聘,師有不憚千里
而至者。吾知褚氏子孫光繼祖亮者,的的有人。今日居小瀛,不爲異
日登大瀛之階乎?問其所者,又何必指神芝醴泉白玉②之山乎! 而況
山川風俗之美類吳中者,不在他此也。書諸堂爲志。至正十年冬十
一月序。

【校】

① 徙:原本作“從”,據傅增湘校勘記改。
② 玉:原本漫漶,據四部叢刊本、文淵閣四庫全書本補。

【箋注】

〔一〕本文撰於元至正十年(一三五〇)十一月,當時鐵崖游寓湖州。小瀛洲:
　　乃湖州南潯朱塢莊褚壽之堂名。
〔二〕東方朔:以滑稽能言著稱,頗得漢武帝寵愛。漢書有傳。
〔三〕“謂瀛洲在東大海中”九句:描寫瀛洲奇異之狀,相傳爲東方朔所述。詳
　　見海內十洲記。
〔四〕秦王:唐太宗李世民。
〔五〕登瀛洲:參見鐵崖先生詩集丙集題瀛洲學士圖注。
〔六〕褚壽之:壽之蓋其字,其名當爲嗣俊或嗣賢,吳興(今浙江湖州)人。褚錫
　　珪第三子。家住南潯朱塢莊。

〔七〕瀛洲學士亮：褚亮字希明，唐貞觀年間爲十八學士之一。舊唐書有傳。

〔八〕褚遂良：褚亮子，以工書著稱於世。舊唐書有傳。

〔九〕壽之伯仲凡四人：按東維子文集卷二十五元故樂閒先生墓志銘，褚錫珪有
　　子四人，“長嗣良；次嗣英，出繼叔後；次嗣俊；嗣賢”，壽之必爲其中一人。
　　又據本文“壽之伯仲皆有仕才而不仕”等語推斷，褚壽之排行較低，當爲嗣
　　俊或嗣賢。又，褚壽之兄弟彥之，明初仍存活於世，且與鐵崖仍有交往。
　　參見本卷松月軒記。

〔十〕五世祖淮安縣丞：指褚士登。參見東維子文集卷六褚氏家譜序、吳興金石
　　記卷十五褚公祠碣。

〔十一〕壽之先府君：指褚錫珪。鐵崖曾爲撰墓志銘。參見東維子文集卷二十
　　五元故樂閒先生墓志銘。

愛日軒記〔一〕

　　予讀揚子書，至“孝子愛日〔二〕”，未嘗不掩卷爲嘆嗟。夫孝，天誠
之出也。惟其自知日不足者，吾知孝子之天之誠也至矣。吁，樹欲靜
而風不寧，子欲養而親不待〔三〕，此孝子愛日有不能自已，非有使而然
也。故曰：孝，天誠之出也；愛日，誠之至也。

　　錢唐市中有金孝子鑑者〔四〕，築室於舍之南，以養其親，顏之曰愛
日，取揚子語也。吁，金孝子之養親，殆出于天之誠之至也。朝①于斯
而省焉，夕於斯而定焉；出於斯而告，反於斯而面焉。至於問所欲，推
所與，承所欲以行，無不一於是。孳孳養親，惟見其日不足也。謂金
孝子天誠之至，非歟！吁，愛日之書，蓋孝子天誠之托也。

　　昔者仲由賤〔五〕，食藜藿，躬負米百里於親在之時。其後累裀坐，
列鼎食，而悼其親之弗及也。嘻，是有愛日之誠，而不能俟乎貴富以
爲養者也。狄仁傑親在河陽，登太行，見白雲孤飛，以爲吾親舍其下
而瞻望弗及〔六〕。嘻，是有愛日之誠而有不能恒在膝下以爲養者也。
金孝子者，家有奉親之資，又不肯輕仕以一日去其親，蓋不俟乎後時
之貴富，不在遠方之咨嗟而悼恨者也。嘻，金孝子之養親，豈非人子
之大幸！而能乎季路、仁傑之所不能，使愛日之誠始終無息，如大舜
之慕其親者〔七〕。吾爲紀茲軒於後子孫耳，後子孫皆以爾孝子之心爲

心,是孝子一行純推爲一家之政,又使天下人聞其風而興起焉,孝子之感於人而動以天者,不可勝用,金孝子之行爲世教之係者,又豈小補哉！魏生本信持其卷來,於是乎書爲金孝子愛日軒記。

【校】

① 朝:原本作"期",據文淵閣四庫全書本改。

【箋注】

〔一〕文當撰於元至正十六年(一三五六)七月以前。繫年依據:愛日軒主人金鑑家居錢塘,文中所謂"魏生本信",亦當爲錢塘弟子,故本文之撰寫,或爲至正初年鐵崖在杭州授學謀生之時,或爲至正十一年至十六年七月爲官杭州時期。金鑑,生平見本文。

〔二〕孝子愛日:參見東維子文集卷九葉山人省親序注。

〔三〕"樹欲靜"二句:參見鐵崖先生古樂府卷六萱壽堂詞注。

〔四〕金鑑:元至正年間在世,家住錢塘(今浙江杭州)市中。養親之室取名愛日軒。

〔五〕仲由:即子路,又稱季路。按:所述仲由故事詳見説苑卷三建本。

〔六〕"狄仁傑"四句:參見印溪草堂鈔本東維子集王子困孤雲注。

〔七〕"如大舜"句:孟子萬章上:"(孟子曰:)'大孝終身慕父母。五十而慕者,予於大舜見之矣。'"注:"舜生三十徵庸,五十在位,在位時尚慕,故言五十也。"

修齊堂記〔一〕

　　吾州諸①暨有東、西施家,西家之秀,鍾於苧羅美人〔二〕,而東家無聞焉。至宋,始爲施宗聖者〔三〕,學行尊於里閈,人稱爲東丘先生。東丘之後有鍔者,紹興中進中興雅頌〔四〕。子姓繇東而西,多隱處吳門。吾入吳,得諸閶闔之外〔五〕,爲仁傑氏。其先蓋自越來者,殆吾邑東丘之後已乎。

　　吾初未識仁傑氏。吳中學子張守中〔六〕,年十四,稱奇童,能夜誦經史書數千百言,日課大經義騷賦表章若干首,貴官女及里中多田翁爭婿張氏子,而獨爲仁傑氏所先,可以識其人矣。仁傑嘗招致余於所居堂,顧其題顏曰修齊,吳興②趙魏公之所書也〔七〕。因擎觴拜以請記。

余視闤闠之居,皆貨財之亭,而其人皆五方商賈之伍③也。日出而蚤營,日入而未息。所與言者,皆錐刀之末、乾没之計也。與之語身修,則曰衣被文繡耳;與之語家齊,則曰峻宇雕牆耳,烏知吾聖賢大學之道哉!而仁傑乃獨拔乎流俗,以大學之學自律。仁傑蓋古椎④魯長者也,素孝友于家。孟子推大學之教曰:“國之本在家,家之本在身〔八〕。”是知一身修,一家斯齊矣;一家齊,一鄉斯善矣。遠⑤而推之,千里之治;廣而充之,四海之均,不過一修齊而已耳。大學之言曰:“一家仁,一國興仁。一家讓,一國興讓。”感應之機,其捷固如此。修齊之化行,又豈獨善一家⑥、齊一家而已哉。吾聞吳俗多好內而外尚勇,有逞匹夫之鬥而殘厥軀,惑於兒婦之舌而亂厥家者,聞施氏之風,豈不有愧哉!施氏之化行,則吾之記斯堂,庶不爲空言也矣。至正十年十二月十日記。

【校】

① 諸:原本作“渚”,據四部叢刊本、文淵閣四庫全書本改。

② 吳興:原本作“吾與”,據四部叢刊本、文淵閣四庫全書本改。

③ 伍:四部叢刊本作“人”。

④ 椎:原本作“權”,據文淵閣四庫全書本改。

⑤ 遠:原本作“達”,據文淵閣四庫全書本改。

⑥ 家:文淵閣四庫全書本作“身”,當從。

【箋注】

〔一〕文撰於元至正十年(一三五〇)十二月十日。當時鐵崖被任命爲杭州四務提舉,自松江前往受職,路經蘇州而短暫逗留。修齊堂,施仁傑堂名。仁傑生平盡見本文。按“修齊”取義大學“物格而後知至,知至而後意誠,意誠而後心正,心正而後身修,身修而後家齊,家齊而後國治,國治而後天下平”,下文多發揮此意。

〔二〕苧蘿美人:指西施。西施原爲諸暨縣苧蘿山鬻薪女。參見吳越春秋卷五勾踐歸國外傳。

〔三〕施宗聖:諸暨(今屬浙江)人。蓋北宋年間在世。學行高尚,人稱東丘先生。

〔四〕施鍔：諸暨人，或謂婺州（今浙江金華）人。南宋紹興年間進士。宋史秦檜傳："（紹興十六年）十二月，進士施鍔上中興頌、行都賦及紹興雅十篇，永免文解。自此頌詠導諛愈多。"參見宋史全文卷二十一下。

〔五〕閶關：即閶門。蘇州古城門有八，西門之一曰閶門。參見同治蘇州府志卷四城池。

〔六〕張守中：字大本，平江（今江蘇蘇州）人。十歲能作文，十三通春秋經學，人稱神童。頗得鐵崖器重。至正初年參與鐵崖西湖竹枝傳唱，西湖竹枝集録其兩首。至正七年三月，曾與鐵崖等同游橫澤。張守中爲顧瑛甥，又爲施仁傑婿。參見東維子文集卷十八信齋記、鐵崖撰游橫澤記（載佚文編）、西湖竹枝集張守中傳、草堂雅集卷十二彭深。按：大雅集卷六載張守中詩，然謂守中字子政。又，元詩選癸集有張守中傳，曰："守中字子正（一作政），海上人。善畫花鳥。"疑大雅集、元詩選所載張守中，與西湖竹枝集所録張守中，并非同一人。

〔七〕趙魏公：即趙孟頫。趙孟頫曾封魏國公。

〔八〕"國之本在家"二句：出孟子離婁上。

南樓記〔一〕

信都吳公僑居吳興，築樓南①岸雪水〔二〕，北枕蒼弁〔三〕，金蓋〔四〕、玉〔五〕、几諸山拱在離嚮〔六〕，因命樓曰南，且以自②號。置書萬卷樓上，一時名士考經斷史，及東南民事，必客是樓。余亦在客數，而徵記於余。

余謂南樓在武昌，名③於晉庾亮氏〔七〕。代之貴家富室，高甍峻宇，価陽而樓，度玉帛，栖歌舞，以都山川風物之勝者，以萬萬數，而亮後④無名焉。越數百年而吳公之名於吳興者繼之，豈非樓倚於地之靈，而地又倚於人之傑也耶！雖然，亮非人傑也。亮本莊、老氏學，善清談之士也。識闇才短，徒以周親⑤受重顧〔八〕。四海惻心，奸臣肆志，非賴二三方岳，則東⑥度之國幾至大弊，末路之窮，至欲竄山遁海。不獲已爲蕪湖之出，武昌之駐。其在武昌也，未聞有所經略，顧欲任猜忌，黜大臣，諸佐吏皆束⑦閣之物，又未聞雄特其中。月色橫陳，秋思不淺，南樓之登,徒與浩輩談詠光景[九],曾無裨於中州多故,越雷池一步也。其才不足與有爲如此。今公以北⑧方之學,相家之英,既出爲天子耳目,剗除奸惡,登進忠良。遭吳喪亂,又出而身任城社之重。南⑨樓與門客寮友之所講白者,皆經國之道、弘濟時⑩艱之策也,今日之吳興,豈與昔日武昌同一秋月哉！吁,秋月無古今,而人物有古今,庸詎知夫今人之不優於古也耶！登兹樓者,攬山川人物之勝,又安知無善賦大夫飮酒山川之神,以述大業,頌隆平⑪,以鄙浩輩之所談詠光景者哉！書諸樓爲記。

　　公名鈞,字元播[十],平章冀國公之季子[十一]、御史中丞南囧公之仲氏云[十二]。至正十三年夏五月會稽楊維禎⑫記。

【校】

① 南：原本無,據楊鐵崖先生文集全録本增補。

② 自：原本作“目”,據四部叢刊本、文淵閣四庫全書本改。

③ 名：原本無,據楊鐵崖先生文集全録本增補。

④ 後：原本作“浚”,據四部叢刊本、文淵閣四庫全書本改。

⑤ 周親：原本作“周公親”,據楊鐵崖先生文集全録本删“公”字。

⑥ 東：原本作“未”,據楊鐵崖先生文集全録本改。

⑦ 佐：原本作“左”;束：原本作“東”,據楊鐵崖先生文集全録本改。

⑧ 北：原本無,據楊鐵崖先生文集全録本增補。

⑨ 南：原本作“而”,據楊鐵崖先生文集全録本改。

⑩ 弘：四部叢刊本作“和”。時：楊鐵崖先生文集全録本作“勝”。

⑪ 平：文淵閣四庫全書本作“功”。

⑫ 會稽楊維禎：原本無,據楊鐵崖先生文集全録本增補。

【箋注】

〔一〕文撰於元至正十三年(一三五三)五月,當時鐵崖任杭州稅課提舉司副提舉,因公務暫居湖州。南樓,吳鈞築。吳鈞字元播,自號南樓,信都(位於今河北冀州)人,元季僑居湖州。江浙行省平章吳繹季子。

〔二〕雪水：在鳥程縣東南一里,凡四水合爲一溪。參見太平寰宇記卷九十四湖州。

〔三〕弁山：又稱卞山。參見鐵崖先生古樂府卷四弁峰七十二注。

〔四〕金蓋山：在烏程縣南十四里，又名何山。參見弘治湖州府志卷六山川。

〔五〕玉：横玉山，在長興縣西北三十五里，望之蒼碧如玉，故名。

〔六〕几：几山，在武康縣北五里，狀如凭几。參見弘治湖州府志卷六山川。

〔七〕庾亮：美姿容，善談論。性好莊、老。晉書有傳。

〔八〕周親：書泰誓中：“雖有周親，不如仁人。”傳：“周，至也。”晉書庾亮傳：
　　　“庾亮字元規，明穆皇后之兄也。父琛在外戚傳……帝深感悟，引亮升御
　　　座。遂與司徒王導受遺詔輔幼主。加亮給事中，徙中書令。太后臨朝，政
　　　事一決於亮。”

〔九〕浩：殷浩，庾亮佐吏。晉書庾亮傳：“亮在武昌，諸佐吏殷浩之徒，乘秋夜
　　　往共登南樓。俄而不覺亮至，諸人將起避之。亮徐曰：‘諸君少住，老子於
　　　此處興復不淺。’便據胡床，與浩等談詠竟坐。”

〔十〕“公名鈞”二句按：此前一月，鐵崖於湖州爲信都吳錫撰吳元臣字説（文載
　　　鐵崖文集卷五）。吳元播、元臣蓋爲叔伯兄弟。

〔十一〕平章冀國公：指吳繹。吳繹字思可，號可堂，信都人。泰定年間任杭州
　　　　路總管，轉官吉安路總管，官至江浙行省平章，封冀國公。生平參見元
　　　　劉岳申申齋集卷七信都吳氏世德之碑、乾隆杭州府志卷六十二職官、江
　　　　西通志卷六十一名宦傳、嘉靖真定府志卷五、全元文第三十七册吳
　　　　繹傳。

〔十二〕南圂公：指吳鐸（“鐸”或作“鐔”），吳繹長子。至正年間爲江南諸道行
　　　　臺御史中丞。參見東維子文集卷二十二濯纓亭志、乾隆浙江通志卷一
　　　　一六職官。

生春堂記^{〔一〕}

　　嘉禾謝玉淵氏，名其燕處之堂曰生春，取靈運西堂詩句也^{〔二〕}。京
兆杜伯原父既爲作小篆書之^{〔三〕}，而又徵記於予。予嘗過其家，必譨予
堂之上，講春秋經學。嘗扣玉淵曰：“聖人以‘春’一言加‘王正’之上
者，非史氏文也，春秋第一義也。傳經者慮①周正非春，則曰‘夏時冠
周月^{〔四〕}’。吁，寅正始春，人所知也，又豈知子正爲春之生之始乎？論
三統者^{〔五〕}，以十一月乾之初九陽伏於地，故黃鍾爲天統，春之所由以
生，而爲萬物開闢之端也。使聖人假寅正於子月，是天時懸隔於王正

者常兩月也,何以示信於人乎? 生春之義,莫深於春秋,又豈汝家客②兒吟弄草木者所能知乎〔六〕?"

玉淵避席曰:"謹受教。"予曰:"未也。吾聞幽有谷也,壤美而苦寒,五穀不生,百草不殖。工律者一吹而春氣應,草木生〔七〕,人之相天時有如此者。今深山窮谷,豈無固③陰洹寒,歷春氣而不毛,雖太陽仰煦而有不能及者! 使律氣均應,不毛者皆生,生而不已,君豈無術乎! 即生春者推之,物有被④其賜者矣,毋徒資之夢寐之間,爲吟哦之具而止⑤也。"玉淵崇酒攜⑥觴,鞠躬而謝曰:"某不敏,不惟受'生春'教,且受春秋教也。"至正十三年秋七月十八日楊維禎⑦記。

【校】

① 慮:原本作"盧",據楊鐵崖先生文集全録本改。

② 客:原本作"容",據楊鐵崖先生文集全録本改。

③ 固:楊鐵崖先生文集全録本作"涸",且"涸"字上有空格,示闕三字。

④ 被:原本作"彼",據楊鐵崖先生文集全録本、文淵閣四庫全書本改。

⑤ 止:原本作"上",據楊鐵崖先生文集全録本、文淵閣四庫全書本改。

⑥ 攜:楊鐵崖先生文集全録本作"於"。

⑦ 楊維禎:原本無,據楊鐵崖先生文集全録本增補。

【箋注】

〔一〕本文記述嘉興謝玉淵之生春堂,撰於元至正十三年(一三五三)七月十八日,當時鐵崖任杭州稅課提舉司副提舉,因公務暫住嘉興。謝玉淵,嘉禾(今浙江嘉興)人。從鐵崖學春秋經,後以春秋考中江浙行省鄉貢進士。參見鐵崖先生詩集庚集曹拙隱見遺之作并簡玉淵進士。

〔二〕靈運西堂詩:即謝靈運登池上樓詩。參見鐵崖先生詩集己集題唐本初春還軒注。

〔三〕杜伯原:即杜本(一二七六——一三五〇),字伯原,號清碧。其先居京兆,後徙天台,又徙臨江之清江,遂爲清江人。元至正初年以隱士徵,召爲翰林待制、奉議大夫兼國史院編修官。行至杭州,稱疾固辭,於東南一帶盤桓多時。生平見元史隱逸傳。

〔四〕按:"夏時冠周月"之説,宋人胡安國主倡。鐵崖同年友張以寧曾撰胡傳辨疑、春王正月考二書,詳加考辯駁正。參見四庫全書總目春王正月考二卷。

〔五〕三統：曆法之一種，西漢劉歆整理而成。

〔六〕汝家客兒：指謝靈運。謝靈運小名客兒。

〔七〕"吾聞"六句：太平御覽卷八四二引劉向別錄："傳言鄒衍在燕，有谷地美而寒，不生五穀。鄒子居之，吹律而溫至生黍，到今名黍谷焉。"

尚志齋記①〔一〕

余讀陳勝傳〔二〕，未嘗不嘆士非志不立。勝以燕雀待傭儕，自待其志②爲鴻鵠。勝之志不③在富貴，後亦訖不誣。吁，勝，人奴耳，矧不爲勝者乎！聖門弟子如顏淵、曾點、季路、公西華，聖人必以志發之〔三〕。諸子之志，無大於顏子。顏子願得明王輔相之，故其善適④天下而無所伐，勞過⑤天下而無所施，若顏子者，所謂大人君子之志非歟！孟子曰：士尚志〔四〕。尚如尚服尚車之尚，蓋尊而主之之辭；然尚一⑥也，而志有大小清污之⑦不同，不可以不辯⑧也。

崑山呂⑨子正氏，名其燕處之齋曰尚志，介其友張希顏來謁記⑩〔五〕。予謂："子尚易也，第未知⑪子志安在？"子正曰："中也學於聖門者徒，切有志焉，在季路氏之閒也⑫，顏何敢望⑬哉？"予爲⑭之喟然曰："子之志不鄙矣⑮，推是以往，不爲顏子也，吾不信也。顏子未達⑯，陋巷之人耳；使達也，則春秋之伊尹也〔六〕。學顏子學，志伊尹志，吾不以望子正，其誰望⑰！"

子正年方逾冠，而好學不倦。事承父以行，其志未著也，而所尚已如此。異時秉志弗遷，與學俱奮⑱，吾知其無能禦者矣。書諸⑲齋爲記。至正八年夏六月十日李黼榜進士、會稽楊維禎⑳記。

【校】

① 本文又載鐵崖文集卷四，題作尚志說。

② 其志：鐵崖文集本無。

③ 不：原本無，據楊鐵崖先生文集全錄本增補。

④ 適：鐵崖文集本作"過"，楊鐵崖先生文集全錄本作"週"。

⑤ 過：楊鐵崖先生文集全録本作“週”。

⑥ 然尚一：鐵崖文集作“尚易”。

⑦ 大小清污之：原本無，據鐵崖文集本增補。

⑧ 不可以不辯：原本作“不可以辨”，鐵崖文集本作“不可不慎”，據楊鐵崖先生文集全録本改補。

⑨ 吕：鐵崖文集本作“吳”。

⑩ 介：原本作“蓋”，據鐵崖文集本改。記：鐵崖文集本作“言”。

⑪ 第未知：鐵崖文集本作“敢問”。

⑫ “中也學於聖門者徒”二句：鐵崖文集本作“中也學於聖門者功有志在季路之問也”。

⑬ 顏何敢望：原本作“顏何敢”，鐵崖文集本作“勝何足道”，據楊鐵崖先生文集全録本增補。

⑭ 予爲：原本作“子謂”，據楊鐵崖先生文集全録本改。

⑮ 子：原本作“予”，據鐵崖文集本、楊鐵崖先生文集全録本改。矣：鐵崖文集本作“而已”。

⑯ 達：原本作“違”，據鐵崖文集本、楊鐵崖先生文集全録本改。下同。

⑰ “吾不以望子正”二句：鐵崖文集本作“伊尹不足爲也”。

⑱ 秉志弗遷，與學俱奮：原本作“秉志以奮”，據鐵崖文集本改。

⑲ 諸：原本無，據楊鐵崖先生文集全録本增補。

⑳ 十日李黼榜進士會稽楊維禎：原本無，據楊鐵崖先生文集全録本增補。

【箋注】

〔一〕文記述崑山吕中之尚志齋，撰於元至正八年（一三四八）六月十日，當時鐵崖游寓蘇州、崑山、太倉一帶，授學爲生。吕中，字子正，崑山（今屬江蘇）人。有志學習聖賢，至正年間在世。又據本文“子正年方逾冠”一句推之，其出生當在公元一三二八年，或稍前。

〔二〕陳勝傳：此指史記陳涉世家。

〔三〕“聖門弟子如顏淵”二句：詳見論語先進篇之子路曾皙冉有公西華侍坐章。

〔四〕尚志：孟子盡心上：“王子墊問曰：‘士何事？’孟子曰：‘尚志。’曰：‘何謂尚志？’曰：‘仁義而已矣。’”

〔五〕張希顏：名希賢；或曰名師賢，字希顏，崑山人。至正初年參與唱和西湖竹枝，西湖竹枝集收録其詩一首。參見西湖竹枝集詩人小傳。

〔六〕伊尹：商朝初年名臣。其事迹詳見史記殷本紀。

藍田山三一精舍記〔一〕

藍田山三一精舍者〔二〕，桐廬姚傑氏之所創也。山去桐江北三十里〔三〕，北負鍾阜，與周顒氏隱地伊邇〔四〕。其^①香爐峭壁紫烟，瀑布如白^②，蜿蜒掉尾雲際。西見天日，南見烏龍，冠停蓋佇，江水帶其下，如玉虹在地，繚山而去。此藍田形勝之會也，宜有仙人逸士之所都，而傑以三一精舍據其會。創于至正甲午，落成於明年。予過桐江，欲抵其所而未遑。傑乃圖山水狀，及其營造歲月，介予徒章木求言以爲記〔五〕。予詰“三一”，則曰：“三者，孔、老、釋也；一者，道之歸也。其位置中聖人，尊以文昌之殿；釋左之，老右之。”予疑“三一”者，既推尊孔氏，而孔氏之左右不無徒焉，何取老、釋耶！則又曰：“道之大者，莫如吾聖人。其岐而去者，爲老爲釋。吾將約其岐而歸之大而正者。此傑意也。”

近代縉紳大家，廟制不講，旁營三教之堂，且以孔、老翼瞿曇之尊〔六〕，其侮聖教大矣。傑也廼於吾道陵夷之際，挈而尊之，彼二氏者，若在弟子之列，化異端，歸皇極，使俱知有君臣父子之倫、禮樂刑政之教，民之秀而出者，不没溺於虛無寂滅之歸，豈非傑之用心弘而推化者廣也。故予樂爲之書，使詔諸里，以垂諸後人，不終爲異端如周顒氏之惑也〔七〕，世教之補，渠曰小哉！

公名傑，字君用，裔出唐之少監〔八〕。今^③年八十，耳目精明。結廬於雙柏間，以文酒自娱其天年，學者尊爲柏庭老人。其養徒之田世入主奉者，凡若干畝，砧籍見碑陰云。

【校】

① 東：文淵閣四庫全書本作“間”。

② 白：似當作“帛”。

③ 今：原本作“合”，據文淵閣四庫全書本改。

【箋注】

〔一〕文當撰於至正十五年(一三五五),其時鐵崖在杭州任稅務官,閒暇時率弟子重游富春,應邀而撰此記。繫年依據:其一,三一精舍落成於至正甲午之次年,即至正十五年乙未,桐廬姚傑請鐵崖撰寫記文,當在三一精舍建成不久。其二,文中曰“予過桐江,欲抵其所而未遑。傑乃圖山水狀,及其營造歲月,介予徒章木求言以爲記”,可見此文撰於“過桐江”之際,或稍後。據東維子文集卷七富春八景詩序,至正十五年,鐵崖曾率弟子重游富春。本文蓋當時所作。姚傑,生平僅見本文。

〔二〕藍田山:在桐廬縣西北三十里。絶頂寬平可居。參見清一統志卷二百三十四嚴州府。

〔三〕桐江:指富春江之上游。

〔四〕周顒:南齊書周顒傳:“周顒字彦倫,汝南安城人。晉左光禄大夫顗七世孫也……顒於鍾山西立隱舍,休沐則歸之。”按:桐廬之鍾阜,非周顒隱居地金陵鍾山。

〔五〕章木:桐廬人。鐵崖弟子,從學甚久。嘗客居錢唐陋巷,鐵崖爲撰室記。元末從游於淞學,爲鐵崖史義拾遺作注,頗得賞識。參見東維子文集卷二送檢校王君藎昌還京序、卷二十二薤罋志以及史義拾遺。

〔六〕瞿曇:指釋迦牟尼佛。

〔七〕周顒氏之惑:意爲周顒博涉百家而惑於佛教。南齊書周顒傳:“(顒)泛涉百家,長於佛理,著三宗論。立空假名,立不空假名。設不空假名難空假名,設空假名難不空假名。假名空難二宗,又立假名空。”

〔八〕唐之少監:指晚唐秘書少監姚合。姚合生平附見舊唐書姚崇傳。

松月軒記〔一〕

吳興東去若干里〔二〕,其聚爲南潯〔三〕,褚氏樂閒君之世家在焉〔四〕。至正甲午,先廬遭兵燬。其子質〔五〕,字彦之,重創別業朱塢溪上〔六〕。蒼松夾徑數百植,林下石床雲磴,廡以重軒,時焚香讀易其下。月夕則鼓琴,或歌騷,或與客嘯傲賦詩。仰聽虛籟,俯席涼影,儼若物外境也。遂即“松月”扁其軒,不遠二百里走雲間,請記於予。予交其父兄幾二①十年,彥拜予爲父行,予視之異姓姪,義不可以老懶辭。

夫蟠根錯節,貌風霜,心鐵石,閱歲寒,而不與衆草樹同腐者,松之操也。乾坤一氣之清,鍾爲太陰,麗虖天而與日代明,以成七政之功者,月之德也。彥取託於松月,松月不在松月,而在吾一氣之剛、方寸之明矣。爾祖瀛洲學士遂良〔七〕,任顧命之重,當逆牝萌亂之時〔八〕,不以萬死懼,抗顔而極諫,厥忠盛矣〔九〕。彥爲其雲耳,(音"仍"。)甲午,諸兄罹不測之禍,彥捐軀歷險,誓不與共天,必復其讎而後已。遂良稱忠,彥氏稱孝。嘻,人之行莫大於忠與孝也,使彥立②人之朝,當大任,必能操大節,又何忝爾祖哉!吾所望於彥者在此,其託物於剛與明者,於松月見③之,豈果騷人墨客玩弄草本者比哉。彥作而謝曰:"某雖不敏,敢畔先生之教?請書諸軒以爲記。"龍集己酉秋七月初吉書。

【校】

① 二:疑當作"三"。據東維子文集卷二十五元故樂閒先生墓志銘,褚樂閒於元順帝至元六年(一三四〇)謝世,距離本文寫作已近三十年。

② 立:四部叢刊本作"上"。

③ 見:四部叢刊本作"間"。

【箋注】

〔一〕文撰於明洪武二年己酉(一三六九)六月二十八日,當時鐵崖寓居松江。按:本文篇末所署撰書時間爲"己酉秋七月初吉",然并不屬實。鐵崖致松月軒主者手劄(載本書佚文編)書於"立秋三日",文中又有"松月記久已脱稿,必欲老夫親筆登卷。今日平旦……急展縹卷"等語,可見鐵崖鈔錄松月軒記,與撰書致松月軒主者手劄,實爲同一天,即洪武己酉立秋後二日。又據歷代頒行曆書摘要(載張培瑜三千五百年曆日天象),洪武二年己酉立秋日爲"六月廿六戊子"。由此可知,前述鐵崖所謂"立秋三日",當指洪武己酉年六月二十八日。而本文末尾鐵崖之所以署作"七月初吉",蓋因趨吉邀福之心理。(古人記文碑文常署初吉日或望日撰書,大多緣於此。)

〔二〕吳興:今浙江湖州。

〔三〕南潯:鎮名。隸屬於湖州烏程縣。按:南潯褚氏遷徙情況,參見東維子文集卷二十五元故樂閒先生墓志銘。

〔四〕褚氏樂閒君：即褚錫珪(一二七五——一三四〇)，其字君玉，號樂閒居
士。參見鐵崖撰元故樂閒先生墓志銘。

〔五〕褚質：字彥之，湖州南潯人。其父褚錫珪，曾任善州教授，晚年鍾情山水，
所創樂閑堂遠近聞名，然毀於元季兵火，故褚質重建別業，取名松月軒。
按：本文曰“予交其父兄幾二十年，彥拜予爲父行”，知鐵崖與其父子交情
甚篤。又曰“甲午，諸兄罹不測之禍，彥捐軀歷險，誓不與共天，必復其讎
而後已”，知褚彥之并非褚樂閒長子。據鐵崖撰元故樂閒先生墓志銘，褚
樂閒有子四人，“長嗣良；次嗣英，出繼叔後；次嗣俊；嗣賢”，其中并無名
“質”者。蓋因元故樂閒先生墓志銘作於至正初年，本文則作於洪武初年，
相距二十餘年，褚質之名乃後來更改，當爲嗣俊、嗣賢中之一人。參見東
維子文集卷六褚氏家譜序、本卷小瀛洲記、卷二十五元故樂閒先生墓志銘
以及佚文編致松月軒主者手札。

〔六〕朱塢溪：位於南潯之西朱塢庄。褚樂閒晚歲於此鑿池築圃，蒔花竹以自
娛，創“樂閒堂”。

〔七〕褚遂良：兩唐書皆有傳。

〔八〕逆牝：指武則天。

〔九〕“不以萬死”三句：褚遂良抗顏極諫事，詳見舊唐書本傳。

竹月軒記〔一〕

詩人以月配竹者，自六朝無聞焉。李謫仙有“何處我思君，天台
綠蘿①月〔二〕”，月寄於蘿而不在竹也。六一翁有“顏侵風霜色，病過桃
李月〔三〕”，月寄於桃李而不在竹也。老杜“竹送清溪月〔四〕”，月又兼以
溪言也。惟老坡“明月浸疎竹〔五〕”，始專於竹。然坡得此景於方外之
虛寂堂耳，而未見於士大夫之家。見於士大夫之家，吾今得於雲間義
門夏公子益中之軒。

予嘗夜宿其軒，少焉，月出竹頂。益中坐客其下，仰見玉立數十
挺，喬秀疎朗，若空谷佳人將儔挈侶，訪主於虛庭，蹣躚盤礴不忍去，
而不知清夜之徂也。已而主客相與酌酒，盡醉，脫巾掛疎枝。或鼓
琴，或吹匏擊石，與玉立君鏘璆相舂②應。籟縣於天，而景散在地，鈞

韶鳴而龍鸞舞也。是時主客頹然就卧,忽不自知其身世在白玉闕中、軟紅塵裹也。席上客遂各賦詩,明日,連書諸軒。主者因以"竹月"名軒,而推余爲竹月志。

益中青年,而才氣甚老,尊師樂友,化勢利之俗爲禮義之鄉,無忝奕葉義門之後,故樂爲之書。

【校】

① 蘿:原本作"夢",據文淵閣四庫全書本改。下一"蘿"字,原本及文淵閣四庫全書本皆作"夢",據此徑改。

② 春:原本作"春",據文淵閣四庫全書本改。

【箋注】

〔一〕文撰於元至正九、十年間,當時鐵崖受聘於松江吕良佐,在吕氏塾授學。繫年依據:其一,鐵崖夜宿竹月軒,可見當時寓居松江。其二,文中所述爲太平年景文人之詩酒娛樂,當爲鐵崖首次寓居松江授學期間。竹月軒:夏益中軒名。夏益中,益中當爲其字,松江人。按:夏益中既爲夏氏義門中人,當與夏文彦、夏景淵等爲同一家族。參見東維子文集卷十一圖繪寶鑑序、卷十七夏氏清潤堂記。

〔二〕"何處"二句:李白贈王判官時余歸隱居廬山屏風疊句。

〔三〕"顔侵"二句:歐陽修病中代書奉寄聖俞二十五兄:"到今年纔三十九,怕見新花羞白髮。顔侵塞下風霜色,病過鎮陽桃李月。"

〔四〕老杜:指杜甫。竹送清溪月:語出杜甫謁先主廟。

〔五〕老坡:指蘇軾。蘇軾和李太白:"寄卧虛寂堂,明月浸疎竹。泠然洗我心,欲飲不可掬。"

卷六十九　東維子文集卷十五

借巢記[一]

　　客有號鶴巢者，自杭而蘇而松，率假館以居。予一日過其館，改命曰"借巢"。或有笑者，曰："鵲有巢而鳩借之，鳩之拙也[二]；鶴不能營一巢而借，亦拙甚矣乎！"

　　楊子啞爾笑曰："子亦知夫'借'乎？人一身外爲長物[三]，物皆借也。吾試與子言借：衣冠借以束身，棺槨借以掩骴，土石借以周郭，山嶽借以積土，天地借以奠岳。極之於大，則大靈借以闢天地，何莫非借也？近而言之，琴筑借聲，繡綺借色，芻豢借味，鼎釜借烹，刀刃借割，壺豆借盛，金玉借瓺。席借偃而策借扶也，車借駕而馬借馳也，旗幟借表而弧矢借威也，印章借信而露布借令也，權貴借勢而封爵借名也。遠而言之，丹青借圖而金石借刻，載書借誓，册府借史，而聖人百家諸子之文借以寓道也，又何往而非借也！及其親也：妻借齊，子借嗣，父母借生，而吾六尺之軀亦借也。吁，借乎借乎，何啻於一巢乎！"或者起謝曰："淺矣乎，吾之窺借也！吾因子言'借'，而知天地萬有之不有於我也。"

　　楊子曰："吾於天地萬有皆借也，而有不借者在。""何在也？"曰："以天地萬有之借爲借者，萬有之客也；以天地萬有不借之借爲不借者，不客於萬有之客者也。子①徒知吾有借，而庸詎知吾不借之借，而不客於客者耶？""不客者誰？"曰："問諸有物，有物問諸有初，有初問諸有無。有無不可名全，以名其巢居。"客起謝曰："請書爲記。"

　　客爲隴右郝經也。

【校】

① 子：原本作"予"，據文淵閣四庫全書本改。

【箋注】

〔一〕文當作於鐵崖寓居松江期間，撰寫時間不詳。原本題下有小字注評："五

十四'借'字,誰借得?"借巢:鐵崖名郏經之居。元詩選補遺郏進士經:
"經字仲誼(一作'義')。其先隴右人,徙居杭之仁和,寓居澄江,自號觀
夢道人。所著有澄江櫂歌、玩齋稿……仲誼以元進士曾官國子博士耶!
沐景顒滄海遺珠以其詩壓卷,知明初又曾徙滇也。"郏經又與明初録鬼簿
續編作者爲摯友,録鬼簿續編有郏仲誼及其子啟文傳,其中郏仲誼傳曰:
"郏仲誼名經,隴人。號觀夢道士,又西清居士。以儒業起爲浙江省考試
官,權衡允當,士林稱之。僑居吳山之下,因而家焉。豐神瀟灑,文質彬
彬。爲文章未嘗停思。八分書極高。善琴操,能隱語。交余甚深,日相游
覽湖光山色於蘇堤、林墓間,吟詠不輟於口。有觀夢等集行於世,名重一
時。所作樂府,特其餘事云。"又,孫楷第元曲家考略甲稿郏仲誼,考其生
平頗詳,謂郏經實爲海陵人,"雖寓杭州,而久客蘇、松間,所至率假館以
居,故自號鶴巢,又號借巢",洪武四年爲浙江考試官,洪武十一年,自杭徙
居京師,"就其子啟文養"。傳聞"徙滇",則無從確考。

〔二〕"鵲有巢"二句:詩召南鵲巢:"維鵲有巢,維鳩居之。"毛傳:"鳲鳩不自爲
　　　巢,居鵲之成巢。"

〔三〕長物:非必需品,指多餘之物。世説新語德行:"王恭從會稽還,王大看
　　　之,見其坐六尺簟,因語恭:'卿東來,故應有此物,可以一領及我。'恭無
　　　言。大去後,即舉所坐者送之。既無餘席,便坐薦上。後大聞之,甚驚,
　　　曰:'吾本謂卿多,故求耳。'對曰:'丈人不悉恭,恭作人無長物。'"

營丘山房記〔一〕

　　贛之昌仲善氏早孤,事母劉,以孝聞。長從鄉先生一静謝公
游〔二〕,通易經,以其餘力屬文賦詩,頗有古人①風裁。今②天子一海宇,
招延俊乂,善以異等才登選胄子學③。有書室在錦川之陽陽坡之下,
貯書數百卷,題其顏曰"營丘山房",示不忘其義於前聞人也〔三〕。

　　出使於淞,謁抱遺先生於草玄閣,曰:"願先生一言以白吾志。"先
生曰:"營丘在虛、危分野,爲今濟南地〔四〕,太公吕尚父之食邑也〔五〕。
太公治齊,舉賢而尚功。至十四世爲小白〔六〕,主霸,以管仲富國匡天
下〔七〕,而太公之澤益遠且大。孔子曰:'微仲,吾其左袵矣〔八〕。'多其
功也。太史公曰:太公尊賢智,尚功能,而其敝則夸奢,虛詐而不

情[九]。傷其俗也。善欲振其緒於營丘,而又直明天子之登賢以圖治,其以仲之富國匡天下者爲勉,而以俗之失不情者爲戒,則可謂善嗣營丘者矣。"善謝曰:"請書爲記。"戊申冬十月朔戊辰記。

【校】

① 人:原本爲墨丁,據文淵閣四庫全書本補。

② 今:四部叢刊本作"聖",文淵閣四庫全書本作"方今"。

③ 學:四部叢刊本作"齡",誤。

【箋注】

〔一〕文撰於明洪武元年戊申(一三六八)十月一日,當時鐵崖寓居松江。營丘山房:吕復書齋名。江西通志卷九十四人物二十九贛州府:"吕復字仲善,興國人。洪武初以文學徵爲國學典膳。時修元史,闕順帝三十六年事無考,遣使十一人分行天下,以北平乃元氏故都,山東亦號重鎮,命復乘驛往。凡詔令章疏拜罷奏請布在方册者,悉輯之……以功陞太常典簿,尋遣祭皇陵,進卿。坐事謫佃鳳陽,未幾復原官。卒。"按:上引文曰吕復"洪武初以文學徵爲國學典膳",未必屬實。據明太祖實録卷二十一,吕復於元季追隨朱元璋,至正二十六年十月任命爲典膳。

〔二〕一静謝公:一静當爲其字或號,當爲贛州人,精通易經,授學爲生。

〔三〕"題其顔"二句:吕復取書室名爲"營丘山房",以示不忘先祖吕尚。吕尚於西周初年受封地在齊營丘。參見鐵崖先生詩集丙集題馮推官祖塋圖注。

〔四〕"營丘"二句:大明一統志卷二十二濟南府建置沿革:"禹貢青州之域,天文虚、危分野。春秋戰國并爲齊地。秦屬齊郡,漢初屬齊國,文帝分置濟南國,景帝改爲濟南郡。"

〔五〕太公吕尚父:即姜太公,又名太公望、吕望等等。

〔六〕小白:即齊桓公。春秋五霸之一。

〔七〕管仲:齊桓公時丞相。

〔八〕"微仲"二句:出自論語憲問。

〔九〕"太史公曰"四句:按:"虚詐不情"等,實源於漢書之述評,或非出自太史公司馬遷之口。漢書地理志下:"初,太公治齊,修道術,尊賢智,賞有功,故至今其土多好經術,矜功名,舒緩闊達而足智。其失夸奢朋黨,言與行繆,虚詐不情,急之則離散,緩之則放縱。"

南漪堂記〔一〕

華亭葉生杞,家有林塘之勝,在黃龍浦西蕭公津上〔二〕。讀書之堂南臨之,故名南漪。杞謁予草玄閣,求一言以爲志,至四三而不已。

爲之言曰:“昔眉山蘇子嘗有是號矣〔三〕,而生之堂又襲之耶?雖然,襲其理之所得,何嫌於襲耶!善言漪者,莫如易之渙,其曰①:'風行水上,渙。'此漪之極觀也。説者以爲風與水相遭,不能不爲之文也,此漪之説文也。予以爲漪之所以爲漪,蓋有爲之本者,其可不知乎?今夫水由地中行,源深則流長,其發岷、峨〔四〕,越崖谷,衝林莽,傾折回②直,束之爲峽,匯之爲渦,激之爲湍瀑,千變萬態,不可踪迹,然後達於江河,以朝宗於海。有本者如是哉!苟爲無本,溝澮之水,朝盈而夕涸,求一漚之微不可得,奚有千變萬態,極觀於渙之漪者也?杞也有意於漪,其亦於本者求之否乎?”杞作,曰:“唯唯。”

【校】

① 曰:原本作“日”,四部叢刊本作“田”,據文淵閣四庫全書本改。
② 回:文淵閣四庫全書本作“曲”。

【箋注】

〔一〕文當撰於元至正二十年(一三六〇)或稍後,其時鐵崖退隱松江不久。繫年依據:其一,文中曰葉杞“謁予草玄閣”,而鐵崖自署寓所爲草玄閣,不早於元季至正二十年。故知葉杞造訪,必在至正二十年以後。其二,據王逢漪南草堂辭(載梧溪集卷四),當時應邀爲漪南草堂作文賦詩者,除了鐵崖、王逢,還有秘書卿泰不華、江浙儒學副提學魯淵等。泰不華於至正二十年赴閩,其爲漪南草堂賦詩必在此前。而鐵崖撰文與貢師泰等賦詩,相距時間不會太久。葉杞,大雅集卷四:“葉杞字南有,京口人。”同書卷五又曰:“葉杞字南有,號漪南。”又據王逢漪南草堂辭,謂葉杞爲“京口宦族”,其祖父葉鍈“隱居好義”。本文謂葉杞爲華亭人,京口或其祖籍。葉杞好讀書,有才學。曾追隨楊瑀、李國鳳,官至丹徒縣主簿。大約於至正十六年之後,返鄉隱居,建南漪草堂。南漪,或作漪南。梧溪集卷四漪南草堂辭:“漪南草堂者,予友葉生杞釣游之所也……杞讀書負材諝,前太史楊瑀守建德,辟掾□□興,會進士及第李國鳳經略南土,杞密陳時事十□,李嘉□所言,遥授□義副尉、鎮江路丹徒縣主簿。將別任之,而兩移藩鎮矣。杞築草堂魚鱗江上,扁曰漪南。”

〔二〕黃龍浦:即今上海黃浦江。

〔三〕眉山蘇子:指蘇軾。蘇軾有菩提寺南漪堂杜鵑花詩。清查慎行撰蘇詩補注卷三十二菩提寺南漪堂杜鵑花注曰:“西湖游覽志:錢塘門緣城而北有菩提院,本錢惟演別墅也,捨以爲寺。有南漪、迎薰等亭,後并入昭慶律寺。”

〔四〕岷、峨:指岷山、峨眉山。

純白窩記[一] 用聖經代老、莊,獨爲高出。

華亭縣北距六十里,其聚爲小萊[二]。其吴越裔孫爲皐氏[三],先廬燬,皐復新作,又於堂右个闢窩一所,上結圓項,下方四落,皆堊①爲雪色泥。寶牖六,又以雲母片羃之,渾然甆穹廬也,名之曰“純白”。

皐嘗宿余於窩,且徵純白志。賁之上九曰“白賁無咎[四]”,以其反本也。天下之文,莫文於白;文之純,又莫本於②反本也。吾聞皐壯年通經史及國語[五],間弧矢騎,以義俠厠狐貉游徽閒,名貴人爭欲致門下。盜壓竟③,皐呼鄉兵甲,捍於淞之陰,鄉賴以安。又以白衣參諸贊帥越者,却寇酋,復臺紀,活遺黎數十萬。今齒及莫矣,功亦茂矣,假亦可體矣,故斂其神於反本之地,此“純白”之所以名也。

皐有四子,若孫者五,皆玉立庭砌閒,將有賦白華稱潔白於時者[六],又知皐之反本貽世世亦無窮也。皐氏子孫尚勉乎哉! 至正庚子夏五月蒲節後三日寫[七]。

【校】

① 堊:文淵閣四庫全書本作“湮”。
② 本於:原本作“於本”,據文淵閣四庫全書本改。
③ 竟:文淵閣四庫全書本作“境”。

【箋注】

〔一〕文撰於元至正二十年(一三六〇)五月八日,當時鐵崖從杭州退隱松江半年有餘。純白窩：錢鶴皋仿蒙古包形式修建。錢鶴皋，吳王張士誠載記卷三附傳：“錢鶴皋（？——一三六七），上海人。朱吳將徐達初下松江，檄府驗土田，徵磚甓城。鶴皋不奉命，遂破產募兵……攻陷松江，破嘉定。鶴皋自稱左丞，署官屬，以姚大章爲統兵元帥，張思廉參謀，施人濟、谷子盛爲樞密院判，令徐尊義率小舟數千走平江求援。達遣驍騎尉指揮葛俊攻之……鶴皋被獲，檻送達軍，遇害。或謂鶴皋兵敗，偕全、賈二生赴水死。”按：錢鶴皋爲吳越王錢鏐後裔。累世富厚。其祖、父皆慷慨好施。鶴皋通經史及蒙古語。性豪邁，廣結海内俠客，解危濟困，不惜千金，人稱豪傑。元至正二十七年三月末，不滿於朱元璋屬官强徵，起兵反抗，遭明軍鎮壓。其起事經過，參見東維子文集卷一送祝正夫赴召如京序注。

〔二〕小萊：吳中水利全書卷十八高企撰上海縣水道志：“盤龍迤東爲沙岡塘，爲小萊浦。”

〔三〕吳越：指吳越王錢鏐。

〔四〕白賁無咎：易賁“象曰：六五之吉，有喜也。上九，白賁无咎。”注：“處飾之終，飾終反素。故任其質素，不勞文飾而无咎也。以白爲飾，而无患憂得志者也。”

〔五〕國語：指蒙古語。

〔六〕白華：毛詩注疏卷十六序：“白華，孝子之絜白也。”

〔七〕蒲節：菖蒲節之簡稱，即端午節。

蓊林記〔一〕

淞之邑，帶江枕海。聚爲山者，曰“笋〔二〕”，曰“雪”，曰“神〔三〕”，曰“小崑〔四〕”、“小金〔五〕”。地皆平疇大陸，呀淵疎川，突而高，鬱而秀，蟠而踞之者，則喬木之林，大姓之所宅也。去邑之北五十里，其川爲蒲滙〔六〕，匯北反爲小萊①〔七〕。崖小萊，古屋百十楹者，九齡徐氏之居也。去居左介一百步，鑿池數十里，池上植松柏栝檜桂椒梅橘桃杏，草則芝蘭菊芷荃蓀薰茝，鈎連彙列，四時之生香，未嘗一日斷也。因額池堂曰蓊林。

予過海上，九齡榻予堂者數夕。臨分，出楮筆曰：“先生海上還，嘻笑怒罵，皆成文章。醉墨所及，一草一木有光，於蓊林獨無言乎？”

予曰:“草木之香細矣,因人而馨者,大且遠矣哉! 栗里松柳以處士香〔八〕,晉竹林以七賢香〔九〕,濂溪蓮以茂叔香〔十〕,羅浮村梅以蘇長公香〔十一〕。草木不以物香,而以人馨也信矣。不然,雖梓澤〔十二〕、平②泉林木之綺交錦錯者〔十三〕,不香也。”

　吾愛齡之人品魁壘,操行極高茂。嘗與予論今人出處,曰:“今之稱豪傑者,彎弧運槊,走戎馬間,水出火入,即可苟且頃富貴。高者搖頰鼓舌,閎聲高議以驚動所事。自謂陶王鑄霸以徼其所賓③,而爲士之大慶,不知大憂者在其踵,觸羅踏穽,卒自跆蹃而禍及其孥,權不能庇,勢不能掖。嘻,若是者懵甚,而悖亦滋甚。予不幸抵釁巇④,幸亟⑤返故廬,與一草一木同華而共,實先人之賜,先生之教也。”予聞其言,韙之曰:“此吾子之德馨也,馨之被⑥於薌林草木者也。”故樂爲志薌林,并録其語,爲學之信且悖者告也。

【校】

① 北:原本漫漶,文淵閣四庫全書本作“壯”。據四部叢刊本補。小菜:原本作“小菜”,據四部叢刊本改。下同。
② 梓:原本作“粹”;平:原本作“乎”,據文淵閣四庫全書本改。
③ 賓:四部叢刊本作“實”。
④ 巇:原本作“戲”,據文淵閣四庫全書本改。
⑤ 亟:原本作“極”,據文淵閣四庫全書本改。
⑥ 被:原本作“彼”,據文淵閣四庫全書本改。

【箋注】

〔一〕文當撰於鐵崖退隱松江之後,松江守臣依附朱元璋政權以前,即元至正二十年(一三六〇)至二十六年之間。繫年依據:其一,文中曰“予過海上,九齡榻予堂者數夕”,可見當時鐵崖寓居松江。其二,徐九齡曰當時“稱豪傑者,彎弧運槊,走戎馬間”,可知正當戰亂。故必爲鐵崖晚年退隱松江時期。正德松江府志卷十六第宅:“薌林,華亭小菜。徐九齡居。”徐九齡,生平見本文。
〔二〕晉:箬山之別稱。崇禎松江府志卷四山:“箬山,在鳳凰山之北,顧會浦之東,上海縣境西南起此。嘉禾志作竹箬,俗呼北箬……故又名笞山。”
〔三〕神山:細林山別名。參見清鈔鐵崖楊先生詩集卷上雪龕壁注。

〔四〕小崑：崇禎松江府志卷四山：“小崑山，郡西北二十三里，長谷之東。”

〔五〕小金：崇禎松江府志卷四山：“小金山，疑在海中。”

〔六〕蒲滙：塘名。參見東維子文集卷九送朱生节蒲溪授徒序注。

〔七〕小淶：或作小淶。光緒青浦縣志卷四山川上：“蒲滙塘在蟠龍塘東，受蟠龍、橫泖水，東流過小淶浦，又東過七寶鎮……蒲滙塘北岸爲北小淶，屬縣境；南岸爲南小淶，屬婁境。”

〔八〕栗里處士：指陶淵明。

〔九〕竹林七賢：指阮籍、山濤、向秀、劉伶、阮咸、王戎、嵇康等。詳見晉書嵇康傳、阮籍傳。

〔十〕茂叔：北宋周敦頤字。周敦頤晚居廬山蓮花峰下，屋前有濂溪。詳見宋史本傳。其愛蓮說載周元公集卷二。

〔十一〕蘇長公：即蘇軾。東坡全集卷二十二再用前韻：“羅浮山下梅花村，玉雪爲骨冰爲魂。”

〔十二〕梓澤：晉豪富石崇金谷園之別稱。

〔十三〕平泉：即唐李德裕所建平泉山莊，以薈萃奇花異草、珍木怪石著稱。

固齋記〔一〕

新涇①有鄉善士戴氏父者〔二〕，遣其子貞從予游。一日有請曰：“貞承名於父，承字於先生曰固，而藏修之地未得齋號以自勵，敢請！”予又字齋曰“固”。且求志。

予告之曰：“固，非高叟之固也〔三〕，亦非固我之固也〔四〕。乾之爻言不云乎：‘貞固足以幹事〔五〕。’貞不固不足以爲貞，固非貞亦不足以言固。固而貞，貞而固，而後事之幹立焉。故聖人許幹必於貞固，而不以亨與利也。生學與齒俱進，將入於官，而有事於政已。以易之所固者，植其本於不拔。本而幹，幹而枝，枝而花，花而實，伺之歲月，不患其不茂且碩也。生之貞，毋替於固也。”

復有喻生於固者：“唐城南諸杜②所居，號居杜固〔六〕，以其風氣所聚也，宗祖所族也，子孫所完也。後爲妬者鑿之，血流者數日，而固者崩矣，杜固③從而衰矣。地不可以不固如是，矧君子之操行乎！生力完所固，毋自鑿也。”

【校】

① 涇：原本作“經”，據嘉慶松江府志卷七十八名迹志改。

② 杜：原本及校本皆誤作“社”，據新唐書杜正倫傳改。下同。

③ 杜固：原本及校本皆作“社抵固”，“社”爲誤字，“抵”屬衍文，徑改并删。

【箋注】

〔一〕文撰於元至正九、十年間，即鐵崖受聘於呂良佐，授學呂氏塾之時。繫年依據：學子戴貞家在松江新涇，且文中所述爲太平年間士子修行。嘉慶松江府志卷七十八名迹志第宅：“固齋，在新涇。戴貞讀書處。”戴貞，生平見本文。

〔二〕新涇：崇禎松江府志卷五吳淞江迤東南之水：“新涇，在橫瀝東，古名新瀝浦。南通蒲匯塘，北入於江。”

〔三〕高叟：或作高子。孟子告子下：“公孫丑問曰：‘高子曰：小弁，小人之詩也。’孟子曰：‘何以言之？’曰：‘怨。’曰：‘固哉，高叟之爲詩也。’”注：“高子，齊人也。”

〔四〕固我：論語子罕：“子絶四：毋意，毋必，毋固，毋我。”

〔五〕貞固足以幹事：出自周易乾傳。宋司馬光溫公易説卷一：“文言曰：元者，善之長也；亨者，嘉之會也；利者，義之和也；貞者，事之幹也。君子體仁足以長人，嘉會足以合禮，利物足以和義，貞固足以幹事。”

〔六〕杜固：新唐書杜正倫傳：“正倫與城南諸杜昭穆素遠，求同譜，不許。銜之。諸杜所居號杜固，世傳其地有壯氣，故世衣冠。正倫既執政，建言鑿杜固通水以利人。既鑿，川流如血，閲十日止。自是南杜稍不振。”

榆溪草堂記〔一〕

至正庚子夏四月，余東游鶴砂〔二〕。回舟順流下黃龍浦〔三〕，又東抵榆溪。見大榆數百章，皆百年物也，雨餘，新緑蓊鬱，若屯旌擁幄①。樹底構草堂一所，堂主者陶中，出迎客，供茗飲。牀書充屋棟，茶竈筆牀環左右。又將客步後圃，花樹紅白刺人目，折②殿春玉桃花一枝供客。是夜，遂宿草堂。明旦，干余記草堂之號。

周顒③嘗搆諸鍾山〔四〕,杜甫亦搆諸浣花矣。然鳴騶入谷而山靈見移〔五〕,脱巾據④牀而幾不免禍〔六〕。天下草堂萬萬也,而享有其身者尠矣。唯爾祖靖節翁自彭澤來歸〔七〕,門種五柳,著傳以自況。義熙之節〔八〕,良史書之,五柳之德色者厚矣。今子孫不堂柳而堂榆⑤,榆視柳等也,烏知異日不有傳榆溪先生在龍浦之東,如傳晉處士於五柳者乎!

　　中曰:"某不敏,烏敢望吾前之人?請記爲堂,以爲警。"

【校】

① 喔:原本作"握",據嘉慶松江府志卷七十八名迹志所録此文改。

② 折:原本作"拆",據四部叢刊本、文淵閣四庫全書本改。

③ 周顒:嘉慶松江府志本作"彦倫"。

④ 據:原本作"攄",據嘉慶松江府志本、文淵閣四庫全書本改。

⑤ 榆:原本作"揄",據四部叢刊本、文淵閣四庫全書本改。

【箋注】

〔一〕文撰於元至正二十年庚子(一三六〇)四月,其時鐵崖辭官退隱松江已半
　　　年。榆溪草堂:位於黄浦江東榆溪(今屬上海)。參見嘉慶松江府志卷七
　　　十八名迹志第宅。堂主陶中,生平僅見本文。

〔二〕鶴砂:即下沙鎮。參見東維子文集卷二十四元故中奉大夫浙東尉楊公神
　　　道碑。

〔三〕黄龍浦:即黄浦江。後文稱龍浦。

〔四〕周顒:參見東維子文集卷十四藍田山三一精舍記注。

〔五〕鳴騶入谷而山靈見移:此爲孔稚珪譏斥周顒之語。孔稚珪北山移文:"世
　　　有周子,儁俗之士。既文既博,亦玄亦史。然而學道東魯,習隱南郭……
　　　及其鳴騶入谷,鶴書赴隴。形馳魄散,志變神動。"

〔六〕"脱巾"句:參見鐵崖先生古樂府卷八覽古之三十七注。

〔七〕靖節翁:即陶淵明。事迹詳見宋書陶潛傳。按:因靖節翁與榆溪草堂主
　　　人同爲"陶"姓,故稱"爾祖",未必有血緣傳承關係。

〔八〕義熙:東晉安帝司馬德宗年號,此借指陶淵明。按:義熙二年,陶淵明辭
　　　彭澤縣令,賦歸去來分辭。

槐陰亭記〔一〕

　　三槐,見周禮,有三公之象焉〔二〕。宋王祐①氏手植三槐,而三公之位應於其後文正公旦〔三〕。君子謂王氏之槐,種德之苻②也。

　　海東王敏中氏爲三槐子姪,槐之樹之間者亦三。結亭樹間,扁曰槐陰,大參周公琦爲作篆書之〔四〕,又介吾門管生訥求余言爲志〔五〕。吁,王氏之子姓何其祚之遠也!祚之遠者,德之長也。晉大司馬府豈無手植之槐,識者占其樹婆娑而生意盡〔六〕。則知司馬氏之槐不如③文正氏之槐開其先者厚,而蔭其後者長,非尋常府寺之植可得而并稱也。敏中席槐之陰,思有以培槐之本,則豈徒戒剪伐如齊人之令〔七〕,仁以根其生,義以幹其行,忠信以要其成也。盛德大業,其有不光相門之植、文正之堂虖!敏中勉之,有以徵余言之不誣也。至正庚子秋記并書於挹清堂。

【校】

①　"王祐"之"祐",或作"祐"。參見注釋。

②　苻:當作"符"。

③　如:原本作"知",據文淵閣四庫全書本改。

【箋注】

〔一〕文撰書於元至正二十年庚子(一三六〇)秋,其時鐵崖退隱松江未滿一年。槐陰亭主人王敏中,松江富户。好讀書。元末鐵崖退隱松江後,常應邀赴宴。參見鐵崖先生詩集甲集六月十三日與朱涇毛宰金華洪廣文飲散三槐陰下德常有作示余遂率毛洪共和之余作草草如左。

〔二〕"三槐"三句:周禮注疏卷三十五秋官朝士:"面三槐,三公位焉,州長衆庶在其後。"

〔三〕文正:王祐子王旦謚號。宋邵伯温聞見録卷六:"太宗即位,謂輔臣曰:'王祐文章之外,别有清節,朕所自知。'以兵部侍郎召,不及見而薨。初,祐笑曰:'某不做,兒子二郎必做。'二郎者,文正公旦也。祐素知其必貴,手植三槐於庭,曰:'吾子孫必有爲三公者。'已而果然。天下謂之三槐王氏。"按:王祐累封晉國公。參見宋史王旦傳、東坡全集卷九十七三槐堂銘并序。

〔四〕大參周公琦：即江浙行省參知政事周伯琦。參見東維子文集卷三送團結
官劉理問序。

〔五〕管訥：列朝詩集甲集管長史訥："訥字時敏，華亭人。九歲能詩，長師楊廉
夫，友袁景文。洪武九年，徵拜楚王府紀善，之國後升左長史。事王二十
五年，乞致仕歸里。王請命於朝，留居本國，祿之終身。葬郡城東黃屯
山。"按：鐵崖與管訥父亦有交往。參見鐵崖先生集卷三管公樓記。

〔六〕識者：指殷仲文。晉書殷仲文傳："仲文因月朔與衆至大司馬府，府中有
老槐樹，顧之良久而歎曰：'此樹婆娑，無復生意。'"

〔七〕戒剪伐如齊人之令：春秋時齊景公嚴禁傷槐事。參見鐵崖先生古樂府卷
八覽古之三注。

春草軒記[一] 有詩

淞謝伯理氏於其正廬左介爲迻（音"移"）軒一所，命曰"春草"，本
靈運語也[二]。請予爲之記。予疑靈運以詩名宋，而猶附麗於人以覓
句，何也？在西堂時，詩思苦甚，至假夢寐見惠連，而後得"池塘生春
草"句，遂以爲絕奇①。吁，此三百篇後詞人以興趣言詩者也，律以六
義，何有焉？今人以②一草木取以點綴篇翰，極於雕鏤之工，詩道喪
矣。談興趣者，猶以靈運語出於徑③辭直指，如"高臺多悲風"、"明月
照積雪"[三]，無俟雕刻而大巧存焉，猶爲去古未遠也。

伯理嘗與予論詩，大惡凌跨六朝，上④探漢、魏，故於春草有得焉。
雖然，伯理方將以詩備理教，及於民，豈必效永嘉⑤詩人爭工於句字間
者？具慶在堂上[四]，年俱高矣，朝朝（下音"潮"）焉，有諭焉者；夕夕焉，
有詰焉者，於是家庭之教出焉，倫理之化行焉。家有悅親之堂[五]，不
忍一日違其色養。吏部以品推恩及其親，自謂罔極莫之報，時詠孟貞
曜"寸草"、"春暉"之句[六]，是春草所托，又有關於倫理者，惜永嘉詩
人未之知也。吾今合以論見春之資於倫理者，不獨在句字間也。係
之詩曰：

草生西堂下，沱水含清漪⑥。皜髮在堂上，游子今已歸。大兒佩
紫綬，小兒著緋衣。嚴君親咳禮，慈母舊斷機[七]。春草承雨露，惟恐

朝日晞。願持此日意,永報三春暉。

【校】

① 絕奇:四部叢刊本作"奇絕"。

② 以:原本無,據四部叢刊本補。

③ 徑:四部叢刊本作"經",文淵閣四庫全書本作"一"。

④ 上:文淵閣四庫全書本作"直"。

⑤ 嘉:原本作"喜",據四部叢刊本、文淵閣四庫全書本改。

⑥ 漪:原本作"濁",四部叢刊本作"溺",據文淵閣四庫全書本改。

【箋注】

〔一〕文當撰於元至正二十年(一三六〇)或稍後,其時鐵崖退隱松江。繫年依
據:文末詩曰:"皤髮在堂上,游子今已歸。"可見春草軒主人謝伯理已經
辭官,還家後建春草軒,實爲表示奉養父母之心。而謝伯理辭去松江別駕
一職,不遲於至正二十年九月。謝伯理:又作謝伯禮,其生平參見東維子
文集卷十三知止堂記。

〔二〕靈運語:參見東維子文集卷十四生春堂記注。

〔三〕"談興趣者"三句:元方回撰文選顏鮑謝詩評卷一評謝靈運登池上樓:"按
此句之工,不以字眼,不以句律,亦無甚深意奧旨。如古詩及建安諸子'明
月照高樓'、'高臺多悲風',及靈運之'曉霜楓葉丹',皆天然混成。學者
當以是求之。""高臺多悲風",語出曹植雜詩六首之一。"明月照積雪",
出自謝靈運詩歲暮。

〔四〕具慶:指父母健在。

〔五〕悦親堂:謝伯理奉養雙親而構建。詳見本卷悦親堂記。

〔六〕孟貞曜:指唐代詩人孟郊。孟郊卒,張籍諡曰貞曜先生。參見新唐書孟
郊傳。又,孟郊游子吟:"誰言寸草心,報得三春暉?"

〔七〕慈母舊斷機:孟子年少時,學習不甚努力,其母斷織以激勵之。詳見列女
傳卷一鄒孟軻母。

悦親堂記[一]

謝氏緜陳留徙淞者[二],代有文行,爲衣冠望族。至德喜封君養高

弗仕〔三〕，生産益饒，門第益大。至正丙申，苗虜①陷淞〔四〕，封君廬亦燬。明年復新作之，其子伯理率其二仲，奉親於一堂，晨昏於斯，不使析②處以一日去其堂。予嘗名其堂爲“悦親”，今來杭，遂以記屬予。

世之以爲悦者，無大於悦親矣。子夏問孝於孔子〔五〕，孔子曰：“色難。”父母之色，間見於幾微者，孝子迎而順之爲難，迎而順之不難者，必孝子。有至敬至愛，關於親者切，若曾子之養志者是已〔六〕。孟子不云乎：悦親有道，反身不誠，不悦也〔七〕。誠者，至愛至敬之謂也。今夫備羞水陸，列伎聲色，百拜上案於親者，非悦也。華服絺繡③，奇器金玉，寒更燠换於親者，非悦也。鍾畝阡連，子本泉溢，歲上券於其親者，非悦也。必悦之，如曾子者而後可。

伯理事親尚友，曾子悦親之道蔑有加於此矣。雖然，伯理方仕鄉郡〔八〕，出有民社之寄，以其悦者身之，昆弟循之，而後國人因之，所謂父子兄弟足法，而後民法之矣。理之弟，曰恒曰鼎〔九〕，皆嘗從予游，恂恂然有古孝友之風，吾知謝氏風教師於百世者有矣，豈直國人一時之法哉！異日和氣應孝之門，吾見瓢水之陽、風山之陰〔十〕，有同穎之禾、并柯之木産焉〔十一〕，田氏“三荆”有不能媲其美者〔十二〕。吾過封君堂上，尚能爲子賦之。至正己亥秋九月丙午記。

【校】

① 虜：文淵閣四庫全書本作“人”，蓋因避諱而改。

② 析：原本作“枂”，據文淵閣四庫全書本改。

③ 繡：原本爲墨丁，據文淵閣四庫全書本補。

【箋注】

〔一〕文撰於元至正十九年己亥（一三五九）九月十六日（丙午），其時鐵崖寓居杭州，即將休官退隱松江。悦親堂主人謝伯理，又作謝伯禮，生平參見東維子文集卷十三知止堂記。

〔二〕陳留：縣名，元代隸屬於河南江北等處行中書省汴梁路。今爲鎮，屬河南開封市。

〔三〕德喜：謝伯理之父，未出仕，以其子伯理有官職而受封。

〔四〕“至正丙申”二句：至正十六年丙申春，張士誠軍攻陷平江。江浙丞相達識帖睦邇兵力不足，請楊完者率其苗軍協助抵禦。松江守軍王與敬部因内亂而叛降張士誠,苗兵突至,遂大肆擄掠燒殺,成一時禍害。詳見南村輟耕録卷八志苗、卷三十松江之變。

〔五〕子夏問孝: 詳見論語爲政。

〔六〕曾子養志: 孟子離婁上:“曾子養曾晢,必有酒肉。將徹,必請所與。問有餘,必曰‘有’。曾晢死,曾元養曾子,必有酒肉。將徹,不請所與。問有餘,曰‘亡矣’。將以復進也,此所謂養口體者也。若曾子,則可謂養志也。”

〔七〕“孟子”四句: 孟子離婁上:“悦親有道: 反身不誠,不悦於親矣。誠身有道: 不明乎善,不誠其身矣。”

〔八〕伯理方仕鄉郡: 其時謝伯理任松江別駕。

〔九〕曰恒曰鼎: 其名當爲謝伯恒、謝伯鼎,皆曾從學於鐵崖。

〔十〕瓢水、風山: 蓋位於謝氏悦親堂周圍。

〔十一〕“同穎”句: 書微子之命:“唐叔得禾,異畝同穎,獻諸天子。”注:“唐叔,成王母弟。食邑内得異禾也……禾各生一壟,而合爲一穗。”按: 同穎并柯,皆爲吉兆。劉宋顔延之三日曲水詩序:“并柯共穗之瑞,史不絶書。”

〔十二〕田氏三荆: 參見鐵崖先生古樂府卷一桓山禽注。

好古齋記〔一〕

鄉友俞瓛仲桓通經術,自命其讀書之堂曰好古,來杭,請記於予。予爲之喟然曰: 古之不諧于今者久矣,孰①以古爲好耶? 三代下,嗜好百出,好酒而鎰以隨〔二〕,好博塞②而牧以亡〔三〕,好勇而舉鼎以絶③臏〔四〕,好獵而隊車以隕首〔五〕,好游而賈害以利〔六〕,好詼諧而售辱以戲〔七〕,好書而污髮以爲顛〔八〕,好畫而竊封以爲神〔九〕,好鍛而倨以取禍〔十〕,好石而拜以取喪〔十一〕,好鶴而乘軒以取滅國〔十二〕。所好不同,而所失亦隨以異。惟好古爲聖賢之學,愈④好愈高,而入於聖人⑤之域,而凡世之所好者,不一足以動其志,此好古效也。

今之人不古好,覆以好古爲野,謏髁無任〔十三〕,慆淫不道〔十四〕,遂⑥至毁綱裂常。自謂行於今者横如也,不知步踦者在户限外。吁,亦足省矣! 蓋孔子嘗曰:“先進於⑦禮樂,野人也〔十五〕。”孔子之時,已待古

爲野,而孔子豈敢以野待古哉！故曰：“我非生而知之者,好古,敏以
求之者也〔十六〕。”仲桓之生,後孔子幾二千年,不溺於三代以下之偏好,
而獨追孔子以爲古者而好焉,非有聖賢之學不能。仲桓今仕矣,任民
社之責矣,以其好古者行於仕也,吾見民之還於古,而毁綱裂常者無
以容於今,孰敢以野議好古之古哉！

　　桓起,謝曰：“謹受教。請書諸齋,以諗夫議古之野者。”至正己亥
冬十月初吉記。

【校】

① 孰：原本作“敦”,據文淵閣四庫全書本改。

② 博塞：原本作“傳篝”,據莊子徑改。參見注釋。

③ 絶：原本作“説”,據史記徑改。參見注釋。

④ 愈：原本作“俞”,據文淵閣四庫全書本改。下同。

⑤ 人：四部叢刊本作“賢”。

⑥ 遂：原本漫漶,文淵閣四庫全書本作“逮”。據四部叢刊本補。

⑦ 於：原本無,據四部叢刊本補。

【箋注】

〔一〕文撰於元至正十九年己亥(一三五九)十月一日,其時鐵崖寓居杭州,數日
　　後即退隱松江。好古齋：俞瓛齋名。俞瓛,字仲桓,號雙林道人,會稽(今
　　浙江紹興)人。通經術。元至正末年出仕於家鄉,“任民社之責”。參見
　　元成廷珪居竹軒詩集卷二題俞仲桓雙林道人卷。

〔二〕好酒而鍤以隨：指晉人劉伶。晉書劉伶傳：“(伶)常乘鹿車,攜一壺酒,使
　　人荷鍤而隨之,謂曰：‘死便埋我。’”

〔三〕好博塞而牧以亡：莊子駢拇：“臧與穀二人相與牧羊,而俱亡其羊。問臧
　　奚事,則挾筴讀書;問穀奚事,則博塞以游。”

〔四〕好勇而舉鼎以絶臏：史記秦本紀：“武王有力,好戲。力士任鄙、烏獲、孟
　　説皆至大官。王與孟説舉鼎,絶臏。”

〔五〕好獵而隊車以隕首：漢書五行志：“齊襄公田于貝丘,見豕。從者曰：‘公
　　子彭生也。’公怒曰：‘射之!’豕人立而啼,公懼,墜車,傷足喪屨……無知
　　帥怨恨之徒攻襄於田所。襄匿其户間,足見於户下。遂殺之。傷足喪屨,
　　卒死於足,虐急之效也。”

〔六〕好游而賈害以利：漢書王吉傳："王好游獵，驅馳國中，動作亡節，吉上疏諫曰：'……大王不好書術而樂逸游，馮式撙銜，馳騁不止，口倦乎叱咤，手苦於箠轡，身勞乎車輿；朝則冒霧露，晝則被塵埃；夏則爲大暑之所暴炙，冬則爲風寒之所匽薄。數以爽脆之玉體犯勤勞之煩毒，非所以全壽命之宗也，又非所以進仁義之隆也。'"

〔七〕好詼諧而售辱以戲：指西漢東方朔、枚皋等。資治通鑑卷十七漢紀九："蜀人司馬相如、平原東方朔、吳人枚皋、濟南終軍等，并在左右……然相如特以辭賦得幸，朔、皋不根持論，好詼諧，上以俳優畜之，雖數賞賜，終不任以事也。"

〔八〕好書而污髮以爲顛：新唐書張旭傳："（旭）嗜酒，每大醉，呼叫狂走，乃下筆。或以頭濡墨而書，既醒自視，以爲神，不可復得也。世呼張顛。"

〔九〕好畫而竊封以爲神：晉書顧愷之傳："愷之嘗以一厨畫糊題其前，寄桓玄，皆其深所珍惜者。玄乃發其厨後，竊取畫，而緘閉如舊以還之，紿云'未開'。愷之見封題如初，但失其畫，直云：'妙畫通靈，變化而去，亦猶人之登仙。'了無怪色。"

〔十〕好鍛而倨以取禍：指嵇康。晉書嵇康傳："初，康居貧，嘗與向秀共鍛於大樹之下，以自贍給。潁川鍾會，貴公子也，精練有才辯，故往造焉。康不爲之禮，而鍛不輟……會以此憾之。及是，言於文帝……帝既昵聽信會，遂并害之。"

〔十一〕好石而拜以取喪：指米芾拜石而失官，不久殞命。參見鐵崖先生詩集癸集題米元章拜石圖。

〔十二〕好鶴而乘軒以取滅國：指衛懿公。參見鐵崖先生古樂府卷七鶴躞躞注。

〔十三〕謏髁：莊子天下："謏髁無任而笑天下之尚賢也。"注："不肯當其任而任夫衆人，衆人各自能，則無爲横復尚賢也。"疏："謏髁，不定貌也。隨物順情，無的任用，物各自得，不尚賢能，故笑之也。"

〔十四〕慆淫：書湯誥："凡我造邦，無從匪彝，無即慆淫。"蔡沈集傳："慆，慢也。慆淫，指逸樂言。"

〔十五〕"先進於禮樂"二句：出自論語先進。

〔十六〕"我非生而知之者"三句：見論語述而。

尚樸齋記[一]

太樸一散，勢不極於文不止也。殷質特尚，猶本乎樸。至周文郁郁[二],吾聖人不能不從時而救弊之僿,則欲從先進之野[三]。至用四代禮樂,則取殷輅[四],亦貴其樸耳。使聖人得位,其不反樸於古,吾不信也。漢大臣師蓋公[五],還治於清净無效,至寧謚三葉①之君,又當率樸爲天下先,幾致刑措。此樸尚之效,不可誣也。

　　維揚周信甫以尚樸名其齋,介松江守顧公謁記於予[六]。予未識周君,而顧公稱周君篤厚古君子,務以一樸存心而待物,又以之佐太尉府[七],收行簡之效。則知周君傷時之僿,欲返治於古,其亦慕聖人,從先進者歟！其亦蓋公之可師於漢大臣者歟！今②天子法漢治文之,太尉菲食惡衣以承③天子之化,周君又以樸尚贊大府之政。一樸之係於天下者大矣,樸名一齋,固不得爲周君私也。故予不辭而爲之記,且俾淞之能詩者,頌之如後云。

【校】

① 葉:四部叢刊本作“業”。疑皆誤,似當作“齊”。參見注釋。

② 今:原本漫漶,文淵閣四庫全書本作“方今”。據四部叢刊本補。

③ 文淵閣四庫全書本“承”字下多一“明”字。

【箋注】

〔一〕文當撰於鐵崖退隱松江之後三、四年間,即元至正十九年(一三五九)冬以後,至正二十三年秋季之前。繫年依據:文中曰周信甫“介松江守顧公謁記”,顧公即松江同知顧逖。至正十九年冬,鐵崖應顧逖之邀,休官退居松江,而顧逖於至正二十三年秋離任,且文中讚美太尉張士誠,必在至正二十三年九月張士誠自立吳王以前。故本文必撰於此數年間。按:鐵崖此文爲頌揚張士誠屬官周信甫而作。周信甫,當指周仁。依據有三:其一,本文稱周信甫爲“篤厚古君子,務以一樸存心而待物”。而周仁乃鐵崖所謂張士誠太尉府“五賢”之一,曾譽爲“廉範乎靡俗,治幾乎循吏”,二人風格相似。參見東維子文集卷八送王公入吳序。其二,周信甫曾與陳基等輔佐張士德,頗得張士德寵信,與周仁經歷相似。參見夷白齋稿卷二十一送周信夫序。其三,至正十九年秋,鐵崖曾賦詩書贈周仁。參見東維子文集卷二十九八月初四日雪坡太守周門柘入雲居山中復度嶺飲於水月尼寺賦詩書似太守及蘇州刺史周義卿。吳王張士誠載記卷三附傳:“周仁,(墨談作周侲。)山陽鐵冶子。吳人呼爲周鐵星。資性深刻,習吏事,與張士德善。任隆平郡太守。士誠欲降元,使者往返迄無就。仁親詣江浙行省,具陳自願休兵息民之意,議始定。朱吳軍圍姑蘇,仁立柵以補城缺。國亡,被俘至金陵。仁以聚斂功官至上卿,長於理財,當時國家律例刑章與田賦制度實仁所編訂也,然不免苛酷。"按:此稱周仁爲"山陽"人,實與本文所謂"維揚"不矛盾,據元史地理志,山陽縣隸屬於揚州路。又,周仁生平資料散見多處,兹綜述如下:周仁,或作周伬,字義卿,或作信甫,或作信夫,維揚人,或稱淮南人、吳陵人、寶應人。曾任張士誠屬下行樞密院斷事官經歷,與陳基等輔佐張士德。至正十八年二月,擢至張士誠太尉府任掾史。後授予大中大夫、平江路總管。至正十九年冬,擢爲江浙行省左右司郎中。元季官至行省參政。吳元年九月,姑蘇城破,被俘至金陵。參見夷白齋稿卷二十一送周信夫序、元季伏莽志卷六逆黨傳周仁、鄭元祐撰題楚州尼真如十三寶記(載僑吳集卷七)、平江路修學記(載同治蘇州府志卷二十五學校)、明太祖實錄卷二十五。按:本文頌揚周仁,而鐵崖對周氏前後褒貶不一,尤其晚年態度大變,曾斥之爲"鐵星"。參見鐵崖先生古樂府補卷六周鐵星。

〔二〕周文郁郁:論語八佾:"子曰:'周監於二代,郁郁乎文哉,吾從周'。"

〔三〕從先進:論語注疏卷十一先進:"子曰:'先進於禮樂,野人也。後進於禮樂,君子也。如用之,則吾從先進。'"注:"孔曰:先進後進,謂仕先後輩也。禮樂因世損益,後進與禮樂俱得時之中,斯君子矣。先進有古風,斯野人也。將移風易俗,歸之淳素。先進猶近古風,故從之。"

〔四〕取殷輅:論語注疏卷十五衛靈公:"顏淵問爲邦,子曰:'行夏之時,乘殷之輅,服周之冕。'"注:"馬曰:'殷車曰大輅。左傳曰大輅越席,昭其儉也。'"

〔五〕漢大臣:此指曹參。參見鐵崖先生古樂府卷八覽古之七注。

〔六〕松江守顧公:指松江府同知顧逖。參見楊鐵崖先生文集全錄卷四哀辭敍。

〔七〕太尉府:指張士誠王府。

虛舟記〔一〕

平原生居九鳳之山〔二〕,以"虛舟"扁其一室。客有過而詰之曰:"聖人取諸渙①,刳木爲舟,以利天下〔三〕。舟,濟世之具也,而子以'虛'名之,亦有説乎?"生曰:"余族居海壖,見風濤②猝作,估③客之舟、兵人漕人之艦,如山如雲,胥溺没於蛟鼉之穴。往者不可返,而來者未已也,嘗作吊溺文哀之。而顧④余之虛舟,孰得而溺乎?"客曰:"子之虛舟,將何載乎? 何適乎?"生曰:"吾舟本虛,復何載? 吾舟本往,復何適?"客訾之曰:"子之舟,殆不如丈尺之朽槎乎! 槎神而能引客道天漢,游牛、斗間〔四〕,而子之舟何以自神乎?"生未知所對。

　　厓山鐵道人在座,莞⑤爾笑曰:"客欲知夫舟之神且大者乎? 天,一氣也;氣,水也;地,一舟也。地至重,而浮游於一氣旋薄之中,未嘗溺也,非至虛而至神,能之乎? 客以丈尺之室視舟,亦隘已。以大地之大視舟,則舟之虛者,六虛無以尚之。若是則果老之舟鐵〔五〕,務相之舟土〔六〕,終⑥南公之舟葉〔七〕,以之稱神者,末矣。"客退往。生出楮筆,請書爲記。

　　生名曠,姓陸氏,雲間人也。鐵道人,泰定間李忠介公榜第二甲進士楊維禎也〔八〕。

【校】

① 涣:原本漫漶,據文淵閣四庫全書本補。
② 風濤:原本作"鳳壽",據傅增湘校勘記改。
③ 估:原本作"佑",徑改。
④ 顧:原本作"願",據傅增湘校勘記改。
⑤ 莞:原本作"隘",據文淵閣四庫全書本改。
⑥ 終:原本作"絡",徑改。參見注釋。

【箋注】

〔一〕文撰於元至正二十年(一三六〇)前後,其時鐵崖退隱松江不久。繫年依據:其一,文中曰在松江陸曠家中做客,可見其時鐵崖寓居松江。其二,文末署名"泰定間李忠介公榜第二甲進士楊維禎"。李忠介公指李黼,至正二十年前後,鐵崖署名常稱自己爲"李忠介公榜進士",數年後則改稱"李忠愍公榜"進士。李黼戰死於至正十二年,忠介蓋其初謚。參見東維子文集卷十六春遠軒記及後注。陸曠,生平見本文。
〔二〕九鳳:蓋指松江九峰。參見鐵崖先生詩集甲集送敏無機歸吳淞注。
〔三〕涣:周易六十四卦之一,巽上坎下,曰"利涉大川,乘木有功也"。
〔四〕"槎神"二句:用乘槎典,參見鐵崖先生古樂府卷三望洞庭注。

〔五〕果老：指張果老。獨醒雜志卷十：“里諺有‘張果老撐鐵船’之語，以爲難遇不復可見也。”

〔六〕務相：南蠻巴氏君王。後漢書南蠻傳：“巴郡南郡蠻，本有五姓：巴氏、樊氏、暉氏、相氏、鄭氏，皆出於武落鍾離山。其山有赤黑二穴，巴氏之子生於赤穴，四姓之子皆生黑穴。未有君長，俱事鬼神。乃共擲劍於石穴，約能中者，奉以爲君。巴氏子務相乃獨中之，衆皆歎。又令各乘土船，約能浮者當以爲君。餘姓悉沈，唯務相獨浮。因共立之。”

〔七〕終南公：指終南山仙翁。宋鄧牧洞霄圖志卷六洞晨觀記：“餘杭洞晨觀，蓋洞霄宮流派也。前面玉几，側挾安樂山，苕溪支港環出其後。故爲邑人陳季卿居。傳記所載季卿遇終南山仙翁，以竹葉爲舟者。”

〔八〕李忠介公：指李黼。李黼（一二九七——一三五二）字子威，潁州（今安徽阜陽）人。工部尚書守中之子。初補國子生，泰定四年左榜狀元。至正年間任江州路總管，扼守九江。至正十二年二月甲申日，與其從子秉昭一同戰死。卒年五十六。生平參見元史忠義傳二、元季伏莽志卷三表忠傳以及元詩選辛集周霆震李潯陽死節歌序。按：忠介當爲李黼諡號，然鐵崖於至正二十四年撰文稱之爲李忠愍公，元史本傳又謂李黼諡忠文。據此推斷，蓋李黼初諡忠介，改作忠愍，最終定爲忠文。參見楊鐵崖先生文集全錄卷二綠雲洞志。

五雲窩記〔一〕

雲，天地之靈氣，其興也勃焉，其滅也忽焉。不可以色求，而色之變出焉，或以青，以黃，以赤，以黑；喬以同，以三素，以五采，而名亦隨之變。儒者談五雲，有以望而知帝者之止〔二〕，占而知賢人之居〔三〕，夢而文章之進〔四〕，兆而知名進士之出〔五〕，又托而爲蓬萊仙境之求，而未有命之於居者。

淞之璜溪吕希遠氏，吾以“五雲”名其居，則亦有説。希遠當①客杭，從句曲外史張公游〔六〕，思其親不置，外史爲揭其寓曰“白雲”，取狄公思親意〔七〕。已而歸耕溪上，養母以孝聞，且廬其先墓林薄間。曾見非烟非霧，蕭索輪囷，具五采以燭人者。吁，此五雲之瑞，孝感之應也。吾得諸璜父兄之言，易其名爲“五雲”。因悼兵革以來，衣冠之士

逃離解散,至有遺失親而獨忍生存者。若希遠氏之不忍一日去其親,
奉驪菽水於流離顛沛之秋,此非人瑞而何? 有人瑞而後有天瑞。或
者徒以占俟夢寐,賦詠山坅^②,求生之五雲者,未爲知生者也。余故著
其説,録諸窩爲記。

【校】

① 當: 似應作"嘗"。
② 坅: 原本作"幼",據文淵閣四庫全書本改。

【箋注】

〔一〕文當撰於鐵崖歸隱松江之後,松江歸屬朱元璋政權以前,即元至正二十年
　　(一三六〇)至二十六年之間。繫年依據: 當時鐵崖寓居松江,且爲"兵革
　　以來,衣冠之士逃離解散"時期。五雲窩,吕希遠宅。吕希遠: 希遠當爲
　　其字,疑其名爲志道,松江璜溪(今屬上海市金山區吕巷鎮)人。鐵崖東
　　家吕良佐侄子。曾師從道士張雨,至正後期返鄉。參見鐵崖先生詩集甲
　　集五月五日潤齋吕老仙開宴於樂餘閒堂注。
〔二〕望而知帝者之止: 漢高祖事。參見鐵崖賦稿卷上未央宮賦注。
〔三〕占而知賢人之居: 指陳摶。宋史隱逸傳: "端拱初,(陳摶)忽謂弟子賈德
　　昇曰: '汝可於張超谷鑿石爲室,吾將憩焉。'二年秋七月,石室成。摶手書
　　數百言爲表……如期而卒。經七日支體猶温。有五色雲蔽塞洞口,彌月
　　不散。"
〔四〕夢而文章進: 意爲夢得五色雲而精於撰文。宋阮閲撰增修詩話總龜卷六
　　評論門中: "張迴少年苦吟,未有所得。夢五色雲自天而下,取一團吞之,
　　遂精雅道。"
〔五〕兆而知名進士之出: 韓琦故事。宋史韓琦傳: "琦風骨秀異,弱冠舉進士,
　　名在第二。方唱名,太史奏: '日下五色雲見。'左右皆賀。"
〔六〕句曲外史張公: 即張雨。參見鐵崖先生古樂府卷二奔月扈歌注。
〔七〕狄公思親: 狄仁傑事。參見印溪草堂鈔本東維子集王子困孤雲注。

文^①竹軒記^{〔一〕}

潼川文同氏自館職乞外調^{〔二〕},屢歷郡守,有治狀。官至司封員

外,充秘閣校理。其高情曠度,類神仙中②人,文章有丹淵集,不在一時疇董下。顧以畫竹知名,伎掩其人,君子所惜。在洋州時〔三〕,搆亭篔簹谷爲游息地,故於畫竹益工。時作古槎老梣,淡墨出神,謂之墨林,蓋非丹青家所能匹也。評其妙者,謂其胸有奇氣壓十萬丈夫者〔四〕,非繆。

雲間義門夏士良氏,博雅好古,蓄書萬卷外,古名流墨迹③,舍④金購之弗吝。於文人才士之圖寫,尤所珍重。居之西偏有蕭客軒,名之曰"文竹"者,有文同氏墨君之手澤也。士良蓄畫凡百十家,而獨名"文竹"於軒,非文氏之墨君可貴,三百年之清風雅節可詠耳!雖然,篔簹谷多偃竹,同特愛之,嘗畫以遺子瞻氏,曰偃竹數尺而有萬尺之勢,其詩曰"待將一段鵝溪絹,掃取寒梢⑤萬尺長〔五〕"。偃竹有不可偃者如此。與可以之,子瞻以之。士良之所藏,作於篔簹谷不篔簹谷不問,顧亦問咫⑥尺之素,有萬⑦尺之勢不可偃者何如耳!士良仕志⑧未伸,必有得於此者。不然,軒之外林林然麻生而棘立者,皆篔簹物耳,何獨以畫爲貴哉?抑吾聞夏先人止知公有義荆圖〔六〕,兵餘,圖與堂俱燬。士良更命荆以侶竹,則又弗隊其先緒云。

【校】

① 文:原本作"大",據四部叢刊本、楊鐵崖先生文集全録本、鐵崖漫稿本改。下同。按:此軒以貯藏文同墨竹而聞名,故"大"必誤。

② 中:原本無,據楊鐵崖先生文集全録本、鐵崖漫稿本增補。

③ 墨迹:原本作"迹墨",據楊鐵崖先生文集全録本、文淵閣四庫全書本改。

④ 舍:原本作"含",據楊鐵崖先生文集全録本、文淵閣四庫全書本改。

⑤ 梢:原本作"稍",據四部叢刊本、楊鐵崖先生文集全録本、文淵閣四庫全書本改。

⑥ 咫:原本作"只",據楊鐵崖先生文集全録本改。

⑦ 萬:原本作"方",據楊鐵崖先生文集全録本、鐵崖漫稿本、文淵閣四庫全書本改。

⑧ 志:原本作"忠",據楊鐵崖先生文集全録本、鐵崖漫稿本、文淵閣四庫全書本改。

【箋注】

〔一〕文當撰於鐵崖退隱松江時期,即元至正二十年(一三六〇)之後。繫年依據：文中曰“兵餘，圖與堂俱燬”，可見其時松江已遭遇兵火，必爲鐵崖重返松江之後。文竹軒：構者夏文彦，字士良，生平見東維子文集卷十一圖繪寶鑑序。

〔二〕潼川：即梓州。文同：字與可，梓州（今四川三台）人。工詩文，書畫尤精。著有丹淵集。生平事迹見宋史文苑傳。

〔三〕在洋州時：指文同任洋州知州時。洋州，即洋縣，位於今陝西西南。

〔四〕十萬丈夫：指叢竹。唐杜牧撰樊川文集卷一晚晴賦：“竹林外裹兮，十萬丈夫。”

〔五〕“嘗畫以遺”四句：子瞻，蘇軾。按：蘇軾文與可畫篔簹谷偃竹記：“余爲徐州，與可以書遺余曰：‘近語士大夫，吾墨竹一派近在彭城，可往求之。轇材當萃於子矣。’書尾復寫一詩，其略曰：‘擬將一段鵝溪絹，掃取寒梢萬尺長。’予謂與可：‘竹長萬尺，當用絹二佰五十匹。知公倦於筆硯，願得此絹而已。’……因以所畫篔簹谷偃竹遺予，曰：‘此竹數尺耳，而有萬尺之勢。’”

〔六〕止知公：當爲夏文彦之父，止知蓋其別號。其父又號愛閒，隱居在鄉，人稱愛閒處士。參見鐵崖撰圖繪寶鑑序（載佚文編）。

五檜堂記〔一〕

至正庚子孟夏某日，予過黄龍浦〔二〕，游海上，觀三神山，經南、北蔡〔三〕。蔡之北者，有大族婿者徐亨，肅予至其家。入其門，則深庭別院，舉木天也已。乃覽其園池之勝，林木蔚翁，水石聯絡。遂燕一堂，亨拜手請曰：“堂未名，惟先生名。”

予視堂陰五檜者，東軒老人之手植也〔四〕，因名之曰五檜堂。又請曰：“堂既名，不可無志，惟先生是志①。”

吾聞東軒老人好修潔，精於物理，加之該博文史，折節待海內士，必延飲五檜下。人問檜，則曰：“槐之三，顯之必於天者〔五〕。松之七，隱之必於人者〔六〕。柳之五〔七〕，又出天人隱②顯之外，而以綱常之隆替爲進退者。吾之進退，未嘗必於天，亦未嘗必於人③也。天之所以與我者，果不可必乎？脱吾④乘化而盡，五檜者鬱然於庭，使後之人見之，豈不求之於五檜七松之間耶！”是則予之命堂以五檜，或者東軒之人其有待余於冥數者。

　　是檜也,歷已百年,皆森聳奇崛,鬣而鱗,癭而輪,八臂九首而龍其身。節甚貞,氣甚清,掌月而珠擎,竅風而籟聲,饕雪而鐵撑,于以胚松柏之雲仍,而要歲寒之盟者乎!

　　言未畢,亨起,謝曰:"是可與五檜寫神已,請書爲記。"

【校】

① 志:原本漫漶,文淵閣四庫全書本作"措"。據四部叢刊本補。

② 隱:原本無,據文淵閣四庫全書本補。

③ 人:原本作"天",據文淵閣四庫全書本改。

④ 吾:原本作"五",據文淵閣四庫全書本改。

【箋注】

〔一〕文撰於元至正二十年庚子(一三六〇)四月,當時鐵崖攜家退隱松江已有半年。五檜堂主人徐亨,生平僅見本文。

〔二〕黃龍浦:即今上海黃浦江。

〔三〕北蔡:嘉慶松江府志卷二疆域志:"北蔡在(南匯)二十保。舊有大姓蔡,分居成聚,如婁之南北錢云。"按:北蔡位於今上海浦東新區。

〔四〕東軒老人:世居松江北蔡(今屬上海浦東)。當爲徐亨丈人,東軒老人蓋其別號。

〔五〕"槐之三"二句:指三槐王氏。參見本卷槐陰亭記注。

〔六〕"松之七"二句:指唐人鄭薰。新唐書鄭薰傳:"薰端勁,再知禮部舉,引寒俊,士類多之。既老,號所居爲'隱巖';蒔松於廷,號'七松處士'云。"

〔七〕柳之五:指五柳先生陶淵明。

卷七十　東維子文集卷十六

養浩齋記[一]

　　淞之南，陸氏代爲衣冠望族。有佳公子彥章者，生而有氣節，讀孟子書，至養氣之論[二]，深有概於心，輒自命其齋曰養浩。介其友郁彥學來見余璜溪次舍[三]，求一言爲志。予奇其人，而爲之言曰：

　　戰國之士，以氣雄者多矣，而未有言浩然者，獨孟子言之。其氣即天地之氣也，善養之則吾之氣也，至大至剛，可塞乎天地。其視北宮、孟舍之役於氣者[四]，僅匹夫之雄耳。孟子之言是氣也，人皆以爲夸。千有餘年，子蘇子者始信之[五]，其曰“是氣也，卒然遇之，王公失其貴，晉、楚失其富，良、平失其智[六]，賁、育失其勇[七]，儀、秦失其辯[八]”，“蓋有不依形而立，不恃力而行”，可以參天地而關盛衰者。吁，此聖人之能事也。閱三百餘年，人又疑其言之夸，而彥章氏者①信之。彥章不敢暴是氣，而又得其氣養也，故能處富貴而不淫，居患難而不懾。則彥章氏之用是氣，又豈北宮、孟舍之雄匹夫者可以同日論哉！養之充也，無一日之餒也，雖聖人之能事不爲難。

　　彥章聞予言而喜，曰：“大吾養浩者，先生之言也。請書諸室爲記，且有以告人之疑吾夸者云。”

【校】

① 者：四部叢刊本作“首”。

【箋注】

〔一〕文當撰於元至正九、十年間，其時鐵崖在松江璜溪呂氏塾授學。繫年依
　　　據：鐵崖其時寓所爲“璜溪次舍”，且文中所述爲太平年間士子之志向。
　　　養浩齋主人陸彥章，松江人。當爲鐵崖弟子，至正年間從學於鐵崖。
〔二〕“讀孟子書”二句：參見東維子文集卷十三守約齋記注。
〔三〕郁彥學：疑其名聚，或亦爲鐵崖弟子，其家有學聚齋。參見東維子文集卷

二十九聯句書桂隱主人齋壁。璜溪次舍：當時鐵崖及其家人住所，蓋其東家呂良佐安置。嘉慶松江府志卷二疆域志：“呂巷，在（金山縣）四保，一名璜溪。元時呂良佐創應奎文會，招來儒彥；子恂從楊維禎游，有鐵硯齋記。地以‘呂’名。有太平寺、松風閣、玉秀橋、心庵諸勝，皆宋時建。”

〔四〕北宮、孟舍：指北宮黝、孟施舍，皆先秦勇士。詳見孟子公孫丑上。

〔五〕子蘇子：蘇軾。下引蘇文見潮州韓文公廟碑。

〔六〕良、平：指張良、陳平，西漢初年大臣。

〔七〕賁、育：指孟賁、夏育，皆衛國勇士。參見史記范雎列傳。

〔八〕儀、秦：張儀、蘇秦，戰國時縱橫家。

書聲齋記〔一〕

余客淞，游亭林〔二〕，尋所謂野王讀書臺者〔三〕，已夷爲隧隴，化爲草棘。去臺之西北十里近，爲璜溪。溪有義門夏士文氏，歲聘文行之儒爲子弟師。六籍子史，下及百氏之書，凡數千卷，皆架插下頓，爲廡西之齋。童冠雁次，晝夜諷誦，聲徹行路。因名其齋曰“書聲”，而求志於予。

余聞魯恭王入孔子宮，聞金石聲而宮不壞〔四〕。漢高皇過魯，聞弦歌不廢而邑不殘〔五〕。書之聲感人也如此。孔子之武城，莞爾弦歌，亦爲子游喜〔六〕。夏氏書聲聞於承平之日，未爲奇也，而聞於兵戈格鬭之頃，非一家之曲阜歟〔七〕！吾爲吾道在東之①廢慶已。雖然，士之讀書也，內以治身，外以治人。沈潛其中之所得，以究觀道德之微，性命之懿②，以極夫禮樂教化之著，胥於書乎出也，豈直務聲而已哉！不然，誦習之日積，極詠之弗知，則其書之有聲，聲於出口入耳者，雖工於洛生之詠〔八〕，吾無取乎爾矣。士文尚以余告勉諸弟子師，師以余言勉諸弟子云。至正庚子秋八月初吉記。

【校】

① 疑“之”字下脱字，似當補“不”或“未”。

② 懿：四部叢刊本作“諮”，誤。

【箋注】

〔一〕文撰於元至正二十年庚子(一三六〇)八月一日,當時鐵崖退隱松江未滿一年。書聲齋:夏尚宗齋名。尚宗字土文,生平見東維子文集卷十二華亭胥浦義冢記注。

〔二〕亭林:嘉慶松江府志卷二疆域志:"亭林,在(華亭縣)十保,府東南三十六里。原名顧亭林。梁顧野王故居在焉,鎮之寶雲寺是也。有讀書堆、東庵、烽堆樓基諸迹。"

〔三〕野王:即顧野王,字希馮,吳郡人。南朝梁、陳年間在世。九歲能屬文,著述頗丰。陳書有傳。

〔四〕魯恭王:漢景帝子劉餘。漢書景十三王傳:"恭王初好治宮室,壞孔子舊宅以廣其宫。聞鐘磬琴瑟之聲,遂不敢復壞。於其壁中得古文經傳。"

〔五〕"漢高皇"二句:參見東維子文集卷二送魏生德剛序注。

〔六〕子游:即言偃,孔子弟子。曾任魯國武城守令。論語陽貨:"子之武城,聞弦歌之聲。夫子莞爾而笑,曰:'割雞焉用牛刀?'子游對曰:'昔者偃也聞諸夫子,曰君子學道則愛人,小人學道則易使也。'子曰:'二三子,偃之言是也。前言戲之耳。'"

〔七〕曲阜:孔子故里,今屬山東。

〔八〕洛生之詠:又稱洛下書生詠。此泛指誦讀。晉書謝安傳:"安本能爲洛下書生詠,有鼻疾,故其音濁。名流愛其詠而弗能及,或手掩鼻以斅之。"

著存精舍記[一]

璜溪吕孝子曰恒,曰恂,葬其考君來德公於溧①水之原[二],治冢域如法。冢前甃文石壇及隧道,樹以椿桂栝柏,又并冢爲精舍,以奉春秋祭②祀。祀必親眂③牲器,不以屬人。俯仰齋慄,如親見其先之享④者。雖歲月去遠[三],爲之悲慕不已,名其舍曰"著存"。參政周公琦爲篆諸扁[四],以記請於余。

世疑⑤墓祭非古,然孔子冢孔里,魯子孫世祠其冢不廢,則墓祭有其所祖矣。自廟制廢而上冢之禮重乎!漢人史傳書以爲孝子之榮。近代公⑥卿大夫官儗王者,而祖禰神明之舍則漫不加意,至有即宦土以爲家⑦,遂棄墳墓千里外,過家上冢者,亦罕矣。淫昏之鬼⑧,則祀之如其先,不以爲怪。烏乎,俗之壞而士大夫之不振若是,幸有神位主於冢舍,時節不失其所祀,援⑨古祭義,致愛致愨,以存著其所不忘如吕氏兄弟者,蓋寡矣。又懼其易世而著存者替,籍恒産⑩以垂其規於遠久,俾勿壞,豈非世教民彝之在猶有所繫哉!是宜⑪"著存"之可書,而吕氏兄弟之事可爲録也。

予方提學儒⑫司〔五〕,禮之廢者,將與士大夫講行之。吕氏兄弟嘗從予學者也,尚以予言力返廟制,使四方觀禮者於吕氏乎取法,而士大夫之復禮者自吕氏始,豈非予之所望乎!至正庚子正月八日記。

【校】

① 溧:原本作"漂",據鐵崖先生集本、四部叢刊本改。

② 祭:鐵崖先生集本作"之"。

③ 昒:鐵崖先生集本作"眛",二字通。

④ 享:原本作"亨",據鐵崖先生集本、四部叢刊本改。

⑤ 疑:原本作"宜",據鐵崖先生集本改。

⑥ 公:原本無,據鐵崖先生集本增補。

⑦ 土:原本作"上";家:鐵崖先生集本作"冢"。

⑧ 鬼:原本作"思",據鐵崖先生集本、文淵閣四庫全書本改。

⑨ 援:文淵閣四庫全書本作"授"。

⑩ 産:文淵閣四庫全書本作"彦"。

⑪ 宜:原本作"冥",據鐵崖先生集本、文淵閣四庫全書本改。

⑫ 儒:原本作"傳",據鐵崖先生集本改。

【箋注】

〔一〕文撰於元至正二十年庚子(一三六〇)正月八日。其時鐵崖攜妻兒自杭州退隱松江已有三月,受聘於松江府學。著存精舍:吕良佐冢舍,其子吕恒、吕恂兄弟修建,爲吕氏祭祖場所。著存,語出禮記。禮記祭義:"是故先王之孝也,色不忘乎目,聲不絶乎耳,心志嗜欲不忘乎心。致愛則存,致愨則著。著存不忘乎心,夫安得不敬乎?"吕恒,吕良佐長子,鐵崖弟子。參見東維子文集卷十七賓月軒記。吕恂,吕恒弟,亦爲鐵崖弟子。參見東維子文集卷十四内觀齋記。

〔二〕來德公：指吕良佐。吕良佐於至正九、十年間聘鐵崖來松江授學，并主辦應奎文會。溧水之原：鐵崖又曾稱之爲“瀆之北原”。可見所謂“溧水”，實位於松江。參見東維子文集卷二十四故義士吕公墓志銘。

〔三〕歲月去遠：其時距離吕良佐下葬之日，實僅三月。吕良佐卒於至正十九年，當年十月二日（辛酉）落葬。參見東維子文集卷二十四故義士吕公墓志銘。

〔四〕參政周公琦：指江浙行省參知政事周伯琦。參見東維子文集卷三送團結官劉理問序注。

〔五〕予方提學儒司：鐵崖其時被授予江西等處儒學提舉一職，然江西戰亂，實未上任。

西雲樓記①〔一〕

雲間李氏以“西雲”名其讀書樓，求志於余。余曰：“爾家騎鯨公夢長庚而生〔二〕。長庚，西方白虎七宿也，故名白，字太白。太白，以星言，今不以星言白而以②雲言，何也？則亦有説。在易之小畜，曰‘密雲不雨，自我西郊’。彖曰：‘密雲不雨，尚往也。自我西郊，施未行也。’雲之積，不厚不足以澤物，小畜爲卦，以風行天上。一陰亢五陽，所畜既寡，施何自而行也邪？西郊之雲，施雖未及於物，尚往而不可止也。故上九曰：‘既雨既處，尚德載。’物德積而施行，如‘上九’之積厚而雨降，事業蓋未易量也。

抑予於天人之事有感於西雲者。西雲，儒而通天文學者也。今太白食昴，西方事也〔三〕。天狼獨步〔四〕，東南白虎伏而不動；九斿掩旗〔五〕，七將歛手〔六〕；縣弧服矢，不敢東向而射者，十年于③兹矣。妖氛奪奎、璧〔七〕，熒惑守井、鬼〔八〕，太陰宿室畢之墟，太陽食己未之月④，亦西方事也。下民所不忍仰际西雲，計何出？”

撫髀嘆曰：“願以先王之學，上從六龍以飛，庶有以霈洗天之澍於東南也〔九〕。先生姑俟之。”至正庚子立春日戊戌記。

【校】

① 記：鐵崖先生集本作“志”。

② 今不以星言白而以：原本作“今不以星而”，據鐵崖先生集本改補。

③ 于：原本作“予”，據鐵崖先生集本、文淵閣四庫全書本改。

④ 月：鐵崖先生集本作“日”。

【箋注】

〔一〕文撰於元至正二十年庚子（一三六〇）立春日，即正月十日（戊戌），當時鐵崖退居松江三月有餘。西雲樓主李氏，其名不詳，松江人。

〔二〕騎鯨公：指李白。俗傳李白醉騎鯨魚，溺死潯陽。參見杜詩詳注卷一送孔巢父謝病歸游江東兼呈李白。詩疑辨證卷四啟明長庚：“太白晨見東方，爲啟明；昏見西方，爲長庚。又，李白之母夢長庚而生白，遂名白，而字太白。”

〔三〕“太白食昴”二句：史記卷八十三魯仲連鄒陽列傳：“衛先生爲秦畫長平之事，太白蝕昴，而昭王疑之。”如淳注云：“太白主西方，秦在西，敗趙之兆也。”

〔四〕天狼：史記天官書：“參爲白虎……其東有大星曰狼。狼角變色，多盜賊。”正義：“狼一星，參東南。狼爲野將，主侵掠。”

〔五〕九斿：史記天官書：“（參）西有句曲九星，三處羅：一曰天旗，二曰天苑，三曰九游。”正義：“九游九星，在玉井西南，天子之兵旗，所以導軍進退，亦領州列邦。并不欲搖動，搖動則九州分散，人民失業，信命一不通，於中國憂。以金、火守之，亂起也。”

〔六〕七將：晉書天文志上：“參，白獸之體。其中三星橫列，三將也。東北曰左肩，主左將；西北曰右肩，主右將；東南曰左足，主後將軍；西南曰右足，主偏將軍……七將皆明大，天下兵精也……參星失色，軍散敗。”

〔七〕奎璧：古微書卷二尚書考靈曜：“奎、璧、角、軫，則天地之門戶也。”

〔八〕井鬼：元陳師凱書蔡氏傳旁通卷二禹貢：“井、鬼，秦之分野，雍州。”

〔九〕“上從”二句：易乾：“時乘六龍，以御天也。雲行雨施，天下平也。”

野亭記〔一〕 有詩

雲間沈鉉氏，世家爲郊關之外，其聚爲溪之上，皆壤垠之野。於先廬東介披蓁薉，蒔花竹，築亭四楹。中置文竹榻、白木几，筆牀茶竈，棋枰書庋，雜聚其次。時與一二同志友觴詠其中，顏其亭曰“野”。

集賢趙公雍爲作篆書①之〔二〕,又介吾友陳柏謁余七者寮求記〔三〕。

予謂:"野非直郊外名也,聖人嘗以比仲由〔四〕,而又欲從先進之野〔五〕。蓋野而畔教,聖人所嫌;野而勝華,聖人所取。鉉之野何居?"鉉曰:"某之野,郊外之名耳,烏知聖人之去取哉! 雖然,聖人論野爲質,鉉將論野於趣乎! 趣乎,非樂處於壙垠者能知乎! 唐丞相裴公嘗堂於午橋,而名'野'矣〔六〕。是厭政於朝,思野於野,豈真知野之趣哉! 知野之趣,莫孟真曜氏〔七〕、魏仲先氏若也〔八〕。鉉不敏,將尚友於孟、魏氏云。"予韙其言,又重柏之請,録諸亭爲記。繫之詩曰:

孟郊得野趣,野有真曜廬。魏先得野趣,野有野堂居〔九〕。雲間沈東氏,草衣傲②野夫。東屯田可種,西壤水可漁。門無索租吏,家有種樹書。野亭開草樹,野具集朋徒。試問朝市宅,傳舍不須臾。朝恩來③鐵券,莫死已屬鏤。始知野亭野,廟堂如不如?

【校】

① 書:原本作"善",據四部叢刊本改。

② 傲:原本無,據文淵閣四庫全書本補。

③ 恩來:四部叢刊本作"懸奉"。

【箋注】

〔一〕文撰於鐵崖退隱松江前期,即元至正二十年(一三六〇)之後不久。繫年依據:其一,文中曰鐵崖其時寓居七者寮,七者寮齋名乃鐵崖至正十三年之後採用。其二,鐵崖於杭州、嘉興、松江等地多處寓所,皆曾取名七者寮。貝瓊小蓬臺志曰:"鐵崖楊先生族出會稽,而老於淞上,即七者寮之東偏茸樓一所,顏曰小蓬臺。"(載清江貝先生文集卷五。)本文既撰於松江七者寮,必爲鐵崖退隱之後;而七者寮之齋名,至正末年不見採用。野亭:主人沈鉉。嘉慶松江府志卷五十古今人傳二:"沈鉉,字文舉,華亭人。隱居泖濱,筑室曰野亭。楊維禎爲之記,倪瓚、高啟皆有詩。子復吉,通儒書,精藝術,游於中都。作植芳堂,天台王璞、四明鄭真記之。"按:沈鉉子復吉從學於鐵崖,鐵崖亦曾爲撰植芳堂記,參見本書佚文編。又,吳興藝文補卷五十四張憲吳興才人歌詩序,曰"野亭主人沈文舉求余賦吳興才人歌",知本文所謂"雲間沈鉉",即吳興沈文舉。蓋沈鉉原籍爲吳興。沈文舉爲倪瓚好友,二人唱和頗多。又,沈鉉有平林遠山圖傳世,藏於故宮博物院,畫面右上方有趙衷題詩:"沈鉉平生學大癡,詭毫怪筆寫幽奇。何須紙上求形似,到處雲山是我師。"

〔二〕趙雍:元詩選初集趙待制雍:"雍字仲穆,孟頫仲子。夙慧,有父風。以蔭守昌國、海寧二州,歷官翰林院待制。"又,歷代畫史匯傳卷四十七趙雍:"……官至集賢待制、同知湖州路總官府事。山水師董源,尤善人馬竹石。工真行草篆,法二李而清勁有餘。至元己丑生。(元史孟頫傳、圖繪寶鑑、書史會要。)按:疑年錄考松雪集,大德甲辰雍年十六,推之當生至元己丑(一二八九)也。"按:今人孫國彬趙雍生年考訂及其他一文,謂趙雍生年爲一二九〇年(載新美術一九八九年第三期)。有畫作多幅傳世。著述有趙待制遺稿一卷,或疑爲後人僞託。

〔三〕陳柏:不詳。元季有號雲嶠者陳柏,未知是否此人。南村輟耕錄卷二十四陳公子:"陳雲嶠柏,泗州人。性豪宕結客。其祖平章,故宋制置,即龍麟洲題琵琶亭以譏之者。凡積金七屋,不數年散盡。嘗爲侍儀舍人,館閣諸老、朝省名公,莫不折輩行與交,咸稱之曰'公子'。其妻,鐵太保女也。恃富貴近戚,偶以一言驕之,遂終身不見……年逾六十,不得志而死。其畢命時作偈云:'前身本是泗州僧。'"

〔四〕仲由:字子路,孔子弟子。論語子路:"子路曰:'衛君待子而爲政,子將奚先?'子曰:'必也正名乎!'子路曰:'有是哉,子之迂也。奚其正?'子曰:'野哉,由也。'"

〔五〕欲從先進之野:孔子語。參見東維子文集卷十五尚樸齋記。

〔六〕唐丞相裴公:指裴度。舊唐書裴度傳:"(裴度)於午橋創別墅,花木萬株。中起涼臺暑館,名曰綠野堂。"

〔七〕孟真曜:唐詩人孟郊。真曜乃孟郊謚號。

〔八〕魏仲先:附詩中簡稱魏先,即北宋詩人魏野,其字仲先。

〔九〕野有野堂居:謂魏野隱居郊外。文獻通考經籍考卷七十一魏仲先草堂集二卷:"晁氏曰:魏野字仲先,陝州人。志清逸,以吟詠自娛。忘懷榮利,隱於陝之東郊,手植竹木,繞以流泉,鑿土裒丈,曰樂天洞。"

野政堂記〔一〕

淞張中氏,海道相門參政公之三葉孫,學優而不仕,自號一村,又顏其所居堂曰"野政"。予過淞,中有請曰:"唐陳弘嗣嘗歎漢王丹之化行農野[二],舉聖人之言曰:'是亦爲政,奚其爲爲政[三]。'弘嗣隱居武山,歲辟良田,時乘平肩輿訪田更①,餉田畯。白露時降,新穀既登,則崇禮教,親九族,驩鄉黨。鄉黨有媮衣苟食,佩刀劍,從事乎椎②埋肱篋者[四],皆恥而弗爲。弘嗣氏之化,蓋亦不小於丹矣。予切③慕之,故於耕舍扁野政,幸先生有以言之。"

予聞中父仲甫公能以孝友理家[五],而中有克以野政相之。君子之談政者,豈必被三公服,坐政事堂,發號施令然後爲政乎? 政之出於野者,覆優於彼。彼之失者失官④。失官而失士⑤,失士而失民,遂至於失其身於無葬地⑥也。而中之優者,無間於昆弟之言,無遺於宗族鄉黨之譽,委貱於後之嗣,而益光於前聞人。潔⑦諸執政之失者,其相越豈不萬萬乎! 陳子昂推弘嗣於龐德公、鄭子真之流[六],爲作者五人之列,若中者,吾又將六⑧之於五人者,非當歟!

中謝曰:"吾志弘嗣,敢望龐、鄭? 請書諸舍以警云。"至正二十年二月初吉記。

【校】

① 輿:原本作"轝",據鐵崖先生集本改。更:鐵崖先生集本作"叟"。
② 椎:鐵崖先生集本作"推",誤。
③ 切:鐵崖先生集本作"竊"。
④ 彼:原本無,據鐵崖先生集本增補。之失者失官:鐵崖先生集本作"失之者失官",文淵閣四庫全書本作"之失於官者"。
⑤ 士:鐵崖先生集本作"仕"。下同。
⑥ 失其身於無葬地:原本作"失身其於無葬地",據鐵崖先生集本改。
⑦ 潔:文淵閣四庫全書本作"絜"。
⑧ 六:原本作"間",據鐵崖先生集本改。

【箋注】

[一] 文撰於元至正二十年(一三六〇)二月一日,當時鐵崖退隱松江未滿四月。
野政堂:主人張中,一名守中,字子正,或作子政,自號一村,松江人。世家子弟,家居城東,袁凱詩云:"憶昔東城飲春酒,君家林木含春暉。"讀書學古,學優而不仕。畫山水,師黃公望。參見圖繪寶鑒卷五元、梧溪集卷四鵲狐答一村張子政窮寒答天變之作、光緒重修華亭縣志卷十四人物列傳。

〔二〕<u>王丹</u>：<u>東漢</u>人。事迹詳見<u>後漢書王丹傳</u>。<u>陳嗣</u>：字<u>弘嗣</u>，<u>初唐</u>人。其先<u>陳</u>
　　<u>國</u>人，後徙居<u>涪南武東山</u>。<u>陳子昂</u>述其生平事迹頗詳，所撰<u>梓州射洪縣武</u>
　　<u>東山故居士陳君碑</u>有云：“昔<u>襄陽</u>有<u>龐德公</u>，<u>谷口</u>有<u>鄭子真</u>，<u>東海王霸</u>，<u>西</u>
　　<u>山吕才</u>，皆避世之人，養德退耕以求志，軒冕不可得而羈，憂患不可得而
　　累，逮於我君，作者五人矣。”（載<u>陳伯玉文集</u>卷五。）

〔三〕“是亦爲政”二句：出自<u>論語爲政</u>。

〔四〕椎埋：盜墓。胏篋：盜竊。

〔五〕<u>仲甫</u>：<u>張中父</u>。<u>仲甫</u>當爲其字，其名不詳。既曰“能以孝友理家”，當未
　　出仕。

〔六〕<u>龐德公</u>：<u>漢</u>末隱居<u>鹿門山</u>，又稱<u>鹿門子</u>。參見<u>後漢書龐公傳</u>。<u>鄭子真</u>：名
　　<u>樸</u>，<u>西漢</u>高士。躬耕<u>谷口</u>而名震京師。參見<u>漢書王貢兩龔鮑傳顔師古</u>注。

尚志齋記〔一〕

　　<u>孟子</u>曰：“志者，氣之帥也〔二〕。”氣有倡狂暴悖，人不得而制者，唯
志足以制之。其闒茸①衰退，不能自立者，亦唯志足以率之。故又曰：
士尚志〔三〕。士而不尚志，其不爲猖狂暴悖載而遷、闒茸衰退靡而没
者，幾希矣。訓詁者曰：“尚”如尚服尚車之尚，蓋尊而主之之詞也。
然人之志有不一也，論者以志道德賢人之志，上也；志功名壯士之志，
次也；志貴富鄙夫之志，其下也。然則志貴於尚，而志不可以卑之而
下也。夫多岐百出而南車壹〔四〕，志之趨也；萬物俱流而金石獨止，志
之定也。志失其趨，何以尚爲？ 不失其趨，然而弗底於定，又何以
尚爲！
　　吾②北門之外，有青年而好學者，曰<u>施用和</u>。生長市闤，不與其習
俱，而獨從儒先生游，博習文藝，修省履行，且以“尚志”名其讀書之
齋。予嘗領客邸齋所，市聲在門，市言在肆，而<u>用和</u>秉志弗遷，修習於
其齋者，自如也。非其志之不失其趨而底於其定者哉！ 吾知<u>用和</u>之
克尚志不卑而下也信矣，第未知賢人壯士之所決何如耳。<u>用和</u>曰：
“功名時來則應之，人無予，我無取也。道德者，聖人之能事，吾所爲
志之始而終焉者也。”吾爲之交手在額，曰：“懋哉③，<u>用和</u>！ 推是志以
往，然而不入於聖賢之域，則吾不知也。”<u>用和</u>出紙，求識齋，遂書爲

記。復繫之辭曰：

氣易我移，匪志曷持？道難我至④，匪志曷之？既持其移，卒造其至，尚其有大於斯者乎！

【校】

① 瘵：文淵閣四庫全書本作"冗"。下同。
② 吾：疑當作"吳"，指姑蘇。按：下文"市聲在門，市言在肆"等等，即指其居於市鎮之中。
③ 哉：原本作"我"，據文淵閣四庫全書本改。
④ 至：原本作"志"，據文淵閣四庫全書本改。

【箋注】

〔一〕本文記述施用和讀書室尚志齋，撰期不詳。按：施用和生平僅見本文，頗疑爲蘇州人。若此推測不誤，則施用和勵志讀書求取功名，以及鐵崖"領客"造訪其宅所，當在元至正七、八年間。即鐵崖寓居姑蘇，授學爲生時期。參見校勘記。
〔二〕"志者"二句：出自孟子公孫丑上。
〔三〕尚志：孟子盡心上："王子墊問曰：'士何事？'孟子曰：'尚志。'曰：'何謂尚志？'曰：'仁義而已矣。'"
〔四〕南車：即指南車。

朱氏德厚庵①記〔一〕

華亭縣朱涇西〔二〕，其里曰大興，有林麓魁然奇、蔚然秀②，北帶乎九山〔三〕，前襟泰川、葺③泖之流，環連璧合，鬱葱之氣不沉不越，而物有鍾美，朱明仲之祖塋寔在焉。自大父誠、父顯忠、祖妣沈氏、妣丘氏、庶母丘④氏，皆合葬其所。明仲既奉大事於其先，復立冢舍若干楹，捐田若干畝，命廬冢者掌之，以供歲祀事。祠曰昭明，昭其物也；齋曰蕭敬，敬其事也。又取⑤聖人"終遠"之訓〔四〕，總命其冢曰德厚。尚書公泰不花氏既爲篆而顏之〔五〕，而又介予韓生奕來謁記〔六〕。

予爲之喟然曰：淞，澤國也⑥，無高陵燥壤爲民之終，（管子："陵爲之終〔七〕。”）往往人終其親，不委於⑦水火，則寄諸浮圖氏之室，雖衣冠仕族或有不免，豈復以先德爲念，而戒⑧懼於其“終”與！於“遠”耶！間有權力家知治丙舍，以爲薄俗之惇，大抵文有餘而敬不足，至閟其珠玉，華其藏，不惟亡益於教（句。），誨人以奸，貽神以戮，吾不知其爲厚也。

明仲⑨，儒者也，知聖之教而奉以罔墜。“終”易忽也，必慎以存焉；“遠”易絕也，必追以屬焉。欲報之德，昊天罔極，吾心以之怵惕，以之焄蒿悽愴者〔八〕，皆天也。吾心之天不没於是，則吾親亦不没於是。朱氏之慎也追也天於己，而持⑩以爲訓也天於人。朱氏之德，吾知其可以惇俗之薄矣。

抑聞朱氏之先，理家以義方爲首，故每焚香禱天：不願子孫富，願讀書而賢。明仲又喜聚書，不遠千里聘碩師教二子，雖盡傾橐金，弗以計，此⑪心可以對其先矣。今老矣，而修德弗倦，德益厚而福澤益潤，朱氏子孫其有名世者作矣，矧其⑫教之力乎！立身揚名，以圖其孝之大者以報德厚，是在朱氏子孫。吾未老，尚及見之，以徵予言之不誣也。己丑春三月記⑬。

【校】

① 庵：楊鐵崖先生文集全録本、鐵崖漫稿本作“精舍”。

② 魁然奇、蔚然秀：原本作“魁然前然秀”，據文淵閣四庫全書本改補。

③ 茸：原本作“茸”，據楊鐵崖先生文集全録本改。

④ 丘：原本作“氏”，據楊鐵崖先生文集全録本改。

⑤ 取：原本作“所”，文淵閣四庫全書本作“奉”，據楊鐵崖先生文集全録本改。

⑥ 澤：原本脱，據楊鐵崖先生文集全録本補。也：文淵閣四庫全書本作“地”。

⑦ 委於：原本作“諸”，據楊鐵崖先生文集全録本改。

⑧ 戒：楊鐵崖先生文集全録本作“或”。

⑨ 明仲：原本作“仲明”，據上文及鐵崖漫稿本改。下同。

⑩ 持：楊鐵崖先生文集全録本作“治”。

⑪ 此：原本作“其”，據楊鐵崖先生文集全録本改。

⑫ 矧其：楊鐵崖先生文集全録本作“詎非”。

⑬ 己丑春三月記：楊鐵崖先生文集全録本無。

【箋注】

〔一〕 文撰於元至正九年己丑（一三四九）三月，即鐵崖受聘於吕良佐，攜妻兒赴松江授學之初。朱氏：朱明仲，生平見本文。

〔二〕 朱涇：嘉慶松江府志卷二疆域志：“朱涇，在（金山縣）四保，府西南三十里，一名珠溪。胥浦鄉之里。元置大盈務於此。”

〔三〕 九山：指松江九峰。參見鐵崖先生詩集甲集送敏無機歸吴淞注。

〔四〕 聖人：此指曾參。論語學而：“曾子曰：‘慎終追遠，民德歸厚矣。’”

〔五〕 泰不花：即泰不華，時任禮部尚書。參見本卷松月軒記。

〔六〕 韓奕：鐵崖弟子。參見東維子文集卷八送韓奕游吴興序。

〔七〕 陵爲之終：參見國語卷六齊語。

〔八〕 焄蒿悽愴：禮記祭義：“其氣發揚於上，爲昭明，焄蒿，悽愴，此百物之精也，神之著也。”鄭玄注：“焄謂香臭也，蒿謂氣蒸出貌也。”

碧雲軒記〔一〕

四明俞南浦氏僑居雲上〔二〕，有才氣而不仕。讀書，彈於一軒①，若②無心於世者，而聞天下之魁人傑士，則不遠道里願納交焉。其所居軒，自號曰碧雲，嘗得待制清碧杜③公所隸古書一紙〔三〕，而又謁予爲之志。

夫雲，天地潤氣也。神龍挾之以飛，不崇朝可以雨天下。然其慘舒消息不恒，肖象而變幻者不一，如輪如騎，如旒如蓋，如流水積石，如④赤鳥白鵠、蒼龍玉虹之狀，萬萬不可究極。自其忽而逝，倏而還，翩然而颺，凝然而止，則人且目之曰“閑雲”。突焉如峰，赤焉如火，費雷霆之軀第，空林樹之傑望，則目之曰“旱⑤雲”。至其引而自高於風塵之表、海島之間，非烟非雲，作爲光怪以動蕩人目，則又曰“卿雲”。綵雲，三素五色之稱；而碧雲者，則五色之一耳。嘻，天下蒼生顒顒焉望之作霖，以甦枯注涸也，其於碧雲也，何有乎何無？ 不知世有長往志，登高眺遠，俯仰今昔，或有凝佇所思於交際契闊之間者，必於碧雲以見之。

南浦氏不仕，而有高世之志，而又喜交天下之魁人傑士。其悠然之意,不在是乎? 抑予⑥聞南浦有道術,二十八宿在胸窟者,時出而化爲麒麟鳳凰、蛟龍貔豽⑦、狐狸烏雉之物,游戲碧雲光怪中。爲人談天下之吉凶悔吝,聞之者推爲神人。則知南浦之碧雲,非塊然天外物也。今之士有食人之食而怠若事,惟便利其私圖,自謂誅堅穴固⑧,而不知天羅及焉。又有奮草萊自粥,出⑨大言,亡治狀,冒儻珪組以充餡具者,其紛起未已。南浦氏見之,其亦俾二十八禽飛而語之於碧雲萬仞之下,其可也。

南浦笑而援琴於軒,曰:"吾目且送吾雲矣⑩〔四〕,焉知許事?"

【校】

① 讀書彈於一軒:四部叢刊本作"讀書彈於軒",文淵閣四庫全書本作"静讀書於一軒"。

② 若:四部叢刊本作"一若"。

③ 杜:原本誤作"松",徑改。參見注釋。

④ 如:原本作"知",據四部叢刊本、文淵閣四庫全書本改。

⑤ 旱:原本作"早",據四部叢刊本、文淵閣四庫全書本改。

⑥ 予:原本作"子",據文淵閣四庫全書本改。

⑦ 豽:四部叢刊本作"貀"。

⑧ 謂:原本作"胃",四部叢刊本作"冒",據文淵閣四庫全書本改。誅堅穴固:文淵閣四庫全書本作"得計"。按:"誅"似當作"株"。

⑨ 自粥:文淵閣四庫全書本無。出:原本無,據文淵閣四庫全書本補。

⑩ 原本"雲矣"下有"焉矣"二字,據文淵閣四庫全書本删。

【箋注】

〔一〕文撰於元至正十二、十三年間。當時鐵崖在杭州任税務官,因公務出差,暫寓湖州。繫年依據:其一:文中言及"待制清碧杜公",杜本被授予翰林待制一職,在至正四年,知本文必撰於此後。其二,文中曰"又有奮草萊自粥……其紛起未已",顯然指紅巾軍已成蔓延之勢,故當在至正十一年劉福通、徐壽輝等起事之後。其三,至正十二年與十三年,鐵崖皆曾因公務暫居湖州,當時請文者不少。碧雲軒主人,俞南浦,生平見本文。

〔二〕雪上:即雪川之上,指湖州(今屬浙江)。

〔三〕清碧杜公:指杜本。杜本號清碧,至正初年,朝廷以翰林待制、奉議大夫兼國史院編修官徵召,中途稱疾固辭。參見東維子文集卷十四生春堂記。

〔四〕"吾目且"句:借用嵇康四言贈兄秀才公穆入軍詩之十四:"目送歸鴻,手揮五弦;俯仰自得,游心太玄。"

松月寮記[一]

去秀之西門外卅①里所[二],其聚爲濮市[三],濮公子仲温氏之世居焉。居有前後邸第,義庄塾以教養里之才子弟。仲温自幼從師學明經,既通尚書,後學易,又從余學春秋。兩充鄉試②,連不售。適又丁時變,遂法③道士冠裳,尋山澤間,欲挈妻子爲鹿門之舉[四]。事未遂,則闢寮一所,植松數章,高秀蒼古,若深山木客之出在市廛④。仲温與之俯仰嘯詠,若友焉。天清氣朗⑤,月在松頂⑥,仲温彈獨弦琴松下。琴餘,讀道書,作游仙吟,不知身世在黃塵市、在白玉宮闕也,遂以松月道人自號。雲間道人⑦盛懋氏既爲圖之[五],而又寄自作松月詩一解於余,徵文以爲記。

予爲論:積陰之氣清而久者,在天爲月。麗於物之秀而清⑧者,在木爲松。桃之得於月也,清而妖;柳之得於月也,清而蕩;梧之得於月也,清而凄;梅與竹之得於月也,清而臞。惟清而秀、秀而已野⑨者,松之得月以此。然得松月之得而見諸⑩名人者,自唐常建後未聞其人焉[六]。建之詩曰:"松際露微月,清光應爲君。"嘻,此建之得於松月者,未易與俗人道也。去之五百年,而仲温氏復得建⑪之得,而其詩有曰:"丈人夜開關,凉月在松頂。"此其得於松月之得者,奚減建也哉!嚮使仲温氏蚤仕於⑫時,壅官或至五年十年,即不壅,不過汝趨隸惟以奉所氏⑬,志不直達而性先有損,其及人境⑭兩泰、哦松哦月而有得哉!嘻,仲温氏之彼此失得,其有能辨者已,書諸寮爲記。至正十三年七月七日七者寮諸叟記⑮[七]。

【校】

① 卅:原本作"州",楊鐵崖先生文集全録本作"三十",徑改。

② 試:原本作"賦",據四部叢刊本改。

③ 法：原本作"去"，據楊鐵崖先生文集全録本改。

④ 廛：楊鐵崖先生文集全録本作"墟"。

⑤ 朗：原本作"明"，據楊鐵崖先生文集全録本改。

⑥ 頂：四部叢刊本作"嶺"。

⑦ 道人：原本無，據楊鐵崖先生文集全録本增補。

⑧ 麗於物之秀而清：原本作"麗月之清于物之秀"，據楊鐵崖先生文集全録本改。

⑨ 已野：楊鐵崖先生文集全録本作"又雅"。

⑩ 見諸：楊鐵崖先生文集全録本作"號"。

⑪ 建：原本作"見"，據楊鐵崖先生文集全録本改。

⑫ 仕於：原本無，據楊鐵崖先生文集全録本增補。

⑬ 汝趨隸惟以奉所氏：楊鐵崖先生文集全録本作"奴趨隸唯以奉所事"。

⑭ 境：原本作"竟"，據文淵閣四庫全書本改。

⑮ 七者寮諸叟記：楊鐵崖先生文集全録本作"寮叟會稽楊維禎記，是月是日書"。

【箋注】

〔一〕文撰於元至正十三年(一三五三)七夕日。當時鐵崖任杭州税課提舉司副提舉，因公務暫居嘉興。參見東維子文集卷十送鄉人韓道師歸會稽序。光緒桐鄉縣志卷五建置志："濮司令園，在濮院幽湖西岸定泉橋左，爲濮樂閒司令允中、仲温東市彦仁父子偕隱之所。内有知止堂、吉藹堂、百客樓、松月寮、桐香室、叢桂園、蛇蟠石諸勝。"又，濮鎮紀聞卷一建置古迹："松月寮，在化壇東。濮仲温建。公歸里，角巾道服，創别墅，植松數十株。松風明月，嘗鼓琴其中。自號松月道人。"濮仲温，鐵崖老友濮樂閒子，故此稱之爲濮公子。濮鎮紀聞卷二人物隱居："濮彦仁，字仲温，至元辛未仕爲吳中典市，棄職歸，延楊鐵崖館其家，讀書於桐香室。集一時名士爲聚桂文會。父子偕隱，埋名不出。"又，光緒四年刊嘉興府志卷六十石門隱逸："(濮彦仁)至正元年仕爲吳中典市，棄職歸，延楊鐵崖、江朝宗、宋景濂爲師。讀書桐香室，埋名不出。楊鐵崖有記。"上引兩文著録濮彦仁"仕爲吳中典市"時間互有抵觸。按：元順帝至元年間無"辛未"年，至正元年則爲"辛巳年"，蓋濮鎮紀聞鈔録有誤。又，濮仲温於元季兩赴鄉試，皆未如願。適逢戰亂，遂爲道士，自號松月道人。明初，其家遭藉没。參見清江貝先生詩集卷五十月三日過梧桐涇時官藉濮彦仁宅妾龐氏唐氏自經感而賦之。

〔二〕秀：秀州。即嘉興（今屬浙江）。元史地理志：“嘉興路，唐爲嘉興縣，石晉
　　置秀州，宋爲嘉禾郡，又升嘉興府。”

〔三〕濮市：即濮院鎮。光緒桐鄉縣志卷一疆域上市鎮：“濮院鎮在梧桐鄉，縣
　　東北十七里，古檇李墟也。西南屬桐鄉，東北屬秀水，東南隅又爲嘉興縣
　　所轄……濮氏之盛，自南宋迄明初二百六十餘年。”

〔四〕爲鹿門之舉：謂仲温欲效仿東漢龐公，攜妻隱居。參見鐵崖先生古樂府
　　卷八覽古之十八注。

〔五〕雲間道人：爲盛懋別號。圖繪寶鑑卷五元：“盛懋字子昭，嘉興魏唐鎮人。
　　父洪甫善畫，懋世其家學而過之。善畫山水人物花鳥。始學陳仲美，略變
　　其法。精緻有餘，特過於巧。”

〔六〕常建：唐代詩人。開元十五年進士。參見唐詩紀事卷三十一常建。下引
　　詩爲其宿王昌齡隱居句，與今傳本稍有不同。

〔七〕七者寮諸叟：參見鐵崖文集卷一七客者志。按：七者寮爲鐵崖齋名，然并
　　非專指某一固定寓所，嘉興、杭州、松江，皆有其七者寮。且時或隨其興趣
　　命名，例如此嘉興七者寮，鐵崖同時又命名爲寄寄巢。參見鐵崖同一日所
　　撰送鄉人韓道師歸會稽序（載東維子文集卷十）。

有竹人家記〔一〕

　　安易韓君謁築室於所居之浴鵝沱①上，左右皆周②植竹，因顏其室
曰有竹人家。一時名士大夫咸折③行輩交其人，至或載酒肴以抵其
所。吳興趙雍爲作小篆之書〔二〕，又爲作人家有竹之圖。余既賦詩圖
之上，復遣書再四以記請。

　　宋蘇公軾曰“不可居無竹”、“無竹令人俗”〔三〕，至拄杖敲門，尋有
竹人家。吾不知有竹之家，皆能真有其竹而免於俗者不也。嘻，公之
得在竹耳，固不計人家之俗不俗、竹④之能有不能有也。今韓君之家，
自命曰“有竹”，吾知其能有竹矣。一妄庸夫曰有竹居，而竹不爲其有
也。吾試詰其所有，則謾言曰：“吾擊竹而歌，不啻擊珊瑚也；披竹而
笑⑤，不啻披琅玕也；簟筬而卧，不啻茵虎豹也；煮萌而食，不翅庖羔豕
也。”嘻，有竹如是，夫人而能有也。

　　吾觀韓君,虛中抱道,有竹其心;貞標絕俗,有竹其性;善建不拔,有竹其本;離立不軋,有竹其朋。德音協鳳凰,孝思泣霜露⑥,又有其應律之聲、格瑞之靈也。韓君之有竹若此,其亦異乎人之有其有⑦者乎! 不然,韓君之家與妄庸人者同,曰"有竹"而竹不爲其有也,雖渭川千畝之富〔四〕,徒以等燕、秦之栗棘⑧,齊、魯麻枲而已耳,竹何有於家,而家又何有於竹哉! 然則韓君之有竹,不徒在其家也諗矣。書諸室爲記。至正十三年九月十二日楊維禎記并書⑨。

【校】

① 沱:楊鐵崖先生文集全録本作"池"。
② 周:原本無,據楊鐵崖先生文集全録本增補。
③ 折:原本作"擇",據楊鐵崖先生文集全録本改。
④ 竹:原本無,據楊鐵崖先生文集全録本增補。
⑤ 笑:楊鐵崖先生文集全録本作"嘆"。
⑥ 孝思泣霜露:原本作"或思沾霜霜",文淵閣四庫全書本作"或思沾露霜",據楊鐵崖先生文集全録本改。
⑦ 有其:原本無,據楊鐵崖先生文集全録本增補。
⑧ 棘:原本作"林",據楊鐵崖先生文集全録本改。
⑨ 十二日:楊鐵崖先生文集全録本作"十三日"。楊維禎記并書:原本無,據楊鐵崖先生文集全録本增補。

【箋注】

〔一〕文撰於元至正十三年(一三五三)九月十二日,當時鐵崖任杭州税課提舉司副提舉。有竹人家主人韓謂,參見東維子文集卷九送韓謂還會稽序。
〔二〕趙雍:趙孟頫仲子。參見本卷野亭記注。
〔三〕"不可居無竹"二句:出蘇軾詩於潛僧緑筠軒。
〔四〕渭川千畝:史記貨殖列傳:"齊、魯千畝桑麻,渭川千畝竹……此其人皆與千户侯等。"

春遠軒記〔一〕

　　余曩居會稽,於清明之春,登秦望、蓬萊諸峰〔二〕,望數千里廣輪,際海而止，一鱗介，一條鬣，與都人士女靚粧麗服，生長太平山川間，孰有荒陬遠鄙之間①！因憮然嘆春之遠。後計偕上京師〔三〕，得歸游覽，度居庸〔四〕，陟龍虎臺〔五〕，下視齊、魯、晉、宋、荊、秦、吳、越之虛，民物熙然，如在春臺者〔六〕，了無畔岸。余復嘆春之尤遠，殆與皇元聲教同一遠也。自淮、汝兵興〔七〕，南北旌旗相望於千里百里，斥候之次，給繻而行，即抵牆壁。思昔之週四方，跨②八表，窮目眂，足力弗既者，不可得已。雖然，不遠者，提封之迹也。一氣爲春者，豈不遠哉！知春一氣之遠，則心之有春者，未嘗不與之遠也。

　　雲間鍾和伯溫築室干山之東麓〔八〕，顏曰春遠，請記於余，其亦有感於今日之春，而不計其地之遠近者歟？不然，杜少陵嘗言春遠矣〔九〕，何獨於柴荊見之歟？是爲記。至正庚子五月朔旦東維叟書。叟者，李忠介公榜賜第二甲進士〔十〕，今奉訓大夫江西等處儒學提舉楊維禎也。

【校】

① 間：原本作“問”，據四部叢刊本改。
② 跨：四部叢刊本作“蹄”。

【箋注】

〔一〕文撰於元至正二十年庚子（一三六〇）五月一日，當時鐵崖自杭州退隱，居松江半年有餘。春遠軒主人鍾和，字伯溫，松江人。與楊基爲摯友。參見游志續編卷下楊基撰九峰春游記。

〔二〕秦望山：參見鐵崖先生古樂府卷九小臨海曲注。蓬萊山：乾隆紹興府志卷三地理志：“蓬萊山，一名駝峰山，俗名大峰山。在府城北三十五里。”

〔三〕計偕上京師：指元泰定四年，鐵崖赴京考進士。

〔四〕居庸關：大明一統志卷一京師：“居庸關在府北一百二十里，兩山夾峙，一水旁流。關跨南北四十里，懸崖峭壁，最爲要險。”

〔五〕龍虎臺：參見陳善學序刊楊鐵崖先生文集卷六阿摰來注。

〔六〕“民物”二句：老子：“衆人熙熙，如享太牢，如登春臺。”

〔七〕淮、汝兵興：指元至正十一、十二年間，淮北、河南紅巾起義。

〔八〕干山：又稱干將山。參見東維子文集卷五送劉主事如京師序注。

〔九〕杜少陵嘗言春遠：指杜甫詩巴西聞收京送班司馬入京：“劍外春天遠，巴

　　西敕使稀。念君經世亂，匹馬向王畿。”

〔十〕李忠介公：指李黼。參見東維子文集卷十五虛舟記注。

春水船記〔一〕

　　滄水主人壯年桴於海〔二〕，晚家居，結樓滄水之上〔三〕。蓬然若舟，海水時抵階①下，放目樓上，一白萬頃。人眠其蓬然者，一葦耳。因命曰“春水船”。主人垂釣於枕，濯足於牀，波與天上下，渚鳧汀雁之相因依，不知船在水耶陸也②。酒酣，仰卧③其上。家童數十，善爲越人擁楫之歌，主人又自歌小海〔四〕，爲舉足扣舷以節之。水光天影，飛動几席〔五〕，籟聲與潮汐間④作，殷殷在足底，不知船在水邪陸邪⑤。滄洲仙有駕凌風舸以激水如箭者〔六〕，彼徒以舸爲舸，而未知吾居之以不舸爲舸也。以爲行⑥，則未嘗去家；以爲居，則常⑦有行色也。朝吴編，莫越户〔七〕，心無適而不可⑧，又孰知吾船之纜之而住、負之而走也。昔者太公嘗以漁釣欺天下〔八〕，而天下旋⑨知之，其舍魚也，欲蓋而彰也。嘻，以爲非漁，則持釣⑩竿五十年矣；以爲真漁，則未嘗得一魚⑪焉。嘻，太公固得於漁不漁之間者。客⑫詰主船以爲真船，則居陸；以爲非船，則⑬箬笠之前皆漁樵推駡之地〔九〕，又安知吾之在樓，非長乘舴艋⑭也〔十〕。今夫天，一大春水；地，一大船也。人在船不悟，悟者必在船之外。吾悟船獨不在外也，嘻，此不可與衆⑮人道也。春水如天，船在天耶？水邪？而况在樓邪！認吾船在樓，又何異認劍在舟刻耶〔十一〕！

　　其扣舷之歌曰：“滄之水兮⑯如天（叶），滄之屋兮如船（叶）。舷⑰水滔天兮以春，船之載兮薄夫天津。索吾船於津之表兮，吾得⑱與泰初而爲隣。”客和之曰：“若有人兮舟爲家（叶），著土不住兮養空不驅〔十二〕，泰始⑲我海兮鴻龐我湖。吾不知貫月槎之徒兮〔十三〕，天倪舟之徒歟〔十四〕！”

　　主人爲汝南殷德父氏，客爲鐵篴道人會稽楊維禎也。至正十年春三月三日記。

【校】

① 東維子文集卷十七又有春水船記，亦應殷德父之邀而撰，屬重出，今據以爲

校本。階:卷十七作"家"。

② "波與天上下"三句:卷十七無。

③ 仰卧:卷十七作"輙笑歌"。

④ 間:原本無,據卷十七增補。

⑤ 不知船在水邪陸邪:原本無,據卷十七增補。

⑥ 行:原本作"舸",據卷十七改。

⑦ 常:原本作"嘗",據卷十七改。

⑧ "朝吴編"三句:卷十七無。適:四部叢刊本作"造"。

⑨ 旋:原本作"施",據卷十七改。

⑩ 釣:原本無,據卷十七增補。

⑪ 魚:原本作"漁",據卷十七改。

⑫ 客:原本作"容",據四部叢刊本、卷十七改。

⑬ 則:原本作"非",據卷十七改。

⑭ 舴艋:卷十七作"風舸"。

⑮ 梟:原本作"家",據卷十七改。

⑯ 兮:原本作"予",據四部叢刊本、文淵閣四庫全書本改。

⑰ 舷:原本無,據文淵閣四庫全書本補。

⑱ 得:卷十七本作"將"。

⑲ 泰始:原本作"泰如",據卷十七改。

【箋注】

〔一〕文撰於元至正十年(一三五〇)三月三日。按:當時乃鐵崖受聘於吕良佐,在松江授學期間。然據本文"主人爲汝南殷德父氏,客爲鐵篴道人會稽楊維禎"等語推之,蓋鐵崖臨時應邀至太倉殷德父家中做客,爲撰此文。春水船:太倉殷奎家樓名,其祖父殷德父創建,後爲殷奎書樓。萬曆重修崑山縣志卷二第宅:"殷强齋奎宅,在太倉武陵橋下。扁其樓居曰春水船,即其讀書處也。"殷奎號强齋,鐵崖弟子。參見東維子文集卷二十二木齋志。按:據本文,春水船當爲殷德父所建,原先并非專用於讀書。又據殷奎詩詞,春水船常用作宴客之所。强齋集卷七憶江南三首之一:"江南憶,何處憶當先。先憶吾家春水船,有酒有花重慶日,無風無雨太平年。朝夕侍賓筵。"附注:"春水船乃先生家樓居名,在婁東武陵橋下。"又,此宅樓何人何時命名,文中未有明説,疑即鐵崖所爲。所謂"春水船",源於杜甫詩小寒食舟中作"春水船如天上坐,老年花似霧中看",與當時殷德父境況與心態十分吻合。參見楊鐵崖先生文集全録卷四春水船記。

〔二〕滄水主人：指殷奎祖父殷子諲。殷子諲（？──一三五五）字德甫，號柏堂，祖籍汝南（今河南汝南縣一帶）。其父殷澄，居華亭。子諲爲其第四子，徙居崑山，始爲崑山人。據本文“壯年桴於海”、“家童數十”等語，子諲蓋海上經商致富。卒於至正十五年乙未秋。按：殷奎師從鐵崖，乃子諲力促而成。強齋集卷十盧熊撰故文懿殷公行狀：“其祖父柏堂翁乃作樓居，儲書其上，延良師友與之游處。時會稽楊公廉夫自吴城抵崑山，一見奇之，即席上設弟子禮。”參見強齋集卷四殷母壙銘、卷五祭邵雲窩文，鐵崖撰邗殷處士碣銘（載本書佚文編）。

〔三〕滄水：東滄之水，位於今江蘇太倉。按：當時太倉濱海。然春水船位於武陵橋下，并非濱海郊野別墅。武陵橋實爲當時太倉集貿中心，市舶提舉司即在橋北。據嘉慶直隸太倉州志卷二十九顧顒傳，元代施行海運之後，直接刺激東滄市鎮經濟發展，“自劉家河至南熏關，築長堤三十餘里，名樓列布，番賈如歸，武陵橋由此得名”。又，太倉文人馬麐有武陵市舍詩：“溪頭不種桃花樹，商賈年年橋上多。昨日扁舟風雨過，無人肯著釣魚簑。”（詩載元詩選三集公振集。）

〔四〕小海：參見東維子集卷十一贈杜彦清序注。

〔五〕“主人垂釣於枕”二句：白居易冷泉亭記：“雲從棟生，水與階平。坐而玩之者，可濯足於牀下；卧而狎之者，可垂釣於枕上。”又，本文與元初人陳杰所撰閜艖記頗多相似，“主人垂釣於枕”以下十三句，明顯爲因襲。閜艖記：“蓋垂釣於枕，濯足於床，蓮與泛而水與依也。嘗酒酣，仰卧舟中，使左右爲越人擁檝之歌，自爲小海以和之，爲舉足扣舷之聲以節之。水光月景，飛動几席。”按：閜艖記載自堂存藥卷四，自堂存藥作者爲陳杰。又，四庫全書總目著録陳杰爲宋人，陳杰實爲由宋入元之人，或即鐵崖友人東陽陳樵之父，其閜艖記撰於元延祐二年（一三一五）。

〔六〕滄洲仙：指隋唐時人元藏幾。太平廣記卷十八神仙十八元藏幾：“（處士元藏幾）大業九年，爲過海使判官。無何，風浪壞船，黑霧四合，同濟者皆不免，而藏幾獨爲破木所載。殆經半月，忽達於洲島間。洲人問其從來，則瞀然具以事告。洲人曰：‘此滄洲，去中國已數萬里。’……藏幾淹留既久，忽念中國。洲人遂製淩風舸以送焉，激水如箭，不旬即達于東萊。”

〔七〕“以爲行”六句：亦屬因襲。陳杰撰閜艖記：“爲行者乎？則未嘗去家也。爲居者乎？則舟有行色。蓋朝齊民，而暮楚户者也。”

〔八〕太公：即姜太公。閜艖記：“太公之舍魚，欲蓋焉而彰之者也。嗟夫，謂太公非漁耶,則持釣五十年矣;以爲漁也,則五十年未嘗得一魚也。以五十年而不得魚,是猶標表以來知者之爲也。”

〔九〕漁樵推罵: 蘇軾答李端叔書一首:“得罪以來,深自閉塞,扁舟草履,放浪山水間,與樵漁雜處,往往爲醉人所推罵。”

〔十〕舴艋: 形似蚱蜢之小舟。

〔十一〕認劍在舟刻: 即刻舟求劍。詳見吕氏春秋卷十五察今。

〔十二〕養空: 道家語。文選賈誼鵩鳥賦:“養空而浮。”注:“鄭氏曰: 道家養空虚若浮舟也。莊子曰: 汎若不繫之舟,虚而遨游。”

〔十三〕貫月槎: 拾遺記卷一唐堯:“堯登位三十年,有巨查浮於西海,查上有光,夜明晝滅。海人望其光,乍大乍小,若星月之出入矣。查常浮繞四海,十二年一周天,周而復始,名曰貫月查,亦謂挂星查。羽人棲息其上。”

〔十四〕天倪: 莊子齊物論:“化聲之相待,若其不相待。和之以天倪,因之以曼衍,所以窮年也。”

松月軒記[一] 有詩

　積陰之氣清而久者,在地爲水,在天爲月也。木得水而清之象滋焉,得月而清之氣麗焉。月一也,木之麗其清者,其材品則有不能不異者也。桃之得於月也,清①而妖;柳之得於月也,清而蕩;竹之得於月也,清而矓;梅之得於月者,清而孤;荼蘼、海棠之得於月也,清而怨。惟清而野而又秀也,松之得月以此。

　吴郡西門之外,其聚爲吾闤闠之闉[二],夫差王夏駕之所也[三]。五方大估咸輳焉,爲積居之家者,比比耳。獨吾鄉人吴彦昇氏,居不離市,而門有散地數十弓,上有青松數十挺,高秀疏朗,若深山客將儔挈侣,出飲乎市而盤礡於此也。天空氣清,月在松頂,彦昇或領客坐松下,仰見閣②摶根株盤[四]、白③玉兔臼,人世斧斤不可斸。已而顧影在地,萬籟④在空,鈞韶鳴而龍鸞舞也,不知身在此玉關中與黄塵市。訖有得於松月者,名於其軒。少蓬李公嘗爲圖之[五],大蓬泰野公又爲篆額之[六],而又求文於予。

　予以素爲⑤里閈,不敢⑥重違其情,而彦昇之人品才氣,可以仕而

不仕者,與夫尊師樂友,化龍斷之俗〔七〕,翕然於禮義之趨者,又吾之素與,故爲之記。且復哦以詩曰:

　　丈人愛青松,手植西門內。風聲度玉笙,林影翻朱鷺。仙鬼夜讀騷,木客秋吟句。丈人燕坐餘,海月生東樹。

【校】

① 原本於“清”之下有一“之”字,據文淵閣四庫全書本刪。
② 疑“閻”字下脱一“扶”字,參見注釋。
③ 白:四部叢刊本作“而”。
④ 萬籟:原本作“籟籟”,據文淵閣四庫全書本改。
⑤ 爲:原本爲墨丁,據文淵閣四庫全書本補。
⑥ 不敢:原本無,據文淵閣四庫全書本補。

【箋注】

〔一〕文撰於元至正六、七年間,其時鐵崖游寓姑蘇不久。繫年依據:其一,泰不華於編纂遼、金、宋三史之時任秘書卿,後還鄉奔喪丁憂,至正七年秋,詔以禮部尚書北上。而本文稱泰不華爲“大蓬”,則當在其任秘書卿之時,即至正七年秋擢爲禮部尚書之前。其二,至正六年歲末,鐵崖始攜妻兒寓居姑蘇。松月軒:主人爲吳彥昇。吳彥昇,諸暨(今屬浙江)人。徙居蘇州,居西門之外,經商爲業。元至正年間在世。好交友,家有松月軒。鐵崖有詩松月軒爲吳彥昇賦,載佚詩編。按:本文既稱吳彥昇“鄉人”,又曰“素爲里閈”,則吳氏原籍諸暨。又據“化龍斷之俗”等語推之,知吳彥昇實爲商人。參見後注。

〔二〕闔閭:姑蘇閶門。參見清鈔鐵崖楊先生詩集卷上宴朱氏園堂注。

〔三〕夏駕湖:參見清鈔鐵崖楊先生詩集卷上和鄭九成新居韻注。

〔四〕閻:似當作“閻扶”。酉陽雜俎卷一天咫:“釋氏書言須彌山南面有閻扶樹,月過,樹影入月中。”

〔五〕少蓬李公:未詳所指何人。容齋四筆卷十五:“秘書監爲大蓬,少監爲少蓬。”又按元史百官志,“秘書監秩正三品……少監二員,從四品”。

〔六〕大蓬泰野公:指秘書監泰不華。按:元史泰不華傳曰:“至正元年除紹興路總管……召入史館,與修遼、金、宋三史。書成,授秘書卿,升禮部尚書。”此説有誤,遼、金、宋三史分別成書於至正四年三月、十一月與至正五年十一月,然泰不華早在宋史成書之前離京,其時已任秘書卿。鄭元祐遂昌雜録曰："今中奉大夫、浙東元帥白野台哈不哈君由越守召入爲秘書郎。未幾,母夫人殁於越,白野君還越,持喪戒珠寺。"(泰不華世居白野山,故稱白野君。台哈不哈爲泰不華音譯之異。)又,僑吴集卷七題瑞竹堂記曰："(至正七年)春,秘書郎白野公達兼善服闋。秋,詔以禮部尚書召北上,由越道吴。遂昌鄭元祐送公,西出閶門外,即驛亭坐語。"知泰不華北上時,鄭元祐與之會于姑蘇,所言不當有誤。又,元史本傳言至正十二年三月庚子泰不華戰殁,而中華書局元史標點本於卷後附注曰:"按是月乙巳朔,無庚子日,此處史文有誤。"今按鐵崖挽達兼善御史詩原注,則謂"辛卯八月殁於南洋"。"辛卯"指至正十一年,而至正十一年八月二十四日即"庚子日",恰恰與上引元史本傳吻合。今簡述泰不華生平事迹如下:泰不華(一三〇二——一三五一),初名達普化,字兼善,伯牙吾台氏,世居白野山。其父爲台州録事判官,遂徙台州。至治元年右榜進士第一,授集賢修撰。至正元年出任紹興路總管。至正三年,因編修宋、遼、金三史召入史館,授予秘書郎、秘書卿(即秘書監)。約於至正四年歲末,因喪母還越。服喪三年(實爲二十七月),於至正七年春服闋,此年秋又擢爲禮部尚書,召入京城。官至台州路達魯花赤。至正十一年征方國珍,八月二十四日戰殁於黄巖,年四十九。謚忠介。泰不華能詩,尤工篆、楷。其篆書師徐鉉,稍變其法,自成一家。參見書史會要卷七泰不華傳、鐵崖先生詩集癸集挽達兼善御史。

〔七〕龍斷之俗:指商人牟利習氣。龍斷,即壟斷。參見孟子注疏卷四公孫丑章句下。

水竹亭記①〔一〕

吾里白湖方義門子弟咸秀傑〔二〕,名仕版,而予泳道父其尤者也〔三〕。始泳道未遇貢舉時,實以才志自奮於京師,貴人咸品之,連延譽上所,即被内選。出司牢盆民〔四〕,奏最,典大縣〔五〕。細滿歸〔六〕,創水竹亭先廬。奉親之隙,出與賓客接。幅巾野服,命僮抱琴尊之亭所,相與把酒説詩文②爲事,窮亨淹速,一不以屬意,一時文章家多爲記詠。弓③既充,又索叙引於友人楊維禎。

維禎嘗聞其論,曰:"某讀南史書,稱'會心④不必在遠,翳⑤然林木,即有濠⑥濮之趣〔七〕,未嘗不嘆。以爲縉紳閥⑦閱、豪族大官,捐千金買佳園池,崇美屋⑧其中,育以珍禽奇獸,樹以名卉異木。論其一時侈盛,平息⑨侯之甲第〔八〕,無以喻其雄;河陽梓澤之形勝〔九〕,無以喻其泹也。然欲求一日之安於是,不能得也。故予一亭,費甚約,規甚素,取諸水竹者甚廉,而其適安之樂,自謂過之百⑩倍不翅也。人有志於適安者,不敢如是耶!」

余以泳道⑪之言似矣,又將有進於是者。何居? 夫高上⑫於野,以艸木水泉驕其君而不出者,狷者之爲也。既得志而患失之,退以竊狷者之樂以爲樂,又媮者之爲耳。媮與狷,皆中行所不與〔十〕。泳道於道務中行,則狷與媮⑬不足告泳道者。今夫水⑭散也,有雨之德焉;積而厚也,有負載之功焉。君子觀於水也,思夫澤⑮施於物者。竹有貫歲之節,不易地之性焉。君子觀於竹也,思夫貞一於己者。若是則泳道之登高也,取諸物以贊乎己,以及乎物,至矣! 又豈徒艸木水泉之適云乎! 泳道尚以余言思之⑯,以爲何如也?

【校】

① 記:原本脱,據四部叢刊本、文淵閣四庫全書本補。

② 文:原本作"父",據傅增湘校勘記改。

③ 弓:原本作"爲",據四部叢刊本改。

④ 心:原本作"之",據文淵閣四庫全書本改。

⑤ 翳:原本作"醫",據文淵閣四庫全書本改。

⑥ 濠:原本作"豪",據文淵閣四庫全書本改。

⑦ 縉紳閥:原本作"□間",四部叢刊本作"□閥"。據文淵閣四庫全書本改。

⑧ 屋:原本作"屋屋",據文淵閣四庫全書本删。

⑨ 平息侯之"息",疑爲"恩"之誤寫。參見注釋。

⑩ 百:原本作"不",據文淵閣四庫全書本改。

⑪ 道:原本作"適",據四部叢刊本、文淵閣四庫全書本改。

⑫ 上:文淵閣四庫全書本作"尚"。

⑬ 媮:原本作狢,據四部叢刊本、文淵閣四庫全書本改。

⑭ 水:原本作"之",據文淵閣四庫全書本改。

⑮ 澤:原本爲墨丁,據文淵閣四庫全書本補。

⑯ 泳道尚以余言思之:原本作"卻泳道尚竹余言澤之",據文淵閣四庫全書本改。

【箋注】

〔一〕文當撰於元至正初年,不遲於至正十年(一三五〇)。繫年依據:其一,方明安創建水竹亭,在其致仕返鄉之後。今知其出任松陽縣令在元統年間,則其秩滿歸隱,必在元順帝至元年間,或稍後。水竹亭之創建,當在此時。其二,文中曰“一時文章家多爲記詠,弓既充”,然後請鐵崖撰此“叙引”。可見本文實爲水竹亭詩卷序文,當晚於水竹亭之落成。又,鐵崖好友張雨亦曾賦有水竹亭詩,而張雨卒於至正十年秋。據此推之,本文蓋撰於至正初年與張雨交游期間。光緒松陽縣志卷七官秩志:“方明安,字泳道,會稽人。

〔二〕白湖:疑指白水河。乾隆諸暨縣志卷四河:“白水河在縣北二里,源出縣湖,穿城由北水門入於河,沿城橫入浣江。”

〔三〕泳道:元統間由金鑾侍直出宰邑。端莊儒雅,舉動以禮,寬猛兼濟。每朔望課諸生,延賓佐,雅歌彈琴,有舍利趨義之心。民懷其德,附頌於赤蓋公去思碑中。”按:方明安在“金鑾侍直”之後、“出宰邑”之前,曾任鹽場司令。又,本文所謂“典大縣”,指任松陽縣令。又,方明安與傅與礪、張雨皆有往來。參見傅與礪詩集卷五送會稽方泳道之松陽令、句曲外史貞居先生詩集卷中方泳道令尹水竹亭。

〔四〕司牢盆民:指任職鹽場司令。據此可知方明安與鐵崖有相同仕宦經歷。牢盆民,指鹽民、鹽户。

〔五〕典大縣:指出任處州路松陽縣令,其上任在元統年間,公元一三三三年至一三三五年。按:松陽縣實爲“中縣”。參見元史地理志。

〔六〕細滿:指上任三年期滿,又稱小滿。明唐桂芳代送貢友瞻嶂詩:“三年細滿返故里,舊栽楊柳今扶疏。”

〔七〕“會心不必在遠”三句:爲東晉簡文帝語。詳見世説新語言語。按:本文謂“讀南史書”,似有誤。

〔八〕平息侯:疑當作平恩侯,指西漢外戚許氏家族。山堂肆考卷一百九貴人許史:“漢書:許廣漢封昌成侯,女爲宣帝后,弟舜封博望侯,延壽封樂成侯,延壽子嘉封平恩侯,嘉女爲成帝后。……又史云自宣、元、成、哀以來,外戚許、史、丁、傅之家皆重侯累將,窮極富貴。”

〔九〕梓澤:晉豪富石崇金谷園别名。晉書石崇傳:“崇有别館在河陽之金谷,一名梓澤。”

〔十〕中行:論語子路:“子曰:‘不得中行而與之,必也狂狷乎? 狂者進取,狷者有所不爲也。’”

卷七十一 東維子文集卷十七

小桃源記〔一〕

淞隱君陳衡父氏，世家在泖環之西，既遺其子東西第，又爲園池東西地間，仍治屋廬其中，名其堂曰清暉，樓曰明遠，而又額其亭曰小桃源也。予嘗抵桃源所，所清絕如在壺天，四時花木，晏温常如二三月時，殆不似人間世也。隱君且舉酒屬余①，以記請。

余聞天下稱桃源在人間世者，武陵也〔二〕，天台也〔三〕。而伏翼之西〔四〕，又以“小”云。據傳者言，則武陵有父子，無君臣；天台有夫婦，無父子也。方外士好引其事以爲高，而不可以入於中國聖人之訓。矧其象也，暫敞亟閟；其接也，陽示而陰諱之。使人想之，如恍惚幻夢，不能倚信。雖曰樂土，若樂彼，吾何取乎哉！若小桃源之在隱君所也，非幻②引諸八荒之外。入有親，以職吾孝也；出有子弟，以職吾慈友也；交有朋儕戚黨，以職吾任與婣也；子孫之出仕於時者，又有君臣之義，以職吾忠與愛也。桃源若是，豈傳所述③武陵、天台者可較賢劣哉！然而必④以桃源名者，張留侯非不知赤松氏之恍惚⑤也，而其言曰：“吾將棄人間事，從之游〔五〕。”知之者以爲假之而去也，隱君亦將假之云耳。

隱君齒既暮而老，將休矣，桃源其休之所寄乎！而猶⑥以“小”云，如伏翼者，小寄云耳，固不能絕俗大去已。或曰淞俗信仙鬼，貴富家有駕海航，罡⑦風一引至殊島，見瑤池母、東方生〔六〕，乞千歲果啗之，而隱君弗能從，此小桃源之名於淞也。并書爲記。

【校】

① 嘉慶松江府志卷七十八名迹志亦録此文，據以校勘。余：原本作“如”，據文淵閣四庫全書本、嘉慶松江府志本改。

② 幻：原本作“物”，據嘉慶松江府志本改。

③ 述：原本作“迷”，據四部叢刊本、文淵閣四庫全書本改。

④ 必：原本作“心”，據文淵閣四庫全書本、嘉慶松江府志本改。

⑤ 悃：文淵閣四庫全書本作“忽”。

⑥ 猶：原本作“由”，據文淵閣四庫全書本、嘉慶松江府志本改。

⑦ 罡：原本作“翼”，據嘉慶松江府志本改。

【箋注】

〔一〕文撰於元至正九、十年間，當時鐵崖受聘於吕良佐，寓居松江瑁溪。繫年依據：本文乃作者做客松江小桃源撰寫，文中所述爲和平景象，當爲鐵崖首次寓居松江時期所作。正德松江府志卷十六第宅曰：“小桃源，泖西陳衡園亭。”按：至正八年（一三四八）七月廿九日，鐵崖曾爲顧瑛小桃源撰寫記文，本文實乃前此所作小桃源記之翻版，僅起始一段叙述園林中建築有差異，以及所贈對象不同而已。參見東維子文集卷十八小桃源記。陳衡，松江人。生平不詳。家頗富有，子孫有出仕爲官者。元季至正年間隱居家鄉，其宅園有名於時。按：陳衡家中或有讀易齋，鐵崖嘗率弟子數人造訪。參見鐵崖先生詩集甲集五月廿日余偕姑胥鄭華卿吳興宇文叔方雲間馮淵如吕希顔柳仲渠過泖環訪讀易齋主人觴客於清暉堂上笙歌之餘給紙札以觴詠爲樂余忝右客遂爲首唱率坐客各和之捧硯者珠簾氏也。

〔二〕武陵：指陶淵明描述之桃花源，詳見陶淵明撰桃花源記。

〔三〕天台：指天台山桃源。參見鐵崖先生古樂府卷三苕山水歌注。

〔四〕伏翼之西：或指唐人陳羽詩中所謂“伏翼西洞”。陳羽伏翼西洞送夏方慶：“洞裏春晴花正開，看花出洞幾時迴。殷勤好去武陵客，莫引世人相逐來。”（載全唐詩卷三四八。）按：然陳羽詩中僅説“武陵客”，并未言及“小桃源”。蓋鐵崖所謂“伏翼之西”另有所指。本文以下所謂“樂土”，當指古印度區域，或佛教亦有小桃源之傳聞。

〔五〕張留侯：西漢張良。按：留侯張良追慕赤松子而欲隱逸一事，見史記留侯世家。

〔六〕瑤池母：指西王母。東方生：西漢東方朔。相傳東方朔盜食王母仙桃，故成仙。

松室記〔一〕

松江朱子冑於其先廬之左，治讀書之室，環植以松，故命室曰

"松"。今且寄①居於東山氏之西廡〔二〕,而未見偃蓋之植也,則命畫史圖居之松,以謁予泖上,曰:"此某②之所謂松室,而讀書誦詩於其下者也,願有記焉。雖吾遠去其鄉,得展圖攬記,將不悼其身不在'松'之室也。"

予詰子肙:"誠何取於松?豈子受性也獨正?抑有心也,貫四時而不改厥撫乎?將森森千丈,施之明堂大廈,有棟梁之材也?抑産茯苓③,結靈實,辟百穀而食之,可以飛行如偓佺之倫乎〔三〕?將異時托之灑掃,使家之人識其指之在也〔四〕?抑要久歲月,精與化通,爲青蛇,爲赤龜〔五〕,以怪駭人間世乎?"子肙曰:"余孔子徒也,非仙釋之流。予弦誦於松室之下,知聖言有松之爲歲寒物也〔六〕,如其心而不改柯易葉也,吾烏知其他?雖然,余幸而生文明之代,知學孔氏學,而切④有得於誦。余之立⑤志,豈不欲淑諸人而達天下也!故嘗夢松焉〔七〕,吾十八年其抑將爲公也邪。"

予箅子肙明年爲六十人,更十八寒暑,爲太公望之齡〔八〕。夢"松"協於夢"熊"〔九〕,則吾將迎子於海之濱、江之上矣。子肙莞爾曰:"吾與其爲十八公,吾寧爲主人七松〔十〕。"至正九年十月一日記。

【校】

① 院本"寄"下有一"所"字,據文淵閣四庫全書本刪。
② 某:原本作"其",據傅增湘校勘記改。
③ 茯苓:原本作"伏神",據文淵閣四庫全書本改。
④ 切:四部叢刊本作"幼"。
⑤ 之立:原本作"者其",據文淵閣四庫全書本改。

【箋注】

〔一〕文撰於元至正九年(一三四九)十月一日,當時鐵崖寓居松江黃溪,在吕氏塾授學。松室主人朱子肙,生平見本文,據文中"明年爲六十人"一語推之,當生於元世祖至元二十八年(一二九一)。

〔二〕東山氏:疑指松江謝氏,即謝伯理兄弟或其先人。參見東維子文集卷十三知止堂記以及題李伯時姑射仙像卷(載本書佚文編)。

〔三〕偓佺:仙人名。或謂偓佺爲槐里採藥父,食松,形體生毛數寸,方眼,步行能追跑馬。詳見史記司馬相如列傳"偓佺之倫暴於南榮"注文。

〔四〕"將異時"二句：相傳唐宣宗大中年間，蒲人侯道華爲永樂縣道淨院供給
　　者，諸道士皆以奴隸視之，灑掃井曰無所不爲。後食"無核大棗"陞仙。上
　　天前執斧斫古松，設於案下示意。參見唐張讀撰宣室志卷九。

〔五〕"抑要久歲月"四句：參見清鈔鐵崖楊先生詩集卷上和倪雲林所畫注。

〔六〕聖言：論語集注卷五子罕："子曰：'歲寒，然後知松栢之後彫也。'"

〔七〕夢松：三國志吳志孫晧傳裴松之注引吳書："初(丁)固爲尚書，夢松樹生
　　其腹上，謂人曰：'松字十八公也，後十八歲吾其爲公乎！'卒如夢焉。"

〔八〕太公望：即吕尚。詳見史記齊太公世家。

〔九〕夢"熊"：相傳周文王夢見飛熊而得吕望。參見陳善學序刊楊鐵崖先生文
　　集卷一楚妃曲注。

〔十〕寧爲主人七松：意爲願效仿唐代鄭薰，爲七松處士。參見東維子文集卷
　　十五五檜堂記注。

夏氏清潤堂記〔一〕

　　雲間義門夏景淵氏，居同邑吕公之甥館〔二〕。其館之①中奧曰"清
潤"，蓋取晉人名樂、衛翁壻語也〔三〕。予與景淵爲昆弟交，既得翰林學
士泰野公書其額〔四〕，而遂求志之文於予②。

　　予惟物之清，莫逾於水。詩人曰"清如玉壺冰"是也〔五〕；器之潤，
莫逾於玉，傳者曰"溫而澤"是也，故皆得以比德君子也〔六〕。當典午氏
之世〔七〕，行者方以放濁爲通，居者專以楊寂爲記〔八〕，究求時君子比德
於冰之清、玉之潤者鮮矣。評者以樂、衛當之。吾嘗探其人焉，誤晉
天下者，多清談之治術，而廣與王夷甫爲清談首〔九〕，位極於台揆，竟以
殞瑩然冰鏡之照人者，吾不知其與澄、胡毋輔之輩相隔幾何〔十〕。衛叔
寶自幼美風神，見者以爲玉人，中興名士推爲第一，而卒無捄於名教
之敗，至於徙家而南。再獲美妃，終夭厥生。玉振江表，比於金聲中
朝者(王輔嗣)〔十一〕，同一寂寂，吾又不知永嘉之末曰正始音者，何取正
始哉？二子之不能不愧德於冰玉者③類此。

　　吾客吕公仲氏家〔十二〕，親識吕公之爲人，高居潔已，行無瑕纇，不
與惡人交，不與狎士游。侍其坐，朗然明月之照席也，可謂善清也已。
景淵天質純雅，有大器量，而不苟於小仕，與之交，昭昭然若飲醇

酎[十三]，可謂能潤也已。以廣、玠之所名名厥居，廣、玠忝於時評，而景淵氏之翁婿，豈有醜④也哉！雖然，清莫清於不自掩其疾，潤莫潤於及物之大。冰之出壑，潤徹中表，而瑕不自匿，此其清之至也；玉之在山，土石草木皆蒙清輝，此其潤之大也。呂公之清，吾知其至矣；景淵氏之潤，更以其物之大者推焉，則光映清門於弘且邃⑤者，非義門之傍澤歟！景淵氏曰：“善，敢不勉諸！請録諸堂爲記。”

【校】

① 之：原本闕，據文淵閣四庫全書本補。
② 予：原本作“市”，據文淵閣四庫全書本改。
③ 者：原本作“音”，據文淵閣四庫全書本改。
④ 醜：四部叢刊本作“愧”。
⑤ 邃：原本作“遂”，文淵閣四庫全書本作“速”，據四部叢刊本改。

【箋注】

〔一〕文撰於元至正九、十年間，當時鐵崖受聘於松江呂良佐，在其私塾授學。繫年依據：清潤堂主人夏景淵乃呂良佐兄潤齋女婿，本文有“吾客呂公仲氏家”等語，實指其時爲呂良佐塾師，必爲鐵崖初次寓居松江期間。因爲鐵崖再返松江，呂良佐已歸道山。夏景淵，參見東維子文集卷十二華亭胥浦義冢記。

〔二〕居同邑呂公之甥館：意爲呂公與夏景淵爲翁婿關係。呂公，呂良佐之兄潤齋。參見鐵崖先生詩集甲集五月五日潤齋呂老仙開宴於樂餘閒堂。

〔三〕清潤：出自晉人讚譽樂、衛之語。樂、衛：指樂廣和衛玠，樂廣爲衛玠丈人。晉書衛玠傳：“玠字叔寶……（王）澄及王玄、王濟，并有盛名，皆出玠下，世云：‘王家三子，不如衛家一兒。’玠妻父樂廣，有海內重名，議者以爲‘婦公冰清，女壻玉潤’。”又，樂廣字彥輔，南陽淯陽人。晉書有傳。

〔四〕泰野公：即泰不華。參見東維子文集卷十六松月軒記。

〔五〕清如玉壺冰：鮑照白頭吟曰：“直如朱絲繩，清如玉壺冰。”

〔六〕“傳者”二句：禮記玉藻：“君子無故玉不去身。君子於玉，比德焉。”孔子家語問玉：“君子比德於玉：溫潤而澤，仁也；縝密以栗，智也；廉而不劌，義也；垂之如墜，禮也。”元王沂伊濱集卷十七薛生字説：“凡物莫不有理，而理之義重玉，非以其縝而栗、溫而澤歟！斯君子之所以比德也。”

〔七〕典午氏：即司馬氏，此指晉朝。

〔八〕以楊寂爲記：未詳所云，疑有誤。“行者方以放濁爲通，居者專以楊寂爲記”二句，當源自晉書。晉書孝懷帝紀：“風俗淫僻，耻尚失所，學者以老莊爲宗而黜六經，談者以虛蕩爲辨而賤名檢，行身者以放濁爲通而狹節信，進仕者以苟得爲貴而鄙居正，當官者以望空爲高而笑勤恪。”

〔九〕王夷甫：名衍。晉書有傳。

〔十〕瑩然冰鏡之照人者：指樂廣。澄：指王戎從弟、王衍胞弟王澄。晉書有傳。胡毋輔之：曾任建武將軍。不拘禮法。晉書有傳。晉書樂廣傳：“（衛瓘）命諸子造焉，曰：‘此人之水鏡，見之瑩然，若披雲霧而睹青天也。’……是時王澄、胡毋輔之等，皆亦任放爲達，或至裸體者。廣聞而笑曰：‘名教内自有樂地，何必乃爾？’”

〔十一〕金聲中朝者：指王弼。王弼字輔嗣，三國魏人。續後漢書有傳。晉書衛玠傳：“是時大將軍王敦鎮豫章，長史謝鯤先雅重玠，相見欣然，言論彌日。敦謂鯤曰：‘昔王輔嗣吐金聲於中朝，此子復玉振於江表，微言之緒，絶而復續。不意永嘉之末，復聞正始之音。’”

〔十二〕吕公仲氏：指吕良佐。參見鐵崖先生詩集甲集五月五日潤齋吕老仙開宴於樂餘閒堂。

〔十三〕飲醇酎：三國志吳志周瑜傳裴松之注引江表傳：“（程普）頗以年長，數陵侮瑜，瑜折節容下，終不與校。普後自敬服而親重之，乃告人曰：‘與周公瑾交，若飲醇醪，不覺自醉。’”

賓月軒記〔一〕

吕輔公之長子名①恒〔二〕，字②德常，其燕處一室在居之西偏③，名之曰賓月。嘗觴於其所，遂以記請。

余讀堯書〔三〕，命羲仲之文曰“寅賓出日④”，又曰“寅餞納日”。以賓餞之禮禮日者，謹昏旦之候，未聞以月。然在帝文告“曆日月而迎送之〔四〕”，則月亦在所賓矣。吁，此曆家説也，非吾達士之所賓也。吾達士所賓，自眺蟾主人賓於景祀之上〔五〕，月固未受其賓也，而況黃星小兒欲窺於南鵲之枝乎〔六〕！況苔閣塵榭欲以脂粉徹之乎！又況霓裳之聲帶韸鼓，而欲假仙游以即之乎〔七〕！是皆賓之以爲主也。惟庾武昌之據牀〔八〕，劉晉陽之清嘯〔九〕，李騎鯨之舉杯相屬〔十〕，杜少陵之戀戀貂裘〔十一〕,粗賓主之一遇耳! 嘻,賓常有也,而主不常有,兹數人之後,何其遇之闊⑤如也! 五百餘年而賓對⑥之交,始得於德常氏,可以見遇合之難矣。

　　吾愛德常人品光霽,尤愛其爲量靚深,時吐章句,流麗娟好。吾知月之愛德常而適以爲主,無疑⑦也。或有嘲曰:"德常賓月,月主德常。主無異情矣,而賓也有雲雨之翻覆,圓缺之差池,奈何?"德常曰:"爾何窺於賓主之淺也? 先天不稚,後天不老者,非全月歟? 而吾神未嘗不與之俱。求吾賓者,以神不以形。以形,賓在賓,主在主;以神,則吾蓋不知賓之在月,而主在吾矣,尚何以主客異邪?"或者曰:"然。"書諸軒⑧爲記。

【校】

① 名:原本無,據文淵閣四庫全書本補。

② 原本"字"之下有"長"字,據文淵閣四庫全書本删。

③ 偏:原本作"扁",據文淵閣四庫全書本改。

④ 文:原本作"翁";日:原本作"月",皆據文淵閣四庫全書本改。

⑤ 闊:原本作"潤",據文淵閣四庫全書本改。

⑥ 對:文淵閣四庫全書本作"主"。

⑦ 疑:原本作"短",據文淵閣四庫全書本改。

⑧ 軒:原本作"数",據文淵閣四庫全書本改。

【箋注】

〔一〕文撰於元至正九、十年間。當時鐵崖受吕良佐之邀,闔家移居松江璜溪,教授吕恒兄弟等。賓月軒主人吕恒,乾隆金山縣志卷十八遺事載吕恒傳:"吕德常恒,良佐長子。受業鐵崖之門。性恬雅,工吟詠。筑賓月軒,集諸名人觴詠其中,時號'賓月吟社'。弟恂,字志道,穎慧篤學。與富春吴毅、會稽韓奕、檇李貝瓊、同里彈鋏生馮濬、倪中、殷奎爲友,稱'璜溪七子'。"按:吕恒(? ——一三七〇)字德常,松江璜溪人。元至正九年始從學於鐵崖。明洪武二年以隱糧事没産,流陝西。明年五月十一日卒於長安。參見殷奎撰吕德常權厝志(文載强齋集卷四)。

〔二〕吕輔公,即吕良佐。良佐字輔之,故此稱輔公。生平詳見東維子文集卷二十四故義士吕公墓志銘。

〔三〕堯書：指尚書堯典，下文“寅賓出日”爲命羲仲語，“寅餞納日”語爲命和仲。

〔四〕“曆日月”句：史記卷一五帝本紀：“（帝嚳）撫教萬民而利誨之，曆日月而迎送之。”正義：“言作曆弦、望、晦、朔，日月未至而迎之，過而送之，上‘迎日推策’是也。”

〔五〕眺蟾主人：指漢武帝。三輔黃圖卷四影娥池：“武帝鑿池以翫月，其旁起望鵠臺以眺月，影入池中，使宮人乘舟弄月影，名影娥池，亦曰眺蟾臺。”

〔六〕黃星小兒：指曹操。三國志魏書武帝紀：“初，桓帝時有黃星見於楚、宋之分，遼東殷馗善天文，言後五十歲當有真人起於梁、沛之間，其鋒不可當。至是凡五十年，而公破紹，天下莫敵矣。”窺於南鵲之枝：曹操短歌行：“月明星稀，烏鵲南飛。繞樹三匝，何枝可依？”

〔七〕“霓裳之聲帶鼙鼓”二句：指唐明皇與楊貴妃之傳奇故事，語見白居易長恨歌。

〔八〕庾武昌：指晉人庾亮。據牀事，參見東維子文集卷十四南樓記注。

〔九〕劉晉陽：指晉人劉琨。晉書劉琨傳：“在晉陽，嘗爲胡騎所圍數重，城中窘迫無計。琨乃乘月登樓清嘯，賊聞之，皆悽然長歎。中夜奏胡笳，賊又流涕歔欷，有懷土之切。向曉復吹之，賊并棄圍而走。”

〔十〕李騎鯨：李白月下獨酌四首之一：“花間一壺酒，獨酌無相親。舉杯邀明月，對影成三人。”

〔十一〕“杜少陵”句：杜甫月：“四更山吐月，殘夜水明樓。塵匣元開鏡，風簾自上鉤。兔應疑鶴髮，蟾亦戀貂裘。斟酌姮娥寡，天寒奈九秋。”

碧梧翠竹堂記〔一〕

至正八年秋，崑山顧君仲瑛於其居之西偏治別業所，架石爲山，窾土爲池，層樓複館，悉就規制。明年，中奧之堂成，顏曰“碧梧翠竹”，廼馳數百里，寄①於友人楊維禎，曰：“堂瞰金粟〔二〕，沼枕湖山樓〔三〕，階映桃溪②〔四〕，漁莊草堂〔五〕，相爲儐介③，蓋予玉山佳處之尤宏而勝者也〔六〕。鴻生茂士爲予記詠者多矣，茲堂之志，非名鉅手不以屬，敢有請。”

予謂仲瑛愛花木，治園池，位置品列，曰桃溪，曰金粟，曰菊田，曰芝室,不一足矣,而於中堂焉獨取"梧竹",非以梧竹固有異於春妍秋馥④者耶? 人曰:"梧竹,靈鳳之所棲食者,宜資其形色爲庭除玩。"吁,人知梧竹之外者云耳。吾觀梧之華始於清明,葉落於立秋之頃,言曆者占焉。是其覺之靈者在梧,而絲弦⑤琴瑟之材,未論也。竹之介⑥於秋而不徇秋零,通於春而不爲春媚,貫四時而一節焉,是其操之特⑦者在竹,而籩簠笙篾之器未論也。淮南子曰一葉落而天下知秋〔七〕,吾以淮南子爲知梧。記禮者曰"如竹箭之有筠〔八〕",吾以記禮者爲知竹。然則仲瑛之取梧竹也,盍亦徵其覺之靈、操之特者,書以爲取諸物者法,毋徒資其形色之外云也。子韓子美馬⑧少傅之辭曰:"翠竹碧梧,能守⑨其業者也〔九〕。"徒取形色之外,而不得其靈與特者,未必爲善守。

仲瑛氏,吳之衣冠舊族也,有學而不屑於仕⑩。茲堂之建,將日與賢者處,談道禮義以益固其守⑪者,其不以吾言取梧竹乎? 書以復仲瑛,俾⑫刻諸堂爲記。年之月九⑬,日之二十有五,李黼榜第二甲進士會稽楊維禎書。

【校】

① 寄:原本作"記",據玉山名勝集清初鈔本改。
② 階映桃溪:原本無,據文淵閣四庫全書本補。文淵閣四庫全書本無"沼枕湖山樓"五字。
③ 介:玉山名勝集清初鈔本作"分",且有小字注曰"一作介"。
④ 春妍秋馥:玉山名勝集清初鈔本作"織妍瑣馥"。
⑤ 弦:原本無,據文淵閣四庫全書本補。玉山名勝集清初鈔本作"布"。
⑥ 之介:原本漫漶,據玉山名勝集清初鈔本補。文淵閣四庫全書本作"之盛"。
⑦ 特:原本漫漶,據玉山名勝集清初鈔本補。四部叢刊本作"恃"。
⑧ 馬:原本無,據玉山名勝集清初鈔本補。
⑨ 守:原本作"妥",據玉山名勝集清初鈔本改。
⑩ 仕:原本作"是",據玉山名勝集清初鈔本改。
⑪ 玉山名勝集清初鈔本"守"字下多一"業"字。
⑫ 玉山名勝集清初鈔本"俾"字下多"仲瑛"二字。
⑬ "年之月九"以下三句原本無,據玉山名勝集清初鈔本增補。

【箋注】

〔一〕文撰於元至正九年(一三四九)九月二十五日,當時鐵崖寓居松江,在呂氏

塾授學。按：至正七、八年間，鐵崖寓居蘇州之際，常應邀赴崑山，於玉山
草堂題寫詩文甚多。碧梧翠竹堂修建落成稍晚，顧瑛遂專程到松江請文。
顧瑛，生平參見東維子文集卷七玉山草堂雅集序。

〔二〕金粟：即金粟影，顧氏園内臨池之軒。參見東維子文集卷十八玉山佳
　　處記注。

〔三〕湖山樓：蓋即湖光山色樓。參見鐵崖先生詩集丙集水光山色注。

〔四〕桃溪：即桃花溪。顧瑛將婁江之水引入玉山草堂，爲園内水溪。參見東維
　　子文集卷十八書畫舫記。

〔五〕漁莊：爲顧氏園内建築。參見東維子文集卷十八玉山佳處記。

〔六〕玉山佳處：顧瑛宅園名。按：此前稱小桃源，後又改稱玉山草堂。參見東
　　維子文集卷十八玉山佳處記、小桃源記，玉山逸稿卷二拜石壇記。

〔七〕淮南子曰：淮南子説山訓："見一葉落，而知歲之將暮；睹瓶中之冰，而知
　　天下之寒。"

〔八〕如竹箭之有筠：語出禮記注疏卷二十三禮器。

〔九〕子韓子：指韓愈。韓愈殿中少監馬君墓志："退見少傅，翠竹碧梧，鸞鵠停
　　峙，能守其業者也。"

槐圃記〔一〕

　　按周禮，朝士面槐，三公位也〔二〕。槐何取於三公哉？豈其晝聶霄
炕〔三〕，一陰一陽之翕闢，而爕理之道見焉？故公所多植槐。齊之君
主，有犯槐之樹也①〔四〕，列公所，尊異乎群卉，而不可與凡條藦植於老
農之圃者比矣。故宋王祐氏手植三槐於庭，期其子孫曰："吾子孫必
有爲三公者。"已而旦果相太宗，天下謂之"三槐王氏〔五〕"。吁，槐之
植私庭而遇如王氏者，天下亦尠矣！

　　北庭文甫氏，家於杭之清波門〔六〕。自其祖參政忽撒公，樹槐三章
於居之後苑，稍治園亭其中，名之曰槐圃。文甫氏彈琴讀書，或與客
觴詠，必於圃之所。時時與客撫其樹，曰："嗟乎，是吾祖之手澤也。
予後之人弗克負荷惟懼，其敢不封植是樹，如昔人之無忘角弓者〔七〕，
以無忘吾祖者耶！"客至圃者，愛其人必敬其樹。知其祖之待文甫氏
者，遠且大也，且咸爲之賦槐圃詩。吁，文甫氏能思其祖，愛其手植若

是,其孝於家者可知矣。以其孝於家者,移忠於國,其光於祖者,又可知已。<u>文甫</u>方强年,承參政公之澤,將以六品秩仕於朝矣。吾嘗交其人,識其負大器,且執謙而好學。<u>忽</u>氏子孫之爲三公者,豈下<u>王</u>氏哉!異日<u>文甫</u>居高位,面庭槐,若見爾祖之手植也,有不惕然者哉!槐以人而名,則圖以槐而重矣,天下謂之"三槐<u>王</u>氏"者,不屬之"三槐<u>忽</u>氏"乎!惟<u>文甫</u>以前人之所期、天下之所望者,勉之而已。<u>至正己丑</u>九月九日記。

【校】

① 有犯槐之樹也:疑有訛脱。

【箋注】

〔一〕文撰於元<u>至正</u>九年己丑(一三四九)重陽日,當時鐵崖在<u>松江昌</u>氏塾授學。<u>槐圖</u>主人<u>文甫</u>,<u>北庭</u>人,居<u>杭州</u>。<u>忽撤</u>參政之孫,<u>至正</u>九年以祖蔭獲任六品官。按:"<u>北庭</u>人"即色目人,元代多指<u>北庭</u>爲<u>高昌回鶻</u>王國故地。又,<u>至正</u>九年(一三四九)<u>文甫</u>爲"强年",則當生於公元一三○九年前後。

〔二〕"<u>朝士</u>面槐"二句:參見<u>周禮注疏</u>卷三十五<u>秋官朝士</u>。

〔三〕晝聶宵炕:意爲槐葉晝開啟而夜閉合。宋<u>羅願爾雅翼</u>卷十一<u>釋木</u>:"槐者,虚星之精,其葉尤可翫。古者朝位樹之,私家之朝皆植焉……<u>釋木</u>曰:'欀槐大葉而黑,守宫槐葉晝聶宵炕。'<u>郭璞</u>以爲晝日聶合而夜炕布者,名爲守宫槐。按<u>説文</u>:欇木葉搖白,从木聶聲。則聶乃開之義。又,炕,乾也。木葉近火而乾,則當相合。然則<u>郭</u>氏之説正反之耳。今<u>江東</u>有槐,晝開夜合者,謂之合昏槐,蓋啟閉以時,有守之義。説者以爲此槐與雅説相反,不知<u>郭</u>氏誤解之也。"

〔四〕<u>齊</u>之君主:指<u>齊景公</u>。事參見<u>鐵崖先生古樂府</u>卷八<u>覽古</u>之三注。

〔五〕三槐<u>王</u>氏:參見<u>東維子文集</u>卷十五<u>槐陰亭記</u>。

〔六〕<u>清波門</u>:位於<u>杭州</u>城西,俗呼<u>暗門</u>。參見<u>咸淳臨安志</u>卷十八疆域。

〔七〕"如昔人"句:<u>左傳昭公</u>二年:"<u>韓子</u>賦角弓,<u>季武子</u>拜,曰:'敢拜子之彌縫敝邑,寡君有望矣。'<u>武子</u>賦節之卒章。既享,宴于<u>季</u>氏。有嘉樹焉,<u>宣子</u>譽之。<u>武子</u>曰:'宿敢不封殖此樹,以無忘角弓?'遂賦甘棠。"注:"角弓,<u>詩小雅</u>。取其'兄弟昏姻,無胥遠矣',言兄弟之國宜相親。""甘棠,<u>詩召南</u>。<u>召伯</u>息於甘棠之下,詩人思之而愛其樹。<u>武子</u>欲封殖嘉樹如甘棠,以宣子比召公。"

光霽堂記^{〔一〕}

　　宋黃庭堅論春陵子周子之人品^{〔二〕}，曰胸次灑落，如光風霽月^{〔三〕}。談人物於孟軻氏後者，子周子也。太極、通書之著^{〔四〕}，異乎莊、列、荀、楊之撰^{〔五〕}，不由師傳，根極道要，以接夫千載不傳之緒，由其人品之高也。擬諸形容者無它，風月之光霽而已耳。後世不識周子，而求其人以光霽，可以識其人品焉。

　　雲間任公子元樸，開園池於廬之西偏，蒔花竹其中，而命其堂所曰"光霽"，因友生馬琬求記於余^{〔六〕}。余謂元樸之光霽，其慕子周子歟？抑自胸次式符於子周子歟？

　　嗚呼，一歲之晝夜，非無風與月也，而得諸光霽實難。今夫蓬蓬然而發乎噫氣，掉乎無方，迹之而無形，聽之若有鳴，谷乎若盈流，手乎若行者，是風也。而光實形之，不光無以見風之至祥也。晶晶乎行乎太空^①，泰清乎天中，轉之而不窮，蝕之而不訌，死而胊^②，灰而朓，朓而中者^{〔七〕}，是月也。而霽實旌之，不霽無以見月之至白也。風之光，月之霽，蓋神之至秀，而時之至良也已。勝人韻士韶暢高明，灑然凡塵之表者，不似之乎！

　　吾於是有感矣，風月光霽少而翳冥多也，人光霽少而幽陰多也，世代光霽少而屯否多也^{〔八〕}。元樸"光霽"，獨取諸造物之多，得之心而應之境，誦詩讀書，暇而彈琴握槊，與客觴咏以爲樂，而不知世間萬物有^③悴然而不適其情者。嘻，風月在世，常^④也，而堂獨以"光霽"名^⑤之，是雖晦冥陰雨相尋於無窮，而吾未嘗一日不光霽也。吁，夫人而似乎元樸也，子周子不足慕而已，世道之否者，可以復泰和聲明之盛於古也。

　　客聞吾言，有喜而爲之歌者，曰："有光雖風，有霽雖月。我思其人，憂心惙惙。既見其人，我心則^⑥悦。"

　　又歌曰："光之風兮英英，霽之月兮庚庚，風與翔兮月與萌。君子之心，既清且明。君子之樂，式和且平^⑦。繄子仕子，莫之與京。"

【校】

① 太空：四部叢刊本作“太極”。

② 胸：當爲“胹”之訛寫。參見注釋。

③ 有：原本作“百”，據文淵閣四庫全書本改。

④ 常：原本殘缺，據文淵閣四庫全書本補。

⑤ 名：原本作“所”，據文淵閣四庫全書本改。

⑥ 則：原本作“在”，據文淵閣四庫全書本改。

⑦ 平：原本作“乎”，據文淵閣四庫全書本改。

【箋注】

〔一〕文撰於元至正九、十年間，當時鐵崖在松江吕良佐私塾授學。繫年依據：任璞乃任仁發之孫，而鐵崖在松江與其兄弟交往，不遲於至正九年九月。參見鐵崖先生詩集丙集題任月山所畫唐馬卷、東維子文集卷二十隆福寺重修寶塔并復田記。任璞，字元樸，松江青龍鎮人。乃任仁發之孫，賢佐之子。元季曾任軍職，爲鎮撫。參見鐵崖先生詩集丙集任元樸新創園池予名其東西樓一曰來青一曰覽輝且爲賦詩。又，或謂元樸名士質，士質蓋其原名。參見東維子文集卷二十隆福寺重修寶塔并復田記。又，光緒青浦縣志卷二十一人物傳五：“任璞字伯璋，賢佐子，仁發孫也。居艾圻。嘗割田二頃贍青龍鎮學。中年謝軍職。遭世變，一褐畎廬，義不去圻上。今任氏子孫猶有居者。又，任巷、任家橋所居，皆有任氏裔云。（按：伯璋之字，從青浦詩傳。據梧溪集有簡元樸鎮撫伯璋縣丞詩。璞當字元樸，以縣丞非軍職也。）”上引按語有理，今按王逢此詩，其名實爲寄任子良府判兼簡元樸鎮撫伯温都事伯璋縣丞（載梧溪集卷四），青浦詩傳誤將元樸鎮撫與伯璋縣丞混淆。

〔二〕春陵：今湖南永州市道縣、寧遠一帶。子周子：指周敦頤。周敦頤生平見宋史道學傳。

〔三〕“胸次灑落”二句：黄庭堅讚譽周敦頤語，見山谷集卷一濂溪詩序。

〔四〕太極：指太極圖，或作太極圖説，與通書并載周敦頤别集周元公集卷一。

〔五〕莊、列、荀、楊：分別指莊子、列子、荀子、楊朱。

〔六〕馬琬：鐵崖弟子。列朝詩集甲前集馬琬：“琬，字文璧，秦淮人。少有志節，工古歌行，尤工諸畫。學春秋於鐵崖。國朝仕爲撫州府知府。”又，畫史會要卷四明：“（馬琬）號魯鈍，松江人。山水宗董源，善平遠曠闊之

景。"按：馬琬又號北園灌者、灌園人。"狀貌奇古，人以爲偉兀氏"。洪武
三年以召至京師，任命爲撫州知府。參見東維子文集卷二十八魯鈍生傳、
石渠宝笈續編乾清宮藏九元人集錦、同書養心殿藏二米苻詩牘、清江文集
卷十三跋馬文璧雲林隱居圖後。

〔七〕"死而"三句：宋晁説之撰景迁生集卷十一曰法："夫既知日之所納，則知
月之所出矣。一日而朒，十五而朓。"

〔八〕屯否：指周易之屯卦與否卦，意爲艱難困厄。

雙清軒記〔一〕

　　華亭南去五十里，爲胥浦〔二〕。浦之東有隱君子居焉，曰倪益齋
氏〔三〕。吾嘗聞其人而不及見之。今年予至胥浦，而其人已隔世，見其
二子，皆孝睦，其冢①孫曰權者，尤多②才賢而善接師友。

　　權之舍客次曰雙清軒，以予爲右客，常禮予以顓席。予亦時時領
客造其所，不問主在無，一也。權與父伯玉君聞予至〔四〕，急治茗具，茗
餘，繼觴詠，已而相與抱琴至雙清所。當秋月正中，八囧夜闌③，游塵
不興，草樹可數，爲予援琴三鼓。始以長清、短清〔五〕，申④之以御風、騎
氣〔六〕。其聲汩汩，如泉走絶壑，如游⑤雲行太空，如珩瑀相觸於升降揖
遜之頃，疾徐高下，靡不中節。蓋月在琴，得月而愈清。軒之名"雙
清"，非此耶！

　　權既與客賡唱雙清詩，而又屬余記。余愛權之賢，其有志於樂道
者歟！惟樂道者而後忘世俗之樂，故其心灑然與迹俱清，不徒琴與月
遭而後得是清也。世之層臺複館，貯粉黛，芘笙竽，與淫朋狎伴爲留
連，荒亡沉溺而不悟者，彼豈知天地之氣之清，有託於物而存⑥者乎？
而倪氏容膝之室〔七〕，無黝堊丹漆之麗，其中惟經史圖畫⑦、一二古鼎彝
器皿而已。方其適於清也，衆喧俱息，百慮皆⑧消，方寸之間，湛然無
世間一物之異，此非誠於樂道者能之乎！不然，吾懼權之清也，當琴
與月遭則暫之，於月落琴移之際則失之。譬之泉焉，渴飲而甘之，而
不能不爲醇醪之奪於異日也，可不懼哉！權起，謝曰："權或叛先生之
教，有如月！"舉酒屬客，而自爲之歌曰：

氣之清兮魄之陰,器⑨之清兮弦之琴。維軒有月,清明實臨。維救⑩有琴,和樂弗淫。我歌雙清,實獲我心。

并録之以爲記。

【校】

① 冢:原作“家”,據文意改。

② 多:原本無,據四部叢刊本增補。

③ 闢:原本作“自”,據文淵閣四庫全書本改。

④ 申:四部叢刊本作“中”。

⑤ 游:四部叢刊本作“浮”。

⑥ 託:原本作“記”;存:原本作“於”,據文淵閣四庫全書本改。

⑦ 畫:文淵閣四庫全書本作“書”。

⑧ 皆:原本無,據文淵閣四庫全書本增補。

⑨ 器:四部叢刊本作“氣”。

⑩ 救:四部叢刊本作“軒”。

【箋注】

〔一〕文當撰於元至正九、十年間,其時鐵崖在松江吕良佐私塾授學。繫年依據:據文中“吾嘗聞其人而不及見之,今年予至胥浦”、“以予爲右客,常禮予以顯席。予亦時時領客造其所”等語推知,其時爲太平年景,當爲鐵崖初次寓居松江時期。雙清軒主人倪權,松江人。倪益齋孫,倪伯玉子。按:倪伯玉結髮之妻爲海鹽趙氏,無子,僅有一女,婿爲邵炳。蓋倪權爲倪伯玉續娶之妻所生。參見元陳高不繫舟漁集卷十三倪母墓志銘。

〔二〕胥浦:又稱胥涇。參見東維子文集卷十二華亭胥浦義冢記注。

〔三〕倪益齋:倪權祖父。益齋當爲其別號。

〔四〕權伯玉:松江人。邵武叔岳父。居胥涇。參見本卷明誠齋記。

〔五〕長清、短清:琴曲名。樂書卷一百四十三琴曲下:“昔人論琴,弄、吟、引亦多矣……有以嵇康爲之者,長清、短清,長側、短側之類也。”又,黄氏日抄卷四讀毛詩:“有徒存其譜而無辭曲之可歌者,如長清、短清與長側、短側之類,雖無其辭,未嘗無其義也。”

〔六〕御風、騎氣:琴曲名,御風又名列子御風,蓋皆藴有仙道意味。參見琴曲集成第三册西麓堂琴統、第一册神奇秘譜。

〔七〕容膝之室：陶淵明歸去來兮辭："倚南窗以寄傲,審容膝之易安。園日涉以成趣,門雖設而常關。"

邵氏有竹居記〔一〕

松地隸古揚①域,厥土卑濕沮洳,自禹決水注之海,然後民與草木得休養生息。其土性最宜竹,禹貢所謂"篠簜既敷〔二〕",可徵也。去松之南六里所,有村曰同安,仲謙邵氏居焉。邵氏自靜山君由伊雒徙湖之長興,復自長興徙茲邑。仲謙即先廬斥而大之,左右皆植竹,因顏其室曰有竹居。翰林承旨張公夢臣嘗爲大書其居〔三〕,太常胡公古愚既爲賦詩〔四〕,復介吾友吕輔之請記於余〔五〕。

余曰：竹之爲物,詠於詩,有切磋琢磨之喻〔六〕；載於禮,有"釋回增美"之喻〔七〕。竹蓋異於凡卉草木矣。晉王子猷曰"何可一日無此君"〔八〕,宋蘇軾亦云"可使食無肉,不可居無竹"也〔九〕。非竹之比德君子,又何以能有於人哉？今仲謙氏居有竹,亦知有得於竹,而竹爲我之有乎！若其居有竹,而吾不能以有竹也,問其所有,輒謾言曰："吾吟竹,風擊珊瑚也；吾掃竹,月披琅玕也。雲烟冰雪蔽虧刻②,無不全於竹也。好事者來,引之竹所,彈琴詠詩,或觴酒以爲樂。"吁,有竹如是,夫人而能有之也。今夫虛中抱道,竹③之心；貞標絶俗,竹之性；獨建而不拔,竹之本；離立而不軋,竹之羽。四時寒暑,不改柯易葉,又其恒也；聲中律吕,協鳳凰之將鳴,又其德音也；啼而斑,泣而萌,動夫鰲人孝子之思,是又其應物之靈也。故君子有取於竹,而必將有其有也。仲謙之得竹如此,斯能有竹之有也。不然,吾懼仲謙氏居曰有竹,竹不爲其有也。雖渭川千畝之富,徒"與千户侯等"云爾〔十〕,竹何有於居,居又何有於竹哉？

吾問輔之氏,稱仲謙好德君子也。仲謙其克有其竹,不徒在居之云也審矣,尚以吾言勉之。

【校】

① 揚：原本作"楊",據四部叢刊本、文淵閣四庫全書本改。

② 雲：原本作"雪"，據四部叢刊本改。刻：疑有訛脱。

③ 竹：原本脱，據傅增湘校勘記補。

【箋注】

〔一〕文撰於元至正九、十年間，當時鐵崖在松江吕良佐私塾授學。繫年依據：當時鐵崖寓居松江，且鐵崖東家吕良佐在世，故必爲鐵崖初次寓居松江期間。邵氏：邵仲謙，仲謙當爲其字。先世居伊雒，徙居松江，遂爲松江人。按：朱德潤有贈邵仲謙序（載存復齋續集），謂元季至正十九年前後，邵氏任烏程典史、常熟州提控案牘等職。未知與本文邵仲謙是否爲同一人。

〔二〕古揚：古代揚州，九州之一。"厥土卑濕沮洳"至"禹貢所謂篠簜既敷"凡五句，詳見尚書禹貢。

〔三〕張夢臣：名起巖，夢臣爲其字，其先章丘人，徙家濟南。中延祐二年進士，授登州同知。官至翰林承旨，任遼、金、宋三史總裁官。傳見元詩選三集。

〔四〕胡公古愚：指胡助（一二七八——？）。玉山草堂雅集卷十四："胡助，字古愚，金華人。性端方，好讀書。長游京師，受知館閣諸老，辟試史館職。後以太常博士致仕。詩有口華雜興，及上京汴中紀行集。與鐵崖楊先生訪予里舍，其所題玉山草堂諸作，别刊于精舍吟云。"按：胡助又字履信，自號純白道人，實爲金華東陽人。舉茂才，授建康路學録。至順年間薦授國史院編修官。至正二年致仕南歸。有純白齋類稿傳世。其生平參見純白齋類稿卷十八純白先生自傳、清邵遠平元史類編卷三十六文翰，及徐永明撰胡助年譜（載元代至明初婺州作家群研究下編）。按：純白齋類稿卷十八純白先生自傳著録胡助致仕南歸時間，因版本不同而有差異，文淵閣四庫全書本作"至正二年"，金華叢書本曰"至正五年"。當以前者爲是，因爲至正三年元月，胡助已至錢塘，曾在吴山鐵冶嶺爲鐵崖麗則遺音題寫跋文。

〔五〕吕輔之：名良佐。聘鐵崖至其松江私塾授學。其墓志銘載東維子文集卷二十四。

〔六〕切磋琢磨：詩經淇奥句。參見鐵崖賦稿卷下翠雪軒賦注。

〔七〕釋回增美：禮記禮器："禮釋回，增美質，措則正，施則行。其在人也，如竹箭之有筠也，如松柏之有心也，二者居天下之大端矣，故貫四時而不改柯易葉。"

〔八〕王子猷：即王徽之。參見鐵崖先生詩集庚集脩竹美人圖注。

〔九〕蘇軾亦云：參見東維子集卷十六有竹人家記注。

〔十〕“雖渭川”二句：參見東維子集卷十六有竹人家記注。

聚桂軒記[一]

　　秀在宋，爲文物之邦，至今士多興於學，處廛者亦類皆鴻生碩彦，由是廛之坊有曰聚桂者[二]，而趙某氏世居焉。其子覬，尤知尚文墨氏，蚤歲尊師取友，學經史，談道義，不間寒暑，且題其修業之所曰聚桂軒。軒之前，植桂成行，當秋清月高，花爛熳發，與客觴咏其下，悠然與桂相忘若友然。待制杜公本既爲書其顏[三]，而又因司令濮樂閒氏來見[四]，且以記請。

　　予惟春而榮、秋而悴者，木皆然，獨桂貫四時一致，不媚於春，不怵於秋。月窟清寒，其根托焉；風霜高潔，其英發焉，豈非卉之仙者乎！宜君子之比德於桂者衆也。古者以桂喻君子，如淮南小①山之詞[五]，蓋傷賢者不得所，而招之無②隱者也。晉郤詵③對武帝曰：“臣射策爲天下第一，猶桂林一枝[六]。”則又高自標榜，而志於不隱者也。余未暇論天下士，即秀一郡，在宋則有莫氏五桂者[七]，以一門五子皆明經擢第，天子賜其親以紫衣金節之華，故人比燕山之竇[八]。我朝設科取士，則有若黃氏玭父子[九]、俞氏鎮兄弟[十]，洎蔡氏景行[十一]、陳氏允文[十二]、鮑氏④[十三]、陸氏景龍[十四]、徐氏達道[十五]，歲登賢書，皆桂林之選也。繼諸君而來者，殆未已焉。覬固於諸君之文讀而知之，或請業而師之已，他日偕計吏上春官，對策大廷，天子賜覬進士第，覬將爲桂之顯者，追榮莫氏，以光夫⑤士子之聲，豈得爲小山之陰⑥乎！聚桂文會方作於樂陶⑦氏[十六]，余嘗主評裁，而士之與是會者，人固以欲之桂待之矣，覬其可以桂自隱哉！余故記聚桂，不惟勗覬，且以勗其同門同志者云。

【校】

① 小：原本作“山”，據文淵閣四庫全書本改。

② 無：文淵閣四庫全書本作“以”。

③ 詵：原本作“洗”，據晉書郤詵傳改。

④ 疑"氏"字下脱一"恂"字。

⑤ 夫：原本作"欲"，據文淵閣四庫全書本改。

⑥ 小山之陰：原本作"山山之陽"，據文淵閣四庫全書本改。

⑦ 樂陶氏之"陶"，蓋爲"聞"之誤寫。參見注釋。

【箋注】

〔一〕文撰於元至正十年（一三五〇）鐵崖主持聚桂文會之際，當時鐵崖應邀由松江來到嘉興。繫年依據：文中曰"聚桂文會方作"、"因司令濮樂聞氏來見"云云。參見東維子文集卷六聚桂文會序。聚桂軒主人趙覬，生平見本文。

〔二〕聚桂：嘉興街坊名。參見東維子文集卷六聚桂文會序。

〔三〕杜本：參見東維子文集卷十四生春堂記。

〔四〕濮樂聞：名允中。曾任兩淮鹽場轉運司令。參見東維子文集卷六聚桂文會序。

〔五〕淮南小山之詞：指招隱士。宋洪興祖楚辭補注卷十二招隱士："小山之徒，閔傷屈原，又怪其文昇天乘雲，役使百神，似若仙者。雖身沈没，名德顯聞，與隱處山澤無異。故作招隱士之賦，以章其志也。"招隱士有"桂樹叢生兮山之幽，偃蹇連蜷兮枝相繚"句。

〔六〕郄詵：晉書郄詵傳："郄詵字廣基，濟陰單父人也……累遷雍州刺史。武帝於東堂會送，問詵曰：'卿自以爲何如？'詵對曰：'臣舉賢良對策，爲天下第一，猶桂林之一枝、崑山之片玉。'帝笑。"

〔七〕莫氏五桂：指南宋嘉興莫琮五子。大明一統志卷三十九嘉興府："莫琮，本仁和人。宋建炎初，避地崇德。晚入仕，歷明、福二州幕官。涖政行己，俱有可觀。子五人：元忠、若晦、似之、若拙、若沖，俱登科，時比燕山五寶。"

〔八〕燕山之寶：指寶儀兄弟。參見鐵崖先生詩集甲集題吳中陳氏壽椿堂注。

〔九〕黃玭：弘治嘉興府志卷九人物元："黃玭、阮拱臣，皆中進士第。"按：黃玭字比玉，嘉興路人。曾中延祐元年甲寅江浙行省鄉試第十三名，其鄉試程文載類編例舉三場文選辛集卷二。蓋非進士，而是鄉貢進士。其子名字生平皆不詳。參見陳高華撰兩種三場文選中所見元代科舉人物名録（文載陳高華文集，上海辭書出版社二〇〇五年出版）。又，元詩選癸集載黃比玉答宋御史詩一首。

〔十〕俞鎮：弘治嘉興府志卷九人物元："俞鎮字伯真，兩舉魁多士。"同書卷二十七(崇德縣)人物元：“俞鎮，崇德人。博覽經史，鄉薦第一，累官建德縣尹。所著有修辭稿。”據錢大昕元進士考，俞鎮於延祐丁巳年以易經中江浙鄉試第一名。

〔十一〕蔡景行：爲鄉貢進士。元至正十一年任平江路崑山州儒學教授。參見嘉慶直隸太倉州志卷六職官、光緒昆新兩縣續修合志卷十六歷代職官表。

〔十二〕陳允文：事迹不詳。按：吳下冢墓遺文續集載無名氏撰元故從仕郎吉水州判官易府君壙志，撰期爲至正十四年，署名者陳允文，其官職爲“大中大夫前海北廣東道肅政廉訪司使”。疑即此嘉興陳允文。

〔十三〕鮑氏：疑當作“鮑氏恂”。鮑恂，參見東維子文集卷六聚桂文會序。

〔十四〕陸景龍：元音卷十二載陸景龍詩，注曰：“(陸景龍)字德陽，檇李人。江浙貢士。”

〔十五〕徐達道：生平不詳。按趙氏鐵網珊瑚卷十四載陸居仁墨菜銘，後附元季吳地人士題跋十餘首，其中有徐達道詩一首。

〔十六〕樂陶氏：當作樂閒氏。當時主辦聚桂文會之人爲濮樂閒。參見東維子文集卷六聚桂文會序。

桐香室記〔一〕

　　秀濮氏某府君〔二〕，居濮津之桐鄉①〔三〕，始居成聚，已而成市。其土廣而墳，無高山大谷之深阻，所植多嘉樹美箭。舊説有梧桐盛②大，鳳皇常集其上，故鄉以“桐③”名。余弱冠時游者④〔四〕，嘗識濮氏樂閒公之折節下士，尤切切教子弟，不遠千里而聘名師。其子仲溫，好學不倦，題其修業之所曰桐香，蓋⑤取詩人李長吉語以名也〔五〕。後余在吳，有⑥爲典市官者，日中與市者相質劑，夜則歸誦書石轅。且嘗遺⑦書於余，道其所志，欲請業焉，則知爲仲溫。余訝其人生紈綺家，且既仕而又志學若此，非賢者能之乎？已而仲溫棄官還家，尊師取友，以卒其業。時余在雲間，仲溫又介余友鮑君仲孚招徠予〔六〕。公觴余知止堂上，仲溫退侍余桐香室中，相與校⑧讎經籍、商論文墨爲事。濱別，請室記。

　　昔屈子著離騷〔七〕，以香草⑨比有德之君子。傷香草立愛而不芳者有矣^⑩,而未聞以桐。蓋卉之弗靈於性者,不穠於色則烈於香,不烈於香則厚於實而已耳。惟桐性靈,花之拆,葉之落,占曆者以之^{〔八〕}。而其枝之所傾,有以集鳳凰^{〔九〕};材之所取,又有以中琴瑟。詩人者以香屬之,殆不可與凡卉之臭味同議矣。故曰桐之香,鳳之待也。

　　嘻,桐之香,鳳之集,德香而爵禄聚,理之所必至者。仲温植其德,如^⑪植桐然,自拱把之日,無牛羊斤斧之戕,勢不至干霄蔽日不止也。根益深,蔭益大,香益遠,吾見仲温膺爵禄也,天子賜進士第起身,以顯揚其親,以展布其平日師友之學,可計日而候已^⑫。故余樂爲記桐香,使人知桐香非直爲待鳳之具,實濮氏之德之符也。繫之辭曰:

　　梧桐生只^⑬,在濮之陽。桐之香只,繫鳳之翔。繫鳳之翔,維^⑭君子之鄉。梧桐培只,在濮之除。桐之香只,伊德之符。伊德之符,維君子之居。

【校】

① 秀濮氏某府君居濮津之桐鄉:光緒桐鄉縣志本作"宋著作郎濮雲翔從高宗南渡,卜居濮津之桐鄉"。按:光緒桐鄉縣志卷五建置志録此文,據以作校本。

② 盛:光緒桐鄉縣志本作"甚"。

③ 桐:原本無,據光緒桐鄉縣志本補。

④ 游者:原本作"游看",光緒桐鄉縣志本作"常游覽焉",據四部叢刊本改。

⑤ 蓋:原本作"又",據光緒桐鄉縣志本改。

⑥ 原本"有"字上衍一"無"字,據光緒桐鄉縣志本删。

⑦ 遺:原本作"道",據傅增湘校勘記、光緒桐鄉縣志本改。

⑧ 校:原本作"榜",據光緒桐鄉縣志本改。

⑨ 昔屈子著離騷,以香草:原本作"昔離騷子著書,天下香草以",據光緒桐鄉縣志本改。

⑩ 立愛:光緒桐鄉縣志本無。矣:原本作"以",據光緒桐鄉縣志本改。

⑪ 如:原本作"以",據光緒桐鄉縣志本改。

⑫ 可計日而候已:光緒桐鄉縣志本作"更有涯涘乎哉"。

⑬ 只:原本作"矣",據光緒桐鄉縣志本改。

⑭ 維:原本作"雖",文淵閣四庫全書本作"惟",據四部叢刊本、光緒桐鄉縣志

本改。

【箋注】

〔一〕文當撰於元至正十年六月前後,與本卷聚桂軒記爲一時之作。其時鐵崖
　　　在松江呂氏私塾授學,應濮樂閒父子邀請暫赴嘉興桐鄉。繫年依據:本
　　　文謂“時余在雲間,仲温又介余友鮑君仲孚招徠予”云云,鮑仲孚即鮑恂,
　　　蓋即遵濮樂閒父子之命,來邀鐵崖主持聚桂文會者。參見後注。清胡琢
　　　撰濮鎮紀聞卷一建置古迹:“桐香室,在雙賢橋南。本濮樂閒讀書處。其
　　　子仲温好古嗜學,雖居官不輟。後棄職還家,增筑精舍,延楊鐵崖課業其
　　　中,楊爲作記。宋景濂書‘讀書敦教’額懸室内,里中沈氏尚寶藏之。”濮
　　　仲温,參見東維子文集卷十六松月寮記。
〔二〕秀濮氏某府君:指濮樂閒。參見東維子文集卷六聚桂文會序。
〔三〕桐鄉:元代隸屬於嘉興路崇德州,位於崇德東部。參見光緒桐鄉縣志卷
　　　一疆域志。
〔四〕余弱冠時游者:鐵崖二十歲左右離家游學,曾至嘉興、四明一帶。參見鐵
　　　崖文集卷二先考山陰公實録。
〔五〕“題其”二句:所謂“取詩人李長吉語”,意爲“桐香”二字出自李賀(字長
　　　吉)詩句。又,宋潘自牧撰記纂淵海卷九十五木部載“桐香待鳳池”詩句,
　　　亦謂出自李長吉。然今查考李賀詩集,未見此詩。李商隱卻有類似詩歌
　　　留存,即永樂縣所居一草一木無非自栽今春悉已芳茂因書即事一章,中
　　　曰:“柳飛彭澤雪,桃散武陵霞。枳嫩棲鸞葉,桐香待鳳花。”
〔六〕鮑君仲孚:即鮑恂。參見東維子文集卷六聚桂文會序。
〔七〕屈子:即屈原。王逸離騷序:“離騷之文,依詩取興,引類譬喻,故善鳥香
　　　草,以配忠貞。”
〔八〕占曆:禮記月令:“季春之月……桐始華。”
〔九〕集鳳凰:詩大雅卷阿:“鳳凰鳴矣,于彼高岡。梧桐生矣,于彼朝陽。”

明誠齋記〔一〕

　　淞之南五十里,其中水曰“大泖”。水清而土墳,環泖而居者,多
聞家著族。歲治土田給貢賦外,不遠千里聘名①師教子弟,最者曰朱、
陳、邵、呂。有曰武②叔者,蓋邵氏之佳③子弟也。予嘗聞武叔兄文④伯

高爽而好學〔二〕，一時功夫⑤樂與之游，不知又有武叔競爽焉〔三〕。武叔事父兄，各極其道，事師尤不遺於禮。且聞修業之所題曰明誠，蓋以暇日誦書史其中，所以交當世之賢人君子，必此焉游⑥息，而聲色狗馬之好，一不以經意，鄉之先達無不器許之。間從外舅倪伯玉君來見〔四〕，且請言以著明誠。

余喜淞子弟多嗜學，而邵氏余不無棄⑦取。然極其至而論，則聖人之道，一誠也；天地之運，一誠也。天地一息不誠，天地之運歇；聖道一日不誠，聖人之道消。聖法天，賢法聖，明此爾，誠者誠此爾。聖而無不明，孔子之徒是也。賢明而無不誠，顏、曾之徒是也〔五〕。明則知，誠則行也。易曰"知至，至之所與幾也"，非明之始事乎？"知終，終之所與存義也〔六〕"，非誠之終事乎！譬諸過⑧都者，必知道所由，陸輈太行〔七〕，水航滄、汝〔八〕，不惑於天下之旁岐⑨斷港，然後星行夜宿，積日累月，蘄於達而後止，此非明誠始終之教歟！故明誠之功，極於天地位，萬物育。聖人之道於是焉與造化同流，於乎至矣。武叔即予説，以合中庸之論而用力焉。余他日究子所成，以徵子學之不自欺者，的不予妄也。大師道而光祖德者，不在武叔？

之⑩祖爲翠岩老人者〔九〕，余所愛敬也。其師東岡先生〔十〕，余所友⑪也。武叔歸而質之，以爲何如？

【校】

① 名：原本作"多"，據文淵閣四庫全書本改。

② 武：原本作"五"，據文淵閣四庫全書本改。

③ 佳：原本作"圭"，據文淵閣四庫全書本改。

④ 文：原本作"父"，據文淵閣四庫全書本改。

⑤ 功夫：蓋有誤。

⑥ 游：原本作"浙"，據文淵閣四庫全書本改。

⑦ 棄：原本作"言"，據文淵閣四庫全書本改。按：此句疑有訛脱。

⑧ 過：原本作"偏"，據文淵閣四庫全書本改。

⑨ 旁岐：原本作"勞峻"，據文淵閣四庫全書本改。

⑩ "之"字前脱字。或當補"邵氏"。

⑪ 友：原本作"有"，據文淵閣四庫全書本改。

【箋注】

〔一〕文當撰於元至正九、十年間,當時鐵崖在松江吕氏私塾授學。繫年理由參見本卷雙清軒記。明誠齋:主人邵炳,字武叔,雪溪處士邵彌遠之孫,邵南之子,鐵崖弟子邵焕二弟,松江倪伯玉女婿。家有明誠齋、種瓜所,鐵崖皆爲撰記。參見東維子文集卷二十六雪溪處士邵公墓志銘、卷十九邵氏享德堂記,鐵崖先生集卷二種瓜所記,元陳高不繫舟漁集卷十三倪母墓志銘。

〔二〕文伯:即邵焕。邵焕字文伯,一作文博,邵炳長兄。鐵崖弟子,貝瓊友。參見東維子文集卷十九邵氏享德堂記、卷二十六雪溪處士邵公墓志銘,鐵崖先生詩集甲集用貝仲琚韻寄邵文伯,貝瓊清江文集卷四拱翠堂記。

〔三〕競爽:左傳昭公三年:"齊公孫竈(子雅)卒⋯⋯晏子曰:'惜也⋯⋯二惠競爽猶可,又弱一個焉。'"杜預注:"子雅、子尾皆齊惠公之孫也。競,彊也。爽,明也。"

〔四〕倪伯玉:邵武叔岳父。參見本卷雙清軒記。

〔五〕顔、曾:指顔淵、曾參。

〔六〕"易曰"五句:"知至,至之所與幾也"、"知終,終之所與存義也"等語,出自易,然與通行本稍有出入。易乾:"子曰:君子進德修業。忠信,所以進德也;修辭立其誠,所以居業也。知至,至之可與言幾也;知終,終之可與存義也。"

〔七〕太行:山名。綿延今河北、山西、河南等地。

〔八〕滄、汝:即滄河、汝河,前者位於今北京延慶一帶,後者位於今河南漯河市、駐馬店一帶。

〔九〕翠岩老人:即邵天驥。雪溪處士邵彌遠父,浦雲處士邵南祖父,邵焕、邵炳曾祖。宋季曾被薦任官,宋亡不仕,卒於家。生前自營墓穴,"而搆亭其前,爲薦裸之地"。參見東維子文集卷二十六雪溪處士邵公墓志銘、卷十九邵氏享德堂記、貝瓊清江文集卷四拱翠堂記。

〔十〕東岡先生:鐵崖友人。姓名生平不詳。

溪居琴樂軒記〔一〕

古樂器之存,惟琴。琴蓋古聖人有道之器,而至樂存焉。故顔淵得聖人之道,而託之琴也〔二〕。陶潛得聖人之趣,亦託琴也〔三〕。師曠〔四〕、嵇康〔五〕、阮瞻之徒〔六〕,非不工於琴,藝而已耳。道也,趣也,其樂內也,聲有可也,無可也。藝者,其樂外也,聲不得而無哉!

　　松陵曹某氏,闢室一所,前俯六溪,暇日鼓琴於其口,題曰溪居琴樂,間從阯百經氏來謁記〔七〕。予惟琴雖古樂,今之琴絕與古反矣。古人樂於內,今之①樂於外也。善琴者,有猗②蘭〔八〕、白雪〔九〕、離鸞〔十〕、舞鶴〔十一〕、御風③騎〔十二〕,古操之製也。不知古操之製,古道之所託也。今之紈袴小生,笄珥婦女,以勞爲學者,往往務爲新聲以悦今耳,是列雅於鄭、衛之音〔十三〕,何有乎古聖人之至樂哉!

　　予嘗聽④氏琴已,曹氏獨好純古淡泊之音,寬於内好,足以舒焦衰湮鬱之疾,則於顏之道、陶之趣,其得否未外知,然的非樂於聲紈袴小生、笄珥婦女者比也⑤。不樂於聲,則於樂道似矣。抑吾聞伯牙氏之學於連成是也〔十四〕,置之絕島之間,觀風水之潰洞,山林之杳,鳥悲獸號之慘情一移,而琴遂最天下。曹氏之居溪上也,流水終日瀄瀄鳴階除,聞若金石交作,而清奏鈞韶也。高陵大埠,烟雲晻靄在囱户外,其朝夕之變不同也,即物象⑥之變而寫之於琴,吾知其符連成子之教矣。吁,是道也,又豈紈袴小兒、笄珥婦女以吟猱攫醳〔十五〕、習於工師之樂學以爲樂者哉!予⑦它日拏舟過溪上,聽太古之音,以見聖人於穆然顄然之間〔十六〕,尚當爲汝賦其樂云。

【校】

① 之:文淵閣四庫全書本作“人”。

② 猗:原本作“倚”,據四部叢刊本改。

③ 風:原本作“夙”,據四部叢刊本改。

④ “聽”字下蓋脱一“曹”字。

⑤ “其得否未外知”二句:文淵閣四庫全書本作“其得否即於此中寓之,非後世紈袴小生、笄珥婦女者比也”。

⑥ 象:原本作“家”,逕改。

⑦ 予:原本作“子”,逕改。

【箋注】

〔一〕文撰於元至正九、十年間,即鐵崖在松江吕氏私塾授學之際。溪居琴樂軒主人曹氏，生平不詳，松陵人。松陵，指吴江（今屬江蘇）。參見本卷舊時月色軒記。

〔二〕"顔淵"二句：列子集釋卷四："仲尼閒居，子貢入侍，而有憂色。子貢不敢問，出告顔回。顔回援琴而歌。孔子聞之，果召回入，問曰：'若奚獨樂？'回曰：'夫子奚獨憂？'孔子曰：'先言爾志。'曰：'吾昔聞之夫子曰："樂天知命故不憂。"回所以樂也。'"

〔三〕"陶潛"二句：陶淵明歸去來兮辭："悦親戚之情話，樂琴書以消憂。"又，晉書陶潛傳："性不解音而畜素琴一張，弦徽不具。每朋酒之會，則撫而和之。曰：'但識琴中趣，何勞弦上聲。'"

〔四〕師曠：春秋時晉平公樂師，精於彈琴。參見東維子文集卷十一送陳生彦高序。

〔五〕嵇康：三國魏人。臨刑，顧日影而彈琴。撰有琴賦，載嵇中散集卷二。晉書有傳。

〔六〕阮瞻：字千里。阮籍子。清虚寡欲。善彈琴，人聞其能，多往求聽。不問貴賤長幼，皆爲彈之。晉書有傳。

〔七〕阯百經：生平不詳。當爲鐵崖好友，至正年間在世。

〔八〕猗蘭：即猗蘭操，相傳爲古琴操十二首中曲，"孔子傷不逢時而作也"。參見樂書卷一百四十三琴曲上。

〔九〕白雪：即白雪操。説郛卷一百載僧居月琴曲譜録，謂白雪操與殘形操、梁甫吟"并曾子製"。

〔十〕離鸞：即離鸞引。北堂書鈔卷一百九琴曲著録，注引琴歷曰："琴曲有蔡氏五弄、雙鳳、離鸞等二十一章。"

〔十一〕舞鶴：蓋指仙鶴舞。説郛卷一百載僧居月琴曲譜録，著録廣陵散、烏夜啼等"下古琴弄名"一百有餘，其中有仙鶴舞。

〔十二〕御風騎：不詳。按：琴曲名有御風操，漁洋詩話卷上："劉公㦷吏部善鼓琴，常於慈仁寺精舍彈御風操。"

〔十三〕鄭、衛之音：春秋時鄭國與衛國之音樂，時人多略稱爲"鄭聲"，孔子曾斥爲"淫"。詳見論語注疏卷十五衛靈公。

〔十四〕連成：或作"成連"。參見東維子文集卷九送琴生李希敏序注。

〔十五〕吟猱擭醳：均彈琴手法。按弦移動，小曰吟，大曰猱。張曰擭，弛曰醳。

〔十六〕穆然頎然：孔子家語辨樂解："孔子學琴於師襄子……有間曰，孔子有所謬然思焉，有所睪然高望而遠眺，曰：'丘迨得其爲人矣。近黮而黑，頎然長，曠如望羊，奄有四方，非文王其孰能爲此？'師襄子避席葉拱而對曰:‘君子聖人也。’其傳曰文王操。"

桂隱記〔一〕

至正九年春,予赴璜溪吕氏塾之賓塾〔二〕,與其仲氏德昭甫隣。德昭甫闢室居之西偏,植桂數十本,顏之曰桂隱。嘗觴予桂隱所,因求記。

余謂山林之士,托草木之芳以隱者多矣,或以菊,或以蒲,或以瓜,或以松,或以竹,以梅,以橘,以李,以槐者,不一足也。而以桂託①隱者鮮聞。德昭甫其亦有慕於劉安氏之小山者乎〔三〕!安輕國位,與山澤之儒游,八公之徒爲賦小山之詞〔四〕,其招隱有曰:"山氣籠嵸石嵯峨,溪谷嶄嵒水增波。猿狖群嘯虎豹嗥,攀援桂樹②聊淹留。"知桂之所記,在巖谷斗僻之地,足以爲君子隱所也。今德昭甫之居,無石之嵯、谷之嵒、猿狖群居而虎豹曹也,桂之列在庭,其途人所見,且引好事人抵其所,得爲小山之詞之隱乎?

德昭曰:"吾取桂以德,不取桂以地。故曰:‘桂因地生,不因地桂。’且桂,月窟之産也,兔公蟾母之所託以爲隱者,固非人間世之所得有。間有在人間世者,不幸爲墨卿詞客資之爲決科取禄計,遂名爲科籍,豈桂本志哉!歌隱於小山者,必於桂是言。蓋知桂者,無如小山矣。桂不以無人而不芳,君子不以無信而改德易行也。吾有志於桂如是,何暇計隱之山不山也哉!"

抑予聞小山之詞,招隱耳,非有隱也。德昭甫尊德樂義,雖老而好學不倦③,吾見中朝之士方有續騷歌而招德昭者,德昭其得終④隱於桂乎!是年九月十日⑤記。

【校】

① 託:原本作"記",據四部叢刊本改。
② 樹:原本作"拔",據文淵閣四庫全書本改。
③ 倦:原本漫漶,據文淵閣四庫全書本補。
④ 終:原本漫漶,據文淵閣四庫全書本補。

⑤ 九月十日：原本漫漶，據四部叢刊本、文淵閣四庫全書本補。

【箋注】

〔一〕文撰於元至正九年（一三四九）九月十日，當時鐵崖在松江呂氏私塾授學。桂隱堂：主人呂德昭，其名不詳。按：呂良佐有二子，長子名恒，字德常；次子名恂，字德厚。本文既曰"其仲氏德昭"，知德昭與呂良佐之子德常、德厚同輩，爲德常、德厚之叔伯兄弟。又，篇末謂德昭"雖老而好學不倦"，知其年歲較大。

〔二〕赴瑛溪呂氏塾之賓塾：意爲受聘於瑛溪呂氏，教授其子弟。瑛溪呂氏，指呂良佐及其兒子。參見東維子文集卷二十四故義士呂公墓志銘。正德華亭縣志卷七學校志："瑛溪義塾，在呂巷溪。元至元九年呂良佐建，翰林侍讀學士黃溍記。"按：此說有誤。有元"至元"年號有二，元順帝後至元僅六年，前至元九年則呂良佐尚未出生。"至元"當作"至正"。蓋呂良佐於至正九年建義塾而聘鐵崖。

〔三〕劉安：漢高祖劉邦之孫，封淮南王。小山：此指淮南王劉安之門客，亦可指其作品，參見本卷聚桂軒記注。

〔四〕八公：相傳爲淮南王劉安門客中才學最高之八人。

水南軒記〔一〕

　　家華亭長洳之陽，其里曰胥浦，世以孝友之行修於家，而以義①方教子弟者，曰陸宗敬氏〔二〕。即其居之偏而顏之水南者，則其彥功燕處之所也。陸氏自吳婁侯遜開迹華亭〔三〕，大司馬抗有平國功〔四〕，二子曰機曰雲〔五〕，又以文章著稱②於世，且姓其小字於山川〔六〕，故子孫氏至今千有餘年，猶魁然以人門爲淞聞族。士衡之詩曰"髣髴谷水易"，谷水即長洳也〔七〕。蓋其生之所樂，去之異鄉而不忘。歸志不遂，卒有感於華亭之清嘯③也〔八〕。嘻，谷水不遷，亭鶴自語，里人至今思而悲之。

　　今彥功有先之序在谷易，而名其軒曰水南。上有垂白之親，下有舞褓之童，又④有賢師良黨之際，樂其樂而不知世有崇高權貴、炎冷榮悴之一去一來者。倚於高山流水之外，同志相過，索其人於水之南，相與論⑤道名理爲事，此豈紈袴少年之情哉！可以稱二陸之鄉之賢俊氏。賢彦功嘗⑥隨其師黃公子謁余瑸溪,其識其人,高朗有雅量,吾已喜其爲陸氏佳子弟,矧又成之以賢師友之學。抑余宗敬有才而不得究於高年,其報在子孫,彦功當有以顯其先矣。嘻,綿華事之世澤,補遯祖之初志,其又不在彦功乎! 彦功以余言勉之而已。

【校】

① 以義:原本漫漶殘缺,據文淵閣四庫全書本改。

② 稱:文淵閣四庫全書本作"名"。

③ 嘯:原本空闕一字,據文淵閣四庫全書本補。

④ 又:原本空闕一字,據文淵閣四庫全書本補。

⑤ 論:原本作"南",據文淵閣四庫全書本改。

⑥ 嘗:原本作"賞",徑改。

【箋注】

〔一〕文撰於元至正九、十年間,當時鐵崖在松江瑸溪吕氏私塾授學。繫年依據:文中曰當時鐵崖寓居瑸溪,且文中所述,爲太平年景,士子求學等等,故必爲鐵崖初次寓居松江期間。水南軒主人陸彦功,生平僅見本文。

〔二〕陸宗敬:松江胥浦人。據本文"以義方教子弟者曰陸宗敬氏"、"宗敬有才而不得究於高年,其報在子孫"等語推之,陸宗敬爲陸彦功之父,至正九年或十年以前謝世。

〔三〕婁侯遜:指陸遜。陸遜字伯言,封婁侯。三國志吳書有傳。

〔四〕大司馬抗:陸遜次子陸抗。三國志吳書有傳。

〔五〕陸機、陸雲:均爲陸抗之子,陸機字士衡,陸雲字士龍,晉書皆有傳。

〔六〕姓其小字於山川:指機山。至元嘉禾志卷四山阜松江府:"機山在府西北二十里。考證:因陸機得名。"

〔七〕谷水:至元嘉禾志卷四山阜松江府:"谷水在府南,長一百五十步。考證:陸士衡詩:'髣髴谷水陽,婉孌崑山陰。'陸道瞻吳地記云:'海鹽縣東北二百里有長谷,昔陸遜、陸凱居此。谷水東二里有崑山,父、祖葬焉。'"

〔八〕"歸志不遂"二句:參見鐵崖先生詩集丙集贈陸術士子輝注。

耕閒堂記[一]

予嘗評"閒"矣,有仕而閒,有耕而閒,有游於仕農之外而閒。游於仕農之外者,其閒不容於先王之世,吾置而勿論也。若既仕而丐閒者,事若優而情或有未知,則閒亦謾爾。惟耕有餘力而後閒,迹若苦而情優,非世俗之閒有所矯激而後得者比已。

　　雲間倪仲玉氏,不仕而歸農,名其所居堂爲耕閒。農之暇,雞肥豕蕃,家所釀穀作春輔會,不閱月而熟。仲玉作輔會,必與親戚故舊相共之①,迨②極夫琴歌笑咏之樂而後止。胸中廓然,無一物之留,戶內外熙熙然,無一世故之撓,非吾所謂"迹若苦而情至優,非世俗之閒有所矯激而後得者"耶?仲玉且自記曰:"吾祖從御史大夫[二],其亦農耳,其勞至帶經而鋤。計其閒,不如吾之耕餘。及其耕而仕也,閒益不得。假吾之閒,不廢於耕,而經亦不廢於吾子孫,吾非太平之幸民、先德之慶裔歟!"

　　余客③呂氏塾,而仲玉之堂爲余塾南隣,且嘗與觴豆堂上④,遂以記請。甫田之詩曰"琴瑟擊鼓,以御田祖","以穀我士女"[三]。余亦將休矣,買田三泖上,與子孫爲耕耦。暇則與子孫柎格相擊土鼓,以祀先嗇之祖,而且有以式穀吾之士女也,豈非甫田詩人之樂哉!爾祖得失,吾又何議!仲玉喜而起,自歌曰:

　　仕而閒,其志煩,其情艱。其情而閒,其志安,其體胖乎。吁嗟,閒先於吾,豈以耕之寬易仕之慳乎!

【校】

① 相共之:原本作"而作堂工",據文淵閣四庫全書本改。

② 迨:原本無,據文淵閣四庫全書本補。

③ 客:原本作"容",據四部叢刊本、文淵閣四庫全書本改。

④ 上:原本作"工",據文淵閣四庫全書本改。

【箋注】

〔一〕文撰於元至正九、十年間,當時鐵崖受聘於松江呂輔之,授學爲生。繫年理由:據文中"余客呂氏塾"、"太平之幸民"等語,知爲鐵崖初次寓居松江期間。耕閒堂:主人倪仲玉,松江璜溪人。倪伯玉之弟。參見本卷雙清軒記、明誠齋記。

〔二〕御史大夫:指漢兒寬。漢書兒寬傳:"時行賃作,帶經而鋤,休息輒讀誦。"

〔三〕甫田：詩小雅甫田："琴瑟擊鼓，以御田祖，以祈甘雨，以介我黍稷，以穀我士女。"

舊時月色軒記〔一〕

　　松陵陸子敬氏，吳大族也。宋景、咸間〔二〕，子敬之先嘗築候①老堂於分湖之北〔三〕，壘石爲山，樹梅成林，日與魁人碩彦觴咏爲樂。没百餘年，而子敬克守其業，又葺所居之軒，名之曰舊時月色，取姜白石詞語也〔四〕。書來，以此記請。

　　予惟古今人，幾②生幾滅；古今月，幾圓幾缺。人有古今之殊，而月未始有古今也。月與天地，一無窮之運，亘萬古猶一日也。人不與月存，則謂人舊而月新；月不與人生，則又謂月舊而人新也。白石爲范石湖氏出仕於朝，歸老於家也，時異事改，求昔日之所見者，惟月在梅耳〔五〕。持③酒相對，悦如遇故人於數十年後，豈不有舊月之感哉！

　　子敬是之，不忘其先，見月於梅，如見其先，宜其同一感也。然草木以時計，閲歲而一新舊也；堂池以歲計，閲世而一新舊也。月一古今而無敝④，故體有盈虛而卒莫之消長，時有升降而卒莫之始終也。豈一草一木一池臺之新舊，而得爲月之新⑤舊乎！雖然，天地一物也，月一天地，一物也，其生無死，蓋亦有數焉。朔而載明於西，晦而終魄於東，此月之生死候，一旦暮耳。先天而生，明之根；後天而及，魄之極，此月之一大生死，亦一旦暮。而善觀月之生死，可以知屈伸之義矣。吁，是豈石湖氏觚墨之客所能言哉！異時予將泝三江〔六〕，過垂虹〔七〕，訪子敬之所居，呼酒酌東軒上，歌長庚之詩以問月〔八〕："自玄黄判而月生者，今幾年？以今人而能存古月者，復幾何人？"君當酌月而壽我，我固中舊客也。

【校】

① 候：當作"佚"，參見注釋。
② 幾：原本作"鞂"，據文淵閣四庫全書本改。
③ 持：文淵閣四庫全書本作"待"。

④ 今：原本作“之”；敝，原本作“被”，據文淵閣四庫全書本改。

⑤ 新：原本作“轉”，據文淵閣四庫全書本改。

【箋注】

〔一〕文當撰於元至正十年（一三五〇）三月以前。繫年理由：據文中“子敬之先嘗築候老堂於分湖之北”、“異時予將泝三江，過垂虹”等語，知其時鐵崖尚未游覽吳江，故必在鐵崖與顧遜等人游賞汾湖之前。參見鐵崖游汾湖記（載佚文編）。舊時月色軒：陸子敬別業。陸子敬，指陸祖恭。陸祖恭字子敬，號采芝，吳江汾湖人。大猷之孫，行直（字季道）第六子。終身不仕，頗行善舉。詳見汾湖陸氏族譜子敬府君傳。

〔二〕景、咸：指南宋景定、咸淳年間，即公元一二六〇至一二七四年。

〔三〕子敬之先：指宋代陸大猷。分湖：位於今浙江嘉善、江蘇吳江交界處。姑蘇志卷十水：“汾湖，一名分湖，分屬吳江、嘉興也。其東流入謝宅蕩、蓴菜蕩、南陽港，又東通三泖，入華亭界。”按：“候老堂”之“候”，乃“佚”之誤寫。分湖小識卷一古迹四宅第：“陸氏桃園在來秀里，宋陸大猷別業。中有翠巖亭、嘉樹堂、佚老堂、問蘆處、翡翠巢、釣漁所、半畝居、樂潛丈室。”又，梧溪集卷五題陸緒曾祖翠巖（諱大猷）自題佚老堂詩後翠巖宋學官元初忠武王版授江浙提學不就以隱德終：“佚老堂無恙，居然見典刑。心存趙氏日，迹隱謝敷星。金玉餘清響，蘋蘩只舊馨。分湖春酒緑，思過翠巖亭。”

〔四〕姜白石：南宋詞人姜夔，別號白石道人。姜白石詞編年箋注卷三暗香：“舊時月色，算幾番照我，梅邊吹笛。”

〔五〕“白石爲范石湖氏出仕於朝”五句：范石湖，南宋范成大號石湖居士，故稱。宋史有傳。此謂姜夔暗香詞實爲感歎范成大之人生而作。姜夔暗香詞前有序曰：“辛亥之冬，予載雪詣石湖。止既月，授簡索句，且徵新聲。作此兩曲，石湖把玩不已，使工妓隸習之，音節諧婉，乃名之曰暗香、疏影。”

〔六〕三江：吳郡圖經續記卷中：“太湖東注爲淞江，下七十里有水口分流，東北入海爲婁江，東南入海爲東江，與淞江而三。”

〔七〕垂虹：參見明鈔楊維楨詩集卷上薛澱湖注。

〔八〕長庚之詩：指李白把酒問月，詩曰：“青天有月來幾時，我今停杯一問之。人攀明月不可得，月行却與人相隨……今人不見古時月，今月曾經照古人。古人今人若流水，共看明月皆如此。”

東阿所記[一]

　　按隴西志[二]，東阿谷在醉仙山[三]，隱者所棲也。氣清境勝，草木繁蕪，此少陵杜氏屢見於歌咏而不厭也[四]。其詩有曰："船人近相報，但恐失桃花。"陵蓋以①其景比之桃源矣。

　　松之南里曰璜溪，溪之上馮生澹世家焉。生於廬之東又治讀書室，顏之曰東阿。夫東阿去秦地數百里，而生以之名者，取景同，不取地同也。地有水竹之美，在璜之東隩，軒又東嚮，謂之東阿固宜。當夫朝陽方升，萬景焜燿，鳴雞在樹喔喔然，白鵝蒼鷺與文鵃在水者泛泛然。陽陂打蔬者數十品，瘦地少粟者五種熟。高人逸士時過其所，詬租更叫囂東西村，如隔島外也。未知居東阿數十家者，比生何若哉！

　　昔少陵氏之詠東阿，非實居也。使少陵實從東阿，遭世擾攘，妻子流離，拯死之不贍，雖有東阿，能一日居乎？今生生於全盛②之時，又無仕宦東西之榮，優游焉誦詩讀書於阿之所，暇則杖策溪上，觀片雲雙鳥，其悠然自得，蓋與東阿之詩人同一遠意，而非眾人之所能測識矣。夫彈絲有得，不必琴臺；流觴有水，不必蘭亭[五]。東阿有隱者之東，又何必曰醉仙之谷哉！書諸解爲記，又爲賦詩曰：

　　問君讀書所，我所在東阿。東阿何所有？水竹蔭陂陀。鶯羽飛隼雉，長頸鳴駕鵝。離離原上㭱，濯濯池中荷。桃③源在人世，豈必陽山阿。今日有良會，同志式相過。擷我園中蔬，具酒旨且多。請君考吾槃，和我軒中歌。

【校】

① 以：原本作"此"，據文淵閣四庫全書本改。
② 盛：原本作"然"，據文淵閣四庫全書本改。
③ 桃：原本作"桃桃"，據四部叢刊本、文淵閣四庫全書本刪。

【箋注】

〔一〕文撰於元至正九、十年間，當時鐵崖在松江璜溪授學。繫年依據：馮澹家居璜溪,其時從學於鐵崖,且爲"全盛之時"。馮濬,又名以默,字淵如,號彈鋏生,松江璜溪人。從學於鐵崖,與吕恂、吳毅等爲同門友。鐵崖不僅爲撰齋記,還贈以大樹歌詩。參見東維子文集卷三十大樹歌爲馮淵如賦及大雅集卷七。

〔二〕隴西志:今無傳本,作者撰期皆不詳。

〔三〕按:東阿谷之"阿",或作"柯"。方輿勝覽卷六十九利州西路天水軍:"郡名隴西。"又,"醉仙崖,在天水縣連鳳山。"又,"東柯谷在天水縣。杜甫詩:'傳道東柯谷,深藏數十家。'又:'瘦地翻宜栗,陽坡好種瓜。'紹聖間,栗亭令王知彰作祠堂記云:'工部棄官,寓東柯姪佐之居。'"

〔四〕少陵杜氏屢見於歌咏:杜甫詠東柯谷,詳見秦州雜詩二十首,下引句見第十三首。

〔五〕蘭亭:位於今浙江紹興。此指王羲之蘭亭集會,曲水流觴,吟詩唱和。

中山堂記〔一〕

秀,澤國也,出郭無山。許可久氏居城東門外,顧書其堂楣於中山,介予友陳德初見予舍次〔二〕,且請記。

惟洛爲地中,而嵩山天下之中山也。可久家去洛凡幾何里,隔嵩凡幾何山,烏睹太室、少室三十六之峰乎〔三〕?可久曰:"吾家許由君實隱'中山'〔四〕。鯀龍門南〔五〕,有山高丈四,絶諸峰下立,如引頸仰其峰之高者,至今字之曰'許'云〔六〕。孔子生魯,稱殷人;太公仕周,不忘乎營丘〔七〕,重本也。吾不居洛而稱洛中山,豈徒慕'中山'也哉!"

嗚呼,重本若可久氏者可已。雖然,吾嘗病君家許由君,悻悻然獨潔其歸,不肯入堯、舜之道,非盛時所望也。吾聞天地扶輿,英淑之氣聚於中州,而州中之山,惟嵩當之,王治將興,嵩必爲降祉生英佐,故詩人歌之曰:"嵩高維嶽,峻極於天。維嶽降神,生甫及申〔八〕。"中山之利於時若此,可久追本"中山",其徒尚夫邈①歟?抑有以應詩人之歌歟?是爲記。

【校】

① 邈:原本作"迯",據文淵閣四庫全書本改。

【箋注】

〔一〕文或當撰於元至正十年(一三五〇)。繫年依據：文中曰許可久"介予友陳德初見予舍次"，蓋鐵崖當時寓居嘉興。而至正十年濮樂閒舉辦聚桂文會，特邀鐵崖主持，鐵崖曾由松江來到嘉興暫住。參見東維子文集卷六聚桂文集序。中山堂主許可久，生平僅見本文。

〔二〕陳德初：鐵崖友，其名及籍貫生平皆不詳。

〔三〕太室、少室三十六之峰：嵩山主要由太室、少室兩山組成，兩山各有三十六座山峰。

〔四〕許由：上古隱士。

〔五〕龍門：又名伊闕。位於今河南洛陽市南。

〔六〕字之曰許：晉皇甫謐高士傳卷上許由："許由字武仲，陽城槐里人也……許由没，葬箕山之巔，亦名許由山，在陽城之南十餘里。"又，元和郡縣志卷六河南道："許由山在(漢陽城)縣西十三里。"

〔七〕營丘：參見東維子文集卷十五營丘山房記注。

〔八〕"嵩高維嶽"四句：出自詩大雅崧高。

遂初堂記〔一〕

橋李東去六十里〔二〕，爲鸚湖。又航湖而南六七里，爲趙君初心之家。君故宗正子姓也，嘗以今選異等，遇知天曆大臣凉國公〔三〕，轉官至羅羅斯甸宣慰都事〔四〕。循是而往，躐高據要，可計日待。君顧自畫之，行年六十而以老自休，稍爲園池，樹堂其中，曰遂初。因余友劉漢傑請記〔五〕。余既高君之尚，遂弗辭。

人心之良，莫良於其初，而有不能良者，蝕其初焉耳。故君子論心，恒尚初，雖既老而貴乎遂也。晉孫興公負一時清名，嘗自賦遂初詩①，弗克遂，强預家國事，取專政者嫌薄〔六〕。君年六十六，未致事，一旦若悟五十九之非〔七〕，執政者方倚用之，而君②且休矣，精神志慮卷爲也③，有視存利禄若涕唾，盡分田四子，而家督者受政。君勝日挾侍者數人，與鄉之宦而歸者，往還扁舟間。好事者時載酒户外，君握④手堂上，説舊時典故，辨古先名理，驪甚。慷慨激烈，發爲歌詩，比之晉士取人嫌薄而訖不遂初,蓋異日道也。且其言曰:"堂之築,固以休予⑤老而遂吾初。而吾初之遂者,實將以竟吾母夫人之驩,奈何堂成而母逝矣!今吾雖若顒堂以居,而不知吾心之恒有母也。"嗟乎,與生俱生者,愛親之仁而初心之至也,又未知晉士之初有是不也,是可記也。又從而歌之:

　　鸎之湖兮清且腴,溉我田疇兮烏鹵爲畬⑥,出有航兮食有魚。歸歟歸歟,我親我娛。親雖逝兮我心在廬,遂吾遂兮我心之初,遂兮,烏知其餘!

【校】

① 詩:當作"賦"。參見注釋。

② 君:原本作"居",據四部叢刊本改。

③ 卷:當作"倦"。

④ 握:原本作"掘",據四部叢刊本、文淵閣四庫全書本改。

⑤ 予:原本作"子",據文淵閣四庫全書本改。

⑥ 畬:原本作"禽",據傅增湘校勘記改。

【箋注】

〔一〕文當撰於元至正十五年(一三五五)以前。繫年依據:文中曰趙初心歸老故鄉,隱逸逍遥,并未言及戰爭,當爲至正十六年初嘉興一帶遭遇戰禍之前。趙初心,初心當爲其字,嘉興人。元至正年間在世。曾任羅羅斯甸宣慰都事,六十六歲時辭官還鄉,建有宅園。按:趙初心退隱之後,時常在其宅園與文人友朋詩酒相會,與黃玠、錢惟善等均有來往。參見弁山小隱吟録卷一趙初心坐中贈中上人一元、江月松風集卷八寄趙初心。

〔二〕檇李:嘉興古名。至元嘉禾志卷一沿革:"檇李,即今嘉興也。舊有檇李城。"

〔三〕凉國公:指趙世延。趙世延字子敬,於至順元年封魯國公。二年,改封凉國公。元史有傳。

〔四〕羅羅斯甸:蓋指羅羅斯宣慰司,隸屬雲南行省。參見元史地理志。

〔五〕劉漢傑:鐵崖友,生平不詳。按:元詩選癸集載劉漢傑詩一首,題爲洞庭湖中廟詩。然無小傳。

〔六〕孫興公:名綽。晉書孫綽傳:"綽字興公。博學善屬文,少與高陽許詢俱有高尚之志。居于<u>會稽</u>,游放山水十有餘年,乃作<u>遂初賦</u>以致其意……時大司馬<u>桓溫</u>欲經緯中國,以<u>河南</u>粗平,將移都<u>洛陽</u>。朝廷畏<u>溫</u>,不敢爲異,而北土蕭條,人情疑懼,雖并知不可,莫敢先諫。<u>綽</u>乃上疏曰……<u>桓溫</u>見<u>綽</u>表,不悦,曰:'致意<u>興公</u>,何不尋君<u>遂初賦</u>,知人家國事邪?'"

〔七〕一旦若悟五十九之非:<u>莊子</u> <u>則陽</u>:"<u>蘧伯玉</u>行年六十而六十化,未嘗不始於是之而卒詘之以非也,未知今之所謂是之非五十九非也。"

晚軒記〔一〕

<u>秀</u>有<u>苧水</u>世家爲<u>戚秉肅</u>〔二〕,以"晚"自命所居之軒。且告①予曰:"某之名軒,非②以<u>苧水</u>宜晚之景也。某③不幸,幼爲膏粱兒。重不幸,早孤。以冠齒當家督,里中豪少我弱我,攻取者四面至,而學日與家落。<u>孔子</u>謂三十而立,今逾去其年,而吾未之有立也,不其晚乎? 故名以自儆,幸先生有以教我。"

夫物脆於早而固於晚,脆則薄,固則厚,物之理也。人之成器,何獨不然! 故<u>老氏</u>有言"大器晚成〔三〕",名言也。子不觀夫藜藿與梗、楠、豫章乎? 藜藿之生,焕焕然一日拔數寸,而其材不可以爲櫨。梗、楠、豫章,長歷七年而後一覺,而其用可舟楫梁棟。速成者,其功劣;晚成者,其功大,其象已乎。誠有志於器之成也,何嫌於晚乎!

余交<u>秉肅</u>氏,得詳其性行才質,皆晚之器。世之士多尚狎和,而<u>秉肅</u>獨以介;尚巧言詐行,而<u>秉肅</u>獨以直;尚險奔而污竟,而<u>秉肅</u>獨以夷以潔也,是得晚之道也。然彼以速爲功者,足高於連嶁列埒之間,峻躋而極諱④,自謂高鳥快駿不能逾,不知足一躓,則盲妄摘塷〔四〕,顛隕於陷穽,而不知有援而救之者,則其爲速,莫晚甚焉! 余之進若晚,而他日功成名立,訖爲大器,則彼之速者,莫我追也已。子以余言勉之,余未老,且將卜隣<u>苧水</u>上,尚及見子之成於晚也。

【校】

① 告:原本無,據<u>文淵閣</u>四庫全書本補。

② "非"字下原本有"其"字,據<u>文淵閣</u>四庫全書本删。

③某：原本作“其”，據文淵閣四庫全書本改。

④諱：原本作“誨”，據四部叢刊本改。

【箋注】

〔一〕文撰於元至正十三年（一三五三）六、七月間，其時鐵崖任杭州稅課提舉司
　　副提舉，因公出差至嘉興，駐留至少一月有餘，故與晚軒主人戚秉肅交往
　　頗多。繫年依據：其一，至正十三年六月八日，鐵崖攜友拜訪韓致用，酒宴
　　上共賦聯句詩，戚秉肅乃參與者之一。參見清初印溪草堂鈔本東維子集
　　卷八韓致用經訓堂聯句。其二，本文所謂“余未老，且將卜隣苧水上”等
　　語，寓有退隱心思，與鐵崖在杭州任稅務官時心態能够吻合。戚秉肅，名
　　敬，字秉肅，號礦齋。元末嘉興人，與鐵崖、徐一夔等文人皆有交往。按宋
　　元學案卷八十七靜清學案孝子戚礦齋先生秉肅：“戚秉肅，號礦齋，嘉興人
　　也。少有氣節，不伍鄉里。其兄仕浙東，因受學於程敬叔之門，得其爲學
　　程法。家白紵溪上，僻遠城市，水竹幽茂，甚樂之。日攝敝衣冠，灌蔬于
　　畦，緡魚于淵，而戒其妻妾炊脱粟芼野藿以爲供。或勸之仕，曰：‘爾非知
　　我者。’日取古人書，究其成敗得失。有得于中，則高歌以爲適。事母至
　　孝。始豐徐大章嘗記其事。”又按徐一夔爲戚秉肅所撰孝子記，謂其“名
　　敬，字秉肅。嘗用部使者薦爲文學掾，歷二十年，猶未徙官”。文載始豐稿
　　卷一。徐一夔又爲撰礦齋記，載始豐稿卷七。

〔二〕苧水：又稱白紵溪，在嘉興。

〔三〕大器晚成：語見老子第四十一章。

〔四〕盲妄摘埴：揚子法言吾子篇：“摘埴索塗，冥行而已矣。”

顧氏永思冢舍記〔一〕

　　襄陽顧必有之六世祖，宋大八將府君某，與其曾大父興能府君
某，大父檢閲府君某，暨傍親墓林，在越諸暨花山鄉之文山。至正六
年夏四月辛酉，必有又葬其姒孫夫人於域次。既葬，作室於墓左之南
若干步，以奉先世及姒孫夫人神主。俾邑人何壽者亭①之，凡春秋祭
祀冢舍之政，皆有著式。室大小凡五間，既成，名②之曰永思冢舍，蓋
取諸下武詩“永言孝思，孝思維則”也〔二〕。而又因吳興沈自誠氏見予

吳門[三],特記。

惟孝之爲義大矣,爲人子者,生盡其愛敬,死盡其哀戚,可謂孝矣。然親在則禮興,親没則哀戚之情日遠而日忘者,人之常也。非資如大舜,爲純孝之至,則不能終其身而慕焉[四]。故君子設教,懼其久而或忘也,爲墓之郊而封溝③之,爲廟於家而嘗禘之,爲衰爲忌而悲哀之,所以致其思,思存則親雖遠,其能忘乎!

或曰墓祭之禮,君子所弗予也。予惟謂親之手澤口氣在器物者[五],尚能動其思慕,致其哀戚,而不忍用也,况冢墓,親之體魄所在乎!升高而望松楸,下丘隴而行虚墓之間,榛棘淒然,霜露時降,君子於此,其有不戚然動其思者乎!思之永,則親之没雖百歲之久,猶一日也。

吾聞顧君者,親喪不忘,常廬居於冢側。會有四方之事,又治精舍以守之,可謂永慕之至者。其先有永慕亭在墓下,思敬亭在墓南八十步,皆爲祭享所,歲久傾圮。今舍名永思,蓋亦無忘先亭而繩其義者歟!嗚呼,顧氏子孫雖遠去墳墓,散處於四方也,然於其親,色未嘗絶乎目也,聲未嘗絶乎耳也,志意嗜欲未嘗忘乎心也。其於"永思"之義,庶幾其無忝已。是爲記。

【校】

① 亭: 四部叢刊本作"序"。
② 名: 原本作"若",據四部叢刊本、文淵閣四庫全書本改。
③ 之: 文淵閣四庫全書本作"於"。溝: 四部叢刊本作"搆"。

【箋注】

〔一〕文當撰於元至正六年(一三四六)冬,其時鐵崖移居蘇州不久,以授學爲生。繫年依據: 其一,顧必有於元至正六年四月建永思冢舍,本文當撰於冢舍建成之後不久。其二,顧必有謁見鐵崖於"吳門",而鐵崖自杭州徙居姑蘇,在至正六年冬。顧必有,原籍襄陽(今屬湖北),其六世祖始徙居諸暨花山鄉(今屬浙江),遂爲諸暨人。
〔二〕"永言孝思"二句: 出自詩大雅下武。
〔三〕沈自誠: 名性。元詩選補遺沈處士性:"性,一名明遠,字自誠,吳興人。少孤,事母以孝聞。工八分、小篆。善吟唐人詩,必務入其法度之域,不妄作也。往來玉山，與鐵崖、羲仲、九成諸公唱和，而西湖竹枝詞一首，尤爲一時傳誦云。”按：西湖竹枝集收沈性竹枝一首。又，沈性與張雨亦交好，句曲外史集補遺載張雨水竹居爲湖州沈自誠賦詩，“水竹居”當爲沈性齋舍。又，贅叟遺集卷一送沈自誠赴陝西行省都事序：“皇帝二年三月，陝西入於版圖，慎簡藩輔。於是御史中丞汪公出爲行省參政。汪公自辟其屬，而吳興沈君自誠以都事從行，蓋極一時之選矣。”又按明太祖實錄卷四十一：“（洪武二年四月）戊辰，置陝西、山西二行省，以中書參政汪廣洋爲陝西參政，御史中丞楊憲爲山西參政。”合上引兩文可知，明洪武二年三月，陝西納入朱元璋統治版圖。四月，汪廣洋受命出任陝西參政，當時沈性應其徵召，赴陝西行省任都事。

〔四〕大舜三句：參見東維子文集卷十四愛日軒記注。

〔五〕手澤口氣：禮記玉藻：“父没而不能讀父之書，手澤存焉爾；母没而杯圈不能飲焉，口澤之氣存焉爾。”

思亭記〔一〕

姑胥王斌氏早孤，事其母賈謹甚。爲無錫州屬吏，迎其母就養。每雞鳴起，溫言色朝其母，始出。夕復夕母，躬上食。母扣吏事，斌白所行善，母説；即不善，母爲減眠食。斌母體順，其行事益畏恭；母病，斌衣不解帶、目不交睫侍①藥食。母没，斌執喪，哀慟骨立。

吳俗，葬其親以火。斌惻然追傷其父不及，甄其竁②，黄腸其③棺，葬母閶門外之原。復築亭原上，名曰思。服逾祥酒〔二〕，哀哀泣如始喪，且跣來乞余，以記其所不忘者。

余謂後山陳氏嘗記甄君之思矣〔三〕，雖然，陳以目視其心之思，推其戒於不肖者異思，時爲庸人言之爾。君子者不然，霜露既降，君子履而愴焉；雨露既濡，君子履而惕焉〔四〕。思其親居處，思其親笑語，又思其親所嗜所樂。思其存，存則著，著存之至，若將見之，此君子無時而無其親者也。無時而無其親，雖親在九土，不在九土，故思非物自外至者，根中出者。思根中出，不在登高而望松梓，下丘隴以行虛墓而後有之也。夫物之係於見不見者，存亡以目；而存不係於見而不見者，其惟思④乎！嗚呼，此君子之孝思也。

　　斌事親有至性，又志乎學古者，其於君子之孝思庶矣。若曰見亭始思，亭去⑤則思去，思不能存，終勤以慎行。夫身以圖榮其親，豈君子望於其親，君子望於斌乎！斌起，拜言曰："斌不肖，敢不恭敬先生教，以終君子之孝云。"

【校】

① 衣不解帶、目不交睫侍：原本作"即給體暇不解衣睫待"，據文淵閣四庫全書本改。"目"，原作"自"，逕改。

② 甄其窆：文淵閣四庫全書本作"營甄穴"。

③ 黃腸其：文淵閣四庫全書本作"衰絰具"。

④ 思：原本作"忠"，據文淵閣四庫全書本改。

⑤ 去：原本作"云"，據文淵閣四庫全書本改。

【箋注】

〔一〕文當撰於元至正七、八年間，其時鐵崖游寓姑蘇等地，授學爲生。繫年理由：據文中所述推之，當時鐵崖寓居姑蘇，蓋其授學吳地時期。思亭：位於蘇州閶門外，王斌廬墓而建。王斌，生平見本文。

〔二〕祥酒：此指守喪期滿。詳見禮記檀弓上。

〔三〕後山陳氏：指宋人陳師道。陳師道爲甄君撰有思亭記："夫人存好惡喜懼之心，物至而思，固其理也。……故爲墓於郊而封溝之，爲廟於家而嘗禘之，爲哀爲忌而悲哀之，所以存其思也，其可忘乎……吾爲子記之，使君之子孫誦斯文者，視其美以爲勸，視其惡以爲戒。"

〔四〕"霜露"四句：禮記祭義："霜露既降，君子履之，必有淒愴之心，非其寒之謂也。春雨露既濡，君子履之，必有怵惕之心，如將見之。"

卷七十二　東維子文集卷十八

竹林七賢畫記〔一〕

　　右七賢畫一卷^①，王朋梅氏^②之作^{〔二〕}，施景芳氏之藏也^{〔三〕}。七人：落筆而書一，閣筆而思者二，撚髭者二，擁鼻者一，背胡^③床而面仰空者一。非游心於嶻谷^{〔四〕}、君^④山^{〔五〕}，則湘水之斑斑、淇澳之漪漪者歟^{〔六〕}！按史，七人者：譙國嵇康，河南山濤，琅琊王戎，陳留阮籍、阮咸，河內向秀，沛國劉伶也，共爲竹林之游，世所謂“竹林七賢”者是也^{〔七〕}。予嘗約史評之，顯用於時者，濤與戎也。濤司人物之銓者十年，粗稱得人，然所甄拔，隨上意向後先，則未爲忠直。戎徒善^⑤論談於子房、季札之間^{〔八〕}，位^⑥總鼎司而惟務苟媚。及晉^⑦亂，乃欲慕蘧伯玉之爲人^{〔九〕}，至於握牙籌、鑽李核^{〔十〕}，其鄙有不足言者。他如秀，始有箕山之志^{〔十一〕}，而之洛爲時主所譏^⑧^{〔十二〕}。伶專以酒爲務，酒德之頌^{〔十三〕}，乃其失德之自著也。咸又縱情越禮，有不忍言者。惟康以才俊氣豪而不免東市之及^{〔十四〕}，海內之士無不痛之。籍廣武^⑨之嘆^{〔十五〕}，蓋以英雄自命，不在劉、項之下^{〔十六〕}，慨然有濟世之志者也。使二子誠得時行志，顧未知其所究者何如耳。

　　然吾又悲夫典午氏之養賢，不在朝而在林也。夫國無仁賢則國空虛^⑩，典午氏之國不亦虛矣乎！而後世又使李、孔、韓、裴之徒相與迹其遺於竹林之後^{〔十七〕}，其果慕^⑪之而樂見者歟？賢之而樂聞者歟？嘻！至正八年春二月三日會稽楊維楨^⑫志。

【校】

① 卷：原本作“局”，據鐵崖文集本改。

② 王朋梅氏：原本作“四明梅氏”，據鐵崖文集本改。

③ 胡：鐵崖文集本作“負”。

④ 君：鐵崖文集本作“邛”。

⑤ 善：原本作“苦”，據鐵崖文集本改。

⑥ 位：原本無，據鐵崖文集本增補。

⑦ 晉：原本作“醫”，據鐵崖文集本改。

⑧ 之洛：鐵崖文集本作“又入洛”。譏：原本作“機”，據鐵崖文集本改。

⑨ 廣武：鐵崖文集本作“廣陵散”。

⑩ 虛：原本無，據鐵崖文集本增補。

⑪ 慕：原本作“竹”。據文淵閣四庫全書本改。

⑫ 會稽楊維禎：原本無，據鐵崖文集本增補。

【箋注】

〔一〕文撰於元至正八年（一三四八）二月三日，當時鐵崖游寓蘇州，授學爲生。

〔二〕王朋梅：名振鵬，元人。圖繪寶鑑卷五元：“王振鵬，字朋梅，永嘉人。官至漕運千户。界畫極工緻，仁宗眷愛之，賜號孤雲處士。”

〔三〕施景芳：生平不詳。

〔四〕巁谷：參見鐵崖先生古樂府卷十春俠雜詞之五注。

〔五〕君山：參見東維子文集卷二十八跋君山吹笛圖。

〔六〕湘水之斑斑、淇澳之漪漪者：指竹子。湘水，用湘妃典，參見鐵崖先生古樂府卷一湘靈操注。淇澳，參見東維子集卷十七邵氏有竹居記注。

〔七〕竹林七賢：指嵇康、山濤、王戎、阮籍、阮咸、向秀、劉伶。晉書皆有傳，其中嵇康傳記載有關七賢事迹較詳。

〔八〕“戎徒”句：晉書王戎傳：“王戎談子房、季札之間，超然玄著。”

〔九〕蘧伯玉：即蘧瑗。蘧瑗字伯玉，春秋時衛國大夫。論語集注卷八衛靈公：“君子哉，蘧伯玉！邦有道，則仕；邦無道，則可卷而懷之。”

〔十〕握牙籌、鑽李核：參見鐵崖先生古樂府卷二將進酒注。

〔十一〕箕山之志：意爲效仿巢父、許由隱逸。箕山乃巢、許隱居地。

〔十二〕時主：指司馬昭，追封爲文帝。晉書向秀傳：“秀應本郡計入洛。文帝問曰：‘聞有箕山之志，何以在此？’秀曰：‘以爲巢、許狷介之士，未達堯心，豈足多慕。’”

〔十三〕酒德頌：劉伶撰。因開篇曰“有大人先生”，又稱大人頌。載文選卷四十七。

〔十四〕不免東市之及：指嵇康被處死。參見晉書嵇康傳。按：漢代多於長安東市處決犯人，故後世多以東市代指刑場。

〔十五〕廣武：山名。位於今河南滎陽。晉書阮籍傳：“（籍）嘗登廣武，觀楚、漢戰處，歎曰：‘時無英雄，使豎子成名。’”

〔十六〕劉、項：劉邦、項羽。

〔十七〕李、孔、韓、裴：指李白、孔巢父、韓準、裴政。舊唐書孔巢父傳："巢父早
　　　　勤文史，少時與韓準、裴政、李白、張叔明、陶沔隱於徂來山，時號'竹溪
　　　　六逸'。"

聽雪齋記[一]

　　金華戴君良過睦[二]，謁余官次。明旦，復持卷來，曰："良所齋①
室，鄉先生柳道傳公嘗書'聽雪'以顏之[三]，未得記而公卒，且令良有
請於吾子，幸吾子賜之言。"予重違柳公契闊意，而且喜良之切切於
雪，爲之言曰：

　　雪一也，聽有不一焉。僵而聽，臥户之士。羈而聽，被鐵之夫。
業而聽，又甕牖之儒、蓬廬之漁耳。戴君氣盛志廣，而才甚長，見時顯
貴人，咸喜而與之進出。鄉游通都，且將北上京國，有風雲之會，而於
雪也，奚能效前所陳者聽邪？抑聽雪以聲，固不如聽雪以理者之爲聽
之深也。今夫雪也，出玄而生白，似化。藏於密而散彌六合，似道。
將集而霰先焉，似幾。陰涸而合，見暘而消，似時。匿瑕藏疾，似量。
無論穹卑夷險，一稱物以施，狀似平治。若是者，雪之具德廣矣。戴
君反之在己，不在雪也，則其取數於聽者，不既多矣乎！不然，吾懼之
所聽者，臥户之飢士，被鐵之戍夫，牖之窮儒，蓬之寒漁而已耳，何取
柳先生之屬於雪者哉！

　　君起謝曰："良固知聽雪以聲，固不若聽雪以吾子之教也。五洩
之麓[四]，敝廬在焉，游將歸矣，請書爲記。"

【校】

① 齋：原本作"齊"，據四部叢刊本、文淵閣四庫全書本改。

【箋注】

〔一〕文撰於元至正十七年（一三五七）前後，當時鐵崖任建德理官，寓居睦州。
　　　繫年依據：文中曰戴良"過睦，謁余官次"，知其時鐵崖在建德路理官任

上,即至正十六年秋至十八年春之間。戴良(一三一七——一三八三),字叔能,浦江(今屬浙江)人。學於黃溍、柳貫、吳萊。歷任月泉書院直學、山長,以薦授淮南江北等處行中書省儒學提舉。朱元璋軍攻克金華,嘗用爲學正。忽棄官,避地吳中,依張士誠。元末曾北上,不久返歸。洪武十五年召至京師,以老疾固辭,忤旨。明年四月被迫自殺。參見明史文苑傳。

〔二〕睦:州名,唐代設,元改爲建德路,隸屬於江浙行省。今屬浙江。參見元史地理志。

〔三〕柳道傳:柳貫(一二七〇——一三四二)字道傳,浦陽(今屬浙江)人。元史有傳。

〔四〕五洩:山名,在諸暨(今屬浙江)西南四十里。參見方輿勝覽卷六浙東路。

蔣氏凝碧軒記〔一〕

吳興蔣君廷實,屏居大湖之陽〔二〕,築室數楹,開小軒爲游息之所。軒瞰翠竹之林,林外湖水縈帶,湖上之勝,於是爲最。遂以水竹故,名軒曰凝碧,徵余記。

余謂水之爲物,止而通;竹之爲物,虛以直,惟有德者肖之。君爲吳興望族,不以貲爲樂,而隱於寂寞之濱,如野夫田叟。更種竹千个,列於讀書之軒。軒外日見鷗夷子所游三萬六千頃之森茫〔三〕,仰觀湖中山七十二峰之秀。風颭沙鳥,雲烟變態,集爲一几案之具。而君朝①游於此,夕息於此,水竹之姿凝於一碧者,蓋野夫田叟不足以知之,而盡在君之肺腑矣。其見於筆墨,爲詩爲畫者,一凝碧之所發也。

雖然,凝碧之樂於耳目者淺也。吾意蔣君之所慕者,凝碧之所性也。方其開軒,見湖與天上下,萬頃一碧,撓之不濁,澄之不清,甚而②流注之潤,綿亘三州③於數百里外,其及物之澤,不可筭也矣。君子體之,止而能通者,不於是而得乎!坐軒而對竹,本固末④茂,貫四時而不改柯易節,千仞而不回不撓,君子用之,虛而能直者,不於是而得之乎!

吾嘗過軒所,愛君年方妙而好學弗倦。軒中左右陳列,皆古今書史。又日與士大夫切劘講肄,周旋於水⑤竹之間,擩幽發粹,是宜行益高,道益茂,既宏乎其內,必揚乎其外,吾懼其閒居之樂不果於凝碧⑥

之地矣。若夫留連光景於几席之間,放肆詩酒於禮法之外,則非予之所望於蔣者也。

【校】

① 朝:原本作"潮",據文淵閣四庫全書本改。

② 甚而:原本作"其而",文淵閣四庫全書本作"而其"。據四部叢刊本改。

③ 州:四部叢刊本作"洲"。

④ 末:原本作"未",徑改。

⑤ 水:文淵閣四庫全書本作"松"。

⑥ 碧:原本無,據文淵閣四庫全書本補。

【箋注】

〔一〕文當撰於元至正五、六年間,即鐵崖授徒爲業,游寓湖州期間。繫年理由:
據文中"吾嘗過軒所,愛君年方妙而好學弗倦"等語可知,其時爲太平年
景,且鐵崖寓居湖州。蔣氏:蔣廷實,生平見本文。

〔二〕大湖:即太湖。

〔三〕鴟夷子:指春秋時人范蠡。參見鐵崖先生古樂府卷三五湖游注。

石林茅屋記〔一〕

維揚①劉士衡有宅區在井邑之中,而扁其燕處之室曰石林茅屋。客抵其所,咸訝其矯誣,曾無異乎索車水中、求魚木末也。士②衡則曰:"吾井邑其居,山林其心也。"太原趙子期既爲作小篆書其顏〔二〕,而又因武夷蔣思文來吳〔三〕,求志於予。

予謂世之人於可欲所在,未嘗不奔而逐③,逐而得,或至決性命而後厭止。山林枯寂,非欲之在,掇之弗去。非心游於逐物之外者,不能取人之所不取也。士衡宅市井爭奪之場,而獨取人之不取於爭奪之外,吁,若士衡者,豈誠市井之人哉!予因士衡之游心,將以誘夫見欲而未化者也。夫石林茅屋,在大山硐谷之所,其去士衡之居,計其道里之勞,莫知其若干④舍也。而士衡以一游心得之,若身倚枯株,首載斷茨,不知華吾堂者爲金碧朱紫,遠吾亭池者爲珍木異卉也。嘻,

使移是心於玉山珠海,則玉山珠海入吾帑;移是心於玉堂金馬,則玉堂金馬列吾舍,是揭鑑招景⑤、開谷納聽之象也。而士之能悟士衡之悟者或寡矣,故予重言也⑥,使見欲而未化者,知天下之尤物⑦足以易吾之境者,皆士衡之石林茅舍也。書其言爲記。至正八年春二月初吉。

【校】

① 揚:原本作“陽”,據四部叢刊本改。

② 士:原本作“上”,據四部叢刊本、文淵閣四庫全書本改。

③ 逐:原本作“遂”,據文淵閣四庫全書本改。下同。

④ 干:原本作“于”,據四部叢刊本、文淵閣四庫全書本改。

⑤ 招景:四部叢刊本作“松紫”。

⑥ 也:文淵閣四庫全書本作“之”。

⑦ 物:原本作“松”,據文淵閣四庫全書本改。

【箋注】

〔一〕文撰於元至正八年(一三四八)二月一日,當時鐵崖游寓蘇州,授學爲生。石林茅屋主人劉士衡,生平僅見本文。

〔二〕趙子期:“期”或作“奇”。書史會要卷七元:“趙期頤,字子奇,汴梁人。官至陝西行臺治書。工於篆。”又,元傅若金寄王君實張孟功趙子期三首,詩題下則注曰:“子期名期,至順進士。篆書冠世。”(載傅與礪詩集卷六。)按:趙子奇作書,自署“宛丘趙期頤”,書史會要稱“汴梁人”,本文則稱“太原”,太原或其祖籍。參見趙氏鐵網珊瑚卷十三奉題睢陽五老畫像後。又,嘉靖藁城縣志卷九文集志載黃溍至正八年四月所撰冀國忠肅公神道碑,書篆者爲“禮部尚書趙期頤”,可知至遲在至正八年,趙子期已任禮部尚書。

〔三〕蔣思文:武夷(今屬福建)人。爲鐵崖友,元至正八年前後游寓姑蘇。

蒼筠亭記[一]

毗陵路義道由鄉選司檔史予姑蘇會府,年勞滿而因家焉。舍東築亭爲宴游所，亭前樹竹數十挺，蒼翠入几案，翛然林下風也。吳興趙雍爲書蒼筠名其顔[二]。義道屢觴予亭之所，遂徵記。

余謂竹之爲物，草木耳，然有異於草木。登聖賢之經傳者，其德也，故詠於詩者曰：“瞻彼淇澳，緑竹漪漪。有斐君子，如切如磋。”[三]此衛之①詩人以竹之色興武公切磋之德也。記於禮者曰“如竹箭之有②筠”、“貫四時而不改柯易葉”[四]。此禮君子又以竹之筠，喻夫中貞外靭③之德也。竹之見於詩、禮者如此，則古之君子取於竹者有在矣④。世之取於竹者，異乎君子之取，直玩物之私爾。若晉之“七賢”[五]、唐之“六逸”是也[六]。甚至遺落世事，蔑棄禮法，相與沈湎景光，以爲曠達，是竹亡資於人，人覆累乎竹也。吁，竹之所見如此，世道之不⑤幸抑甚矣！

今義道之取於竹也，抑取詩、禮之所取者歟？抑徒取⑥其“七賢”、“六逸”之逸游者歟？吾聞義道自其祖以來，三世以詩、禮⑦傳其家。義道方延海内師，以訓其子於是亭也，左右圖史，客至⑧，相與談道義。顧瞻筠之蒼然者，出於條蓹榮瘁之外，不啻若友⑨。然則知其取於竹者，在詩、禮之所記録而詠歌者諗矣。使凡今⑩之人一庭一户有取於竹者，皆如義道焉，其不爲世道之幸乎⑪哉！書諸亭爲記。至正八年春二月初吉。

【校】

① 之：原本漫漶，據四部叢刊本、文淵閣四庫全書本補。

② 有：原本漫漶，據文淵閣四庫全書本補。

③ 靭：原本漫漶，據文淵閣四庫全書本改。

④ 在矣：原本漫漶，據四部叢刊本、文淵閣四庫全書本補。

⑤ 不：原本漫漶，四部叢刊本闕文，據文淵閣四庫全書本補。

⑥ 取：原本漫漶，四部叢刊本作“聚”，據文淵閣四庫全書本補。

⑦ 禮：原本漫漶，據四部叢刊本、文淵閣四庫全書本補。

⑧ 至：原本漫漶，據四部叢刊本、文淵閣四庫全書本補。

⑨ 若友：原本漫漶，據四部叢刊本、文淵閣四庫全書本補。

⑩ 凡今：原本漫漶，據四部叢刊本、文淵閣四庫全書本補。

⑪ 幸乎：原本漫漶，據四部叢刊本、文淵閣四庫全書本補。

【箋注】

〔一〕文撰於元至正八年（一三四八）二月一日，當時鐵崖游寓蘇州，授學爲生。蒼筤亭：路義道建。路義道，毘陵（今江蘇常州）人。三世以詩、禮傳家。路義道於姑蘇會府任司檜史，年勞滿離職，遂安家於姑蘇城中。家富收藏。築蒼筤亭專用於宴游，鐵崖、顧瑛、郯韶皆其座上賓。參見鐵崖先生詩集乙集題李息齋孤竹、癸集璚花珠月二名姬。

〔二〕趙雍：參見東維子文集卷十六野亭記。

〔三〕"瞻彼淇澳"四句：出自詩衛風淇奧。

〔四〕"如竹箭"二句：出自禮記禮器。

〔五〕晉之"七賢"：指竹林七賢。參見本卷竹林七賢畫記注。

〔六〕唐之"六逸"：指竹溪六逸。參見本卷竹林七賢畫記注。

李氏全歸庵記〔一〕

昆陽李靖民氏既葬其考蒙齋公於鹿山先塋之祔①〔二〕，其冢舍曰全歸，蓋取公垂終語，以名繂②石，且繼③銘，顧全歸未有記者，以之屬予，曰："吾子辱與某友，幸慈而畀之言，不唯其不肖孤之光，先子有之，將不憚④其齡不六十也。"

予唯曾子之言曰："父母全而生之，子全而歸之。可謂孝矣。"又曰："不虧其體，不辱其身，可謂全矣〔三〕。"然其全有二焉：全體也，性行也。性行弗全而謂體全，其全弗當也。曾子之啓手足全也〔四〕，而慎五孝〔五〕，以恐恐乎慮辱其身以⑤及其親者，全之至也。

按銘者言，公生宋末，年十三，丁改物之會。不幸大軍掠之以北，遂爲帥者偉兀⑥氏家兒。服其巾裳，習其語言文字。越七年，始獲南旋，而母夫人逝矣。公泣血追服，葬祭皆如禮甚。又十年，朝廷開國字學諸郡〔六〕，公以通國字者爲本郡⑦學教授，居官六年。託⑧試弦之史譯〔七〕，實創於公。書上，吏部將改調，而公無仕志，且尋隱竹林，期盡其餘齡。屬纊不亂，語諸子，不及家事，惟誦曰："鳶飛戾天，魚躍於淵〔八〕。"又曰："全⑨吾生以歸之，期從先人於九京也。"公之始末如此。

或者病其出與處迕、行於性乖，謂之"全"，果合子輿氏之訓乎〔九〕？

余曰：孝有幸不幸。父母俱存，室家胥慶，服勤以終養，不服闇，不臨危[十]，以保其遺體，此人子之至愿。及變故猝至，不獲保有其身而隔截其親，此人子之不幸也。公之不幸，丁虜身；樂正子之不幸，丁創足也。公之不幸，曾何傷於孝乎！追服葬祭之，盡其禮，曾何慚於性之全乎？君子道貫精粗，行周隱顯，公之史譯成而身退，仕止久速之各適其可也，又何慚於行之全乎？若是則公之奉身兢兢，獲歸全於地下從先人者，非徒以全體爲幸也矣！

靖民聞言起，再拜曰："吾先子之全歸，微⑩斯文幾不免。父母既没，慎行其身，不遺父母惡名，不肖孤敢不重？幸⑪請勒諸石爲記，尚有以儆吾後之全，世世無忝云。"至正八年九月己⑫未記。

【校】

① 衬：原本作"附"，據文淵閣四庫全書本改。

② 縡：四部叢刊本誤作"絳"，文淵閣四庫全書本作"鐪"。

③ 且繼：文淵閣四庫全書本作"且繼之以"。

④ 憚：文淵閣四庫全書本作"悼"。

⑤ 以：原本作"哉"，據文淵閣四庫全書本改。

⑥ 偉兀：文淵閣四庫全書本作"輝和爾"，蓋清人所改。

⑦ 者：原本作"首"；郡：原本作"群"，據文淵閣四庫全書本改。

⑧ 託：四部叢刊本作"記"，誤。"託"與"脱"音相近。參見注釋。

⑨ 全：原本作"金"，據四部叢刊本、文淵閣四庫全書本改。

⑩ 微：原本作"徵"，據文淵閣四庫全書本改。

⑪ 幸：文淵閣四庫全書本無。

⑫ 己：文淵閣四庫全書本作"乙"，誤。按：至正八年九月乙未，爲是月朔日，若此文確實作於此日，根據鐵崖行文習慣推斷，當注明"朔"或"初吉日"。

【箋注】

〔一〕文撰於元至正八年（一三四八）九月二十五日（己未日），當時鐵崖游寓蘇州、崑山等地，授學爲生。全歸庵：李靖民建。靖民，昆陽（鎮名，平陽州治所在地，今屬浙江溫州）人。

〔二〕蒙齊公（一二六四——?）：李靖民之父。生平見本文。以卒未六十計，約卒於至治二年（一三二二）前。

〔三〕“父母全而生之”六句：曾參引述孔子語。禮記祭義：“樂正子春下堂而傷其足，數月不出，猶有憂色。門弟子曰：‘夫子之足瘳矣，數月不出，猶有憂色，何也？’樂正子春曰：‘……吾聞諸曾子，曾子聞諸夫子，曰：天之所生，地之所養，無人爲大。父母全而生之，子全而歸之，可謂孝矣。不虧其體，不辱其身，可謂全矣。’”

〔四〕“曾子”句：論語注疏泰伯：“曾子有疾，召門弟子曰：‘啟予足！啟予手！’”注：“鄭曰：‘啟，開也。曾子以爲身體受於父母，不敢毀傷，故於此使弟子開衾而視之也。’”

〔五〕五孝：孝經卷首孝經序：“雖五孝之用則别，而百行之源不殊。”正義曰：“五孝者，天子、諸侯、卿大夫、士、庶人五等所行之孝也。言此五孝之用，雖尊卑不同，而孝爲百行之源，則其致一也。”

〔六〕國字學：主要教習八思巴蒙古字。

〔七〕託試弦之史譯：蓋指蒙齊公將蒙古帝王史翻譯成漢語。託試弦，疑即“脱必赤顔”，或作“脱必禪”、“脱察安”、“脱卜赤顔”，全稱爲“忙豁侖紐察脱察安”，即蒙古語“蒙古帝王歷史”之音譯。參見鐵崖先生古樂府卷七白翎鵲辭。

〔八〕“鳶飛戾天”二句：出自詩大雅旱麓。

〔九〕子輿氏：曾參字子輿。

〔十〕“不服闇”二句：禮記曲禮上：“孝子不服闇，不登危，懼辱親也。”

張氏瑞蘭記〔一〕

蘭，王①者香也，其生或與神明通。晉羅含②家〔二〕，其庭或生蘭，史因以爲德行之感。然則蘭不期生而自生者，非偶然也必矣。

吴人張雲景氏，葬其親於武丘靈壽岡之原〔三〕，斬草治壙，見叢蘭一種，獨秀於荒堇茅棘之間，實青烏氏點穴之所也〔四〕。亦豈非孝感所及，天有以假之爲牛眠馬蹄之兆耶〔五〕！

蓋吴中土風，無論貴賤家，親死，悉棄於火。夫火尸乃三代治惡逆之罪，以示陵遲而絶之人類也。奈何吴之人子，舉惡逆之刑以待其親，而曾無天誠之痛耶！景雲氏獨能痛其親，拔去惡習，營善地以藏其親，躬負土成墳，廬墓者三月而不忍去，其情有不合於天者耶？宜天有以托諸草木以表之也。父老謂余曰："蘇之有蘭,皆市之於他所。靈巖、天平雖名山〔六〕,皆無蘭茁其中,雖植之不生也。"信其言,則景雲氏得蘭於藏親之地,其爲孝感之符也信矣哉! 其友從倫圖其蘭於卷〔七〕,又請余記,於是乎書。至正八年四月四日。

【校】

① 王:原本作"主",據四部叢刊本、文淵閣四庫全書本改。
② 含:原本誤作"咸",據晉書羅含傳改。

【箋注】

〔一〕文撰於元至正八年(一三四八)四月四日,當時鐵崖游寓蘇州,授學爲生。
　　張氏:張雲景,生平不詳。
〔二〕羅含:晉書文苑傳:"羅含字君章,桂陽耒陽人也……初,含在官舍,有一
　　白雀棲集堂宇。及致仕還家,階庭忽蘭菊叢生,以爲德行之感焉。"
〔三〕武丘:即蘇州虎丘,唐人因避諱改稱武丘。參見宋范成大撰吳郡志卷十
　　六虎丘。
〔四〕青烏氏:精通堪輿之人,即風水師。
〔五〕牛眠:指晉人陶侃、周訪擇葬地而發迹。晉書周訪傳:"初,陶侃微時,丁
　　艱,將葬。家中忽失牛而不知所在。遇一老父,謂曰:'前崗見一牛眠山汙
　　中,其地若葬,位極人臣矣。'又指一山云:'此亦其次,當世出二千石。'言
　　訖不見。侃尋牛得之,因葬其處,以所指別山與訪。訪父死,葬焉,果爲刺
　　史,著稱寧益。自訪以下,三世爲益州四十一年,如其所言云。"馬踏:謂
　　西漢夏侯嬰因馬踏地而得葬室。史記夏侯嬰傳姚氏注:"三輔故事曰'滕
　　文公墓在飲馬橋東大道南,俗謂之馬冢'。博物志曰'公卿送嬰葬,至東都
　　門外,馬不行,踏地悲鳴,得石椁,有銘曰"佳城鬱鬱,三千年見白日,吁嗟
　　滕公居此室"。乃葬之'。"按:夏侯嬰封滕公,謐文侯,故稱滕文公。
〔六〕靈巖、天平:皆山名。靈巖山位於今蘇州西南,天平山位於今蘇州城西。
〔七〕從倫:張雲景友,生平不詳。

怡雲山房記〔一〕 有詩

山中雲,閑物也,而未始閑也。自其閑而觀之,則貞白子之所謂

“祇可自怡悦，不堪持贈君”者是已[二]；自其不閑者觀之，則釋子萬之所謂“雲去作霖雨，不似老僧閑”者是已[三]。

　　昆易魯倫甫居有東山之勝[四]，自其王父糧料院公爲園池，甲其里，東山之雲英英然被林壑者，倫甫又取而爲几案之物，其怡然自悦，不翅世之所樂乎金玉朱紫、婦女狗馬之有乎其前者也！於是自命其山房曰怡雲，而謁記於余。

　　余固未知魯甫氏之雲，其貞白子之所云者乎？釋子萬之所云者乎？魯甫氏曰：“範也聞物之有性，太極也；物之有動静，陰陽也。而其徵莫顯於雲，惟雲根於極也，故其體有消滅，有歒散①也，而互動静乎陰陽。故其神用，有膚寸之合，不崇朝之雨也[五]。儋、㟏之人[六]，以儲芋生熟識週歲；流求之人[七]，以月生死識晦朔，取於物者粗爾。余以雲之根識極，動静識陰陽，則余之怡然有得者，豈徒積金山中宰相之爲怡者哉[八]！”予聞其言，而知魯甫氏之聞道於雲也。道在是，而雲之怡不必閑也，雲之不必不閒也②。遂登其語爲記，而復繫之以詩，曰：

　　東山之雲英英（叶“汪”）兮，積白雪偫曾冰（叶“邦”）兮，吾與雲静時行而藏兮。東山之雲靈靈兮。友風伯子雨工兮，吾與雲動時止而通兮。

【校】

① 散：原本作“㪤”，據傅增湘校勘記改。
② 不必不閒也：原本作“雲之不必也”，據文淵閣四庫全書本改。

【箋注】

〔一〕文撰期不詳。怡雲山房主人魯範，字倫甫，昆陽（今浙江平陽）人。
〔二〕貞白子：指陶弘景。陶弘景謚貞白先生，故有此稱。太平廣記卷二百二高逸陶弘景：“齊高祖問之曰：‘山中何所有？’弘景賦詩以答之，詞曰：‘山中何所有？嶺上多白雲。只可自怡悦，不堪持寄君。’高祖賞之。”
〔三〕釋子萬：指宋僧顯萬。宋詩紀事卷九十二顯萬：“顯萬，字致一，浯溪僧。嘗參吕居仁。有浯溪集。”同卷録顯萬詩庵中自題：“萬松嶺上一間屋，老僧半間雲半間。三更雲去作行雨，回頭方羨老僧閒。”
〔四〕東山：指謝安、謝靈運故居所在，風光絶佳。此指魯範所居。

〔五〕"有膚寸"二句：公羊傳僖公三十一年："觸石而出,膚寸而合,不崇朝而徧雨乎天下者,唯泰山爾。"

〔六〕儋、崖：蓋指儋耳、珠崖二郡,漢武帝時設置。今屬海南。

〔七〕流求：即琉球國。位於福建泉州以東海島之中。參見大明一統志卷八十九外夷。隋書東夷傳流求國："俗無文字,望月虧盈以紀時節,候草藥枯以爲年歲。"

〔八〕積金山中宰相：指南朝梁陶弘景。積金山：即茅山積金峰。陶弘景曾於此修道,人稱"山中宰相"。參見至大金陵新志卷一積金峰、南史陶弘景傳。

村樂堂記〔一〕

吴人朱仲明氏居閶關三橋之西〔二〕,面大河,官檣賈舶日憧憧放①乎其前,堂之背則又退爲園,堂與甲更接保社,時時杖履可往還也,於是名其堂爲村樂。既自蒙書其顏,而又張古碑墨於四壁②,曰臨江張仲氏之記也〔三〕。仲明以仲記非本室語,屢觴余堂之所,集姻合友,以樂其所樂者樂余,而請爲之記。

余惟君子非造道,不足以言樂;非知樂之有在,不足以得道。樂可以聲音笑貌云乎哉! 今夫富貴利達之爲樂,順而易;貧賤之爲樂,逆而難也。不知貴富利達之樂,其樂也以人;村③之樂也以天。以人樂,夫人而能樂也;以天樂,非與同我者弗能也。惟其樂與天相似也,則君子之樂,不獨在村已。窮而樂以村者,此樂也;達而樂天下者,此樂也。故樂之有在,不在窮與通也。吁,村樂之樂,又豈村而已哉!

仲明嘗遣其子奎〔四〕,游予門以問道。父子之樂乎村者,知協以天,則吾必謂之知道也已矣。書諸堂以爲記。

【校】

① 放：原本作"故",文淵閣四庫全書本作"過"。據傅增湘校勘記改。
② 壁：原本作"辟",據四部叢刊本、文淵閣四庫全書本改。
③ 村：原本作"材",據文淵閣四庫全書本改。

【箋注】

〔一〕文當撰於元至正七、八年間，其時鐵崖寓居姑蘇，授學爲生。繫年依據：
　　　文中曰朱仲明居蘇州閶關，"屢觴余堂之所"，且朱仲明之子曾從學於鐵
　　　崖。可見當時鐵崖寓居蘇州，且滯留時間較長。朱仲明，生平僅見本文。

〔二〕閶關：指蘇州閶門。參見宋范成大撰吳郡志卷三城郭。

〔三〕臨江：蓋指臨江路。臨江路於元代隸屬江西行省，位於今江西樟樹市一
　　　帶。張仲：朱仲明村樂堂四壁所嵌古碑文作者，當爲宋以前人。

〔四〕奎：疑指朱文奎。乾隆吳縣志卷六十六人物："朱應辰，字文奎，從楊維楨
　　　游。博學，工詩文，尤精篆籀。洪武初，辟爲府學訓導，被命書印文。後改
　　　江陰，卒。所著有漱芳集。"又，明朱謀垔撰畫史會要卷四明："朱文奎，字
　　　應辰，號寄翁，吳江人。洪武中舉明經，授蘇州府訓導。善白描人物。"按：
　　　朱文奎爲都穆外高祖，家有小齋名蜕窩。參見都穆南濠詩話、王行半軒集
　　　卷四蜕窩記。

善慶堂記[一] 有詩

至利在天爲一元，在人爲百善，故善必有慶和之致也。然庸人爲
善，與君子異。君子安處善而慶自至，庸人徼慶而爲善。慶非彼徼而
得之也，徼者，慶之叛也，二者公私相去，不能以取。故天下之慶，不
得於庸人一時竊取之私，而得於君子日用善行之積也。孔子於坤之
文言曰："積善之家，必有餘慶[二]。"君子不以善小而不爲，惟善小而必
爲。故其積也，日登焉若山，日俟焉若海。積之厚者，慶之長也，故曰
"有餘慶"。

崑之張君景罡，築室吳①之陰、夏駕之陽[三]。歲聘碩師教子弟其
中，日交接賢相友。治酒事必升堂，講古飲禮。黃髮番番，文袞斑斑，
青紳翠玔，沓列後前。自以爲宋②獻魏國公後百年餘澤[四]，尚演爲四
世相望之慶，故名其堂曰善慶。番陽周伯溫父爲大書顔之[五]，而未有
記之者。景罡既觴予堂之所，且遂徵記。

予以崑，古暨邑也[六]。其俗競節物，信機祥，雖世家大姓，咸尚佛
事③鬼，繳福田爲利，未見有以詩書禮義爲務，而得餘慶之長，合孔子

之言者也,今於張氏之門見之。於乎,張氏之慶,必復其始,當有子孫名世者作矣,故予樂畀之文④。曰⑤:

　　鐵江沈沈,其流長深。奕奕新堂,有書有琴。有橋在高,有梓於陰。君子慶只,少伊⑥氏之覃〔七〕。宜爾家屋,和樂且湛。

　　鐵江湯湯,其流深長。奕奕新堂,鳳鳴於陽。左書右琴,其椅其桐。君子戻⑦止〔八〕,嘉賓式燕以慶(叶)。子孫樂只,壽考不忘。

【校】

① 吳:原本作"兵",據傅增湘校勘記改。

② 疑"獻"字上脱一"忠"字。參見本文注釋。

③ 佛事:原本作"物佛",據文淵閣四庫全書本改。

④ 文:原本漫漶,據四部叢刊本補。

⑤ 曰:原本無,據文淵閣四庫全書本補。

⑥ 少伊之"伊",疑爲"傅"之訛寫。參見注釋。

⑦ 戻:四部叢刊本作"居",誤。參見注釋。

【箋注】

〔一〕文撰於元至正七、八年間,其時鐵崖游寓姑蘇、崑山一帶,授學爲生。繫年依據:善慶堂乃張景罡宅第,位於吳縣。文中曰張景罡"觴予堂之所,且遂徵記",知其時鐵崖寓居蘇州一帶。張景罡,崑山人。南宋名臣張浚後裔。徙居吳縣。元至正年間四世同堂,故建善慶堂以示慶賀。

〔二〕"積善之家"二句:出自周易乾傳。

〔三〕夏駕:湖名。參見清鈔鐵崖楊先生詩集卷上和郯九成新居韻注。

〔四〕按:"宋"字下似脱一"忠"字,忠獻指張浚。張浚爲南宋重臣,封魏國公,謚忠獻。宋史有傳。

〔五〕番陽:即鄱陽,今屬江西。周伯温:即周伯琦。按:至正初年周伯琦曾任廣東廉訪司僉事,至正八年召入爲翰林待制。爲張景罡書堂匾,蓋在此南來北往途中。周伯琦生平參見東維子文集卷三送團結官劉理問序。

〔六〕嘍:秦時地名,漢稱婁,即今之崑山。參見宋朱長文吳郡圖經續記卷上。

〔七〕少伊:似當作"少傅",指張浚。南宋孝宗登基之後,授予張浚"少傅、江淮東西路宣撫使,進封魏國公"。參見宋史張浚傳。

〔八〕戻止:詩周頌有瞽:"我客戻止,永觀厥成。"

嘉樹堂記〔一〕

吴之練祁①有隱君子家〔二〕，爲恕齋强氏。其先八世祖某②，自汴居吴，遂爲吴人。手樹嘉木一本於中庭，在志曰“雞③栖子”〔三〕，俗云皂莢者。其根柢貫④堂背，蓋困困然⑤蔽風暑，寔挺然資澡雪服食之用⑥，色理堅緻，不爲螻螘所近。其閲歲已二百餘⑦，幹益碩大，枝葉亦華，實益美茂⑧。於是强氏子姓繁衍⑨亦且二百餘指，而有食君之禄者矣。予與恕齋爲昆弟交，過其家⑩，見其樹而知其先德之覃於後者未已也。恕齋持觴爲予壽，且請記。

予聞諸傳，季孫宿有嘉樹，爲韓宣子所美〔四〕。吾不知其樹何樹。宿曰：“敢不封植此樹，以無忘角弓之詩。”遂賦甘棠。夫季氏子孫爲魯公室斧斤，樹之封植，其德敢比⑪召南哉！宣子蔑魯媚季，其嘉季者，果樹乎⑫？嘗論世澤如⑬甘棠之後，若孔子之檜〔五〕、田氏之荆〔六〕、王氏之槐是已〔七〕。此非其子孫一時封植之功⑭也，一本之深，百世之下固有若神明護持者⑮在焉，吁，非偶然也諗矣⑯。嘻，孔子之檜，吾不得而見之，得見如田氏、王氏，亦⑰可矣。田氏、王氏不得而見之，若今强氏之植，非田氏之荆、王氏之槐也歟⑱！非所謂嘉樹而有光傳記者歟⑲！

夫⑳前人所種，斯㉑收於後人；後人所培，又以固前人之本。恕齋伯仲皆清修好學，尊德而尚義，周人之急窘㉒，高至於捐金粟以助國費㉓，而利禄之心未嘗入焉。朝廷業已表其宅里㉔，其於樹所培者厚矣。前人植之，後人培之。一元之氣，雖貫㉕百世而可也，豈直八世十世而已。抑余聞梁甘露降皂莢樹〔八〕，世有幽宜；書載虞晚折枝事〔九〕，施報尤捷。果信也，强氏義施之報，吾將慶甘露之降是樹㉖。

【校】

① 本文又載清鈔本吴都文粹續集卷十八，據以校勘。祁：原本作“坼”，文淵閣四庫全書本作“圻”，據吴都文粹續集改。

② 某：吴都文粹續集作“賫”。

③ 雞：原本作“雖”，徑改。參見注釋。

④ 柢貫：原本作"抵毋"，據吳都文粹續集改。

⑤ 蓋困困然：吳都文粹續集本作"枝葉輪困"。

⑥ "寔挺然資澡雪服食之用"凡十字：原本無，據吳都文粹續集增補。

⑦ 餘：原本無，據吳都文粹續集補。

⑧ "枝葉亦華"二句：吳都文粹續集作"枝葉花實益茂美"。

⑨ 繁衍：原本作"緐行"，據四部叢刊本、文淵閣四庫全書本、吳都文粹續集改。

⑩ 予與恕齋爲昆弟交過其家：原本作"余過其家"，據吳都文粹續集補。

⑪ 其德敢比：吳都文粹續集作"其敢比德"。

⑫ "其嘉季者"二句：吳都文粹續集作"其果得名嘉樹乎"。

⑬ 嘗論：原本無，據吳都文粹續集增補。如：吳都文粹續集作"於"。

⑭ 功：吳都文粹續集作"勤"。

⑮ 護持者：吳都文粹續集作"護持之力"。

⑯ 吁：原本無；諗矣：原本無，據吳都文粹續集增補。

⑰ 亦：原本作"爾"，據吳都文粹續集改。

⑱ 非田氏之荆王氏之槐也歟：吳都文粹續集作"非可續王氏田氏之後者乎"。

⑲ 有光傳記者歟：吳都文粹續集作"有光於傳者乎"。

⑳ 夫：吳都文粹續集本作"抑聞"。

㉑ 斯：吳都文粹續集作"期"。

㉒ 急窘：原本作"意"，據吳都文粹續集改。

㉓ 國費：吳都文粹續集作"國家荒政"。

㉔ "朝廷"句：原本無，據吳都文粹續集增補。

㉕ 貫：原本作"毋"，據吳都文粹續集改。

㉖ "抑余聞梁甘露降皂英樹"七句：吳都文粹續集作"後恕齋之後者，尚以余言勉之。於是乎書，爲强氏嘉樹堂。會稽楊維楨記"。

【箋注】

〔一〕文當撰於元至正七、八年間。繫年依據：鐵崖與恕齋子强珇亦有交往，曾撰文送强珇北上京師，本文蓋作於結交强氏之初，送强珇赴京之前。參見東維子文集卷八送强彦栗游京師序。嘉樹堂：主人强恕齋。按：本文曰"予與恕齋爲昆弟交"，可見兩人年齡相仿，至正末年尚存於世。參見鐵崖撰文會軒記（載佚文編）、東維子文集卷八送强彦栗游京師序。

〔二〕練祁：市鎮名，位於嘉定（今屬上海市）。此處借指嘉定州。元代嘉定州隸屬於平江路。按：嘉定於南宋嘉定年間建縣，其縣治原爲崑山州春申鄉練祁市,故嘉定別稱練祁。參見元人高德基撰平江記事、萬曆嘉定縣志卷一疆域考、元史地理志。

〔三〕雞栖子: 太平御覽卷九百六十皂莢:"廣志曰: 雞栖子,皂莢也。"

〔四〕季孫宿: 諡武,故又稱季武子,其時爲魯國執政大臣。韓宣子: 名起,諡宣,春秋時晉國卿大夫。參見東維子文集卷十七槐圃記注。

〔五〕孔子之檜: 參見東維子文集卷一丞相梅詩序注。

〔六〕田氏之荊: 參見鐵崖先生古樂府卷一桓山禽注。

〔七〕王氏之槐: 參見東維子文集卷十五槐陰亭記注。

〔八〕梁甘露降皂英樹: 三國典略:"梁元初,甘露降荊州皂莢樹。"又,南史梁本紀元帝:"初,武帝夢眇目僧執香爐,稱託生王宮。既而帝母在采女次侍,始褰戶幔,有風回裾,武帝意感幸之。采女夢月墮懷中,遂孕。天監七年八月丁巳生帝,舉室中非常香,有紫胞之異。武帝奇之,因賜采女姓阮,進爲修容。十三年,封湘東王。太清元年,累遷爲鎮西將軍、都督、荊州刺史。"

〔九〕虞晚折枝: 太平御覽卷九百六十皂莢:"幽明録曰: 曲阿虞晚所居宅內有一皂莢樹,大十餘圍,高十餘丈,枝條扶疎,蔭覆數家,諸鳥依其上。晚令砍上枝,巢墮胎死。空中有罵者曰:'虞晚,汝何意伐我家居?'更以瓦石擲之,大小并委頓。如此一年消滅。"

小桃源記〔一〕

隱君顧仲英氏〔二〕,其世家在谷水之上〔三〕,既與其仲爲東西第,又稍爲園池西第之西,仍治屋廬其中。名其前之軒曰問潮①,中之室曰芝雲,東曰可詩齋,西曰讀書舍,又後之館曰文會,亭曰晝畫舫,合而稱之,則曰小桃源也。仲英才而倦仕,樂與賢者居,而適以賢居余。余抵崑,仲英必迎余桃源所。所清絕如在壺天,四時花木,晏温常如二三月時,殆不似人間世也。余既預讖而落室,仲英且出文木板,求余志牓屋顏。

余聞天下稱桃源在人間者,武陵也,天台也;而伏翼之西洞文有小者云。據傳者言,武陵有父子,無君臣;天台有夫婦,無父子也。方外士好引其可以爲高,而不可以入中國聖人之訓。矧其象也,暫歟亟閟;其接也,陽示而陰諱之。使人想之,如恍惚幻夢然,不能倚信。雖曰樂土若彼,吾何取乎哉!

若今桃源之在顧氏居,非將託之引諸八荒外也。入有親,以職吾孝也;出有弟,以職吾友也;交有朋儕戚黨,以職吾任與媚也;子孫之出仕於時者,又有君臣之義,以職吾忠與愛也。桃源若是,豈傳所述武陵、天台者可較劣哉! 然而必桃源名者,留侯非不知赤松子之恍惘也,而其言曰:"吾將棄人間事,從之游。"知之者以爲假之而去也。仲英氏亦將假之焉云爾。仲英齒雖强,而志則休矣,其桃源其休之所寄乎! 而猶以爲"小"云,如伏翼者,小寄云耳,固不能大絶俗而去已。或曰崑俗信仙鬼甚,貴富家有駕航冀風一引至殊島,見瑶池母、東方生,乞千歲果啖之,而顧氏家弗能從,此小桃源之名於崑也。

仲英聞予前説,喜中其志。又聞後説,而喜人之億其中也。并書爲記。至正八年秋七月甲子。

【校】

① 潮:四部叢刊本作"湘"。

【箋注】

〔一〕文撰於元至正八年(一三四八)七月二十九日(甲子日),當時鐵崖游寓蘇州、崑山等地,授學爲生。按:本篇曾經成爲日後鐵崖爲松江陳衡父撰文之藍本,蓋因陳衡父園林與顧瑛宅園同名,鐵崖遂照搬此文,僅對園林中建築以及所贈對象稍作改動而已。爲陳衡父所撰小桃源記已見於東維子文集卷十七,故此注釋省略,可參看。

〔二〕顧仲英:即顧瑛。參見東維子文集卷七玉山草堂雅集序。

〔三〕谷水:參見東維子文集卷十七水南軒記注。

玉山佳處記[一]

崑隱君顧仲瑛氏,其世家在崑之西界溪之上。既與其仲爲東西第,又稍爲園池別墅,治屋廬其中。名其前之軒曰桃源①,中之室曰芝雲,東曰可詩齋,西曰讀書舍。疊石爲山,山前之亭曰種玉,登山而憩住者曰小蓬萊,山邊之樓曰小游仙。最後之堂曰碧梧翠竹,又見湖光山色之樓。過浣花之溪,而草堂在焉。所謂柳堂春、漁莊者,又其東偏之景也。臨池之軒曰金粟影,此虎頭之尤癡絶者②[二]。合而稱之,則曰玉山佳處也。

予抵崑,仲瑛氏必居予佳之所③,且求志牓顔屋④。按郡志⑤,崑山隸⑥華亭,陸氏祖所窆,生機、雲,時人因以玉出崑而名山[三]。崑邑山本號馬鞍[四],出奇石似玉,烟雨晦明,時有佳氣如藍田焉[五],故人亦呼曰玉,又曰崑。而仲瑛⑦氏之居,去玉山一⑧舍遠,奚以佳名哉?

山之佳,在去山之外者得之,山中之人未知也。如唐之終南隱者,與司馬道人指山之佳[六],身固⑨在山數百里之外也。雖然,終南之嘉,終南之隱者未知也,借佳爲捷仕⑩之途,千古慚德,至於今山無能掩焉。若仲瑛氏之有仕才,而素無仕志,幸有先人世禄生産,又幸遭逢盛時,得與名人韻士日相優游於山西之墅,以琴樽文賦爲吾弗遷之樂,則玉山之佳,非仲瑛氏弗能領而有之。吁,與終南隱者可以辨其佳之誣不誣矣。

予嘗論:山不能重人,而人重之耳。望以郯⑪子重[七],荆以卞和重[八],峴以羊叔子重[九],紫金以八公氏重[十]。他日崑之重,既以陸氏;玉之重,又不以仲瑛氏乎? 不然,山以"玉"名者衆矣,若郿[十一]、若灌[十二]、若龍城[十三]、若中巴⑫[十四]、若滇池⑬[十五]、雪水[十六]、上饒[十七]、山陰[十八]、星沙[十九]、橫浦[二十],皆未嘗無⑭玉之稱也。求佳之賴人而重者如仲瑛氏⑮,則玉之稱山者,毋亦土石之阜之類⑯焉爾,君子又⑰何取哉!

仲瑛謝曰:"瑛何修而得比古哲人? 竊願⑱勉焉,以無辱先生之云也。"遂録諸堂爲志。書者,泗水楊某[二十一];篆者,京兆杜本也[二十二]。至正八年春正月既望之三日記⑲。

【校】

① 本文又載清初鈔本玉山名勝集(以下稱玉山名勝集本),據以校勘。桃源:玉山名勝集本作"釣月"。

②"疊石爲山"十一句:原本作"後之館曰碧梧翠竹,亭曰種玉"兩句,據玉山名

勝集本增補。

③ 居：原本作"君"，據玉山名勝集本改。佳之所：玉山名勝集本作"佳處"。

④ 志：原本作"諗"，據玉山名勝集本改。顔屋：原本作"屋顔"，據玉山名勝集本改。

⑤ 志：原本作"至"，據玉山名勝集本改。

⑥ 隸：原本作"縣"，據玉山名勝集本改。

⑦ 瑛：原本無，據玉山名勝集本補。下同。

⑧ 玉山一：原本作"玉是"，據玉山名勝集本改。

⑨ 固：玉山名勝集本作"故"。

⑩ 仕：原本作"仁"，據玉山名勝集本改。

⑪ 郊：原本誤作"剡"，徑改。參見注釋。

⑫ 巴：玉山名勝集本作"已"。

⑬ 池：原本作"也"，據玉山名勝集本改。

⑭ 無：原本作"無無"，據玉山名勝集本改。

⑮ 求佳之賴人而重者如仲瑛氏：玉山名勝集本作"求佳之賴人而重者，不得如仲瑛氏焉"。

⑯ 之類：原本無，據玉山名勝集本補。

⑰ 又：原本作"有"，據玉山名勝集本改。

⑱ 顧：原本無，據玉山名勝集本補。

⑲ "書者"以下四句：玉山名勝集本作"至正八年八月初吉會稽楊維楨書於玉山之讀書舍"一句。按：本文撰期，底本作"至正八年春正月既望之三日"，玉山名勝集本作"至正八年八月初吉"，似皆不確。疑點之一：顧瑛宅園命名，前後有變化，然小桃源在前，玉山佳處在後，似無疑問。因爲玉山佳處中碧梧翠竹堂、湖光山色樓等建築，小桃源記中未見蹤影。既然小桃源記撰書於至正八年七月二十九日，玉山佳處之命名和落成，就絕不可能提前至當年正月。疑點之二，至正九年九月，鐵崖撰書碧梧翠竹堂記，文中曰顧瑛宅園始建於至正八年秋，次年碧梧翠竹堂建成。據此可見，至正八年秋，顧瑛始建小桃源，次年宅園大致建成，改名爲玉山佳處。而鐵崖應邀撰此玉山佳處記，不應早於碧梧翠竹堂記之撰書，即至正九年九月。參見本卷小桃源記、卷十七碧梧翠竹堂記。

【箋注】

〔一〕文當撰於元至正九年（一三四九）九月，或稍後。參見校勘記。玉山佳處：

顧瑛宅名。顧瑛,參見東維子文集卷七玉山草堂雅集序。

〔二〕虎頭:東晉顧愷之嘗爲虎頭將軍,人號"顧虎頭",此借指顧瑛。

〔三〕"按郡志"五句:至正崑山郡志卷一山:"郡以山得名,其山今隸華亭。吳地記云:陸氏之祖葬於此,因生機、雲,皆負詞學,時人以'玉出崑岡'而名焉。"

〔四〕馬鞍:參見鐵崖先生詩集乙集玉山中作注。

〔五〕藍田:今屬陝西,以盛產美玉聞名。

〔六〕司馬道人:指司馬承禎。指山事參見鐵崖先生古樂府卷六金處士歌注。

〔七〕望:山名。又稱孔望山。江南通志卷十四輿地志山川四:"孔望山在(海)州東。輿地要覽云:'孔子問官於郯子,嘗登此山,以望東海。'又名古城山。地理新書謂即古海州故城。"

〔八〕卞和:楚人。其獻璞玉事,參見韓非子和氏、史記鄒陽傳。

〔九〕羊叔子:羊祜。參見鐵崖先生詩集甲集一峰先生入吳注。

〔十〕紫金:八公山之別名。資治通鑑卷一百五晉紀二十七:"又望八公山上草木皆以爲晉兵。"胡三省注:"八公山在今壽春縣北四里。世傳漢淮南王安好神仙,忽有八公皆鬚眉皓素,詣門求見。門者曰:'吾王好長生,今先生無駐衰之術,未敢以聞。'八公皆變成童。遂立廟于山上。"

〔十一〕鄜:鄜州。位於延安府城南一百八十里。參見大明一統志卷三十六延安府。

〔十二〕灌:灌縣。在成都府城西五十里。參見大明一統志卷六十七成都府。

〔十三〕龍城:指柳州。唐代曾稱廣西柳州爲龍城。龍城山石奇秀,其中有思玉山。參見大明一統志卷八十三柳州府。

〔十四〕中巴:指巴中。

〔十五〕滇池:一名昆明池,又名滇南澤,"在雲南府城南"。參見大明一統志卷八十六雲南府。

〔十六〕雪水:湖州別名雪川。參見大明一統志卷四十湖州府。

〔十七〕上饒:今屬江西。

〔十八〕山陰:按元史地理志,山陰縣隸屬於紹興路。

〔十九〕星沙:蓋指長沙。按大明一統志卷六十三長沙府,長沙又名星沙,"以長沙星得名"。

〔二十〕橫浦:即南安,位於江西與廣東交界處,"以郡城大江自西流東,橫繞南岸,故名"。參見大明一統志卷五十八南安府。按:上述諸地均有名"玉"之山。

〔二十一〕泗水:按元史地理志,泗水縣隸屬於中書省濟寧路兖州。楊某:
　　　　不詳。
〔二十二〕杜本:參見東維子文集卷十四生春堂記。

書畫舫記〔一〕

　　隱君顧仲瑛氏居婁江之上〔二〕,引婁之水入其居之西小墅,爲桃花
源①〔三〕。厠水之亭四楹,高不逾墻仞,上蓬下板,旁櫺翼然似艦艗。客
坐卧其中,夢與波動蕩,若有纜②而走者。予嘗醉吹鐵篴其所,客和小
海之歌〔四〕,不異扣舷者之爲。中無他長物,唯琴瑟筆硯,多者書與畫
耳。近以米芾氏所名書畫舫③命之〔五〕,而請志於予。

　　予喟然曰:"自人文潔於有熊④氏〔六〕,後世變不已而有書,又不已
而有繪事。書一形,而鬼夜哭〔七〕;繪一著,而彩⑤色盲人之目矣〔八〕。
子欲還治古,則唯恐書日煩,繪日密,又何顓之以爲名,與米芾氏争途
於江淮上乎!聖人取易之⑥渙〔九〕,剡木爲舟,將以利天下之不通耳,又
豈爲子輩好名者設,資之以侈書與畫哉!求書於書,求畫於畫,固不
若求書畫於象先也。君試與客仰以觀星文之經緯,俯以察地理之脉
絡,是大寶書也。遠以眺三神山之出没乎海濤,近以鑑⑦五湖之烟霏、
七十二峰之空⑧翠〔十〕,四時朝暮,景狀不⑨同,又大畫苑也。書耶? 畫
耶? 屬之芾耶? 我之屬也⑩?"隱君笑⑪曰:"書畫若是,舫將安屬?"
予⑫曰:"大⑬地表裏皆水也,大羅竟界,一渣之浮〔十一〕,急旋水中央而
人不悟,悟者必在旋⑭之外也。吁,天一大瀛也,地一大舫也,至人者
以道爲身,入乎無窮之門〔十二〕,超乎無初之垠,斯有以見大舫於舫之外
者⑮,子能從之乎?"隱君起而⑯謝曰:"甚矣,子之言幾於道! 予知居
舫,而不擬聞大道於舫之外也。幸已幸已⑰。"

　　書諸舫以⑱爲記。

【校】

① 清初鈔玉山名勝集、楊鐵崖先生文集全録卷四載此文,據以校勘。源:玉山
　名勝集本作"溪"。

② 纜：玉山名勝集本作“纘”。

③ 近：玉山名勝集本、楊鐵崖先生文集全録本作“遂”。畫舫：原本作“畫訪”，
　　據四部叢刊本、文淵閣四庫全書本改。

④ 潔：玉山名勝集本、楊鐵崖先生文集全録本作“粲”。有熊：原本作“有態”，
　　據玉山名勝集本、楊鐵崖先生文集全録本改。

⑤ 而彩：原本作“所采”，據楊鐵崖先生文集全録本改。

⑥ 之：原衍一“之”字，據玉山名勝集本、楊鐵崖先生文集全録本删。

⑦ 鑑：玉山名勝集本、楊鐵崖先生文集全録本作“攬”。

⑧ 空：楊鐵崖先生文集全録本作“蒼”。

⑨ 不：原本作“一”，據玉山名勝集本、楊鐵崖先生文集全録本改。

⑩ 我之屬也：玉山名勝集本、楊鐵崖先生文集全録本作“屬之我耶”。

⑪ 隱君：玉山名勝集本、楊鐵崖先生文集全録本作“仲瑛”。下同。笑：玉山名
　　勝集本作“歎”。

⑫ 予：原本無，據楊鐵崖先生文集全録本補。

⑬ 大：楊鐵崖先生文集全録本作“天”。

⑭ “旋”之下玉山名勝集本多一“水”字。

⑮ 者：原本無，據楊鐵崖先生文集全録本補。

⑯ 起而：原本無，據玉山名勝集本補。

⑰ 幸已幸已：原本無，據玉山名勝集本補。

⑱ 以：原本無，據楊鐵崖先生文集全録本補。

【箋注】

〔一〕文撰於元至正八年（一三四八）七月前後。繫年依據：至正八年七月二十
　　　九日鐵崖撰書小桃源記，已言及書畫舫。疑書畫舫記與小桃源記爲一時
　　　之作，皆撰書於鐵崖應邀游寓崑山顧瑛宅園之時。書畫舫：顧瑛玉山草
　　　堂中濱水建築，類似後世園林中之旱舫。顧瑛：參見東維子文集卷七玉
　　　山草堂雅集序。

〔二〕婁江：太湖支流，經崑山東入長江。今稱瀏河。

〔三〕按：桃花源又曾用作顧瑛宅園名，即小桃源。後更名爲玉山佳處、玉山
　　　草堂。

〔四〕小海：即小海唱。參見東維子文集卷十一贈杜彦清序注。

〔五〕書畫舫：宋人米芾船。米芾嗜藏書畫，行止不離。曾任職於江淮軍，行船
　　　上揭牌曰：“米家書畫船”。米芾宋史有傳。

〔六〕有熊氏：指黄帝。黄帝號有熊。

〔七〕鬼夜哭：淮南子本經訓：“昔者蒼頡作書而天雨粟，鬼夜哭。”

〔八〕盲人之目：老子十二章：“五色令人目盲，五音令人耳聾，五味令人口爽。”

〔九〕涣：易涣：“利涉大川，乘木有功也。”

〔十〕五湖：指太湖。或連及附近四湖。七十二峰：指聳起於太湖和湖邊的衆多山峰。

〔十一〕大羅：即大羅天，道教所謂三十六天中最高一重天。此二句謂假若置身於大羅天境界，下視大地，僅如小片渣土飄浮於汪洋。

〔十二〕無窮之門：道家所謂通往至道境界之門徑。莊子在宥：“今夫百昌皆生於土而反於土，故余將去女，入無窮之門，以游無極之野。”

信齋記〔一〕

吴下張生本既以“信”呼於人，又字其所居室，而求記於予。

予謂信之爲義大矣，天地一日①不信，日月星辰不順行，陰陽寒暑舛差錯繆，而生之之類息。嗟夫，天地不能一日外夫信，人參天地而不信，得乎？孔子論“信”，嘗以之重食〔二〕。人一日不食，百骸未廢；一日不信，百行終身廢矣。故君子寧一日無食，不一日無信。秦法吏立百金木南門示信〔三〕，立而後令有以行。秦法吏不能外夫信，矧不爲秦吏者乎！今之吏以聖賢自謂，而有不能信於人者，謂非秦吏罪人，得乎？

生治春秋學，吾聞春秋以斷事爲信之符也，生將有位以治民矣，惟春秋之斷以斷民，信之用大矣。予懼生之視信者輕也，故以孔子之言、春秋之教，參乎天地不能以外夫信者語之。

生之父，予之友也，請以予説質之。

【校】

① 日：原本作“月”，據文淵閣四庫全書本改。

【箋注】

〔一〕文撰於元至正七、八年間，當時鐵崖寓居姑蘇，授學爲生。繫年依據：信齋主人張大本參與唱和西湖竹枝詞,至正七年三月,曾與鐵崖等同游橫澤;其舅顧瑛,其岳父施仁傑,鐵崖寓居姑蘇時皆有交往。參見東維子文集卷十四修齊堂記、鐵崖撰游橫澤記(載佚文編)。張大本,名守中。參見東維子文集卷十四修齊堂記。

〔二〕"孔子論信"二句:論語集注卷十堯曰:"所重:民、食、喪、祭。寬則得衆,信則民任焉,敏則有功,公則説。"

〔三〕秦法吏:此指商鞅。史記商君列傳:"令既具,未布,(商鞅)恐民之不信,已乃立三丈之木於國都市南門,募民有能徙置北門者予十金。民怪之,莫敢徙。復曰'能徙者予五十金'。有一人徙之,輒予五十金,以明不欺。卒下令。"

卷七十三　東維子文集卷十九

吕氏樓真賞記〔一〕

淞之樓居者以萬數，而獨吕氏之樓爲高等。淞之山以百數，而獨九山之峰爲特秀。樓去九山數十①里近，而青出樓者僅②尺寸耳。吕氏之子恂從予游〔二〕，時節觴予，必於樓是登，請名於予，予名之曰真賞。且并求③言以記。

陶處士於南山〔三〕，非日日見之，而一日忽見於籬落之間，其曰“悠然”者，真賞也。王馬曹於西山〔四〕，非日日得之，而一日忽得於拄④頰之頃，其曰“致爽”者，亦真賞也。真賞貴於偶會，固不貴於常得也。山之賞，猶⑤女色之賞耳，自其真而言，解佩饋漿之頃，蓋有慕之而不足者；自其厭而言，則朝越白而暮趙黛，而有爲之前者矣。故曰真賞貴於偶會，而不貴於常得也。

世之愛山一也，在陶、王爲真賞，在謝康樂則荒矣〔五〕。康樂於山愛之，屢而厭之，至其伐山開逕，自始寧至臨海，汲汲焉求之如弗得。是今日之得，無以饜於前日也。天下之名山，無往不有，是謝公⑥之嗜，無往而不足。計其一生，山水間敝敝焉不得一日以休，則謝公之勞，無以償其得矣，是真賞⑦不得之效也。

吁，陶之“悠然”，王之“爽然”也，使日而得之，人人而知之，又何以爲真賞不傳之秘哉！客登吕氏樓者，猶嫌樓之未盡有山也。予以其求山者，謝耳，而未知陶、王之真賞也。故書其樓爲賞，而又爲之志其説云。

【校】

① 十：原作“千”，徑改。
② 僅：原本作“菫”，據文淵閣四庫全書本改。
③ 求：原本作“永”，據四部叢刊本改。
④ 拄：原本作“柱”，據文淵閣四庫全書本改。

⑤ 猶：原本作“有”，據文淵閣四庫全書本改。

⑥ 公：原本作“然”，據文淵閣四庫全書本改。

⑦ 賞：原本作“實”，據文淵閣四庫全書本改。

【箋注】

〔一〕文撰於元至正九、十年間，當時鐵崖受聘於吕氏，教授其子弟。繫年依據：文中曰“吕氏之子恂從予游”，可見其時鐵崖於吕氏塾授學，且吕良佐在世，必爲鐵崖初次寓居松江期間。

〔二〕吕氏之子恂：即吕良佐之子吕恂。參見東維子文集卷十四内觀齋記。

〔三〕陶處士：指陶淵明。陶淵明飲酒之五：“採菊東籬下，悠然見南山。”

〔四〕王馬曹：指王徽之，徽之字子猷。世説新語簡傲：“王子猷作桓車騎騎兵參軍，桓問曰：‘卿何署？’答曰：‘不知何署，時見牽馬來，似是馬曹。’”參見鐵崖先生詩集甲集追和鮮于公寄山齋先生釣石詩注。

〔五〕謝康樂：謝靈運。宋書謝靈運傳：“尋山陟嶺，必造幽峻，巖嶂千重，莫不備盡……嘗自始寧南山伐木開徑，直至臨海，從者數百人。”

移春亭記〔一〕

吴之練川强彦栗氏〔二〕，治水亭於何之庄，雜蒔花木其間，諸卉未花而有先春而拆者，群花已翻而有逗春而留者。吾嘗領客造，彦栗必飲食予其所，且俾侍觴者侍硯，徵亭名，而并記之請。予命之曰移春①。

客有辨者曰：“黄金白璧，珠綺女婦，一切玩好之具，世有權力者可不趾而移也。春非黄金白璧珠綺女婦玩好之物，而曷以移云哉？”予爲莞爾曰：“客何見之闇乎？自催花有檄〔三〕，春不在春，而在人也久矣。春來而來，春去而去，四時代謝之春也。春移而移，春留而留，吾司之於花木之間，固有出於天時物候之外者，春不在春，而在我也，子何見之闇乎！”

彦栗起，觴予酒曰：“某嘗患春不易得，又患得之易失也。聞先生之言，吾之患蔑。”予曰：“未也。憂年壽者，恒懼去日之速，而來日之無幾也，則將游之外，取大椿之年爲吾春也〔四〕，是徂之易②暮而朝也[五],曾何益乎！春未至也,我將至之;春之盡也,我將遲之。至之遲之,春暮移而有移者若是,則年莫之引而有引者,不如是乎?"彦栗謝曰:"吾因移春而得養生之道。請録其説爲記。"

【校】

① 春:原本作"而",據傅增湘校勘記改。
② 徂之:疑爲"狙公"之訛寫。參見注釋。是徂之易:四部叢刊本作"且徂之易春"。

【箋注】

〔一〕文當撰於元至正七、八年間,其時鐵崖寓居蘇州,不時應邀作客崑山、嘉定等地。繫年依據:據文中"吾嘗領客造,彦栗必飲食予其所"等語,知本文乃鐵崖游寓嘉定時所作,其住處當在吳地;且強俎留心造園,必爲太平年間。強俎字彦栗,生平參見東維子文集卷八送強彦栗游京師序。

〔二〕練川:位於今上海嘉定。

〔三〕催花有檛:指唐明皇羯鼓催花一事。參見鐵崖先生古樂府卷二崔小燕嫁辭注。

〔四〕取大椿之年爲吾春:莊子逍遙游:"上古有大椿者,以八千歲爲春,八千歲爲秋,此大年也。"

〔五〕徂之易暮而朝:疑當作"狙之易暮而朝",指"朝三暮四"故事。參見玉山草堂雅集卷二寄倪雲林二首注。

竹近記[一]

物之近於人者,亦衆矣,而近之物有媸惡,則善敗隨之,故君子慎所近也。世之溺於近而敗者,聲色也,貨財也,博奕飲酒也,禽獸草木妖及奇伎巧宦之物皆是也。近愈甚,敗愈不可勝言。聖人於小人女子誠其近[二],餘類可推也。嘻,近哉,近哉,可不慎哉！

吾里姚生智,獨以其近者在於竹,而名其讀書之齋。竹之爲物,見於禮,詠於詩,而配德於君子者也[三]。生近於君子之物,則與世之近而敗①者異矣。吾固未占生之善效何知也,吾見生之執謙問道,似竹之虛心也;孝義根於心而道生,似竹之不撥其本也;險夷不貳其行,似竹之歷寒暑而不改柯易葉也;其爲詞賦,鏘然有金石聲,似竹之著鳳鳥而叶於律者也,則生之取於竹而善其德也有矣。宜其於竹也,左之右之以爲近,而一日不可以諼也。雖然,竹特有似於君子之德者耳,生於似君子之德者近之如是,而況^②其人真有君子之德者乎! 生游四方,求君子之人而邇密之,其進德又可量也乎!

　　書竹近之扁者,實南臺御史李公好古^{〔四〕},與生爲忘^③年友之書也。李公蓋吾所謂君子之德之人,生與之游,得其"近"已。李公由南端業羽儀於天朝^{〔五〕},生階而上之,吾且見生之獲近清光於明天子已,竹得以^④久稽乎生也哉! 書諸室以爲記。至正八年十一月廿八日。

【校】

① 敗: 原本作"販",據四部叢刊本、文淵閣四庫全書本改。
② 況: 原本作"向",據文淵閣四庫全書本改。
③ 忘: 原本作"忌",據四部叢刊本、文淵閣四庫全書本改。
④ 以: 原本作"已",據文淵閣四庫全書本改。

【箋注】

〔一〕文撰於元至正八年(一三四八)十一月二十八日,當時鐵崖寓居蘇州,授學爲生。竹近齋: 主人姚智,諸暨人。
〔二〕聖人: 指孔子。論語陽貨:"子曰:'唯女子與小人爲難養也,近之則不孫,遠之則怨。'"
〔三〕"竹之爲物"四句: 意爲禮書、詩經記述竹子,用作君子品德之象徵。參見東維子文集卷十七邵氏有竹居記注。
〔四〕李公好古: 參見東維子文集卷一李參政倡和詩卷序注。
〔五〕南端: 指江南諸道行御史臺。其時李好古任江南行臺御史。

來德堂記^{〔一〕}

　　莊子正氏,吳興之衣冠舊族也。畜年嘗游於張息堂^{〔二〕}、龍鱗洲^{〔三〕}、甘梅坡諸先生之門^{〔四〕},極其學之所究。學成而連試有司連黜之,廼喟然曰:"吾學之利,果不得施於人乎? 君子存心於愛人,不得爲良相,願爲良醫[五]。"遂又游藝於岐黃氏之家[六],而名其醫室爲來德之堂。吳人感其德者,既爲歌詠之,而又徵記於余。

余謂十年之計,種之以木;百年之計,來之以德。木未有不種而植,德未有不施而來者。木計歲以近,德計歲以遠。計近者,庸衆人之所能知;而計遠者,非知道君子不能至也。子正氏蒼髯皓髮,已爲五六十歲人,不得於仕,而借施於毉,德果報於①百年之遠也,則莊氏子孫其有食其報者歟! 雖然,予聞宋許叔微氏,取科名於陳、樓之間,喝六作五,以符神人之夢者[七],以醫有功德耳。叔微之德施於人,而來即在其身,是醫之來,不俟有年之後也。叔微之事信,則子正氏之來德速矣。"喝六作五"之報,吾其無望於子正乎哉! 子正尚以吾言勉之。

【校】

① 於:四部叢刊本作"以"。

【箋注】

〔一〕文撰於元至正五、六年間,其時鐵崖授學長興東湖書院。繫年依據:莊子正家居湖州,鐵崖與之交往,蓋即授學湖州期間。來德堂主人莊子正,生平僅見本文。

〔二〕張息堂:張圖南(? ——一三二二)字則復,號息堂。其先世家廬陵,其父徙長沙,遂爲長沙人。至元二十八年授岳麓書院山長,至大元年任辰州路儒學教授。延祐初科舉恢復後,曾校文湖廣、江西。至治二年以太常禮儀院奉禮郎致仕,是年冬謝世。其生平事迹參見申齋集卷八元故太常禮儀院奉禮郎致仕張君墓志銘。按:元人傳習編元風雅前集卷九載張息堂題手卷詩一首。

〔三〕龍鱗洲:"鱗洲"多作"麟州"。元詩選補遺龍提舉仁夫:"仁夫字觀復,永新(今屬江西吉安)人。與同郡劉詵、劉岳申皆以文學名,而仁夫之文尤奇異流麗。或薦以爲江浙儒學副提舉,不就,後爲甘肅儒學提舉。年八十餘卒。所著有周易集傳八十卷。學者稱'麟州先生'。仁夫晚年寓居黃岡,嘗題鏡心樓,有句云'水光天上下,樓影日東西',一時傳誦。"按:龍麟州生於南宋寶祐元年(一二五三),卒於元統三年(一三三五)正月。參見申齋集卷十二祭龍麟州文、李超元代文學家龍仁夫考（文載井岡山大學學報二〇一〇年第四期）。

〔四〕甘梅坡：甘楚材（一二四七——一三二七後），“材”或作“枋”，字公亮，號梅坡，廣漢（今屬四川）人，或曰德化（今江西九江）人，蓋原籍廣漢。累任江西、江浙、湖廣、河南行省考試官。官至武岡縣尹。精通五經，名重一時。譚景星村西集由其校定，詹同曾從之學易。晚年退居九江。參見甘楚材存中詩稿序（載全元文卷四五七）、嘉靖九江府志卷十三文苑傳。

〔五〕“不得爲良相”二句：能改齋漫録卷十三文正公願爲良醫：“范文正公微時，嘗詣靈祠求禱，曰：‘他時得位相乎？’不許，復禱之曰：‘不然，願爲良醫。’亦不許。既而嘆曰：‘夫不能利澤生民，非大丈夫平生之志……夫能行救人利物之心者，莫如良醫。果能爲良醫也，上以療君親之疾，下以救貧民之厄，中以保身長年。在下而能及小大生民者，捨夫良醫，則未之有也。’”

〔六〕岐黄氏：岐伯、黄帝，相傳爲中醫始祖。

〔七〕“予聞宋許叔微氏”四句：明彭大翼山堂肆考卷八十四神人留語：“宋真州人許叔微，篤志經史，尤邃於醫。建炎初，大疫。叔微親行閭巷，爲之診視，所活甚衆。夢神人曰：‘上帝以汝陰功，錫汝以官。’因留語云：‘藥市收功，陳、樓間處。堂上呼盧，喝六作五。’後叔微第六人登第，升爲第五人，在陳祖言、樓材之間。”

清如許記〔一〕

去姑蘇西北一百里所，其聚爲虞山〔二〕。又三十里，爲甫山〔三〕。甫山之陽，曹氏世居焉。曹氏縣武惠王後六世孫某〔四〕，扈駕南渡。其五世孫爲今南沙處士文貴，始居甫陽。南沙不仕，善治貨，居而復散，鄉之人胥①賴焉。子孫食指以千數，占仕籍者十有二三。有名某者，爲武略三世孫，生三歲而父喪，母夫人張氏力教育，底於成。某日，奉觴豆壽其母高節堂上，又稍爲園池以娱其親，以及其宗戚賓客之讌樂，名其池亭曰清如許，門客自眉山師餘〔五〕、永嘉鄭采而下〔六〕，賦詩若干人，持其成馬②來，重請予記。

予惟“清如許”，考亭朱氏之詩語〔七〕，以興夫學者之心源也。人之賢不肖,天下事理亂成敗,皆係諸心源,故君子之學先焉。心源之所自來,爲撓不濁,爲不舍晝夜,此源之所爲清而遠也。某也學朱氏學,先治其源,則清如許之契要,蓋得之矣。源益治,流益清。推諸行事,在隱爲夷、齊之聖〔八〕,在仕爲伯夷之賢③,曹氏之澤,不益衍乎哉!

　　曹氏自武惠,德被四海。南沙不仕,善猶及其鄉。節堂之行義〔九〕,又有以光繼前武而淑及後人。其澤五世,至於十世,雖百世而不替者,固亦有其來之自矣。予既得曹氏之學於"清如許",因知曹氏之澤清且遠者,方來而未艾也,於是乎書。若其一亭臺之工,一禽魚木石之珍怪,賦詠者能言之,抑末爾,故略不書。

　　某字志明,幼以孝聞,長博古,憙文雅,善爲歌詩。仕至江陰州司理云。

【校】

① 胥:原本作"疋",據文淵閣四庫全書本改。

② 成弓:文淵閣四庫全書本作"卷軸"。

③ 伯夷:此當有誤,伯夷未仕。

【箋注】

〔一〕文撰於元至正七、八年間,當時鐵崖游寓蘇州一帶,授學爲生。繫年依據:常熟州與崑山州、嘉定州、吳江州同屬平江路,且請文之人師餘、鄭采,或爲吳人,或居崑山,據此推斷:本文作於鐵崖游寓蘇州、崑山期間。又據康熙常熟縣志卷十四第宅,福山大户曹氏宅毀於張士誠兵南下之際,故知本文當撰於至正十五年以前。清如許池亭主人曹志明,生平見本文。

〔二〕虞山:位於今江蘇常熟。

〔三〕嗣山:又稱福山,位於今江蘇常熟。

〔四〕武惠王:指曹彬。曹彬字國華,真定靈壽人。北宋真宗時官至樞密使。卒謚武惠。生平詳見宋史本傳。

〔五〕眉山:今屬四川。師餘:吳中人物志卷九元:"師餘,字學翁,其先眉州人。父曾定,仕蘄州教授。嘉熙間,東入吳,遂爲吳人。餘少失怙恃,自勵於學,清修力行,世味泊如。開門講授,執經者甚衆。平生所爲詩文多不存稿,晚歲有樓裂集一卷。"

〔六〕永嘉:今屬浙江溫州。鄭采:元詩選三集曲全先生鄭采:"采字季亮,號曲全。幼喪二親,而賦性狷介,州里不能容。兄東,時客授崑山,乃走就之。求四庫書疾讀,雖暑鑠金,寒折膠,不越户限。未幾下筆爲文,皆循矩度,而不輕於毁譽。然剛毅忤物,晚寓蘇之海虞,竟以坎壈終身焉。"

〔七〕考亭朱氏: 指朱熹。朱熹觀書有感二首之一:"半畝方塘一鑑開,天光雲影共徘徊。問渠那得清如許? 爲有源頭活水來。"

〔八〕夷、齊: 指伯夷、叔齊。二人乃孤竹君之子,商亡,不食周粟而隱於首陽山,采薇而食。詳見史記伯夷列傳。

〔九〕節堂: 指曹志明母張氏。

熙春堂記〔一〕

長洲縣縣金浮崦東南行四十里〔二〕,抵六直甫里〔三〕,其地爲吴王茂苑也〔四〕,至今民樂耕釣。居有水木園池之勝,鄰里相望,雞狗之音相聞,民至老死不識市區官寺者,張氏彦明之家在焉。彦明氏自晉高士翰〔五〕,至大流處士〔六〕,士①居是者若干世矣。彦明豈弟樂易〔七〕,孝友之風行於家,薰②於里。余嘗入吴,訪天隨子故宅〔八〕,因與天隨孫廣過其里〔九〕。彦明治酒食,觴余於熙春堂上。余既爲賦熙春詩,明日,以記請。

予聞老氏言,治古之民,熙熙然若登春臺〔十〕。蓋至德之世,君民之分雖卞,而情未嘗不與民并也。故其君南面之樂,民有春臺之娱。耕而食,鑿而飲,含哺而嬉,鼓腹而游〔十一〕,不知帝力之加於我,此春臺熙熙之效也。余猶及於彦明氏之家見焉。熙春既名,遂使延頸舉踵,指甫里曰:"某所樂土也,樂土有某賢士也。"吏食君禄而治民,使民不得其熙然者,不愧張氏乎!

吾方怪吏近民,使民日畏,畏而怒焉。人大畏傷陽,大怒毗陰。陰毗陽傷,四時不至。寒暑之和不成,熙然之春無時而得矣。徒蹩躠焉求其迹以治也,摘群以爲禮,蕩温以爲樂,又頡滑解垢以爲之教〔十二〕,不知熙然之情其離也遠矣。誠使近民者得張氏其人,以熙然之風推之民也,則熙然之治,其獨爲一家之春乎! 故余爲張氏記熙春,并以識有民社者之愧云。至正己丑春三月三日。

【校】

① 士：似當作“世”。

② 薰：原本作“重”，據文淵閣四庫全書本改。

【箋注】

〔一〕文撰於元至正九年己丑（一三四九）三月三日，當時鐵崖游甪直甫里，做客張彦明家。張彦明，生平僅見本文。

〔二〕長洲縣：隸屬於平江路（今江蘇蘇州），與吳縣俱爲“倚郭”之縣。民國初年撤銷。參見元史地理志。

〔三〕六直：又作甪直，今屬江蘇吳縣。

〔四〕茂苑：又名長洲苑。在長洲縣太湖北岸，乃春秋時吳王闔閭游獵處。參見江南通志卷三十一輿地志。

〔五〕晉高士翰：指張翰。張翰字季鷹，吳郡人。有清才，善屬文，而縱任不拘。生平事迹見晉書文苑傳。

〔六〕大流處士：疑爲張彦明父，大流蓋其字號。

〔七〕豈弟：詩小雅蓼蕭：“既見君子，孔燕豈弟。”傳：“豈，樂。弟，易也。”

〔八〕天隨子：晚唐陸龜蒙別號。陸龜蒙爲甫里人。傳見新唐書。

〔九〕天隨孫廣：指陸龜蒙後裔陸廣，疑即天游生陸廣。明朱謀垔撰畫史會要卷三元：“陸廣，字季弘，號天游生，吳人。畫做王叔明，落筆蒼古，用墨不凡。其寫樹枝，有鷥舞蛇驚之勢。”按：陸廣傳世畫作有仙山樓觀圖、溪亭山色圖，分別由臺北故宮博物院、上海博物館收藏。

〔十〕熙熙然若登春臺：語出老子。參見東維子文集卷十六春遠軒記注。

〔十一〕“含哺而嬉”二句：莊子集釋馬蹄：“夫赫胥氏之時，民居不知所爲，行不知所之，含哺而熙，鼓腹而游。民能以此矣！”

〔十二〕頡滑解垢：頡滑，“滑稽”之倒語，指言語浮誇。解垢，即“邂逅”，本意爲不期而遇，引申爲無根據地胡編。莊子集釋胠篋：“知詐、漸毒、頡滑、堅白、解垢、同異之變多，則俗惑於辯矣。故天下每每大亂，罪在於好知。”

存拙齋記①〔一〕

山東麴子益，因余友方仲仁來請曰〔二〕：“走②不佞，少輒有大志，以爲取功名取地芥。已而落魄不偶,嘗薄仕於宣政屬曹,不能與世之巧宦者相追逐,故歸而求諸拙,采杜拾遺之句,自號曰存拙〔三〕,且以顔予③齋居之室。敢乞先生一言,白余所存者。"

　余曰:"少陵非存拙也,因拙以存道耳。子益之所存者,在拙乎? 在道乎? 苟在道,則雖愚必明,拙爲不拙之拙,而大巧出矣。故老氏子之言曰:'大巧若拙〔四〕。'老氏子之所謂拙,非杜少陵之所謂拙乎! 予嘗慨世之巧④人,深中而險側,秉外而便佞,以笑爲怒,以諛爲訐,以恭爲嫚,以信爲欺。奸僞橫流,不知紀極。豈知巧之極者,拙之階與! 吾觀世之善仕善賈善醫⑤,善百工奇伎,大抵巧之弄而拙之成,其效至於心勞身死⑥而曾無怨艾,是知拙之存者,道之在。道在而四體無不喻,萬物無不備,其爲效也,孰多孰寡哉! 子益之拙愈存而道愈明,則知聖人之道得於顔子之愚〔五〕、曾子之魯者〔六〕,愚非真愚,魯非真魯也。顔、曾之道果在子益,子益之拙又豈真拙哉!"書諸室爲記。

【校】

① 記:原本無,據四部叢刊本補。

② 走:文淵閣四庫全書本作"某"。

③ 予:原本作"子",據文淵閣四庫全書本改。

④ 巧:原本作"功",據文淵閣四庫全書本改。

⑤ 原本"醫"之下有"五"字,據文淵閣四庫全書本删。

⑥ 心勞身死:原本作"已軀老家",據文淵閣四庫全書本改。

【箋注】

〔一〕文撰期不詳。存拙齋主人麴子益,山東人,曾任宣政院屬吏。按:宣政院"掌釋教生徒",杭州設有江浙行宣政院。疑麴子益爲江浙行宣政院掾吏,故得與鐵崖交往。

〔二〕方仲仁:生平不詳。

〔三〕杜拾遺:杜甫。杜甫屏迹三首之二:"用拙存吾道,幽居近物情。桑麻深雨露,燕雀半生成。"

〔四〕大巧若拙:語出老子第四十五章。

〔五〕顔子:顔回。論語爲政:"子曰:'吾與回言終日,不違,如愚。退而省其私,亦足以發,回也不愚。'"

〔六〕曾子：曾參。論語 先進：“柴也愚，參也魯，師也辟。”

青雲高處記〔一〕

　　檇李北去四十里所，爲青雲。橫涇①大陸，漁梁農舍，星分而棋布。東鳳山九點〔二〕，與西楊諸峰出没於烟霏空翠中。雨晴暮旦②，慘舒異狀。臨之以層樓，可一覽而有者，實爲李氏青雲高處也。李氏觀復，以里爲青雲，而其大父又號雲岩，故樓以名。予友茅山外史張君雨嘗爲書其扁〔三〕，而又以其弟③佐從予游〔四〕，介之以徵記。

　　予謂雲之爲物多變已，而名亦隨之。外頳而内青，謂“喬”。具五色而昭瑞於靈臺之上，謂之“卿”。沛然而雨，謂之“油”。突然而作，示颶風之兆，謂之“砲”。舒卷無心，使人望之而不驚④，從龍以雨天下，謂之“白”。至其脱林石，升天衢，通駕⑤鴻之羽翼，近日月之光華，枯槁之士仰之以爲不可及者，則始謂之“青雲”。

　　雲岩公有志澤物，而不偶於世，其所謂雲，不過陶靖節之“無心”〔五〕、弘景之“自怡”者耳〔六〕。某雖不敏，竊有志於與世驅馳，安知吾異日不凌青直上⑥，副吾居之高也邪？然則是樓也，李氏言志券⑦也，匪徒據勝覽之要以爲高也。雖然，君子身居朝廷，則思利其民者；在家，則思仁其族與其鄉者。觀復登斯樓也，見竟有秋啼飢、冬號寒、官府鬱塞而無所白者，使之有以得其生而抒其情，是即青雲之覃物也，又何必高有其位，始得爲青雲之澤邪！觀復未任，以余言勉之可也。

【校】

① 涇：原本作“樫”，據四部叢刊本改。
② 旦：原本作“且”，據文淵閣四庫全書本改。
③ 弟：原本作“第”，據四部叢刊本、文淵閣四庫全書本改。
④ 驚：原本作“肯”，據文淵閣四庫全書本改。
⑤ 駕：似當作“鵝”。
⑥ 上：原本作“土”，據文淵閣四庫全書本改。

⑦　券：四部叢刊本作"養"。

【箋注】

〔一〕文撰於元至正九、十年間，其時鐵崖寓居松江，授學於吕氏塾。繫年依據：
　　其一，鐵崖授學松江時，常應邀周游附近各地，包括嘉興。其二，青雲高處
　　主人之弟李佐，當時從學於鐵崖。其三，爲青雲高處書匾者，爲鐵崖友人
　　張雨，而張雨於至正十年秋謝世。青雲高處主人李觀復，生平僅見本文。
〔二〕鳳山九點：指松江九峰。
〔三〕茅山外史張君雨：參見鐵崖先生古樂府卷二奔月厄歌。
〔四〕佐：李觀復弟李佐，於至正初年爲鐵崖弟子。
〔五〕陶靖節：即陶淵明。陶淵明歸去來辭："雲無心以出岫，鳥倦飛而知還。"
〔六〕弘景之自怡：參見東維子文集卷十八怡雲山房記注。

素行齋記〔一〕

　　邢臺張生叔温氏，以素行顔其讀書之齋。叔温天資廉靖古茂，雖
侍父宦南方，爲六品秩公子，而朝虀暮鹽，讀書不少輟。從師取友，恂
恂然退謹如鄒、魯者諸生。以常情論之，叔温當華齡，爲貴介公子，宜
其衣狐腋裘，日乘千金馬，挾彈平康間〔二〕，與代之河朔少年相追逐〔三〕，
不以爲過。而叔温不爾，曰："吾讀書，未舉有司，一布衣生耳。一言
一動，奚敢放而僻，以干①大戾，以貽其親之憂？"此其素行之一也。
　　叔温侍父在淞，以嘗從游於予，且命舟五湖上，招予至素行所。
見其室中所蓄，惟折脚几席②、破琴一牀，經史子書凡若干卷丌③敗壁
間，他無長物以爲娱④者。予駭之曰："生侍父典大縣，食厚禄，而素行
若是，是誠能行己之素者已。中庸言'素位而行〔四〕'，以見君子之道，
泛應曲當〔五〕，無時而不在，無往而不達。故其道也，雖易世而無存
亡⑤，易地而無得喪，非聖哲不能。故曰'民鮮久矣〔六〕'。今叔温行貧
賤於父典大縣之時，非希賢希聖、自信之篤者不至是。抑素行之目，
有富貴貧賤，則夷狄患難之不同。舜之貧賤，飯糗茹草，若將終身；及
富貴，則被袗鼓琴，若固有之〔七〕。孔子欲居九夷，則曰'何陋之
有〔八〕'；及遭患難，則曰'天之未喪斯文也〔九〕'。若是者，皆素行之至

的也。舜,人也;孔子,人也,有爲者亦若是,叔温尚勉之,而異時以公卿之器達而在上也,行乎富貴之素者,亦今日素行之推耳。吾未老,尚及見之。"

【校】

① 干:原本作"于",據文淵閣四庫全書本改。

② 几席:原本作"几籍",四部叢刊本作"九籍",據文淵閣四庫全書本改。

③ 冄:文淵閣四庫全書本作"藏",四部叢刊本作"耳"。

④ 娛:原本作"族",據文淵閣四庫全書本改。

⑤ 雖易世而無存亡:原本作"易然世而無存已",據文淵閣四庫全書本改。

【箋注】

〔一〕文當撰於元至正八年(一三四八)前後。繫年依據:文中有"今叔温行貧賤於父典大縣之時"、"侍父在淞"等語,可見當時其父張德昭在華亭縣尹任上。張叔温,邢臺(今屬河北)人。華亭縣尹張德昭之子,與袁凱交好。按:本文曰叔温"嘗從游於予",可見張叔温爲鐵崖授業弟子。又,鐵崖與張叔温結識,在其受聘吕良佐徙居松江之前,即早於至正九年。參見本卷改過齋記。張德昭,至正七年至十年任華亭縣尹。參見東維子文集卷四送孔漢臣之邵武經歷序、楊鐵崖先生文集全録卷二華亭縣尹(張)侯遺愛頌碑。

〔二〕平康:唐長安丹鳳街有平康坊,又稱平康里,爲妓女聚居地。此借指青樓。

〔三〕河朔少年:此指輕薄少年、紈綺子弟。

〔四〕素位而行:中庸章句第十四章:"君子素其位而行,不願乎其外。素富貴,行乎富貴,素貧賤,行乎貧賤;素夷狄,行乎夷狄;素患難,行乎患難,君子無入而不自得焉。"

〔五〕泛應曲當:廣泛適應,無不恰當。朱子語類卷十三:"若得胸中義理明,從此去量度事物,自然泛應曲當。"

〔六〕民鮮久矣:論語雍也:"子曰:'中庸之爲德也,其至矣乎! 民鮮久矣。'"

〔七〕"舜之貧賤"六句:孟子盡心下:"舜之飯糗茹草也,若將終身焉;及其爲天子也,被袗衣,鼓琴,二女果,若固有之。"

〔八〕"孔子"二句:論語子罕:"子欲居九夷。或曰:'陋,如之何?'子曰:'君子居之,何陋之有?'"

〔九〕"及遭"二句：論語子罕："子畏於匡。曰：'文王既没，文不在兹乎！天之
　　將喪斯文也，後死者不得與於斯文也；天之未喪斯文也，匡人其如予何？'"

筆耕所記〔一〕

　　吴興錢德鉉流寓淞上，揭讀書之室曰筆耕所。余客淞〔二〕，至其
所，見其一室如穿破舟，上穿下洳，折脚鐺鬵，若無出烟之竇。予爲之
啞焉笑曰："目①不容辨黍麥乎〔三〕！不操橐耜，不踐畎畝之塗泥，恃三
寸穎以代耕，所亦非其所已。"德鉉起而對曰："吾筆之不停，猶農之耕
不輟也。所非吾所，且不輟吾耕。所苟得所，其敢輟吾耕乎？所弗得
所，是農之不幸遇石田，用力多而得報寡。所得其所，是農之幸而遇
汶陽之腴〔四〕，用力寡而得報多矣。吾其敢以所非所而廢一日之
耕乎！"
　　予躓之曰："鹵莽而耕者，鹵莽而報；蔑裂而芸者，蔑裂而報〔五〕。
耕患不力爾，何患不得其所哉！抑子之耕也，筆不如目，目不如心。
目以耕乎外，大地之謂；心以耕乎内，寸地之謂也。放而大，歛而寸，
而後耕之以筆耕哉，筆耕得其所哉！耕②得其所，無往而非吾託筆之
地，又何有小大肥磽之辨哉！抑記禮者有曰：'禮以耕之，義以植之，
學以耨之，仁以聚之，樂以安之〔六〕。'耕之外曰植曰耨曰聚曰安，皆筆
耕道也。子尚勉之。"德鉉起，拜手曰："蠱之耕也，倘得其所，又得其
道，豈惟妻子無飢，雖使天下無莩夫其可也。"四月八日在雲間陳氏
邸寫。

【校】

① 目：原本作"自"，據四部叢刊本改。
② 耕：原本作"者"，據文淵閣四庫全書本改。

【箋注】

〔一〕文撰於元至正九年(一三四九)四月八日。繫年依據：據文中"余客淞，至
　　其所"及篇末"四月八日在雲間陳氏邸寫"等語推斷，撰書此文之時，鐵崖

徒居松江不久。至正九年春,鐵崖受吕良佐之聘而抵松江,蓋初訪錢德鉉寓所而有此作。筆耕所:錢鼐書齋。正德松江府志卷三十一人物九:"錢鼐,字德鉉,號艾衲生,吴興人。從楊廉夫讀書郡中,一室如破舟。啜菽飲水,力學不怠,以古文辭名。洪武中舉明經,任國子學録。"按:上引小傳所述有誤,錢鼐乃鐵崖友人,并非"從楊廉夫讀書郡中"。又,楊、錢二人此前已結交爲友,且錢鼐移居松江,早於楊維禎授學松江璜溪。鐵崖先生古樂府卷六録有錢鼐詩鐵笛謡爲鐵崖仙賦,且附吴復注曰:"此謡頗爲先生所取,故附録於鐵笛像後云。"吴復於至正八年謝世,知錢鼐與楊維禎結交,必早於至正八年。故至正九年春楊維禎抵松次日,錢鼐即攜客來訪。參見鐵崖文集卷五吴達父養心齋説。

〔二〕按:至正九年春,鐵崖赴松江璜溪吕良佐私塾授學,持續將近兩年。鐵崖文中所謂"余客淞"、"余游淞",多指此段經歷。參見東維子文集卷十七桂隱記。

〔三〕不容辨黍麥:即"不能辨菽麥",意爲呆傻。左傳成公十八年:"周子有兄而無慧,不能辨菽麥,故不可立。"注:"菽,大豆也。豆麥殊形易别,故以爲癡者之候。不慧,蓋世所謂'白癡'。"

〔四〕汶陽:汶水之北。汶陽以良田肥沃著稱。

〔五〕"鹵莽"四句:莊子則陽:"昔予爲禾,耕而鹵莽之,則其實亦鹵莽而報予;芸而滅裂之,其實亦滅裂而報予。"陸德明釋文:"鹵莽滅裂,輕脱末略,不盡其分也。"

〔六〕"禮以耕之"五句:見禮記禮運。

改過齋記〔一〕

至正九年春,予游淞之明日,邢臺張叔温携數客來見〔二〕。中一人昂然長,癯然清,言議風發可畏。問爲誰,則曰袁景文氏也。明日,景文來請曰:"凱先世縣錦城僑兹之〔三〕。先子可潛翁〔四〕,以詩鳴淞中①。先子蚤世,而凱尚幼,力自樹立,頗知讀書屬文。既長,益有志於學。然偏質剛愎,不能齪齪與里閭浮沉。且又不能隱人善惡,時時立物論,爲臧否。於是與俗寡諧,人亦以此相詆,若有所不容者。今年歲已强矣,欲改是過,故自顔其燕居之所曰改過,而日自省焉。敢求先生一言,以戒吾過,引吾不及,以底於聖人之道。”

　　予駭然異之,曰:“人以過自諱者,滔滔是也,而未有過自揭而求改者。聖如仲尼而幸聞過〔五〕,子路人告之以有過則喜〔六〕,古之聖賢未嘗以過自諱,此其所以爲聖爲賢也。書曰:‘沈潛②剛克,高明③柔克。’又曰:‘襲友剛④克,强弗友柔⑤克〔七〕。’若子之過,非沈潛也,非襲友也,其過於高明、强弗友者乎! 以柔克之,則二者之過無過矣。然柔,闒茸頹隨⑥之謂? 執雌牧卑、轉剛而善之謂也? 謝上蔡別程子一⑦年,而能不矜〔八〕;劉忠定別温公七年,而能不⑧妄〔九〕。子信能知過而改,異時復見子松陵之上〔十〕,昔之剛愎者⑨柔矣,臧否者嘿矣,是子之信能改過也,由此而之顔子不二過之域〔十一〕,是不難。”

　　景文起,謝曰:“疢疾者多矣,藥石我者,惟先生一人,敢不再拜,如先生教!”遂書諸齋爲記。

【校】

① 鳴淞中:四部叢刊本作“鳴於淞”。

② 原本“潛”字下有“克”字,據文淵閣四庫全書本删。

③ 明:原本作“宗”,據文淵閣四庫全書本改。

④ 襲:今尚書通行本作“燮”;剛:今尚書通行本作“柔”。

⑤ 柔:今尚書通行本作“剛”。

⑥ 隨:文淵閣四庫全書本作“墮”。

⑦ 謝上蔡:原本作“謝上”;一:原本作“十”,徑爲補改。參見注釋。

⑧ 能不:原本作“不能”,據文淵閣四庫全書本改。

⑨ 者:原本作“者者”,文淵閣四庫全書本作“者多”,據四部叢刊本删。

【箋注】

〔一〕文撰於元至正九年(一三四九)暮春。即鐵崖受聘於吕良佐,初抵松江璜溪之時。繫年依據:本文撰於至正九年春“游淞”次日,文中雖未明言具體時間,然據本卷熙春堂記、楊鐵崖先生文集全録卷二都水庸田使左侯遺愛碑等文可知:至正九年二月,鐵崖仍居姑蘇;三月三日,尚游甫里。故其移居松江,當在三月。改過齋:袁凱齋名。列朝詩集甲集袁御史凱:“凱字景文,華亭人,自號海叟。父可潛,以詩名淞中。凱幼孤力學,少以白燕詩得名,人呼爲‘袁白燕’。洪武間爲御史……生平負權譎,有才辨,雅善戲謔,卒以自免於難。歸田後,每背戴方巾,倒騎烏犍,往來峰泖間……海叟集四卷,叟手自編定。"按:本文引述袁凱語,曰"今年歲已强矣"。年四十曰"强"(參見禮記曲禮上),則袁凱出生不晚於至大三年(一三一〇)。

〔二〕邢臺張叔溫:華亭縣尹張德昭子。參見本卷素行齋記。

〔三〕錦城:又作錦官城。今四川成都之別稱。

〔四〕可潛翁:列朝詩集甲集袁介:"介,字可潛,凱之父。其先自蜀來,佔籍華亭。元末爲府掾,作檢田吏一篇,載於陶九成輟耕録,今録之於此。觀其詞旨,激昂沈痛,知海叟之詩法,蓋有自來也。"

〔五〕仲尼幸聞過:論語述而:"巫馬期以告。子曰:'丘也幸,苟有過,人必知之。'"

〔六〕子路人告之以有過則喜:語出孟子公孫丑下。子路,孔子弟子仲由。

〔七〕"沈潛剛克,高明柔克""燮友剛克,强弗友柔克"四句:尚書洪範:"三德:一曰正直,二曰剛克,三曰柔克。平康正直,彊弗友剛克。燮友柔克,沈潛剛克,高明柔克。"

〔八〕謝上蔡:指謝良佐。程子:指程頤。宋史道學傳:"謝良佐字顯道,壽春上蔡人。與游酢、吕大臨、楊時在程門,號'四先生'……與程頤别一年,復來見。問其所進,曰:'但去得一"矜"字爾。'頤喜。"

〔九〕劉忠定:指劉安世。安世字器之,謚忠定。宋史有傳。温公:指司馬光。宋趙善璙撰自警編卷二誠實:"(劉忠定公)問盡心行己之要,可以終身行之者,温公曰:'其"誠"乎。吾平生力行之,未嘗須臾離也。故立朝行已,俯仰無愧爾。'公問:'行之何先?'温公曰:'自不妄語始。'初其易之。及退而自櫽括日之所言,自相掣肘矛盾者多矣。力行七年而後成。自此言行一致,表裏相應,遇事坦然,常有餘裕。"

〔十〕松陵:指松江。

〔十一〕顏子不二過:論語雍也:"哀公問曰:'弟子孰爲好學?'孔子對曰:'有顏回者好學,不遷怒,不貳過。不幸短命死矣。今也則亡,未聞好學者也。'"

敬聚齋記[一]

雲間衛子剛,扁其藏修之所曰敬聚齋。余客兹土,子剛首謁見。

明日,以敬聚弓來請記。

予曰:"昔臼季贊郤缺之言曰'敬,德之聚也,能敬必有德〔二〕'。子剛慕郤缺之敬、臼季之言足以修身也,故以名之。吾聞剛之①大父山齋〔三〕,以言德著稱,官至永嘉別駕。晚年讀易有得,著書若干弓行於時。子剛之②父立禮公〔四〕,隱德不仕,閉戶養高者二十餘年,人慕而不可見,如丹崖青壁。子剛之敬之德之聚,蓋有所本矣。而又以敬聚名齋,日修習其中,且從儒先生治書、詩經學,著之聿櫝,蔚然有章,此非德之所以聚於德而發爲英華者歟! 然子剛,貴介子弟也。一日之間,聲色過乎前,便佞隨乎後,狗馬珠玉之好,雜然集乎中,所以應之者,或不能不顛冥③於造次之頃,則敬以欲而敗者不少矣。子剛益能疏瀹而心,澡雪而精神,視不④牽色,聽不牽聲,談不牽味,芳不牽臭,日引而月長之,其所以聚其德者,尚可量也哉! 郤缺子,一田丁也,因敬而階乎仕,滅其先惡,爲晉國軍大夫。矧子剛素承先德以積敬,又當國家文明之運,異時不遇知己則已,苟一遇焉,其不居高位食祿爲時名卿乎! 區區春秋一國之士,又曷足儷子剛乎! 子剛尚以吾言勉之而已。"

【校】

① 之:原本作"王",徑改。據東維子文集卷七衛子剛詩録序,衛山齋并非子剛"王大父",子剛實爲山齋公之孫。

② 之:原本作"大",徑改。按:衛立禮并非子剛"大父"。據東維子文集卷七衛子剛詩録序、卷二十六尚絅先生墓銘,子剛爲立禮公長子,并非其孫。

③ 冥:文淵閣四庫全書本作"置"。

④ 不:原本作"而",據文淵閣四庫全書本改。

【箋注】

〔一〕文,撰於元至正九年(一三四九)暮春,其時鐵崖初抵松江。繫年理由:據文中"余客兹土,子剛首謁見"等語推斷。參見本卷改過齋記。敬聚齋:主人衛子剛,生平參見東維子文集卷七衛子剛詩録序。

〔二〕臼季:春秋時晉國大夫。郤缺:或作冀缺,臼季薦予晉文公,後以軍功擢爲卿大夫。左傳僖公三十三年:"初,臼季使,過冀,見冀缺耨,其妻饁之,敬,相待如賓。與之歸,言諸文公曰:'敬,德之聚也。能敬必有德。德以治民,君請用之。'"

〔三〕山齋:衛仁近祖父衛謙別號。參見東維子文集卷七衛子剛詩録序。

〔四〕立禮公:子剛父衛德嘉。衛德嘉(一二八七——一三五四)字立禮。其先
渤海人,徙錢唐,又徙華亭。立禮閉户讀書,辟舉皆不就。失儷二十有八
年,不二娶。生至元二十四年丁亥,卒至正十四年甲午,享年六十有八。
其友私謚之曰尚絅。娶任氏,中憲大夫浙東道宣慰副使任仁發女。參見
東維子文集卷二十六尚絅先生墓銘、嘉慶松江府志卷五十古今人傳。

安雅堂記〔一〕

去淞之西一舍近,曰泖。去泖之西三里近,曰蒸溪。蒸溪之上有
世家,曰曹繼善氏。其先自宋文恭公後五世孫〔二〕,其緜温之許瓆家於
淞〔三〕。今子姓有稱貞素處士者〔四〕,余未識之。其從子繼善,繼善且邀
余至其所居堂,堂以安雅名,蓋侍書學士虞公集之大書也〔五〕。應奉陳
公旅既爲堂文〔六〕,而猶以其言未竟,復徵予言。

余讀荀①卿子,因論君子小人,注錯之當與過也,遂有越人安越、
楚人安楚喻②,以喻君子之安乎雅,以是爲"非知能材性然也","注錯
習俗之節異"焉耳〔七〕。君子之安於雅,非習之專且素,能爾乎!繼善
博雅君子也,非雅不言,非雅不動,非雅不視聽,蓋亦習而專、專而素,
而於注錯之間當而安矣。不然,吾懼繼善之於雅,强越兒而安楚,强
楚兒而安越,其得謂之安乎哉!帝堯之史曰"安安〔八〕",皋陶之謨曰
"安止〔九〕"。論者以聖人安於自然,志君子之雅學者,使注錯之當而
安,如越、楚人之安越、楚也,去聖人之安,其隔幾何哉!

抑予觀郭、謝之事〔十〕,而有以明習俗之節。林宗之巾③偶爲雨墊,
而人效之爲墊角〔十一〕;安④石鼻不幸病塞,而人效之爲擁吟〔十二〕。彼非
不知巾之雨墊而鼻之病寒,亦安於名流之習焉耳。繼善出仕於首教
之地矣,安雅之"雅",不唯淑己,且將及人。誠能使其人之慕繼善,如
人慕郭、謝,則繼善之雅,所漸者易矣,所覃者廣矣,豈獨以之名堂哉!
惟繼善勉之。

【校】

① 苟：原本作"苟"，據四部叢刊本、文淵閣四庫全書本改。

② 楚喻：原本作"喻楚"，據四部叢刊本改。

③ 巾：原本作"中"，據文淵閣四庫全書本改。下同。

④ 安：原本無，據文淵閣四庫全書本增補。

【箋注】

〔一〕文撰於元至正九年（一三四九）暮春，其時鐵崖授學於呂良佐私塾。繫年依據：其一，文中曰未識"貞素處士"，可見其時貞素處士曹知白尚在人世。而曹知白卒於至正十五年。其二，至正九、十年間鐵崖授學松江，安雅堂主人曹慶孫之子元樸從其受學，鐵崖與曹氏父子交游頗多。本文曰未能識貞素處士，當爲鐵崖移居松江之初。參見東維子文集卷六春秋百問序、卷十二二陸祠堂記。曹慶孫，字繼善，原爲邵氏子，過繼舅氏，改姓曹。貞素處士曹雲西侄子。其"中年奉叔雲西、居竹二翁，又能委曲承順"。參見東維子文集卷六春秋百問序、野處集卷三元故建德路淳安縣儒學教諭曹公行狀。

〔二〕宋文恭公後五世孫：指曹景修，乃曹慶孫八世祖。野處集卷三元故建德路淳安縣儒學教諭曹公行狀："八世祖諱景修，分派秀之華亭文欽里，代爲文家。"或謂曹景修乃曹氏十八世孫，宋宣和年間遷居華亭。參見後注。文恭公，指曹豳，溫州瑞安人。南宋嘉泰二年進士。曾任左司諫，以正直敢諫著稱。卒諡文恭。傳附宋史曹叔遠傳。

〔三〕許瑲：蓋即許峰山。許峰山在浙江瑞安縣西四十五里，高數千仞，海舶視爲方向。參見浙江通志卷十四山川。

〔四〕貞素處士：曹知白，曹慶孫從叔。曹知白行狀即曹慶孫所撰。曹知白（一二七二——一三五五）字又玄，號雲西。其先曹翯，於唐中葉由閩之霍童山後徙居溫州許峰。宋宣和中，十八世孫景修始遷華亭長谷之西。知白身長七尺，美鬚髯。性機敏，精通治水，元世祖至元年間、成宗大德年間，兩度參與吳淞江整治，功居多。大府薦爲崑山教諭，辭。嘗游京師，王侯鉅公多折節與交，章辟屢上，謝絶南歸。隱居讀易，或放筆圖畫。四方士夫爭相與交，學者尊之曰貞素先生。有詩若干卷，後世不傳。生於南宋咸淳八年三月廿八日，卒於元至正十五年二月五日，享年八十有四。葬松江干山。參見貢師泰貞素先生墓志銘（載玩齋集卷十）。按：曹知白又號懶窩道人,參見石渠宝笈續編御書房藏二曹知白松窗樂趣圖。

〔五〕虞集:元史有傳。

〔六〕陳旅:元史有傳。

〔七〕荀卿子:即荀子。"越人安越、楚人安楚"、"非知能材性然也"、"注錯習俗之節異"等語,出自荀子榮辱篇。

〔八〕帝堯之史:書堯典:"曰若稽古帝堯,曰放勳,欽明文思安安。"注:"言堯放上世之功,化而以敬明文思之四德,安天下之當安者。"

〔九〕皋陶之謨:書益稷:"禹曰:'都!帝,慎乃在位。'帝曰:'俞!'禹曰:'安汝止,惟幾惟康。'"按今文尚書益稷與皋陶謨合爲一篇。

〔十〕郭、謝:指郭太、謝安。

〔十一〕林宗:郭太字。後漢書郭太傳:"郭太字林宗,太原界休人也……身長八尺,容貌魁偉,褎衣博帶,周游郡國。嘗於陳梁間行,遇雨,巾一角墊。時人乃故折巾一角,以爲'林宗巾'。其見慕皆如此。"

〔十二〕安石:謝安字。效其詠事參見東維子集卷十六書聲齋記注。

邵氏享德堂記〔一〕

松之西折而南,曰釣灘〔二〕。釣灘之南,大泖。大泖之支流又南趍而東,曰楊港,邵氏之族居焉。踞居之北一里所,水四面合,中起林阜者,實邵公翠岩處士之兆也〔三〕。公生前自營竁,仍築冢舍,而搆亭其前,爲薦裸之地。且誡諸子曰:"冢舍地卑濕,林木疏理易朽壞。我百歲後,必呕葺之。"及兹未四十年而亭已弊,某且老,痛念父言在耳,重以本支日蕃,展拜之地隘,於是一撤其弊而新之,凡若干楹,視舊規加閎且崇。如①於某年某月某日,迄是年某月某日告成。取古語陰德享榮以及子孫者,名堂享德焉。公之曾孫煥〔四〕,以嘗與予游,遂將父命來請記。

言禮者,墓下廬不祭,必反虞於廟〔五〕。自廟制廢,而上冢之禮實重於漢之人。余嘗議之矣,禮不墓祭者,以體魄爲無知;虞而反廟者,以魂之爽者在焉〔六〕。夫著株龜甲,朽有年歲,而狔者出焉,謂體魄爲無知可乎!孔子之冢孔里〔七〕,魯子孫世世祠之不廢,則知漢人展墓之禮,爲愛之切、厚之至也。吾聞邵氏自翠岩公而始大,公天質深厚,不事表襮,雖善理生,致富饒,而絶去侈靡之習,敦行孝謹,而仁及乎宗族姻友,里稱爲德人長者無間。嘗建書院瑁湖上〔八〕,祠先聖像其中。立義塾於鄉,割己田若干畝,教養里中兒。搆三徑橋,以濟病涉。公之修德於己而覃於人者如此,宜堂以享德名。德厚流長,而澤及乎子孫。公之德也,豈止榮享一己而止哉!

傳曰:盛德者,必百世祠。吾知邵氏之德施於前,子孫食其報於後,享有世德者遠矣。雖然,人之種德如蓺樹然,老人種之,少者用之。然少者不又爲後人種之?吾知其用有時而爲之矣。爲子②孫者,其可視先澤自怠自修乎!

公之子某,既克家如公;而孫某〔九〕,又尊德樂義,光於前聞人;曾孫某,且篤孝明經,嘗選於里矣。使益勤不怠,則世種其德,而世世享焉,邵氏之後,益昌而大,蓋可占矣。詩曰:“詒③厥孫謀,以燕翼子〔十〕。”邵氏之先以之。又曰:“無念爾祖,聿修厥德〔十一〕。”邵氏之子孫以之。

【校】

① 如:似當作“始”。

② 爲子:原本作“人子”,四部叢刊本作“人之”,據文淵閣四庫全書本改。

③ 詒:原本作“詔”,據四部叢刊本、文淵閣四庫全書本改。

【箋注】

〔一〕文當撰於元至正九、十年間,當時鐵崖在松江吕良佐私塾授學。繫年依據:請文之人邵焕,於鐵崖初次寓居松江期間從之受學。參見東維子文集卷十七明誠齋記。

〔二〕光緒金山縣志卷十二名迹志上:“釣灘,在朱涇鎮,唐釋船子和尚垂綸處。今爲法忍寺,内有魯般殿,又有古澗寒泉,爲元釋楚蘭静修之所。楊維禎署額并記(舊志)。”

〔三〕翠岩處士:即邵天驥,乃雪溪處士邵彌遠父。參見東維子文集卷十七明誠齋記、卷二十六雪溪處士邵公墓志銘。

〔四〕焕:邵焕字文博,邵天驥曾孫,邵南長子。曾從學於鐵崖。“篤孝明經,嘗選於里”。邵文博與鐵崖、貝瓊皆有往來。家有園亭甚美,取名滄洲一曲。貝瓊於元季應邀至其家,教授其子麟。明初,邵焕闔家被迫遷徙臨濠,歿。參見東維子文集卷十七明誠齋記、卷二十六雪溪處士邵公墓志銘,鐵崖先

　　生詩集甲集用貝仲琚韻寄邵文伯,貝瓊滄洲一曲志(載清江文集卷
　　二十六)。

〔五〕反虞於廟:指墓主下葬,家人送葬之後返回家廟祭祀。詳見清人徐乾學撰
　　讀禮通考卷四十八喪儀節十一虞祭。

〔六〕"禮不墓祭者"四句:述上古不作墓祭而祭祀家廟神主之緣由。明唐桂芳
　　白雲集卷七題鄭宮講手翰:"古無墓祭,人死則魂飛魄散,樹木主以棲神;
　　而體魄無知,不過瘞埋而已。"

〔七〕孔子之冢孔里:位於今山東曲阜。

〔八〕瑁湖:至元嘉禾志卷十四仙梵:"按舊圖在(華亭)縣西,今名瑁湖,即陸瑁
　　所居,相傳有宅基存焉。而大中祥符圖經:'瑁湖在縣西北三十五里,周迴
　　九里,吳尚書陸瑁養魚池,因以爲名。'今(松江)府之西南隅,有湖廣袤三
　　里,即瑁湖也,中有堂基。今爲放生池。"

〔九〕(邵公)孫某:指邵彌遠子邵南。參見東維子文集卷二十六雪溪處士邵公
　　墓志銘。

〔十〕"詒厥孫謀"二句:出自詩大雅文王有聲。

〔十一〕"無念爾祖"二句:出自詩大雅文王。

不礙雲山樓記〔一〕

　　予嘗北渡揚子,訪金山之勝〔二〕,而不知淞之南又有所謂大金、小
金〔三〕,出没於雲海之中,如壺嶠之在弱流外也。至正九年春,余抵淞
之張溪〔四〕。溪之東有大族,爲楊竹西氏。居之南偏,其樓曰"不礙雲
山"。竹西譙于樓之上,窗户四闢,萬頃之雲,兩鼇之島,皆自獻於眉
睫之下,其所名也固宜。竹西且舉酒屬予,以記請。

　　予謂雲山之奇觀,不得於近而得於遠。遠非至高至明之境,無以
得之。有其境矣,而非至高至明之人,則亦無以得之也。竹西脱去仕
累,歸討幽事,稍爲園池亭榭以自娱,以及其客之好事者。境爲高人
之副①,地勝雲山之觀,雖然遠在萬島之外,猶將有之,況去不五十里
者乎! 然覽雲山以目②,粗③也;而覽雲山以微,則小是也。今夫雲之
大也,膚寸而起,塞乎六合,不崇朝而雨天下〔五〕。及其細也,退藏於
密,莫得而迹焉。是雲之動,未嘗無静也。今夫山之小也,一拳石之

多;及其大也,草木生焉,寶藏興焉,是山之静,未嘗無動也,此非會之於心不能。

竹西風日佳時,岸巾樓上,手揮五弦之餘[六],與一二解人談至理。既以八囹不礙者闢於目,復以八荒不礙者洞於心,雲山之觀,盡矣備矣。竹西憮然若有得,起,舉酒而自歌曰:

海之雲兮油油,雨我田兮有秋。海之山兮離離,障我流兮東之。

又歌曰:雲之動兮躥躥,吾與雲動兮動而不遷。山之静兮層層,吾與山静兮静而不停。

并録其歌,以爲記。

【校】

① 境爲高人之副:原本作“是境人高人副”,據文淵閣四庫全書本改。
② 目:原本作“自”,四部叢刊本作“是”。據後文“既以八囹不礙者闢於目”一句徑改。
③ 粗:四部叢刊本作“阻”,誤。

【箋注】

〔一〕文當撰於元至正九年(一三四九)季春,即鐵崖抵松江璜溪吕氏塾授學之初。繫年依據:參見本卷改過齋記。不礙雲山樓:楊謙建。楊謙號平山,別號竹西,華亭人。世居浦東赤松溪上。讀書尚志,不樂仕進,與璜溪吕良佐同以文名。多高人勝士之交,如楊鐵崖、貝清江皆與往來。參見東維子文集卷二十二竹西亭志、乾隆金山縣志卷十三隱逸傳。

〔二〕“予嘗”二句:當指泰定四年(一三二七)鐵崖赴京赴考之際游覽金山。金山,位於今江蘇鎮江,當時未與陸地相連,故鐵崖“北渡揚子”時登山游覽。

〔三〕大金、小金:皆爲海中島嶼。崇禎松江府志卷四山:“金山在府東南海中,距府治九十里,平坡列作二十人。絶頂有慈濟院,其北有寒穴,泉水甘冽不竭。”同卷:“小金山,疑在海中。”

〔四〕張溪:又稱張涇。正德松江府志卷二水:“張涇在洞涇東,其南接斜塘,北入于泗涇,其東即盤龍塘也。”

〔五〕“今夫”四句:參見東維子文集卷十八怡雲山房記注。

〔六〕五弦:指琴。相傳舜作五弦之琴。

卷七十四　東維子文集卷二十

建德路重修兜率寺記[一]

　　寺在郡治西二百步，按圖志，建於唐神龍初[二]，名中興。景龍元年[三]，改龍興。開元中[四]，改開元。宋大中祥符元年[五]，始改今名。人呼陳尊宿道場者，唐末有僧道明居之[六]，一時緇素居重加性尊宿，太守陳操師尊之[七]，事見傳燈[八]。宋南渡，紹興五年[九]，虜宿兵①於寺，寺燬。十七年，郡守蘇公簡至[十]，天申②節齋禱[十一]，歲必出郊詣烏龍寺[十二]，昕夕靡便，遂呼寺僧祖照者經畫土木事[十三]。十九年，寺復興。事見龍圖學士羅汝楫記[十四]。距今幾二百年，幸脱寇燹，而妄庸者居之，視逆旅舍不翅。支房別院，盡化艸莽，惟大佛殿與宿鍾之樓僅支③風雨。

　　至正十五年，鳳山僧真如師來主寺席[十五]，嘆曰：“予不遇蘇使君，五百年尊宿道場其遂廢已乎？”力以起廢爲己任，坐役遠近大家善散其宿居，以相吾成績。經始是年之冬，越二年春告成。大殿鍾樓因舊之外，山門兩廡，法堂戒壇，與夫庖庫圊湢，皆出鼎建。莊嚴三佛大像儼侍者六，湧壁金翠，供張之具，一一完整。

　　師介予友童原謁文爲記[十六]。予方悼世梗化者，伏尸至數十百里，割臠醢肉，餒鷗鴉狗鼠者，皆基於衆生一念之烈。師以梵化行三吳，吳人爭歸之。貧者投力，巧者投技，貴富者投金粟，土木之輸，盡良材密石，金碧之區遂爲一方冠。可爲師之化利④能也，而又有大者焉。吾聞法王妙利，延被有情，不嚴而威，不疾而速，我朝所以殖西教，配饗廟也。遲（去聲）其效於必世百年之久，而未得也。何師能以大法王力，圓融一切法性，成就一切福德，消惡氛於江表，除青癘於海澨，使萬年皇圖有以繫中興治統，非徒以兜率之龍光，亦師之道有以振本教矣。師聞言曰：“善哉，大哉！請勒諸石以爲記。”

　　師，名儒□氏⑤子，自幼讀書，神解過人。長從五結山佛日⑥禪師講道要[十七]，禪師每屈，且嘆曰：“吾道東矣[十八]。”繫之偈曰：

佛現諸王身，身住百佛刹。建無萬化利，普遍河沙界。悟此化利者，是爲大知識。一念生豺狼，父子化敵國。霄光晝晦冥，生齒盡凋耗。兜率世教師，佐我國王化。山木與魚鱉，咸歸大佛道。無有一兜釐，非我王衆生。無有一衆生，非我佛眷屬。而況護國者，山君與海王。我誦一切法，皆隨有應現。窮⑦樓與廣殿，如降兜率宮。供張與飲食，迺至種種有。金帛競走奔，天龍互旋繞。我若遇天險，天險自然安。我若遇劫火，劫火自消滅。一切大功用，乃至不可議。我偈非強説，得之毗沙尸〔十九〕。稽首兜率尊，證我説真諦。

【校】

① 虜宿兵：文淵閣四庫全書本作“有兵宿”。

② 申：四部叢刊本作“中”。

③ 支：原本作“友”，據文淵閣四庫全書本改。

④ 利：四部叢刊本作“制”，誤。

⑤ 師名儒□氏：文淵閣四庫全書本作“師儒名氏”。

⑥ 佛曰：四部叢刊本作“佛日”，似當從。

⑦ 窮：似當作“穹”。

【箋注】

〔一〕文撰於元至正十七年（一三五七）春，其時鐵崖任建德路總管府理官未滿一年，寓居睦州。繫年依據：文中曰兜率寺重修竣工於“至正十五年”之“越二年春”。建德路：唐代稱睦州，又改嚴州，宋改稱建德府。元至元十四年改爲建德路。隸屬於江浙行省。今屬浙江。參見元史地理志。兜率寺：在睦州城内。淳熙嚴州圖經卷一寺觀：“天慶觀在子城西……兜率寺在天慶觀西。”

〔二〕神龍：唐中宗李顯年號，公元七〇五至七〇七年。

〔三〕景龍元年：公元七〇七年。景龍亦爲唐中宗年號。

〔四〕開元：唐玄宗李隆基年號，公元七一三至七四一年。

〔五〕大中祥符元年：公元一〇〇八年。大中祥符爲北宋真宗年號。

〔六〕陳尊宿：即釋道明。五燈會元卷四南嶽下四世黃檗運禪師法嗣睦州陳尊宿：“睦州陳尊宿，諱道明，江南陳氏之後也……學者叩激，隨問遽答。詞語峻險，既非循轍，故淺機之流往往嗤之，唯玄學性敏者欽伏。由是諸方歸慕,咸以'尊宿'稱。後歸開元(原注:今改兜率),居房織蒲鞋以養母,故有陳蒲鞋之號。"

〔七〕陳操:指睦州刺史陳操。陳操師尊釋道明,道明以禪語開導,詳見五燈會元卷四南嶽下五世睦州陳尊宿法嗣刺史陳操尚書。

〔八〕傳燈:指傳燈錄,記述禪宗歷代傳承機緣歷史之著述,五燈會元亦屬此類。

〔九〕紹興五年:公元一一三五年。紹興爲南宋高宗年號。

〔十〕蘇簡:宋元學案補遺卷九十九龍圖蘇先生簡:"蘇簡,字伯業,其先眉山人。父遲知婺州,留家焉。先生以祖蔭承務郎,累官直秘閣。帥廣東,措置海鹽有方。直徽猷閣,遷龍圖閣直學士,卒。所著有山堂集。(金華府志)"

〔十一〕天申節:爲五月二十一日,南宋高宗生日。建炎元年(一一二七)五月始設此節日。當時高宗下詔,不行百官上壽常禮,"止就佛寺啟散祝壽道場",故睦州太守蘇簡每年必至烏龍寺齋禱。詳見宋史禮志十五。

〔十二〕烏龍寺:明萬曆四十二年原刊順治六年重刊嚴州府志卷二方輿志二:"烏龍山在府城北三里,一郡之鎮山也,高六十丈,周迴一百六十里。初以龍爲君象,改曰仁安。其山下有烏龍廟。"

〔十三〕僧祖照:南宋紹興年間烏龍廟住持。

〔十四〕羅汝楫:字彥濟,徽州歙縣人。登政和二年進士第,官至龍圖閣學士,知嚴州。宋史有傳。又按萬曆嚴州府志卷九秩官志,羅汝楫於紹興十四年"以龍圖閣學士、左朝請郎"出任嚴州知州。

〔十五〕真如:父爲名儒。自幼讀書,聰穎過人。成人後皈依佛門,師從五臺山僧佛旦禪師,佛旦自歎不如。蓋於至正十五年前爲鳳山寺僧,至正十五年始任睦州兜率寺住持。

〔十六〕童原:睦州人,鐵崖友。生平不詳。

〔十七〕五結山佛旦禪師:蓋爲五臺山僧,生平不詳。五結山,即五臺山,位於山西。相傳五臺山上五頂,即文殊菩薩頂上五髻,故有此稱。

〔十八〕吾道東矣:意爲真如禪師從山西五台山去往江浙一帶弘法,影響將超邁其師。參見清鈔鐵崖楊先生詩集卷下送鄭景賢之漳州龍溪縣教諭注。

〔十九〕毗沙尸:即毗沙尸梨蜜多,或作帛尸梨蜜多羅,西域人。原爲國王之子,後出家,來東土,爲西晉高僧,晉人稱之爲吉友。翻譯佛經多部。傳載開元釋教錄卷三。

郡安寺重建①佛殿記〔一〕

吳興郡安禪寺在子城東北,按圖經②,寺創於唐光啟中刺史③李師悦〔二〕,因④郡人舍地而建。乾寧中賜額〔三〕,居尼。宋⑤南渡,嘉泰中廢〔四〕。澧恭惠王趙師揆徙之郡城東北〔五〕。至紹定而燬〔六〕。主僧清復建〔七〕。入國朝爲至元二十一年〔八〕,又毀。時例主僧梁溪師〔九〕,始買寺之南距一百步吳氏廢宅,轉爲寺。已而無咎師來〔十〕,法堂與僧廬粗完,而大佛寶殿實未建也。

至正七年,法真師來〔十一〕,當徭煩逋積之餘,齋魚不鳴,法龍不吼,比丘尼徒有持鉢而去者。師乃力振清規,大撙⑥浮費。又不憚數百里艱苦,持疏於蘇、秀、雲門之間〔十二〕,而檀施以歸。既而郡吏民咸有助,一椽一瓦,朝累暮積,以至周足。遂經始於是年之秋,越明年春落成。殿宇凡若干楹,土木丹漆,備極壯麗。金姿寶相,以及供張之具,一一完好。復以餘力展山門之隘,起庫樓之缺,山門左右,重翼兩廡,凡前所未及者,至是而完矣。師以同姓府判公由辰爲其父之婭〔十三〕,而府判嘗謂予同仕於台〔十四〕,遂介府判孫桐生來求記〔十五〕。辭不可,則爲之言曰:

釋之爲教,本以勸愚俗。匹夫匹婦,逃租徭以入浮屠者,不難也。而世家鉅族,有投笄落采、脫洗染著⑦以歸於究竟,非其真知⑧正覺,的若有所見,其能安於是乎? 不則滅倫裂紀,不能免世教之議⑨。予聞師笄年即有禪性,蓋善根之宿植也。二十遂辭親出世,插草爲宮,講第一義,悟衆生於墊溺之餘,聞⑩者莫不悲喜踊躍,如弱喪有歸,遂能大勸於時,而化瓦礫爲寶坊,知其不難也。夫佛之爲言,覺也,將以覺群生;沙門之言,息也,將以息欲而歸於見性。師演其教,悉能啟群迷爲正覺,轉惑見爲真智,而無吾世教滅倫裂紀之議,若爾非有功於象⑪教者乎! 請以是言復於師,俾刻諸石爲記。

師本郡趙氏子,傳心於天池信元翁〔十六〕。悟庵,其自號云。至正十年冬十月初吉,會稽楊維禎撰,郡人趙雍書并篆額〔十七〕,耆舊祖庭立石⑫〔十八〕。

【校】

① 建：鐵崖漫稿本作"修"。

② 經：原本脱，楊鐵崖先生文集全録本、鐵崖漫稿本作"志"，據同治湖州府志本增補。按：同治湖州府志卷五十一金石略載此文，據以作校本。

③ 光啟中刺史：楊鐵崖先生文集全録本作"殿中御史"。

④ 因：原本作"國"，據同治湖州府志本改。

⑤ 宋：原本作"中"，據四部叢刊本改。

⑥ 搏：原本作"樽"，據同治湖州府志本改。

⑦ 著：原本作"着"，據四部叢刊本、同治湖州府志本改。

⑧ 知：原本作"智"，據同治湖州府志本改。

⑨ 議：原本作"儀"，據楊鐵崖先生文集全録本、同治湖州府志本改。

⑩ 悟衆生於蟄溺之餘聞：原本作"悟衆生之於餘聞"，文淵閣四庫全書本作"凡衆生之有知覺"，據楊鐵崖先生文集全録本、鐵崖漫稿本改補。

⑪ 象：文淵閣四庫全書本誤作"衆"。

⑫ 至正十年冬十月初吉會稽楊維禎撰郡人趙雍書并篆額耆舊祖庭立石：原本作"至正十年十月初吉"，據楊鐵崖先生文集全録本、鐵崖漫稿本改補。

【箋注】

〔一〕文撰於元至正十年（一三五〇）十月一日，其時鐵崖游寓湖州。按：自至正九年春始，至十年歲末，鐵崖受聘於松江吕良佐，教授其子弟。其間於至正十年十月前後，曾重游湖州。

〔二〕光啟：晚唐僖宗年號，公元八八五至八八八年。李師悦：明董斯張吳興備志卷二師徵第四節度使："唐李師悦，工部尚書，檢校太保忠國軍節度使。"注："徐州小吏李師悦，得黃巢偽符璽獻於朝，拜湖州刺史。昭宗時授節度使。"

〔三〕乾寧：晚唐昭宗年號，公元八九四至八九八年。

〔四〕嘉泰：南宋寧宗年號，公元一二〇一至一二〇四年。

〔五〕趙師撰：字元輔，曾任湖州簽判、婺州通判，宋寧宗時官至節度使。嘉定七年薨，贈太傅，追封澧王，謚恭惠。宋史有傳。

〔六〕紹定：南宋理宗年號，公元一二二八至一二三三年。

〔七〕僧清：當爲南宋理宗紹定年間郡安禪寺住持。

〔八〕至元二十一年：公元一二八四年。

〔九〕梁溪師：爲元世祖忽必烈至元末年郡安禪寺住持。

〔十〕無咎師：元初繼梁溪師之後任郡安禪寺住持。

〔十一〕法真：吳興（今浙江湖州）人。俗姓趙。"笄年即有禪性"，二十歲出家，爲比丘尼，師從天池信元翁，自號悟庵。元至正七年始任吳興郡安禪寺住持。

〔十二〕蘇、秀、雲門：蘇指姑蘇，秀指嘉興，雲門疑當作雲間。

〔十三〕同姓府判公由辰：即趙由辰。按：天曆年間趙由辰在天台縣任官，後任松江府判官，至遲於元統元年（一三三三）致仕。又，趙由辰於元統元年十月書褚天祐祠碣并撰銘文，署名爲"忝眷承務郎、松江府判官致仕趙由辰"，可知趙由辰與烏程褚氏有姻緣關係，致仕前任松江府判官。又，鐵崖不僅曾與趙由辰共事於天台縣，爲其孫輩趙柯、趙桐之師，曾爲趙柯撰齋記，且與烏程褚氏交好，故與趙由辰并非泛泛之交。參見吳興金石記卷十五褚公祠碣，東維子文集卷六褚氏家譜序、卷十四則齋記。

〔十四〕同仕於台：指天曆年間鐵崖任天台縣令時，趙由辰爲其同僚。

〔十五〕趙桐：吳興人。松江府判官趙由辰之孫，與兄弟趙柯一同從學於鐵崖。參見東維子文集卷十四則齋記。

〔十六〕天池信元翁：吳興郡安禪寺住持法真之師，生平不詳。

〔十七〕趙雍：趙孟頫仲子。參見東維子文集卷十六野亭記。

〔十八〕祖庭：至正年間湖州當地耆老。蓋其出資立石。

雞足山安定蘭若記〔一〕

　　去桐廬縣東三十里〔二〕，有山自孫天子象峰南下，蜿蜒盤礴，爲岷爲嶼。嶼曰雞籠，高不過百仞，蟠不過一牛鳴地，中突仙人座，東龍西虎，關鍵重疊，蓋桐廬之甲勝也。至正甲申〔三〕，松峰禪師憶過此〔四〕，忽啞爾笑曰："西毒國迦葉師座地〔五〕，有復至此耶？吾自水頂跌①足〔六〕，猶以未愜高勝，吾舍是何之？"遂駐錫此山，還名雞足。結茅四，寒暑學佛者歸之如市，檀施日不乏絕。里人孫道、富子蘭斥地以歸，鍾文、周寧、李郁、孫弘又相與力成之，由是起建大殿，方丈有所，講法有堂，棲禪有室，以及二門兩廡庫院庖湢，歷不十年而以次悉舉。雞足之荒，峨然象王一窟矣。額曰定安，取雞足一飛一止義也，江浙平章慶童爲之書〔七〕。樹石廡西,將有所紀,必求文章家登載,而未獲其人。余客馮氏義門,師介大馮君士頤徵記〔八〕。

余聞古佛徒之開迹也,類以垢面毀體、攻苦嚄②淡爲之本,插草爲宮,擎鉢爲食。馴至蛇虎穴伏,轉金碧之區;鬼物悲嘯,換鐘鼓之境③,此豈世之庸妄人所能爲哉!今之庸妄者,托浮屠以規免④王徭,志與吾民爭秋毫利。高至於樹黨王公,玉食而騎游,珍寶綺繡,子女狗馬,過於大姓名。吁,其於古佛初意何如耶!求其人於古佛徒如憶者,宜世以爲絕俗高等之人,吾徒君子亦所樂與也。

師,袁州宜春人〔九〕,彭氏,名法憶,字無念,號松峰。初禮陝西藥佛山無極信,復恭江西絕學和尚識,而得其道云。辭曰:

伊彼西人,教及東土。布五色雲,如一味雨。雞足飛來,身毒國所。伽黎不懷,火寒冰⑤暑。廼樹法幢,雞足之剛。鐘鼓孔殷,梵言孔揚。雲棟鱗輯,風篁羽翔。揭名定安,赫有慧光。猗無念佛,爲法出世。我力精猛,爾役聲勢。然火智燈,千光勿替。上申國釐,何千萬歲!

【校】

① 跌:原本作“趺”,據文淵閣四庫全書本改。
② 苦:原本作“吾若”,據傅增湘校勘記改。嚄:四部叢刊本作“斁”。
③ 境:原本作“竟”,據四部叢刊本改。
④ 免:原本作“兔”,徑改。
⑤ 冰:四部叢刊作“水”。

【箋注】

〔一〕文當撰於元至正十五年(一三五五)鐵崖重游富春之際,其時鐵崖在杭州任税務官。繫年依據:其一,松峰禪師於元至正甲申駐錫桐廬雞足山,將近十年之後,安定寺修建完成,本文當撰於寺廟建成之後不久。其二,文中曰“余客馮氏義門”,知其時鐵崖做客桐廬馮家。而至正十五年(一三五五),鐵崖重游富春,曾與馮士頤等詩酒唱和,本文蓋即撰於此時。參見東維子文集卷七富春八景詩序。

〔二〕桐廬縣:隸屬於江浙行省建德路,今屬浙江杭州市。參見元史地理志。

〔三〕至正甲申:即至正四年(一三四四)。

〔四〕憶：釋法憶,字無念,號松峰,宜春(今屬江西)人。生平見本文。

〔五〕迦葉：即摩訶迦葉,亦稱大迦葉,爲佛祖十大弟子之一。相傳身有金光,映蔽餘光使不現,故亦名"大飲光"。修行頭陀苦行,以"頭陀第一"著稱。佛祖於靈山會上拈花示衆,大迦葉領會佛意而微笑,受佛正法眼藏,傳佛心印,爲印度禪宗初祖。參見佛祖統紀。又,雞足山一名九曲,在雲南大理東北一百里。峰巒攢簇,如蓮花盤曲九折。一頂三跂,若雞足然,故名。上有石門七十二峰,林樾雄深,梯磴險絕,世傳迦葉守佛衣以待彌勒之所,後涅槃於此。至秋夜不時放光,一山盡明。詳見滇略卷二。

〔六〕水頂：萬曆杭州府志外志："杭之山脈……南列自慈嶺而北十里下南嶺,五里上南嶺,五里下于嶺,十里上水頂。西八里雞足山。"

〔七〕慶童：至正十年至十五年任江浙行省平章政事。參見東維子文集卷二送慶童公翰林承旨序。

〔八〕馮士頤：鐵崖好友。參見東維子文集卷七富春八景詩序。

〔九〕袁州宜春：宜春縣隸屬於江西行省袁州路。參見元史地理志。

隆福寺重修寶塔并復田記〔一〕

　　去華亭縣之北二舍近,其聚爲青龍鎮〔二〕。鎮之南,寺曰隆福,創於唐天寶間。寶塔七級,凡若干尺,造於長慶間〔三〕,其徒邵文知、俞文富之所募緣也。重修於宋慶曆〔四〕。閱二百餘年,風雨之所經,兵燹之所更,土木殆不支矣。主僧普善覽其敗瓴斷礎〔五〕,不無愴然者,廼發弘願,白于①里之大族宣慰使司任公仁發〔六〕,獲畣其請,始捐②資營建,實大德之三年也〔七〕。致和元年〔八〕,公之子賢德繼厥志〔九〕。至正三年,公之孫士質光③述其事〔十〕,而後締搆之精,莊嚴之麗,日光霞景出雲雨上,佛牙秘藏,登崇寶輪,人天鬼神,瞻仰贊嘆。力餘及於大佛殿東西兩廡,皆徹而一新。又假錢若干萬緡,爲復其所失田三十④頃。然後象設有所栖,其徒有所食飲,而寺之敝稍振,舊觀薦復。遂狀顛末,介其鄉士王元來請,曰："寺塔爲一郡堆⑤,古佛牙之所寄。蘇塗之顛,時出光景現相,載在寺紀。今幸任氏三世經營,而壞始復完,願有言以侈之。"

　　予惟先王之創民宇也,室奧以庇生,窀穸以送死。堅而爲牆垣城郭,高而爲臺榭覧觀之所,亡聞乎累浮屠之製。釋氏書謂佛滅後,鐵輪王造塔八萬四千[十一],一日夜神役也。中國倣之,或以佛骨,以舍利,以金玉神像。唐鳳翔法門寺塔有佛指骨在焉[十二],三十年輒一開,開則歲豐人安,天子爲遣中使迎之。今塔爲佛牙所在,吾不知若干歲可開,開抑何應?塔之成壞實有數,靈物之開闔當有時,塔之崇非徒靡吾民力,以視外觀而已也。余嘗悼象教之徒,未有一毛利益人,而蚩蚩焉惟仰於人以給,吾氓之辛苦墊隘者,望風而趨。其徒益繁,則仰於人者益廣。主其教者,既有以假佛之化現堅固相,出大光明也以崇厥居,而復有以慮其仰給者,而圖長其食土,教由是而展布,兹非其徒不之善⑥於彼者乎!若普善者是已。

吾聞普善,攻苦敷淡,業既成,而行亦有以動乎人,與古佛師躬勞辱而有成者相師法,比今之避農賦佛逃以偷生者,其賢不肖相萬萬已。彼尸居素食,務治⑦其荒唐之説,以爲竟祖教,而訖無益於教之殿最,人目之爲高,吾居之普善之蠧而已耳。書其説界之,使其人知所懼,而且勿忘其居食之自,則安知後人之無致力於其所未備者如普善,施德於將來者如任氏云。

相其役者,耆德曰寶,曰秀,曰慶,曰福;知事曰通,曰吉,曰喜,曰俊也。任君士質元樸,居家以孝義聞,便利及人者,不獨浮屠氏也。至正九年九月八日記。

【校】

① 于:原本作"千",徑改。

② 捐:原本作"損",據文淵閣四庫全書本改。

③ 光:四部叢刊本作"先"。

④ 十:四部叢刊本作"千"。

⑤ 堆:四部叢刊本作"推"。疑當作"雄"。

⑥ 不之善:四部叢刊本作"之不善"。

⑦ 治:四部叢刊本作"法"。

【箋注】

〔一〕文撰於元至正九年(一三四九)九月八日,其時鐵崖在松江吕氏塾授學已

有半年。隆福寺：又稱隆福教寺。正德松江府志卷二十寺觀下：“隆福教
寺在青龍鎮，初名報德，唐天寶間建。中有寶塔，長慶間建。前即昇
仙臺。”

〔二〕青龍鎮：位於今上海青浦區。參見鐵崖先生詩集丙集次韻跋任月山綠竹
卷注。

〔三〕長慶：唐穆宗年號，公元八二一至八二四年。

〔四〕慶曆：北宋仁宗年號，公元一〇四一至一〇四八年。

〔五〕普善：元大德年間任華亭縣青龍鎮隆福寺住持，“攻苦敷淡”，德性動人。
曾請任仁發助資修復寺廟。

〔六〕任仁發：正德松江府志卷二十八人物二名臣：“任仁發，字子明，號月山道
人，世居青龍。年十八，中鄉試。元兵南下，平章游公見而器之，委招安海
島，引爲青龍水陸巡警官，遷貳都水監。府境開江置閘，凡水議皆仁發主
之……任守宰，民多立祠祀之。尤善繪事，嘗奉旨入内畫渥洼天馬圖，寵
賚甚厚。後以中憲大夫浙東道宣慰副使致仕。所著水利書十卷行於世。
子三：賢材，考城令；賢能，涇令；賢佐，南陵令。今人稱畫馬曰任水監，蓋
以藝掩其能云。”

〔七〕大德三年：公元一二九九年。

〔八〕致和元年：公元一三二八年。

〔九〕賢德：任仁發子，疑其名著録有誤。按：任仁發三子，即賢材、賢能、賢佐，
無名賢德者。

〔十〕任士質：又名璞，其字元樸。賢佐之子。參見東維子文集卷十七光霽堂
記、楊鐵崖先生文集全録卷三雲林散人傳。

〔十一〕鐵輪王：相傳又名阿育。廣弘明集卷二釋老志：“有王阿育者，以神力
分佛舍利，役諸鬼神，造八萬四千塔，布於世界。皆同日而就。”

〔十二〕法門寺：以珍藏釋迦牟尼佛指骨舍利而聞名於世。位於今陝西寶雞市
扶風縣。

惠安禪寺重興記〔一〕

秀之惠安寺，在郡治西二百五十步。按郡志，梁蕭王捨宅爲
寺〔二〕，以居尼。唐光化〔三〕，賜名興善，世以夏臘主寺事。宋祥符元
年〔四〕，改今額。紹興七年〔五〕，刺史王公浚明請於朝〔六〕，始更十方禪

刹,命主僧眉山道立者來[七],具見信安劉阜民記[八]。

　　我朝至正戊子[九],寺以民火延燼,赤地無餘。高昌觀師領寺事[十],道風法器,素爲四衆依嚮。悼法筵之地一旦化爲葵麥之虚,徒衆或浮寄他舍,觀發弘誓,以興復爲己任。不迹權貴之門,不役耕作之力,盡棄祖父所遺資,是年之秋,即經始法堂方丈,爲芘風日地。越三年,而將得不募而至者檀施如干,鳩工治材,而大佛寶殿、山門兩廊,備極雄麗。齋房庖庫,各以序爲。三聖寶相、十八應真①、護法大神之像,莊嚴殊特。所用供帳什伯之具,一一完好。規置堅定,披攘經營者,凡歷七年而迄于成。其徒某狀其寺之廢興本末,及師之履行,介予老友澧居徐公來請記[十一]。予爲之喟然曰:

　　天下廢式摩那之教於惠安[十二],而觀復②起其廢也,數豈偶然哉!吁,觀貴胄青閨之秀也,一誓不轉,作殊勝事若此。使觀爲丈夫身,有禄位於世,其扶危起仆,功之書於筞者,可勝道哉!抑余聞金色女之教,不以祝顱髮住阿蘭若爲出家,而以發大精進,悟佛知見一切解脱究竟爲出家。蓋以法界爲居,大空爲相,而土木金碧之區,其成其壞,關于世教者,有不得涉吾無壞無成之舍矣!余嘉觀之功,能復既廢之宮,而又因其教以示佛學③之本,庶有以振宗風於既往,衍净社於將來者不窮也。

　　觀字無相,鑑空其號也。吉安路達魯花赤忽都海牙公之孫,安陸府同知蠻子海牙公之子。幼即有禪性,不茹葷血。元統元年,授皇太后旨,賜金襴袈裟,落笄髮,受戒具。至正七年,承行院劄,主本寺法席,嗣於本寺隱岩静顯師云。十三年秋七月六日記。

【校】

① 真:原本作“貞”,據崇禎嘉興縣志本改。按:崇禎嘉興縣志卷二十二藝文志載此文,據以作校本。

② 復:原本作“汶”,據崇禎嘉興縣志本改。下同。

③ 學:四部叢刊本作“覺”。

【箋注】

〔一〕文撰於元至正十三年(一三五三)七月六日,其時鐵崖任杭州税課提舉司副提舉,因公務暫寓嘉興。

〔二〕梁蕭王:即梁武帝蕭衍。

〔三〕光化:晚唐昭宗年號,公元八九八至九〇一年。

〔四〕祥符元年:即北宋真宗大中祥符元年(一〇〇八)。

〔五〕紹興七年:公元一一三七年。

〔六〕王浚明:至元嘉禾志卷十八碑碣載劉阜民惠安禪院記:“惠安本星居也,
　　　其徒以(道)立聞於州,刺史王公浚明請於朝,始更禪刹,命立來主道場,實
　　　紹興七年閏十月也。”

〔七〕道立:劉阜民惠安禪院記:“主僧名道立,號祖鑑,錦城人。”

〔八〕劉阜民:信安(今浙江衢州)人。曾任顯謨閣直學士、徽猷閣待制。因其
　　　父劉正夫曾任宰相,言者上疏彈劾,遂罷免。南宋紹興十一年始任秀州知
　　　州。參見宋會要輯稿職官七十、宋史劉正夫傳。據建炎以來繫年要錄卷
　　　一百四十:“紹興十一年夏五月癸亥,左朝請大夫直秘閣劉阜民充秘閣修
　　　撰,知秀州。以淮東宣撫司結局推恩也。”又,劉阜民惠安禪院記撰於南宋
　　　紹興十四年甲子四月壬午日,落款爲“朝請大夫、充秘閣修撰、權發遣秀州
　　　軍州事主管學事兼管内勸農事、交安縣開國男、食邑三百户、賜紫金魚袋
　　　信安劉阜民”。

〔九〕至正戊子:至正八年(一三四八)。

〔十〕觀師:釋觀,字無相,號鑑空,高昌(位於今新疆吐魯番地區)人。生平見
　　　本文。

〔十一〕潛居徐公:鐵崖老友,潛居蓋其別號,生平不詳。

〔十二〕式摩那:又作式叉摩那,或謂專指受具足戒之前的女性佛教徒。按:此
　　　　處所謂“式摩那”,蓋等同於比丘尼。參見釋若學撰式叉摩那考(文載
　　　　正觀雜志第二十五期,二〇〇三年六月二十五日出版)。

方丈室記[一]

　　儒之座云“丈席”,釋之室云“方丈”,仙之山亦云。丈乎,丈乎,其
三①教之所度而則者乎!

　　東谷上人有室在台②之惠因所,而以方丈顏其名。來見予姑蘇舍
次,出方丈圖,請曰:“陸之天台[二],與海之方丈并[三]。予出世幸在天
台,況所居山有金鰲[四]、玉几之勝[五],黃石仙之所留題[六],宋高皇之

所託足也〔七〕。至今金鰲背上之詩,爲惠因山川草木之光。故吾室以方丈名,蓋不自知其逃佛而仙,招仙而佛也。西游淮、吴且數年,一室之勝,未嘗不笈其圖以行,而未有列仙儒之言以志也。先生愛予厚,幸有以志而詠歌之。方丈不在海嶠,而在吾室;不在吾室,而在吾行橐矣。"

予在台時〔八〕,嘗窮勝踐,過惠因所,時上人方脱胎九齡也。今予髮已種種,漂泊道路,慨念宿境,不翅若在弱流三萬外③也。上人歸,其得無辭訊其山川之靈乎! 辭曰:

東方④山之羅絡兮,緪赤城之盤紆〔九〕。瓊臺方廣鬱以出没兮〔十〕,聚仙佛之所廬。薄⑤東海之嵬岸兮,架金梁之凌虚。哀靈脩之播遷兮,來仙伯⑥以導輿。赤子兮如魚,紛望思兮鼎湖〔十一〕。嗟山川其如昨⑦兮,眇風景其愁予⑧。望海屋兮渠渠,輓飛飇兮以爲車。上下風雨兮出入太初⑨,下視弱水兮黄塵滿區。仙耶釋耶,吾不知其何誰兮? 羌從汝兮歸諸。

【校】

① 三: 原本作"二",據鐵崖文集本改。

② 台: 原本作"治",據鐵崖文集本改。

③ 不翅若在弱流三萬外: 鐵崖文集本作"不翅在弱流之方外"。

④ 方: 原本作"萬",據鐵崖文集本改。

⑤ 薄: 四部叢刊本無。

⑥ 仙伯: 鐵崖文集本作"群仙"。

⑦ 昨: 原本筆畫殘缺,據鐵崖文集本補。

⑧ 予: 鐵崖文集本作"兮"。

⑨ 上下: 鐵崖文集本作"山下"。出入太初: 鐵崖文集本作"出大入初"。

【箋注】

〔一〕文當撰於元至正七、八年間,當時鐵崖游寓姑蘇一帶,授學爲生。繫年依據: 文中曰東谷上人"來見予姑蘇舍次",又曰"今予髮已種種,漂泊道路",知其時鐵崖流寓蘇州。方丈室主人東谷上人,台州惠因寺僧人,東谷蓋其別號。據本文天曆元年(一三二八)鐵崖任天台縣令時,東谷剛滿九歲,則其出生或在延祐七年(一三二〇)。嘉定赤城志卷二十七寺觀門一:

“惠因寺在（臨海）縣東南一百二十九里，舊名禪房。宋元嘉四年，僧應俊建。國朝大中祥符元年，賜名惠因。熙寧中，僧了塵重新之。紹興三十二年，錢太師忞家乞爲香燈院，加‘崇親’。其後孫丞相象祖還諸朝，復今額。”

〔二〕天台：山名，位於今浙江台州市北。

〔三〕海之方丈：傳說中海上三座神山之一。

〔四〕金鰲：民國台州府志卷四十山水略一：“金鰲山在（臨海）縣東南七十九里。”注：“相傳昔人艤舟於此，夜見一物起波間，光彩注射，迫視乃巨鰲金色，故以爲名。”

〔五〕玉几：疑指玉峴山。民國台州府志卷四十山水略一：“玉峴山在黄石山西少北二里許。”注：“赤城志、舊府縣志皆云山在（臨海）縣東一百七里，本名黄石山，一名黄石岙。……方回題其東峰爲黄石山，西峰爲玉峴山。”

〔六〕黄石仙：又稱黄石公。嘉定赤城志卷十九山水門一：“玉峴山在（臨海）縣東一百七里，本黄石山。今縣東南地名黄礁，一名黄石奥，相傳黄石公居此，有石棋盤尚存。”

〔七〕宋高皇：即南宋高宗。民國台州府志卷四十山水略一：“金鰲山……宋紹興時，高宗避金兵，航海至此。”

〔八〕予在台時：指鐵崖中進士後，任天台縣令期間。鐵崖於天曆元年到任，歷時三年。

〔九〕赤城：山名，位於浙江天台山南。或亦用作天台别名。

〔十〕瓊臺：山名。參見鐵崖先生古樂府卷三璚臺曲注。方廣：相傳爲古寺，即五百應真之境。位於天台石橋。參見鐵崖先生古樂府卷三石橋篇注。

〔十一〕鼎湖：相傳有龍於鼎湖接引黄帝升天。參見鐵崖先生古樂府卷一湘靈操注。

清溪亭記〔一〕

吴之東禪寺僧文友〔二〕，自號松岩道人，喜讀吾儒書，多識前言往行〔三〕，一時士大夫樂與之游。嘗築亭寺之西偏，臨水之濆，蒔花竹其傍。故士大夫過寺者，必訪松岩，而松岩設酒茗，必之乎亭之所，亭之賦詠且將成卷矣。然亭不以松岩名，而必名清溪者，蓋清溪，其師正①一之號也。予未來吴時，聞清溪君以吾儒寄迹墨氏，而不縛墨氏律，日與士大夫飲酒賦詩,以風流自命,非蔬筍衲流所能窺也。及來吳,而清溪已逝,及見其徒如松巖者,能不忘其師,去之十餘年,而號猶存於新之亭,非其學得於吾儒重本之義,能若是乎! 宜吾徒之樂交其人,而華其亭以賦詠也。抑又聞寺有宋南渡僧曰林酒仙者[四],居院不事熏修梵唄,惟酒是嗜。手持鐵②鍵槌,日游市間,不問酒主名,夜即臥酒壚底,酒家爭供以酒,以爲聖師云。若清溪之爲師弟子者,得微猶有林聖師之遺風乎!

　　嘻,吾於是而有③感者已。今之爲浮屠氏,以絶倫理④、屏葷酒,若槁項黃馘之流,日誦經鈔若干萬言,以爲得佛之道,而不知去道益遠,而脱解禪縛如林酒仙之徒,乃得稱聖。烏乎,習浮屠氏之法者,可以辯其要矣。

　　亭創於至正丙戌夏[五],成於是年之秋。明年二月,賜進士出身、承事郎、前台州路天台縣尹兼勸農事會稽楊維楨記⑤。

【校】

① 正:鐵崖文集本作“止”。

② 鐵:鐵崖文集本作“鉢”。

③ 有:原本作“自”,據鐵崖文集本改。

④ 理:原本無,據鐵崖文集本增補。

⑤ 明年二月賜進士出身承事郎前台州路天台縣尹兼勸農事會稽楊維楨記:原本作“明年秋七月記”,據鐵崖文集本改補。

【箋注】

〔一〕文撰於元至正七年(一三四七)二月,其時鐵崖寓居蘇州,授徒爲業。清溪亭:釋文友建於姑蘇東禪寺西,用於待客游賞。

〔二〕東禪寺:又稱東禪教寺,位於蘇州城中。姑蘇志卷二十九寺觀上:“東禪教寺,在萬壽寺東南。吳赤烏間陳丞相宅,因池中生瑞蓮,遂捨爲寺,名鎮國院。唐大中間,敕改東禪明覺寺。宋異僧遇賢號林酒仙者嘗居之。元至正間毁。”按:嘉慶松江府志卷七十五名迹志著録有東禪寺清溪亭,將此清溪亭記附録於後,誤。松江東禪寺位於松江府治之東,原名桃花庵,宋時蜀僧性空所居;而本文所謂清溪亭,曾爲林酒仙所居,顯然爲姑蘇東禪教寺。釋文友:生平見本文。

〔三〕多識前言往行：易大畜：“君子以多識前言往行，以畜其德。”

〔四〕林酒仙：林遇賢。宋范成大撰吳郡志卷四十二浮屠：“遇賢，姓林氏。東禪院僧。飲酒無算，鄉人目曰‘林酒仙’。口中可容雙拳，間有異事，每出，人群聚觀之。能自圖其形，無毫釐不肖。好吟詩，語雖俗而有理致……今其真身塑於院中。”

〔五〕至正丙戌：指至正六年（一三四六）。

竹雪齋記〔一〕

　　至正八年冬，積慶主僧臻上人〔二〕，於顧野王讀書堆之南闢一室〔三〕，爲①燕居所，環種以竹，上人每讀書其中。至雪夜，見八窗玲瓏，一室洞白。上人必披五文衲，戴白氈笠，或徙②倚竹下，吟嘯自若，遂名其居曰竹雪。明年冬，介友生馬琬尋予三泖之上〔四〕，以記請。

　　予曰：“竹者，至剛至虛之物也。剛則不屈於物，虛則具道於體。雪之爲物，又至清至白之所形也，清不自蔽其惡，白不受涅之緇也。方天地閉塞時，竹獨秉後凋之操，而玄冥之靈特困③焉〔五〕。雪與竹若④相軋，而不知其適相得也。上人於二物者，又適相遭於一室，宜其取諸物者，有得於其剛與虛、清與白也。嘻，竹微雪，無以章其秀之特⑤；雪微竹，無以比其清之敵。吾聞上人貞而白者也，微雪與竹，則又何以表見其人哉！竹雪之相軋，庸衆人之所得而知；竹雪之相資者，非上人之協之而誰邪？雖然，即無於⑥有，竹也；入有於無，雪也。春至雷作而萬角突立⑦，有於無也；金烏一睍而萬狀立解，無於有也。無乃道之宗、極之根也。上人學浮屠，浮屠氏之學，以靜虛爲宗，空無爲體。上人心不爲欲回，道不爲物損，是能備竹之剛而虛；瑕不自匿，涅不自⑧緇，是能備雪之清而白矣。推而極之，以至於聲臭之泯然，則靜虛空無者，將有得於二物之表。上人以爲何如？”

　　俾琬復上人。書諸室爲記。

【校】

① 爲：原本作“以”，據鐵崖文集本改。

② 徙：原本作“徒”，據鐵崖文集本改。

③ 因：四部叢刊本作“因”。

④ 若：鐵崖文集本作“均”。

⑤ 特：四部叢刊本作“物”。

⑥ 於：鐵崖文集本作“而”。

⑦ 立：四部叢刊本作“至”。

⑧ 自：原本作“是”，據鐵崖文集本改。

【箋注】

〔一〕文撰於元至正九年（一三四九）冬，當時鐵崖授學於松江吕氏塾。竹雪齋：
　　　積慶寺住持釋臻書齋，位於松江亭林鎮（今屬上海金山區）。臻上人，號碧
　　　桃叟，爲鐵崖詩文友。參見鐵崖文集卷三鐵笛道人自傳。

〔二〕積慶：嘉慶松江府志卷七十五名迹志寺觀：“積慶寺，顧亭林市東。宋淳
　　　祐中，寶雲寺僧静月建，吏部許明奎記。”

〔三〕顧野王讀書堆：參見東維子文集卷二十一讀書堆記注。

〔四〕馬琬：鐵崖弟子。參見東維子文集卷十七光霽堂記。三泖：參見鐵崖先
　　　生詩集甲集送敏無機歸吴淞注。

〔五〕玄冥之靈：借指雪。玄冥，相傳爲北方之神，參見漢書揚雄傳顏師古注。

望雲軒記〔一〕

余游海上，得浮屠友三人，曰静庵鎮〔二〕、大明煜〔三〕、天鏡浄也〔四〕。
浄修長書一通，贊余之見於静庵所。越三日，又徵致其所主院浄土招
提。入其門，闢①草莽，立棟宇，吾知其有才也。升其室，緇徒斤斤魚
貫立，詔以吾聖人之書，知其有學也。已而燕客望雲軒上，求一言白
其所以望者。叩其意②，則曰：“吾非王謂③客之望於吳會者〔五〕。浄有
白髮母，在黃龍之湄守先人④故廬〔六〕，不得迎以侍。此望雲者，即狄孝
子之登⑤太行而注射其目者也〔七〕。”

余聞而異之，曰：“金仙氏之教〔八〕，超真無⑥於萬有之外。而浄之
有其親於天性者，不得以真無⑦誣之，吾又知其性之與吾儒合也。狄
孝子之忠於國、仁於民者，孝之推也。浄推其孝，移忠於君，移敬於

長,移義於宗族,移任恤於姻友,罩乎民社,則望雲者,又何異於<u>狄孝子</u>哉！<u>宋</u>有稱緇衣相者,曰<u>慧琳氏</u>〔九〕,權至抗⑧時宰,直假清虚以資燕譚,且以誤人家國,又何望<u>淨</u>於<u>琳</u>也哉⑨！"<u>至正</u>二十年夏五月四日。

【校】

① 闢:原本作"門",據<u>鐵崖先生集</u>本改。

② 意:原本作"以",據<u>鐵崖先生集</u>本改。

③ 誷:<u>鐵崖先生集</u>本作"詞"。

④ 守先人:原本作"寧先又",據<u>鐵崖先生集</u>本改。

⑤ 登:<u>鐵崖先生集</u>本作"望"。

⑥ 真無:原本無,據<u>鐵崖先生集</u>本增補。

⑦ 無:<u>鐵崖先生集</u>本作"亡"。

⑧ 抗:原本作"杭",據<u>鐵崖先生集</u>本改。

⑨ "且以誤人家國"二句:<u>鐵崖先生集</u>本作"且以誤人家國者。吁,吉人何望於<u>琳</u>也哉"。

【箋注】

〔一〕文撰於元<u>至正</u>二十年(一三六〇)五月四日,其時<u>鐵崖</u>自<u>杭州</u>退隱<u>松江</u>已有半年。<u>望雲軒</u>:位於<u>釋原瀞</u>住持之寺廟。

〔二〕<u>静庵鎮</u>:即<u>釋元鎮</u>,字<u>静庵</u>,號<u>淨住老人</u>。生平詳見<u>楊鐵崖先生文集全録</u>卷二<u>静庵法師塔銘</u>。

〔三〕<u>大明煜</u>:即<u>釋淨昱</u>,字<u>大明</u>。<u>康熙</u>刊<u>四明山志</u>卷六載<u>鐵崖</u>題<u>丹山</u>詩,同時著録其友十餘人<u>丹山</u>詩,其中有"僧<u>大明淨昱</u>",當即<u>大明煜</u>。又,<u>明</u>初<u>宋濂</u>撰<u>上虞縣重修柯韓二牖碑</u>,稱之爲"有道浮屠<u>雷峰淨昱</u>",疑<u>釋淨昱明</u>初爲<u>雷峰寺</u>住持。(文載<u>宋學士文集</u>卷二十四。)

〔四〕<u>天鏡淨</u>:"淨"或作"瀞"。<u>元</u>季<u>賴良</u>輯<u>大雅集</u>卷五載<u>天鏡</u>詩一首,曰:"<u>釋原瀞</u>,字<u>天鏡</u>,<u>雲間</u>人"。又據本文,<u>釋原瀞</u>所修爲淨土宗。

〔五〕<u>王誷客之望於吳會</u>:源於<u>滕王閣詩序</u>中"望<u>長安</u>於日下,目<u>吳會</u>於雲間"兩句。<u>王誷客</u>,指<u>滕王閣詩序</u>作者<u>唐</u>人<u>王勃</u>。

〔六〕<u>黃龍</u>:即今<u>上海</u>之<u>黃浦江</u>。

〔七〕<u>狄孝子</u>:指<u>唐</u>人<u>狄仁傑</u>。望雲事參見<u>印溪草堂</u>鈔本<u>東維子集</u><u>王子困孤雲</u>注。

〔八〕<u>金仙氏之教</u>:指佛教。相傳<u>東漢明帝</u>夢見天上金人翱翔,遂遣使奉迎佛教徒入中土傳教,故稱佛教僧人爲"金仙氏"。

〔九〕慧琳:參見陳善學序刊楊鐵崖先生文集卷二緇衣相注。

半雲軒記①〔一〕 有詩

雲間鑑上人,住胥浦之無住精舍〔二〕,受法於金陵休居叟禪師〔三〕。休君命其所居軒曰半雲,集賢趙公雍爲之書〔四〕,而又介吾徒尚賢謝君〔五〕,來見余璜②溪書舍〔六〕,請一言以爲志。

余讀宋僧顯萬詩〔七〕,曰:"萬松嶺上一間屋,老僧半間雲半間。三更雲去逐行雨,回頭不似老僧閑。"怪萬之有心於閑,不如無心之雲之閑也。雲之卷舒晴雨,皆出於無心。故兩人間,其施也沛然,則爲出山之雲;雨足而其休③也悠然,則爲在山之雲。施也,休也,雲何容心於其間哉!萬笑雲之出,而以不出之閑驕於雲也,萬豈知雲者哉!今上人號古心,而上無住之庵,是契心迹於雲者也。半雲之命於其師,知古心之足以朋雲於賓主間也,雲豈敢以勞耻於古心,而古心又豈敢以閑驕其雲也哉!

余以是言復古心,古心曰"唯唯"。遂書爲志。又繫之詩曰:

我有山中屋,與雲相半④之。雲去何所去?雲歸何所歸?雲静我心住,雲動我意飛。一動與一静,陰陽互根依。是爲古心法,我儒不能非。

【校】

① 鐵崖先生集卷四亦載此文,據以校勘。鐵崖先生集本題作半雲軒志。

② 璜:原本作"黄",據鐵崖漫稿本改。

③ 休:原本作"體",據鐵崖漫稿本改。下同。

④ 半:鐵崖漫稿本作"伴"。

【箋注】

〔一〕文撰於元至正二十年(一三六〇)或稍後,其時鐵崖自杭州歸隱松江不久。

繫年依據:其一,文中稱趙雍爲"集賢",而趙雍任集賢待制,在其至正十四年冬進京以後,參見鐵崖撰題趙魏公幼輿丘壑圖(載佚文編)。又,本文應鑑上人之請而作,中介爲"尚賢謝君",而謝尚賢追隨從學於鐵崖,在鐵崖晚年退隱松江之後,故本文撰期,不得早於至正十九年冬鐵崖退隱松江。參見楊鐵崖先生文集全録卷一夢草軒記。其二,文中曰鑑上人、謝尚賢"來見余璜溪書舍",故疑其時鐵崖居無定所,當在草玄臺建成以前,即不遲於至正二十三年春季。半雲軒主人鑑上人,號古心,雲間(今上海松江)人。金陵休居禪師弟子。至正年間爲松江胥浦無住庵僧人。

〔二〕胥浦:位於黄浦以南。參見崇禎松江府志卷五水。無住精舍:又稱無住庵,乾隆金山縣志卷十六寺觀著録,實源自本文。參見東維子文集卷二十九十七日過無住庵因留題鑑上人半雲軒。

〔三〕休居叟:當爲金陵僧人,生平不詳。

〔四〕趙雍:參見東維子文集卷十六野亭記、鐵崖撰題趙魏公幼輿丘壑圖(載佚文編)。

〔五〕尚賢謝君:即謝思順。思順字尚賢,松江人。工詩。家有讀書軒曰夢草,鐵崖爲撰記。參見楊鐵崖先生文集全録卷一夢草軒記。黄溪:即璜溪。

〔六〕璜溪書舍:當爲鐵崖重返松江之初暫居地。按:鐵崖於至正九年初次來到松江,即授學於璜溪吕良佐私塾;十年後再返松江,曾故地重游,撰吕良佐墓志,即在此時。參見東維子文集卷二十四故義士吕公墓志銘。

〔七〕宋僧顯萬詩:參見東維子文集卷十八怡雲山房記注。

海屋記〔一〕

談海屋者,以海上有山,山上有金銀宫闕,限以黑弱水三萬。麻姑云"東海三變爲桑田"〔二〕,則知海屋有時而廢。及觀海屋丈人掌計籌海塵〔三〕,籌充棟①,兩間弊,丈人海屋又最靈而壽者乎!吁,吹萬物皆有弊,惟幻無所與造,亦無所與弊。故知夸仙談道,不如浮圖氏之善言幻也。

九峰古鼎上人以海屋自命其丈室,人問②:"九峰非海島,丈③室非鮫室,屋何贅字於'海'?"上人謂:"吾四大觀皆幻,求吾屋必海,如牛渚犀見登州臺觀〔四〕,殆老姁尼之見焉耳,何以稱丈夫佛爲清遠玄虛之神乎〔五〕?(晉許榮曰:"佛者,清遠玄虛之神。")今之求浮屠道,以老姁尼之見，雖五④戒麄法不能竟，况欲造清遠玄虚之界乎？詣極於幻，其⑤清遠玄虚庶矣。君其不信，吾將與汝約淳芒與苑風〔六〕，觀於東溟小白花之岩〔七〕，見金沙婦出一幻相〔八〕，如牛渚犀見登州臺觀，光景魁磊，非烟非塵，謂之幻乎？不幻乎？”

會稽大瀛子⑥聞其言而躩之〔九〕，曰：“海屋之幻，豈上人然。吾纍仙伯見已久矣。”上人曰：“何見？”曰：“麟⑦之屋，珠之宫，美人兮在中。乘文魚以⑧相從，不知横波兮衝風。此豈可與老姏尼輩道乎？”上人起，作和南禮曰：“幸子雄文録諸海屋，以告迷而詰者。”已而上人呼三辰酒，起戛赤金鉢〔十〕，自歌海屋之歌曰：

“烟飛九點三山覆，扶⑨桑吹灰點若木。海籌甲子計瀛縮，大溟不死尸不宿。八柱靈波腐鼇足〔十一〕，震旦東傾不動屋。”并録爲記。

【校】

① 棟：文淵閣四庫全書本作“陳”。
② 問：原本作“間”，據鐵崖先生集本改。
③ 丈：原本作“又”，據鐵崖先生集本改。
④ 五：原本作“吾”，據鐵崖先生集本改。
⑤ 其：鐵崖先生集本作“其餘”。
⑥ 子：原本作“于”，據傅增湘校勘記改。
⑦ 麟：鐵崖先生集本作“鱗”。
⑧ 以：鐵崖先生集本作“兮”。
⑨ 扶：原本作“搏”，據鐵崖先生集本改。

【箋注】

〔一〕本文撰期不詳。記述松江古鼎上人方丈室海屋，古鼎上人當爲松江人，生平不詳。按：元季又有名僧古鼎，名祖銘，字古鼎，奉化人。曾任杭州徑山寺住持。鐵崖亦與之有交往。然徑山古鼎，與此九峰古鼎上人，顯然不能是同一人。參見東維子文集卷十送象元淑公住持南湖序注。
〔二〕“麻姑”句：參見鐵崖先生古樂府卷三夢游滄海歌注。
〔三〕海屋丈人：參見鐵崖先生古樂府卷三夢游滄海歌注。
〔四〕牛渚犀：相傳温嶠於牛渚磯燃犀，照見龍宫，海族百怪皆現形。參見明鈔楊維禎詩集卷下水燈注。登州臺觀：指登州所見海市蜃樓。明陸容菽園雜記卷九："蜃氣樓臺之説,出天官書,其來遠矣……然濱海之地,未嘗見有樓臺之狀。惟登州海市,世傳道之。"

〔五〕佛爲清遠玄虚之神：晉人會稽許榮語。參見晉書簡文三子傳。

〔六〕諄芒、苑風：諄芒之"諄",或作"諄"。諄芒與苑風,皆古人虚擬之神名。參見莊子天地篇。

〔七〕小白花：傳觀世音居處,在東海中。

〔八〕金沙婦：相傳即觀世音化身。宋黃庭堅觀世音贊六首之一："設欲真見觀世音,金沙灘頭馬郎婦。"

〔九〕會稽大瀛子：蓋鐵崖自擬。

〔十〕戞赤金鉢：指效仿唐人房綰,奏出龍吟之聲。白孔六帖卷九十五龍："房綰嘗修學終南山谷中,忽聞聲,若物戞銅器之韻,蓋未之前聞也。問父老,云：'此龍吟也,不久雨至矣。'綰望之,冉冉雲氣游漫,果驟雨作。自爾再聞,徵驗不差。後將赤金鉢戞之,謂偽龍吟。"

〔十一〕鼇足：參見鐵崖先生古樂府卷十小游仙之七注。

小蓬萊記〔一〕 有詩

按越乘,鏡水之上有山,曰臥龍,如海湧鼇脊〔二〕。郡宅據其顛,唐人居之,以蓬萊自侈。山水樓臺之勝,竊比於真宫道院,是以假觀求蓬萊者也。雪水之上〔三〕,子城之中,有道士宫曰玄好,無玉崑、丹丘、醴泉、餌草之異,聞人師構一軒其中①,而亦以小蓬萊自命。此非假觀也,而以真幻求乎蓬萊者也。

嘻,東方生記蓬萊者〔四〕,幻十三竟云耳。萬有形皆幻也,以幻示幻,所以爲靈仙之教之神也。子合神觀於馮閎乎〔五〕？方壺、員嶠〔六〕,不啻几案物②也,又安有弱水三萬里之隔哉！

吾試與子言幻："黃初平得仙〔七〕,金華山中之石皆羊也。其兄初起,眼眼未換,因見石而未見羊。初平叱石,石皆起,成羊數萬頭。此非神幻之至也耶！然見師之小蓬萊者,惟初平能見之,不者皆初起之見金華山白石者耳。見羊者,小可也,大可也；見石者,大小無一而可也。"師曰："唯。請書諸軒爲記,使世眼覷予小蓬萊者,兹文爲之大圓之鏡也。"且係以詩曰：

蓬萊在何許？渺在東海虛。其廻五千里，上有神人居。山川異百奥，風俗如三吳。仙官示狡獪，百丈神千軀。世人尋地脉，弱流墊輕壺。徒聞羡門往〔八〕，漫役君房愚〔九〕。孰爲靈仙府，乃是尺寸廬。燕坐吾玉几，天游我非車。揮斥九清表，飄然臨中區。豈知蓬大小，不識無真無③。

【校】

① 構：原本作“居”；中：原本作“在”，據文淵閣四庫全書本改。

② 不啻几案物：原本作“不几案物啻”，據四部叢刊本、文淵閣四庫全書本改。

③ 不識無真無：原本漫漶，據四部叢刊本、文淵閣四庫全書本補。

【箋注】

〔一〕文撰期不詳。小蓬萊：聞人師構於湖州玄好宫中。聞人師，蓋爲玄好宫觀主。鐵崖又有詩寄小蓬萊主者聞梅澗并簡沈元方宇文仲美賢主賓，詩末曰“劫灰不到小蓬萊”，可知聞人師別號梅澗。又，趙孟頫季子趙奕有送聞梅澗住弁山祥應宫詩（載元詩選初集），則聞人師於元末曾爲祥應宫住持。按成化湖州府志卷十二寺觀，祥應宫在烏程縣西北卞山黄龍洞。

〔二〕鏡水：指鑑湖。位於今浙江紹興西南。宋施宿等撰會稽志卷九山：“嘉祐末，刁景純撰望海亭記云：越冠浙江東，號都督府。府據卧龍山，爲形勝。山之南，亘東西，鑑湖也。山之北，連屬江與海也，周連數里，盤屈於江湖上，狀卧龍也。龍之腹，府宅也。”

〔三〕霅水：即霅溪。位於烏程縣東南。參見鐵崖先生古樂府卷十漫成注。

〔四〕東方生：指東方朔。海内十洲記相傳爲東方朔所撰，記載有關祖洲、瀛洲、炎洲、玄洲等十洲異聞，其中謂生洲在東海，接蓬萊；又謂蓬丘即蓬萊山，對東海之東北，“蓋太上真人所居，唯飛仙有能到其處”等等。

〔五〕馮閎：宏大，開曠。莊子知北游：“彷徨乎馮閎，大知入焉，而不知其所窮。”

〔六〕方壺、員嶠：相傳爲海外仙山。參見列子湯問。

〔七〕黄初平：“黄”或作“皇”。參見鐵崖先生古樂府卷六壽岩老人歌注。

〔八〕羡門：傳説爲上古仙人。史記卷六秦始皇本紀：“三十二年，始皇之碣石，使燕人盧生求羡門、高誓。”注：羡門、高誓皆“古仙人”。

〔九〕君房：秦始皇使者徐福字。説郛卷六十六下東方朔海内十洲記：“祖洲近在東海之中，地方五百里，去西岸七萬里。上有不死之草……（秦始皇）乃

使使者徐福發童男童女五百人,率攝樓船等入海尋祖州,遂不返。福,道
士也,字君房。後亦得道也。"

鳴鶴軒記[一]

　　道士徐中孚,居錢唐宗陽之西廡[二]。嘗從游邵庵虞先生[三],先
生名其軒曰鳴鶴,蓋取諸易中孚之繇也[四]。而廬陵①歐陽太史又爲記
之[五],繇之義盡矣,又復求余文。

　　余聞鶴之鳴,亦多變也已。其鳴之信,則警夜分。鳴之遠,則聞
九天。鳴之奇,則晝夜六時中律呂。至其鳴之神,則空中語纍纍之
詩,豈直鳴内②和外、見象中孚之義哉! 抑余有感鶴者,不能不爲中孚
通也。唐元③和詩人[六],嘗悼鶴以飽食易天真,至爭腐雞鶩前,狎群鳥
鳶之内,乘大夫軒,遂有禄位[七],則玉音沉乎其無闐矣。嗚呼,利令
智④昏,非惟吾之⑤物爲然,靈禽亦爾。

　　中孚於鶴,其勿飽之過而昏其霡也。浮丘伯曰[八]:"鶴一千六百
年飲而不食,與鳳凰且共鳴聖人之盛。"中孚學仙者,果爾,其有將而
見其鳴聖人之盛,而惜余不及⑥諗諸千六百年之後也,中孚其能以長
年訣嗖予不⑦?

【校】

① 廬陵:原本"陵"字脱,據四部叢刊本補。

② 直:四部叢刊本作"真"。内:文淵閣四庫全書本作"肉"。

③ 元:原本校本皆訛作"光",徑爲改正。參見注釋。

④ 智:原本爲墨丁,據文淵閣四庫全書本補。

⑤ 吾之:文淵閣四庫全書本作"蠢"。

⑥ 惜余不及:原本殘缺,據文淵閣四庫全書本補。

⑦ 不:原本殘缺,據文淵閣四庫全書本補。

【箋注】

〔一〕文似撰於元至正二年(一三四二)至六年之間,即鐵崖游寓杭州、湖州,等
　　候補官,授學爲生時期。此際鐵崖與道士張雨交游唱和頗多,且曾寄居杭

州道觀。鳴鶴軒：主人徐中孚。徐中孚，天台（今屬浙江）人。曾赴武當學道，元至正年間爲杭州宗陽宮道士。曾與衆多名士有交往。虞集道園學古録卷三有詩題曰“太一道士張彦輔……特精繪事，爲其友天台徐中孚用商集賢家法作江南秋思圖”。又，胡助純白齋類稿、王沂伊濱集、邵亨貞蟻術詩選皆有詩送徐中孚赴武當。

〔二〕宗陽：宋潛説友撰咸淳臨安志卷十三宮觀：“宗陽宮在三聖廟橋東。紹興間，望風者以其地有鬱葱之祥，已而前後環建王邸……咸淳四年四月詔築宮，賜名宗陽。”

〔三〕邵庵虞先生：即虞集。元史有傳。

〔四〕“蓋取”句：易中孚：“鳴鶴在陰，其子和之；我有好爵，吾與爾靡之。”

〔五〕歐陽太史：指歐陽玄。歐陽玄爲廬陵人。元史有傳。

〔六〕元和詩人：指白居易、元稹等。元和乃唐憲宗年號，公元八〇六至八二〇年。

〔七〕“嘗悼鶴”五句：概述白居易、元稹相關詩意。白居易感鶴詩曰：“一興嗜慾念，遂爲繒繳牽。委質小池内，爭食群雞前。不惟懷稻粱，兼亦競腥羶。不惟戀主人，兼亦狎烏鳶。物心不可知，天性有時遷。一飽尚如此，況乘大夫軒！”元稹有和樂天感鶴詩。按：春秋時衛懿公好鶴，鶴有乘軒者。參見鐵崖先生古樂府卷七鶴躑躅注。

〔八〕浮丘伯：又稱浮丘公。參見鐵崖先生古樂府卷二周郎玉笙謠注。傳説相鶴經乃浮丘公所撰，中曰：“雌雄相視而孕，一千六百年飲而不食。胎化産鸞鳳，同爲群。聖人在位，則與鳳凰翔于甸。”（載説郛卷一百七。）

玄霜臺記〔一〕

雲間劉煉師某，築月臺於廬之西，楣①曰玄霜。請於箕尾叟〔二〕，曰：“幸先生費辭以記。”

叟曰：生物不窮②，以藏夫造化之母者。吾取夫太陰之精，太陰，天地交媾③之先數也。在卦：陰含陽，坎象也。坎爲月中一畫，真陽也。萬物之生，資此而後成〔三〕，故仙家指爲玄霜。玄，天也。天地初交，生物之始，猶未離夫天，故稱玄霜。見霜也，如玄露之凝，如絳雲漸積，如瑞雲不流。蓋元氣結成，純乎生生之英，結之爲霜，化之爲

液,散於萬物,賴以成質。是故木有三鑽則爲火,絞之則爲水。坎,津
也。木得水,以行曲直④之性,無水則枯矣。木有三滅,則化土,離象
也。真陰存乎其中,水道也。土無水,則地脉竭矣。金有三擊,則爲
火,鎔之則成汁,水象也。金無水,則不能從革矣。天無水則不能⑤
雨,地無水則不能雲,人無水則神弊。天下之物,無一不資夫水。水
位於坎,寓於月,象而爲玄霜,非至精無以造是玄,非至道無以凝是
玄。彼日繁霜則盡零,炎霜夏飛,損物以行肅殺者,謂霜之名則可,謂
玄則不可。故玄也,惟太陰之精當之。

　　吾嘗登是臺,薄筦上覆,曲欄旁植,空一窗以接太虛之境。淡方
寸以生魄之際,化槁木之形,如玉毫之相,吾將與汝蟬蜕穢濁,而游乎
太清矣。子能從之乎? 是爲記。

【校】

① 楣: 原本漫漶,據傅增湘校勘記補。
② 窮: 原本作"射",據文淵閣四庫全書本改。
③ 媾: 原本作"搆",據四部叢刊本改。
④ 直: 原本作"宜",據文淵閣四庫全書本改。
⑤ 能: 原本無,據四部叢刊本增補。下句同。

【箋注】

〔一〕文當撰於鐵崖晚年退隱松江之後,即元至正二十年(一三六○)以後。繫
　　年依據: 文中作者自稱"箕尾叟",此乃鐵崖晚年別號,且其時寓居松江。
　　玄霜臺: 松江劉煉師建。劉煉師,名字生平不詳。
〔二〕箕尾叟: 鐵崖晚年自號。按: 箕尾叟、東維子,皆鐵崖晚年所取別號,二者
　　含義,相互關聯,皆與星命有關。參見鐵崖先生古樂府卷五箕斗歌、莊子
　　內篇大宗師。
〔三〕"萬物之生"二句: 易説卦傳:"坎者,水也。正北方之卦也,勞卦也,萬物
　　之所歸也。"

卷七十五　東維子文集卷二十一

天風海濤樓記[一]

　　吳閶關之西[二]，其地清曠平衍，去海僅若干里，有築層樓，與海湧峰之小吳軒相埒者[三]。其主或招海内豪客燕處其上，八窗洞闢，近見風濤汹湧在足底，樓若浮而逝也。主酌客以酒，曰："景若是，能無言乎！"客亦酢酒於主人，曰："樓惡名？"主曰："未有以名，敢請。"客遂稱"天風海濤"，主以爲然，并以記請。

　　客曰：壯天聲者，風也，而不知大塊之噫者，聖也。壯地險者，濤也，而不知曾①瀾之積者，信也。故聖於陰陽，莫如風；信於晝夜，莫如濤。風之生於天，執之而不得，逐之而不及，惡究乎聖哉！濤之出於海，禦之而不止，激之而不回，惡察夫信哉！天地噫而爲風，陰陽以之輔萬物也；江海積而爲濤，晝夜以之準萬古也。風之聖，濤之信，大矣至矣。及天風與海濤相薄也，蓬蓬然起，歘乎土囊，填乎太空，不終日而萬里若一。磅礴相射，與激水之濤相軋，吞天沃日，走貔貅而吼犀兕。獸駭於野，龍拔於淵，極天下之神觀，無出此。吁，海濤不揚而安乎淵静②，天風不振而安順乎和委③，欲極④天下之神觀，曷⑤有焉？惟人亦然。厄於窮巷，逃於深谷，患難奸其外，煩懣忍其中，然而厄與鬱相遭，而⑥激諸意氣之頡頏，發諸悲歌之感慨，而天下稱奇，曰丈夫士固不可以無奇也⑦。而⑧奇不生於奇，生於變。故不觀⑨變，無以知其奇；不觀奇，無以見神也。嗚呼，户牖之⑩小，萬頃寓焉，可謂奇矣。抱奇志者，亦將於此一爽乎！

【校】

① 曾：文淵閣四庫全書本作"層"。
② 而安乎淵静：文淵閣四庫全書本作"而淵静"。
③ 而安順乎和委：文淵閣四庫全書本作"而和平"。
④ 欲極：原本無，據文淵閣四庫全書本補。

⑤ 曷：文淵閣四庫全書本作“奚”。

⑥ 而：文淵閣四庫全書本作“於是”。上一句“然而厄與鬱相遭”，文淵閣四庫全書本無。

⑦ 固不可以無奇也：文淵閣四庫全書本作“固如是也”。

⑧ 而：文淵閣四庫全書本作“雖然”。

⑨ 觀：原本作“鋧”，據文淵閣四庫全書本改。下同。

⑩ “之”以下凡二十字，原本無，據文淵閣四庫全書本補。

【箋注】

〔一〕文當撰於元至正七、八年間，其時鐵崖游寓姑蘇，授學爲生。繫年依據：文中所謂“客”，實即鐵崖本人。鐵崖做客姑蘇，當爲至正初年於姑蘇豪門授學期間。天風海濤樓：位於姑蘇閶關之西。按：“天風海濤”四字，源出福州鼓山石刻，乃朱熹擇取趙汝愚詩句而題。

〔二〕閶關：參見清鈔鐵崖先生詩集卷上宴朱氏園堂注。

〔三〕海湧峰：即蘇州虎丘。明王鏊撰姑蘇志卷八山上：“虎丘山在府城西北七里。吴越春秋云閶閭葬此，以扁諸、魚腸劍各三千爲殉。越三日，金精結爲白虎，踞其上。故名。唐避諱，改武丘。又名海湧峰。”小吳軒：同治蘇州府志卷七山二：“小吳軒，在（虎丘）寺東南隅。朱樂圃文稱爲‘小吳會’，張氏名‘天開圖畫’。”

錫老堂記〔一〕

華亭環南六十里，爲胥①川〔二〕，有老人曰殷純父氏者，年八十餘，略無②衰憊態。老人失子，而得女二。其長婿③曰顧審之氏，居老人甥館以終養，且名老人燕處之堂曰錫老。蓋私賀老人之高年，而假魯人頌禱之詞以爲意也〔三〕。吁，養外舅氏若審之氏者，亦可謂恭也已矣。審之以老人之姪孫奎受業予門〔四〕，遂因奎④請錫老記。

予讀魯頌泮水之章，其詞曰：“永錫難老，順彼長道。”難老者，難若出於天錫，不知固有難老之道，而有以爲錫之耳。故曰“順彼長道”，老人寔以之。老人者，既無多男子以怵其愛憎，家又饒樂，素無服食窘其寒飢，晚又求清静術樂之，以遺棄夫嗔喜愛慾，朝市之勢要聲利也，皆其難老之繇，而詩人所謂長道者也。

抑吾於老人之錫者有感焉者，昔者宓戲、神農⑤氏之民，瞑之蹎蹎，不知所以然而然，是以永年。黄帝、堯、舜氏之民，職職植植弗夭，是以難老〔五〕。後世之俗不然，颵文之煩稱也，機譎之互确也，百狀俱作，萬怪横生。水竭山崩，宵光晝冥，石言犬痾，夏霜冬雷，罔不繆盭。是以有父終其子、兄終其弟者，求老人之善自養夫長道，謂黄帝、堯、舜氏之民兆歟！

今聖天子疾民之偷，剗僞還淳，思納斯民於春臺熙皥之域〔六〕，以黄、唐玄悳格於上下，旁通于四裔。四裔之民，不言而自化。錫老之福，且家至而户達，何啻老人氏一堂而止哉！吾將與人聯茵并几，酌春酒堂上。彈琴吹竹，歌上古大庭氏之風以待〔七〕。遂俾奎復於老人，刻諸堂爲記。

【校】

① 胥：四部叢刊本作“西”。

② 略無：原本作“無無”，四部叢刊本作“無□”，據文淵閣四庫全書本改。

③ 婿：原本作“債”，據傅增湘校勘記改。

④ 奎：原本作“奔”，蓋與“奎”字形近而誤，徑改。

⑤ 神農：原本作“晨農”，據文淵閣四庫全書本改。

【箋注】

〔一〕文作於元至正八、九年間。繫年依據：其一，本文因鐵崖弟子殷奎介紹而撰寫，而殷奎從鐵崖學始於至正八年。其二，文中曰“今聖天子”云云，所述爲太平氣象，且其時鐵崖寓處蘇、松一帶，故必爲至正十年之前所撰。錫老堂：顧審之建以奉養岳父。顧審之，生平見本文。

〔二〕胥川：蓋即胥涇，又稱胥浦。相傳伍子胥開鑿，故名。參見東維子文集卷十二華亭胥浦義冢記。

〔三〕魯人頌禱之詞：即下文所引詩魯頌泮水。

〔四〕奎：殷奎，參見東維子文集卷二十二木齋志注。

〔五〕“昔者宓戲、神農氏之民”七句：子華子卷下神氣：“伏羲、神農之世，其民童蒙，瞑瞑蹎蹎，不知所以然而然，是以永年。黄帝、堯、舜之世，其民樸以有立，職職植植，而弗鄙弗夭，是以難老。”

〔六〕春臺熙嶧：參見東維子集卷十九熙春堂記注。

〔七〕大庭氏之風：指魯地之詩。宋王應麟撰詩地理考卷六大庭："帝王世紀：神農氏營曲阜，故春秋稱魯大庭氏之庫。"按：大庭氏究竟何指，解説不盡相同，或曰古國名，或曰上古帝王名。本文蓋指神農氏。

江聲月色樓記〔一〕

浙江秋濤之壯、秋月之英相上下。月之英，至秋分而極盛；濤之聲，亦至秋分而極壯。濤與月，一氣之得，故江聲月色，爲天下兩奇絶也。江水①流溢而東南行，其溺爲湘湖〔二〕。湖之陽，岐、壽諸峰戟而筆立，腋江肘湖而襟諸峰之秀者，則韓氏惟新之樓有焉。元統元年秋〔三〕，惟新氏嘗觴于樓之上，請予名樓，予命之爲江聲月色，而記則未遑也。惟新氏去世且十有餘年，而其孫奕來從予游〔四〕，猶知致祖初志，以記請。

嗚呼，世之言聲色之樂者有矣。楚眉衛頰，春韶月秀，狎憑而昵茵，爭憐而競悦，悲絲烈筦，朋從旅進，鳳鸞嘯而鶯燕鳴，引吭而諧調者，若出金石，此世之所謂聲色，而人人之甚欲者。不知甚欲必有甚惡，故曰：狂夫樂焉，智士哀焉〔五〕。然則聲色之寄於俄然漠然之物，而無其甚欲甚惡之累，不爲樂之至也哉！今夫江之聲，實以潮鳴乎天下，其疾而來②也如風雨，其突怒如雷霆，其却而遠也如松風笙鶴，人不以爲聲，而爲聲之至也。月之與潮，相得而勝也：其動如銀汞③，其起如金城，其鋪而平也如積雪千里，人不以爲色，而爲色之絶也。兹非悟其妙之微，殆未可與耳遇目觸者同日道也。

吾留吳下，久不見江月雄觀。秋且分矣，業將與生買舟大泖口，泝吳江，抵海門，夜泊湘南，據胡床樓上，以攬有樓之奇觀，曰聲曰色，探天地之大秘藏也。則凡天籟之有聲，皆吾韶鈞；天文地象之有色，皆吾之西子、南威也〔六〕。嗚呼，樓之聲色若是，取之無竭，用之無禁，而嗜之無荒，是真樓之大秘藏，而爾祖之樂以終其身，而且以遺爾子孫，傳世之玩於無窮期者乎！生歸，試誦吾言於父兄間，爾祖有靈，必以予言爲信。

【校】

① 水：原本作“友”，據文淵閣四庫全書本改。

② 來：四部叢刊本作“哀”。

③ 汞：原本作“永”，據四部叢刊本、文淵閣四庫全書本改。

【箋注】

〔一〕文當撰於元至正九年（一三四九）仲秋，其時鐵崖在松江呂氏塾授學。繫年依據：其一，文中曰“吾留吳下，久不見江月雄觀”，知鐵崖滯留吳中有年。其二，文中曰“其孫奕來從予游，猶知致祖初志”，知其時韓奕從學於鐵崖不久；文中有“秋且分矣，業將與生買舟大泖口”等語，又知其時爲仲秋。又據東維子文集卷八送韓奕游吳興序，韓奕於至正九年赴松江求學，次年三月去游吳興，故本文撰於韓奕從學當年仲秋無疑。江聲月色樓：主人爲諸暨韓惟新，樓位於蕭山縣西湘湖之濱。按：據本文“惟新氏去世且十有餘年”一句，知其謝世在元統年間，或元順帝至元初年。又，韓惟新實爲鐵崖同鄉，因諸暨隸屬於會稽郡，故或稱之爲會稽人。參見東維子文集卷八送韓奕游吳興序。

〔二〕湘湖：宋施宿等撰會稽志卷十蕭山縣：“湘湖在縣西二里，周八十里，溉田數千頃。湖生蓴絲最美，水利所及者九鄉，以畋漁爲生業不可數計。”

〔三〕元統元年：即公元一三三三年，當時鐵崖居家。

〔四〕韓奕：韓惟新之孫。參見東維子文集卷八送韓奕游吳興序。

〔五〕“狂夫樂焉”二句：史記趙世家：“狂夫之樂，智者哀焉；愚者所笑，賢者察焉。”

〔六〕西子：即西施。南威：又作南之威。西施、南威，皆春秋時著名美女。

舒嘯臺記〔一〕

雲間謝仲允氏甥館在石湖之陰〔二〕，館之左介，植花木爲藥，治園堂其中，命之曰舒嘯。名客至，允必延致於是。今年春，嘗觴予軒所，酒酣，爲予作蘇門之音〔三〕，且以志請。

按説文，嘯者，蹙口成聲也。古詩人以嘯與歌并言，則知嘯亦蹙口之歌耳,不無五音之協。五音協,則金石絲竹可被。時允出名姬童鸞者佐酒,吾將以玉笛尋其聲,座客擬馬相如爲樂府〔四〕,命之曰紫鸞回,然采其音,付童鸞歌之,以備晉成氏子嘯賦之闕也〔五〕。

　　雖然,吾聞"宮爲君,商爲臣,角爲民〔六〕"。宮荒則君驕,商陂則宮壞,角亂則其民①怨。嘯協於宮,使予聞之,温舒而廣大。協於商於角,使予聞之,方正而好義,惻隱而好仁②。吁,此允之心聲也,不知代之君驕宮壞而民怨也。第未知聞蘇門鸞鳳者,亦有是否! 人不知其心聲之得,則又烏知其嘯之舒者,闓敞和平,不媿晉處士者耶! 抑予聞劉越石在晉陽清嘯〔七〕,胡③騎聞之,悽然而退。嘯之感人者又如是。今西北之寇閉塞關梁〔八〕,允能以越石之嘯慷慨激烈者,使風雲動搖,烟塵猝起,又孰畏乎關梁之孽哉! 允勿靳是。擬相如者,又當作爲出塞、入塞〔九〕,以繼短簫鐃之曲也。嘯之舒哉,不亦韙哉!

【校】

① 其民:四部叢刊本作"民其"。
② 仁:原本作"人",據文淵閣四庫全書本改。
③ 胡:文淵閣四庫全書本作"塞",蓋因犯忌而改。

【箋注】

〔一〕文當撰於元至正九年或十年之春,其時鐵崖寓居松江,授學於吕良佐私塾。繫年依據:文中曰"今年春"在雲間應邀作客,而當時天下尚未大亂,僅"西北之寇閉塞關梁"。據此推之,必爲鐵崖初次寓居松江期間。舒嘯臺:謝仲允女婿宅園中堂館名,位於松江石湖塘之濱。謝仲允:仲允當爲其字,其名不詳,松江人。齋名涵泳。官任架閣,至正後期尚存於世,鐵崖友人王逢亦與之有交往。梧溪集卷一涵泳齋辭:"雲間謝仲允架閣扁所居齋曰涵泳,以延其師以教其子。"
〔二〕石湖:指松江石湖塘。按:據本文"雲間謝仲允氏甥館在石湖之陰"、"名客至,允必延致於是"等語,其女婿堂館舒嘯臺距離謝仲允家不遠,故此石湖當指松江石湖塘,而非姑蘇楞伽山下之石湖。石湖塘,又稱石湖蕩,位於松江城西。參見鐵崖先生集卷三玉立軒記。
〔三〕蘇門之音:指嘯聲。參見鐵崖先生古樂府卷八覽古之二十注。
〔四〕馬相如:即司馬相如。

〔五〕晉成氏子：指成公綏。晉書文苑傳：“成公綏字子安，東郡白馬人也……綏雅好音律，嘗當暑承風而嘯，泠然成曲，因爲嘯賦。”

〔六〕“宮爲君”三句：元黃鎮成尚書通考卷三五聲十二律還相爲宮：“朱子謂樂中最忌臣陵君是也，蓋宮爲君，商爲臣，角爲民，徵爲事，羽爲物。”

〔七〕劉越石：晉劉琨。晉書劉琨傳：“劉琨字越石，中山魏昌人，漢中山靖王勝之後也……在晉陽，嘗爲胡騎所圍數重，城中窘迫無計，琨乃乘月登樓清嘯，賊聞之，皆悽然長歎。中夜奏胡笳，賊又流涕歔欷，有懷土之切。向曉復吹之，賊并棄圍而走。”

〔八〕今西北之寇閉塞關梁：當指至正七年十月“戊戌，西番盜起，凡二百餘所”。參見元史順帝本紀四。

〔九〕出塞、入塞：皆屬漢鐃吹曲。參見樂府詩集卷二十一漢鐃吹曲。

讀書堆記〔一〕

予入淞，首慕顧野王讀書堆者，在亭林蒼翠間〔二〕，未果往也。上海釋慧〔三〕，自稱野王氏后，介其師去東老人來請〔四〕。曰：“居之左介①闢室，蓄古今書數千百弖，貽其嗣達、妙，襲名於讀書堆，敢丐一言以記。”記未及。今年予游鶴沙〔五〕，順流下黃龍江〔六〕，抵滄海觀濤。泊舟古精藍下，主僧出肅客，廼慧也。見其二子，即妙、達也。夜分，張燈叙舊話，遂爲援筆志書堆。

夫書之能藏者不難，能讀者難。能讀者不難，能用者難也。書藏而不讀，與無書等；讀而不用，與不讀等。張茂先藏書至卅②乘〔七〕，而茂不善厥終。李贊華載書數萬卷〔八〕，亦無捄於僇身。非有書而不善讀，讀而不善用者與！代之衣冠，家有積書如秘府，至再世三世，懵與書隔，甚至售爲聲伎資，吁，可悼也已。若慧之書堆，高潔亭林，磨水火而堆不毀，經兵革而堆不遷。使達也妙也，又能翱翔於堆，窮探力取，以爲修業地，非書之善藏而有善讀者歟！第未知③達與妙之善讀、讀之善用者何如耳④。宋聰道師善讀書〔九〕，一覽即掛書梁上⑤，人叩，則曰：“書貴行，復何讀？”此方外士讀書法也，惟二子以之。至正二十⑥年夏四月廿六日。

【校】

① 左：原本作"在"，據四部叢刊本改。介：四部叢刊本作"个"。

② 卅：原本作"世"，據傅增湘校勘記改。

③ 第未知：原本漫漶，據四部叢刊本、文淵閣四庫全書本補。

④ 讀之善用者何如耳：原本漫漶，據四部叢刊本、文淵閣四庫全書本補。

⑤ 即掛書梁上：原本漫漶，據文淵閣四庫全書本補。

⑥ 二十：原本作"二"。脱"十"字，徑爲增補。按：鐵崖至正四年三月一日所撰雅好齋志曰："他日吾將循海而游，或至雲間訪有道之士。"（載楊鐵崖先生文集全録卷二。）知至正四年以前鐵崖未嘗涉足松江之地。且本文言及"兵革"，故此東"游鶴沙"，當爲鐵崖至正十九年冬重返松江之後。又，至正二十年三、四月間，鐵崖東游上海，與僧友頗多交往。故此推斷"十"字脱闕。

【箋注】

〔一〕文撰於元至正二十年（一三六〇）四月二十六日，其時鐵崖自杭州歸隱松江半年有餘。按：至正二十年五月四日，鐵崖撰望雲軒記曰："余游海上，得浮屠友三人。"（載東維子文集卷二十。）與本文所記，同爲至正二十年三、四月間事。蓋其時鐵崖東游上海，頗交僧友。讀書堆：崇禎松江府志卷五十一寺院二華亭："讀書堆在亭林寶雲寺後，即野王修輿地志處。其高數丈，横亘數十畝，林樾蒼然。寺僧嘗欲作亭其上奉野王，不果。"此指釋慧新建書樓。

〔二〕亭林：鎮名。正德松江府志卷九鎮市："亭林鎮，去（華亭）縣東南三十六里。古迹亭林即此址也。鎮有寶雲寺，即顧野王故居。"按：亭林鎮今屬上海市金山區。

〔三〕釋慧：本文曰釋慧"自稱野王氏"，則其俗姓"顧"。名静慧，"静"或作"浄"。書史會要卷七大元："釋静慧，字古明，松江人。正書師虞永興，甚得其法，但欠清婉耳。"又，嘉慶松江府志卷六十三方外傳："浄慧字古明，松江人。洪武中詩僧。書習虞永興。其題天馬圖云：'曾陪八駿崑崙頂，肯逐群雄草莽間！'殆亦有託而逃於禪者。"又據本文，釋静慧爲去東老人弟子。

〔四〕去東老人：釋静慧師。去東蓋其別號，生平不詳，當爲僧人。

〔五〕鶴沙：又名下沙。光緒南匯縣志卷一疆域志邑鎮："下沙鎮，邑西北三十六里。相傳地曾産鶴，方頂緑足龜文，故又名鶴沙。宋丞相吳潛侍父讀書處,元設鹽課司。"

〔六〕黃龍江:今上海黃浦江。

〔七〕張茂先:指晉人張華。晉書張華傳:"張華字茂先,范陽方城人也……雅愛書籍,身死之日,家無餘財,惟有文史溢于几篋。嘗徙居,載書三十乘。秘書監摯虞撰定官書,皆資華之本以取正焉。天下奇秘,世所希有者,悉在華所。由是博物洽聞,世無與比。"

〔八〕李贊華:指東丹王。圖畫見聞志卷二紀藝上:"東丹王,契丹天皇王之弟,號人皇王,名突欲。後唐長興二年,投歸中國,明宗賜姓李,名贊華。善畫本國人物鞍馬,多寫貴人酋長,胡服鞍勒,率皆珍華。然而馬尚豐肥,筆乏壯氣。"又,重訂契丹國志卷十四東丹王傳:"贊華性好讀書,不喜射獵。初在東丹時,令人齎金寶,私入幽州市書,載以自隨,凡數萬卷。置書堂於醫巫閭山上,扁曰望海堂。唐潞王末年,石晉内叛,乞援太宗。潞王已危,乃遣宦者秦繼旻、皇城使李彥紳殺之。贊華遇害於其第。"

〔九〕宋聰道師:指北宋釋德聰。正德松江府志卷十七冢墓:"宋聰道人墳在佘山南嶺下。"并録重遷志銘曰:"師諱德聰(九四四——一〇一七),姓仰氏,姑蘇張潭人也。七歲捨家入杭州慈光院,十三受具戒於梵天寺……太平興國二年歲次戊寅,來抵雲間,尋船子祖師遺蹤……一日,有禪者造之,因睹經卷懸之舍下,塵積且厚,遂問之曰:'此佛經也,人皆看之。師獨如此,何也?'乃笑而答曰:'若人之讀書,信既知之矣,可再讀邪?'嘗曰:'古人貴行,吾何言哉!'其他問者,皆默如也。因是人始奇之……(天禧元年)七月初六日坐滅,止十三日,容貌如生。俗年七十四,僧臘六十二。"按:上引文中"太平興國二年歲次戊寅"之"二",當作"三"。

夢蝶軒記〔一〕

有客三人者,過夢外夢道人談夢。一客曰:"吾夢爲玄駒〔二〕。"一客曰:"吾夢爲蜩唐〔三〕。"一客曰:"吾不夢達魘〔四〕,而爲達魘者所以夢①。"起自歌曰:"巴中②老人蠱仙橘〔五〕,化爲達魘無處覓。隨風一夜到漆園,果③入南華鬼無迹〔六〕。"蜩唐者亦歌曰:"腹育出尸出宮桂④,風爲食兮⑤露爲飲。月令老翁候我占,識候能鳴復能瘖。"玄駒者亦歌曰:"大槐王臺臺九沓〔七〕,兗⑥州一怒成烏合〔八〕。有時東海去觀鼇,爲能死我鮻鮻甲〔九〕。"

　　道人曰:"夢玄駒者,志富貴者也。不知緣几登釜,尋人飲食,而有焚如之慘,富貴何在哉? 夢蜩唐者,志清高者也。不知吉羾執翳而搏其後,異⑦鵲又從而利之,使漆園丈人捐彈而返走〔十〕,清高何在哉? 惟達魔夢我者,亦不知我之夢達魔,則志於物化,與物忘彼我,殆與造物⑧游,與大道冥者也。古之人得之者,惟南華真人也。"

　　時⑨予弟子文璧氏持縹文册來,曰:"此某夢蝶軒集也,請先生一語。"遂書此以遺之。夢外夢道人者,會稽楊維禎也。

【校】

① 所以夢:鐵崖先生集本作"所慕"。

② 巴中:鐵崖先生集本作"巴東"。

③ 果:鐵崖先生集本作"鬼"。

④ 出:鐵崖先生集本作"在"。桂:鐵崖先生集本作"衽"。

⑤ 兮:原本作"芳",據鐵崖先生集本改。

⑥ 兗:原本作"充",據鐵崖先生集本改。

⑦ 異:原本作"黃",據鐵崖先生集本改。

⑧ 造物:原本作"造化",據鐵崖先生集本改。

⑨ 時:原本無,據鐵崖先生集本增補。

【箋注】

〔一〕文撰於元至正九、十年間,其時鐵崖授學松江。繫年依據:夢蝶軒主人馬琬從鐵崖學,始於鐵崖初次寓居松江期間。參見東維子文集卷二十竹雪齋記。馬琬,字文璧,生平見東維子文集卷十七光霽堂記。夢蝶,莊子事,詳莊子齊物論。

〔二〕玄駒:螞蟻別名。

〔三〕蜩唐:指蟬。

〔四〕達魔:即菩提達摩,相傳爲佛教禪宗第二十八祖,中國禪宗之始祖。

〔五〕"巴中"句:參見鐵崖先生古樂府卷三夢游滄海歌注。

〔六〕漆園:指莊子住地,相傳莊子曾爲漆園吏。南華:指莊子。

〔七〕大槐王臺:淳于棼南柯夢故事。詳見唐李公佐撰南柯太守傳。

〔八〕"兗州"句:蓋指兗州黑蟻大勝赤蟻。宋吳淑撰事類賦卷三十蟻:"黃既應於西魏,赤亦象於南齊。"注:"古今五行記曰:後魏顯宗天安元年,兗州有黑蟻與赤蟻交鬭,長六十步,廣四寸,赤蟻斷頭而死。黑主北,赤主南。"

〔九〕"有時"二句:指紅蟻觀鰲故事。藝文類聚卷九十七蟲豸部蟻:"符子曰:東海有鰲焉,冠蓬萊而游於滄海。騰躍而上則干雲,没而下潛於重泉。有紅蟻者,聞而悦,與群蟻相要乎海畔,欲觀鰲之行,月餘未出群作也。數日風止,海中隱淪如岊,其高概天,或游而西。群蟻曰:'彼之冠山,何異乎我之載粒也? 逍遥壤封之巔,歸服乎窟穴之下,此乃物我之適,自已而然,我何用數百里勞形而觀之乎!'"

〔十〕"不知"三句:莊子山木:"莊周游於雕陵之樊,睹一異鵲自南方來者。翼廣七尺,目大運寸,感周之顙,而集于栗林。莊周曰:'此何鳥哉! 翼殷不逝,目大不睹。'蹇裳躩步,執彈而留之。睹一蟬,方得美蔭而忘其身;螳螂執翳而搏之,見得而忘其形;異鵲從而利之,見利而忘其真。莊周怵然曰:'噫! 物固相累,二類相召也。'捐彈而反走。"

真仁堂記〔一〕

雲間陸和伯,自①其先公某,五世爲良醫。其藥區爲真仁之堂,未得儒先生之言以記。和伯因予友吕輔之氏見〔二〕,且請記。

夫仁,一惻隱之良心,出於天而素無僞者也。然世之行仁者,則有誠不誠辨也。梁惠王移民移粟〔三〕,非不仁,而其心在於鬭土地,則非飢民爲也。宋襄公不禽二毛〔四〕,非不仁,而其志在於求諸侯,則非老人爲也。若是而言仁,君子謂之僞可也。仁之誠者,必若禹、稷、湯、武而後可〔五〕。禹視人溺如己溺,稷視人飢如己飢〔六〕。湯不忍人之塗炭〔七〕,武不忍四海之荼毒〔八〕,此誠於仁者也。吁,此聖人達而在上事也。和伯,不仕者也,不有顔子之仁乎! 顔子願得明王而輔相之,其曰"願無伐善,無施勞〔九〕",此顔子之仁,未達禹、稷也。故孟子曰:"禹、稷、顔子,易地則皆然〔十〕。"

陸氏世隱於醫,而其仁之真積者,當厚矣。使繼之者有一念之僞,則豈得爲真仁也哉! 和伯學岐黄之外,習吾聖人書,能充之以顔子之學。善無伐,則善無僞矣;勞無施,則勞無僞矣。無僞而仁,有以同乎天下矣。老人之老,無以異乎吾之老;幼人之幼,無以②異乎吾之幼[十一]。備萬物於吾身，無以異乎吾之同胞兄弟也。吁，其爲人也，誠矣至矣。雲間之疲癃殘疾、困而無告於人者，尚有出於陸氏之仁之外歟！夫子語顏淵曰：“天下與仁[十二]。”吾亦將屬和伯云。書諸室爲記。

【校】

① 自：原本作“目”，據四部叢刊本、文淵閣四庫全書本改。

② 以：原本無，據正德松江府志本、文淵閣四庫全書本增補。按：正德松江府志卷十六第宅載本文，據以作校本。

【箋注】

〔一〕文撰於元至正九、十年間，其時鐵崖在松江呂氏塾授學。繫年依據：松江陸和伯請鐵崖撰寫此文，中介爲鐵崖東家、璜溪私塾主人呂輔之，而呂輔之卒於至正十九年，故此文必撰於鐵崖初次寓居松江期間。真仁堂：陸和伯診所名。正德松江府志卷十六第宅：“真仁堂，陸和伯劑藥之室。”陸和伯，松江人。五世行醫。

〔二〕呂輔之：參見東維子文集卷二十四故義士呂公墓志銘。

〔三〕梁惠王：戰國時魏王。孟子梁惠王上：“梁惠王曰：‘寡人之於國也，盡心焉耳矣。河內凶，則移其民於河東，移其粟於河內。河東凶亦然。”

〔四〕宋襄公：春秋時宋國國君。左傳僖二十二年：“宋師敗績。公傷股。門官殲焉。國人皆咎公。公曰：‘君子不重傷，不禽二毛。’”

〔五〕禹、稷、湯、武：指夏禹、后稷、商湯王、周武王。

〔六〕“禹視人溺”二句：孟子離婁下：“禹思天下有溺者，由己溺之也；稷思天下有飢者，由己飢之也。”

〔七〕“湯不忍”句：書仲虺之誥：“有夏昏德，民墜塗炭，天乃錫王勇智，表正萬邦，纘禹舊服。”

〔八〕“武不忍”句：其意見書泰誓。

〔九〕“願無伐善”二句：見論語公冶長。

〔十〕“禹、稷，顏子，易地則皆然”三句：見孟子離婁下。

〔十一〕“老人之老”四句：語出孟子梁惠王上。

〔十二〕天下與仁：即天下歸仁。論語顏淵：“顏淵問仁，子曰：‘克己復禮爲仁。一日克己復禮，天下歸仁焉。爲仁由己，而由人乎哉！’”

海峰亭記〔一〕

吾鐵門有貞秀生者,其爲人爽朗有奇氣,玄格高情,恒在物外。每登高遠眺,若見東方生所稱三神山,歷歷在眼底。築亭鳳洲上〔二〕,名之曰海峰。余游海巫山〔三〕,生邀過鳳洲,登其亭,與之談仙家久視事,因以記請。

按東方朔書〔四〕,謂海之東有三神山,曰蓬萊、方丈、瀛洲,周廻五十里,隔弱水三萬里,非羽仙不能到。審是則三山不惟不可到,亦非世眼所能覯也。錢惟演賦遠山詩,有"秀出海三峰"之句〔五〕,亦想像而賦之耳。惟演不能有諸目,貞秀顧欲有諸亭,亭果有海峰乎無也?秀曰:"吾得海外三峰奇觀於眼之所無者,求於神而不求於迹也。此非道與神合、心與化并者,不能得之。得之則海峰不在海,而在吾亭;不在吾亭,而在吾方寸藏密之地耳,奚知有三萬弱水之隔哉!"予韙其言而録之。座客有歌海峰之謡而被之琴者,歌曰:

神峰在何處?云在東海虛。下負六鼇首〔六〕,上托群仙居。世人尋地脉,弱水墊輕羽(平聲)。高人坐燕上,天游以羽車。揮斥九清表,飄然隘中區。笑呼一蓬粒,貯在壺公壺〔七〕。

并録爲記。生名沐,姓錢氏,自號瓊臺仙吏①云。

【校】

① 吏:四部叢刊本作"史"。

【箋注】

〔一〕文當撰於元至正二十三年(一三六三)以後,其時鐵崖寓居松江,不時應邀游崑山、常熟等地。繫年依據:文中所謂"游海巫山,生邀過鳳洲"等等,不得早於至正二十三年。參見鐵崖先生詩集壬集題倪雲林寫竹石寒雨贈錢自銘時爲虞子賢西賓。海峰亭:築者錢沐,字自銘,號貞秀生、瓊臺仙史、吳野耕夫等,常熟(今屬江蘇)人。元末於常熟虞子賢家塾任教,乃鐵崖晚年弟子,其從學當在鐵崖退隱松江之後。參見鐵崖先生詩集壬集題倪雲林寫竹石寒雨贈錢自銘時爲虞子賢西賓。

〔二〕鳳洲：又稱雙鳳洲、雙鳳鎮，位於常熟南，明代弘治年間劃歸太倉州。楊鐵崖先生文集全録卷一春暉堂記："常熟南去五十里，有雙鳳洲之勝，爲衣冠世胄虞公芝庭之家。"

〔三〕海巫山：即虞山，位於今江蘇常熟。宋范成大撰吴郡志卷九古迹："虞山，今爲海巫山。山即巫咸山所出。"

〔四〕東方朔書：指題東方朔撰海内十洲記。

〔五〕"錢惟演"二句：宋王偁東都事略卷二十四列傳七："（錢俶子）惟演字希聖，幼有俊才。俶嘗使賦遠山詩，有'高爲天一柱，秀作海三峰'之句，俶深器之。"錢惟演，宋史有傳。

〔六〕下負六鼇首：參見鐵崖先生古樂府卷十小游仙之七注。

〔七〕壺公：相傳爲魯人施存。雲笈七籤卷二八二十八治："雲台治中録曰：施存，魯人。夫子弟子，學大丹之道……後遇張申，爲雲臺治官。常懸一壺，如五升器大，變化爲天地，中有日月，如世間。夜宿其内，自號壺天，人謂曰壺公。"

静學齋記〔一〕

　　吴人張氏性之，以岐黄氏之術爲學，而東陽柳先生扁其燕處之齋爲静學〔二〕。閲三年，自予宗伯振君求余文爲記〔三〕。予叩"静"之説於岐黄氏之書，性之曰："爲懼懼，無爲欣欣。婉然從物，與時偕行。譚而不治，是謂至治。非静無以得之也。"

　　予①曰："此非君子之静學也。諸葛武侯之言'非静無以致遠'，又曰'躁不能以理性'〔四〕，此静學旨也。静（句）②，躁君也。性之其有意於理性，舍躁之君，治之以何哉！性無有不善，理之則從，亂之則兇。性從必生，性惡必殃，自然理也。性之以岐黄氏之術，務於生人静學之地，其必有得生之本者歟！本得，則道無不生矣。雖然③，抑吾又有進於是者。人生而静，天之性也。静之之初，不容説也。愚者昧之，聖人復之，爲大道之宗，萬物之本也。非虚無之境、寂滅之鄉、窈窈冥冥之物也。感而通之，静之微也，動之機也。嘻，使静而不機動也，奚以資生？動而不根静也，奚以資始？老氏之言'歸根曰静，是謂復命六'〔五〕，蓋與吾言性者近矣。性之既知静學以理之，復知静根以機之，黄、老氏養生之道，尚有大於是者乎！""唯！"

遂書諸齋,以爲張氏静學志。至正七年冬十月初吉記。

【校】

① 予：原本作"子",據四部叢刊本、文淵閣四庫全書本改。

② 原本"句"爲大字,乃將注文誤爲正文。據文淵閣四庫全書本改。

③ 然：原本作"無",據文淵閣四庫全書本改。

【箋注】

〔一〕文撰於元至正七年（一三四七）十月一日。其時鐵崖攜家寓居蘇州,授學爲生。静學齋：主人張性之,吳人。錢良佑女婿。行醫爲生,元季任江浙行省醫學提舉。參見趙氏鐵網珊瑚卷六錢翼之書四體千文、陳基至正十八年七月丙辰日所撰贈醫學提舉張性之序（文載夷白齋稿卷二十一）。

〔二〕柳先生：名貫,字道傳。元史有傳。

〔三〕伯振：楊伯振,泗水（位於今山東濟寧一帶）人。鐵崖友,至正七年前後二人交往頗多。工於彈琴。參見東維子文集卷九送琴生李希敏序。

〔四〕"非静無以致遠"、"躁不能以理性"二句：諸葛亮語,與通行本稍有出入。明楊時偉編諸葛忠武書卷九誡子："夫君子之行,静以修身,儉以養德。非澹泊無以明志,非寧静無以致遠。夫學須静也,才須學也。非學無以廣才,非静無以成學。慆慢則不能研精,險躁則不能理性。"

〔五〕"歸根曰静"二句：出自老子第十六章。

游庵記[一]

古者,四民各有所處。士處閒燕,工處官府,商處市井,農處田野,毋使雜居,見異物而遷焉。此四民之居有定止,而業有顓能也。後代民始有出於四業之外者,則曰"游民"。游民不得容於先王之世,而後世縱焉,此四民之有專能者寡矣。

予方啜於是,而客有以游庵爲名,且徵文於予者,曰劉子輿氏①也。子輿以居無定止而名庵曰游,其子輿之不幸不生於先王之世乎！抑幸而不生於先王之世,得不專四民之業而由於游也！子輿氏,好學之士也,以游自由而不得比於先王之民,是棄人也,烏得爲士乎？子輿之游,游其居,未嘗游其業也。蓋子輿幼時侍大父居某所,長而侍父居某所。親歿而廬灾,今又徙秀之廣陳所[二],未知老而歸也迄②於何所,望望乎如浮屠人之寄四方,仲尼固曰“東西南北之人”也[三],此游庵説也。

嗚呼,戚施直鎛,蘧蒢蒙璆,侏儒扶盧,矇瞍修聲,聾曠③司火[四],古者疾人猶不致於游,而且爲官師所材而職其能若是。子輿氏①鍾美天質,懷抱利器,而又敏於問學,其官師之所不裁者乎! 其不得比夫先代之游民而棄之也諗矣。惜吾位下官,弗遑稱似其人也,故重言之。

【校】

① 氏:原本作“民”,據下文及四部叢刊本改。

② “迄”字下,四部叢刊本多一“今”字。

③ 曠:似當作“矑”。參見注釋。

【箋注】

〔一〕文當撰於元至正十一年(一三五一)至十五年之間,其時鐵崖在杭州任稅務官。繫年依據:請文者劉子輿當時寓居嘉興廣陳,鐵崖則自稱“吾位下官”,而鐵崖任職杭州稅課提舉司期間,時常出使嘉興、海鹽、湖州等地。劉子輿,生平見本文。

〔二〕廣陳:元徐碩至元嘉禾志卷三鎮市:“廣陳鎮在(海鹽)縣東北九十里。”

〔三〕“仲尼”句:禮記檀弓上:“孔子既得合葬於防,曰:‘吾聞之,古也墓而不墳。今丘也,東西南北之人也,不可以弗識也。’於是封之,崇四尺。”

〔四〕“戚施直鎛”五句:國語晉語四:“公曰:‘然則教無益乎? 對曰:‘胡爲文,益其質。故人生而學,非學不入。’公曰:‘奈夫八疾何?’對曰:‘官師之所材也,戚施直鎛,蘧蒢蒙璆,侏儒扶盧,矇瞍修聲,聾矑司火,童昏、嚚瘖、僬僥,官師所不材也,以實裔土。夫教者,因體能質而利之者也。若川然有原,以卬浦而後大。’”

五湖宅記[一]

海虞繆仲素新治鉅艦[二],列几格,置琴書其中,筆床茶竈相左右,容客可數十人,時時遨湖海間,且命其名曰五湖宅。吾嘗與之讌是宅於具區之上〔三〕，仲素將觴，有請曰："吾宅五湖，倐東忽西。動而未嘗動，止而未嘗止。寔玄真子之隣也〔四〕，曾不知世間有百萬買宅之宅。先生既止予宅，得無言乎？"

　　予笑曰："異哉，子之宅其宅也！今夫一畝之宮，一區之宅，必相陰陽，度原隰，未聞卜水。吾因子宅有感矣。王侯邸第之相甲也，其穹焉如天，深焉如海。食客數千百指，粉黛之人填樓而牣閣①。風雨不動，安若泰山。自謂享於身，傳及於後之人無窮也。而近不十年二十年，遠不二世三世，宅已姓於他矣。豈若子之宅，若動而能静，若危而能安，若邇而能遠，而且免傳舍之累也哉！然物莫大於宇宙，而尤莫大於心。善論心者，謂之寸宅。拓寸而大，天地不能容。太虛，吾室也；八荒，吾庭也；日月，吾扃牖也。視子之宅，五湖一粟而已耳；子之四海，一漚②而已耳。能由五湖以卒返斯宅也，居其居，如鈞天廣居，下睎地間渠渠夏屋，真蝸殼哉，況湖之一粟乎！"仲素憮然若有所得，釃酒臨風，起而自歌曰：

　　"水之國兮秋秋，水之宅兮浮浮。招玄真以友兮，鴟夷之與游〔五〕。"又歌曰："太虛兮吾序，八荒兮吾隅。居丹臺之廣居兮，吾不知宅之所如。"

　　并録爲記。

【校】

① 閣：原本作"國"，據文淵閣四庫全書本改。
② 漚：四部叢刊本作"區"。

【箋注】

〔一〕文撰於元至正五年（一三四五）至八年之間。繫年依據：文中所述爲太平年間景象，且又與繆貞一同泛舟太湖，當爲鐵崖浪迹吴興、姑蘇等地，授學爲生期間。繆貞，字仲素，號烏目山樵。常熟人。元季任江浙掾史。博識工書，篆隸真行俱佳，虞山碑刻多其手迹，嗜古，凡三代、漢、唐器物悉購藏。嘗得宋内府藏述古圖硯，因以"述古"名堂。嘉靖常熟縣志卷十名構志述古堂："述古堂者，圖蘇子瞻、子由、黄魯直、秦少游、陳履常、王晉卿、蔡天啟諸人西園雅集，元侍講學士黄晉卿作記。"著作有書學明辨。傳載西湖竹枝集、嘉靖常熟縣志卷九邑人藝學志，參見東維子文集卷二十八璞隱者傳以及妮古録卷一有關記載。

〔二〕海虞：常熟（今屬江蘇）別名。

〔三〕具區：太湖別名。輿地廣記卷二十二：“太湖，禹貢震澤也。周官謂之
具區。”

〔四〕玄真子：指唐人張志和。參見鐵崖先生古樂府卷十漫成注。

〔五〕鴟夷：指春秋時人范蠡，范蠡遁於太湖。參見鐵崖先生古樂府卷三五
湖游注。

書題（附）

書烏馬沙①侯德政記後〔一〕

契世則以所著烏侯梅前州政績碑示余〔二〕，中叙禦畬寇一事尤詳。
余未識烏侯，而世則之文可徵也，因撫馬②嘆曰：

自罷侯置守〔三〕，而吏之識守土義者尟矣。古者，諸侯分土，受之
於君，傳之於祖，國存與存，國亡與亡。郡縣一裂，吏率③三歲一易，疆
埸有變，輒④望風引去。間有與城社共存亡者，非出於其人之天性，則
學問之力也。烏侯奉天子命，守梅城數千里外，衆委敵⑤而奔，而侯獨
誓與城社共存亡，外⑥攘虎狼，卒完其竟。往年⑦羅、李二寇弄兵南
徼〔四〕，至動三省兵，禽獮草薙而後已。使守江、漳吏有烏侯者在焉，則
又何致狼籍城保，爲吾民荼毒哉！

子思居武城，有越寇，或曰：“寇⑧至，盍去諸？”子思曰：“伋去，君
誰與守〔五〕？”烏侯能爲子思之所爲，其亦有得於學問者不誣矣。推此
節也，爲畫邑之蠋〔六〕、睢陽之張〔七〕、平原之顏〔八〕，扶竪世教以利國家
者，固同一義也。烏乎，烏侯之志節，其可畏已哉！

文士頌其績者衆矣，而守土之義未有發焉，余故特發之。至正十
年六月廿日書。

【校】

① 烏馬沙：文淵閣四庫全書本作“烏巴實”。

② 撫弓: 楊鐵崖先生文集全録本作"撫膺",文淵閣四庫全書本作"憮然"。

③ 率: 原本作"卒",據楊鐵崖先生文集全録本改。

④ 輒: 原本作"輟",據楊鐵崖先生文集全録本、文淵閣四庫全書本改。

⑤ 敵: 原本作"敲",據楊鐵崖先生文集全録本、四部叢刊本改。

⑥ 外: 楊鐵崖先生文集全録本作"力"。

⑦ 年: 原本作"來",據楊鐵崖先生文集全録本改。

⑧ 或曰寇: 原本脱,據楊鐵崖先生文集全録本補。

【箋注】

〔一〕文撰於元至正十年(一三五〇)六月二十日,其時鐵崖寓居松江,授學於璜溪吕氏塾。烏馬沙侯,契世則所撰碑文稱烏侯爲"梅前州",知烏馬沙大約於至正初年任梅州知州。又據元史地理志,梅州爲散州,隸屬於江西行省。今屬廣東,與福建接壤。

〔二〕契世則: 籍貫生平不詳。

〔三〕罷侯置守: 宋朱震撰漢上易傳卷一:"封建自上古聖人,至於三代不廢,享國久長。秦罷侯置守,二世而亡,此封建不可廢之驗也。"

〔四〕羅、李二寇: 當指羅天麟、李志甫。據元史順帝本紀,"(至正六年)六月己酉,汀州連城縣民羅天麟、陳積萬叛,陷長汀縣",直至此年冬天,"汀州賊徒羅德用殺首賊羅天麟、陳積萬,以首級送官。餘黨悉平"。又,"(後至元四年六月)漳州路南勝縣民李志甫反",次年三月,才被"漳州義士陳君用襲殺"。按:李、羅造反,官府當時束手無策,故鐵崖有此慨歎。

〔五〕子思: 孔伋。子思守武城事,詳見孟子離婁。

〔六〕畫邑之蠋: 戰國時齊國畫邑平民王蠋,於燕軍入侵之際,拒召而自盡。詳見史記田單列傳。

〔七〕睢陽之張: 唐張巡守睢陽城而盡忠。參見陳善學序刊楊鐵崖先生文集卷三厲鬼些注。

〔八〕平原之顔: 指唐平原太守顔真卿。參見陳善學序刊楊鐵崖先生文集卷三顔太師注。

書錢氏世科記後〔一〕

爵位之禪有延於數世者,而文藝之傳及三葉者寡矣。豈非爵位固本於世澤，而文藝之濟美，尤得於世德之至難者乎！

通川錢氏[二]，在宋淳熙迄于咸淳[三]，四世以經學領鄉薦者若干人，擢春官第者二人。世科之盛，猶有①未艾也。而又有經學領延祐丁巳之薦[四]，於是入本朝且五十年矣，錢氏之澤何其長也歟！吾聞其鄉人俞日華氏曰[五]："錢氏之先曰聲遠公、曰景高公者，皆能當寇盜時守衛其鄉，又力城通川，民免渡江避兵之患，其鄉民到于今思之。"嗚呼，此固錢氏之世德歟！有世德者，子孫必顯，理之常也。雖然，今②觀世之顯子孫，顯以貴富，不知務德而菑予③身以及其家者多矣，則固不若子孫之文且賢，爲顯爲可久也。

此余讀錢氏世科記而慕之，又爲之著④其説云。

【校】

① 有：原本無，據鐵崖文集本增補。

② 今：鐵崖文集本作"予"。

③ 菑予：原本作"蓄于"，據鐵崖文集本改。

④ 著：四部叢刊本作"署"，鐵崖文集本作"若"。

【箋注】

〔一〕文撰於元亡之前，即不得遲於元至正二十六年（一三六六）。繫年依據：文中稱元代爲"本朝"。

〔二〕通川：即通州。今江蘇南通。錢氏：蓋指錢重鼎及其祖先。黃溍故靜春先生袁君墓志銘附吳訥識文曰："錢重鼎，字德鈞，號水村，通州人，僑處吳城蒲帆巷。宋咸淳中，以詩經發解。宋亡，遂不復仕進。博極經史，年九十餘，猶燈下細書小字，觀書每至夜分乃寐。後以耆德旌於門。"（載壬寅銷夏録。）又，檇李詩繫卷四元水邨隱君錢重鼎："重鼎字德鈞，自通川徙居嘉興分湖之涯（後析嘉善），構水邨，聚書其中。趙子昂爲作水邨圖，一時名士俱有詩題之。"按：錢重鼎，或作仲鼎，又號穆父。晚年講授於鄉，一時才俊多出其門下。延祐二年尚在世。參見錢重鼎所撰依緑軒記（載珊瑚木難卷二）、崇禎吳縣志卷五十一人物傳寓賢、光緒重修嘉善縣志卷二十五人物志。

〔三〕淳熙：南宋孝宗年號，公元一一七四至一一八九年。咸淳：南宋度宗年號，公元一二六五至一二七四年。

〔四〕延祐丁巳之薦：此年爲鄉試之年。按錢大昕元進士考，著録延祐丁巳江
　　浙行省鄉貢進士四人，然無姓錢之人。待考。

〔五〕俞日華：通州人。元末在世，能詩。生平不詳。按：珊瑚木難卷二載“延
　　祐二年正月望日通川錢重鼎”撰依緑軒記，後附“東淮俞日華”題詩。

書負蝂傳後①〔一〕　可繼隼雞録、縞凰議作一類

　　余讀柳子厚負蝂傳，而未見其人。及讀元魏志〔二〕，胡太后幸絹
藏，從者百餘人，使人各稱力取之，尚書令李崇、章王融負之過重，顛
仆於地，崇傷腰，融損足〔三〕。太后奪其負，使空去〔四〕。若崇、融二子，
非魏之負蝂也耶？若胡后者，蓋愚弄兩蝂虫，豈非柳傳之明證哉！

　　予在睦，見金倉氏破睦〔五〕，有李淵郁者，首入睦庫，腰負白金若干
錠，過重，交道上屢仆，不能起。人知其負也，遂斫腰，斂其負去。吁，
若李氏者，又柳傳之大癡蝂者與！

【校】

① 原本無此篇。據傅增湘校勘記與文淵閣四庫全書本增補。

【箋注】

〔一〕文當撰於元至正十七年（一三五七）冬以後。其時鐵崖任建德路總管府理
　　官，居睦州。繫年依據：文中曰“予在睦，見金倉氏破睦”，指至正十七年十
　　月“金倉氏入寇桐埠”。負蝂傳：唐柳宗元撰。負蝂之“負”，或作“蝜”。

〔二〕元魏志：指魏書。元魏即北魏，魏孝文帝遷都洛陽，改本姓拓跋爲元，
　　故稱。

〔三〕“胡太后幸絹藏”七句：詳見魏書宣武靈皇后胡氏傳。章王融：即元融，
　　魏書作章武王融。

〔四〕“太后奪其負”二句：詳見資治通鑑卷一百四十九梁紀五。

〔五〕睦：建德古名睦州。金倉氏：又稱金鎗，蓋指長槍軍。參見東維子文集卷
　　二送高都事序、卷十二睦州李侯祠堂記。

卷七十六　東維子文集卷二十二

讀書齋志〔一〕

醉李貝仲琚〔二〕，自幼穎悟，長有奇氣。而於詩書無所不讀，求天下未見書如不及。題其室曰讀書，自課早讀若干萬言，莫記誦若干萬言，蓋出則於書少輟，入室則又手披而口吟矣。妻子責不理産，及不能廢，居居①邑則曰："我業蓋是②。"仲琚於書，其顓③若是。而余最號不善讀書者也，性未能寡慾，其讀也不能静且顓。即顓，又性猝急，卷甫開④即盅涉，欲竟卷⑤。常恨自課不能如仲琚，而仲琚求余文以志室，亡⑥迺左乎？重違其志，則曰：

自瞽儒之説有"臯、夔無書可讀〔三〕"，而天下之學幾廢。不知河、雒之文，天下之至書也。帝典以前，有皇墳之書〔四〕，大道所寄，善讀者稱左史倚相〔五〕。斷自唐虞以下，堯以是傳之舜，舜以是傳之禹，其炳然見於書，與二曜齊明，不能滅也。前聖既往，後聖復起。易也，詩也，書也，禮、樂、春秋也，皆聖人之書也。善讀易者以知來，善讀書者以辨事，善讀詩者以正性，善讀春秋者以知往，善讀禮、樂者，以制行和德，聖人其無餘蘊矣。學者幸而有聖人之書可讀，則聖人之蘊在我，不在聖人也。然有不幸，詁訓之溺也，詞章之淫⑦也，異端小道之亂也。吁，此非書之罪也，讀書而不徹其蘊之罪也。讀書而不徹其蘊，則瞽儒之説勝⑧已。斲輪扁有告於齊之君者曰："臣不能以喻臣之子，臣之子亦不能以受之於臣。行年七十，老於斲輪。古之人與其不傳者死矣，君之所讀，其糟粕已夫〔六〕！"吁，兹非瞽儒之論也，讀書而無有徹其蘊之病也。

仲琚讀書二十年，其於聖人之蘊徹矣，盈箱捧⑨架者可以忘矣。若余⑩之不善讀，於扁方有愧焉。韓非子曰：慧者不以藏書篋⑪，知者不以言語詔〔七〕。予願學而未能。孟軻氏曰：以友天下之士爲未足，讀其書以尚友乎古之人⑫〔八〕。仲琚其以之⑬。

【校】

① 居居：鐵崖漫稿本作"居一"。

② 蓋是：楊鐵崖先生文集全録本、鐵崖漫稿本作"蓋爾也"。

③ 顥：原本作"穎"，據下文及鐵崖漫稿本改。

④ 卷甫開：原本作"苟且聞"，據楊鐵崖先生文集全録本、鐵崖漫稿本改。

⑤ 卷：原本作"爲"，據楊鐵崖先生文集全録本、鐵崖漫稿本改。

⑥ 亡：楊鐵崖先生文集全録本作"毋"。

⑦ 淫：原本作"隆"，據楊鐵崖先生文集全録本、鐵崖漫稿本改。

⑧ 原本"勝"下有"也"字，據楊鐵崖先生文集全録本删。

⑨ 擇：楊鐵崖先生文集全録本作"插"。

⑩ 余：原本作"舍"，據楊鐵崖先生文集全録本、傅增湘校勘記改。

⑪ 藏書篋：原本作"藏契書筴"，據楊鐵崖先生文集全録本改。

⑫ 人：原本作"書"，據楊鐵崖先生文集全録本、鐵崖漫稿本改。

⑬ 以之：原本作"似之"，據楊鐵崖先生文集全録本、鐵崖漫稿本改。又，"其於聖人之蘊徹矣"以下直至篇末，文淵閣四庫全書本作："其於聖人之書，蓋已靜而且顥者矣。其所以知來，則善讀易者也；其所以辨事，則善讀書者也；其所以正性，則善讀詩者也；其所以知往，則善讀春秋者也；其所以制行而和德，則善讀禮、樂者也。然則所爲由聖人之書以求聖人之蘊者，將於是乎！在吾欲藉以儆後此之瞽儒也，故志之。"

【箋注】

〔一〕文當撰於元至正五年(一三四五)前後。其時鐵崖丁憂期滿已數年，申請補官不果，於杭州授學爲生。繫年依據：其一，文中曰"仲琚讀書二十年"，知請文之時，貝瓊爲壯年。而貝氏生年大約在延祐元年(一三一四)，參見清江詩集卷六甲辰元旦。據此可知，本文撰於至正初年。其二，貝瓊筆議軒記曰："瓊從鐵崖楊公在錢唐時，公讀遼、金、宋三史，慨然有志，取朱子義例作宋史綱目……閱十五年，復會於雲間。"(載清江文集卷四。)貝仲琚與鐵崖再會雲間，在至正十九年冬鐵崖重返松江之初，可見本文當作於至正四、五年間，大約爲鐵崖寓居杭州，撰寫三史正統辨之後。貝瓊(一三一四——一三七九)一名闕，字廷臣，一字廷琚，崇德(今浙江嘉興)人。元末，授業㠯山、松江等地。明洪武三年，徵修元史。六年，除國子助教。以中都國子學助教致仕。錢謙益列朝詩集、明史卷一三七有其小傳。按：列朝詩集小傳與明史本傳均未記録貝瓊生年及其年歲。據清江貝先生詩集卷六甲辰元旦詩，曰："五十今朝過，談經滯海濱。"知元至正二十四年甲辰（一三六四），貝瓊五十一歲。又，清江詩集卷三己酉歲初度日書懷詩有"徒慚五十過"之句，"己酉"爲明洪武二年（一三六九），據上引甲辰元旦詩推算，此年貝瓊五十六歲，二詩能够吻合。據此推算，貝瓊生年當爲元延祐元年（一三一四）。又，清江貝先生詩集卷七有詩二月十三日初度一首，據此可知其生日。至於貝瓊致仕時間及其卒年，列朝詩集小傳與明史本傳稍有出入，列朝詩集小傳謂洪武十年貝瓊致仕，"明年卒於家"；明史本傳則謂"洪武十一年致仕，卒"。然據明太祖實録卷一一九記載：貝瓊於洪武十一年九月致仕，"明年卒於家"。明實録顯然比較可靠。總之，貝瓊生於元延祐元年（一三一四）二月十三日，明洪武十二年（一三七九）謝世，終年六十六歲。姜亮夫撰歷代人物年里碑傳綜表謂貝瓊終年八十餘，誤。參見孫小力撰貝清江生年考一文（載中華文史論叢一九八六年第二輯）。

〔二〕醉李：即檇李，嘉興（今屬浙江）古稱。

〔三〕皋、夔無書可讀：宋人趙抃語。宋王偁撰東都事略卷七十三趙抃傳："王安石用事，下視廟堂如無人。因爭新法，怒目同列曰：'公輩坐不讀書耳！'抃折之曰：'君言失矣。如皋、夔、稷、契之時，有何書可讀邪？'安石默然。"

〔四〕帝典：尚書中之堯典。或曰上古帝書。皇墳：相傳爲三皇時典籍。清秦蕙田五禮通考卷五十一："四皇墳而六帝典，雖吉甫亦莫能名。"

〔五〕倚相：春秋時楚國左史。左傳昭公十二年："左史倚相趨過。王曰：'是良史也，子善視之。是能讀三墳、五典、八索、九丘。'"

〔六〕斲輪扁：莊子筆下人物。斲輪扁與齊君對話，詳見莊子天道篇。

〔七〕"慧者"二句：韓非子喻老："王壽負書而行，見徐馮於周。塗馮曰：'事者爲也，爲生於時，知者無常事。書者言也，言生於知，知者不藏書。今子何獨負之而行？'於是王壽因焚其書而儛之。故知者不以言談教，而慧者不以藏書篋。"

〔八〕"以友"二句：孟子萬章下："孟子謂萬章曰：'……天下之善士，斯友天下之善士。以友天下之善士爲未足，又尚論古之人。頌其詩，讀其書，不知其人可乎？是以論其世也，是尚友也。'"

鐵硯①齋志〔一〕

硯之"龍尾"，以其地名〔二〕；"馬肝"，以其國名〔三〕；"帝鴻"、"銅雀"，以其古玉古瓦名〔四〕；"竹"、"漆"，以其靈楂②巧工名。孔研〔五〕，非珍器也，而以聖人之德名。鐵研，非珍器也，而又以桑生之志名③。桑生爲主司所忌〔六〕，有勸④其不舉進士者，生鑄鐵⑤爲硯，自誓⑥之曰："研弊則吾業改也。"卒舉進士及第。吁，志之不可已也如是。吾未論其人，而尚其志。孟子曰"士尚志〔七〕"，士尚志，士而無志，尚足以爲士哉！

　　雲閒呂生恂，從余授春秋五傳學，名其修業之齋曰鐵硯，且鑄青州之鐵〔八〕，爲淬穎之具。生非尚其器，尚昔人之志也。志不移，吾見生之業成矣。故曰：志之所存，雖逖而親，雖缺而成。疆裂壞斷⑦，不吾間也。吾觀松學⑧者，間得於貧寠之人，而貴富大姓之子弟未聞也。間有者，大率以名始崖而末忽⑨，卒於不能竟成。此非父師⑩之罪也，子弟之志不立也。

　　今生年逾冠矣，妻妾矣，子女矣，父兄將以門事委之矣，而生乞歲月之暇於父兄，曰："恂志無他，嗜之惟在古人⑪文藝耳。使恂得卒業於其師者，幸矣。"於是屏遠⑫妻子，敕斷家事，而朝焉夕焉於是齋修其業，不以祈寒盛暑少輟也。生之志不有竟成而光於桑氏者乎！桑不幸生五代，雖擢魏科，登相垣，蓋無足觀者。生際盛代，志一成，事業蓋將過之。

　　吁，君子非學之難，學而無立志之患；非志之難，志而無令名之患。生勉之。生之門友曰馮生澄、吳生毅〔九〕，盍亦以吾言警諸！

【校】

① 鐵硯：楊鐵崖先生文集全録本、鐵崖漫稿本作"鐵研"，下同。

② 楂：楊鐵崖先生文集全録本、鐵崖漫稿本作"植"。

③ 志名：原本作"名志"，據楊鐵崖先生文集全録本、鐵崖漫稿本改。

④ 勸：原本作"觀"，據楊鐵崖先生文集全録本、鐵崖漫稿本改。

⑤ 鑄鐵：原本作"鐵鑄"，據楊鐵崖先生文集全録本、鐵崖漫稿本改。

⑥ 誓：四部叢刊本作"警"。

⑦ 疆裂壞斷：原本作"彊裂壞斷"，據楊鐵崖先生文集全録本、鐵崖漫稿本改。

⑧ 松學：原本無，據楊鐵崖先生文集全録本、鐵崖漫稿本增補。

⑨ 忽：鐵崖漫稿本作"懈"。

⑩ 此非父師：原本作"非此師父"，據楊鐵崖先生文集全録本、鐵崖漫稿本改。

⑪ 古人：原本無，據楊鐵崖先生文集全録本、鐵崖漫稿本增補。
⑫ 遠：原本作"逐"，據楊鐵崖先生文集全録本、鐵崖漫稿本改。

【箋注】

〔一〕文當撰於元至正九、十年間。其時鐵崖在松江呂氏塾，教授呂恂兄弟等。繫年理由：據文中所述，呂恂當時從學於鐵崖。呂恂，參見東維子文集卷十四内觀齋記注。

〔二〕龍尾硯：佚名撰歙硯説："昔李後主留意翰墨，用澄心堂紙、李廷珪墨、龍尾硯，三者爲天下冠……按圖經，龍尾山在婺源縣長城里，唐開元中，葉氏得其地，嘗取石爲硯，不見稱於世，故無聞焉。"又，静齋至正直記卷二龍尾石："歙縣龍尾石，自元統以後難得佳者。至正壬辰兵後，下品石亦難得矣。"

〔三〕馬肝硯：鐵崖謂其名源自外國國名，或曰以其色似馬肝而得名。施注蘇詩卷二十二孫莘老寄墨四首之二："谿石琢馬肝。"施注："漢武帝時，外國獻馬肝石。硯譜：端州深溪之石，其色紫如馬肝者爲上。"又，洞冥記卷二："元鼎五年，郅支國貢馬肝石百斤，常以水銀養之，内玉櫃中，金泥封其上。國人長四尺，惟餌此石而已。半青半白，如今之馬肝。舂碎以和九轉之丹，服之彌年不饑渴也。以之拂髮，白者皆黑。"

〔四〕帝鴻、銅雀：佚名撰硯譜帝鴻氏之硯："黄帝得玉一紐，治爲墨海，其上篆文曰'帝鴻氏之硯'。"又，同書諸州硯："古瓦硯出相州魏銅雀臺，里人因掘土，往往得之。"

〔五〕孔研：即孔硯，孔子所用硯。

〔六〕桑生：指桑維翰。鐵硯事參陳善學序刊楊鐵崖先生文集卷四鐵硯子注。

〔七〕士尚志：孟子盡心上："王子墊問曰：'士何事？'孟子曰：'尚志。'曰：'何謂尚志？'曰：'仁義而已矣……'"

〔八〕青州：位於今山東濰坊。

〔九〕馮濬、吴毅：皆當時在松江從學於鐵崖者。馮濬，參見東維子文集卷十一贈醫士莫仲仁序。吴毅，參見東維子文集卷十一周月湖今樂府序。

心樂齋志〔一〕

喜怒哀樂愛惡欲，人之七情也。樂居情一，而聖賢之教，每以樂言乎心，何也？孔子稱回也："其心三月不違仁〔二〕。"又曰："回也不改其樂^{〔三〕}。"是非樂不足以語仁人之心。心得其樂,凡哀怒愛惡,無有失其節者,蓋未嘗有以損吾之樂也。世俗不知仁人之樂,仁人之樂也內,世俗之樂也外。外者,物而已矣。求樂於物,物益多而樂益不足;惟樂於內,而凡天下可樂之物舉無以尚之,此心樂之至也。

云間吕希顏,有志於顏子之學,以心樂名其燕處之室,求予言其樂。予曰:"心樂豈易言哉! 心樂,非孔、顏不能有也。子夏^{〔四〕},孔子之高第弟子也,出見紛華盛麗而喜,入見聖人之道而樂,二者交戰於心,而不能有以自決,此心樂之未至也。希顏非簞瓢之士也,一日之間,聲色接乎耳目,便佞狎乎左右,狗馬珠玉之好,雜然①以售乎前者,不一②而足也。其喜於中者,與商之喜者似矣,其於聖人之心樂,爭彼此之勝負,其亦有以自決已歟! 不然,吾懼希顏之樂者,商而已耳,希顏得爲顏之徒也哉!"

希顏惕然避席,曰:"甘言,疾也;苦言,藥也。先生之言,某之藥也。幸奉教於先生,願書諸室以爲志。"

【校】

① 雜然:楊鐵崖先生文集全録本、鐵崖漫稿本作"攘攘然"。
② 不一:原本作"不一一",據楊鐵崖先生文集全録本、鐵崖漫稿本刪改。

【箋注】

〔一〕文當撰於元至正九、十年間。其時鐵崖在松江吕氏塾授學。繫年依據:心樂齋主人吕希顏乃松江璜溪人,當時從鐵崖受學。吕希顏,松江璜溪人。家有玄霜臺,人稱玄霜子。元至正九、十年間,與馮澂等從學於鐵崖。鐵崖晚年重返松江,與之交往亦多。參見鐵崖先生詩集甲集和吕希顏來詩二首一以謝希顏酒事一以寄充之見懷、列朝詩集甲集前編卷七下素雲引爲玄霜公子賦、東維子文集卷三十一附録玄霜子作等。

〔二〕其心三月不違仁:語出論語雍也。

〔三〕"回也"句:論語雍也:"子曰:'賢哉,回也! 一簞食,一瓢飲,在陋巷,人不堪其憂,回也不改其樂。賢哉,回也!'"

〔四〕子夏:孔子弟子卜商,字子夏。史記禮書:"自子夏,門人之高弟也,猶云'出見紛華盛麗而説,入聞夫子之道而樂,二者心戰,未能自決',而況中庸以下,漸漬於失教,被服於成俗乎?"

養浩齋志〔一〕

孟子,戰國之士也,而得稱代之大丈夫,小六國之君相者,一浩然之氣也。是氣也,天地至剛至大之物也,人得其浩然者,山嶽不足爲其雄也,風雷不足爲其屬也,羆熊虎兕不足爲其勇也。秋之蕭蕭,不足爲其清;春之生生,不足爲其富也;千歲之日至,不足爲其遠也。蘇子所謂不依形而立,不恃力而行,不隨存殁而有亡者〔二〕。推其盛,至於參天地,關盛衰之運,豈不誠浩然已乎!

然其浩也,必有養也。孟子曰:"我善養吾浩然之氣。"得其養則浩,極其用,與天地準矣①;不得其養②,則暴矣。故又曰:"志一則動氣,氣一則動志。"又曰:"其爲氣也,配義與道,無是餒也。"至哉,浩乎! 或暴也,或餒也,顧其養之善不善者何如耳! 此孟子之浩然,獨稱善養也。

吾嘗觀夫艨艟之舟,放於大水而致千里之遠者,必乘載之人得其用舟之道,又得其制載之具,然後駕乎風濤③,肆行千里而不虞乎覆④溺。不然,制之之具苦,用之之道疏,舟不役於人,而覆爲舟役也,是覆溺道也。故氣譬則舟也,養則用舟之道。一志配義,則制舟之具也。浩然之氣,人是⑤有之,人欲以不學之才而覬其浩然者,是乘舟不得用舟之道,而無其致⑥遠,且有覆溺之患者也,可不懼⑦也哉!

雲間任子先,好學不仕,而尚友孟軻氏之爲人,名其燕處之室曰養浩。禮部泰不花公既爲書之〔三〕,而又求志於余。余爲推其浩之有失得,而慮其養之者未備其道也,遺其説爲記。至正九年九月十日。

【校】

① 矣:原本無,據楊鐵崖先生文集全録本、鐵崖漫稿本增補。

② 不得其養:原本作"失",據楊鐵崖先生文集全録本、鐵崖漫稿本改補。

③ 濤:原本作"清",據楊鐵崖先生文集全録本、鐵崖漫稿本改。

④ 覆:原本無,據楊鐵崖先生文集全録本、鐵崖漫稿本增補。

⑤ 是:楊鐵崖先生文集全録本作"皆"。

⑥ 致:原本作"制",據楊鐵崖先生文集全録本、鐵崖漫稿本改。

⑦ 懼：楊鐵崖先生文集全録本、鐵崖漫稿本作"慎"。

【箋注】

〔一〕文撰於元至正九年（一三四九）九月十日。其時鐵崖寓居松江，在呂氏塾授學。養浩齋：取孟子語，參孟子公孫丑上。齋主任子先，松江人，元至正九、十年間鐵崖授學松江時，從之受學。

〔二〕蘇子：指蘇軾。蘇軾潮州韓文公廟碑："孟子曰：'吾善養吾浩然之氣。是氣也，寓於尋常之中，而塞乎天地之間。'……其必有不依形而立，不恃力而行，不待生而存，不隨死而亡者矣。"

〔三〕泰不花："花"或作"華"。泰不華時任禮部尚書。參見東維子文集卷十六松月軒記注。

芳潤亭志〔一〕

君子論根源者，莫大乎世澤，而世澤之壽①者，莫大乎六藝之學也。故得其學者，根固而芳菲，源深而潤敷。前人以是始之，後人以是終之。芳之菲無時而歇，潤之敷無時而涸矣。世之言芳潤者，與是異，曰"爵以芳其身"，而其芳也，朝榮而夕悴；曰"富以潤其屋"，而其潤也，乍濡而忽槁。豈知六藝之爲②芳潤者，遠且大哉！

吾來吳中，得所見之家證其信者，曰琴江③虞氏也〔二〕。虞氏自某公至宣慰使公〔三〕，用六藝之學，厚④仁根義，不食其報者已若干世，宣慰公⑤始克享有榮名五十餘年，而其子若孫，林立穎發，出典大縣者三，掾史院者一，以經行應賢能之書者，不一而止。其爲芳也彰矣，潤也⑥渥矣。此虞氏⑦講禮樂之亭而有名芳潤者，非以林池華竹之勝，以⑧世澤之允蹈也。主是亭者，爲伯璋，宣慰公之第五世⑨孫也。伯璋齒方壯，惇行孝友，又善尊師好學，光於前聞⑩人。一時名卿賢大夫皆折行輩交⑪之。吾知虞氏之芳澤⑫，方全盛而未艾也。不然，何其子孫之多才⑬且賢歟！

吾不及識宣慰公，而幸伯璋與吾游，嘗觴吾亭之上，講求六藝之所深得，且求言以爲志。吾於⑭虞氏之芳之潤，益培而馥，使閱⑮世而彌章;益疏而沃,使及物而彌大⑯也,實有望於伯璋,故書。

【校】

① 莫大乎世澤而世澤之壽:原本作"莫大乎世澤之壽",文淵閣 四庫全書本作
"莫大乎世澤之厚論福壽",據楊鐵崖先生文集全録本、鐵崖漫稿本改。

② 爲:原本無,據楊鐵崖先生文集全録本、鐵崖漫稿本增補。

③ 江:原本無,據楊鐵崖先生文集全録本、鐵崖漫稿本增補。

④ 厚:楊鐵崖先生文集全録本、鐵崖漫稿本作"原"。

⑤ 公:原本無,據楊鐵崖先生文集全録本、鐵崖漫稿本增補。

⑥ 也:原本無,據楊鐵崖先生文集全録本、鐵崖漫稿本增補。

⑦ 虞氏:原本作"任氏",據楊鐵崖先生文集全録本、鐵崖漫稿本改。下同。

⑧ 以:原本無,據楊鐵崖先生文集全録本、鐵崖漫稿本增補。

⑨ 世:原本無,徑爲增補。參見注釋。

⑩ 聞:原本無,據楊鐵崖先生文集全録本增補。

⑪ 一時:原本作"二時",據楊鐵崖先生文集全録本、鐵崖漫稿本改。交:楊鐵
崖先生文集全録本、鐵崖漫稿本作"友"。

⑫ 澤:楊鐵崖先生文集全録本作"潤"。

⑬ 才:原本無,據鐵崖漫稿本增補。

⑭ 於:楊鐵崖先生文集全録本作"望"。

⑮ 閱:原本無,據楊鐵崖先生文集全録本、鐵崖漫稿本增補。

⑯ 及:原本漫漶,據楊鐵崖先生文集全録本、鐵崖漫稿本補。大:四部叢刊本
作"天"。

【箋注】

〔一〕本文撰期不詳。記述常熟 虞伯璋待客講學之所芳潤亭。虞伯璋,常熟人,
至正年間從學於鐵崖,與芝庭處士之子,即常熟 雙鳳洲 虞伯源、虞伯承兄
弟同輩。參見楊鐵崖先生文集全録卷一春暉堂記、卷二芝庭處士虞君
墓銘。

〔二〕琴江:又稱琴川,多借指常熟(今屬江蘇)。琴川乃发源於常熟 虞山之水,
流爲七派,如琴弦然,故名。參見江南通志卷十二蘇州府。

〔三〕宣慰使公:當指宋將仕郎虞世俌。據芝庭處士虞君墓銘,虞世俌乃芝庭處
士曾大父,則當爲伯璋五世祖,即虞伯源、虞伯承、虞伯璋兄弟之高祖。參
見楊鐵崖先生文集全録卷二芝庭處士虞君墓銘。

竹西亭志^①〔一〕

　　客有二三子,持<u>竹西楊公子</u>卷,來見<u>鐵崖道人</u>者,一辯曰:"<u>大夏</u>^②之西,有嶰谷之竹〔二〕,斷兩節而吹之,協夫鳳凰^③。此吾公子之所以取號也。"一辯曰:"<u>首陽</u>之西,<u>孤竹</u>之二子居焉〔三〕,清風可以師表百世,此吾公子之所以取號也。"一辯曰:"<u>江都</u>之境^④,有竹西之歌吹〔四〕,騷人醉客之所歌詠,此吾公子之所以取號也。"

　　道人莞爾而笑^⑤曰:"求竹西者,何其遠也哉? <u>伶倫</u>協律於嶰竹^⑥,未既竹之用也。<u>孤竹</u>之子餓終於<u>首陽</u>,亦未適乎中庸之道也。<u>廣陵</u>歌吹,又淫哇之靡,竹之所嫌也。地無往而無竹,不必在<u>淇</u>〔五〕,在<u>渭</u>〔六〕,在<u>少室</u>〔七〕,在<u>長石</u>〔八〕、<u>羅浮</u>〔九〕、<u>慈姥</u>〔十〕,文竹之所也。公子居<u>雲間</u>之墺^⑦,篠簜之所,敷箇^⑧籦筤之所蔉,結亭一所,在竹之右,即吾<u>竹西</u>也,奚求諸遠哉? 雖然,東家之西,乃西家之東也,竹又何分於東西界哉! 吾想夕陽下春,新月在庚,閶闔從兌至,公子鼓琴亭之所,歌商聲若出金石。不知協律之有嶰谷,餓隱之有<u>西山</u>,騷人醉^⑨客之有<u>平山堂</u>也〔十一〕。推其亭於<u>兔園</u>〔十二〕,莫非吾植;推其西於東南^⑩,莫非吾美。二三子何求西之隘哉!"三子者矍然失容,愯然下意,逡巡而退。道人復爲之歌。明日,公子來請曰:"先生之言,善言余<u>竹西</u>者,乞書諸亭爲記。"歌曰:

　　望娟娟^⑪兮雲之篁,結氤氳兮成堂。百草棻而易蘦兮,孰與玩斯^⑫遺芳。曰美人之好修^⑬兮,辟氛垢^⑭而清涼。豈大東之無所兮,若稽首乎西皇。虛中以象道兮,體員^⑮以用方,又烏知吾之所兮,爲西爲東(叶"當")^⑯。<u>鐵篴道人</u>爲<u>李黼</u>榜第二甲進士<u>會稽楊維禎</u>也^⑰。

【校】

① 此文有作者墨迹流傳至今,<u>西泠印社</u>二〇〇六年<u>歷代行草精選</u>本據以影印,今亦用作校本。墨迹本題作<u>竹西志</u>,題下又有注曰:"有騷一章,章十二句。"

② 夏:原本作"厦",據墨迹本、<u>楊鐵崖先生文集</u>全録本改。

③ 凰:墨迹本作"皇"。

④ 境:墨迹本作"竟"。

⑤ 笑：楊鐵崖先生文集全録本、鐵崖漫稿本作“嘆”。

⑥ 竹：文淵閣四庫全書本作“谷”。

⑦ 雲間之墺：原本作“雲之澳”，墨迹本作“雲之隩”，據楊鐵崖先生文集全録本、鐵崖漫稿本改。

⑧ 箇：墨迹本作“箘”。

⑨ 醉：鐵崖漫稿本作“詞”。

⑩ 推其西於東南：楊鐵崖先生文集全録本作“推其亭于西東南北”。

⑪ 娟娟：墨迹本、楊鐵崖先生文集全録本、鐵崖漫稿本作“便娟”。

⑫ 斯：原本無，據墨迹本補。楊鐵崖先生文集全録本作“此”。

⑬ 修：四部叢刊本作“飾”。，

⑭ 垢：原本作“后”，墨迹本有塗抹，據楊鐵崖先生文集全録本、鐵崖漫稿本改。

⑮ 員：墨迹本作“圓”。

⑯ 吾之所兮爲西爲東：楊鐵崖先生文集全録本、鐵崖漫稿本作“吾之所取兮爲西爲東而各當”。小字注“叶當”二字，墨迹本無。

⑰ 末句署尾凡十九字，原本無，據墨迹本增補。又，墨迹本於篇末鈐有四小方印，自上而下，依次爲白文“楊維禎印”、朱文“廉夫”、白文“鐵崖”、朱文“水南山北”。

【箋注】

〔一〕文探討楊謙自取别號“竹西”之用意。當撰於元至正九、十年間，即鐵崖寓居松江，授學吕氏塾期間。繫年依據：江村銷夏録卷一元楊竹西草堂圖卷附趙棣題曰：“至正乙未春，余來浦東張溪……（竹西）一日出示手軸展觀，友人楊廉夫作三辯以志之，奇甚。”上引文中所謂三辯，實即竹西亭志，以文中録楊維禎與二三子辯難之語而得名。然則竹西亭志作於至正十五年乙未（一三五五）之前，當即楊維禎授學松江璜溪義塾期間。參見東維子文集卷十九不礙雲山樓記。竹西亭：楊謙建。楊謙，參見東維子文集卷十九不礙雲山樓記注。

〔二〕嶰谷之竹：參見鐵崖先生古樂府卷十春俠雜詞之五注。

〔三〕孤竹之二子：指伯夷、叔齊。參見鐵崖賦稿卷下首陽山賦注。

〔四〕“江都之境”二句：杜牧題揚州禪智寺：“誰知竹西路，歌吹是揚州。”江都乃西漢郡國名，此指揚州（今屬江蘇）。

〔五〕淇：水名，位於今河南。參見鐵崖賦稿卷下翠雪軒賦注。

〔六〕渭：史記貨殖列傳：“渭川千畝竹。”

〔七〕少室：山名。嵩山主峰之一。元李衎撰竹譜詳録卷六竹品譜異形品下：“少室竹，亦名爨器竹。孝經河圖曰：‘生少室山中。其大者堪爲釜甑，筍可食。’”

〔八〕長石：山名。山海經卷五中山經：“又西百里，曰長石之山，無草木，多金玉。其西有谷焉，名曰共谷，多竹，共水出焉，西南流注于洛。”

〔九〕羅浮：山名。位於今廣東惠州。唐劉恂撰嶺表録異卷下：“唐貞元中，有鹽户犯禁，逃於羅浮山。深入第十三嶺，遇巨竹萬千竿，連亘巖谷，竹圍皆二丈餘，有三十九節，長二丈許。”又，竹譜詳録卷三竹品譜：“籠笭竹生羅浮山，因名‘羅浮竹’。”

〔十〕慈姥：山名。今屬安徽馬鞍山市。竹譜詳録卷五異形品：“簫管竹。丹陽記曰：‘江寧縣慈姥山生簫管竹。’……按：慈姥山在今太平府當塗縣。”

〔十一〕平山堂：大清一統志揚州府二：“平山堂，在甘泉縣西北五里蜀岡上，宋慶曆八年，郡守歐陽修建。”按：此句照應上文“騷人醉客之所歌詠”，歐陽修竹西亭詩曰：“十里樓臺歌吹繁。”

〔十二〕兔園：又稱梁園。漢梁孝王劉武築，用於宴客游賞。位於今河南商丘東。參見楊鐵崖先生文集全録卷二卧雪窩志。

芝蘭室志〔一〕

芝，瑞草也，非薰草。孔子善人之論，取以配蘭而言香〔二〕，何也？蓋蘭有三秀，如芝者目①曰芝蘭。芝、蘭，非二②物也。（芝作蘭花，見象山陸氏志③）〔三〕。故孔子以芝蘭對鮑魚④爲言，晉人以芝蘭對玉樹言〔四〕。傳曰：“仲尼‘蘭鮑’，荀卿‘蓬麻’，〔五〕。”亦獨以蘭言也。朱子蘭辯曰〔六〕：“古之所謂香草⑤，花葉皆香，燥濕無變。今之所謂蘭花，雖僅香葉，乃無氣⑥，質又脆弱，豈古君子之可刈而佩者乎！”予⑦爲之喟然曰：“古之善人吾不得而見之，得見⑧古之香草斯可已。古之香草亦不可見，則草木亦有隨時而變者乎！離騷子悲變⑨於芳草〔七〕，豈果如離騷之變⑩乎！”

嗟未已，而馬生⑪去僞以芝蘭命室，來謁記。庸詎知其室⑫之芝蘭，皆孔子之所稱者乎？抑朱子之所謂不可爲古⑬君子之佩者乎？生愀然變色，曰：“離騷子悲芳草之變者傷亂世之君子，某之名芝蘭之室者期與盛⑭世之君子居也。盛世君子,某幸首得見某人某人者,天下士也。次得見某人某人者,一國士也。又次得見某人者,一鄉士也。十年不得見先生,而今日見之,非某之所謂盛世君子、盛世芝蘭⑮乎?世之芝蘭⑯不幸有變者,雖當吾門而必鋤〔八〕,況入吾室乎!其不變者,雖在野而必采⑰,況在吾室乎!"予聞其言而韙之,爲之歌曰:

芝蘭在野兮,不以野而自傷。芝蘭在室兮,不以室而自慶(叶"遑⑱")。世服艾以盈腰兮,羌獨佩蘭以爲常。寫操兮歌吾商,芳菲菲⑲兮彌章。

【校】

① 芝:原本作"之",據楊鐵崖先生文集全録本改。目:楊鐵崖先生文集全録本作"稱"。

② 非二:原本作"非非",四部叢刊本作"非工",文淵閣四庫全書作"非凡",皆誤。據楊鐵崖先生文集全録本、鐵崖漫稿本改正。

③ 芝作蘭花見象山陸氏志:原本作"之作蘭花則象山陸氏志",且爲大字正文,據楊鐵崖先生文集全録本、鐵崖漫稿本改。

④ 魚:原本脱,據楊鐵崖先生文集全録本、鐵崖漫稿本補。

⑤ 草:原本脱,據楊鐵崖先生文集全録本、鐵崖漫稿本補。下同。

⑥ 氣:楊鐵崖先生文集全録本、鐵崖漫稿本作"炁"。

⑦ 予:原本脱,據楊鐵崖先生文集全録本、鐵崖漫稿本補。

⑧ 見:原本作"也",據楊鐵崖先生文集全録本、鐵崖漫稿本改。

⑨ 變:原本脱,據楊鐵崖先生文集全録本、鐵崖漫稿本補。

⑩ 豈果如離騷之變:原本作"豈可寓辭",據楊鐵崖先生文集全録本、鐵崖漫稿本改。

⑪ 原本"生"字下多一"者"字,據楊鐵崖先生文集全録本、鐵崖漫稿本删。

⑫ 室:原本作"實",據楊鐵崖先生文集全録本改。

⑬ 古:原本無,據楊鐵崖先生文集全録本補。

⑭ 期與盛:原本作"其與無",文淵閣四庫全書本作"其與盛",據楊鐵崖先生文集全録本、鐵崖漫稿本改。

⑮ 盛世君子盛世芝蘭:原本作"之世芝蘭乎世芝蘭",楊鐵崖先生文集全録本作"盛世芝蘭",據文淵閣四庫全書本改。

⑯ 世之芝蘭:原本脱,據楊鐵崖先生文集全録本、鐵崖漫稿本補。

⑰ 采:原本作"來",據楊鐵崖先生文集全録本改。

⑱ 叶違：原本作"叶這"，<u>文淵閣</u>四庫全書本作"叶"，據四部叢刊本改。

⑲ 芳菲菲：原本作"芳菲"，據<u>楊鐵崖先生</u>文集全録本補。

【箋注】

〔一〕文撰於<u>元</u>至正十年（一三五〇）以前。繋年依據：其一，<u>鐵崖</u>稱芝蘭室主人爲"<u>馬生</u>"，知其時<u>馬去僞</u>從之受學，而<u>至正</u>十年前數年間，<u>鐵崖</u>以授學爲生。其二，文中稱當時爲"盛世"，知其時天下較太平，必爲紅巾軍起事之前。<u>馬去僞</u>，生平不詳。

〔二〕"孔子善人之論"二句：孔子家語卷三六本："<u>孔子</u>曰：'吾死之後，則<u>商</u>也日益，<u>賜</u>也日損。'<u>曾子</u>曰：'何謂也？'子曰：'<u>商</u>也好與賢己者處，<u>賜</u>也好悦不若己者處……故曰：與善人居，如入芝蘭之室，久而不聞其香，即與之化矣。與不善人居，如入鮑魚之肆，久而不聞其臭，亦與之化矣。'"

〔三〕<u>象山陸氏</u>：陸九淵集卷二十五<u>玉芝歌</u>："靈華兮英英，芝質兮蘭形，瓊葩兮瑶實，冰葉兮雪莖……淳熙戊申，余居是山。夏初，與二三子相羊瀑流間，得芝草三偶，相比如卦畫。成華如蘭，玉明冰瑩，洞徹照眼，乃悟芝、蘭者，非二物也。"

〔四〕<u>晉</u>人：此指<u>謝玄</u>。晉書謝安傳："<u>玄</u>字幼度。少穎悟，與從兄<u>朗</u>俱爲叔父<u>安</u>所器重。<u>安</u>嘗戒約子姪，因曰：'子弟亦何豫人事，而正欲使其佳？'諸人莫有言者。<u>玄</u>答曰：'譬如芝蘭玉樹，欲使其生於庭階耳。'"

〔五〕傳：指宋<u>楊萬里</u>誠齋易傳。誠齋易傳卷三："物以相親而益，亦以相親而賊。故與<u>離婁</u>同楣罔不涉，與<u>師冕</u>同轍罔不蹶。<u>仲尼</u>'蘭鮑'，<u>荀卿</u>'蓬麻'，皆戒于親非其人也。"

〔六〕<u>朱子</u>蘭辯：詳見宋<u>朱熹</u>撰楚辭辯證卷上離騷經。

〔七〕"<u>離騷子</u>"句：指<u>屈原</u>離騷有關蘭草之詠歎。

〔八〕當吾門而必鋤：三國志蜀志周群傳：先主將誅<u>張裕</u>，"諸葛亮表請其罪。先主答曰：'芳蘭生門，不得不鉏。'<u>裕</u>遂棄市"。

蘁甕志〔一〕

<u>桐廬</u>章木氏，客處<u>錢唐</u>委巷中，得一室，陋而且隘，自題曰蘁甕。既得待制<u>杜公本</u>書其題〔二〕，又移書<u>雲間</u>，請予志。

予復以稗官之説："竇士有三百甕，爲河神所誚①者〔三〕。子何樂以

其誚②者自居乎?”章木曰:“士不可以一日而忘虀味。人味乎鸞脯鳳腊③者有,而未有知虀味者。士一④日而不知虀味,其道殆已。”予又復之曰:“虀文⑤從韭,青州⑥奴作韭虀〔四〕,其味最天下,至殺帳下奴之漏其術者。子之虀亦有是乎?”章木曰:“此吾同名而異味者。青州奴烏知虀味哉?使知虀味,金谷不墟〔五〕,二十四友不禽也〔六〕。”

予躓其言,遂爲論次曰:“漢禰生眼空天下士〔七〕,謂荀彧差可語,餘皆酒甕飯囊耳。世以生民脂膏養天下之酒甕飯囊,民亦不幸甚哉。守道息食⑦於虀甕,而出而可⑧天下生民飽食而廣居也。子之甕,其得自狹,而人得而過陋哉!”隸⑨之辭曰:

甕之室兮儒之宮,一室之隘兮天下之容,吾何隘乎兮甕而志乎高臺大墉。

甕之虀兮士之茹,一茹之苦兮天下之腴,吾何醜夫虀而志乎龍肝鳳脯。

【校】

① 河:原本作“何”,據楊鐵崖先生文集全録本、鐵崖漫稿本改正。誚:原本作“請”,據楊鐵崖先生文集全録本改。

② 誚:原本作“請”,據楊鐵崖先生文集全録本、鐵崖漫稿本改正。

③ 腊:楊鐵崖先生文集全録本作“胎”。

④ 士一:原本作“十二”,據楊鐵崖先生文集全録本、鐵崖漫稿本改正。

⑤ 文:原本作“又”,據楊鐵崖先生文集全録本改。

⑥ 青州:原本作“青齊”,楊鐵崖先生文集全録本、鐵崖漫稿本作“青州齊”,據文淵閣四庫全書本改。

⑦ 食:楊鐵崖先生文集全録本、鐵崖漫稿本作“真”。

⑧ 可:楊鐵崖先生文集全録本作“令”。

⑨ 隸:楊鐵崖先生文集全録本、鐵崖漫稿本作“縶”。

【箋注】

〔一〕文當撰於元至正九、十年間,其時鐵崖授學松江璜溪書院。繫年依據:其一,至正三年,朝廷以隱士徵召杜本,杜本行至杭州,稱疾固辭,一度盤桓於錢塘,而章木客居杭州,二人交往,當始於此際。又,待制杜本卒於至正十年,可見章木得其書匾,必在至正三年至十年之間。其二,章木“移書雲

間”請文,當爲鐵崖授學松江吕氏塾期間。章木: 參見東維子文集卷二送
檢校王君蓋昌還京序注。

〔二〕杜本: 參見東維子文集卷十四生春堂記注。

〔三〕“竇士有三百甕”二句: 蘇軾文集卷七十三雜記書事禄有重輕:“王狀元未
第時,醉墮汴河,爲水神扶出,曰:‘公有三百千料錢,若死於此,何處消
破?’明年遂登第。士有久不第者,亦效之,陽醉落河,河神亦扶出。士大
喜曰:‘吾料錢幾何?’神曰:‘吾不知也,但三百甕黄虀,無處消破耳。’”

〔四〕青州奴: 指晉豪富石崇。石崇字季倫,生於青州。故小名齊奴,又稱青州
奴。石崇因帳下奴“漏其術”而殺之,詳見世説新語汰侈。

〔五〕金谷: 指石崇宅第。石崇有園館在河南金谷澗中,頗豪華。

〔六〕二十四友: 渤海石崇、歐陽建、滎陽潘岳等皆迎合於權貴賈謐,時稱“二十
四友”。詳見晉書賈充傳。

〔七〕漢禰生: 指禰衡。抱朴子彈禰:“(禰)衡游許下,自公卿國士以下,衡初不稱
其官,皆名之云阿某,或以姓呼之爲某兒,呼孔融爲大兒,呼楊脩爲小兒,苟
彧猶强可與語。過此以往,皆木梗泥偶,似人而無人氣,皆酒瓮飯囊耳。”

漱芳齋志〔一〕

雲間吕生恂,名其新闢書室曰漱芳,取陸士衡語也〔二〕。而有請於
余曰:“吴俗嗜好,尚權利,次貨殖、婦女、狗馬,及方伎服食之秘也。
恂賴大人廕,雅知有義方。又賴先生教,顓習在六藝,時時能伸筆引
舌,漱其餘芳,足以自腴,蓋不知俗有權利貨殖婦女狗馬服食之秘之
嗜已。願先生有以志諸室以儆。”

予入吴,雅有喜吕氏父之善教其子也,又喜生之嗜好異於庸衆
人,而善承其教也。而芳則難言也,何也? 芳者,大道之英,至治之馨
也。世之泰,其芳在天下;世之否,其芳在六藝。天下之得之者尠矣,
離騷子嘗思得之,曰“芳菲芳而彌章”,至於悼時不得①,則曰“哀衆芳
之蕪穢”〔三〕。其所以自咀於萬三千言者,則亦徒得諸齒吻之膏、觚牘
之馥而已耳,其能沾溉全楚之國哉? 然其芳不溉全楚,而溉於天下後
世也遠矣。故得其芳者,皭然泥而不滓,與日月争光焉可也〔四〕。嘻,
騷之芳且爾,況聖人六藝之芳乎! 陸氏子服膺儒術者,著文②三百篇,

蓋亦有志於六藝之③芳矣,而實未嘗得之。使其得也,其能去舊鄉,好④新國,甘即戎服,取⑤敗河橋,以遺華亭老鶴不勝之怨哉〔五〕!

　　方今聖天子思至治之馨,表章六籍以取士。士有不在六藝科者,不得奸時以進。生於六藝,能漱其芳之所獨得,異於陸氏子也。而又遭逢盛時,以大科進焉。則其芳也,肯爲離騷乎? 離騷不爲也,又肯爲陸氏子乎? 生勉之,父師之望生,生之自期以畣父師望者,不在是乎? 勿徒曰:"漱芳者,自腴而已也,異俗之嗜而已也!"至正九年夏五月十日。

【校】

① 於悼時不得:原本漫漶,據四部叢刊本、楊鐵崖先生文集全録本補。

② 文:原本作"之",據楊鐵崖先生文集全録本、鐵崖漫稿本改。

③ 六藝之:原本脱,據楊鐵崖先生文集全録本、鐵崖漫稿本補。

④ 好:原本作"奸",據楊鐵崖先生文集全録本、文淵閣四庫全書本改。

⑤ 取:原本無,據楊鐵崖先生文集全録本、鐵崖漫稿本增補。

【箋注】

〔一〕文撰於元至正九年(一三四九)五月十日,其時鐵崖應聘松江吕氏塾教授吕恂兄弟不久。吕恂,吕良佐次子。參見東維子文集卷十四内觀齋記。

〔二〕陸士衡:即陸機,字士衡。陸機文賦:"傾群言之瀝液,漱六藝之芳潤。"

〔三〕離騷子:指屈原。"芳菲芳而彌章""哀衆芳之蕪穢"二句:出自離騷,然與通行本稍有出入。

〔四〕"皭然"二句:史記屈原賈生列傳:"自疏濯淖污泥之中,蟬蜕於濁穢,以浮游塵埃之外,不獲世之滋垢,皭然泥而不滓者也。推此志也,雖與日月爭光可也。"

〔五〕"陸氏子服膺儒術者"十句:述陸機行事及其遭遇。河橋:位於今河南孟縣南。陸機陳兵於此,大敗。晉書陸機傳:"少有異才,文章冠世。伏膺儒術……謂(成都王)穎必能康隆晉室,遂委身焉。穎以機參大將軍軍事,表爲平原内史……(穎聽信讒言而欲殺之,)因與穎牋,詞甚悽惻。既而歎曰:'華亭鶴唳,豈可復聞乎?'遂遇害於軍中,時年四十三……其爲人所推服如此。然好游權門,與賈謐親善,以進趣獲譏。所著文章凡三百餘篇,并行於世。"

蠢物志[一]

　　雲間李彬[二]，家有園池，池上有卧石一具①，狀類怪人，題其顏曰蠢物。彬嘗觴余石②之所，予③醉踞蠢物，曰："爾蠢，烏知不有蠢如爾者乎！"彬曰："爾不蠢吾蠢物，還有説乎？"

　　余曰："石，氣之核也。怪而以爲用也，貢於禹[三]。隕而以爲警也，書於春秋[四]。曰嘉曰肺，以爲乎疲而達枉也，設於周官[五]。鼓也，聲於桐魚[六]。鏡也，鑑於月林[七]。劍也，利於昆吾[八]。憑也，醒酒於平泉之墅[九]。鍊也，或至於補天焦也[十]，或至於縮海[十一]。及其幻而不常也，至羊立而人言[十二]。物之靈若是，而謂之蠢，可乎？今夫具陰陽五行之秀，命之曰人，與天地参，而有冥頑弗靈非人類者。詩曰'蠢爾蠻荆[十三]'，書曰'蠢兹有苗[十四]'，以其冥頑匪人類，不可以王化率，故詩人古史，皆以'蠢'加之。"吁，蠢有不蠢而不蠢者蠢也。

　　抑又有説："人之逞知覺，舞聰明，號曰通④人，曰知士，曰巧官。及其窮也，通覆不如塞，智覆不如愚，而大巧覆不如大拙也，雖欲爲蠢物不能。然則彼謂不⑤物於蠢，而謂兹物於蠢者，孰愈孰劣哉？君病夫不蠢者之弗蠢物⑥若也，故以之號而警之乎？不然，蠢物不蠢也。"

【校】

① 卧：楊鐵崖先生文集全録本作"堅"。具：文淵閣四庫全書本作"其"。

② 余石：原本脱，據楊鐵崖先生文集全録本補。

③ 予：原本脱，據楊鐵崖先生文集全録本補。

④ "號"字上原本有"蠢"字，據楊鐵崖先生文集全録本删。通：四部叢刊本作"道"，誤。

⑤ 彼謂不：楊鐵崖先生文集全録本作"不謂彼"。

⑥ 君病夫不蠢者之弗蠢物：楊鐵崖先生文集全録本作"彬病夫不蠢者之弗蠢"。

【箋注】

〔一〕文撰於元至正二十三年（一三六三）四月，其時鐵崖寓居松江，在松江府學主文席。繫年依據：鐵崖晚年退隱松江之後，與蠢石軒主人李彬交往。至正二十三年四月十八、十九兩日,鐵崖與弟子游干山,應邀至李彬蠢石軒,詩酒唱和,且爲撰書蠢石詩。本文亦爲赴李彬酒宴後所撰,蓋一時之作。

〔二〕李彬:或作李質,"質"與"彬",蓋一爲名,一爲字。號捉月子,或作捉月公,蓋仰慕李白而取此號。松江人。鐵崖晚年弟子。居于山南,家有園池。園中有怪石,李彬以此自詡,建蠢石軒。參見鐵崖先生集卷三游干將山碧蘿窗記。

〔三〕"怪而以爲用也"二句:謂夏禹時怪石爲貢品。書禹貢:"海、岱惟青州……厥貢鹽、絺。海物惟錯。岱畎絲、枲、鉛、松、怪石。"

〔四〕"隕而以爲警"二句:左傳僖公十六年:"春,隕石于宋,五……周内史叔興聘于宋,宋襄公問焉,曰:'是何祥也? 吉凶焉在?'對曰:'今兹魯多大喪,明年齊有亂,君將得諸侯而不終。'"

〔五〕"曰嘉"三句:周禮秋官大司寇:"以嘉石平罷民。凡萬民之有罪過,而未麗於法,而害於州里者,桎梏而坐諸嘉石,役諸司空……以肺石遠窮民。凡遠近惸獨老幼之欲有復於上,而其長弗達者,立於肺石,三日,士聽其辭,以告於上而罪其長。"嘉石,文石。肺石,赤石。

〔六〕"鼓也"二句:宋羅願爾雅翼卷九釋木桐:"晉武帝時,嘗得一石鼓,擊之無聲。張華請用蜀桐材刻魚形,扣之音聞數里。"

〔七〕"鏡也"二句:宋曾慥編類説卷五拾遺記月鏡:"周靈王時,外國貢石鏡,其白如月,照人則寒,名'月鏡'。"

〔八〕昆吾:寶劍名。參見麗則遺音卷三斬蛇劍注。

〔九〕"醒酒"句:舊五代史李敬義傳:"(敬義祖父李德裕)留守洛陽,有終焉之志。於平泉置別墅,採天下奇花異竹、珍木怪石,爲園池之玩……有醒酒石,德裕醉即踞之,最保惜者。"

〔十〕補天焦:指女媧氏煉五色石以補天。詳見唐司馬貞補史記三皇本紀。

〔十一〕縮海:指精衛銜石填海。參見鐵崖先生古樂府卷一精衛操注。

〔十二〕羊立而人言:相傳黃初平叱石變羊。參見鐵崖先生古樂府卷六壽岩老人歌注。

〔十三〕蠢爾蠻荆:語出詩小雅采芑。

〔十四〕蠢兹有苗:出自尚書大禹謨。

濯纓亭志〔一〕

有三客者,會於雪溪之上濯纓之亭〔二〕,各陳所歌詩以白所志。一客歌曰:"桃花一實三千歲,不識人間漢秦世。溪上漁郎何處來? 溪水東流復西逝〔三〕。"一客歌曰:"荷爲衣兮葉①爲裳,飲沆瀣兮餐朝陽。山蒼蒼兮水泱泱,懷美人兮天一方〔四〕。"一客歌曰:"我所思兮思故②人,堯舜之主皋夔臣〔五〕。箕之顛兮潁之濱,飲牛豈弃巢由民〔六〕。"又歌曰:"鑿則圓兮枘③則方〔七〕,尺有所短寸有長〔八〕。文武之道一弛張〔九〕,龍伸蠖屈安厥常。"

歌闋,以質於濯纓主人。主人曰:"一客之辭,逃世之士所志也。二客之辭,喪君④之士之所思也。三客之辭,一隱一顯,與時推移之士所爲也。如用之,吾從⑤三也歟!"三客者退。録其辭者,鐵厓道人會稽楊維禎。主人者,爲中臺中丞公吳鐸也。

【校】

① 葉:鐵厓文集本、楊鐵厓先生文集全録本、鐵厓漫稿本作作"薜"。
② 思故:楊鐵厓先生文集全録本作"古之"。
③ 枘:原本作"柄",據鐵厓文集本、楊鐵厓先生文集全録本改。
④ 君:原本作"居",據鐵厓文集本、楊鐵厓先生文集全録本改。
⑤ 從:鐵厓文集本作"逆"。

【箋注】

〔一〕文約撰於元至正十三年(一三五四)三、四月間。當時鐵厓在杭州任税務官,因公務暫寓吳興,得與吳鐸等人交游。濯纓亭:乾隆烏程縣志卷三古迹:"濯纓亭,在安定門内。宋紹興初,知州事朱勝非建,爲迎餞之所。"濯纓亭主人吳鐸,静齋至正直記卷四吳鐸中丞:"吳,元人,名鐸。中丞,中山人,寓吳興。後卒於福建官舍。肯當平章長子也。平昔頗事飲食云。"又按元史卷一百九十五忠義傳:"(至正)十四年,盜侵政和、松溪,江南行臺中丞吳鐸督軍建寧。"又,元史百官志八曰:"(至正十六年五月),福建元帥吳鐸爲左丞。"本文稱吳鐸爲"中臺中丞",則當爲至正十四年前後,吳鐸時任江南行臺中丞。又,至正十三年三、四月間,鐵厓以海漕事寓居吳興,與當地官員、文人交往甚多,吳鐸與鐵厓等人聚宴於吳興,當即此時。參見東維子文集卷十四南樓記。

〔二〕霅溪:浙江通志卷一圖説:"自德清縣北流至(湖)州南興國寺前曰霅溪。霅合四水,東北流入太湖。"

〔三〕“桃花”四句：關合陶淵明桃花源記事。

〔四〕“荷爲衣”四句：關合屈原生平及離騷、漁父等文。

〔五〕皋：指皋陶，相傳爲上古執法大臣；夔：相傳爲上古樂官，皆爲後世賢臣
楷模。

〔六〕“箕之顛兮潁之濱”二句：述上古箕山隱士巢父和許由故事。參見鐵崖先
生古樂府卷一箕山操注。

〔七〕“鑿枘”句：楚辭九辯：“圜鑿而方枘兮，吾固知其鉏鋙而難入。”

〔八〕“尺有”句：楚辭卜居：“夫尺有所短，寸有所長，物有所不足，智有所
不明。”

〔九〕“文武”句：禮記雜記下：“張而不弛，文武弗能也；弛而不張，文武弗爲也；
一張一弛，文武之道也。”

癡齋志〔一〕

余嘗疑顧愷之稱三絶〔二〕，而癡當其一。癡者，不慧之名也，使愷
之果癡，尚能以才絶、畫絶命世耶？不知其癡（句），點所寄也。桓溫謂
其癡點各半，吁，愷之之點，果可以無慧求①之耶？晉士大夫往往用癡
養慧，如王述、王湛②之流是也〔三〕。老子固嘗論辨與巧矣，曰“大辨若
訥”，“大巧若拙”〔四〕。此晉人用癡道也。

錢唐盛生修齡，自蚤年得癡名於人，因此自命。吾不知③生之癡
果出於無慧耶？抑愷之寄之也？生嘗從余游，精悍堅確，日讀書數千
言，嘿誦如流，夜課詞章若干首，不以祁寒劇暑少廢。其吐言揚才④，
若雷奮河決，土墳而草木發也。連試有司，輒不利。赴二千石，辟爲
掌牘吏，志又不信。則復理詞章，試有司，遂售。其資其才與志若此，
而人以無慧之名名之，生又以自命，其果當乎？不當乎？

雖然，世貴曲通，而生獨尚直；世貴狃和，而生獨尚介；世貴巧辨
偽容，而生獨尚⑤樸與誠也，則有類乎癡而已矣。抑豈知生之癡，去俗
爲甚遠⑥，而去道爲甚近。世務諧俗而不務道合者不少也，又烏知其
癡之果爲癡乎？不癡乎？今之人有聰明自任，廼至盲⑦妄擿埴〔五〕，顛
隮於汙壑陷穽，招之而不反，呼之而不覺，終其身有形植物累之憂者，
則其爲癡也，孰大焉！生偕計上京師，將有爲政之日⑧，其毋改乎類乎

癡而未嘗癡者,則其不爲聰明不癡而未始不癡者的矣。

【校】

① 慧:原本作"惠",據下文及楊鐵崖先生文集全録本、鐵崖漫稿本改正。求:楊鐵崖先生文集全録本、鐵崖漫稿本作"信"。

② 湛:原本作"堪",據楊鐵崖先生文集全録本、鐵崖漫稿本改正。

③ 知:原本脱,據楊鐵崖先生文集全録本、鐵崖漫稿本補。

④ 吐言揚才:楊鐵崖先生文集全録本作"吐詞揚采"。

⑤ 尚:原本脱,據楊鐵崖先生文集全録本、鐵崖漫稿本補。

⑥ 遠:原本作"反",據楊鐵崖先生文集全録本、鐵崖漫稿本改。

⑦ 肓:原本作"肓",鐵崖漫稿本作"冒",據楊鐵崖先生文集全録本、文淵閣四庫全書本改。

⑧ 日:楊鐵崖先生文集全録本作"責"。

【箋注】

〔一〕文撰於元元統三年(一三三五)秋,即此年秋試發榜之後。繫年依據:癡齋主人盛修齡曾從鐵崖受業,文中曰"試有司,遂售",又曰"生偕計上京師,將有爲政之日",可見撰文之時,盛修齡已爲鄉貢進士,即將赴京,參與會試。而盛修齡與魯貞爲同年,其考中鄉試,當在元統三年。盛修齡,或謂新昌(今屬浙江)人。王忠文集卷七盛修齡詩集:"新昌盛君修齡詩若干卷,金華王褘爲其序……修齡早推擇爲郡吏,後乃以進士起家,調奉化州判官,辟江浙行中書省掾,除福建行中書省管勾,遷檢校官,又除儒學提舉,不赴,隱居龍泉山中。葛巾野服,自放於烟霞泉石間,邈焉不與世接。"又,盛修齡與魯貞同爲元統三年(一三三五)鄉貢進士,其女婿劉光遠,常山縣丞劉彥英次子,與魯貞有交往。參見魯貞撰桐山老農集卷二送劉縣丞子光道光遠序、弘治衢州府志卷九魯貞傳。按:魯貞傳載弘治衢州府志卷九理學,其中謂魯貞爲"元統二年舉人",誤。元統二年未行鄉試,當爲元統三年。

〔二〕三絶:晉書顧愷之傳:"顧愷之字長康,晉陵無錫人也……初,愷之在桓溫府,常云:'愷之體中癡黠各半,合而論之,正得平耳。'故俗傳愷之有三絶:才絶,畫絶,癡絶。"

〔三〕王述、王湛:晉書有傳。二人癡事,參見鐵崖先生古樂府卷八覽古之二十五、二十七注。

〔四〕“大辨若訥”“大巧若拙”二句：見老子第四十五章。

〔五〕盲妄摛埴：參見東維子文集卷十七晚軒記注。

西齋志〔一〕 有詩

有二客持吳興趙公子西齋卷〔二〕，來見會稽鐵厓道人者①。一客辨曰：“首陽之西，有孤竹二子者居焉〔三〕，清風足以師表百世，此吾公子所以取號于‘西’也。”一客辨曰：“伏翼之西，有小桃源者在焉〔四〕。其地如洞天，邈不與世接。此吾公子所以取號於‘西’也。”

道人莞爾而笑曰：“孤竹之子餓終首陽，未適乎中庸道也。桃源之在人間世，又②方外荒唐不經之説也。公子雖習隱而好高，豈果至是哉！吾知公子者，公子素負奇氣，有遠大之量，思得明王以輔翼之而不果也，遂宿其志於西。吾相③其夕陽下舂，新月在庚，閶闔從兑至，公子與客鼓琴亭之上，歌商聲，若出金石，無與和者，而有懷夫西方之美人〔五〕。曾不知首陽有餓隱之高，而伏翼有僝都之勝也。二客於公子，何求‘西’之野哉？”二客者失容，逡巡而退。道人復爲之歌。明日，公子來請曰：“先生之言，善言余④‘西’者，乞書諸室爲志，而歌則吾將被之秋聲云。”歌曰：

物生於東，成於西兮。有信有屈，物不齊兮。彼向西⑤笑，慎爲⑥迷兮。惟古有道，物不群兮。大東之西，孰我賓兮？我所思兮，西方之美人兮。

【校】

① 者：原本作“志”，據楊鐵崖先生文集全録本、鐵崖漫稿本改。

② 又：原本作“有”，文淵閣四庫全書本作“亦”，據楊鐵崖先生文集全録本、鐵崖漫稿本改。

③ 相：楊鐵崖先生文集全録本作“想”。

④ 余：原本作“於”，據楊鐵崖先生文集全録本改。

⑤ 西：原本作“而”，據楊鐵崖先生文集全録本改。

⑥ 爲：楊鐵崖先生文集全録本作“而”。

【箋注】

〔一〕文撰於元至正十年（一三五〇）秋冬之際，其時鐵崖游寓湖州。繫年依據：至正十年九月，鐵崖自松江赴湖州，與趙雍、趙奕兄弟皆有交往，本文既曰"明日，公子來請"云云，當即撰於此時。參見東維子文集卷二十郡安寺重建佛殿記、卷二十八跋君山吹笛圖。

〔二〕吳興趙公子：此指趙奕。趙奕字仲光，號西齋。趙孟頫季子。曾參與唱和西湖竹枝詞。參見西湖竹枝集詩人小傳。西齋卷：指趙奕所作西齋圖卷。按：西齋乃趙雍齋名，亦爲其別號。此圖早已不存。相傳奕兄趙雍爲楊瑀畫有竹西圖，或將趙奕西齋卷與之混淆。或又將趙雍竹西圖混同於張渥竹西圖，清翁方綱撰竹西圖跋爲之考辨曰："松江府志云：楊瑀字元誠，錢塘人，自號竹西居士……謝政居松江之鶴沙。趙仲穆爲寫竹西圖。然江村銷夏錄載此卷，題曰元楊竹西草堂圖卷，亦第以趙仲穆墨竹一枝并篆及詩，皆目爲引首而已。卷中趙茂原詩云：'貞期寫作畫圖看。'今驗之畫尾，有'貞期'白文印，則畫乃貞期所作。貞期者，張渥字。"（載復初齋文集卷三十三。）

〔三〕孤竹二子：參見本卷竹西亭志。

〔四〕伏翼之西有小桃源：參見東維子文集卷十七小桃源記。

〔五〕西方之美人：詩邶風簡兮："云誰之思？西方美人。彼美人兮，西方之人兮。"西方美人，鄭箋云"周室之賢者"。

木齋志〔一〕 有詩

吳下殷生奎，天質古茂，一言一動，醇乎其無僞者也。人以"木"歸之，生遂以木名齋。今禮部尚書泰不花公愛①其爲人〔二〕，爲書齋額，求余言志諸室。

世之罵②椎魯不聰者類曰"木"，鄙爲棄材，亡所於用。必多夫不木者，曰便，曰給，曰機，曰警③，不知便給者蒙不仁之具，而機警啓薄行之階也。孔子嘗論木矣，必與剛毅者同稱曰近仁〔三〕。仁固可以木得之，而不可以椎魯不聰棄之也。夫大味不和，大質不雕，大樸不散，其惟木也乎！仁者，至樸而亡僞之物也。故論仁，惟木爲近。孔子之言豈欺我哉！嘻，木爲聖人所器，而論者棄之。天下之能仁者寡矣，抑論者之所棄則有矣。士之爲木，有似焉而實非。漢稱長者，木之近仁者也，惟勃近之〔四〕。而陽樸售至奸，如周仁之流〔五〕，則大似而大非，其爲不仁也甚矣。

今聖人以深仁④洽萬生，使民剗僞還樸，表民者類求長者吏。若生之木，固又今聖人之所器。而又加之以聖賢之學，使言仁者歸生，生其不應表民之求乎！吾聞生之王大父、大父，累世忠樸，如生所種⑤，殆出於一家風氣之厚也。殷氏四世而未昌，其當昌在生無疑者。故吾叙而期之，而又爲賦詩，極木之所詣。以率能詩者繼之。詩曰：

七日混沌離，穿鑿争七竅〔六〕。碩果一失仁，百體俱⑥弗肖。巧詐日横生，售樸至衣⑦溺（周仁）。聖人憂世心⑧，世變若原燎。安得至木資，與世作津橋（去聲）。學齋取名木⑩，衆巧不同調。回愚與參魯〔七〕，入室得道要。豈是灰槁人，滅心比滅爝。君看紀⑨渻雞，人方舐木⑩鷦〔八〕。

至正九年春三月十有三日，會稽楊維禎在姑胥書畫舫寫⑪。

【校】

① 愛：原本作“受”，據四部叢刊本、鐵崖漫稿本、文淵閣四庫全書本改。

② 罵：原本作“置”，據楊鐵崖先生文集全録本改。

③ 警：原本作“敬”，據下文及楊鐵崖先生文集全録本改。

④ 仁：原本作“人”，據楊鐵崖先生文集全録本、鐵崖漫稿本、文淵閣四庫全書本改。

⑤ 種：楊鐵崖先生文集全録本作“鍾”。

⑥ 俱：楊鐵崖先生文集全録本作“供”。

⑦ 衣：原本作“深”，據楊鐵崖先生文集全録本、鐵崖漫稿本改。

⑧ 心：楊鐵崖先生文集全録本、楊鐵崖先生文集全録本、鐵崖漫稿本作“深”。

⑨ 君看：文淵閣四庫全書本强齋集載此文作“君不見”。紀：原本作“記”，據文淵閣四庫全書强齋集本改。

⑩ 木：原本作“不”，據文淵閣四庫全書强齋集本改。

⑪ “至正九年春三月十有三日，會稽楊維禎在姑胥書畫舫寫”兩句凡二十三字，原本無，據文淵閣四庫全書强齋集本增補。

【箋注】

〔一〕文撰於元至正九年（一三四九）春三月十三日，其時鐵崖寓居蘇州。木齋主人殷奎（一三三一——一三七六），字孝章，一字孝伯，號強齋。望出汝南，世居吳郡華亭。其祖徙崑山，遂爲崑山人。祖父築書樓於太倉闤市，延良師友與之游處。楊鐵崖一見奇之，即席拜師，從楊公學。元季任崑山州學訓導。明洪武四年，舉崑山教諭。拂上官意，調西安咸陽。洪武九年閏九月廿六日卒，年四十有六。門人私謚文懿先生，祀鄉賢祠。著有強齋集。參見東維子文集卷十六春水船記、婁水文徵卷六載盧熊撰故文懿先生殷公行狀、同書姓氏考略。

〔二〕泰不花：即泰不華。參見東維子文集卷十六松月軒記。按僑吳集卷七題瑞竹堂記，元至正七年秋，詔以泰不華爲禮部尚書。

〔三〕“孔子”二句：論語子路：“子曰：‘剛、毅、木、訥近仁。’”

〔四〕勃：指西漢周勃。漢書周勃傳：“勃爲人木強敦厚，高帝以爲可屬大事。”顏師古注：“木謂質樸。”

〔五〕周仁：漢書周仁傳：“仁爲人陰重不泄。常衣弊補衣溺袴，期爲不潔清，以是得幸，入臥內。於後宮秘戲，仁常在旁，終無所言。”

〔六〕“七日混沌離”二句：參見陳善學序刊楊鐵崖先生文集卷六崆峒子混淪歌注。

〔七〕回：指顏回。參：指曾參。參見東維子集卷十九存拙齋記注。

〔八〕“君看紀渻雞”二句：莊子達生：“紀渻子爲王養鬥雞。十日而問雞：‘已乎？’曰：‘未也，方虛憍而恃氣。’……雞雖有鳴者，已無變矣，望之似木雞矣，其德全矣。異雞無敢應者，反走矣。”

雪巢①志〔一〕

雪，一也，而苦樂之情異焉。何也？清也，寒也，寒②者不知其清，清③者不知其寒，此苦樂之情之辨也。上古未有室廬，則民有縣④巢而居者。至陶唐氏之世，尚有巢父之流以樹爲窟〔二〕，與羽族同栖者。吾想其巢，當霰雪之集，與木稼同冰，是有雪之寒，無雪之清者也。後世乃有借光於竇者，謂之“雪囱〔三〕”，致爽於高者，謂之“雪樓”。而又有假屋於巢、假巢於雪者，謂之"雪巢"。是有雪之清，無雪之寒者也。

　　吾所謂雪巢者，崑之洪用氏治其棲客之室於雪鶞堂之陰者是也。用居高門縣簿者幾世矣，而無華靡之習、炎赫之勢，堂號取於"雪鶞"，蓋富而能貧，腴而能清⑤者也。其名屋於"巢"，名巢於"雪"，固宜。雖然，居其清於主⑥與客接，物之潔也。處巢於窮陰沍寒之際，一念之擴，衣吾衣以及人之卒歲無以也，食吾食以及人之朝夕弗謀也，此又及物之仁之義也。

　　予屢辱用觴於巢，人固尚其潔已，擴而爲仁爲義者，或懼弗及焉，故因其請記而爲之言，且使賦雪巢者，不徒思⑦於古之巢寒者也。

【校】

① 巢：原本作"窠"，據鐵崖文集本、四部叢刊本、楊鐵崖先生文集全録本改。
② 寒：原本無，據鐵崖文集本、楊鐵崖先生文集全録本增補。
③ 清：原本作"今"，據鐵崖文集本、楊鐵崖先生文集全録本改。
④ 縣：鐵崖文集本、楊鐵崖先生文集全録本作"檜"，文淵閣四庫全書本作"穴"。
⑤ 富而能貧，腴而能清：原本作"富而能清"，據鐵崖文集本、楊鐵崖先生文集全録本補正。
⑥ 居其清於主：楊鐵崖先生文集全録本作"其清生於"。
⑦ 思：楊鐵崖先生文集全録本作"異"。

【箋注】

〔一〕文撰於元至正七、八年間，其時鐵崖寓居姑蘇，常應邀游寓崑山、太倉。繫年依據：其時鐵崖在崑山雪巢做客，且文中所述爲太平年景，當爲鐵崖游寓姑蘇一帶授學期間。雪巢主人洪用，生平不詳。

〔二〕巢父：皇甫謐高士傳卷上巢父："巢父者，堯時隱人也。山居，不營世利。年老，以樹爲巢而寢其上。故時人號曰巢父。"

〔三〕借光於寶：指孫康借雪光讀書。南史卷五十七孫伯翳傳："（伯翳）父康，起部郎，貧，常映雪讀書。清介，交游不雜。"

藏六窩志〔一〕

雲間錢①子雲氏，博學工文章，才可用世而世不用也。今老矣，黃

冠野服,脱落世累,飄飄然有神仙風②致。退而築一窩於鴛泊③之
上〔二〕,狀蓬蓬乎浮游於溾④,若龜然,於是命之曰藏六〔三〕。求予一言
以爲志。

　　予謂"藏六"本坡翁語,坡以失言"藏六",子雲何失之可言哉!
嘻,藏山於澤,夜半有力者負之而走,昧者不知也〔四〕,而況藏六於一甲
乎!見者不闞而剚,則鑽杖而扣之矣,是欲遁而不得其道⑤者也。是
故珠假藏於蚌而蚌拆,玉假藏於璞而璞剖,又況假藏於身者乎!此甲
之靈於人而不靈於己者驗也。子雲學道者,吾請與子言藏:曜靈晝而
忽夜,日之藏;虛魄望而條朓,月之藏。萬物闔於春,養於夏,成於秋,
而閉於冬,是天地之大藏也。天地之藏必有道焉,放於六合而無外,
卷於一密而無内,是⑥大道之至藏也。子雲學道,而欲效失者藏其六
也,不既愚且勞乎!

　　子雲作而謝曰:"吾不敏,吾將從子游,以闚夫大道之藏也。藏道
何如?"曰:"藏于一。"故曰:藏于一,萬事畢。

【校】

① 錢:原本作"銕",據鐵崖文集本、楊鐵崖先生文集全録本、鐵崖漫稿本改。
② 風:原本無,據鐵崖文集本、楊鐵崖先生文集全録本、鐵崖漫稿本增補。
③ 泊:鐵崖文集本作"沼",楊鐵崖先生文集全録本、鐵崖漫稿本作"河"。
④ 溾:鐵崖文集本、楊鐵崖先生文集全録本作"水溾"。
⑤ 道:鐵崖文集本作"遁"。
⑥ 是:鐵崖文集本作"是乃"。

【箋注】

〔一〕文撰於元至正九、十年間,其時鐵崖授學於松江呂氏塾。繫年依據:鐵崖
　　　曾爲錢子雲撰漁樵譜序,稱之爲"嘉禾素庵老人";錢氏藏六窩亦建於嘉
　　　興,兩文蓋一時之作。錢子雲:名霖。參見東維子文集卷一漁樵譜序。
〔二〕鴛泊:指今浙江嘉興之南湖。浙江通志卷一百二物産二嘉興府:"宋聞人
　　　滋南湖紀略云:檇李東南皆陂湖,而南湖尤大,其禽多鴛鴦,故名鴛湖。"
〔三〕藏六:蘇軾詩集卷三十一寄傲軒:"先生英妙年,一掃千兔禿。仕進固有
　　　餘,不肯踐場屋。通闤何所傲,傲名非傲俗。定知軒冕中,享榮不償辱。
　　　豈無自安計,得失猶轉轂。先生獨揚揚,憂患莫能瀆。得如虎挾乙,失若

龜藏六……"馮注："雜阿含經：有龜被野干所包，藏六而不出，野干怒而捨去。佛告諸比丘，當如龜藏六根，魔不得便。"按：藏六根，指龜甲掩藏頭、尾、四足而保身。

〔四〕"藏山於澤"三句：出自莊子大宗師。

俞同知軍功志〔一〕

杭自宋行都來歸版籍後〔二〕，生齒日愈繁，無兵革災者幾三①百年。至正十二年七月十日庚辰，强寇至自昱關〔三〕，紅巾赭服，僭竊王號，蹂躪我城池，劫焚我府庫，鈔掠我子女，上抗天討，其悖甚矣。越壬辰，肅政使孛蘭公親按重兵〔四〕，會行垣大臣戮力翦賊。時俞侯元②以仁和縣尉承公令，合哈心元帥部伍〔五〕，破賊於吳山〔六〕。癸巳，伏兵六部橋〔七〕，捷，獲兇頑若干人，掩殺其部士者過半，奪馬驟旗鼓器械莫勝算。甲午，進兵壽安坊〔八〕，賊潰走，追襲至明慶僧寺，蓋③焚其窟落。孛公壯侯智勇，視他賞貲獨有加④。乙未，沿井亭出衆安橋〔九〕，交賊鋒者〔三〕，生禽渠魁一人及從黨若干人。丙申，追殺過北關，復吾倉廩府庫之狼籍者若干所，又生禽其掌記者二人，獲所劫宣敕劄憑，及僞命妖經之屬，燒毁行寨，拘截輜重，賊盡北奔，而杭城始復。庚子，復領哈必赤義兵〔十〕，西赴餘杭〔十一〕，剿捕其殘孽。八月辛丑朔，遇賊西門，交戰，獲首賊某、都帥某、妖師某、總統某，賊大敗。捷書至憲府，憲府論功授賞，遂擬侯爲杭州路同知府事。閭民市夫咸手薰爐，拜侯之勞之德。士之業文筆者，述爲歌章，以頌侯德之美。開元道士徐以正⑤又歷疏其始末〔十二〕，來求文以志于石。

予惟絳帊帕⑥頭，此神禹氏之軍容也〔十三〕。夫何小醜，敢僭其儀！漢賊黃巾（張角）〔十四〕，晉賊絳帽（李辰）〔十五〕，非不憑陵州郡，煽行妖孽，以冒奸天器，皆亡不旋踵，而皇甫嵩、華宏之徒〔十六〕，資爲大功。蠢爾獠蠻，復逞左道，以速鼎鑊，俞侯之功，又豈下於華宏、皇甫嵩之徒歟！宜其十有旬日，位躋四品，而人不以爲過也。自是侯將右肅政府，爲國家始終殄賊，獻戎功於明天子。天子將褒⑦功賜秩，見肅政府之善人用，而侯爲國家一時人才⑧之盛也，豈非杭人之望乎！侯尚以予言勉之。

　　侯名<u>元</u>，字<u>長卿</u>，世爲<u>錢唐</u>人。是歲十月初吉志。

【校】

① 三：依上文，“三”字衍。
② <u>俞侯元</u>：原本作“<u>俞侯亢</u>”，<u>鐵崖漫稿</u>本作“<u>俞元侯</u>”，據<u>楊鐵崖先生文集全録</u>本改。
③ 蓋：當爲“盡”之誤。
④ 加：原本作“功”，據<u>楊鐵崖先生文集全録</u>本改。
⑤ <u>徐以正</u>：<u>楊鐵崖先生文集全録</u>本作“<u>余以正</u>”。
⑥ 帊帕：原本作“帊怕”，據<u>文淵閣四庫全書</u>本改。
⑦ 襃：原本作“獲”，據<u>楊鐵崖先生文集全録</u>本改。
⑧ 人才：<u>四部叢刊</u>本作“才人”。

【箋注】

〔一〕文撰於<u>元 至正</u>十二年（一三五二）十月一日，其時<u>鐵崖</u>任<u>杭州</u>四務提舉。
　　<u>俞同知</u>：指<u>俞元</u>。<u>俞元</u>字<u>長卿</u>，世爲<u>錢唐</u>人。曾任<u>仁和縣</u>尉。<u>至正</u>十二
　　年七月，<u>徐壽輝</u>紅巾軍一度攻佔<u>杭州</u>，抗擊有功，擢爲<u>杭州路</u>同知。
〔二〕杭自宋行都來歸版籍：意爲<u>南宋</u>都城<u>杭州</u>被佔領，納入<u>蒙元</u>版圖。
〔三〕强寇至自昱關：指<u>徐壽輝</u>紅巾軍從<u>昱關</u>攻佔<u>杭州</u>。參見<u>陳善</u>學序刊<u>楊鐵
　　崖先生文集</u>卷六<u>李鐵鎗歌</u>注。
〔四〕<u>李蘭</u>：參見<u>鐵崖文集</u>卷二<u>江浙平章三旦八公勳德碑</u>。
〔五〕<u>哈心</u>：<u>至正</u>十二年前後任元帥，駐守於<u>杭州</u>一帶。生平不詳。
〔六〕<u>吴山</u>：又名<u>胥山</u>，位於今<u>浙江 杭州市</u>。<u>萬曆 杭州府志</u>卷二十山川 城内南
　　山：“按<u>吴山</u>，<u>春秋</u>時爲<u>吴</u>南界，以别于<u>越</u>，故曰<u>吴山</u>。或曰以<u>伍子胥</u>故，訛
　　‘<u>伍</u>’爲‘<u>吴</u>’，故郡志亦稱<u>胥山</u>，在<u>鎮海樓</u>之右。蓋<u>天目</u>爲<u>杭州</u>諸山之宗，
　　翔舞而東，結局於<u>鳳凰山</u>，其支山左折，遂爲<u>吴山</u>。”
〔七〕六部橋：<u>浙江通志</u>卷三十三關梁<u>杭州府</u>：“<u>錦雲橋</u>，<u>成化杭州府志</u>：<u>宋</u>名六
　　部橋，<u>元</u>名<u>通惠橋</u>。<u>西湖游覽志</u>：東通<u>惠潮門</u>。大河之水自<u>龍山閘</u>入<u>鳳
　　山水門</u>，從南而北，首過此橋。”
〔八〕<u>壽安坊</u>：<u>西湖游覽志</u>卷十三：“<u>壽安坊</u>，俗稱<u>官巷</u>，又稱<u>冠巷</u>，宋時謂之<u>花
　　市</u>，亦曰<u>花團</u>。蓋<u>汴京</u>有<u>壽安山</u>，山下多花園，春時賞燕，爭華競靡，錦簇
　　繡圍。移都後以<u>花市</u>比之，故稱<u>壽安坊</u>。”

〔九〕井亭：即井亭橋，又稱相國井橋。咸淳臨安志卷二十一橋道："相國井橋，涌金門城北水口上。"

〔十〕哈必赤：當時義兵統帥。生平不詳。

〔十一〕餘杭：縣名。隸屬於杭州路。

〔十二〕開元：杭州道宮名。據元柳貫待制集卷十六開元宮圖後序，開元宮位於杭州清湖橋西，原爲宋理宗女周漢國長公主第宅。鐵崖好友道士張雨曾居開元宮。徐以正：至正十二年前後爲開元宮道士，工文辭。

〔十三〕神禹氏：即大禹。説郛卷十七上愛日齋叢抄："帕首，元和聖德詩云：以紅帕首。注者引實録曰：禹會塗山之夕，大風雷震，有甲步卒千餘人，其不被甲者，以紅絹帕抹其額。自此遂爲軍容之服。"

〔十四〕張角：東漢末年黄巾軍首領。

〔十五〕李辰：即張昌。晉書卷一百張昌傳："太安二年，昌於安陸縣石巖山屯聚，去郡八十里，諸流人及避戍役者多往從之。昌乃易姓名爲李辰……旬月之間，衆至三萬，皆以絳科頭，擿之以毛。"

〔十六〕皇甫嵩：東漢末年率軍剿滅張角黄巾軍有功，後漢書有傳。華宏：曾以監軍身份率軍破張昌兵。參見資治通鑑卷八十五晉紀七。

王鎮撫軍功志〔一〕

鎮撫官，古之軍正，司律令軍中。得其人，則都督之在上①，體要而②功逸；部落之在下，分立而情通。不得人，反是。

至正癸③巳春〔二〕，皇帝命江浙行省平章定定〔三〕，沿大江以東調諸道兵討紅巾賊。命至，哀兵大閲，謂都鎮撫譚汝楫④曰〔四〕："師行千里，草木不静。所過郡縣，士卒將有屬⑤吾民者，若⑥爲我選公勤廉威者治士卒，勿譁。"汝楫曰："唯唯。"乃舉前大府監器備庫使王君顯祖自代。平章視其丰儀卓犖，論裁殊庸人，即版授都鎮撫。首陳民情，次兵機地里要害，已而下令申約束。士卒潛相戒曰："軍中今有王鎮撫，剛毅人也。吾輩毋譁，譁者死。"律一張，民用大協。是夏，分率戎麾抵池〔五〕，以便宜决事。率先諸將，與賊相遇⑦。曝鞻建德，剡自面渡，鏺⑧木田罔。掀湖口，撇彭澤〔六〕，行趾盤陽⑨城〔七〕。斬僞元帥者二⑩，磔賊將者二十有五，從賊無算，獲其盧帳輜重器械稱是。明年，餘賊復寇東流[八],君進謂平章曰:"東流糧道⑪,絶之危,必死争。"平章趯之,遂引兵東下摽饒[九],之石門,牿東流。大小三十餘戰,深謀密計,用之無遺算。而一時卒咸樂爲之用,用能屢建奇功,民之犇命歸明者以萬計。吾所謂"鎮撫⑫官用得其人,則居上者體要而功逸,爲下者分立而情通"非歟!省憲論功聞于朝,士民被恩歌于道,大夫士又作爲歌詩以美之,軍中之通歌謡者從而和焉,此豈陽浮慕者哉!然而大功未褒勞,君不以爲枉;致身爲所事,君不以爲難。董⑬子曰"明其道不計其功"、"正其義不謀其利"[十],君子達此者歟!

　　其徒葉一元以余爲文章家[十一],司公論於當代,且視信於後,持其狀來求言,於是乎書⑭。至正十四年七月初九日楊維禎志⑮。

【校】

① 上:原本爲墨丁,據楊鐵崖先生文集全録本、鐵崖漫稿本、文淵閣四庫全書本補。

② 原本"而"字下有"坊"字,據楊鐵崖先生文集全録本删。

③ 癸:原本爲墨丁,據楊鐵崖先生文集全録本、鐵崖漫稿本、文淵閣四庫全書本補。

④ 都鎮撫之"撫",原本無,據楊鐵崖先生文集全録本補。椰:原本作"揖",據文淵閣四庫全書本改。下同。

⑤ 厲:原本作"勵",據楊鐵崖先生文集全録本、鐵崖漫稿本、文淵閣四庫全書本改。

⑥ 若:原本作"君",據楊鐵崖先生文集全録本改。

⑦ 遐:原本作"還",據楊鐵崖先生文集全録本改。

⑧ 銕:四部叢刊本作"鐵",鐵崖漫稿本作"鎐"。

⑨ 盤陽:楊鐵崖先生文集全録本作"瀘陽",疑爲"鄱陽"之誤。

⑩ 二:楊鐵崖先生文集全録本作"三"。

⑪ 糧道:楊鐵崖先生文集全録本作"吾糧路"。

⑫ 鎮撫:原本脱,據楊鐵崖先生文集全録本補。

⑬ 董:原本作"重",據楊鐵崖先生文集全録本、鐵崖漫稿本、文淵閣四庫全書本改。

⑭ 書:原本作"言",據楊鐵崖先生文集全録本、鐵崖漫稿本改。

⑮ 九日:四部叢刊本作"七日"。楊維禎:原本無,據鐵崖漫稿本增補。

【箋注】

〔一〕文撰於元至正十四年(一三五四)七月九日,當時鐵崖任杭州税課提舉司副提舉。王鎮撫:指王顯祖。王顯祖原爲太府監器備庫使,至正十三年,江浙平章定定擢之爲都鎮撫,屢建戰功。

〔二〕至正癸巳:至正十三年(一三五三)。

〔三〕定定(?——一三五六):字號籍貫不詳。至正年間任江浙行省平章,時稱"江浙三平章",蓋於江浙行省平章政事中位列第三。至正十二年秋,徐壽輝紅巾軍攻占常州,定定率軍收復。十六年三月,朱元璋大將徐達攻鎮江,定定戰死。參見南村輟耕録卷七忠倡、卷二十八刑賞失宜,明史紀事本末卷二平定東南。

〔四〕譚汝楫:字濟川。元天曆初任主簿,至順年間任總兵,平定黎人叛亂,戰功卓著。至正十年前後任都鎮撫。參見廣東通志卷五十七嶺蠻志、傅與礪文集卷七跋王武所叙譚濟川戰功後、金華黃先生文集卷二十二讀譚汝楫傳。

〔五〕池:即池州路,隸屬於江浙行省。今屬安徽。

〔六〕湖口、彭澤:據元史地理志,湖口、彭澤皆縣名,隸屬於江西行省江州路。位於今江西北部。

〔七〕盤陽:當作"鄱陽"。據元史地理志,鄱陽縣隸屬於江浙行省饒州路。今屬江西。

〔八〕東流:縣名,隸屬於江浙行省池州路。今屬安徽池州東至縣。

〔九〕饒:指饒州路。元代屬於江浙行省,今爲江西鄱陽。

〔十〕董子:指西漢董仲舒。"明其道不計其功""正其義不謀其利"兩句,相傳爲董仲舒語,參見宋張九成撰孟子傳卷一梁惠王章句上。

〔十一〕葉一元:都鎮撫王顯祖之徒。王顯祖軍功狀即其撰寫。

卷七十七　東維子文集卷二十三

兩浙鹽使司同知木八剌沙①侯善政碑〔一〕

至正十三年春正月，杭之鹽檢校官劉某〔二〕，將鹽商嚴峻等來見余東門次舍，請文以記使司同知木八剌沙侯之善政。余驚疑曰："當朱髠②氏寇亂之餘〔三〕，而監漕官有政可紀，非官③之祥也歟！余嘗官於海濱矣〔四〕，見歲之分漕官挾悍吏二、傔伜一、校卒數十，至分所，必先震刑威，而以售沓墨於其後，下視亭民吏如圈豕罝④兔，狼殘隼虐⑤，無毫毛隱痛。其唊噬滿，然後民吏始得垂展手足。官給工楮，大亭與亭吏必搏揗⑥過其半，謹而儲之，以俟分漕，爲故常，若輸⑦公租、奉公養者。吁，民其有不病乎！朝廷憫之，爲減額數三之一。署鹽漕者皆輟，以臺憲老臣及州郡之良二千石。今沙侯之同知兩浙鹽漕事，其應是選歟！"

峻曰："自侯下車，即攬轡慨然有激揚志。分漕嘉禾〔五〕，先問亭黎老貧艱⑧孤苦，聽以狀聞。取其損數，與大亭乘⑨除之。豪民故犯權⑩，與吏作奸市鈞⑪，逮富人及仇家，不論⑫情實，侯一理已，犯弊立革。桀吏舞文，敗吾法。誅其尤，而餘皆有儆。任指使者，皆恂恂然謹行於冥，恒若侯視聽之及。亭工楮毫釐皆到民，無異時搏揗。民咸抃手叫嚾，以爲非工楮⑬之惠，沙使君之惠也。故在嘉禾，未嘗一篝及亭之民，民⑭服力歲課，不啻如子職。比還司，而漕使長且驅馳兵事，亭之商散，轉漕之利幾格。侯於此時兼伯長之政，招徠客商，不減平昔。先是倉史與綱兵相爲奸利⑮，雜鹽以爲⑯惡，侯申令禁止。又其所藏鹽，悉多累年不發，較常數虧十之三四。侯驗商人所給數，俾新間故以與之，且不使强有力者越先後次。不數月，商舶狎至，流運不絶，足課於常數，以充軍國之需。於此見⑰侯之才有大過人者，無負國家選用之科矣。"

吾聞君子論祥，以政不以物。商人談侯之善政如此，亭家被其澤者可知已，非吾所謂"官之祥"也歟！是宜書其蒞官行事，刻諸貞⑱石，永示後軌。

　　侯西夏人,字某,平章某公之孫也。李黼榜賜進士出身、承務郎、杭州稅課提舉司副提舉楊維禎⑲記。銘曰:

　　惟海殖利,利民利邦。謹政厥筴,懼民有創。法苛亭困,法慢困商。官不理法,墨敗我常。爰選才德,以重㉑漕綱。惟我沙侯,良二千石。下車求言,民我休戚。指使循良,抉㉑去蟊蠈。刑罰不乖,爾亭我力。關石不頗,爾商我役。惟侯治法,廉厚秉心。其履怛怛,其德愔愔㉒。展我謳歌,易爾呻吟㉓。昭然冰鏡,溉若旱霖。轉運大利,出納弗僭。君子論祥,以政以德。矧丁寇亂,官失守職。我侯守官,乃建成績。盍踐公輔,以禎王國。我作銘詩,昭示政則。

【校】

① 鹽:原本作“監”,據楊鐵崖先生文集全録本、四部叢刊本改。按:文中“鹽”字,原本及四部叢刊本皆作“監”,據楊鐵崖先生文集全録本改。

② 鬆:文淵閣四庫全書本作“鬢”。

③ 官:楊鐵崖先生文集全録本作“宦”。

④ 圈豕置:原本作“圈置”,據楊鐵崖先生文集全録本改補。

⑤ 虐:楊鐵崖先生文集全録本作“擊”。

⑥ 捐:原本作“捐”,據楊鐵崖先生文集全録本改。下同。

⑦ 輸:原本作“輪”,據文淵閣四庫全書本改。

⑧ 艱:楊鐵崖先生文集全録本作“難”。

⑨ 乘:原本作“垂”,據楊鐵崖先生文集全録本改。

⑩ 榷:原本作“推”,據楊鐵崖先生文集全録本改。

⑪ 鈎:原本作“鈞”,據楊鐵崖先生文集全録本改。

⑫ 論:原本作“淪”,據楊鐵崖先生文集全録本、文淵閣四庫全書本改。

⑬ 楮:原本作“褚”,據四部叢刊本、文淵閣四庫全書本改。

⑭ 民:原本脱,據楊鐵崖先生文集全録本補。

⑮ 綱:原本作“網”,據楊鐵崖先生文集全録本改。利:原本無,據楊鐵崖先生文集全録本補。

⑯ 爲:原本作“僞”,據楊鐵崖先生文集全録本改。

⑰ 見:原本作“是”,據楊鐵崖先生文集全録本改。

⑱ 貞:原本作“真”,據楊鐵崖先生文集全録本改。

⑲ "李黼榜賜進士出身承務郎杭州税課提舉司副提舉楊維禎"凡二十四字,原本無,據楊鐵崖先生文集全録本增補。

⑳ 重:原本作"量",據楊鐵崖先生文集全録本改。

㉑ 抉:原本作"扶",據四部叢刊本、文淵閣四庫全書本改。

㉒ 憎憎:原本作"惜惜",據楊鐵崖先生文集全録本、文淵閣四庫全書本改。

㉓ 呻吟:楊鐵崖先生文集全録本作"吟呻"。

【箋注】

〔一〕文撰於元至正十三年(一三五三)正月,其時鐵崖任杭州税課提舉司副提舉,寓居杭州東門一帶。本文應劉某、嚴峻等人上門謁請而撰。木八剌沙:西夏人。或曰乃蠻氏人。按:乃蠻蓋西夏一支。元至正二年任江南諸道行御史臺監察御史,至正五年任户部郎中。至正十三年前後,任兩浙都轉運鹽使司同知。參見至正金陵新志卷六官守志、析津志輯佚朝堂公宇載曾堅撰中書省户部題名記。又據元史百官志七,兩浙都轉運鹽使司設同知二員。

〔二〕劉某:當爲兩浙都轉運鹽使司所轄杭州檢校所官員。據元史百官志七,杭州、嘉興等處設有檢校所,"專驗鹽袋,毋過常度"。

〔三〕朱鬚氏:指紅巾軍。

〔四〕余嘗官於海濱:指元順帝至元年間,鐵崖任錢清鹽場司令。

〔五〕嘉禾:今浙江嘉興。嘉興設有鹽檢校所。

長興知州韓侯去思碑①〔一〕

湖②之長興范元禮〔二〕,致其州父兄之言,曰:"州之良二千石爲韓侯。侯起身濮陽同知州事〔三〕,歷汝同知州事〔四〕,得民譽甚,四③命爲今職。長興,湖壯邑也〔五〕。其地邊具區〔六〕,農艱食;其土俗浮齿④,好盤游;大家喜氣勢,多訐争,素號難理,雖老材⑤察者病弗違。惟侯之來也,本之以仁明,決之以剛⑥斷,而行之以正⑦直也。盡刮去舊時積蟲,話⑧焉爲令,筆焉爲畫,一出予奪是非之公。長貳或以各意争予奪,侯既以正持大綱其中,雖上下有矛盾,其不順而治者寡矣。民始有弗便安其爲者,形諸誹傷⑨,侯不少動⑩。未幾,則咸識其意,樂其利，而歌其休也。邑役素不均，由資產弗辨也。侯下令，產漏資匿者，許若干⑪日自陳；即不陳，許人撿没焉。不三月，得列簿帳，役無不平。曩貪⑫兇視戒石泐，因去之。侯至，作新石，益大書其詞，且名其紀令書曰‘不欺天’云，由是大家悉無敢奸以私者。白烏鄉者有⑬悖弟周福斫死其兄，而誣訴於他人⑭者。侯得其情，出他冤，反厥坐。下箬寺僧某〔七〕，爲仇人誣奸狀中傷，吏右仇，相爲根株，僧某下獄室，幾死。侯辯其衣物差互⑮，即伸其枉，民情大悦服。其明決類此。

　　侯奉太夫人，且八十矣，太夫人教侯仁且賢，侯朝出視民事，歸必告其母。事當理，喜而飲食⑯；否即⑰不飲食，且愠見於色⑱。故侯政之休者⑲，多出母教也。侯視事期月，繇賦平，奸慝屏，流離還，關市通，墾闢廣，而庠序之教興矣。民讙然誦之爲良二千石，往者未嘗有也。今秩滿去，吾民有什百爲曹⑳相與涕泣，遮馬首於東門不聽去者。願子體民意，畀之以文，刻諸州亭之石，不惟使民懷侯㉑德不忘，庶繼侯來者，亦有所述也！”

　　予客吳興者二年，諗侯之政，與州父兄之㉒言不誣，故爲之序，而且繫之詞。侯名約，字彦禮，博齋其自號，真定人。其家世勛望，有家乘在，兹不復詳也。

　　維湖㉓支邑，曰吳長城〔八〕。悍若易鬭，義亦易興。惟民師師，慎㉔簡其人。其人伊何？曰剛且仁。侯來自西，維父維師。旦㉕視其民，夕奉母慈。母訓爾聽，子民爾政。俾爾民康㉖，俾爾無病㉗。惟牧保民，若保赤子。我哺我衣，惟恐子駭。汝疇汝闢，汝蠶汝織。勿奪汝時，矧迫汝役。汝有疾痛㉘，我其恤之。汝有枉罰，我其出之。政用大和，枭用不辜。若旱得澍㉙，若渴得飰。侯今去我，誰與活我？迫我冤我㉚，誰復拔我？惟湖有石，其石漸漸。刻侯之㉛德，後來具瞻。

【校】

① 楊鐵崖先生文集全録卷二、鐵崖漫稿卷二、嘉慶長興縣志卷二十六碑碣載此文，據以作校本。鐵崖漫稿本題作長興知州韓侯去病思碑，誤衍一“病”字。長興縣志本題下有小字注“文存”，蓋原碑已佚。

② 湖：原本作“吳”，據長興縣志本改。下同。

③ 甚四：長興縣志本作“未幾”。

④ 啙：四部叢刊本作"嚣"。

⑤ 材：原本作"財"，鐵崖漫稿本作"明"，據長興縣志本改。

⑥ 剛：原本無，據長興縣志本增補。

⑦ 正：原本無，據長興縣志本增補。

⑧ 話：長興縣志本作"語"。

⑨ 傷：文淵閣四庫全書本作"謗"。

⑩ 侯不少：原本爲墨丁，據長興縣志本、鐵崖漫稿本補。文淵閣四庫全書本無 "不少動"三字，而作"聽之"。

⑪ 許若干：楊鐵崖先生文集全録本作"限若干"，長興縣志本作"限三十"。

⑫ 貪：原本作"貧"，據楊鐵崖先生文集全録本、長興縣志本改。

⑬ 有：原本作"者"，據楊鐵崖先生文集全録本改。

⑭ 人：原本作"日"，據長興縣志本改。

⑮ 乇：楊鐵崖先生文集全録本作"互"，長興縣志本作"誤"。

⑯ 食：原本無，據長興縣志本增補。

⑰ 否即：原本作"即否"，據長興縣志本改。

⑱ 見於色：長興縣志本無此三字。

⑲ 政之休者：楊鐵崖先生文集全録本作"政之得體者"，長興縣志本作"之 休績"。

⑳ 曹：四部叢刊本作"群"。

㉑ 侯：原本無，據楊鐵崖先生文集全録本增補。

㉒ 之：原本無，據長興縣志本增補。

㉓ 維湖：原本作"長興雖湖州之"，據楊鐵崖先生文集全録本、長興縣志本改。

㉔ 慎：長興縣志本作"必"。

㉕ 旦：原本作"且"，據楊鐵崖先生文集全録本、長興縣志本改。

㉖ 原本"康"之下有一"寧"字，據楊鐵崖先生文集全録本、長興縣志本删。

㉗ 原本"病"之上有一"爾"字，據長興縣志本删。

㉘ 疾痛：原本作"痛生"，據長興縣志本改。

㉙ 澍：長興縣志本作"雨"。

㉚ 迫我冤我：長興縣志本作"我迫我冤"。

㉛ 之：原本作"去"，據長興縣志本改。

【箋注】

〔一〕文撰於元至正六年（一三四六）。其時鐵崖寓居吳興，在蔣氏義塾東湖書院授學。繫年依據：文中作者稱"予客吳興者二年"，而鐵崖至湖州蔣氏書院授徒，始於至正四年冬。韓侯：韓約。吳興備志卷七官師徵第四之六州邑："韓約，字彥禮，真定（今河北正定）人。知長興州。有蒙古人奪民妻女，前此莫敢誰何，約至，舉正其罪。下箬寺僧爲仇人誣，吏右仇，相爲根抵，累年不決，約辨其誣，釋之。善政多類此。（浙江通志）"按：據本文，韓約自號博齋，曾歷任濮陽同知、汝州同知，至正初年始任長興知州。又，韓約後入長興名宦祠，參見嘉慶長興縣志卷四學校名宦祠。

〔二〕范元禮：蓋即吳興世家大族之人。東維子文集卷八送韓奕游吳興序："洞庭之西有蔣氏義門、劉、范世家在焉。"

〔三〕"侯起身"句：按元代有兩濮陽，一爲縣名，隸屬於大名路開州；一爲濮州舊稱。元史地理志一："濮州，唐初爲濮州，後改濮陽郡，又仍爲濮州。宋升防禦郡。金爲刺史州。元初隸東平路，後割大名之館陶、朝城，恩州之臨清，開州之管城來屬，至元五年析隸省部。"據"侯起身濮陽同知州事"一句，似指濮州，因爲縣不設同知。然又有可疑：濮州直隸中書省，領有六縣，屬於上州。又據元史百官志七，上州同知爲正六品，韓侯起身即正六品，已屬少見；繼任汝州同知，實爲降級。故疑此處有誤，待考。

〔四〕汝州：據元史地理志，隸屬於河南江北等處行中書省南陽府。今屬河南。

〔五〕湖：湖州。

〔六〕具區：太湖古稱。元和郡縣志卷二十六江南道："太湖在（吳）縣西南五十里，禹貢謂之震澤，周禮謂之具區。"

〔七〕下箬寺：原爲南朝陳武帝霸先私宅，位於長興縣東下箬溪上。陳廢帝光大元年詔立爲寺，號天居宮。宋治平二年改名廣惠教寺。明洪武四年重建。俗稱下箬寺。參見浙江通志卷二百二十九寺觀湖州府。

〔八〕吳長城：參見鐵崖先生古樂府卷二城西美人歌注。

富陽縣尹曹侯惠政碑〔一〕

皇帝踐祚既久，念海內外土地之廣，生齒之繁，仁義禮樂之澤有所未周，乃召丞相議政化之得失，繫於郡縣之寄，由是簡牧伯以惠黔愚，多用儒術爲理，仁厚循良之吏①，往往得以紓其蘊抱，而窮山異谷之民，皆沐其惠休。若富陽之有曹侯，亦其一也。前守有不期月而去者，侯獨留五年。而民惜其去，去之日，邑士民馮某等來謁余錢唐〔二〕，乞文以紀侯之惠績②。

馮之言曰：“富陽，杭支邑，當東南要衝，枕山帶江，無沃土美植以當大府之需，故民勞而貧，俗訐而澆。侯下車，首以敦本厚俗爲先務。屬孔子廟壞，乃捐圭田之入，率士籍之優饒者，以建③立爲事。廟既成，又爲之聘名師，招俊民而教養之。不數月，弦歌禮讓之風達於郊鄙。繼新三皇氏之宮〔三〕、社稷之祀壇壝，皆煥然可觀。下至郵驛河梁，百廢具興，而民未嘗以勞告。巡行畎畝，躬説桑田，畦深條柔，而民無失時惰事之罰。阡陌既闢，民食其土，而庭無盜賊獄訟之聲。良由賦役均一，而徵科弗亂，吏無并緣之奸，而民始知以有生爲樂也。歲六月不雨，禾將槁死，侯走祈山川，甘雨隨注。馬山有虎，白晝傷居人，侯投檄山靈，虎尋遁，若受告詔而去者，侯之感於鬼神禽獸有如此者。公退輒閉户讀書，或行山水間，時爲歌詩，以紓其清曠超越之懷，其自治有如此者。其視④政也，明而決；其下士也，恭而禮；其馭吏卒也，嚴以恕。蓋侯以兼人之質，以承⑤其家學。有尚書譙⑥郡侯、運使通議公爲之祖，州伯奉議公以爲父，其忠君惠民之教，耳熟而心飫之，故其設施章章如是。前倅湘潭〔四〕，録嘉興，既去而民思之。今見於富陽者，吾民之思蓋⑦過之。”

予聞儒之爲德，和平而靖深，寬簡而粹密，故發之於事業，多惠愛子諒〔五〕，非徒長裾闊帶，以取侮於庸妄者爲也。若曹侯者，其亦古之循良吏也歟！誠無負吾君與吾相畀予之重矣。曹侯往焉，日躋顯庸，展其才⑧以施天下，益信夫儒者之有爲，非世之俗吏所能輩行也。余也夤以儒術食君之禄，而老與時違，聞曹侯之風，未嘗不發愧焉，故重馮之請而樂書之。

侯名忠，字惟良，燕人云。

【校】

① 吏：楊鐵崖先生文集全録本作“士”。

② 績：原本作“續”，據楊鐵崖先生文集全録本、文淵閣四庫全書本改。

③ 建：原本作“逮”，據楊鐵崖先生文集全録本、文淵閣四庫全書本改。

④ 視：原本作“是”，文淵閣四庫全書本作“爲”，據楊鐵崖先生文集全録本改。

⑤ 承：原本作“丞”，據楊鐵崖先生文集全録本、文淵閣四庫全書本改。

⑥ 譙：原本作“誰一”，據楊鐵崖先生文集全録本改。

⑦ 蓋：楊鐵崖先生文集全録本作“益”。

⑧ 才：原本作“文”，據楊鐵崖先生文集全録本、文淵閣四庫全書本改。

【箋注】

〔一〕文撰於元至正五年（一三四五）前後，其時鐵崖於湖州長興東湖書院授學。繫年依據：其一，文章起首曰“皇帝踐祚既久”，此“皇帝”當指元順帝。文中又曰：“乃召丞相議政化之得失……多用儒術爲理。仁厚循良之吏……若富陽之有曹侯，亦其一也。前守有不期月而去者，侯獨留五年。”由此可知曹忠來任富陽縣令，當在元順帝罷黜權相伯顔之後不久；曹忠去職之時，順帝實際執政已有五年。其二，至正五年前後，鐵崖丁憂服闋後失官，爲養家糊口，受聘於湖州長興東湖書院。此與文中所謂“余也蚤以儒術食君之祿，而老與時違”等語也能吻合。按：杭州爲江浙行省政府所在地，鐵崖申請補官，須常到省府走動。鐵崖授學湖州時期，不時往返於湖州、杭州。故此文中曰“馮某等來謁余錢唐乞文”。富陽：縣名。據元史地理志，富陽縣隸屬於江浙行省杭州路。曹侯：曹忠，其名或作克忠，字惟良，燕人。出身官宦人家。曾歷任湘潭倅，嘉興録，至正初年任富陽縣尹，任職五年，施政惠民頗多。按：乾隆杭州府志、光緒富陽縣志等多種地方志有曹忠小傳，皆源自本文。又按光緒三十二年刊富陽縣志卷三職官表，元惠宗時任縣尹者無“曹忠”而有“曹克忠”，注曰：“至正間任。據浙江通志。”

〔二〕馮某：疑爲富春馮士頤，或其兄弟。至正初年鐵崖與馮氏兄弟交往頗多。參見鐵崖先生詩集丙集醉歌行寄馮正卿。

〔三〕三皇氏：伏羲、神農、黄帝。或曰天皇、地皇、人皇。

〔四〕湘潭：州名，隸屬於湖廣行省天臨路。今屬湖南。

〔五〕子諒：禮記樂記：“禮樂不可斯須去身。致樂以治心，則易直子諒之心油然生矣。”

於潛縣張侯禦寇碑〔一〕

有庬眉叟數人，來自於潛山谷間，偕其邑大姓曰章和、徐瑀等若干人，言其縣令張公傑之爲保障。有狀：

至正①乙未夏五月〔二〕,賊起安吉〔三〕,東抵縣外境,謀縣署所宅之,縣以兵守者先遁。初,侯慮賊,以義結民,爲伍乘法〔四〕,民無窮富老穉,皆樂受命,修門隍,理器械,立旗色,號凡若干伍,侯以主帥自命矣。于民曰②:"令今日與民共死生。吾死,若輩偷生,令以五乘法殺若輩;吾偷生,若輩亦以五乘法殺令。"即夜統衆二千人,迹賊所徑③,搗賊虛,殺其魁一人、從十人,賊望風崩潰。越明年春正月,賊又自徽突昱嶺〔五〕,陷昌化〔六〕。昌化去縣治僅三十里所,居民皆荷擔謀徙④。侯餉牛酒呼民,復⑤以五乘法矢如初。賊素聞侯名,且有兵略,皆迁去,寇他邑,(句。)縣訖按堵如故。仍調鄉夫守禦四門,晝理縣事,夜巡縣境以爲常,民之倚侯蓋柱⑥石矣。夏四月,淫雨窮晨夕不止,凡十日,二麥垂稔〔七〕,而腐且過半。侯疏詣岳祠〔八〕,痛自責者三,而天大霽,民之倚侯又神明矣。他如分振窮,敬教勸學,殣老疾,宥孤寡,此又收人心以助,皆可書者。吁,若張侯者,非今之保障臣哉! 侯丞揚子縣〔九〕,有治聲,邑民爲樹碑著善績。今⑦尹吾於潛,捍灾禦患,力政益過之,潛父兄亦將樹石西門,以爲吾人紀去之思。聞吾子文足以傳後,自有以第而登諸石。

予嘗以紅寇滋熾〔十〕,往往易吾官軍。官軍覆不敵者,以主兵者無能。主兵無能,以五乘之法亡⑧也。誠使⑨小而長千夫、大而統六師者,能守古伍乘法如張侯者,吾未信兵不利,寇不殄也。吁,秣陵之潰〔十一〕,武丘之潰〔十二〕,視主將如塗⑩人,非惟棄甲而去,或有倒戈而仇者,誠誰咎哉? 吾宜有述,以諷主兵之不如張侯者,庶有瘳乎! 余未識侯,迹其治行若是,不啻如心交其人⑪也,於是乎書。

侯名傑,字漢臣,濟南 濱之世家云〔十三〕。至正十六年□□⑫月七日記。

【校】

① 至正之"正",原本誤作"元",徑改。元世祖、元順帝之至元年間,皆無"乙未"年,且至正十三年癸巳張傑始任於潛縣令,此指至正十五年乙未無疑。

② 曰:原本作"田",徑改。

③ 徑:四部叢刊本作"往",文淵閣 四庫全書本作"經"。

④ 徙:原本作"徒",據四部叢刊本、文淵閣 四庫全書本改。

⑤ 復：原本作"後"，據文淵閣四庫全書本改。

⑥ 柱：原本作"桂"，據四部叢刊本、文淵閣四庫全書本改。

⑦ 今：原作"令"，徑改。

⑧ 亡：原本作"七"，據文淵閣四庫全書本改。

⑨ 使：原本作"便"，徑改。

⑩ 塗：原本作"淦"，據文淵閣四庫全書本改。

⑪ 人：原本漫漶，據四部叢刊本、文淵閣四庫全書本補。

⑫ 原本所脱二字，四部叢刊本、文淵閣四庫全書本皆作"春正"。然文中已稱"夏四月淫雨……凡十日"，文末又述及至正十六年二、三月間平江、金陵之"潰"，并未言及當年七月下旬杭州城被張士誠軍攻陷。故本文撰寫時間當爲至正十六年夏秋之間，即此年五月、六月或七月之七日。原本所脱二字，當爲"夏五"、"夏六"或"秋七"，而不應爲"春正"。參見本文注釋。

【箋注】

〔一〕文撰於元至正十六年（一三五六）夏秋之間，其時鐵崖在杭州任税務官。繫年依據參見本文校勘記。於潛縣：隸屬於江浙行省杭州路。參見元史地理志。今爲鎮，屬杭州臨安市。張侯：張傑。萬曆杭州府志卷六十四名宦傳四："張傑，字漢臣，濟南人。至正癸巳爲於潛尹。公方廉直，門無私謁。秩滿，陞杭州路總管府判官。"又據本文，張傑任於潛縣令之前，爲揚子縣丞，亦有惠政。

〔二〕至正乙未：即至正十五年（一三五五）。

〔三〕安吉：縣名。據元史地理志，安吉縣隸屬於江浙行省湖州路。今屬浙江。

〔四〕伍乘法：又稱"什伍連坐"。宋呂祖謙左氏傳説卷十四："伍乘，軍之大刑也……推此亦可見三代伍乘之制矣。五人爲伍，七十二人爲乘。伍死其伍，乘死其乘。則推而上之，萬二千五百人之軍，莫不皆相爲死，則臨敵之際，烏得有魚潰鳥散之患？"

〔五〕徽：徽州。昱嶺：即昱嶺關。參見陳善學序刊楊鐵崖先生文集卷六李鐵鎗歌注。

〔六〕昌化：縣名。據元史地理志，昌化縣隸屬於江浙行省杭州路。今爲鎮，屬杭州臨安市。

〔七〕二麥：大麥與小麥。

〔八〕岳祠：祭祀山神之祠廟。

〔九〕揚子縣：元代隸屬於河南江北等處行中書省揚州路真州。今爲江蘇儀徵。

〔十〕紅寇：指元末紅巾軍。

〔十一〕秣陵：即金陵，元代爲江南諸道行御史臺和集慶路治所在地。據元史
順帝本紀："（至正十六年三月）庚寅，大明兵取集慶路。"

〔十二〕武丘：即虎丘山。此代指蘇州，蘇州爲平江路治。按元史順帝本紀：
"（至正十六年二月）高郵張士誠陷平江路，據之。改平江路爲隆
平府。"

〔十三〕濱：濱州。據元史地理志隸屬濟南路。

重建海道都漕運萬户府碑^{〔一〕}

海漕，古未有也。古者，天子中千里而都，公侯中百里爲^①都。天
子都漕而入者，地不過五百里；公侯^②都漕而入者，地不過五十里。禹
貢所載，入渭亂河，乃節級轉輸之次，其輸止於方貢之物。蓋是^③時兵
未有餉，仕未有廩，何有於漕運哉！春秋時，國各有兵事，則始講求其
法，亦不過師行^④之餉，國都之漕猶未講也^{〔二〕}。秦罷侯置郡，令天下飛
芻輓粟，負海之郡轉輸北^⑤河，率三十鍾致一石^{〔三〕}，漕之爲役始勞，而
汎海之漕亦未講也。

國家定都於燕，控制萬里外。軍國百司之調度，皆仰給於江之
南。漢仰漕山東，唐仰漕^⑥江淮，皆無道里遼絕之阻也。今京師去江
南，相望水陸數千里，而軍國百司之調度，欲朝夕供億如取諸左右，
吁，使無良法以致之，則民勞國弊，又可勝言也哉！此江南海道漕運
之法開，實天運之所啓也。迺至元十有二年^{〔四〕}，天兵下江南，丞相伯^⑦
顏公悉收庫藏圖籍，上之京師。屬將朱清、張瑄，自崇明徑海達於燕，
而海道實開於此^{〔五〕}。繇是東南入餉^⑧者，浮游大舶，絕海而行。發陵
倉^{〔六〕}，逾成山，歷萊洋，入界河，抵直沽，以灌輸^⑨於天庾。海若受職，
祥飈送順，龍驤北指，僅旬日程耳，兹非曠古以來所未有之大利捷便
乎！故曰："漕運之開，天運之啓也。"

越裳氏謂海無烈風，意中國之有聖人也^{〔七〕}。證之於今，不信已
乎！初，漕之署開三府于平江，置萬夫長六員，僚屬若干人，虎符金

節，兼點軍旅，秩數視他萬夫長府，弗得儷其華且重焉。大德癸卯〔八〕，并府歸一，長貳及幕僚凡九員，隸屬凡八所，糧餫歲增至三百餘萬。每起漕，必行中書官親臨督調。吁，漕運之功大，則漕府之職隆，勢使然也。

至正丁亥夏，萬户買木⑩丁公來〔九〕，顧府治庫⑪陋，土木潰壞⑫，無以副朝廷設司授職之重。廼謀諸僚友副萬户鄭公〔十〕，洎定僧公〔十一〕，協乃心力，各出俸金，以率僚屬，助以營運子本之贏⑬。明年九月某日，始獲徹弊而新，規制視昔益宏而壯。閱三月某日告成⑭，幕元僚孫君來謁記，且謂：“自創府來七十有餘年，未有名言垂諸金石，惟子其言之！”

予既爲⑮推言海漕之關於天，而又有以進⑯於人者。天既啟之，人克佐之，斯萬世萬全利也。不然，萬一魚龍之國阻爲巢穴，天有不可恃，君子之所慮者亦遠矣！居是司者，知天人交應之道，則知其責愈不薄也已，可不勉哉！

買木公字永錫，西夏人。起身宿衛，連佐省臺，有風節。今以資善大夫爲府之監。鄭公用和，字彥禮，三衢人。定僧字平叔，浚儀人。皆以近侍輾居漕選。經歷孫震，知事鄧繪，照磨衛權〔十二〕。董役者：千户楊元正〔十三〕，府吏湯文脩⑰、馮謙、章復也〔十四〕。銘詩曰：

朔方聖人啟中天，天府之國宅幽燕。帝車迴旋統幅員，南海北海無中邊。海陵餫饟主領頴，龍驤萬斛誰開先？神人手執鯨鯢鞭，朝發扶桑暮咸⑱淵〔十五〕。清明風生五兩縣〔十六〕，不周風起人⑲南還〔十七〕。砲雲不作颷不顚，神燈在天大珠圓。帝曰開府具區堧，出臺入省居才賢。將軍來自西于闐〔十八〕，高門⑳大屋重嶪巘。十風五雨熟大田，天倉如泉積萬千㉑。武夫翼艘挾飛仙，天人交贊利萬全。漕臣奏功帝曰然，困星煌煌千萬年〔十九〕。至正八年十二月某日，賜進士出身、承仕郎、前台州路天台縣尹兼勸農事會稽楊維禎㉒譔。

【校】

① 爲：楊鐵崖先生文集全録本作“而”。
② 公侯：楊鐵崖先生文集全録本作“諸侯”。
③ 是：原本作“畏”，據楊鐵崖先生文集全録本、文淵閣四庫全書本改。

④ 師行：楊鐵崖先生文集全録本作"行師"。

⑤ 北：原本作"比"，據楊鐵崖先生文集全録本、文淵閣四庫全書本改。

⑥ 漕：原本作"曹"，據楊鐵崖先生文集全録本、文淵閣四庫全書本改。

⑦ 伯：原本作"白"，據楊鐵崖先生文集全録本改。

⑧ 餫：楊鐵崖先生文集全録本作"餉"。

⑨ 輸：原本無，據楊鐵崖先生文集全録本增補。

⑩ 買木：楊鐵崖先生文集全録本作"買朮"，下同。

⑪ 庫：原本作"痹"，據楊鐵崖先生文集全録本、文淵閣四庫全書本改。

⑫ 潰壞：原本作"弗之"，據文淵閣四庫全書本改。

⑬ 贏：原本作"嬴"，據文淵閣四庫全書本改。

⑭ 告成：原本作"告及"，據楊鐵崖先生文集全録本改。

⑮ 爲：楊鐵崖先生文集全録本作"以"。

⑯ 以進：原本作"名"，據楊鐵崖先生文集全録本改。

⑰ 湯文脩：楊鐵崖先生文集全録本作"楊文修"。

⑱ 咸：原本作"成"，據楊鐵崖先生文集全録本改。又，此句楊鐵崖先生文集全録本作"朝發軔，暮咸淵"兩句。

⑲ 人：楊鐵崖先生文集全録本作"仍"。

⑳ 門：原本作"明"，據楊鐵崖先生文集全録本改。

㉑ 泉：楊鐵崖先生文集全録本作"京"。萬千：原本作"陳身"，楊鐵崖先生文集全録本作"陳陳"，據文淵閣四庫全書本改。

㉒ "賜進士出身承仕郎前台州路天台縣尹兼勸農事會稽楊維禎"凡二十五字，原本無，據楊鐵崖先生文集全録本補。

【箋注】

〔一〕文撰於元至正八年（一三四八）十二月，其時鐵崖闔家寓居姑蘇城内，授學爲生。參見東維子文集卷十二海漕府經歷司記。

〔二〕"古者"十九句：宋吕祖謙歷代制度詳説卷四漕運詳説："古者，天子中千里而爲都，公侯中百里而爲都。天子之都，漕運東西南北所貢入者，不過五百里。諸侯之都，漕運所貢不過五十里。所以三代之前，漕運之法不備。雖如禹貢所載入於渭、亂於河之類，所載者不過是朝廷之路所輪者，不過幣帛九貢之法。所以三代之時，漕運之法未甚講論，正緣未是事大體重。到得春秋之末、戰國之初，諸侯交相侵伐，爭事攻戰，是時稍稍講論漕運之法，然所論者，尚只是行運之漕。至於國都之漕，亦未甚論。"節級轉輸,又稱"轉般法"。清胡渭禹貢錐指卷十九:"轉般之法,始於唐裴耀卿,而成於劉晏。江船不入汴,汴船不入河,河船不入渭。内外均勞,遠近有節,猶得禹貢三百里代輸粟米之遺意。宋初因之。"

〔三〕"三十鍾"句:指秦朝漕運費用,運糧三十鍾花費一石。參見吕祖謙撰歷代制度詳説卷四漕運制度。

〔四〕至元十有二年:即南宋德祐元年(一二七五)。

〔五〕"天兵"六句:伯顏(一二三六——一二九五),元初權臣,官至丞相。曾親率大軍滅宋。封淮安王。生平詳見元明善丞相淮安忠武王碑(載元文類卷二十四)。元史食貨志一海運:"元都于燕,去江南極遠,而百司庶府之繁,衛士編民之衆,無不仰給於江南。自丞相伯顏獻海運之言,而江南之糧分爲春夏二運……初,伯顏平江南時,嘗命張瑄、朱清等,以宋庫藏圖籍,自崇明州從海道載入京師。而運糧則自浙西涉江入淮,由黄河逆水至中灤旱站,陸運至洪門,入御河,以達於京。"

〔六〕陵倉:即海陵倉,海陵爲泰州古名。倉在泰州東,漢吴王濞所置太倉。相傳吴王濞開邗溝,置太倉,首創漕運。參見江南通志卷八十一食貨志。按:此以陵倉借指東南糧倉。

〔七〕"越裳氏"二句:後漢書南蠻傳:"交阯之南有越裳國,周公居攝六年,制禮作樂,天下和平,越裳以三象重譯而獻白雉……其使請曰:'吾受命吾國之黄耇曰:"久矣,天之無烈風雷雨,意者中國有聖人乎?有則盍往朝之。"'周公乃歸之於王,稱先王之神致。"

〔八〕大德癸卯:即大德七年(一三〇三)。

〔九〕買木丁:或作買术丁,字永錫,西夏人。資善大夫,海道都漕運萬户府達魯花赤。按:後文稱"今以資善大夫爲府之監",實指至正七年丁亥夏,買木丁任海道都漕運萬户府達魯花赤。參見至正七年十二月所立元人王敬方撰褒封水仙記碑(文載續吴郡志卷上)。

〔十〕鄭公:即鄭用和,字彦禮,號九翠,衢州西安(今屬浙江衢縣)人。元延祐五年進士。至正三年授嘉議大夫、海道都漕運萬户府副萬户。以年老致仕,加正萬户、德安等處軍民屯田總管,封滎陽郡侯。參見民國衢縣志卷二十二人物志,天啟衢州府志卷十、卷十一人物志,續吴郡志卷上褒封水仙記。

〔十一〕定僧:字平叔,浚儀(今河南開封)人。至正七年前後爲亞中大夫。參見王敬方撰褒封水仙記。

〔十二〕經歷孫震:參見鐵崖先生古樂府卷六萱壽堂辭。知事鄧繪、照磨衛權:

參見東維子文集卷十二海漕府經歷司記。

〔十三〕楊元正：蓋至正七年前後在姑蘇爲典兵官,任千户。

〔十四〕湯文脩、馮謙、章復：蓋皆於至正七年前後在海道都漕運萬户府爲吏。

〔十五〕咸淵：咸池、虞淵。此偏指虞淵。相傳太陽於咸池沐浴,入虞淵則爲黄昏。詳見淮南子天文訓。

〔十六〕五兩：測風所用羽旗。文選郭璞江賦:"覘五兩之動静。"李善注:"兵書曰,凡候風法,以雞羽重八兩,建五丈旗,取羽繫其巔,立軍營中。"

〔十七〕不周風：清朱鶴齡讀左日鈔卷十:"西北曰不周風,北方曰廣莫風。"

〔十八〕于闐：古西域王國,位於塔里木盆地南邊,今新疆和田一帶。

〔十九〕囷星：又稱天囷星,喻意爲"圓形穀倉"。

大中祥符禪寺重興碑〔一〕

秀郡庠西个有古伽藍,曰大中祥符。主僧曰覺①曇師〔二〕,持寺之重興狀來謁於庠次,曰:"寺之棟宇象設,其來久矣,廢興紀録敢以請,子之名能文,庶後有攷,且以壽吾教。"按狀:

創於東晉興寧間。哀帝詔剡山法師竺②潛講般若禁中〔三〕,師還山,道由橋李,舍于安撫大卿魏公某,知其有道行,遂舍地爲寶坊,延之。至梁普通,盛行水陸法事,故稱水陸院。廢于唐之會昌。大中天子復天下寺院,寺得如③故。宋大中祥符元年,改賜今額。群疏于朝,作御④前崇奉所,至今寺之坊字曰"華封"云,獲賜城西蕩田若干畝。元豐間,有市民魯性忠者裂地五丈⑤,充寺之河,歲令祝聖放生者是也。建炎,寺燬。紹興乙卯,主僧法瑜募有力者,建佛殿、山門、兩廡,及五鳳樓,縣鐘有虡,庋經有藏。沙門奉⑥先者,繼成無量壽佛殿三聖等像。二十五年,太守林衡奏改禪院。乾道辛卯,大府丘宷⑦奏〔四〕,賜華亭没官田九百畝籍入寺。

我朝玉林普⑧琪公始領寺事〔五〕,又置新田若干畝,寺之給⑨養稍贍。絕照慧⑩光公來理法堂,鑑湖源⑪澄公繼之。適颶仆後殿,三聖像之存,若有神護者,未及興復而寂。梅屋念⑫常公至,僇力經理,僅成明樓及歸雲寮。至元戊寅〔六〕,江浙相府舉叢林碩德充各寺法席,而我曇師在選中。顧寺頹圮狼籍如逆旅舍,寢食遑安,遂盡棄鉢資,及募諸檀,經營者十餘年,始克鼎建後大彌陀殿,中嚴無量壽佛像、左右十八應真,仍翻理前殿、左右廡,裝靈山會境。方丈寢室,咸就嚴邃,下及庖庫圊湢,一一完美。寺⑬之前後廢興若此。

　　余惟寺之廢興,以人不以時,而人之興也,不以土木之績,而以碩德高風也,若肇基者之潛師與今曇師之復興者是已。然則碩德高風,又豈在於禪哉!水陸法事哉!吁,象教化濁世,而後有水陸法事⑭,良⑮可悼也。佛法離而有禪,禪益離而有南北教,可悼已。吾怪今之言禪者,不根祖始,隱語以相蒙,誕言以相勝,使其徒悵悵然捕聲索影,訖無自而入大雄氏之道,則往往徂狂而失守。

　　吾喜曇師身則⑯禪而心則儒,嘗與吾論道已,以性善爲法喜,以敬尊愛親爲上義,以安貧居易爲極樂,以作善降祥爲因果,以言師百代行師千種爲不壞身,殆有與吾儒合者,非禪門氏率其徒於悵悵然捕聲而索影者也。柳子曰:“吾於浮屠氏之言,取其與吾儒合者〔七〕。”吾於師亦云。

　　師周姓,字竺笼⑰,郡之儒家子,嗣于凈慈之靈石芝禪師〔八〕。其銘曰:

　　大道支,九流渫。西鹿興,華軌跲。禪亦奇,道益愜。各户牖,示鈍捷。蕩真性⑱,執忘涉。一既離,萬曷攝?秀之西,宫業業。般若宗,登載牒。改禪奥,訌異諜。惟曇師,我道協。南之車,渤之檝。推離宗,返伽葉。咨後人,廣白業。我立言,歷萬劫。

【校】

① 崇禎嘉興縣志卷二十二遺文四録有此文,據以作校本。覺:原本無,據嘉興縣志本增補。

② 竺:原本無,據嘉興縣志本增補。

③ 得如:原本作“德”,據嘉興縣志本、四部叢刊本改補。

④ 御:原本作“衙”,據四部叢刊本改。

⑤ 性忠之“性”,嘉興縣志本作“惟”。裂:原本作“烈”;丈:原本作“文”,據崇禎嘉興縣志本、文淵閣四庫全書本改。

⑥ 奉:原本無,據嘉興縣志本增補。

⑦ 窆:原本作“某”,據嘉興縣志本改。

⑧ 玉:原本作“王”;普:原本無,據嘉興縣志本改補。

⑨ 給：原本無，據嘉興縣志本增補。

⑩ 慧：原本無，據嘉興縣志本增補。

⑪ 源：原本無，據嘉興縣志本增補。

⑫ 念：原本無，據嘉興縣志本增補。

⑬ 寺：原本作“方”，據嘉興縣志本、文淵閣四庫全書本本改。

⑭ 水陸法事：原本作“水陸之其世”，據文淵閣四庫全書本改。

⑮ 良：原本無，據文淵閣四庫全書本增補。

⑯ 曇師身則：原本作“曰雲師師身”，據嘉興縣志本删改。

⑰ 芳：嘉興縣志本、四部叢刊本、元祥符寺碑皆作“芳”。

⑱ 性：原本作“桂”，據四部叢刊本改。

【箋注】

〔一〕文撰於元至正十四年（一三五四）五月，其時鐵崖在杭州任税務官。繫年依據：嘉興路總管府推官嚴陵方道睿所撰元祥符寺碑，亦爲此次祥符寺重修而作，撰期爲元至正十四年五月既望。本文當爲同時所作。按：方道睿所撰碑文，書丹者倪中，篆額者周伯琦，皆鐵崖好友，文載崇禎嘉興縣志卷八、兩浙金石志卷十八。大中祥符禪寺：萬曆嘉興府志卷四寺觀：“祥符禪寺在郡治西北一里，東晉興寧間，哀帝詔剡山法師竺潛講般若於禁中。還止檇李，貴人家因捨宅爲精舍。梁天監中，盛行水陸事，號水陸院。唐會昌五年廢。大中元年復立。宋大中祥符元年，賜名祥符院。洪武二十四年，定爲今額。”

〔二〕覺曇：俗姓周，世爲嘉興人。簡静沉毅，勇於承擔。元順帝至元四年始任祥符寺住持。參見方道睿撰元祥符寺碑。

〔三〕竺道潛：字法深，姓王，琅琊人。晉丞相武昌郡公敦之弟。年十八出家，事中州劉元真爲師。傳見梁慧皎撰高僧傳卷四。

〔四〕丘崈：字宗卿，江陰（今屬江蘇）人。官至同知樞密院事。卒諡忠定。宋史有傳。

〔五〕玉林普琪公：或作僧普垻。玉林當爲其字。元祥符寺碑：“内附初，僧普垻又置新田若干畝。”

〔六〕至元戊寅：即元順帝至元四年，公元一三三八年。按：方道睿撰元祥符寺碑所述與此不同，曰：“至正四年，行宣政院以今覺曇爲叢林碩德，檄選以主兹寺……遂盡傾鉢資并募有力者，經營十餘年，始克於後殿故址鼎建大彌陀殿，及作方丈寢室。”謂覺曇於至正四年（一三四四）來任住持。然本文既曰"經營十餘年",則所謂"至正"明顯有誤。祥符寺擴建完成于至正十四年,覺曇始任祥符寺住持,應在元順帝至元四年戊寅。本文不誤。

〔七〕"吾於"二句:柳宗元集卷二十五送元暠師序:"世之蕩誕慢訑者,雖爲其道而好違其書。於元暠師,吾見其不違且與儒合也。"

〔八〕靈石芝禪師:元中葉嘉興名僧。明無愠山庵雜録卷下:"泰定初,宣政院起嘉興本覺靈石芝禪師主净慈,師已年八十有四,四海尊仰如古佛。"

玄妙觀重建玉皇殿碑①〔一〕

吳興玄妙觀在子城西北一百五十步,爲郡官寮祝釐禱雨暘之所,本梁大同二年所建玄風觀也〔二〕。唐神龍改龍興〔三〕,天寶改開元〔四〕。宋初改元②通,大中祥符改天慶〔五〕。我朝改今名,崇建聖殿,以居昊天玉皇之③帝。至正六年殿灾〔六〕,主觀師閒人得人攬其敗瓴斷礎,不無愴然者,廼與其徒④施道清〔七〕,壹廼心力,勇發弘願。既各竭己資,且募檀施,得里之大家葉德榮、劉道坦等〔八〕,又各捐⑤若干緡錢,於是首建聖殿。經始於七年秋,越明年夏六月告成。肥楹傑棟,翬飛岳峙⑥,繚以朱闌,覆以重櫩。規制雄大,氣象森寒。凡幕帟供張⑦之具,黃金丹砂璀璨芬郁之飾,視昔有加,若天上良常化⑧出人世〔九〕。川祇地嫗,咸大懽喜,奴隸婦女,瞻仰贊歎,誠足以侈廟貌、昭神休矣。工徒竣事,士民相與共落之,欋稏在野,歌舞在涂,休氣布濩,無有灾害,人康物阜,薰爲大和,則又相與伐石以紀其成。知觀事者錢道元⑨〔十〕,介萬户教化公來謁記〔十一〕。

予悼吾儒之教岐而爲老釋,釋氏以滅絕倫理,示人以險絕之機,而生生之造幾熄⑩。惟老氏之道原乎大易,大易,吾聖人憂患之作也。老氏者,其無憂患乎! 閔文法之煩稱也,機譎之互角也,百疾俱作,萬怪橫生,晝冥宵光,夏霜冬雷,罔不繆盭,故其立教,以自然爲宗,以無爲爲有本,返治古於容城氏時〔十二〕。田不侵畔,漁不争隈,撫⑪嬰兒於巢上,棲餘糧於畮首。虎豹可尾,蛇虺可蹍,而不知爲之者〔十三〕,此老氏旨⑫也。宗其教者,又隆以昊天上帝之居,巍巍觀闕,與時王等,而王法無所於禁,即與泰壇郊祀者同一科儀⑬,亦以廣好生之仁,充玄默⑭之化也。得爲其徒者，將推其教以拯⑮衰世之苦，則祖師之望，又豈直祝釐以壽皇圖；宮闕壇壝之崇，又豈徒靡吾民力以侈外觀而已哉！

　　方今聖天子追治道於黃唐之上〔十四〕，好生之德與天同流，瘝瘝煦殘，以恬以熙。民有含哺而嬉，鼓腹而游〔十五〕，老死而不知帝力之加於我者，老氏之教，可以因之而廣矣。既敘其事，復爲銘詩曰：

　　神黿載弁浮青紅⑯，水晶⑰宮闕神人宮。金鋪雕礎固且崇，參差珠閣當天中。仰瞻宸⑱宸天人容，天威咫尺⑲下地通。白雲之鄉帝乘龍，翩然大荒靈下降。彩烟⑳綺霧陛九重，靈鶴萬舞來㉑從東。五方之人叩吉凶，帝愍下土叩輒從。物不疵癘歲屢豐，十日一雨五日風。聖人體天上帝同，好生之德天同功。祝聖人壽生聰聰，倥侗至德還古蒙〔十六〕，彌千萬年天無終。

【校】

① 楊鐵崖先生文集全錄卷二、吳興藝文補卷二十八錄此文，據以作校本。吳興藝文補本題作玄妙觀重建玉皇殿記。

② 元：楊鐵崖先生文集全錄本、吳興藝文補本作"玄"。

③ 玉皇之：吳興藝文補本作"上"。

④ 主觀師聞人得人攬其敗瓴斷礎，不無愴然者，廼與其徒：吳興藝文補本作"提點錢道元、聞人得仁，廼與處士"。

⑤ 壹廼心力，勇發弘願。既各竭己資，且募檀施，得里之大家葉德榮、劉道坦等，又各捐：吳興藝文補本作"勇發弘願，各竭己資，且募檀施，得"。各：原本作"久"，據楊鐵崖先生文集全錄本改。

⑥ 峙：原本作"持"，據文淵閣四庫全書本、吳興藝文補本改。

⑦ 凡：原本漫漶，據四部叢刊本補。張：文淵閣四庫全書本、吳興藝文補本作"帳"。

⑧ 良常化：文淵閣四庫全書本作"烟雲幻"。

⑨ 知觀事者錢道元：吳興藝文補本作"主領觀事者彭堯臣"。

⑩ "予悼吾儒"四句：吳興藝文補本作"余"。造：文淵閣四庫全書本作"道"。

⑪ 撫：原本作"訊"，吳興藝文補本作"託"，據文淵閣四庫全書本改。

⑫ 旨：原本作"百"，據楊鐵崖先生文集全錄本、四部叢刊本、吳興藝文補本改。

⑬ 即與泰壇郊祀者同一科儀：原本無，據吳興藝文補本增補。

⑭ 充：楊鐵崖先生文集全録本作“統”。默：原本作“點”，據楊鐵崖先生文集全録本、四部叢刊本、吳興藝文補本改。

⑮ 拯：原本作“極”，據楊鐵崖先生文集全録本、吳興藝文補本改。

⑯ 載：楊鐵崖先生文集全録本、吳興藝文補本作“戴”。紅：吳興藝文補本作“襠”。

⑰ 晶：吳興藝文補本作“精”。

⑱ 宸：原本作“倍”，據文淵閣四庫全書本改。

⑲ 咫尺：原本作“只赤”，據文淵閣四庫全書本、吳興藝文補本改。

⑳ 烟：吳興藝文補本作“雲”。

㉑ 靈：吳興藝文補本作“雲”。舞來：楊鐵崖先生文集全録本作“翼舞”。

【箋注】

〔一〕文當撰於元至正八年（一三四八）夏秋之間，其時鐵崖寓居姑蘇城内，授學爲生。繫年依據：吳興玄妙觀之玉皇殿重建工程“告成”於至正八年夏六月。

〔二〕梁大同二年：公元五三六年。大同爲南朝梁武帝年號，公元五三五至五四六年。

〔三〕神龍：唐中宗年號，公元七○五至七○七年。

〔四〕天寶：唐玄宗年號，公元七四二至七五六年。

〔五〕大中祥符：北宋真宗年號，公元一○○八至一○一六年。

〔六〕至正六年：即公元一三四六年。

〔七〕其徒施道清：當爲湖州本地人士。按吳興藝文補卷二十八所録鐵崖此文，謂施氏爲“處士”，故施道清當爲玄妙觀主錢道元俗家弟子。參見校勘記。又據本文玄妙觀主觀師爲聞人得人，又作“聞人得仁”。

〔八〕葉德榮、劉道坦：蓋至正初年吳興大户鄉紳。

〔九〕良常：山名。在小茅山北。相傳秦始皇登句曲山，嘆曰：“巡狩之樂，莫過於山海。自今以往，良爲常矣。”遂改句曲北陲爲良常山。道書稱之爲“方會之天”。參見真誥卷十一。

〔十〕錢道元：至正八年前後，錢道元似當爲吳興玄妙觀主。然吳興藝文補卷二十八所録鐵崖此文，謂玄妙觀主爲彭堯臣，錢氏則官任提點。按：其時爲道觀住者，同時可兼任提點所提點，錢道元或屬此類。參見本卷杭州龍翔宮重建碑。

〔十一〕教化公：至正初年於吳興任萬户。

〔十二〕容城氏：或作容成氏，上古帝王名。

〔十三〕"撫嬰兒於巢上"五句：出自淮南子。淮南子本經訓："昔容成氏之時，道路雁行列處，託嬰兒於巢上，置餘糧於畮首，虎豹可尾，虺蛇可蹍，而不知其所由然。"又，唐李筌撰太白陰經卷一將有智勇篇第七："太古之初有伯王氏，至於容城氏，不令而人自化，不罰而人自齊，不賞而人自勸。不知怒，不知喜，俞然若赤子。"

〔十四〕黃唐：黃帝、唐堯。

〔十五〕"含哺而嬉"二句：出自莊子馬蹄。

〔十六〕倥侗：揚子法言卷一學行篇："天降生民，倥侗顓蒙。恣于情性，聰明不開。"

杭州龍翔宮重建碑〔一〕

龍翔宮，繇宋理皇潛邸改近靖惠王府爲之，以奉感生帝。山門曰龍翔，中門曰昭符，殿曰正陽。咸淳間〔二〕，又改命南真之館，南斗殿曰壽元，十一曜曰景緯①，鐘樓曰和②應，經樓曰近③真之章，藏殿曰琅函寶藏。館有三齋：曰履和，曰頤正，曰全真④。凡宮門扁揭，皆宸翰也。撥賜免糧土田山蕩若干頃。淳祐六年〔三〕，特賜元靜先生左右街都道籙一庵胡公瑩微管轄⑤宮事〔四〕，下有粟隱⑥道院，在湖西栖霞之北，管轄天台葉公景先⑦分主之。寶祐初〔五〕，又撥賜長州、崑山縣田以贍不足，承之者爲古泉胡公元洪⑧〔六〕。

我朝崇重玄教，璽書護持，令⑨公執以奉修祀典，不幸胡⑩僧璉陵轢教門，改宮爲寺。公力於匡復，有詞于上，獲歸土田者半。殿宇不可復，則有私貲置宋楊和王府⑪基〔七〕，在今城西北隅。大德丁酉〔八〕，創造殿宇，門廡倉庫，以次而舉。田有三莊，在仁和、平江、湖州。大德己亥〔九〕，公被旨⑫授白麻，命住持宮事，仍⑬給提點所印章。公爲一庵猶子，仙風道貌拔塵俗，又以役丁甲之法呼雨退潮，致宰官之敬，故其成功速，而有以光前往、裕後來也。乙巳，天師留國公主領宮事〔十〕，後有石田鄭公自謙⑭、松瀑黃公石翁⑮〔十一〕、賀公汝森⑯、雁蕩林公可朗⑰，相繼而出，皆有功於教事者。而林公又克寬展隘途，增廣聖殿，創建道域於霞山。

元統癸酉〔十二〕,天師<u>太玄公選</u>⑱請<u>洞霄 史公 景仁</u>提本宮事〔十三〕,席未温,而隣燎延宮,公慨然⑲曰:"<u>古泉先生</u>已夢卜⑳於我矣,我不興復,天其厭之!"郡與副宮<u>陳德安</u>、上座<u>李與榮</u>㉑壹乃心力〔十四〕,議土木事。副宮<u>朱慶申</u>、都監<u>毛君錫</u>、監宮<u>貝景元</u>爲之佐,而<u>太玄公</u>亦施金助工木費。繇是大殿法堂山門比舊制益穹而大㉒,廊廡庫庾道堂客館凡若干楹,無不一一完美。三清聖像,莊嚴雄偉,父老瞻仰,嘖嘖稱慶,以爲前此未有也。公又捐私貲,建大方丈。疊石爲山,鑿泉爲沼,蒔花種木,鶴飛鹿走,恍若世外,扁之曰<u>小蓬山</u>,翰林㉓<u>陳公 旅</u>嘗爲之記〔十五〕。後<u>至元丁丑</u>〔十六〕,被旨<u>沖妙真常玄應真人</u>㉔住持同領本路諸宮觀。公字<u>元</u>㉕甫,自㉖號<u>玄圃</u>,美丰儀,其氣岸凝重,時貴人皆屈膝禮之,蓋有公輔之望而左爲山林之主者也。暮年,舉<u>太乙宮真人</u>㉗<u>黄公崇大</u>以自代,遂告老。<u>黄</u>㉘公當戎馬劻勷之際,扶植教門,安於按堵,亦可謂善守成者。追念<u>史公</u>於宮門實有再造㉙功,而廢興歲月未有紀,遣監宮㉚<u>葉文誠</u>備事狀顛末,來徵文。既爲約狀書之,又繫以辭曰:

二馬渡江一馬龍〔十七〕,東邸觀闕森開張。穆將祀余感生皇〔十八〕,渡以熛怒威靈印㉛〔十九〕。十一景緯生寒芒〔二十〕,天人南下南斗傍。朝與龍飛暮龍翔,翠蓬三度黄塵揚。靈宮特立天中央,湖眉海眼東西望。地柱不頃天乳長,黄鬚仙伯古冠裳。龍腦寶藏聲琅琅,上清净掃赤尾羿㉜。六龍在天天下昌,山君海孤紛來王,南極上壽日重光。

【校】

① <u>嘉靖 仁和縣志</u>卷十一<u>寺觀 龍翔宮</u>録有本文,題作<u>楊維禎</u>碑記,據以作校本。十一:原本作"土",據<u>仁和縣志</u>本改。

② 和:原本作"如",據<u>仁和縣志</u>本改。又,<u>咸淳 臨安志</u>卷十三<u>南真館</u>:"又有奉南斗曰<u>壽元之殿</u>、十一曜曰<u>景緯之殿</u>,鐘樓曰<u>和應之樓</u>,經樓曰<u>凝真之章</u>,藏殿曰<u>琅函寶藏</u>。"

③ 近:<u>仁和縣志</u>本作"迎"。

④ "館有三齋曰履和曰頤正曰全真"凡十三字,原本脱,據<u>仁和縣志</u>本增補。

⑤ 特賜<u>元静先生</u>左右街都道録<u>一庵 胡公</u>瑩微管轄:原本作"賜<u>元静先生 一庵胡公</u>住持",據<u>仁和縣志</u>本改。

⑥ 下有粟隱:原本作"不有粟",據<u>仁和縣志</u>本改。

⑦ 管轄天台葉公景先：原本作“天台葉公台某”，據仁和縣志本補改。

⑧ 元洪：原本脱，據仁和縣志本補。

⑨ 令：原本作“今”，據仁和縣志本改。

⑩ 胡：原本作“翔”，據四部叢刊本、仁和縣志本改。

⑪ 府：仁和縣志本作“清微靖”。

⑫ 被旨：仁和縣志本作“再被璽書”。

⑬ “住持宫事仍”五字：原本脱，據仁和縣志本補。

⑭ 鄭公自謙：原本作“鄭公某”，據仁和縣志本改。

⑮ 黄公石翁：原本作“黄公某”，據仁和縣志本改。

⑯ 賀公汝森：原本脱，據仁和縣志本補。

⑰ 林公可朗：原本作“林公某”，據仁和縣志本改。

⑱ 選：仁和縣志本作“疏”。

⑲ 慨然：原本作“前反”，據仁和縣志本改。

⑳ 古泉先生已夢卜：原本作“右泉已夢下”，據仁和縣志本改。

㉑ 郡與副宫陳德安、上座李與榮：仁和縣志本作“太玄公施資助土木費，委副公陳得安、庫職李曰榮”。又，李與榮之“與”，文淵閣四庫全書本作“幼”。又，上座之“上”，原本誤作“止”，徑改。按：道官有“上座”一職，而無“止座”。參見天皇至道太清玉册卷四宫觀職名（載正統道藏第三十六册）。

㉒ 山門比舊制益穹而大：原本作“山間北應制益窮而太”，據仁和縣志本改。

㉓ 翰林：仁和縣志本作“應奉”。

㉔ 沖妙真常玄應真人：原本作“玄真人”，據仁和縣志本改補。

㉕ 元：仁和縣志本作“龍”。

㉖ 自：原本無，據仁和縣志本增補。

㉗ 真人：原本無，據仁和縣志本增補。

㉘ 黄：原本無，據仁和縣志本增補。

㉙ 實有再造：原本作“有再遂”，據仁和縣志本改。

㉚ 監宫：仁和縣志本作“都監”。

㉛ 渡以熛怒威靈印：仁和縣志本作“疾以熛怒靈威昂”。

㉜ 羿：仁和縣志本作“羿”。

【箋注】

〔一〕文撰於元至正三年（一三四三）前後，其時鐵崖攜妻兒寓居杭州，試圖補官。繫年依據：據文中“後至元丁丑，（史景仁）被旨沖妙真常玄應真人住持同領本路諸宮觀……暮年,舉太乙宮真人黃公崇大以自代"等語,可知史景仁告老并推薦黃崇大任龍翔宮住持,不得早於元順帝至元末年;而黃崇大繼任之後,遺監宮葉文誠請鐵崖撰文,其時鐵崖當居杭州。據此推之,必爲至正初年,其時鐵崖服喪期滿,移居杭州不久。龍翔宮:宋史理宗本紀:"(淳祐七年二月)壬子,詔改潛邸爲龍翔宮。"又,咸淳臨安志卷十三龍翔宮:"在後市街理宗皇帝潛邸。舊魏惠憲王府,改爲沂靖惠王府。淳祐四年,建道宮,賜名龍翔,以奉感生帝。"按:趙柄,宋開禧三年薨,贈太保,封沂王。謚靖惠。生平見宋史宗室列傳。

〔二〕咸淳:南宋度宗年號,公元一二六五至一二七四年。

〔三〕淳祐六年:公元一二四六年。淳祐爲南宋理宗年號,公元一二四一至一二五二年。

〔四〕胡瑩微:字元靜,號一庵。南宋理宗紹定年間,任"右街鑒義,主管教門公事"。淳祐年間任左右街都道録,奉帝命爲龍翔宮開山住持。參見胡瑩微撰進太上感應篇表(載正統道藏太清部太上感應篇卷首)、徐一夔撰重修龍翔宮碑(載始豐稿卷十一)。

〔五〕寶祐:南宋理宗年號,公元一二五三至一二五八年。

〔六〕胡元洪:"元"或作"原",號古泉。一庵先生胡瑩微侄。宋末元初任龍翔宮住持。參見徐一夔撰重修龍翔宮碑。

〔七〕"不幸胡僧璉陵轢教門"七句:胡僧璉,指楊璉真伽。明田汝成撰西湖游覽志卷十七南山分脈城內勝迹:"元至元間,胡僧楊璉真伽凌轢道流,改(龍翔)宮爲壽寧寺,住持胡元洪力爭於朝,僅得田土一半,而宇不可復得矣。乃改建今所,即故宋楊和王宅第後奉神祠也。"楊存中,代州崞縣人。南宋孝宗時官至昭慶軍節度使,以太師致仕。謝世後追封和王。宋史有傳。

〔八〕大德丁酉:即大德元年(一二九七)。大德爲元成宗年號,公元一二九七至一三〇七年。

〔九〕大德己亥:大德三年(一二九九)。

〔十〕天師留國公:張與材。張與材(?——一三一六)字國梁,號薇山,又號廣微子,貴溪(今屬江西)人。父張宗演、兄張與棣,分別爲正一道三十六代、三十七代天師。與材於元貞元年嗣兄職,爲第三十八代正一天師,道號爲太素凝神廣道明德大真人。大德八年(一三〇四)授正一教主,主領三山符籙。武宗即位後,於至大初年封爲留國公。延祐三年卒。參見全元文第二十五册張與材傳、元史成宗本紀、釋老傳。又,徐一夔撰重修龍翔宮碑:"延祐中,朝廷降璽書命天師張留公主領宮事,且世襲之。而住持則黃石翁也。"

〔十一〕黃石翁:元詩選二集黃尊師石翁:"石翁字可玉,號松瀑,南康人。世儒,家居廬山下。少多疾,父母強使爲道士。所居室多唐、宋雜迹,間疾作,閉户,反復在手。疾止,危坐若思。客至,馳辯榮辱,石翁閉目不復答,人多咎之,因自號曰狷叟。年幾六十而死。常自作墓銘。鄧善之謂其學典麗該洽,貫儒、名、老而同歸。"按:黃石翁於延祐年間任龍翔宮住持。參見徐一夔撰重修龍翔宮碑。

〔十二〕元統癸酉:即元統元年(一三三三)。元統爲元順帝年號,公元一三三三至一三三四年。

〔十三〕太玄公:張嗣成。張嗣成字次望,號太玄子。爲正一道三十九代天師。生平詳見明張正常撰漢天師世家卷三三十九代天師(載明萬曆續道藏)。史景仁:字元甫,號玄圃,餘杭世家子。原爲洞霄宮住持,元統元年由張嗣成天師舉薦,兼任龍翔宮住持。元順帝至元三年,被旨特賜沖妙真常玄應真人封號,同領本路諸宮觀。大約於後至元末年,舉薦黃崇大繼任龍翔宮住持,遂告老。爲人凝重簡曠,能詞章。參見陳旅撰小蓬山記、葉廣居撰重建龍翔宮碑記(二文皆載嘉靖仁和縣志卷十一寺觀)。

〔十四〕陳德安:任龍翔宮副宮。李與榮:或作李曰榮、李幼榮,龍翔宮上座,或謂任龍翔宮知庫。參見本文校勘記。

〔十五〕陳旅:元史有傳。按:陳旅撰小蓬山記,載其安雅堂集卷九,亦見於嘉靖仁和縣志卷十一寺觀。

〔十六〕後至元丁丑:指元順帝至元三年(一三三七)。

〔十七〕二馬渡江一馬龍:參見楊鐵崖先生文集卷四寶慶權臣注。

〔十八〕穆將:楚辭九歌東皇太一:"吉日兮辰良,穆將愉兮上皇。"王逸注:"穆,敬也。"

〔十九〕熛怒威靈卬:周禮春官小宗伯:"兆五帝於四郊。"鄭玄注:"五帝,蒼曰靈威仰,太昊食焉;赤曰赤熛怒,炎帝食焉。"

〔二十〕景緯:文選王融三月三日曲水詩序:"求中和而經處,揆景緯以裁基。"李善注:"景,日;緯,星也。"

寶儉堂銘 有序

寶儉堂者,雲間呂輔之氏之祖室也〔一〕。或謂輔之去其祖之創家不遠,祖之創家,由儉得之,草衣蔬食、污尊抔^①飲之所爲也,故輔之命堂以寶儉云。

　　楊子辯之曰:不然也。昔子華子嘗與晏子論古昔聖人之儉〔二〕,不以堯之居土階、舜之不用塗髹之器爲儉也,而以儉在内,不在外。推其至極于心,居中虛以治五官。精氣動薄,而神化爲瀸。節其所受,而嗇其所以出,然後神宇泰定而精幹不摇。此聖人之所以爲儉,而爲聖人之室^②也。然則輔之者,傳其先之儉也,將以草衣蔬食、污尊抔飲之爲乎? 抑將以聖人之節所受、出取嗇,神宇泰定而精幹不^③摇者之爲乎? 輔之求聖人之道者也,將有擇於斯矣。不然,計口而食,視入而去,操贏而制餘,以庾氏商賈子之所爲之寶儉也,則子華子之所斥矣。

　　輔之聞^④辯,曰:"善哉,先生之言吾儉也! 微^⑤先生,吾爲夷貊之人,烏得造聖人之域也!"且請銘之。曰:

草衣蔬食儉之粗,嗇出節受儉之精(叶"疽")。我思古人,居中以虛。五官既治,萬物受奴。是爲大寶,金玉弗如。小夫之志,不出里閭,又何拔異乎計口而食、操盈而制餘者乎!

【校】

① 抔:原本作"坏",據文淵閣四庫全書本改。下同。
② 室:當作"寶"。參見注釋。
③ 不:原本無,據文淵閣四庫全書本增補。
④ 聞:原本作"問",據文淵閣四庫全書本改。
⑤ 微:原本作"徵",據文淵閣四庫全書本改。

【箋注】

〔一〕文當撰於元至正九、十年間,其時鐵崖應聘於吕輔之,寓居松江。繫年依據:文中記載吕輔之與鐵崖對話,可知當時吕輔之在世;而鐵崖再赴松江,輔之已歸道山,故必爲鐵崖初次寓居松江期間。吕輔之,名良佐。參見東維子文集卷二十四故義士吕公墓志銘。

〔二〕子華子:子華子卷下晏子問黨"晏子曰:'嬰聞之,堯不以土階爲陋,而有虞氏怵戒於塗髹,其尚儉之謂歟?' 子華子曰:'何哉,大夫之所謂儉者? 夫儉在内,不在外也;儉在我,不在物也。心居中虛,以治五宫,精氣動薄,神化回潏,嗇其所以出而謹節其所受,然後神宇泰定而精不搖。其格物也明,其遇事也剛,此之謂儉,而聖人之所寶也,所以御世之具也。'"

觳齋銘[一] 有序

　　孟子之言觳[二],致知力行之律令也。射命中,致知事;志於觳,力行事也。致知力行,爲兩輪車,不得偏而廢也。唐處敬甫,命其子之淳修業之室曰觳,蓋以知行并進之功鞭之。求銘於鄉先生楊維禎,爲之銘曰:

　　一拙失,百巧廢,知不可以不屬也。百中滿,一中闕,力不可以不竭也。巧之精貫虱[三],力之滿飲①石[四]。豈惟飲石,彎弧落日[五],於唐生觳其率。

【校】

① 飲:文淵閣四庫全書本作"引"。

【箋注】

〔一〕文當撰於元至正二十四年(一三六四)前後。其時鐵崖寓居松江,唐之淳十五歲左右。繫年依據:至正二十二年,請文者唐肅考中江浙鄉試,後任嘉興路儒學正,而於至正二十六年冬遣送京城。故唐肅父子與鐵崖交往,當在唐肅成爲鄉貢進士以後、遣送京城之前。唐肅(一三三一——一三七五):字處敬,自號丹崖,山陰(今屬浙江紹興)人。通經史,兼習陰陽、醫、卜、書、數,少與上虞謝肅齊名,人稱"會稽二肅"。元至正二十二年中江浙鄉試,歷任皇岡書院山長、嘉興路儒學正。至正二十六年冬,以張士誠故官例遣至京。明洪武二年,召修禮樂書,擢應奉翰林文字。以疾失朝,謫往臨濠。洪武七年甲寅十二月六日卒,年四十四。工書善畫,詩文皆擅,著有丹崖集八卷。其生平事迹參見丹崖集附唐應奉行狀、宋學士文集卷七丹崖集序、明畫録卷二山水、嘉慶山陰縣志卷十三鄉賢,以及徐永明、趙素文著明人別集經眼叙録附録作者生卒年考證。按:鐵崖曾爲唐肅題詩,其題丹崖生紅蔘雙鴛圖詩載鐵崖先生詩集庚集。唐之淳,列朝詩集甲集唐侍讀之淳:"之淳名愚士,以字行,山陰人。應奉肅之子。建文二年,以方孝孺薦,召爲翰林侍讀。明年病卒。建文帝詔給舟歸葬。愚士長身巨鼻,博聞多識,練達世故,長於詩翰。"又,國朝獻徵録卷二十唐愚士侍讀傳:"(之淳)性善飲酒,飲酣,高談傾座,時間諧謔,日夜不窮。……拜翰林侍讀,與孝孺同領修書事,日以前漢書進讀。未幾病卒,年五十二。所著有萍居稿、文斷諸書。"據此可知,唐之淳生於元至正十年(一三五〇),卒於明建文三年(一四〇一)。

〔二〕孟子言瞉:見孟子告子章。

〔三〕貫虱:列子湯問載,紀昌學射於飛衛,三年後,懸虱視之如車輪,"乃以燕角之弧,朔蓬之簳射之,貫虱之心而懸不絶"。

〔四〕飲石:用李廣事,參見鐵崖先生古樂府卷七泳水辭注。

〔五〕落日:淮南子本經訓:"逮至堯之時,十日并出……(堯乃使羿)上射十日。"

裘生褐齋銘^{〔一〕} 有序

古者衣制,凡裘必有褐,褐以抑裘之露,而尤^①見乎美者也。裘而無褐,與反衣狐白者等。犬羊之裘不褐,以其無文也,則褐主有^②文飾之事。故曰"君在則褐^{〔二〕}",謂施於君所也。

吾門裘生某,韜晦於一室,而以褐名齋,毋乃不類歟! 蓋有志於事君之文者矣。雖然,褐非徒表文也,表敬也。敬有二:父也,君也。而體異也:子於父,以質爲敬,故父母之所不褐;臣於君,以文爲敬,故君之所褐。某人父母俱蚤亡,質之以爲敬者,痛無所於施,而文之以爲敬者,將移之於君焉耳。抑又聞褐必象裘文,裘狐白則褐以錦之素,裘狐青則褐以綃之玄^③。喻諸内也,有大人之文,則大人文褐之;有細人之文,則細人文褐之。由中達外,各以象比,不可誣也。然則褐也者,其又由外以卜内之徵歟! 君毋輕肆其褐也。銘曰:

錦而絅,非文之屏,惟絅而後文益炳。裘而褐,非文之的,惟褐而後文彌稽。惟的日亡,惟稽日章。惟褐齋氏,敬之勿忘。

【校】

① 尤:原本無,據鐵崖文集本增補。

② 有：鐵崖文集本作“與”。

③ 綃：四部叢刊本作“綳”。玄：原本作“方”，據鐵崖文集本改。

【箋注】

〔一〕文撰期不詳。裘生：名不詳。

〔二〕君在則裼：禮記玉藻：“裘之裼也，見美也。吊則襲，不盡飾也。君在則裼，盡飾也。”

自然銘〔一〕　有序

　　雲間沈仲參氏，名其燕處之室曰自然，又以自然道人自號也。乞言於逍遥叟〔二〕，逍遥叟曰：“老耼談自然，以理有至分，物有至定。極甘莊生推之爲逍遥①，小大任小大，長短任長短，而物無不得其所，其然者皆莫知其所以爲自然也。心無爲者，與化爲體，上知造物之無物，下知有物物之自造也，非此無以明自然。故老、莊祖自然，使世之沓婪躁妄，一安乎自適而詣乎定極此自然。雖然，‘知效一官，德徵一國’者〔三〕，亦有自然。故堯、舜與許由雖異〔四〕，其得於自然一也。參由自然而得堯、舜於塵垢粃糠之外，其詣極如藐姑射之神人〔五〕，則可使戎之人脱出疵癘而躋乎春臺，含哺而怡，鼓腹而嬉〔六〕，國忘乎忠烈，家忘乎孝慈，子之自然者至矣。”

　　參曰：“吾方有志於是，願從先生游，庶見堯、舜於塵垢粃糠之外，予無所事戎事爲！”逍遥叟信其志，爲之銘曰：

　　理無小大，物無長短。理與物付，物與我忘。推其極也，物不疵癘，我不夭殤。子不信者，謂吾言狂。子將信者，吾將與汝訪四子於藐之椒、汾之陽也。（莊子逍遥篇：堯治天下之民，平海内之政，往見四子藐姑射之山、汾水之陽。四子：王倪、齧缺、被衣、許由。）

【校】

① 極甘莊生推之爲逍遥：文淵閣四庫全書本作“而莊生推之爲逍遥篇”。

【箋注】

〔一〕文撰於鐵崖晚年退隱松江時期，即元至正二十年（一三六〇）以後。繫年依據：其一，請銘者沈仲參爲松江人，且鐵崖自稱爲“叟”。其二，文中沈仲參曰“予無所事戎事爲”，蓋當時戎事爲主，已爲戰亂時期。沈仲參：仲參當爲其字，雲間（今上海松江）人。元至正年間在世。曾出仕，任架閣。晚年歸隱，與許恕亦有交往。按許恕北郭集卷二寄沈仲參架閣詩曰：“我亦與君同避世，暮年蹤迹莫相違。”

〔二〕逍遥叟：鐵崖自稱。

〔三〕“知效一官”二句：語出莊子逍遥游。

〔四〕許由：上古隱士。參見鐵崖先生古樂府卷一箕山操注。

〔五〕藐姑射之神人：莊子逍遥游：“藐姑射之山，有神人居焉。……其神凝，使物不疵癘而年穀熟……是其塵垢粃糠將猶陶鑄堯、舜者也，孰肯以物爲事？”

〔六〕“含哺而怡”二句：出自莊子。參見東維子文集卷十九熙春堂記注。

甕牖銘〔一〕 有序

　　隴西耕者李中，其先宋三省幹之後〔二〕。中去其先之高門間，退築艸堂松之七里涇，爲耕讀室。室凡十楹，蓽户繩樞，北東西垣皆甕牖。中每風起，引東方明於甕次，讀古先聖人遺書。書已，出理耕事，日爲常。有過而哂者，曰：“中弗光先廬，而甘爲甕牖繩樞之子歟！”中聞而益喜，遂自號繩樞子，仍以甕牖命其室。介其友錢鼐來見〔三〕，曰：“古者，户牖必有銘。今辭弗古，若不足以起儆。幸先生有以銘。”

　　予異其人，曰：繩樞子今之人，而有古之道者歟！士幸生華夏有宫室之後，又幸生高門縣薄之家，而遠返古初，甕牖是居，非悠然有得、遺物而立於獨者，不能一日安於自如。惟其然，故豨韋氏之圃〔四〕，軒轅之圃〔五〕，有夏氏之宫〔六〕，湯、武氏之室〔七〕，彼且能使我忻忻然而足歟！不也，世之傾宫室，危臺樹，直昧者逆旅焉耳。豈徒逆旅？府怨階禍，雖滅身覆族不寤，豈不哀哉！此甕庸之可銘也。銘曰：

隴之耕兮草之堂，甕之牖兮朝之陽。暾之入兮煌煌，月之燭也陽洸。天之刑民兮，峻宇雕牆。天之牖民兮，虛室之白，泰宇之光。

【箋注】

〔一〕文撰於元至正九、十年間，即鐵崖初次寓居松江，授學璜溪吕氏私塾期間。繫年依據：其一，文中曰李中“幸生高門縣薄之家”，可見其時天下尚屬太平。其二，李中通過錢鼐請文，錢鼐當時流寓松江，與鐵崖頗多交往。參見東維子文集卷十九筆耕所記。李中，生平僅見本文。

〔二〕三省幹：三省幹辦之省稱。

〔三〕錢鼐：參見東維子文集卷十九筆耕所記。

〔四〕豨韋氏：傳說中上古帝王名。參見莊子大宗師。

〔五〕軒轅：即黃帝。

〔六〕有夏氏：指禹。

〔七〕湯、武：商湯王、周武王。

心太平銘〔一〕 有序

予自壬辰兵興來〔二〕，遭罹死地者凡四五。然今年以淞府長顧公之招〔三〕，客予于府庠，退處一室，顏之曰心太平。人怪之，顧公是之，曰：“昔香山居士之詩，自謂‘我是羲皇代，先從心太平〔四〕’。居士嘗歷險難，身獲太平而心未獲平；先生歷險難，身不太平而心實平焉。”

予謝之曰：“‘他人有心，予忖度之〔五〕’，子之謂也。”因銘室曰：

嘻割争，絕揖讓。爾一身，天地長①。心獨游，在羲上〔六〕。

【校】

① “爾一身”二句：原本漫漶，據四部叢刊本、文淵閣四庫全書本補。

【箋注】

〔一〕元至正十九年(一三五九)冬，鐵崖攜家自杭州徙居松江不久，暫寓松江府學,自題居所爲心太平,復撰此文。

〔二〕壬辰:指元至正十二年(一三五二)。此年七月,蘄黄徐壽輝紅巾軍一度
　　攻陷錢塘,當時鐵崖在杭州任税務官。是爲鐵崖親歷戰争境地之始。

〔三〕顧公:指松江同知顧逖。元至正十九年十月,應顧逖邀請,鐵崖受聘於松
　　江府學,攜妻兒由杭抵松。顧逖,字思邀,昭陽人。張士誠屬官。至正十
　　七年出任松江府同知,以積勞遷嘉興路同知。參見楊鐵崖先生文集全録
　　卷四哀辭敘。

〔四〕"我是羲皇代"二句:香山居士白居易詩,與通行本稍異。白居易集卷二
　　十五初授秘監并賜金紫閑吟小酌偶寫所懷:"子孫無可念,産業不能營。
　　酒引眼前興,詩留身後名。閑傾三數酌,醉詠十餘聲。便是羲皇代,先從
　　心太平。"

〔五〕"他人有心"二句:出自詩小雅巧言。

〔六〕羲上:伏羲氏以前。參見鐵崖先生古樂府卷二三青鳥注。

委①順齋銘〔一〕 有序

　　杭之城東隅,有鄭老人,號虚原,年八十餘。時②過予談諸子
百氏,最研極乎漆園氏之旨,故其燕處室曰委順。屢徵予文:"漆
不能不委,而況於人乎〔二〕!"又曰:"'安時處順,哀樂不能入
也'〔三〕,此吾人之委順也。"敷其旨爲銘曰:
　　地不洛橘,天不冬③蓮〔四〕。順不吾委④,違地違天。順一吾委,萬
物自然。

【校】

① 委:四部叢刊本作"安",誤。參見下文。

② "號虚原年八十餘時"凡八字:原本漫漶,據四部叢刊本、文淵閣四庫全書
　本補。

③ 冬:原本誤作"逢",徑改。參見注釋。

④ 順不吾委:原本漫漶,據四部叢刊本、文淵閣四庫全書本補。

【箋注】

〔一〕文撰期不詳。委順齋:主人鄭虚原,生平見本文。

〔二〕"漆不能"二句：莊子知北游："舜曰：'吾身非吾有也,孰有之哉?'曰：'是天地之委形也。生非汝有,是天地之委和也。性命非汝有,是天地之委順也。'"

〔三〕"安時處順"二句：出自莊子養生主。

〔四〕"地不洛橘"二句：關尹子九藥篇："天不能冬蓮春菊,是以聖人不違時;地不能洛橘汶貉,是以聖人不違俗。"

初齋銘〔一〕 爲復初鄭茂才作

水初惟清,濁焉以撓。木作①惟直,屈焉以拗。水復其初,其清可澄。木復其初,其直可繩。維榮易子,反求厥初。旁岐勿惑,下流勿居。上智下愚,天淵遼分。理②欲之隔,不能以寸。

【校】

① 作：文淵閣四庫全書本作"初"。
② 理：原本作"里",據文淵閣四庫全書本改。

【箋注】

〔一〕本文爲俞希賢幕僚鄭復初作,撰於元至正二十三年(一三六三)前後,其時鐵崖寓居松江。繫年依據：據下篇止齋銘題下原注"爲至善王茂才作,兩生皆俞參門士"兩句推之,本文當與止齋銘作於同時,鄭復初亦爲張士誠屬官俞希賢幕僚。鐵崖與俞希賢交好,二人交往,當不遲於至正二十三年。參見東維子文集卷三俞公參政序。又,按元魯貞桐山老農集卷二送鄭道源之金陵序,曰："往年玉山鄭復初篤學力行,由進士爲德興丞,爲處州録事。勇於行義,不畏强禦,不顧利害,卒爲豪有力者噬去。"玉山鄭復初,與本文所謂"茂才鄭復初"或非同一人。

止齋銘 爲至善王茂才作兩生皆俞參門士〔一〕

忠以事君,孝以事父。朋友有信,長幼有序。各極其止,是曰"至善”。舉類以推,其則不遠。惟文中氏〔二〕,明爾明德。爾修必精①,爾踐必力。書曰“安止〔三〕”,詩曰“敬止〔四〕”。繇敬而安,希聖在是②。

【校】

① 精:原本漫漶,四部叢刊本作“清”,據文淵閣四庫全書本補。
② 是:原本漫漶,四部叢刊本作“之”,據文淵閣四庫全書本補。

【箋注】

〔一〕文亦撰於元至正二十三年(一三六三)前後。繫年依據:參見本卷初齋銘。俞參:張士誠屬官參知政事俞希賢。參見東維子文集卷三俞公參政序。王至善:至善當爲其字,籍貫不詳。元季歷任張士誠屬官幕僚、松江提控。鐵崖門生貝瓊在松江府學任教時,與王至善(時任松江提控)交往頗多。參見貝瓊送王至善序(載清江貝先生文集卷八)。

〔二〕文中氏:指隋王通。王通謚號文中子,撰中說十卷。

〔三〕安止:尚書太甲上:“欽厥止,率乃祖攸行。”注:“止謂行所安止。君止於仁,子止於孝。”

〔四〕敬止:語出詩小雅小弁。

不心不佛銘〔一〕 有序

　　予嘗與師論心,師曰:“儒以道言心,又以人言心,是二心也。不如吾釋氏言心以法。”吾曰:“汝祖言‘即心是佛’,又何有法?”師曰:“吾祖又云‘非心非佛’〔二〕,則心亦無有。天台師不云乎〔三〕:‘任汝非心非佛,我只即心即佛。’”吾曰:“天台尚與佛二,我固曰:‘任汝即佛,我却不心不佛。’”師因時起,曰:“鐵冠長老於我祖具一隻眼〔四〕。”遂命其禪所曰不心不佛,而俾予銘之。
銘曰:
佛莫名,心莫名,與道冥。冥無名,我曷銘?
　　近浮屠有以左道鼓世俗,號“天界某”者〔五〕,士大夫安其志而不之攻,勢且稱緇相國師,危坐至前元嚛某師在一人上者,此不可不杜其祅①漸也。不心不佛師疏於上,必斥絕而後已②。故吾以師廣長舌有回天之力,奚止昔人推倒回頭、趯翻不化者也。

【校】

① 不可不: 原本作"不可",據文淵閣四庫全書本增補。袄: 文淵閣四庫全書本無。

② 已: 原本作"也",據文淵閣四庫全書本改。

【箋注】

〔一〕文撰於明初,即洪武元年、二年之間,其時鐵崖寓居松江。繫年依據: 文中稱元朝爲"前元"。

〔二〕"即心是佛"、"非心非佛"二句: 語出唐代僧人馬祖道一。詳見五燈會元卷三江西馬祖道一禪師。

〔三〕天台師: 指唐代高僧智顗。智顗字德安,姓陳氏。世稱天台大師,稱其宗爲"天台宗"。生平見唐高僧傳十七智者大師別傳。

〔四〕鐵冠長老: 指稱鐵崖。

〔五〕天界某: 疑指明初善世院統領、天界寺住持僧慧曇。天界乃佛寺名,位於金陵。參見東維子文集卷十送奎法師住持集慶寺詩序。

陸道士息踵齋銘〔一〕

　　南華真經謂"真人之息以踵",取其息者深而細也。深而細者,必從根極中出,踵是也。此古真人心齋效①也。方伎之流,習閉氣爲胎息者,末矣。圓覺經云"息調心淨"〔二〕,蓋亦得南華旨者。茅山外史弟子陸中氏〔三〕,以是名燕處之室,鐵笛道人爲之銘曰:

氣導和,體引柔。心貞白,息靖幽。盎焉春,凄焉秋。一喜一怒四時游,是曰真人流,惟踵之求。

【校】

① 效: 原本作"郊"。據文淵閣四庫全書本改。

【箋注】

〔一〕文撰於元至正九年（一三四九）以前。繫年依據：其一，楊維禎別號鐵笛道人，多用於元至正前期。其二，文中稱陸道士“茅山外史弟子”。茅山外史張雨爲鐵崖好友，卒於至正十年秋，而本文無傷感之情流露，故疑當時張雨尚存人世。陸道士：名中。生平僅見本文。息踵：莊子大宗師：“真人之息以踵，衆人之息以喉。”

〔二〕息調心浄：語出圓覺經。圓覺經乃佛教大乘經典，全名爲大方廣圓覺修多羅了義經。

〔三〕茅山外史：指張雨。參見鐵崖先生古樂府卷二奔月卮歌注。

尚德齋銘[一]　爲胡道士浮休子作

爾祖著經尊九流，一德授受長春丘[二]。長春丘後爲計籌（杜南谷①）[三]，計籌弟子今浮休。玄牝有得天同游，五千之言俱贅疣[四]，函②關相見西青牛[五]。

【校】

① 杜南谷：原本與四部叢刊本作“雅南容”，文淵閣四庫全書本作“杜南谷”，逕改。參見注釋。

② 函：原本作“幽”，據文淵閣四庫全書本改。

【箋注】

〔一〕尚德齋：浮休子胡道士齋名。胡道士，名字籍貫不詳。師從計籌山昇元觀道士杜道堅。

〔二〕長春丘：指長春真人丘處機，“全真七子”之一。元史有傳。

〔三〕杜南谷：即杜道堅，計籌山昇元觀道士。四庫全書總目文子纘義十二卷：“元杜道堅撰。道堅字南谷，當塗人。武康計籌山昇元觀道士也。其始末無考……李道純中和集序乃道堅所作，題大德丙午，則入元久矣……道堅因所居計籌山有文子故迹，故注其書。”又，道光武康縣志卷十九人物傳下：“杜道堅號處逸，又號南谷子，采石人。年十四，得異書，入茅山作道

士。後住邑之計籌山昇元觀。仁宗皇慶間,授隆道沖真崇正真人。創通
元觀,作覽古樓,聚書萬卷。後又住宗陽宮。有微疾,忽暴然有聲而逝。"

〔四〕五千之言:指老子所著道德經。

〔五〕函關相見西青牛:相傳老子騎青牛出函谷關,關令尹喜迫使其著道德經。
詳見史記老子列傳。

卷七十八　東維子文集卷二十四

元故中奉大夫浙東尉^①楊公神道碑^[一]

公諱瑀^②,字元誠,姓楊氏,系出漢震後^[二]。五世^③祖某,自婺遷杭,遂爲杭人。祖榮祖,宋承信郎^④、鎮江都統司帳前提舉。父昌,宋邳州萬戶府經歷,今贈奉議大夫、樞密院判官、驍騎衛,追封錢塘縣子。

公生而警穎,長而玉立,長身,紫髯如畫。天曆間^[三],自奮如京師,受知於中書平章政事沙剌班大司徒之父文貞王^[四],偕見上于奎章閣,論治道及藝文事^⑤。因命公篆"洪禧"、"明仁"璽文^[五],稱旨,使備宿衛,署廣成局副使。特賜牙符珮,出入禁中,寵遇日渥^⑥。擢中瑞司典簿,繼改廣州路清遠縣尹。上愛其廉慎,有深沉之思,留之。嘗謂廷臣釋迦班曰^[六]:"楊瑀有謀,事必咨之行。"時秦王伯顏柄國,一日,挾太子縱獵上林^[七],上嘿^⑦旨竄陽春^[八],惟資公密謀,禁近臣皆不預聞,拔去大憝,如剔朽蠹。朝端動色,至求識^⑧其面,以爲異人。以功超授奉議大夫、太史院判官,繼升同僉院事,賜金帶一、貂鼠袍一。公在史院,曹局有以景星見請上聞,公持^⑨不可,曰:"使天下共見,則爲不欺。"越九日,太白經天^[九],奏,衆始服其有見。上嘗從容詢公南土所居,公對以西湖葛領之勝^[十],爲灑宸翰,書"山居"字。未幾給告,以樹敕賜贈考樞密公墓碑,即日歸。歸山,掃迹城府者十年,人不堪其淡泊而自裕如。

至正乙未^[十一],中書奏公舊勞,起公行宣政院判官。時江東、浙西盜群嘯,乃改建德路總管^[十二]。建德,古嚴州,州在萬山中,屬邑淳安又連歙境^[十三],賊由^⑩歙闞我界。而還者疑長樂鄉民爲盜諜者,執以歸諸獄,連數百家,民益訩。主師者謀往捕,公不可,曰:"虛諜者知,倘因疑枉鼓衆亂,賊得乘釁突來,悔焉及? 我請撫之,果不測,當任其咎。"遂肩輿從數隸,直抵淳安。邑人嘗厄官軍抄掠,已^⑪皇皇散匿山谷間。公載米二百石,聲言賑濟,使縣令馳以諭。明日,帥^⑫調兵來,公禁止之,使待⑬命乃動,擅動者如軍法。長樂去邑二百里,令⑭至,布公意,民皆歡呼,持牛酒來拜公。公喜曰:"吾固知民不吾負。"即日偕帥⑮者還。公蒞郡,視之如家,民亦視公如父母。自江淮驛廢,嚴爲通道,窘於供頓。公信令書⑯之用給而人不擾。將戍過軍之跋扈者,皆服公信令⑰,田里不聞叫呼驟突。於是像而祠、碑而頌者,凡十有四所,前良二千石⑱未有也。時公年已七十有三,累請老,丞相達識公數使勞之〔十四〕,公卒謝事去。是年,行省承制已浙東師⑲起公,辭去。居淞江之鶴砂〔十五〕。行省最公功,上中書,升浙東道都元帥,進階中奉大夫。公不起,則以半俸優老⑳焉。所著有山居新話、山居要覽行于世。

公生於至元乙酉四月某日〔十六〕,殁於至正辛丑七月十八日〔十七〕。公長物琴劍書外〔十八〕,無銖金斗粟,貧無以爲葬。閱八月六日,兩浙漕使憂㉑公敦友義〔十九〕,力賙其喪,獲返柩杭之葛領先塋之次。公娶某氏,次娶高麗氏。子男六人:長垍,次坰、垍、培、墿、垓,垓先㉒公卒。女三人:長適鄉貢進士應才〔二十〕,次適瞿彥俊,次適懷遠大將軍、同僉江浙等處行樞密院事俞忠。孫男六人,孫女四人。

某於公爲同姓昆弟,詳其出處行實。諸孤衰㉓詣邸次,泣拜請銘。義不容辭,銘曰:

人疑弗決我以籌,人懼弗前我以趨(叶)。彼爭前競決,我止我糾。去權奸如贅。由由兮,物泊㉔乎其不留。於乎! 今之人,古之求,我銘其人孰與儔!

【校】

① 尉:原本作"慰",據文淵閣四庫全書本改。

② 瑀:原本脱,據文淵閣四庫全書本補。

③ 世:原本無,據文淵閣四庫全書本增補。

④ 郎:原本誤作"則",據四部叢刊本、文淵閣四庫全書本改。

⑤ "論治道及藝文事"以下當有脱文,參見本文注釋。

⑥ 渥:原本誤作"淵",據四部叢刊本、文淵閣四庫全書本改。

⑦ 嘿:文淵閣四庫全書本作"默"。

⑧ 識:原本誤作"誠",據四部叢刊本、文淵閣四庫全書本改。

⑨ 持:原本誤作"特",據四部叢刊本、文淵閣四庫全書本改。

⑩ 由:原本誤作"田",據文淵閣四庫全書本改。

⑪ 已：原本誤作“巳”，據四部叢刊本、文淵閣四庫全書本改。

⑫ 帥：原本作“師”，據文淵閣四庫全書本改。

⑬ 待：原本誤作“侍”，據文淵閣四庫全書本改。

⑭ 令：原本誤作“今”，據文淵閣四庫全書本改。下同。

⑮ 日：原本作“曰”；帥：原本作“師”，據文淵閣四庫全書本改。

⑯ 晝：似當作“畫”。

⑰ 令：原本誤作“今”，據文淵閣四庫全書本改。

⑱ 石：原本無，據文淵閣四庫全書本增補。

⑲ 已：似當作“以”。師：或當作“帥”。

⑳ 老：原本作“者”，據文淵閣四庫全書本改。

㉑ 憂：文淵閣四庫全書本作“夏”。

㉒ 先：原本無，據文淵閣四庫全書本增補。

㉓ 衷：原本作“哀”，據四部叢刊本改。

㉔ 泊：原本及文淵閣四庫全書本皆作“洦”，據四部叢刊本改。

【箋注】

〔一〕文當撰於元至正二十一年辛丑（一三六一）七月，即楊瑀去世之後不久，當
時楊維楨退隱松江未滿兩年。按：元詩選癸集録楊瑀詩九首，并附楊總管
瑀傳，然所述有誤。

〔二〕漢震：指東漢楊震。楊震：關西人，官任太尉。後漢書有傳。按：鐵崖亦
爲東漢楊震後裔，參見鐵崖文集卷二先考山陰公實録。

〔三〕天曆：元文宗年號。公元一三二八至一三三○年。

〔四〕沙剌班：阿憐帖木兒子。新元史卷一百三十六沙剌班傳：“沙剌班，字敬
臣，惠宗師也。帝即位，禮遇優渥……沙剌班累官翰林學士承旨，拜中書
平章政事、大司徒、宣政院使。卒，追封北庭王，謚文定。沙剌班希帝意，
請立奇氏爲皇后，時論少之。”按：石渠寶笈卷四十三著録宋趙幹江行初
雪圖一卷以及元天曆二年十一月題記，題記列有柯九思等多人姓名官職，
其中沙剌班爲“奎章閣供奉學士、中議大夫”。文貞王：指阿憐帖木兒。
阿憐帖木兒，北庭（畏兀兒氏）人。元英宗至治年間累官翰林學士承旨，文
宗至順元年（一三三○）知經筵事。卒謚文貞。曾與楊瑀交往，與言唐婁
師德“唾面自乾”事，楊瑀撰山居新話有記録，并述其妻義事。參見元李翀
撰日聞録、南村輟耕録卷二端厚等。

〔五〕洪禧、明仁：皆宮殿名。按：“因命公篆”以上，當有文字缺失，文宗開奎章

閣時所作二璽,并非楊瑀所篆。“洪禧”、“明仁”,乃楊瑀爲元順帝所篆之璽文。南村輟耕録卷二國璽:“文宗開奎章閣,作二璽,一曰‘天曆之寶’,一曰‘奎章閣寶’,命臣虞集篆文。今上作二小璽,一曰‘明仁殿寶’,一曰‘洪禧’,命臣楊瑀篆文。‘洪禧’,璞純白而龜紐墨色。”可見本文所述楊瑀“偕見上于奎章閣”,與“篆璽文稱旨”,并非一帝一時之事,前者爲文宗天曆年間,後者乃順帝至元年間。

〔六〕釋迦班:元史作世傑班。參見後注。

〔七〕上林:又稱柳林,位於今北京通州區南。元代歷朝帝王多設行宮於此,以便田獵。

〔八〕“時秦王伯顔柄國”四句:述元順帝剷除權臣伯顔事。陽春,縣名,今屬廣東陽江市。新元史伯顔傳:“(順帝至元)六年二月,伯顔自率衛兵,請帝畋獵。脱脱告帝托疾不往。伯顔挾太子燕帖古思出次柳林。脱脱與世傑班等合謀,白於帝,請罷其政事。戊戌,脱脱悉收門鑰,領衛兵。阿魯、世傑班侍帝側。是夜,帝御文德殿,遣太子怯薛丹月可察兒率三十騎抵太子營,與太子入城。夜半,命只兒瓦台奉詔往柳林,出伯顔爲河南行省左丞相……三月辛未,詔徙南恩州陽春縣安置。”

〔九〕太白經天:指金星於白晝顯現。爲兇象。漢書天文志:“太白經天,天下革,民更王,是爲亂紀,人民流亡。”注:“晉灼曰:‘日,陽也;日出則星亡。晝見午上爲經天。’”

〔十〕葛領:即葛嶺,又稱葛峰,位於今浙江杭州西湖之北。

〔十一〕至正乙未:至正十五年(一三五五)。

〔十二〕建德路:隸屬於江浙行省。建德,今屬浙江省杭州市。

〔十三〕淳安:縣名。今屬浙江杭州市。歙:縣名,元代屬徽州路。今屬安徽黄山市。

〔十四〕達識公:即達識帖睦邇,江浙行省丞相。元史有傳。

〔十五〕鶴砂:鎮名,又稱下沙(今屬上海浦東新區)。參見東維子文集卷二十一讀書堆記注。按:其時楊瑀移居松江,實投奔葉以清。參見東維子文集卷二十八雪篷子傳。

〔十六〕至元乙酉:元世祖至元二十二年(一二八五)。

〔十七〕至正辛丑:至正二十一年(一三六一)。

〔十八〕長物:非必需品,指多餘之物。參見東維子文集卷十五借巢記注。

〔十九〕憂公:或作夏公。曾任漕使,當爲松江人。

〔二十〕應才:楊瑀長婿。曾從學於鐵崖。參見東維子文集卷六春秋左氏傳類編序注。

故處士殷君墓碑^[一]

殷，子姓，以國氏^{①[二]}。逮宋避宣祖諱^[三]，別族太史爲戴氏者^[四]，君之先也。及君而宋亡，遂復姓殷氏。諱澄^[五]，字公原，華亭人。宋朝請君某之孫，節幹君某之子^[六]，司法君某之弟也。君家素饒財，節幹君用好施著於其鄉^②，每大雪淫雨，必載薪米，遍乞寒餒。人死無所歸者，爲具衾槥窆之，衆目之曰殷佛子。娶鄉邑连氏女，得丈夫子二，君其季也。

君狀貌魁梧，美鬚髯。性介特。平生無宿諾^[七]，人有急，不一計親疎，周之唯恐後。衆有所爭，來直于君，得一言明曲直，即謝去，不復詣吏。有田若干畮，終歲所入，盡以賙人。事苟涉大義，雖委身不問。至元間，天兵下江南^[八]。將軍號楊掃地者^[九]，帥偏師入華亭。君時避地南錢^[十]，南錢猶保聚未肯下。楊怒，業以兵殲之，君奮曰：“我其可無一言而死乎！我死今日，否亦今日。”遂扣軍門求見，大言曰：“夫民猶水也，水順則流，逆則激。民順則寧，逆則亂。矧郡縣新附，民心未安，將軍獨不能撫綏招徠，以稱上神武不殺之德^[十一]？顧欲盡勦，斯民何辜？”楊怒甚，手劍斥君。君復正色曰：“殺我一人，活千萬人，我死猶生也。”語益激烈動人。其裨將有感君語者，起而沮^③之，而楊亦懾服。于時民全活者以萬計，咸涕泣羅拜，曰：“公於我，生死而肉骨也。願歲時伏臘祀公于社以報。”事聞，丞相伯顏公義之^[十二]，遂用便宜授君華亭軍民都總管，使守其地。君即棄去，曰：“大宋氏亡，吾以親不亡，獨不能逸乎！”遂服野服，隱居胥浦上^[十三]，時時領客放浪九峰三泖間。忼愷懷古，日夕忘返，慕其人者，目爲“泖南浪翁”。君聞知，曰：“甚善名我！”因亦自謂泖南浪翁云。

烏乎，代之强仁慕^④義者不少也，而多逸於野，太史氏又缺焉不書，是爲善者終無以勸也。君没幾五十年，而未有表白其事者，猶幸其概在人耳目者，卓卓未泯。余因著諸所聞，爲論次之，使後有過其墓者，得以知君之爲人若此，庶幾爲强仁慕義者之勸哉！

君娶會稽⑤俞氏女,賢而無子,先君一年卒。又娶永嘉陳氏女,生子四人,曰實,曰厚,曰誠,曰諲〔十四〕。側室生一人,曰某。孫男五:尚質、尚節、尚白、尚功、尚賢。生女五,婿曰吳郡顧諟、吳興沈斯干、宋諸王孫宜樞、同邑倪乘、吳郡章禮。曾孫男八:陞、奎〔十五〕、壁、堂、塾、墊、堅、堅。女七,玄孫男二。君生於宋紹定己丑六月二日,享年七十有七,卒於國朝大德乙巳九月某日,葬於華亭縣胥浦鄉五保謝家原〔十六〕,合祔俞夫人之封。後十四年而葬陳夫人於其域⑥。又三⑦十二年,諲乃樹石墓門,而會乩楊公爲叙而銘之。其辭曰:

仁之言,利既博(叶)。仁之行,聞卓卓。矢一死,貿萬殤。棄爵秩,不以償。北强以兵(叶),南義剛。若斯人者,殆南方之强非歟!嗚呼斯人,吾言不亡。

【校】

① 氏:四部叢刊本誤作"士"。

② 用:原本殘缺,四部叢刊本作"所",據文淵閣四庫全書本補。鄉:原本作"卿",據四部叢刊本、文淵閣四庫全書本改。

③ 沮:四部叢刊本作"阻"。

④ 慕:四部叢刊本作"暴"。下同。

⑤ 稽:原本無,據文淵閣四庫全書本增補。

⑥ 域:原本作"城",據四部叢刊本改。

⑦ 三:原本作"二",據文淵閣四庫全書本改。按:若據原本,殷澄卒後三十六年殷諲"樹石墓門",則爲至正元年(一三四一)事。然鐵崖與殷奎及其家人結識,始於元至正八年,故"二"字必誤。詳見强齋集卷五祭先師鐵崖楊先生文。

【箋注】

〔一〕文撰於元至正十年(一三五〇),其時鐵崖寓居松江,授學爲生。繫年依據:其一,墓主殷澄卒於元大德九年乙巳(一三〇五),十四年後葬陳夫人,又過三十二年,殷諲"樹石墓門",鐵崖爲撰碑文。而至正十年上推至大德九年,首尾合計四十六年。其二,殷澄葬於華亭。

〔二〕"殷,子姓"三句:明凌迪知萬姓統譜卷二十:"殷,汝南……子姓,商之後。十九世小辛改國曰殷,以國爲氏。"

〔三〕避宣祖諱：宋宣祖乃太祖之父，諱弘殷。參見宋史 太祖本紀。

〔四〕別族太史：四庫全書總目萬姓統譜一百二十六卷："戰國策稱智果別族於太史爲輔氏，是周末法猶未改。秦、漢以下，始私相記録。"按：本文稱"別族太史"，蓋援引舊説，宋代未必真有太史管理此分別族屬之事。

〔五〕殷澄(一二二九——一三〇五)：其名又作澂，字公原，自號泖南浪翁，華亭人。鐵崖弟子殷奎曾祖父。參見鐵崖撰邗殷處士碣銘(載佚文編)。正德松江府志卷三十人物四孝友傳載殷澄事迹，實摘自本文。然謂其字公源。

〔六〕節幹君：即殷萬寀，其名又作萬采，墓主殷澄之父。參見鐵崖撰邗殷處士碣銘。

〔七〕無宿諾：論語顔淵："子路無宿諾。"注："宿，猶豫也。子路篤信，恐臨時多故，故不豫諾。"

〔八〕"至元間"二句：意爲元世祖 至元十一年以後數年，蒙元軍隊攻佔南宋領土。

〔九〕楊掃地：當爲伯顔屬下將領，生平不詳。

〔十〕南錢：市鎮名。正德松江府志卷九鎮市："北錢鎮在(華亭縣)四十一保石湖塘上，與南錢相望。蓋一姓分處爲市，而異其稱云。"

〔十一〕神武不殺：易 繫辭上："古之聰明叡知，神武而不殺者夫。"孔穎達疏："謂伏犧等用此易道能威服天下，而不用刑殺而威服之也。"

〔十二〕伯顔(一二三六——一二九四)，蒙古族人。元世祖 至元初年拜中書左丞相，十一年(一二七四)總兵伐宋。宋亡，任樞密院同知。謚忠武。生平詳見元明善 丞相淮安忠武王碑(載元 蘇天爵編國朝文類卷二十四)。

〔十三〕胥浦：鄉名。參見東維子集卷十二華亭胥浦義冢記注。

〔十四〕殷謹：墓主殷澄第四子。其名又作子謹，字德甫，號柏堂。乃鐵崖弟子殷奎祖父。曾創建樓閣名春水船。參見東維子文集卷十六春水船記、鐵崖撰邗殷處士碣銘、强齋集卷十盧熊撰故文懿殷公行狀。

〔十五〕殷奎：鐵崖弟子。參見東維子文集卷二十二木齋志。

〔十六〕謝家原：乾隆金山縣志卷一建置村莊："立極村，即謝家原……以上在五保。"

改危素桂先生碑〔一〕

信之龍虎山爲漢天師張氏之學者〔二〕，恒千餘人。其卓犖瑰奇之士,亦間見其間,若桂先生者是已。先生諱義方,字心淵,世爲信貴溪人。母生①先生時,夢李淳風寄宿〔三〕,因名李寄。長從上清宮熊尊師學〔四〕。元貞元年〔五〕,從天師張公朝京〔六〕,授蘄州道官〔七〕。歸而散其衣資,飄然有遠志。周覽名山,由武至匡廬〔八〕,夜宿太平興國宮〔九〕,龍出屋後,無犯先生居,蜿蜒辟易而後去。數飛躐層②崿,與豹同行,好事者莫能蹤迹之。樵人有見之山南,同日又有見之山北者。山中人酒熟,曰:"顧③安得桂先生飲之!"俄先生至,欣然就飲,所飲者家以爲吉徵。尊官顯人過江上者,咸願見先生,先生見不見,人莫測也。江州守某乞詩〔十〕,惟書一"閑"字與之,逾月以事去官。先生率意成詩,書座右銘,類④多儆世絶俗語。有金蓬頭者〔十一〕,居聖井山〔十二〕,先生致書,封題甚謹,登之,白紙耳。金大嘆曰:"至此果無説説矣。"道士吳李⑤誠作渾淪庵〔十三〕,迎先生居之,先生嘆曰:"明年吾當歸矣!"明年至正元年正月朔,翛然而逝。越三日,山南北道士奉遺蜕葬諸聖治峰麓〔十四〕。

　　道士方從義爲予言〔十五〕,先生之族有公武者,號抱甕先生,得仙術,卒葬分嶺⑥,中夜,家聞⑦有聲,詰旦⑧視之,但空棺耳。有仲勖者,號閑閑子,通内外典,與丞相陳福公爲布衣⑨交〔十六〕。先生之兄與信,號默默子⑩,學道終南山,緘口不言,升座而化,三日容色不變。豈其山川之所鍾然也耶!予⑪昔游潯陽〔十七〕,見先生,聽其言,無過高難行之論。吁,有道之士哉!銘曰:

　　柱史度關騎青牛,五千遺言增隱憂〔十八〕。更秦逮漢習益痼,燕齊方士相呀嚘。道人隱居恒内修,漆園尚友天同游。一朝委蜕去莫留,太史作銘表其丘。

【校】

① 生:原本無,據文淵閣四庫全書本增補。

② 層:原本作"曾",據文淵閣四庫全書本改。

③ 顧:原本作"願",據文淵閣四庫全書本改。

④ "銘類"二字原本爲墨丁,據文淵閣四庫全書本補。

⑤ 李:四部叢刊本作"季"。

⑥ 嶺:原本作"領",據文淵閣四庫全書本改。

⑦ 聞：原本作“閭”，據四部叢刊本改。

⑧ 旦：原本作“且”，據四部叢刊本、文淵閣四庫全書本改。

⑨ 衣：原本無，據文淵閣四庫全書本增補。

⑩ 默默子：原本作“點點子”，據四部叢刊本改。

⑪ 予：原本作“子”，據文淵閣四庫全書本改。

【箋注】

〔一〕文當撰於元至正四年（一三四四）或稍後，其時鐵崖寓居杭州，等待補官。
繫年依據：其一，墓主桂義方於至正元年謝世，危素碑文必撰于此後。其
二，至正四年，因修宋、遼、金三史之需，危素南下訪書，鐵崖與之結識於錢
塘。參見鐵崖先生古樂府卷六金溪孝女歌、鐵崖先生詩集甲集四月十六
日偕句曲先生過彩真飲趙伯容所句曲出石室銘因賦是詩并簡太樸檢討先
生。危素，字太樸，撫州金溪人。元至正初年參與修纂遼、金、宋三史，后
妃諸傳之成，尤賴其力。官至禮部尚書。明師克大都，身詣軍門，以存元
實錄請。洪武二年授翰林侍講學士，旋罷。居一歲，復之。年七十餘，謫
居和州。歲餘卒。參見宋濂危素墓碑銘及明史本傳。

〔二〕信：信州路。據元史地理志，信州路隸屬於江浙行省，下轄上饒、玉山、弋
陽、貴溪、永豐五縣。龍虎山：位於今江西鷹潭市西南，相傳張陵子孫世
居此山。漢天師張氏：即東漢張陵，天師道創始人。

〔三〕李淳風：唐初人，精通天文曆算陰陽之學，頗得唐太宗賞識，任太史令。傳
見兩唐書。

〔四〕上清宫：在龍虎山。

〔五〕元貞元年：公元一二九五年。元貞爲元成宗年號。

〔六〕天師張公：指嗣漢三十八代正一天師張與材。參見東維子文集卷二十三
杭州龍翔宫重建碑。

〔七〕蘄州：路名，隸屬於河南江北等處行中書省。位於今湖北蘄春一帶。

〔八〕武：指武山。江西通志卷十二山川六九江府：“武山在湖口縣東五十里，
與廬山夾鄱湖而峙，根盤四十餘里，爲西南最高之山。上有茨菇池，池畔
有寶華寺，相傳赤脚僧修煉於此。”匡廬：即廬山。

〔九〕太平興國宫：位於九江城南。大明一統志卷五十二九江府：“太平興國宫
在府城南三十里。唐玄宗因夢感建九天採訪祠，宋名太平興國宫。”

〔十〕江州：九江古稱。今屬江西。

〔十一〕金蓬頭：指全真道士金志陽（一二七六——一三三六）。明張宇初金野

庵傳：“金蓬頭，永嘉人也，名志陽，號野庵。因蓬首中作一髻，世呼‘蓬頭’云。”（載峴泉集卷三。）按：金蓬頭爲全真道士。延祐年間，於信州先天觀旁建草庵，獨居二十餘年。元順帝至元二年謝世，卒年六十一。參見歷世真仙體道通鑑續編卷五金蓬頭、説學齋稿卷二山庵圖序、式古堂書畫匯考卷五十三金蓬頭像。又，宋濂太上清正一萬壽宮住持提點張公碑銘：“時桂心淵隱匡廬，金志陽居武夷。二人者，世號爲真仙翁，修丹之士依之者成市。公皆躡屬擔笈，往拜其坐下，傳其三皇内文、九鼎丹法，所謂延齡度世者。”（載宋學士文集集卷十五。）

〔十二〕聖井山：危素山庵圖序：“聖井山在信之上清宫東南，上爲神龍所居，歲旱，禱輒雨，蓋人迹罕至之處。延祐中，永嘉金蓬頭先生修其學於先天觀，風月良夜，乃游聖井山。捫蘿而上，樂其深邃高遠也，裴回久之。其門徒頗爲構室廬，以待先生之來。”

〔十三〕吳李誠：其名一作季誠。按：疑吳季誠即吳成季。吳全節（一二六九——一三四六）字成季，號閑閑，饒州（今江西鄱陽）人。少年即入龍虎山學道，繼其師張留孫之後任玄教大宗師。元史有傳。參見東維子文集卷二十七與吳宗師書。

〔十四〕聖治峰：江西通志卷十二山川六九江府：“聖治峰在蓮花峰西南。唐有陳隱君居此，即義門陳氏之祖也。其南有仙人巖，其東北爲三山澗。”

〔十五〕方從義：金蓬頭弟子，元季以詩書聞名。與鐵崖、危素皆有交往。書史會要卷七大元：“道士方從義字無隅，號方壺，貴溪人。工詩文，善古隸、章草。”又，危素山庵圖序：“方外之友曰方壺子者，早棄塵事，深求性命之學，從（金蓬頭）先生最久。先生既去人世，方壺子稍出而游觀天下名山，至於京師。”

〔十六〕陳福公：陳俊卿。陳俊卿字應求，福建興化人。南宋紹興八年進士，官至尚書右僕射、同中書門下平章事兼樞密使。以用人爲己任，屢薦朱熹。卒，朱熹爲銘其墓。參見宋史本傳及清李清馥閩中理學淵源考卷二十九正獻陳福公先生俊卿。

〔十七〕潯陽：江名，位於九江一帶。此借指九江。

〔十八〕“柱史”二句：參見上卷尚德齋銘注。

故忠勇西夏侯邁公墓銘〔一〕

君諱邁里古思，字善卿，西夏人也。曾祖月忽難，祖也失迷，俱不

仕。父别古思宧於杭,生君。自幼有奇氣,善擊搏技,既而自悔,曰:
“伎勇有敵,聖賢之學無敵也。”遂從師,通詩、易二經。以詩登進士
第[二],官紹興録事[三]。

　　長槍氏市馬紹興[四],挾苗兵爲佐,白取餘食。市間不問苗真僞,
咸拘囚之,傳其爰上省李官[五]。時苗長虐令如火,莫孰何。又有省府
千夫長,與郡攝帥①者根株爲奸利,抱苗長文告,鉗結東②徒大姓家,且
縱苗白日什伍鈔民③。君下約民曰:“人怖狼,狼亦怖人。狼勿殺,食
人爾。録長無玉帛狗馬,身及赤口四耳,誓以家徇殺根株鈔民者。”民
皆俯地雷應,曰:“惟録長君命。”夜交乙,君躬率民兵殺苗,不遺一噍。
盜起婺牧溪洞[六],君以大夫命領所部抵洞,賊問官軍姓,曰“邁某
也”,皆倒戈請④罪。君牧撫之,不血一刃。府命據蕭邑[七]。私聚民
糧,贖民貨,敚民土田,聞君到邑,怖而匿去。又明年,西寇犯浦江[八],
君率兵至諸暨,寇望風遁。領臺命守諸暨。臺借糧於民,下令會府,
民無受令者。君班師郡城,諭以文告,民輸糧者繩屬不絶。攻⑤無堅
敵,字民如子,令無不行。被旨經歷江東憲府事,瀕行,民哭泣擁馬
首,不得行。

　　時海寇勢横甚,虎踞娥江[九],君奮不顧身,爲士卒先,追迫其人於
數百里外。大卿在南端[十],覆右海勢[十一],佯浮宴君,陰畜健兒户下,
袖金字羅擊死之[十二]。尸瘞戒珠僧院[十三]。民皆麻衣跣慟,從以萬
計。贈官中大夫、僉江浙樞密院事,謚忠勇,封西夏侯。

　　君嘗謂⑥曰:“吾死,使君子題其冢曰‘義烈’,墓文必賴直筆者傳,
傳無出會稽抱遺先生也,若識之。今不幸陷死地,先生嘗以其人入鋃
史編,收吾名足矣。”予爲之泫然涊涕,曰:“天將滅乎狂醜也,使長城
君也生;天未滅乎狂醜也,長城君溘先其死,死又非地也。天之生才,
其有以乎? 無以乎? 吾無從而叩也,悲哉!”銘曰:

　　吁嗟乎善卿! 生也者,吾不知胡爲而生;死也者,吾不知胡爲而
死。生不卅(音“集”)年,仕不四年,而名長萬紀⑦。嗚呼,獬豸折角兮
麒麟踣趾[十四],豕突西嶽兮鯨飜東海。已乎善卿,爾果胡爲而生,又果
胡爲而死!

【校】

① 郡:原本作“群”;帥:原本作“師”,據文淵閣四庫全書本改。

② 東：四部叢刊本作“束”。

③ 民：原本作“氏”，據四部叢刊本、文淵閣四庫全書本改。

④ 請：原本为墨丁，文淵閣四庫全書本作“伏”，據四部叢刊本補。

⑤ 攻：原本作“功”，據文淵閣四庫全書本改。

⑥ 謂：原本作“詣”，文淵閣四庫全書本作“語”，據四部叢刊本改。

⑦ 紀：原本作“記”，據文淵閣四庫全書本改。

【箋注】

〔一〕文當撰於元至正十八年（一三五八）歲末至十九年秋日之間。繫年依據：其一，銘主邁里古思於至正十八年十月二十三日遭御史大夫拜住哥殺害，本文則撰於事後不久。參見陳善學序刊楊鐵崖先生文集卷六盲老公。其二，至正十九年秋，程文撰跋忠勇西夏侯邁公墓銘（載東維子文集卷三十一），可見其時本文業已撰成。按：程氏跋文末尾原本署作“至正乙亥秋程文謹識”，然至正年間并無“乙亥年”，“乙”必爲“己”之訛寫。至正己亥即至正十九年，邁里古思遇害次年。邁里古思（？——一三五八）：生平除本文外，參見戴良九靈山房集卷十三邁院判哀詩序、南村輟耕録卷十越民考。又，本文曰邁里古思“生不冊年”，則其生年當不早於延祐七年（一三二〇）。

〔二〕以詩登進士第：指至正十四年甲午（一三五四），邁里古思以詩經考中進士。

〔三〕官紹興録事：指任紹興路録事司達魯花赤。元史百官志七：“録事司，秩正八品。凡路、府所治置一司，以掌城中户民之事……至元二十年，置達魯花赤一員。”

〔四〕長槍氏：即長槍軍，元末起事，首領爲張鑑（或作張明鑑）。明史繆大亨傳：“（張）明鑑聚衆淮西，以青布爲號，稱‘青軍’；又以善長槍，稱‘長槍軍’。由含山轉掠揚州，元鎮南王孛羅普化招降之，以爲濠、泗義兵元帥。逾年，食盡，謀擁王作亂。王走，死淮安，明鑑遂據城，屠居民以食。”參見陳善學序刊楊鐵崖先生文集卷五擬戰城南注。

〔五〕爰：爰書。史記張湯列傳注引索隱：“韋昭云：爰，換也。古者重刑，嫌有愛惡，故移換獄書，使他官考實之。故曰傳爰書也。”省李官：指江浙行省理官。

〔六〕婺：婺州（今浙江金華）。邁里古思討平婺州之亂，詳見南村輟耕録卷十越民考、宋濂贈行軍鎮撫邁里古思平寇詩序（載宋濂全集潛溪先生集輯補）。

〔七〕蕭邑：指蕭山縣城。

〔八〕浦江：縣名。浦江隸屬於婺州路。今屬浙江金華市。參見元史地理志。

〔九〕娥江：指曹娥江。大明一統志卷四十五紹興府："曹娥江在府城東南七十里，即漢曹娥求父尸不得，投江而死之處。"

〔十〕大卿：指江南行御史臺御史大夫拜住哥。南端：指江南諸道行御史臺。按：江南行御史臺原先設於集慶（今江蘇南京），至正十六年，詔移至紹興（今屬浙江）。參見元史納璘傳。

〔十一〕右海勢：意爲倚仗海寇方國珍勢力。

〔十二〕按：邁里古思被殺事，南村輟耕録卷十越民考云："浙省丞相塔失帖木兒便宜除行樞密院判官……時御史大夫拜住哥任情禍史（文淵閣四庫全書本作"奸黠吏"）爲爪牙，又自統軍三千，曰臺軍。紀律不嚴，民横被擾害。有訴於君，君輒抑之，衆軍皆怨怒。然拜委瑣齷齪，惟以鈎距致財爲務。君不禮之，或以諫，君曰：'吾知上有君、下有民耳，安問其他？'拜頗聞，銜之。遂與臺軍元帥列占、永安張某、萬户閭塔思不花、王哈剌帖木兒等謀殺之，未得間。戊戌十月廿二日，首事出兵，逾曹娥江，與平章方國珍部下萬户馮某鬭。既不利，駐軍東關，單騎馳歸。拜意決矣，廿三日遲明，召君私第議事。入至中門，左右以鐵槌摑殺之。"

〔十三〕戒珠僧院：指戒珠寺。大明一統志卷四十五紹興府："戒珠寺在府治東北六里，晉王羲之故宅，後建爲寺。"

〔十四〕獬豸折角：意爲正人遭殺。獬豸，參見麗則遺音卷四神羊注。

故翰林侍講學士金華先生墓志銘〔一〕

先生諱溍①，字晉卿，姓黄氏。其先自宋太史庭堅之從②父昉，繇雙井家浦江〔二〕，後遷義烏〔三〕，遂占籍焉。曰伯信③者，先生之高祖也。曰夢炎〔四〕，淳祐進士，仕朝散大夫、行太常丞兼樞密編修官者，曾祖也。曰堮④，以進納恩補承節郎，今以推恩贈嘉議大夫、禮部尚書、上⑤輕車都尉，追封江夏郡侯者，大父也。曰鑄，今贈中奉大夫、江浙等處行中書省參知政事，追封江夏郡公者，父也。

中奉公元出朝散公外孫女王氏歸丁應復之後〔五〕，嘉議公疾廢，育

之爲子也。妣童氏,追封江夏郡夫人。夫人姙⑥先生時,繡湖水清〔六〕,
歷世有四日。夜夢大星煜煜然墜于懷,公始生,至元十四年之冬十月
一日也。比成童,不妄逾户閾。授以書,矢口即成誦。年十三屬文,
作吊諸葛武侯文,爲鄉先生劉公應龜所奇〔七〕,因留受業。大德五
年〔八〕,舉教官,舉憲史,已而復棄之,多忤上官去。延祐元年〔九〕,貢舉
法行,縣大夫以先⑦生充,賦古賦,以太極命題,古賦以“極”命題,場屋
士不能爲,獨先生以楚聲爲之,遂冠場。明年奉大對,授徵⑧仕郎、寧
海縣丞〔十〕。江浙省臣承制遷石堰場監運事〔十一〕。秩滿,陞從仕郎、諸
暨州判官。至順初〔十二〕,用薦入爲翰林應奉,進階儒林郎。丁外憂,去
秩。服闋,轉承直郎、國子博士。閱六年,請補外,換奉政大夫、江浙
儒學提舉。時先生年始六十有七,不俟引年,以侍親疾絶江徑歸。俄
有旨預修遼、金、宋三史,丁内憂不赴。服除,以中順大夫、秘書少監
致仕。久之,又被上旨落致仕⑨,仍舊階,除翰林直學士。至京,中書
傳旨,擢兼經筵官。召見慈仁殿,薦陞中奉大夫、侍講學士、同知經筵
事。明年,歸田里,不俟報而行。上聞,遣使者追復前職。又明年,始
獲南還。閱七年而薨,享年八十有一。葬縣東北三里東塗之原。娶
王氏,將仕郎桂之女,封江夏郡夫人,先一年卒。男梓,用蔭⑩入官忠
顯校尉、同知餘姚州事。女清,適惠州學正陳克讓〔十三〕。

　　先生位至法從,蕭然不異布衣時。又寡嗜欲,年四十即獨榻於
外,給侍左右者,兩黄頭而已。遇佳山水,竟日忘去,形於篇什,多沖
淡簡遠之情。然性剛中,觸物或弦急不可犯,少時即泮然無復停礙。
與同鄉柳太常貫爲文友〔十四〕,風節文章在柳上,人呼黄、柳。其論著依
據義例,考援的切。在禁林三史,惜以憂輟,其修后妃、功臣傳,士類
服其精審⑪。經筵處講文,皆切于治道之大者。晚年喜爲浮屠,亦研
極其閎蕩之說,請者盈門,獻亦靡之去。其爲文,表、箋、書、序、傳、
記、贊、說、志、銘凡若干篇,曰⑫損齋藁若干卷〔十五〕、義烏志若干卷,賦
若干首。

　　於乎,我朝文章,雄唱推魯姚公〔十六〕,再變推蜀虞公〔十七〕,三變而
爲金華兩先生也。五峰李孝光嘗與予爲兩先生評〔十八〕,余白:“柳太常
如東魯社翁課閭閻子弟,言言有遺事;黄太史如獨繭遺絲,初不諧衆
響,至趣柱絙弦,激絶之音出於天成者,亦非衆音可諧也。”孝光以吾

言爲然。

太史考文江浙時,余辱與連房〔十九〕,卷有不可遺落者,必決于予。在杭提學時〔二十〕,謁文者填至,必取予筆代應。且又不掩于人,曰:"吾文有豪縱不爲格律囚者,此非吾文,乃楊廉夫文也。"自京南歸時〔二十一〕,予見於天竺山〔二十二〕,謂予曰:"吾老且休矣。吾子宋絶辨〔二十三〕,已白於禁林,宋三百年綱目屬之子矣。"嗚呼,今亡矣,吾終不得爲公史臣徒矣,悲夫!

因其鄉生浙西道廉訪司僉事鄭公深出其徒宋濂狀求予銘〔二十四〕,遂忍而銘。且悼喪亂未得謚於朝,與其徒私謚曰文貞先生。銘之辭曰:

大之星煜煜兮,繡之水穆穆兮。文之毓兮,大星翳兮。繡水壋兮,文之逝兮。惟文之鳴兮,大音在廷。爾鏽爾箟兮,我瑟我笙。枡之帠⑬兮,會之成⑭兮。氣一并兮,有元氏之聲兮。吁嗟今嘿嘿⑮兮,孰見古人之瀙瀙。瀄響以上馳⑯兮,膏吾車其曷從!

【校】

① 潛:原本作"緒",據金華黃先生文集卷末宋濂撰金華黃先生行狀、同書卷二十二記高祖墓表後、元史本傳改。

② 從:四部叢刊本、文淵閣四庫全書本皆誤作"後"。參見本文注釋。

③ 信:四部叢刊本誤作"姓"。參見本文注釋。

④ 壋:原本作"愕",據宋濂撰金華黃先生行狀改。按:金華黃先生文集卷二十二記高祖墓表後亦作"壋"。黃夢炎二子,長子名垓,黃垓其餘堂兄弟,曰埴、曰壙、曰埈,其名皆以"土"爲偏旁,無一例外。

⑤ 議:據宋濂撰金華黃先生行狀作"儀"。按嘉議大夫爲文散官正三品階,見元史百官志七。"書上"二字原本殘缺,據四部叢刊本、文淵閣四庫全書本補。

⑥ 姓:原本作"任",據文淵閣四庫全書本改。

⑦ 先:原本無,據文淵閣四庫全書本增補。

⑧ 徵:原本为墨丁,據文淵閣四庫全書本補。

⑨ 落致仕:文淵閣四庫全書本作"落職致仕",誤。

⑩ 蔭:原本作"應",據四部叢刊本改。

⑪ 審:原本作"蓄",文淵閣四庫全書本作"當"。據四部叢刊本改。

⑫ 日:各本皆作"曰",徑改。參見注釋。

⑬ 枅之粤：文淵閣四庫全書本作“鼓之淵”。

⑭ 會之成：文淵閣四庫全書本作“磬之鏗”。成：四部叢刊本作“咸”。

⑮ 嘿嘿：文淵閣四庫全書本作“默默”。

⑯ 游：原本作涬，四部叢刊本作“淬”，文淵閣四庫全書本作“洋”，傅增湘校勘記作“溯”，疑皆誤。當爲“游”之訛寫，“游”，遡也，故徑爲改正。馳：原本作“鴕”，據傅增湘校勘記改。

【箋注】

〔一〕文當撰於元至正十七年（一三五七）冬，其時鐵崖任建德路總管府理官。繫年理由：據宋濂金華黃先生行狀，黃溍於元至正十七年九月五日謝世，宋濂十月一日完成行狀。故鄭深攜宋濂行狀來請鐵崖撰墓志銘，當在是年冬日。黃溍（一二七七——一三五七）：其生平除本文外，參見宋濂撰故翰林侍講學士中奉大夫知制誥同修國史同知經筵事金華黃先生行狀（載文憲集卷二十五）。

〔二〕雙井：在江西分寧縣。浦江：縣名，元代隸屬於婺州路。今屬浙江金華。道園學古録卷四十跋雙井黃氏家譜後：“豫章黃氏自金華來，其族分居豐城之宛岡、分寧之雙井。雙井之子孫衆多，又分居……”又，宋濂金華黃先生行狀：“黃爲婺名族，至宋，太史公庭堅族望尤著。太史之從父昉，生景珪，俱來浦江。”

〔三〕義烏：縣名，元代亦屬於婺州路。今屬浙江金華。

〔四〕黃夢炎：字子陽，黃溍曾祖。淳祐末年中進士，官至朝請大夫、户部左曹郎。傳見金華賢達傳卷五。

〔五〕王氏：黃伯信有二女，長適“嘉熙戊戌殿試第五人”王囦金。此所謂“朝散公外孫女王氏”，即王囦金之女。詳見黃溍記高祖墓表後（載金華黃先生文集卷二十二）。丁應復：吳興安吉世家子弟。明董斯張吳興備志卷十二人物徵第五之五：“宋時丁氏，世家吳興之安吉……伯虎生儒林郎、浙西提舉常平茶鹽司幹辦公事應復。應復爲昭慶軍節度掌書記王囦金壻，王之婦，則贈朝散郎義烏黃伯信女也。伯信子，朝請大夫夢炎；孫，承節郎塏。塏以疾廢，夢炎以應復第四子後之，製名曰鑄。”

〔六〕繡湖：位於今浙江義烏。

〔七〕劉應龜（一二四四——一三〇七）：字元益，號山南隱逸，義烏（今屬浙江）人。黃溍曾祖黃夢炎外孫。宋太學生。元至元二十八年辟本縣教諭，調月泉書院山長。大德十一年卒。年六十四。參見黃溍年譜“元世祖至元

　　二十九年"譜文(載徐永明著元代至明初婺州作家群研究下編考證篇。)

〔八〕大德五年：公元一三〇一年。大德爲元成宗年號。

〔九〕延祐元年：公元一三一四年。延祐爲元仁宗年號。

〔十〕寧海縣：隸屬於台州路。今屬浙江寧波。

〔十一〕石堰場：爲兩浙都轉運鹽使司所轄鹽場之一。參見元史百官志七。

〔十二〕至順：元文宗年號，公元一三三〇至一三三三年。

〔十三〕陳克讓：義烏人。黃溍女婿，任惠州學正。按：克讓爲陳堯道之子。陳
　　　　堯道字景傳，月泉吟社第八名。參見徐永明撰黃溍年譜。

〔十四〕柳貫(一二七〇——一三四二)：字道傳，浦陽(今屬浙江)人。曾任太
　　　　常博士，故此稱柳太常。元史有傳。

〔十五〕日損齋藁：四庫全書總目黃文獻集十卷："元黃溍撰。溍有日損齋筆
　　　　記，已著録。……宋濂、王褘皆嘗受業焉。濂序稱所著日損齋稿二十五
　　　　卷，溍歿後，縣尹胡惟信鋟梓以傳；又有危素所編本爲二十三卷，今皆
　　　　未見。"

〔十六〕魯姚公：指姚燧。元史有傳。

〔十七〕蜀虞公：指虞集。元史有傳。

〔十八〕李孝光：參見鐵崖先生古樂府卷六芝秀軒詞注。

〔十九〕"太史考文江浙時"二句：當指天曆二年(一三二九)江浙行省鄉試。其
　　　　時楊維楨任天台縣令，爲鄉試房官。

〔二十〕在杭提學：指黃溍於至正元年至三年間任江浙行省儒學提舉。參見張
　　　　雨撰送黃先生歸烏傷序(文載黃文獻公集卷十二附録。)

〔二十一〕自京南歸：指黃溍致仕返歸故里。按危太樸續集卷二黃公神道碑，黃
　　　　　溍于至正十年夏致仕還鄉。

〔二十二〕天竺山：位於浙江杭州。

〔二十三〕宋絶辯：指鐵崖所撰三史正統辯。

〔二十四〕鄭深(一三一四——一三六一)：字仲幾，一字浚常，浦江人。官至江
　　　　　南浙西道肅政廉訪司僉事。至正二十一年五月十六日卒于杭之寓
　　　　　舍，年四十八。參見宋濂故江東僉憲鄭君墓志銘(載文憲集卷二十
　　　　　一)。宋濂：字景濂，浦江(今屬浙江)人。嘗從黃溍受學，故此稱"其
　　　　　徒"。生平詳見明史本傳。

有元文静先生倪公墓碑銘　代歐陽先生作〔一〕

玄聞房山高公克恭在南端時〔二〕，薦天下士五人，曰敖公繼翁〔三〕、

鄧公文原〔四〕、陳公康祖〔五〕、倪公淵、姚公式〔六〕，天下謂之"五儁"。鄧公官至法從，敖與姚卒官文學，倪公晚始以縣大夫引年，然皆以文行相高，論"五儁"者，不以位之崇卑優劣焉。玄慕"五儁"如慕古人，而倪公之孫璨〔七〕，奉公之門生鄭汝原所狀行〔八〕，來謁銘其墓。玄忝論選之職，銘公何慊，亦何幸哉！

公諱淵，字仲深，其先浚儀人〔九〕，出漢御史寬裔〔十〕。五世祖南金，以武弁仕宋，從其君南遷，因家錢塘。四世祖某，又徙①家烏程，故今爲湖州人。曾祖俊民，弗仕。祖椿年〔十一〕，路分兵馬監押。父守真〔十二〕，自號愛山處士，以公貴贈承務郎、松江府判官。母濮氏，贈恭人。

公生而卓異，精敏絶人，讀書過目輒成誦。嘗則前人之勤以自課，命其書舍曰經鋤。長遂通五經，尤精于易、三禮。初用薦者言爲本郡學録，及高公以"五儁"并薦於朝，未報，而行省調公杭州儒學正。江浙字憐吉觰平②遣子從公受學〔十三〕，且移文中書，舉公可教國子。而中書已擬臺章所薦"五儁"各補郡文學，乃升公爲杭教授。在杭學，復田之曾没於勢家者若干畝。新學舍，造祭器，撤③上丁俗樂〔十四〕，訪得宋太常樂工兩人，俾以雅樂教諸生。胄監聞之，因招致兩樂工爲國子樂師，今諸郡學皆作登歌樂者，實自公倡之。中書左丞高公昉又舉公編修官〔十五〕，以親老辭，乃授本郡教授以便養。未上，丁外艱。服除，在湖學倣安定舊規〔十六〕，列經義、治事齋，以惠來學④者。人爲⑤立生祠，公移文止之不得，躬⑥往撤之。

用累考入流，得當塗縣主簿〔十七〕。時長官皆以故免去，獨公理縣事。縣版籍不明，公手爲分劃編次，瞭若指掌，二税始如期而集。歲旱，民告灾，幕⑦長斥去所上狀，公曰："錢穀，國計；民生，國本。理末而撥其本，可乎？"語不合，投劾去，闔府駭然，遣吏遮留之，一以檢覈委公，民賴以蘇。縣前汊沮格久之，公攄得舊田，立復田爲塘。和州民有田在縣境〔十八〕，猾民與交易，券成而負其直，訟則執券折之，官莫能下，至是，越江來訴。公探得猾者情，始懼，卒以直歸之。民立異姓爲後者，所後父母殁且十年，有同姓而非族者，依倚前官牟其產，至給帖者左驗。民直於公，公白⑧按摘其誣者數事，盡反所奪。部使者元公永貞至郡〔十九〕，廉公德政，曰："吾按太平、池州〔二十〕，得良吏僅當塗主簿而已。"遂薦公可上縣令。而公已無復仕進意,告老而歸,受加恩承務郎、杭州路富陽縣尹致仕。

　　既老於家,杜門罕與人士接。益潛心於易,著易集説二十八卷、圖説、叙列各一卷。病革之夕,猶置易於几案諷誦之。語其子曰:"死期至矣,夫復何言!"須臾脩逝,至正五⑨年夏六月二十九日也,年七十有八〔二十一〕。娶鄭氏,先十八年卒,贈恭人。子男三人:長驪〔二十二〕,已卒;次駿,松江府儒學教授;次駃。女二:長適楊福孫,亦已卒;次適陸元瑾。孫男六:長璨,用公廕爲紹興路錢清務副使;次璩、琰、璋、瑛、瓚。女三。曾孫男二,女二。公昆弟四人,伯叔季俱蚤世。叔有遺孤,甫四歲,撫而教之,逾於己子。伯、季皆無嗣,則以駿、駃爲之後。駿等遵治命,以其年冬十月某日,奉柩烏程縣德政鄉毗山先墓之次。學者私諡曰文靚先生。

　　韓子曰:"位不稱德者有後〔二十三〕。"公盛年以俊稱於時,而官僅佐下邑,非位不稱德者歟! 知其後之必大無疑也。銘曰:

　　先生之氏,自漢御史。經鋤有堂,探易諏禮。吁嗟先生,蚤有令聞。"五儁"同稱,爭翔競奮。宜位館閣,歌唐頌虞。大道甚夷,先生徐徐。白首窮經,覺我後覺。晚佐一縣,亦展所學。鄭公注禮〔二十四〕,注律益精。焦氏治易〔二十五〕,治盜有聲。位不滿德,時人所惜。君子處之,惟謙故益。益不在身,在其子孫。史氏有撰,貽厥後昆。

【校】

① 徙:原本作"從",據黃溍承務郎杭州路富陽縣尹致仕倪公墓志銘(載金華黃先生文集卷三十二)改。

② "平"字下蓋脱一"章"字,孛懣吉觮爲江浙行省平章政事,參見注釋。

③ 撤:原本作"撒",據四部叢刊本、文淵閣四庫全書本改。

④ 來學:原本作"來來",據文淵閣四庫全書本改。

⑤ 人爲:原本作"爲爲",據文淵閣四庫全書本改。

⑥ 躬:原本作"窮",據文淵閣四庫全書本改。

⑦ 幕:原本作"慕",文淵閣四庫全書本作"縣"。據傅增湘校勘記改。

⑧ 白:原本作"曰",據文淵閣四庫全書本改。

⑨ 五:原本作"二",當屬誤寫。據黃溍承務郎富陽縣尹致仕倪公墓志銘,倪淵卒於至正五年。又按東維子文集卷二十六故處士倪君墓志銘,曰淵長子驪

至正(二年)壬午九月六日卒。若倪淵至正二年六月去世,則本文所謂"子男三人,長驥已卒",顯然與故處士倪君墓志銘所述不能吻合;且倪驥臨終,有遺言訴於其父。"二"字必誤,故予以改正。參見本文注釋。

【箋注】

〔一〕文當撰於元至正五年(一三四五)秋,或稍後,其時鐵崖寓居湖州長興,在蔣氏東湖書院授學。繫年依據:其一,據題下小字注,本文乃鐵崖為歐陽先生代筆而作。歐陽先生指歐陽玄(一二七三——一三五八)。按元史歐陽玄傳,至正五年,御史臺奏除歐陽玄為福建廉訪使,遂離京南還。行次浙西,疾復作,乃上休致之請。作南山隱居,優游山水之間。鐵崖與之結識交往當在此時。其二,本文當撰於墓主倪淵逝世不久,而倪淵卒於至正五年六月二十九日。倪淵生平,除本文外,參見金華黃先生文集卷三十二承務郎富陽縣尹致仕倪公墓志銘、萬曆湖州府志卷六辟召。

〔二〕高克恭(一二四八——一三一〇):字彥敬,號房山。其先西域人,後居燕京。官至刑部尚書。善山水,始師二米,後學董源、李成。墨竹學黃華。大有思致,怪石噴浪,灘頭水口,烘鎖潑染,作者鮮及。生平參見巴西集卷下故大中大夫刑部尚書高公行狀、圖繪寶鑑卷五高克恭傳。在南端:指高克恭任南臺治書侍御史時。按:高克恭薦"五僑",參見黃溍承務郎富陽縣尹致仕倪公墓志銘。

〔三〕敖繼翁:萬姓統譜卷三十三:"敖繼翁字君壽,福州人,寓居湖州。邃通經術,動循禮法。元趙孟頫師事之。平章高顯卿薦于朝,授信州教授,命下而卒。所著有儀理、禮集說。"

〔四〕鄧文原(一二五八——一三二八):字善之,一字匪石,綿州人,父漳徙居錢塘。至元二十七年,行中書省辟文原為杭州路儒學正,官至集賢直學士。天曆元年卒,年七十一。元史有傳。

〔五〕陳康祖:明董斯張撰吳興備志卷十二人物徵第五之五:"陳康祖字無逸,嗜詩。剡源戴表元評其詩為冰蠶火布,煤脫垢爐,翛然而潔云。"

〔六〕姚式:吳興備志卷十二人物徵第五之五:"姚式字子敬,歸安人。學于敖繼翁。"

〔七〕倪璨:倪淵長孫,倪驥長子。以蔭任紹興路錢清務副使。按:鐵崖曾任錢清鹽場司令,兩人或曾為同僚。又,鐵崖與其祖孫三代皆有交往。參見東維子文集卷十四鈍齋記。

〔八〕鄭汝原:倪淵弟子。元季為處州儒學教授。參見宋學士文集卷四十三麗水陳孝女傳碑。

〔九〕浚儀: 古縣名。據太平寰宇記卷一,浚儀縣隸屬於河南 開封府。

〔十〕倪寬:"倪"亦作"兒"。漢書有傳。

〔十一〕倪椿年: 倪淵祖父,官至某路兵馬監押。黃溍 承務郎富陽縣尹致仕倪
公墓志銘:"祖椿年,用同知樞密院事謝公堂奏補官,終於某路兵馬
監押。"

〔十二〕倪守真: 倪淵父,自號愛山處士。黃溍 承務郎富陽縣尹致仕倪公墓志
銘:"父守真,輕財尚義,鄉稱善人。入國朝,以公貴贈承務郎、松江府
判官。"

〔十三〕字懍吉觲: 官任江浙行省平章政事,封河南王。曾從學於許衡。宋元
學案卷九十魯齋學案附録魯齋門人,其中有"郡王字懍吉觲",然記載頗
爲簡略,曰:"河南王字懍吉觲,嘗受業魯齋。"又,黃溍 承務郎富陽縣尹
致仕倪公墓志銘曰:"行省調公杭州路儒學正。河南王字懍吉觲嘗受業
魏國 許文正公之門,方以平章政事行省江浙,聞公講說,大契其意,即遣
子從公受學,且移文中書,舉公可教國子。"

〔十四〕上丁: 宋張處月令解卷九:"上丁,命樂正入學習吹。"注:"上丁,上旬之
丁。丁,取文明之盛……仲春之月上丁,樂正習舞矣。至仲丁,又命
習樂。"

〔十五〕高昉(一二六四——一三二八): 字顯卿,世爲遼東右族,元初始遷大
名。甫冠,游京師,以學行辟爲集賢院掾,官至中書右丞。天曆元年病
逝,年六十五。參見元 蘇天爵 高公神道碑銘(載滋溪文稿卷十一)

〔十六〕安定: 指北宋胡瑗。胡瑗字翼之,人稱安定先生,泰州 海陵人。曾教授
湖州,"從之游者常數百人。慶曆中,興太學,下湖州取其法,著爲令"。
詳見宋史 儒林傳二。又,宋史 選舉志三:"安定 胡瑗設教蘇、湖間二十
餘年,世方尚詞賦,湖學獨立經義、治事齋,以敦實學。"

〔十七〕當塗縣: 在元代隸屬於江浙行省太平路。今屬安徽 馬鞍山市。

〔十八〕和州: 隸屬於河南 江北等處行中書省廬州路。即今安徽 和縣。

〔十九〕元永貞: 延祐年間任御史,泰定初年爲禮部員外郎。曾撰東平王世家。
參見全元文第三十五册元永貞小傳、元史泰定帝本紀、元名臣事略卷一
丞相東平忠憲王。

〔二十〕太平、池州: 皆爲路名,屬江南諸道行御史臺監督管轄。參見元史 地
理志。

〔二十一〕按: 倪淵卒年七十八歲,據此推算,當生於公元一二六八年。又據黃

潛撰承務郎富陽縣尹致仕倪公墓志銘:"德祐失國,科舉事廢,公年甫九歲。"南宋都城失陷在公元一二七六年,推之與本文所述吻合。

〔二二〕倪驤(一二九三——一三四二):倪淵長子。參見東維子文集卷二十六故處士倪君墓志銘。

〔二三〕韓子:指韓愈。位不稱德者有後:出自韓愈宣武軍觀察巡官試大理評事博陵崔公墓志銘。

〔二四〕鄭公:指東漢鄭玄。後漢書有傳。

〔二五〕焦氏:指西漢焦延壽。焦延壽有易林傳世,其生平以及"治盜"等事迹附見於漢書京房傳。

亡兄雙溪書院山長墓志銘[一]

君姓楊氏,諱維翰[二],字子固,自號方塘,越之暨陽人[三]。曾大父文脩[四],號佛子。子朱子爲常平使,道楓川[五],聞其名請見,與談論竟日,及遇異人,移所患瘤[六],安陽韓先生某爲述私傳[七]。大父宓,父寧,皆有隱德,鄉里推長者。母同里劉氏。

君生至元甲午正月二十日,父嘗目之曰:"是子生有神氣,長必大吾宗。"時伯父實以倉使歸老於家[八],禮聘名儒,若東泉陳先生某[九],桐西馮先生某[十],爲之師。從父山陰縣封宏[十一]、叔父賀,皆喜讀史。君與維禎攻學無寒暑,抵夜以漏分爲度,睡則以水沃面。君於經、子,能以疑難詰其師,會其解而後已。辨史至緊節,連柱兩叔父。長作文,嗜①三蘇字帖[十二],喜雙井黃氏[十三]。每讀上韓太尉書[十四],擊節慷慨曰:"不讀此,無以發人浩然之氣。"

朝廷貢舉法行,維禎中進士第,君以文過高②,屢爲有司枉,遂筮仕郡文學。初,帥府檄爲慈溪邑校[十五],在職不事瑣③屑,惟推經術,贊縣長爲治。後遷天台邑校。先是維禎尹兹邑[十六],稱弟子者安普氏[十七]、許廣氏[十八],君至,尤④以作人爲任。時安、許氏皆擢第歸,事君猶師焉,遣子弟及邑俊彥傳經者百餘人。邑士語曰:"小楊君,政不忘;大楊君,教重光。"考滿,陞饒之雙溪山長[十九]。郡守韓公塙素聞其人[二十],一見即器重,稱其文議論高古,有氣餤可畏,尤愛其詩有大曆體。無幾,保薦于江東分憲,業用而以病卒官舍,時至正辛卯正月十三日也。

君素肄直,無表襮⑤。衣不事兼副,被服恒如寒儒,未嘗少降辭色希悦於人。所居州里有公議(句),論裁可否,不合,申辯不休,不爲權力屈,時人稱曰"古之遺直"者。

晚年游戲墨蘭竹石,極精妙。興至即揮灑,侍筆札者給弗之暇。人求者,無貴賤悉爲作,時監辯博士柯九思自以爲弗及〔二十〕,推曰"方塘竹"云。尤好覽天文及天下名山川形勝,有所得,則述爲歌詩,人争誦之,號光嶽集。考經有稊稗録,書畫有藝游略。

君男一:善。孫男二:樹,河。女孫一。君嘗戒善曰:"女父玷校官,女叔掇上第,女母鄉先生虞雷氏之孫也。女弗學振吾家聲,吾弗子!"幸今善苦學有志操,吾期其有成,克應先訓。君年五十有八,死一千里外,善能不遠水陸,力護柩歸舍,以是年十二月甲辰克葬於長寧鄉馮山祖塋之次,從先志也。越明年某月日,善至吾錢唐官次,泣且請曰:"先君不幸,制奇數,年不周六甲,官卑無治狀。其器業文藝,又不得善文言者爲之章顯地下,重不幸,善重不孝。代之善立言者,善未聞。幸叔父勿讓,銘吾先君。"維禎爲悽然感涕,叙其概而銘之曰:

干將不斷堅,不以稱不利。騏驥不馳遠,不以稱不力。於乎伯也,言爲世格,行爲世則。不大禄食,以放厥職。於乎伯也,窮居大行,蔑損與益。吾與伯也,講之白矣。吾又何計,位卑與崇、壽遲與迫耶!

【校】

① 嗜:原本作"蓍",據文淵閣四庫全書本改。
② 高:原本作"其",據文淵閣四庫全書本改。
③ 瑣:原本作"琑",據四部叢刊本、文淵閣四庫全書本改。
④ 尤:四部叢刊本作"先"。
⑤ 襮:原本作"撰",文淵閣四庫全書本作"暴",據傅增湘校勘記改。

【箋注】

〔一〕文撰於楊維翰逝世之明年,即元至正十二年(一三五二),其時鐵崖任杭州四務提舉。

〔二〕楊維翰(一二九四——一三五一),生平除本文外,宣統諸暨縣志方技傳亦載其事迹,謂其"號雲泉,別號方塘"。

〔三〕暨陽:諸暨縣(今屬浙江)別稱。

〔四〕文脩:楊維禎曾祖父,人稱楊佛子。其生平詳見楊佛子傳(載鐵崖文集卷三)。

〔五〕楓川:位於今諸暨楓橋鎮。

〔六〕"子朱子爲常平使"六句:略述朱熹任常平使時會見楊佛子,以及楊佛子生平異事,詳見楊佛子傳。

〔七〕安陽韓先生某:指韓性。參見楊佛子傳。

〔八〕楊實:楊維翰、鐵崖伯父。參見鐵崖文集卷二先考山陰公實録。

〔九〕東泉陳先生:名敢,號泉溪。按鐵崖先生古樂府卷六載陳敢楊佛子行,吳復注曰:"陳敢乃先生之師也。"又,宣統諸暨縣志人物傳:"郭日孜,字敏夫……與楊維禎同事陳泉溪。"泉溪蓋爲陳敢別號。

〔十〕桐西馮先生:不詳。桐西蓋爲其別號。

〔十一〕山陰縣封宏:指楊維翰從父楊宏,即鐵崖之父。參見鐵崖文集卷二先考山陰公實録。

〔十二〕三蘇:蘇洵、蘇軾、蘇轍。

〔十三〕雙井黃氏:北宋黃庭堅爲洪州分寧之雙井人,故稱。

〔十四〕上韓太尉書:蘇軾二十二歲時所作。

〔十五〕慈溪:縣名,隸屬於慶元路。今屬浙江寧波。

〔十六〕維禎尹兹邑:鐵崖任天台縣令,在天曆元年至三年。

〔十七〕安普:按乾隆諸暨縣志卷十六職官表,"元諸暨州判官"中有:"安普,字行之,唐兀氏。至順進士。"蓋即鐵崖弟子天台安普。

〔十八〕許廣氏:即許廣大。許廣大(一三〇八——一三五三)字具瞻,天台永坊人。生於元至大元年。年二十五,考中江浙行省鄉試第廿名,元統元年(一三三三)會試第十八名,中進士,授慶元路昌國判官,調知武義、鄞縣,累遷江浙行省郎中。所至以廉知著稱。參見劉基撰故鄞縣尹許君遺愛碑銘(載誠意伯文集卷九)、元統元年進士題名録、金華黃先生文集卷三十六贈文林郎江浙儒學副提舉許公墓志銘、民國五年天台縣志稿名宦傳、同書經籍志載明康彥民撰許氏家訓序。

〔十九〕饒:即饒州路。江西通志饒州府:"雙溪書院在浮梁縣北湖右,宋淳祐間邑人趙源置進士莊於北湖,其孫趙鎮遠以科舉未行,莊無所歸,至元間請以莊建書院。按察副使粵屯希魯從之,進士趙介如爲山長。”

〔二十〕韓墉:“墉”或作“鏞”,字伯高,濟南人,延祐五年進士。至正七年,皇帝
特授饒州路總管。元史有傳。

〔二十一〕柯九思:字敬仲,仙居(今屬浙江)人。以父謙蔭補華亭尉,不就。遇
文宗於潛邸。及即位,擢爲典瑞院都事。置奎章閣,特授學士院鑒書
博士,凡内府所藏法書名畫,咸命鑒定。賜牙章,得通籍禁署,寵顧甚
隆。以言罷出。文宗崩,因流寓吳中,得暴疾卒,年五十四。九思自
號丹丘生,又號五雲閣史。好收藏,家有玉文堂,故或稱之爲柯玉文。
天曆年間與虞、李諸公唱和,及歸老松江,往來姑蘇、崑山,與顧瑛等
交游。善畫竹石,得文同筆法,嘗自謂寫幹用篆法,枝用草書,葉用八
分,或用魯公撇筆法,木石用金釵股、屋漏痕之遺意。頗得時譽。參
見元詩選三集柯博士九思、新元史卷二二九柯九思傳、鐵崖先生詩集
庚集題柯玉文竹梅圖。按:柯九思生卒年衆説紛紜,元詩選柯九思
傳謂生於公元一三一二年,卒於一三六五年;徐邦達柯九思生卒年歲
考證一文(載歷代書畫家傳記考辨,上海人民美術出版社一九八三年
版)則謂生於一二九〇年,卒於一三四三年;王樸仁柯九思卒年重考
一文旁搜博採,詳加考辨,認爲柯九思生於公元一二九〇年,卒於至
正九年前後,即公元一三四八至一三五〇年之間。王樸仁文載香港
中文大學中國文化研究所學報第五十七期,二〇一三年七月出版。

故義士吕公墓志銘[一]

公諱良佐,字輔之,姓吕氏,世居淞之吕港。大父德謙,父允恭字
菜翁,皆隱德不仕。公早穎悟,讀書輒①强記,了大義。長儀宇魁梧,
器識才幹尤係人望,咸以公輔器期之。以其出太公望[二],望嘗釣得②
璜,又識其港曰璜溪,號公曰璜溪處士。性至孝,奉③母謝氏,養以④
禮,不旦暮衰。母疾,身不脱帶者三月,久不瘳,禱以自代。母卒,哀
毁終喪。制闋,邦大夫挽之仕,弗起。然政有不決者,必咨之。郡饑,
有司申明發粟,公笑曰:“必俟明降而賑,民莩矣! 宜先假⑤粟富民,俟
降以償,則富者無費粟,饑者獲全生。”郡善之。貢舉法行⑥,聘碩師教
子,復出厚幣爲賞試,曰“應奎文會”[三]。貧時⑦好學者,建義塾,收而

教之。金華黃太史縉嘗記其事[四]。

兵興來，總兵淞者聞公才傑，至枉駕公廬與語，大悅，即板授公華亭令。公請以白衣議事，却板授。總兵益⑧賢之，署曰"義士"，俾自集白甲保障其竟。時公已散財收死士三千餘人，適斥鹵群不逞乘亂起烏合，搖毒甚，公徒⑨釋挏走[五]，不勤官徒一鏃，弟⑩指授白甲用水火舸，取其魁如利獺取鰡，群從盡戡，竟賴以安者數千家。總兵者問奇功，公曰："醫恃鍼⑪砭理疾，而小巫用精籍亦理。"覆進其魁桀於兵，曰："天下之物，莫毒於雞毒，而醫家珍而用之。"總兵是其言，轉無⑫俾爲精兵不勘。淮兵難⑬渡[六]，主師者辟公幕下，力拒不就，繼取其子恂判海鹽[七]。時浙垣首相以承制除拜，遂敕授令⑭佐鄉郡，又力辭⑮。私謂其子曰："時平，庸才高枕而有餘；時危，豪傑運籌而不足。非蕭酇侯曷治漕[八]，韓淮陰曷調兵[九]，而魯連子曷出没亂世而裕如也[十]！吾願學連子而已耳。"又喟然曰："日月剝矣，昭然有不紊者；江河壅矣，浩然有不竭者，孺子其俟之。"

公好義出天性，里有飢周之，婚喪助之。四方大夫士歸之者，歲無虛，燕來贐往，靡厭倦。得美譽湖海間，呼爲"淞上田文[十一]"。獨不賢異端之學，緇黃者接其人而不談其實術，其高情曠識獨立物外者人又莫能窺。罹世難虞，謙亨⑯自若。與知己飲酒，率過丙夜，振⑰起自舞，考鼓吹笛⑱[十二]，復飲不亂。

平生少疾，臨終，無一語及後事，但曰："吾年六十有五，不夭已。又幸不死叵測，復何憾！"生元貞⑲乙未[十三]，殁至正己亥。娶高氏，征東萬戶宣武公孫女也。子二：長恒[十四]，次恂。女三。孫五：充閭、復亨，恒子也；宗齊、宗嶽、宗望，恂子也。冬十月辛酉，葬瀆之北原[十五]。先遠日，恒衣衰抵予杭次舍，泣而舍杖拜，曰："先子不樂仕，無治狀，而義行在鄉、善言在家在邦者，又不得名能文屬比於志，不孝在後嗣奚贖？先生恒師而先子大賓也[十六]，幸哀而賜之銘。"吾爲位⑳哭，抆淚以銘。念古衛公叔文子之謚，君子韙其"貞惠"，今淞人飢而夫子有賑粟㉑，不貞乎！具二善而不禄命，宜謚曰貞惠云[十七]。銘曰：

踣車無仲尼，覆舟無伯夷[十八]，義以勇卒全以歸。曰貞曰惠，匪謚予私。於乎噫㉒嘻，莫尊乎野而位者覆卑。璜之瀞，粟之垂[十九]，有過其墓而慕其人者，語吾銘詩。

【校】

① 輒：原本作"輟"，據文淵閣四庫全書本改。

② 得：原本作"德"，據文淵閣四庫全書本改。

③ 奉：四部叢刊本作"養"。

④ 以：原本作"與"，據文淵閣四庫全書本改。

⑤ 假：四部叢刊本作"解"。

⑥ 行：原本脱，據文淵閣四庫全書本改補。

⑦ 時：疑有誤，或當作"而"。

⑧ 益：原本作"蓋"，據文淵閣四庫全書本改。

⑨ 此處疑有脱文。參見注釋。

⑩ 苐：原本作"弟"，據文淵閣四庫全書本改。

⑪ 鍼：原本作"銕"，據傅增湘校勘記改。

⑫ 無：疑有誤，或當作"而"。

⑬ 難：疑有誤，或當作"南"。

⑭ 令：原本作"今"，據文淵閣四庫全書本改。

⑮ 辭：原本作"亂"，據文淵閣四庫全書本改。

⑯ 亨：原本作"享"，據文淵閣四庫全書本改。

⑰ 振：原本作"極"，據文淵閣四庫全書本改。

⑱ 笛：四部叢刊本作"笙"。

⑲ 元貞：原本誤作"元真"，文淵閣四庫全書本誤作"至元"，徑改。

⑳ 位：四部叢刊本作"泣"。

㉑ 夫子：原本作"夫予"，據四部叢刊本、文淵閣四庫全書本改。又，"今淞人飢而夫子有賑粟"以下，疑有闕文。"賑粟"乃屬"惠"行而非"貞"德，且"二善"僅述一善，必有脱字。

㉒ 噫：原本無，據文淵閣四庫全書本增補。

【箋注】

〔一〕文撰於元至正十九年（一三五九）秋，其時鐵崖寓居杭州，即將退隱松江。繫年依據：其一，吕良佐卒於至正十九年己亥，當年十月二日辛酉下葬，其子吕恒在吕公下葬之"先遠日"到杭州，請鐵崖撰寫墓志銘。其二，是年初冬，鐵崖自杭州歸隱松江，本文既撰於杭州，必在是年十月以前。吕良佐（一二九五——一三五九）：字輔之，自號璜溪生，人稱璜溪處士，或稱

之爲來德公,世居松江璜溪(今屬上海市金山區呂巷鎮)。至正九、十年
間,邀請鐵崖到松江講學,故鐵崖與其父子皆爲好友。參見明童冀撰璜溪
生傳(載尚綗齋集卷二)、東維子文集卷十六著存精舍記。

〔二〕出太公望:意爲呂氏乃齊太公呂望後裔。

〔三〕應奎文會:呂良佐於至正十年出資創辦,聘鐵崖主評。嘉慶松江府志卷
三十學校志載呂良佐至正十年七月所撰(應奎)文會自序:"良佐生文明
時,竊慕鄉舉里選之盛,輒於大比之隙創立應奎文會……東南之士以文投
者七百餘卷,中程者四十卷。"

〔四〕黄太史潛:即黄潛。其生平參見本卷故翰林侍講學士金華先生墓志銘。

〔五〕釋捆:詩鄭風大叔于田:"抑釋捆忌,抑鬯弓忌。"毛傳:"捆,所以覆矢。"
按:"釋捆走"當指"斥鹵"。"公徒"以下蓋有闕文。

〔六〕淮兵:當指張士誠軍隊。

〔七〕呂恂:呂良佐次子。曾被任命爲海鹽州判。參見東維子文集卷十四內觀
齋記。

〔八〕蕭酇侯:指蕭何。漢高祖劉邦以蕭何功最盛,封爲酇侯。漢書蕭何傳:
"夫漢與楚相守滎陽,數年軍無見糧,蕭何轉漕關中,給食不乏。"

〔九〕韓淮陰:指韓信。韓信封淮陰侯,故稱。漢書韓信傳:"上嘗從容與信言
諸將能各有差,上問曰:'如我能將幾何?'信曰:'陛下不過能將十萬。'上
曰:'如公何如?'曰:'如臣多多益辦耳。'"

〔十〕魯連子:指魯仲連。史記魯仲連傳:"魯仲連者,齊人也。好奇偉俶儻之
畫策……魯連逃隱於海上,曰:'吾與富貴而詘於人,寧貧賤而輕世肆
志焉!'"

〔十一〕田文:即孟嘗君,戰國四公子之一。

〔十二〕考:詩唐風山有樞:"子有鐘鼓,弗鼓弗考。"毛傳:"考,擊也。"

〔十三〕元貞乙未:元貞元年(一二九五)。元貞爲元成宗年號。

〔十四〕呂恒:呂良佐長子。參見東維子文集卷十七賓月軒記。

〔十五〕瀆:溧水。參見東維子文集卷十六著存精舍記。

〔十六〕先生恒師而先子大賓:指鐵崖於元至正九、十年間,曾受聘于呂良佐,
爲其二子呂恒、呂恂授業。

〔十七〕"念古衛公叔文子之謚"六句:意爲呂良佐之行爲,與春秋時衛國公叔
文子相仿,故其謚號亦當類似。禮記檀弓下:"公叔文子卒,其子戌請謚
於君……君曰:'昔者衛國兇饑,夫子爲粥與國之餓者,是不亦惠乎?昔
者衛國有難,夫子以其死衛寡人,不亦貞乎?夫子聽衛國之政,脩其班

制以與四鄰交,衛國之社稷不辱,不亦文乎?'故謂夫子貞惠文子。"

〔十八〕"踦車無仲尼"二句:韓非子安危:"故社稷常立,國家久安。奔車之上無仲尼,覆舟之下無伯夷。故號令者,國之舟車也。安則智廉生,危則争鄙起。故安國之法若饑而食,寒而衣,不令而自然也。"

〔十九〕溧:指前文"葬濆之北原"之"濆",或作溧。

孛元卿墓銘〔一〕

元卿名孛顔忽都,國族也。泰定四年阿登赤榜賜進士①出身〔二〕,授某官。二十年,官至江浙省宣政院判。其爲人有氣節,在官以廉②直稱。遇事善持論裁,人倚爲平。擢第後,盡舍所爲文,博③極經史諸子百家、古詩人騷選樂府歌④行,出語務追古人。

至正壬辰,紅巾寇亂⑤江南〔三〕,元卿官歲滿,以本省⑥檄起,總制浙之三關。理戎職,巖巖有風采。蕲、徽⑦賊有藏草間者,必游徼得,得⑧必剗殄,俾無育於邑。安集邑遺民,民倚之爲藩衛,歸之如父母。閱三年,忽以謗去官。過杭見余。無幾病風,竟不能出一⑨語卒,卒於台某所〔四〕。逾月,其子武童與其門吏某⑩始訃余,草葬台某山,徵墓銘。余與元卿同年也,不得辭。銘曰:

十夫揉椎⑪〔五〕,屢⑫至投機〔六〕。一語所畏,無翼而飛。卒至於犇而病,病而喑,喑而死也,吾於元卿乎何悲!

【校】

① 阿登赤:鐵崖文集本作"阿察赤"。進士:原本作"進身",據鐵崖文集本改。

② 廉:原本漫漶,據文淵閣四庫全書本補。

③ 博:原本作"傅",據文淵閣四庫全書本改。

④ 歌:鐵崖文集本作"樂"。

⑤ 亂:原本为墨丁,文淵閣四庫全書本作"起",鐵崖文集本無此字,據四部叢刊本補。

⑥ 省:原本作"者",據鐵崖文集本、四部叢刊本、文淵閣四庫全書本改。

⑦ 徽:原本無,據鐵崖文集本增補。

⑧ 得:原本作"七",據鐵崖文集本改。

⑨　一：原本無，據鐵崖文集本增補。

⑩　武童：鐵崖文集本作“武同”。某：原本無，據鐵崖文集本增補。

⑪　揉：鐵崖文集本誤作“操”。椎：原本作“惟”，據鐵崖文集本改。

⑫　屨：原本作“婁”，據文淵閣四庫全書本改。

【箋注】

〔一〕文撰於元至正十五年（一三五五），或稍後。繫年依據：據本文所述，孛顏忽都於至正十五、十六年間“病風”而卒，一月之後鐵崖撰此墓志。孛顏忽都：字元卿，蒙古伯牙吾台氏。先世軍伍出身，曾祖呼都思任管軍百户。祖和尚襲父職，隨軍平宋，官至浙西提刑按察使。父千奴襲職，官至中書平章政事。孛顏忽都爲千奴第五子，泰定四年右榜進士，授知鄭州，以治行第一入爲翰林國史院經歷。曾任翰林學士、河南憲使。至正七年（一三四七）前後，任江浙行省宣政院判官。至正十二年擢爲浙之三關總制，三年後以謗失官，中風而卒。參見蕭啟慶元代蒙古色目進士背景的分析（文載漢學研究第十八卷第一期）、沈仁國元泰定丁卯進士考（文載元史及民族史研究集刊第十五輯）。

〔二〕阿登赤：或作阿察赤。大名路清河縣（治今河北清河縣）人。曾肄業於國子學。泰定四年右榜狀元，元順帝至元年間或任御史大夫。參見沈仁國撰元泰定丁卯進士考、新元史惠宗本紀。

〔三〕至正壬辰：即至正十二年（一三五二）。是年徐壽輝紅巾軍接連攻破湖北、江西諸多城池，常州、江陰、湖州、杭州等江南城市亦連續被攻陷。方國珍不受招安，復率衆下海。

〔四〕台：台州，隸屬於江浙行省。今屬浙江。

〔五〕十夫揉椎：戰國策卷五秦三秦攻邯鄲：“聞三人成虎，十夫揉椎。衆口所移，毋翼而飛。”

〔六〕屨至投機：指曾參母屨聞謠言而信。戰國策卷四秦二秦武王謂甘茂：“昔者曾子處費，費人有與曾子同名族者而殺人，人告曾子母曰：‘曾參殺人。’曾子之母曰：‘吾子不殺人。’織自若。有頃焉，人又曰：‘曾參殺人。’其母尚織自若也。頃之，一人又告之曰：‘曾參殺人。’其母懼，投杼逾牆而走。”

歐陽彥珍墓銘〔一〕

君諱公瑾，字彥珍，其世出廬陵宋文忠公脩〔二〕，今翰林承旨玄功從弟也〔三〕。祖某，封某官。父某，不仕。君自幼警穎，長通經術，旁及書數律曆①兵刑之法。試藝於有司，不售。憲府才其人，舉爲司書。不數年，掾行中書。考②滿，都事浙東帥府。在③掾時，執政者多任④己喜怒，不以民害利爲事。君抱卷執議，未嘗少阿。法當而人利者，必累請，必行後已；不當，雖受怒罵必格（音“閣”）。事有它掾不遑行止者，必行止於君。其在帥幕，建議以伏海寇當以長伎久算，不宜試小計、規小利以爲功。又某官恃文事⑤往喻寇，君力言不可：“喻幸小順，乃大羕；不順即不順，喻者必死，爲大國辱。”已而果然。嘗建平海策若干言，主帥者不能用，請辭職歸養太夫人，不可，鬱成疾。未幾，以太夫人憂去職，執喪如禮法。制闋，行⑥游淞中，得疾友⑦家，歸卒於杭。

　　君娶閩王氏，宣文檢討餘慶女弟也〔四〕。子三人：長太平，次某。女四人，皆妻名士。臨終，謂其子曰：“吾結貴交多市道，惟會稽楊某爲古⑧道，且爲古文名東南，汝往請銘。”平服縗來，乞⑨以遺命，泣而請。銘曰：

　　在家溫溫，在官墳墳。墳墳有法，溫溫有文。故家爲孝子，官爲幹臣。幹曰必了，不了嫁婚。幸終其親，其又何冤！

【校】

① 律曆：原本無，據鐵崖文集本增補。

② 考：鐵崖文集本作“勞”。

③ 在：四部叢刊本作“任”。

④ 任：原本作“仕”，據鐵崖文集本改。

⑤ 事：鐵崖文集本作“章”。

⑥ 行：原本無，據鐵崖文集本增補。

⑦ 友：鐵崖文集本作“反”。

⑧ 古：原本作“吾”，據文淵閣四庫全書本改。

⑨ 乞：原本無，據鐵崖文集本增補。

【箋注】

〔一〕文撰期不詳。歐陽彥珍，名公瑾，廬陵（今江西吉安）人。歐陽修八世孫，歐陽玄從弟。仕宦二三十年，官至浙東帥府都事。詩詞流麗，曾與鐵崖唱和竹枝,西湖竹枝集收其詩一首。張雨、王冕皆與之有交往,張雨有唱和詞,題曰滿庭芳和歐陽彥珍催桂,見貞居詞。王冕曾有贈詩曰:"我知歐陽乃奇士,喬木故家良有以。文章五彩珊瑚鈎,肺腑肝腸盡經史。盛時仕宦三十年,東吳西楚情翩翩。"參見西湖竹枝集歐陽公瑾傳、竹齋集卷下送歐陽彥珍歸杭。

〔二〕宋文忠公脩:指歐陽修。

〔三〕翰林承旨玄功:指歐陽玄。元史歐陽玄傳:"歐陽玄,字原功,其先家廬陵,與文忠公修同所自出。至曾大父新,始遷居瀏陽,故玄爲瀏陽人……復拜翰林學士承旨。"

〔四〕王餘慶:歐陽公瑾妻兄。按:本文曰"閩王氏",閩或其原籍,王餘慶實爲金華人。兩浙名賢録卷三十五清正載王餘慶傳:"王餘慶,字叔善,金華人……縉紳悉服其操行。至正初,入經筵爲檢討官。累拜監察御史,政聲著稱。後使廣東,詢問疾苦,惠政爲多。"嘉靖南雄府志卷下祠廟著録文獻公祠碑記(在梅嶺雲封寺),署名爲"宣文閣監書博士金華王餘慶記"。又,吳都文粹續集卷三十寺院載歐陽玄撰師子林菩提正宗寺記,署尾曰:"至正十四年甲午五月癸未……宣文閣授經郎兼經筵譯文官王餘慶篆。"據此可知王餘慶曾任宣文閣監書博士、宣文閣授經郎兼經筵譯文官,至正中葉在世。

趙公衛道墓志銘[一]

公趙氏,諱榮,字衛道,號素軒,居越之姚江[二]。宋燕懿王德昭①之十二世孫[三]。曾祖希秦,宋朝議大夫、知衢州軍州事,贈大理寺丞。祖與宜②,宋朝散郎、溧水縣尉。父孟侣,宋朝散郎、慶元路沿海制參,贈太府寺簿。母恭人董氏。先係五世祖太師諱師龍長孫孟尊之第三子也[四],寺簿無子,螟之。

公博學,於書無不讀,讀必有論裁。學成,無所於試。大德己亥[五],江浙儒司舉爲昌化教諭[六],轉桐廬教諭[七]。由年勞陞饒之長薌書院長[八],復長温之宗晦書院[九]。元統甲戌[十],受牒命教授温州。越五年,教授常州。在處學校有濫給廩給者,必首汰之,以其膳膳儒之老病殘疾及貧無依者。早年散家資結交先達,凡工文與琴畫律曆醫藥陰陽者,家皆館食西廡,不以歲月計。士友告急,度家即盡,如所請與之,致空囊不問。酒懼③,量能倍斗。酣次爲古歌詩,聯章④沓韻,對客可待。嘗與友飲,大醉梅花樹下,曰:"梅花獨不能飲乎?"急呼酒,用大白海澆其根,且爲問梅詞,又爲代答詞。平生所爲詩無慮數百什,名素軒集,若干卷。

公生於某年〔十一〕,卒於至正四年六月五日,享年七十有一。明年,葬於姚江雙雁鄉之原〔十二〕。孤子礬持其叔叙狀,詣門泣道遺命,求予銘。予以蚤歲託公忘年交〔十三〕,義不得辭。遂銘曰:

王之孫,降皂閣,君爲孫而文。詩英酒聖交有神,大樹勸汝海白樽。歸大樹,羅之村〔十四〕。

【校】

① 原本"德昭"下有"王"字,據文淵閣四庫全書本刪。

② 宜:四部叢刊本作"宜"。

③ 懼:原本作"灌",據四部叢刊本改。

④ 章:原本作"童",四部叢刊本作"重",據文淵閣四庫全書本改。

【箋注】

〔一〕文撰於元至正四年(一三四四)秋冬之間,其時鐵崖補官不得,攜家寓居杭州,授學爲生。繫年依據:其一,鐵崖應約撰寫墓志銘,當在趙棨去世之後不久。而文中所謂"明年,葬於姚江雙雁鄉之原",蓋指預定葬期與葬地。其二,至正四年十一月,鐵崖應邀赴湖州東湖書院授學,本文當撰於離開杭州以前。

〔二〕姚江:位於餘姚州,此借指餘姚。餘姚今隸屬於浙江寧波市。

〔三〕燕懿王德昭:即趙德昭,字日新,宋太祖次子。宋史有傳。

〔四〕趙師龍(一一四三——一一九三):字舜臣,宋太祖九世孫。其父宦游遷徙,最終定居於紹興府之餘姚。師龍紹興十三年生於長興,官至婺州知州。紹熙四年正月壬辰卒,享年五十一。生平詳見宋樓鑰攻媿集卷一百二知婺州趙公墓志銘。

〔五〕大德已亥:大德三年(一二九九)。

〔六〕昌化:縣名。昌化縣隸屬於杭州路。今屬浙江臨安。

〔七〕桐廬:縣名。桐廬縣隸屬於江浙行省建德路。今屬浙江杭州市。

〔八〕饒：饒州。江西通志卷二十二書院二："饒州府長薌書院在浮梁縣景德鎮，宋慶元三年，監鎮李齊愈請建。元元貞二年，山長凌子秀、朱繼曾請於江東宣慰使稽厚，以舊基新之。延祐間，浦江吳萊署山長。泰定二年，進士方回請於總管段庭珪重修之。"

〔九〕溫：溫州。大明一統志卷四十八溫州府："宗晦書院，在樂清縣治東。宋建，舊名藝堂書院。内祠朱文公，咸淳中改名宗晦，取宗晦庵之義。"

〔十〕元統甲戌：元統二年（一三三四）。

〔十一〕按：據下文"卒於至正四年六月五日，享年七十有一"兩句，趙棨當生於宋度宗咸淳十年（一二七四），較鐵崖年長二十餘歲，故鐵崖稱之爲"忘年交"。

〔十二〕雙雁鄉：位於餘姚縣南。參見會稽志卷六。

〔十三〕"予以"句：當指鐵崖任天台縣令時即與趙棨結交。玉山草堂雅集卷後二載趙棨春雞行，述鐵崖初任天台縣令時軼事，其詩引言曰："廉夫明府試宰天台之初，道逢靚粧一女，抱牝雞招搖于市。馬首詰之。云：'欲逐雄也。'復訊其年，已及笄。遂呼其母及社長鄉人俱詣公宇，責以風俗大義，笞老嫗，戒女遣去。此親民之要務，新仕之敏手也。客趙棨爲作春雞行樂府。"按：草堂雅集卷二所載皆楊維禎詩，春雞行列於其中。然觀其詩序語氣及措辭，此詩并非出自鐵崖之手，而是趙棨詩作。參見本書僞作編。

〔十四〕"詩英酒聖交有神"四句：蓋謂趙棨乃"詩英酒聖"，故與梅神交好，并祝願其魂歸梅花仙境。按：所謂"羅之村"，當指羅浮山下之梅花村。蘇軾詩再用前韻："羅浮山下梅花村，玉雪爲骨冰爲魂。"又，元梁寅撰梅村記："梅花村在於羅浮山之下，而是山乃列仙所居，異夫人境。"（載新喻梁石門先生集卷一。）

南容教授杜公碣銘〔一〕

予友裴貢士曰章〔二〕，嘗將其友杜子直①來謁〔三〕，曰："此南容教授曾孫，其仲三，而續文脉南容者，直也。"閱三年，直以南容公行狀謁予松江次舍，曰②："吾祖仕不大，無功狀爵名可書，然德善在鄉，有足示後者。直大父、父不獲登先生門，直獲登焉，而先生賜銘，曾大父、大父、父晦先德者，庶直足以贖之。"予閱狀，證之以鄉父兄之言，則知南容長者也,人至以三杜姓其村,其教澤淑於人者淺,而義行範於人者遠也。

初,季父某無後,蟟莫姓子齒幼,復以公爲後。季父殁,俟蟟齒長,以家產歸之而復冠娶,待之不異同氣③。皇慶間,其族困於里徭④,公倡率義役,曰⑤歲儲粟若干給之,隣里姻友不能嫁娶喪葬,周之各有差。喝⑥道有漿,斷津有梁,凡溉於急義即勇爲者類此。予因喟然曰:"吾周游東南,大族甲姓優爲此者不足多,公以中產爲之,難也。淞有饒資家,利酤榷,兼兄弟,戕死里氓者不顧。吁,鄉父兄之談南容長者之不去口,有以哉! 此宜得銘也。"

公諱英發,字俊卿。番年游京師。以才名得學正建寧〔四〕,年勞升南容教授。未幾即棄官,歸隱於淞之西霞〔五〕,自號西霞道人。歲延碩師教子弟,裴貢士嘗客其所。娶某氏。男一〔六〕,孫一〔七〕,曾孫三〔八〕:友直、友諒、友聞。生於宋己巳〔九〕,卒於今至正庚寅,享年八十有二。葬青龍之原〔十〕,祔祖塋預思⑦庵之右。銘曰:

彼戕同氣,我友蟟⑧以義。彼并連阡,我給征以田。吾知南容義且仁,出於性,覃於人,澤及後昆。至今鄉之人,襲杜固〔十一〕,姓其村。

【校】

① 其友杜子直:原本作"其子杜友直",據文淵閣四庫全書本改。
② 曰:原本無,據文淵閣四庫全書本補。
③ 氣:四部叢刊本作"出"。
④ 徭:原本作"徑",據文淵閣四庫全書本改。
⑤ 曰:文淵閣四庫全書本無。
⑥ 喝:原本作曙,文淵閣四庫全書本作"渴",據四部叢刊本改。
⑦ 思:四部叢刊本作"息"。
⑧ 蟟:原本作蠋,據四部叢刊本、文淵閣四庫全書本改。

【箋注】

〔一〕文撰於元至正十年(一三五〇),其時鐵崖寓居松江,於吕氏塾授學爲生。繫年依據:其一,墓主南容教授杜英發卒於至正十年庚寅。其二,杜英發曾孫友直登門請銘,鐵崖閲行狀後又"證之以鄉父兄之言"。據此推知,必在至正十年歲末鐵崖去松赴杭之前。又,原本題下有小字注曰:"祭統云:

銘者,論著其先德之善功烈慶賞聲名於天下。"杜英發生平與傳承,另可參看明莫如忠撰崇蘭館集卷十九杜隱君墓志銘、正德松江府志卷三十人物四孝友傳。然二者所述有異,前者曰"正獻公九世孫英發",後者曰:"杜英發字俊卿,上海人。祁國公衍九世孫。"南容:或爲書院名。疑指江西瑞州府高安縣之桂巖書院,桂巖書院乃唐幸南容所創。

〔二〕裴日章:籍貫生平不詳。曾爲南容教授杜英發教授子弟,蓋鐵崖寓居松江後所交友人。按:文中稱之"貢士",蓋裴氏曾爲鄉貢進士。

〔三〕杜子直:名友直,字子直。杜英發曾孫,杜朴長孫。曾任學官。光緒青浦縣志卷十二名迹志著録西霞善士杜朴墓,附録有杜朴八十六歲時自撰墓志銘,曰:"長孫友直,習舉子業,娶天台胡氏。"又,民國青浦縣續志卷十一名迹補遺著録"杜友直妻胡氏墓在西霞里",附有明人禮科給事中張處廉所撰墓志,稱杜友直爲"直學",可見杜友直曾爲學官。

〔四〕建寧:按元史地理志,建寧路隸屬于江浙行省。今爲福建建寧縣。

〔五〕西霞:浦名,位於白鶴江(又稱白鶴匯)南。參見正德松江府志卷二水上。

〔六〕男一:指杜朴。杜朴字彥實,英發子。號西霞善士。元季曾獲江浙參政周伯琦賞識,然堅辭不受聘。生於至元二十四年丁亥(一二八七)七月甲寅,明洪武五年(一三七二)八十六歲,尚存於世。參見光緒青浦縣志卷十二名迹志附録杜朴自撰墓志銘。

〔七〕孫一:指杜有恒。杜有恒娶費氏,生子三,女一。參見光緒青浦縣志卷十二名迹志附録杜朴自撰墓志銘。

〔八〕曾孫三:光緒青浦縣志卷十二名迹志:"西霞善士杜朴墓,在西霞浦。"附録有杜朴八十六歲時自撰墓志銘,曰:"長孫友直,習舉子業,娶天台胡氏;次孫友諒,娶郭氏;季孫友聞,娶何氏。"

〔九〕宋己巳:指南宋咸淳五年己巳(一二六九)。

〔十〕青龍:江名,位於青龍鎮一帶。參見鐵崖先生詩集丙集次韻跋任月山綠竹卷注。

〔十一〕杜固:唐杜氏聚居,爲風水寶地。參見東維子集卷十五固齋記注。

白雲漫士陶君墓碣銘〔一〕

天台陶孝子宗儀〔二〕,死其親已三年,制闋,猶衰衰來拜予雲間次舍,泣而曰:"今日奮起風雲附王公大臣者,其聲光赫矣。然有身没名著①者,必託之名能文家,否則與腐草同盡。先②子官卑,志則大,志③粗見於歷官者,無名能文書之,儀坐不孝。先生名能文,言又足信萬古,敢以墓。"辭不獲。按遂昌鄭元祐狀〔三〕:

君姓陶氏,諱煜,字明遠,自號逍奧山人,又更號白雲漫士。從鄉先生周公榮學〔四〕,學成,游京邑,王公貴人償④其狀貌言議,傾下之。已而翩然來歸,曰:"燕、趙多奇士,今所見仍爾。"家貧,親且老,遂屈身就禄,試吏蘭溪州〔五〕,陞補江陰州〔六〕。州民有劉鐵者,欲犯屠人妻,屠訟鐵,鐵抵罪,怒縛其妻;卒犯之⑤,屠捉刀刺鐵。君議奸殺非故比,屠免之。君平反,部使者審讞,一如君所言。又豪民朱管坐戮死,籍没兩家田,歸丞相府。相以無賴少年爲爪牙,縱暴陷民財,民被榜掠,死者無算。有訴於府者,府從風指,莫執何〔七〕。君進白府曰:"朝廷命公尹是邦,忍坐視赤子殞命於餓虎之吭耶!"無賴者覆詭文移,省爲遣使至府,府賞以幣。以年勞除杭州東北録典史〔八〕。有畏吾人,與其妻生女已十歲,一朝爲省行人,即别娶,抑賤正妻,且堋一室囚之。婢引女訴主母枉,録長不敢受詞。君曰:"此婢去,三人俱死矣。"遂受詞伸理,行人坐黜退。果遷湖州歸安〔九〕。時湖州已陷賊〔十〕,君從主兵者劃計策,遄復湖州。乏糧,君爲檄文⑥,走一介召,諸艘具⑦至,無時刻違。録功中書,不報。調紹興上虞縣〔十一〕。嘆曰:"吾懷抱利器,不後於今之人,而浮沉六寮,不得與今之攬權力者比。年已莫,死期⑧將至矣,尚何言哉!"遂卒於郡都昌坊之寓舍,享年七十有三,戊戌九月二十七日也〔十二〕。配趙氏,故宗室諱孟本女⑨也〔十三〕。子三人〔十四〕:長宗儀,宗傳,宗儒⑩。女三人〔十五〕。銘曰:

其貌魁如,其論魁如,考功千吏,秩乎不可誣⑪。用不能大,卒老⑫死簿書。噫嘻乎,自古才而仕、仕而漫者,豈惟是夫⑬!

【校】

① 著:原本無,據文淵閣四庫全書本增補。

② 先:原本作"孝",據文淵閣四庫全書本改。

③ 志:文淵閣四庫全書本無。

④ 償:文淵閣四庫全書本作"奇"。

⑤ 怒縛其妻,卒犯之:原本作"怒縛其卒妻犯之",據文淵閣四庫全書本改。

⑥ 原本"檄文"下有"歸安時湖州已"六字,蓋承前而衍,據文淵閣四庫全書本删。

⑦ 具:原本作"其",據文淵閣四庫全書本改。

⑧ 期:原本無,據文淵閣四庫全書本增補。

⑨ 故宗室諱孟本:原本漫漶,據四部叢刊本、文淵閣四庫全書本補。

⑩ 儒:四部叢刊本作"孺"。

⑪ 諢:四部叢刊本作"言"。

⑫ 用不能大卒老:原本漫漶,據四部叢刊本、文淵閣四庫全書本補。

⑬ 豈惟是夫:原本漫漶,據四部叢刊本、文淵閣四庫全書本補。

【箋注】

〔一〕文撰於元至正二十一年(一三六一),其時鐵崖歸隱松江已兩年。繫年依
　　據:陶宗儀於其父陶煜謝世後三年請銘,而陶煜卒於至正十八年戊戌(一
　　三五八)九月。陶君:即陶宗儀父陶煜(一二八六——一三五八),生平并
　　參鄭元祐白雲漫士陶君墓碣。

〔二〕陶宗儀:萬曆黃岩縣志卷六文苑傳:"陶宗儀字九成……至元(按:"元"當
　　作"正"。)間避地松江之亭林,力耕以給食。然雅好著述……置一瓮於樹
　　間,遇有所得,輒書以投其中。久之,遂取次成帙,名曰南村輟耕録,凡三
　　十卷。行於世。又著説郛一百卷(鐵崖序之。)、書史會要九卷,四書備遺
　　二卷。(天台志云:"本黃岩人,祖父世家。"具見孫大雅所作陶先生小傳,
　　今蒼螺集中可考也。赤城志、尊鄉録皆云天台人,蓋見其書有"天台陶九
　　成著"而不考之過耳。)"

〔三〕鄭元祐(一二九二——一三六四):字明德,遂昌(今屬浙江)人。生而右
　　臂脱骱,動必以左,故號尚左生,晚年又號橫岡遺老。年十五即能詩賦。
　　父卒,僑居姑蘇。官至江浙儒學提舉。至正年間與鐵崖、張雨、倪瓚、顧瑛
　　等交往頻繁,唱和頗多。或稱之爲鄭有道。至正二十四年十一月二十九
　　日病逝,卒年七十三。有僑吳集傳世。生平詳見蘇大年遂昌先生鄭君墓
　　志銘(載僑吳集附録)、草堂雅集卷三鄭元祐、顧瑛唱和詩,及江南通志卷
　　一百七十二流寓、石渠寶笈三編延春閣藏十六元虞集書虞允文誅蚊賦。
　　按:鄭元祐所撰白雲漫士陶君墓碣載僑吳集卷十二,所謂陶煜行狀今
　　未見。

〔四〕周公榮:或作周仁榮。鄭元祐白雲漫士陶君墓碣:"(陶煜)從周仁榮先生
　　學,遂于易,逮百家九流皆曉達。"按:元史有周仁榮傳,謂周仁榮字本心,

台州臨海人,泰不華之師,官至集賢待制。然本文謂周公榮爲"鄉先生",或與顯宦周仁榮并非同一人。

〔五〕蘭溪州:隸屬於江浙行省婺州路。今爲蘭溪市,浙江金華市所轄。

〔六〕江陰州:隸屬於江浙行省。今爲江蘇省江陰市。

〔七〕"相以無賴"七句:丞相府以無賴少年爲爪牙而爲非作歹,此處語焉不詳。鄭元祐白雲漫士陶君墓碣曰:"縣豪民朱管坐戮死,籍其家,悉以兩家田賜丞相脱脱。丞相威權震海内,差官高成、劉錫副以惡少年爲爪牙,南下肆虐,設計陷民掊財,無辜被搒掠死者無算。府縣曲承風指,莫敢誰何。王兼善以母老被詬辱,奮不顧死,言于官。官吏悉驚避,獨知府楊侯伸憤痛之,意未決。君進曰……"

〔八〕杭州東北録典史:據鄭元祐撰白雲漫士陶君墓碣,陶煜所任官職爲杭州東北隅録事司典史。

〔九〕遷湖州歸安:鄭元祐白雲漫士陶君墓碣:"至正壬辰春,除信州弋陽縣,以病不赴。秋,再除湖州歸安縣。"

〔十〕時湖州已陷賊:指至正十二年,徐壽輝紅巾軍一度攻佔湖州。

〔十一〕"調紹興"句:陶煜於至正十六年丙申調任上虞縣。參見鄭元祐白雲漫士陶君墓碣。

〔十二〕戊戌九月二十七日:鄭元祐白雲漫士陶君墓碣則謂陶煜卒於"廿日"。

〔十三〕趙氏(?——一三四六):陶煜妻,陶宗儀母。宋宗室孟本女,趙孟頫侄女。鄭元祐撰白雲漫士陶君墓碣:"配趙氏□□真,故宋宗室孟本女也,有淑德,先君十二年卒,葬黃巖州□□鄉逍奥之原。今侍講張公翥爲應奉時,銘其墓。"按:陶煜妻趙氏爲趙孟頫侄女,參見光緒黃岩縣志卷三十九雜志三南村家世。

〔十四〕子三人:鄭元祐撰白雲漫士陶君墓碣:"子男三人:□□儀,娶都漕運萬户松江費雄女口珍;次宗傳,娶錢唐於從□□淑英;次宗儒,未娶。"

〔十五〕女三人:指長女宗媛,二女宗端,三女宗婉。按:陶煜三女及其女婿簡況,參見鄭元祐撰白雲漫士陶君墓碣。

兩浙轉運司書吏①何君墓志銘〔一〕

君姓何氏,諱宗實②,字誠甫。其先曾大父直方,縣東平徙杭〔二〕。大父③德,遂占籍爲杭人,父祥,娶周氏,皆樂善好施。

君微時，遇善相者，曰：“此子神清骨秀，他日樹何氏門户者，必此子也。”既長，喜讀律，能權衡世事，料後成敗如蓍見。性鯁直，弗尚外矯。爲義，不讓人；遇不義，退處如怯夫。尋試吏下邑，以能聲著，陞杭州府史。明年秋，郡當慮囚，檄君典獄案。君窮爰書底，訊鞫④論報，發其留，白李官，悉決。遺枉者昭雪，不以嫌避。因有法當劓，時犯者皆阽死，君曰：“劓雖著令，民迫不得已耳。上方施仁政，恤肉刑，鼻可以死地棄哉！”君以墨限劓，當法而已。咸謂：“如其仁，如其仁〔三〕！”後竟⑤爲故事。格當調，調者咸購大郡。“有賢守將足矣，郡奚擇於大小！”卒調毘⑥陵〔四〕。居無何，進曰：“郡守行仁政，必自鰥寡孤獨始，矧舊制立養濟院、惠民局，以濟窮察病。今院概非窮民處，局又弗核實鰥寡孤獨，何利哉！”郡守下其議。郡轄二⑦州邑〔五〕，賦役號難治，田畝多爲勢匿。郡守選君，土其地均之。君詢高年，究畝瘠肥，及核户豐約，繇賦役均，穀祿平，爲鄰郡最。尋富民妄訴田有災，君詰之，辭窮，要以賄，君曰：“吏當守法，農當守耕。爾以豐爲歉，詒縣官，我以法覈實，奚敢以賄敗我法？”卒黜之。郡守賢其人⑧，呼必以字。户部尚書秦公爲兩都運使〔六〕，道過毘陵，詢能吏於郡守，以君對。秦公亦素聞其能，因訪以鹽筴，君疏上利病，大奇之。會丁母憂，事輟。服除，起復⑨爲掾。是年僨運判李公分漕嘉興，君立條告：先輸者賞，後者罰，民詿誤禁者出，怙者必刑。時天積雨，盆不成鹽，君齋沐露禱，明日雨止，鹽賦告足，咸以爲何君至誠能感神。明年，典户曹。君樹格殊常式，四方商旅來者如市，賦用倍盈。事聞上，錫酒旌官吏，勞官曰：“何掾服勤，宜先我酌。”君以爲吏箠楚民之賦羨而受上賞，後必有甚焉者，遂解去。郡邑大夫高之，日造其廬，與評事，君辭不可，遂隱居玉泉山〔七〕，自號一懶翁。

君素仁孝慈愛，所得俸奉母外，以覃於族。母疾，晝不出，夜衣不解帶。母於朔望夜嘗露香禱天曰：“富貴非吾願，願吾孫事吾子亦若子事我也。”杭城災，四止成墟，君室廬獨巋然存，人皆以爲孝感所致。兄宗茂，同居無間言，怡如也。妹一人，適戴氏。戴没，君給養其家，子女爲嫁娶。隣婦有哭甚⑩哀者，君徵⑪之，喪其良人，貧無以治棺，即賻之。他日婦至，請僃以償直，君曰：“周汝急，豈望報乎！”婦謝而去。

君當屬纊，神色⑫不變。召其子敏及兄子敬於前，命之曰：“凡子之事親,生事以禮,死葬以禮。爾慎毋爲異端惑。"語終,奄然而逝。君娶沈氏,勤儉有家法。生子一人,敏是也。又賈氏,生女,在穉。敏力學不倦,有司辟爲浦城縣學教⑬諭[八],未上而君卒。君生於前至元甲午夏五月十日,卒於至正十三年正月十有九日,享年六十歲。是年三月壬申,葬於錢唐北山玉泉松義里之原。敏樹石丙舍,哭泣⑭來乞銘。銘曰:

展矣何君如其仁,刑有劓,與死淪,君平施之復生存。風灾屋廬無間鄰,君一室,奉親人。莫與京,而獨得⑮于天(叶),嗚呼何君如其仁。年不逾甲,禄不享夫身,尚嗣爾後人。

【校】

① 吏: 文淵閣四庫全書本作"史"。

② 實: 四部叢刊本作"寔"。

③ 縣東平徙杭大父: 原本漫漶,據四部叢刊本、文淵閣四庫全書本補。

④ 鞠: 原本作"鞠",據文淵閣四庫全書本改。

⑤ 竟: 原本作"境",據四部叢刊本、文淵閣四庫全書本改。

⑥ 毗: 原本作"昆",據文淵閣四庫全書本改。下同。參見注釋。

⑦ 二: 原本作"一",據四部叢刊本改。

⑧ 人: 原本作"大",據文淵閣四庫全書本改。

⑨ 復: 原本作"服",據文淵閣四庫全書本改。

⑩ 甚: 原本作"其",據文淵閣四庫全書本改。

⑪ 微: 原本作"微",據文淵閣四庫全書本改。

⑫ 色: 原本作"裁",據四部叢刊本改。

⑬ 教: 原本作"校",據文淵閣四庫全書本改。

⑭ 泣: 原本作"位",據四部叢刊本改。

⑮ 得: 四部叢刊本作"存"。

【箋注】

〔一〕文撰於元至正十三年(一三五三)春,其時鐵崖任杭州税課提舉司副提舉。繫年依據:墓主何宗實卒於至正十三年正月十九日,同年三月壬申日下葬。何宗實(一二九四——一三五三),生平見本文,乾隆杭州府志卷九十二人物七義行載何宗實傳,實摘自本文。

〔二〕東平：蓋指東平路，位於今山東泰安、聊城一帶。

〔三〕如其仁：論語憲問：“子曰：‘桓公九合諸侯，不以兵車，管仲之力也。如其仁，如其仁！’”

〔四〕毗陵：即常州路。今江蘇常州。

〔五〕郡轄二州邑：按元史地理志，常州路管轄二州二縣，即宜興州、無錫州，晉陵縣、武進縣。

〔六〕秦公：疑指秦從德。至正四年九月，秦從德由南臺治書侍御史遷江浙參政，提調海運。參見東維子文集卷二十七投秦運使書。按：未見史料記載秦從德任戶部尚書，俟考。

〔七〕玉泉山：位於杭州西湖之西。

〔八〕浦城縣：隸屬於江浙行省建寧路。今屬福建。